YVY KAZI

A Song Unnamed

Die Romane von Yvy Kazi bei LYX:

Die *St. Clair Campus*-Reihe:
1. The Dream Of Us
2. The Reason Of Love
3. The Feeling Of Forever

Magic & Moonlight:
1. A Curse Unbroken
2. A Spell Unspoken
3. A Song Unnamed
4. A Soul Untamed *(erscheint im August 2024)*

Weitere Bücher der Autorin sind bei LYX in Vorbereitung.

Yvy Kazi

A Song Unnamed

Roman

LYX

LYX in der Bastei Lübbe AG

NACHHALTIG PRODUZIERT

Die Bastei Lübbe AG verfolgt eine nachhaltige Buchproduktion. Wir verwenden Papiere aus nachhaltiger Forstwirtschaft und verzichten darauf, Bücher einzeln in Folie zu verpacken. Wir stellen unsere Bücher in Deutschland und Europa (EU) her und arbeiten mit den Druckereien kontinuierlich an einer positiven Ökobilanz.

FSC www.fsc.org MIX Papier | Fördert gute Waldnutzung FSC® C014496

Dieses Werk wurde vermittelt durch die Literarische Agentur
Thomas Schlück GmbH, 30161 Hannover.

Textredaktion: Ulrike Gerstner
Umschlaggestaltung: © Alexander Kopainski unter Verwendung
von Motiven von © Murhena / Shutterstock; Thammanoon Khamchalee /
Shutterstock; SWEviL / Shutterstock; maximmmmum / Shutterstock;
kaisorn / Shutterstock; APM STOCK / Shutterstock;
LuFeeTheBear / Shutterstock; Gurov / Shutterstock
Satz: Greiner & Reichel, Köln
Gesetzt aus der Adobe Caslon
Druck und Verarbeitung: GGP Media GmbH, Pößneck

Printed in Germany
ISBN 978-3-7363-2090-1

1 3 5 7 6 4 2

Weitere Informationen unter:
lyx-verlag.de
luebbe.de | lesejury.de

Liebe Leser:innen,

wir möchten darauf hinweisen,
dass dieses Buch folgende Themen enthält:

Erinnerungen an verstorbene Familienmitglieder,
Pandemie (in der Vergangenheit liegend),
Todesfälle, Verletzungen und Erkrankungen.

Wir wünschen uns für euch alle
das bestmögliche Leseerlebnis.

Eure Yvy und euer LYX-Verlag

Für Lea und alle,
die auf der Suche nach der Magie in ihrem Leben sind.
(Und sie vielleicht in einem Lied entdecken.)

Ich kann nicht dein Tod und *deine Rettung sein.*
Taro Takahashi

PLAYLIST

Die first *– Nessa Barrett*
The same *– mehro*
Another Life *– Flower Face*
It'll Be Okay *– Shawn Mendes*
Men On The Moon *– Chelsea Cutler*
Another Love *– Tom Odell*
Emails I can't send *– Sabrina Carpenter*
Home *– Edith Whiskers*
Mostly *– Voan Izak, Juniper Vale*
Infinity *– Jaymes Young*
Where's My Love *– SYML*
Atlantis *– Seafret*
Lonely Ones *– LOVA*
Lights Are On *– Tom Rosenthal*
Dandelions *– Ruth B., sped up + slowed, slater*
Ophelia *– The Lumineers*
Hey There Delilah *– fenekot*
Lilith (feat. SUGA of BTS) (Diablo IV Anthem) *– Halsey, SUGA*
Love Him I Don't *– Maisie Peters*
The Woods *– Hollow Coves*
Witchcraft *– Vian Izak*

PROLOG

HAZEL

August
Der Anfang vom Ende

Wahrscheinlich gibt es keinen logischen Grund, dass es mir peinlich ist, Taro nachts im Flur seiner Wohnung über den Weg zu laufen – und trotzdem schießt mir sofort Hitze in die Wangen. Wir kennen uns seit fast einem Jahr und verstehen uns gut. Wirklich richtig gut. Er lacht über meine kläglichen Witze, und wenn ich ihn mal wieder vollkommen geistesabwesend voller Bewunderung anstarre, schenkt er mir ein Lächeln. Eines, das ebenso nachsichtig wie provozierend ist. Wahrscheinlich passen diese zwei Worte nicht zusammen, aber Taro ist ohnehin ziemlich gut darin, Gegensätze in sich zu vereinen. Wie kann er sonst dermaßen athletisch aussehen, obwohl er Stunde um Stunde fast reglos vor seinem Laptop hockt, um Fotos zu bearbeiten? Er wirkt, als wäre er immer auf dem Sprung, und nimmt sich dennoch stets die Zeit, mir aufmerksam zuzuhören. Einfach nur schweigend neben ihm zu sitzen fühlt sich an, als würde die lauteste Melodie durch meinen ganzen Körper summen. Nicht wie ein Bass, der in Clubs aus den Lautsprechern wummert und im Brustkorb mitschwingt, sondern eher so, als wäre er der Ohrwurm meines absoluten Lieblingssongs. Ein Lied, das so mächtig aus einem herausbricht, dass man es einfach laut mitsingen muss. – All das ist Taro für mich. Und noch viel mehr. Leider beinhaltet dieses »viel mehr« auch die Tatsache, dass er als Bruder meiner besten Freundin Gemma für alles tabu sein sollte, das die Grenze des Anhimmelns überschreitet.

Obwohl wir den halben Abend zu dritt verbracht haben, bevor Gemma und ich uns in ihr Zimmer zurückgezogen haben, um dort gemeinsam zu übernachten, fühlt es sich seltsam an, ihm jetzt auf dem Flur zu begegnen. Anders. Vertrauter. Als würden der Mondschein und die Stille irgendetwas zwischen uns verändern. Warum meine Ohrspitzen unter Taros Blick zu glühen anfangen, kann ich mir auch nicht erklären. Es ist Sommer, und mein kurzer Pyjama zeigt definitiv nicht mehr Haut als das Kleid, das ich vorhin noch getragen habe. Es gibt also keinen rationalen Grund dafür, diesen Moment als intim zu empfinden. Und trotzdem kribbelt eine angenehme Aufregung durch meinen Körper. So, als wäre meinen Hormonen gerade wieder eingefallen, dass sie mir Taro schon bei unserer ersten Begegnung als Vater meiner zukünftigen Kinder vorgeschlagen haben.

Aus dem Wohnzimmer dringen Geräusche des Fernsehers, dessen bläulicher Schimmer über die Dielen flackert. Aber selbst in den Schatten der Nacht sehe ich, dass Taro mich mustert. Auf eine Art und Weise, die mir eine wohlige Gänsehaut beschert. Vielleicht sollte es mich stören, dass sein Blick an meinem Hals entlang nach unten wandert und an meinen Brüsten verharrt. Doch das tut es nicht. Im Gegenteil: Ich spüre, wie sich meine Brustwarzen verhärten. Mir gefällt diese Art von Beachtung. Viel zu sehr.

Wahrscheinlich sollte ich etwas sagen, aber mein Mund fühlt sich vollkommen ausgetrocknet an. Stattdessen nehme ich mir die Zeit, ihn ebenfalls anzusehen, als hätte ich das nicht schon tausendfach getan. Als wüsste ich nicht längst, dass er mit Abstand der attraktivste Typ an der *Allbright Akademie* ist. Als würden sich nicht ständig Studierende nach ihm umdrehen. Und Taro? Reagiert nie darauf. Manche nennen ihn deswegen arrogant, doch das ist er nicht. Er ist auch nicht schüchtern. Nur Flirtereien jeder Art scheinen stets von ihm abzuperlen. Täglich sitzt er in der Mensa neben mir und hört sich meine Geschichten an. Immer mit diesem Lächeln auf den Lippen, das meine Wangen heiß werden lässt, jedoch nichts zu bedeuten hat. Zumindest dachte ich das bisher, denn nie zuvor hat er mich auf diese Weise betrachtet.

Als wäre ihm das auch gerade bewusst geworden, deutet er auf die Badezimmertür. »Möchtest du zuerst?«

Ich öffne den Mund, weil ich ihm antworten sollte, aber ich kann es nicht. Irgendwo in den Untiefen meines schlaftrunkenen Hirns bildet sich nur ein einziges Wort. Und auch das schafft es nur wispernd über meine Lippen: »Taro.«

Das ist alles. Mehr bringe ich nicht heraus. Ich klinge so abgrundtief verzweifelt, wie ich mich in seiner Nähe öfters fühle. Mir war von unserer ersten Begegnung an klar, dass ich unfassbar auf ihn stehe. Ich habe ihn angesehen und wusste: *Hazel Birds, du bist komplett verloren. Dieser Typ ist der Bruder deiner Freundin. Also reiß dich zusammen. Ganz egal, wie schnell dein Herz gerade schlägt und wie sehnsüchtig sich alles in dir zusammenzieht. Du wirst die Finger von ihm lassen.*

Seitdem habe ich versucht, diese überwältigenden Gefühle beiseitezuschieben. Weil Gemma meine beste Freundin ist. Und weil ich mir nicht einmal sicher war, ob Taro sich überhaupt auf diese Weise zu anderen Menschen hingezogen fühlt. Aber jetzt – in diesem beinahe magischen Moment aus Mondlicht, nächtlichen Schatten und Stille – ist es, als würde ein Jahr unterdrücktes Verlangen auf einmal an die Oberfläche drängen.

Statt mich dafür auszulachen, dass ich meinen Blick nicht von seinem lösen kann, schluckt Taro hart.

Er nickt. Kaum merklich.

»Ich …« Ich weiß nicht, was ich sagen soll. Oder will. Mein Kopf fühlt sich auf die angenehmste Art und Weise wie leer gefegt an. Das sind nur noch er und ich.

»Haze?«

Er hat mich noch nie so genannt, aber mir gefällt der Spitzname. Er fühlt sich wie ein Funkenregen an, der über meine Haut prickelt und ein Feuer in meinem Inneren entfacht.

Ich sehe aus dem Augenwinkel, wie sich seine Hand zur Faust ballt, bevor ein Ruck durch seinen Körper geht.

Mit einer blitzschnellen Bewegung drängt er mich gegen die Flurwand. Taro stützt seine Hand neben meinem Kopf ab und sieht mir tief in die Augen. Sein Atem kommt so stoßweise, als würde es ihn einige Selbstbeherrschung kosten, den letzten Abstand zwischen uns aufrechtzuerhalten.

Überrascht blinzle ich ihn an. Seine Annäherung kam unerwartet, aber es gefällt mir, seine Wärme auf meiner nackten Haut zu spüren. Seine Brust an meiner. Sein Blick so aufgewühlt wie mein rasendes Herz.

Mir ist bisher nie aufgefallen, dass wir beinahe gleich groß sind. Ich kippe leicht mein Becken nach vorn und bemerke, dass ich nicht die Einzige bin, die diese Situation genießt.

Noch nie hat sich die Nähe zu einem anderen Menschen so gut angefühlt. So richtig. So verheißungsvoll.

Mir entweicht ein Laut zwischen Seufzen und Wimmern. Es ist ein Geräusch tief aus meinem Inneren.

»Was ist los, Hazel Birds?«, schnurrt Taro an meinem Ohr, als wäre er eine Katze und ich ein wehrloses Vögelchen, mit dem er spielt.

Und genau so fühle ich mich: Als wäre seine Annäherung

auch irgendwie gefährlich – für mich und meine bröckelnde Selbstbeherrschung. Mit jedem seiner Atemzüge nimmt die Anspannung in meinem Inneren zu.

Er ist der Bruder meiner besten Freundin. Wir verstehen uns gut. Ich sollte das hier wirklich nicht tun. Setz nichts aufs Spiel, das du nicht zu verlieren bereit bist, wiederhole ich in Gedanken immer und immer wieder dieselben Sätze – und dennoch komme ich ihm erneut entgegen, um seine Härte zu spüren. Das sollte sich nicht so verboten gut anfühlen – tut es aber. Wobei die Betonung auf *gut* liegt. Ich brauche dringend mehr davon.

Pure Hitze schießt durch meinen Körper und lässt den letzten Rest meiner Selbstbeherrschung in Flammen aufgehen.

»Fick mich.« Ich beiße mir selbst auf die Unterlippe, kaum dass die Worte meinen Mund verlassen haben. So zu reden ist normalerweise gar nicht meine Art. Ich habe so etwas noch nie zu jemandem gesagt, aber mein Verlangen nach ihm ist absolut übermächtig.

Taro lacht nicht. Er macht sich nicht über mich lustig; weist mich nicht ab. Stattdessen hebt er einen Mundwinkel. Selbst in der Dunkelheit erkenne ich das provozierende Leuchten in seinen Augen. Seine Antwort bringt mich endgültig um den Verstand.

»Wie du wünschst.« In der nächsten Sekunde spüre ich seine Lippen auf meinen und bin mir sicher, dass das hier nur ein Traum sein kann. Solche Sachen passieren nicht. Nicht wirklich. Nicht mit Taro. Denn dieser Kuss – er ist besser als in all meinen Fantasien.

Als Taros Zunge meine Unterlippe streift, öffne ich den Mund für ihn und vergrabe meine Hand in seinen seidigen Haaren. Wie perfekt sich das anfühlt.

Ihm entfährt ein Stöhnen, das durch mein ganzes Sein vibriert.

Ungeduldig schlinge ich ein Bein um ihn und genieße das Gefühl seiner Erektion, die gegen mich presst. Wir tragen beide nur Boxershorts. Zu viel und zu wenig zugleich.

Kurz spüre ich den Stich eines schlechten Gewissens, weil ich mit dem Bruder meiner besten Freundin herummache, aber das verfliegt, als er eine Hand um eine meiner Brüste schließt und mich zu massieren beginnt. Wir sind beide Single. Das hier ist nichts Verwerfliches. Und es fühlt sich zu perfekt an, um damit aufzuhören.

Ich war Taro noch nie so nahe. Nicht auf diese Weise. Trotzdem spüre ich absolutes Vertrauen. Die Gewissheit, dass er mich fängt, wenn ich springe.

Fordernd reibe ich mich erneut an seiner Härte und entlocke ihm ein Stöhnen. Wir sind uns einig in dem, was wir wollen. Das spüre ich am Einklang unserer ungestümen Bewegungen. Wir wollen beide alles. Jetzt.

Doch als ich meine Hand über seinen perfekten Körper nach unten wandern lasse und nach dem Saum seiner Shorts taste, verharrt er plötzlich.

All wäre ein Bann gebrochen, beendet er schwer atmend unseren Kuss und sieht mich an, als wäre er aus einer Trance erwacht.

Er muss mich nicht abweisen, ich sehe an seinem Blick, dass unser Moment vorbei ist.

Langsam lasse ich meine Hand sinken, während er mein Gesicht mustert und kaum merklich seinen Kopf schüttelt.

»Wir sollten nicht …« Er bricht den Satz ab, und mir läuft es eiskalt den Rücken hinab, als er einen Schritt zurücktritt. Der Abstand zwischen uns fühlt sich viel zu groß und zu kühl an. Als wäre er ein Weltmeer zwischen zwei Kontinenten.

»Sagst du mir, warum?«, frage ich leise.

Taro neigt den Kopf zur Seite und blinzelt. »Kann ich nicht.

Ich weiß nicht einmal, was hier gerade passiert ist«, gesteht er und wirkt mit einem Mal vollkommen überfordert – von allem. Als wüsste er nicht einmal mehr, was er in diesem Flur wollte. Oder wohin mit seinen Händen oder sich selbst. Erneut greift er sich in die Haare. »Es tut mir leid. Das hätte nicht … Tut mir leid.« Es wirkt, als wollte er noch etwas sagen, doch er wendet sich zum Gehen. Irritiert sehe ich ihm nach, wie er ins Wohnzimmer hinübergeht und auf die Dachterrasse hinaustritt. Was tut er da? Es sieht aus, als würde er einen stummen Schrei in den Nachthimmel entlassen. Schwer zu sagen, ob er sich tatsächlich darüber ärgert, was eben passiert ist – oder es bereut, mich hier allein stehen gelassen zu haben.

Ich meine: Er ist Taro. Er ist für gewöhnlich niemand, der mit den Gefühlen anderer spielt.

Und obwohl er mich soeben abgewiesen hat, ist genau das der wahnwitzige Moment, in dem ich beginne, mich in Taro Takahashi zu verlieben.

Ja: Unser Zusammentreffen dauerte nur Sekunden. Trotzdem hatte ich kurz das Gefühl, dass er mich einen Blick hinter seine sorgsam errichtete Fassade der Gleichgültigkeit werfen lässt. Und das bedeutet mir mehr, als jeder Kuss es könnte.

1. KAPITEL
HAZEL

Heute
Freitag, 13. Januar

Sei keine Prinzessin. – Das ist einer von Moms typischen Sprüchen. Da Dad kurz nach meiner Geburt verstarb, waren wir beide quasi immer auf uns allein gestellt. Wir sind gut darin, unser Leben selbst in die Hand zu nehmen. Aber es gibt Momente, in denen ich dennoch lieber eine Krone als den Darm eines Hundes zwischen meinen Fingern halten würde.

Tief durchatmend sehe ich durch das Fenster der Praxis hinaus, betrachte abwechselnd die fallenden Schneeflocken und ein im Busch sitzendes Eichhörnchen, lausche dem lauten Ticken der Wanduhr und zähle die Minuten, die Mom braucht, um einem Golden Retriever namens Vicky das Leben zu retten. Darmverschlingung. Es ist nicht die erste OP dieser Art, bei der ich Mom zur Hand gehe, aber auch nach all den Jahren, in denen ich ihr in der Praxis assistiere, gibt es Dinge, die ich nicht gut vertrage. Neben dem Einschläfern von Tieren sind das Operationen am Magen-Darm-Trakt. Es existieren einfach Gerüche, mit denen ich nicht klarkomme. In Momenten wie diesen verfluche ich Mom dafür, die unzuverlässigsten Tierarzthelferinnen New Yorks eingestellt zu haben. Theoretisch ist es gut, dass sie Menschen eine Chance gibt, die es aufgrund von Erkrankungen oder ihrem Alter eher schwer auf dem Arbeitsmarkt haben. Wirklich. Nur jetzt gerade würde ich lieber irgendetwas anderes tun, als darauf zu warten, dass Mom die Prozedur endlich beendet. Dieser Teil des Eingriffs ist der wichtigste und erfordert eine Menge Geduld und Feingefühl. Wenn die Wunde nicht gut verheilt, ist der Hund nicht zu retten. Ich weiß das. Also unterdrücke ich meine Ekelgefühle zuliebe des Tieres, das narkotisiert auf Moms Behandlungstisch liegt.

»Geht es?«, fragt sie, ohne aufzusehen.

»Muss ja«, murmle ich.

Irgendetwas an meiner Antwort bringt sie dazu, kurz den Kopf zu heben und mich zu mustern, bevor sie ihr Werk fortsetzt.

Wenn sie den Grünheitslevel meiner Gesichtsfarbe abchecken wollte: Ich werde mich schon nicht auf den Hund übergeben. Auch wenn diverse Leute behaupten, ich würde wie ein Püppchen aussehen, bin ich nicht aus Porzellan.

Eine halbe Stunde später hat Mom ihre Arbeit beendet und bringt Vicky in den Aufwachraum, wo sie von ihrer Tierarzthelferin Abigail im Auge behalten wird. Ich mag Abigail. Sie ist ein Engel ohne Flügel. Nur leider machen ihr die schmerzenden Gelenke das lange Verharren bei Operationen nahezu unmöglich.

Als Mom wenig später in den Behandlungsraum zurückkommt, schrubbe ich meine Hände. Obwohl meine Haut bereits schmerzt, bilde ich mir ein, dass sie noch immer unangenehm riecht. Fast rechne ich mit einem Kommentar von Mom, aber er bleibt aus. Schweigend geht sie zum Fenster hinüber und lüftet, sieht dabei so interessiert nach draußen, als wollte sie nachvollziehen, was ich dort beobachtet habe.

»Es schneit«, ist alles, was sie sagt. Aber ich weiß, was sie eigentlich meint. Ich kenne die Botschaft zwischen den Zeilen, denn sie hat mir oft genug von Dads Todestag erzählt. Es war ein Wintertag wie dieser. Ich war gerade fünf Wochen alt, als der erste Schnee des Jahres fiel. Jedes Mal, wenn in den vergangenen zwanzig Jahren die ersten Flocken des neuen Winters auf die Erde rieselten, hat sie es erwähnt. Nur beiläufig. So, wie sie immer von Dad spricht – dem Musiker, der nur siebenundzwanzig Jahre alt wurde. Das ist fast alles, was ich über ihn weiß, neben der Tatsache, dass ich seine undefinierbare Augenfarbe geerbt habe. Meistens sehen meine Iriden braun-grün aus, aber in bestimmten Lichtverhältnissen wirken sie dunkelgrau. Hazel Eyes für jemanden namens Hazel, welch Ironie des Lebens. Dad schien also Humor gehabt zu haben. Alles in allem besitze ich nur dürftiges Wissen über den Mann, der zweifellos Moms große Liebe gewesen sein muss. Wieso ich das denke? Solang ich mich erinnere, ist sie nie auf irgendeine Art von Flirtereien eingegangen. Sie hatte keine Verabredungen, auf ihrem Handy ist keine Dating-App installiert, und sie betont bei jeder sich bietenden Gelegenheit, wie stolz sie auf mich ist, weil ich eine unabhängige junge Frau bin. Dass wir keinen Mann in unserem Leben brauchen, um zurechtzukommen. Nein. Sie spricht sich ständig dermaßen entschieden gegen Männer aus, dass ich mir absolut sicher bin, dass Dad wirklich und wahrhaftig sehr besonders gewesen sein muss, um ihr Herz zu erobern. Warum sonst sollte jemand so Unabhängiges wie sie auf die Idee gekommen sein, überhaupt zu heiraten?

»Meinst du, ich könnte morgen einen freien Tag haben?«, durchbreche ich die Stille.

»Willst du Sachen fürs College erledigen?«, fragt Mom und beschert mir sofort ein schlechtes Gewissen. Ich fühle mich, als wäre meine Frage dreist und es verwerflich, am Wochenende einfach mal etwas für mich tun zu wollen. Dabei bin ich keine

Angestellte. Das hier ist nicht mein Job. Ich plane auch nicht, jemals in ihre Praxis einzusteigen. Ganz im Gegenteil: Ich studiere darstellendes Spiel an der *Allbright Akademie*. Mein sonstiger Alltag könnte also gar nicht weiter entfernt von dem sein, was wir hier in der Praxis machen. Und der rationale Teil in mir weiß, dass Mom das durchaus bewusst ist. Allerdings verlässt sie sich auf mich. Wir sind ein eingespieltes Team, weil es immer nur uns beide gab. Und natürlich unseren Hund Bina, der gerade unter dem Empfangstresen schläft. Aber hauptsächlich uns. Wahrscheinlich ist unsere Beziehung deswegen etwas speziell. Während andere Mädchen mit ihren Freundinnen shoppen gegangen sind, habe ich das meist mit Mom unternommen. Wir waren zusammen im Kino oder auf Konzerten – und ich habe es genossen. Ausflüge mit ihr waren immer cool. Sie sind es auch heute noch. Aber ehrlich gesagt, finde ich es ebenso schön, Zeit mit Menschen in meinem Alter zu verbringen. Manchmal ertappe ich mich, dass ich mich deswegen mies fühle. Dabei ist es ja nicht so, als wollte ich Mom ersetzen. Und ich verstehe, dass sie mich nach dem Verlust von Dad davor bewahren möchte, Menschen kennenzulernen, die morgen vielleicht schon kein Teil meines Lebens mehr sind. *Freunde kommen und gehen – Familie bleibt.* Das ist einer der Sprüche, der auf sämtlichen Familienfeiern wiederholt wird. Wieder. Und wieder. Und wieder. Ich habe es begriffen. Und trotzdem wünsche ich mir eine kleine Auszeit von dem hier. Schon allein deswegen, weil meine Nase gern den Gestank von Desinfektionsmitteln gegen den Duft von frischem Kaffee und warmen Backwaren eintauschen würde.

»Ich möchte morgen mit Gemma ein neues Café ausprobieren«, gestehe ich. »Ihr Freund lädt uns ein.«

»Tatsächlich?«, fragt Mom und lehnt sich gegen die Fensterbank, während sie mich mustert. Irgendetwas an ihrem Blick gefällt mir nicht. Vielleicht liegt es an der skeptisch hochgezogenen Augenbraue. »Wird denn ihr Bruder auch dabei sein? Dieser Taro?«

Dieser Taro. Wie das klingt. Hoffentlich bilde ich mir den vorwurfsvollen Unterton nur ein. Ich habe Mom nie viel von ihm erzählt. Weder, dass wir uns geküsst haben, noch dass ich spätestens seit jener Nacht in ihn verschossen bin. Aber aufgrund bereits erwähnter spezieller Bindung glaube ich, dass sie es ohnehin weiß. Zumindest seufzt sie immer lautstark, wenn ich ihn auch nur beiläufig erwähne – weswegen ich es meist vermeide. Wie auch jetzt. Ihre Unmutsäußerung klingt, als wäre sie ein Tadel. Und zugleich eine Ermahnung. Die freundliche Erinnerung daran, dass wir ein Zweierteam sind und keine Männer in unseren Leben brauchen, die alles durcheinanderbringen. Blöderweise sind wir uns in dem Punkt nicht einig, denn außer Taro liebe ich auch Männer an sich. Ich kann mir beim besten Willen nicht vorstellen, für den Rest meines Lebens allein zu bleiben und mich mit meinem Vibrator zu begnügen. Und im Gegensatz zu Mom hatte ich in den vergangenen Jahren einige Dates. Von denen manche nicht ganz so jugendfrei endeten, wie Mom es sich wohl wünschen würde. Ich habe nicht viele Geheimnisse vor ihr, doch mein Liebesleben gehört dazu. Ich wünschte, ich könnte auch in dem Punkt die Tochter sein, die sie sich vorstellt, aber es funktioniert nicht. Ich habe es versucht – und bin gescheitert. Und das schon, bevor ich Taro letztes Jahr getroffen habe. Wie es scheint, wird es allerdings auch eine Zeit nach Taro geben. Geben müssen. Denn seit unserem Kuss sind mittlerweile einige Monate vergangen. Monate, in denen mir mehr als einmal schwindelig von Taros abrupten Meinungswechseln war. Er hat mich damals geküsst – und mich abgewiesen. Und trotzdem ist er jedes Mal der Erste, der spürt, wenn ich einen echt miesen Tag habe. Er findet immer die richtigen Worte, um mich wieder aufzurichten. Manchmal glimmt dabei etwas in seinem Blick auf, das ich unterdrückte Sehnsucht nennen würde. Noch immer sitzt er in der Mensa oft neben mir. Letztens hat er mir während des Essens geistesabwesend über den Rücken gestreichelt und ist mit den Fingerspitzen an meiner Wirbelsäule auf und ab gestrichen, bis ich erschaudert bin. Als er es bemerkt hat, ist er mir die folgenden Tage aus dem Weg gegangen. So ist es immer zwischen uns: ein Katz-und-Maus-Spiel. Wahrscheinlich hätte ich ihn längst aufgegeben, wenn ich nicht wüsste, dass er kein Typ ist, der Menschen absichtlich verarscht. Ich bin mir sehr sicher, dass er einen triftigen Grund dafür hat, mich hinzuhalten, obwohl er immer wieder meine Nähe sucht. Klingt das naiv? Vielleicht. Aber ich spüre einfach, dass tief in Taro etwas lauert, das sich nach Freiheit sehnt. Aus irgendeinem egoistischen Grund möchte ich diejenige sein, die es entfesselt. Denn allein wenn ich daran denke, wie gut es sich angefühlt hat, von ihm gegen eine Wand gedrängt zu werden, wird mir noch immer heiß und kalt. – Selbst wenn das nie wieder geschehen sollte, ist und bleibt Taro einer der wichtigsten Menschen in meinem Leben.

Einmal habe ich meinen Mut zusammengenommen und ihn um ein Date gebeten. Er wies mich mit den Worten ab, dass ich als Gemmas beste Freundin wie eine kleine Schwester für ihn sei. Auch wenn ich für ihn mehr als brüderliche Gefühle hege, kann ich ihm deswegen nicht böse sein. Wann immer wir Zeit miteinander verbringen, ist es, als wäre er Teil der Familie, die ich mir von klein auf gewünscht habe. Meine Empfindungen für Taro sind komplex und vor allem eines: mehr als nur körperliche Anziehung.

Glücklicherweise reißt mich Mom aus meinen vollkommen abschweifenden Gedanken.

»Tu, was du willst«, murrt sie.

Aber lass dir nicht das Herz brechen, beende ich im Geiste einen weiteren ihrer typischen Sprüche.

Ich bin keine Prinzessin – und lasse mir nicht das Herz brechen. Doch von der Bettkante würde ich Taro trotzdem nicht stoßen, sollte er sich je dorthin verirren.

Mom schließt energisch das Fenster und sieht auf die Uhr. »Ich habe in einer halben Stunde einen Termin mit einem Vertreter von *Animalis*.«

»Du meinst diese neue Firma für Tierpharmazeutika?«

»Genau die. Dank des geänderten Tierschutzgesetzes müssen wir hier nach und nach alle Arzneimittel austauschen.« Sie deutet flüchtig auf den Oberschrank, in dem diverse Analgetika und Narkotika auf ihren Einsatz warten.

Ich habe einiges von der Reform gelesen und darüber selbst eine Reihe von Blogbeiträgen verfasst, weil die aus Europa herübergeschwappte Gesetzesänderung heiß diskutiert wird. Es gibt Hinweise darauf, dass zumindest manche Paragrafen eher dem Geldbeutel irgendwelcher Lobbyisten als dem Tierwohl dienen, aber so undurchsichtig, wie die Lage ist, konnte ich noch kein eindeutiges Fazit ziehen.

»Ich könnte mich nebenan hinsetzen, was fürs Studium erledigen und ein Auge auf den Hund haben, dann kann Abigail den Empfang managen, während du im Meeting bist«, biete ich an, denn im Grunde hat Mom recht: Das neue Semester hat gerade erst begonnen, trotzdem schadet es nicht, etwas fürs College zu lesen. Nachdem wir uns letztes Semester schwerpunktmäßig mit *Orpheus in der Unterwelt* auseinandergesetzt haben, widme ich mich dieses Halbjahr den Werken von Mary Shelley. Nicht unbedingt *Frankenstein*, obwohl mich noch immer beeindruckt, dass sie gerade mal so alt war wie ich, als sie es geschrieben hat. Viele von Shelleys Werken waren der damaligen Zeit voraus. Laut ihrer Vita war sie eine beeindruckende Frau. Und das trotz der Tatsache, dass sie verheiratet war und Kinder hatte, was bei Mom immer so klingt, als wäre es verwerflich. Irgendwie scheint Mom im Verlauf der letzten zwanzig Jahre vergessen zu haben, dass auch sie sich irgendwann einmal dafür entschieden hat. Neben dem Studium. Weil wir nämlich in einer Zeit leben, in der wir alles haben könnten. Auch getrennte Konten und geteilte Betten. Allerdings nehme ich diese Vision für meine Zukunft lieber mit in den Nebenraum, da sie bei Mom alles andere als gut aufgehoben ist. Ich habe ihre Frage vorhin vielleicht nicht beantwortet, aber: Ja, Taro wird morgen auch dabei sein. Und ich freue mich darauf, ihn zu sehen.

»Sekunde noch«, bittet Mom, gerade als ich die Tür zum Nebenzimmer öffne. »Du denkst daran, dass Aurora morgen nach New York zurückkommt und gern die Schlüssel für ihr Auto wiederhätte?«

Genervt verdrehe ich die Augen. Mir ist absolut schleierhaft, warum meine Cousine überhaupt darauf bestanden hat, mir für die Dauer ihrer Reise ihren Wagen auszuleihen. Er stand die vergangenen Wochen einfach nur nutzlos auf dem Praxisparkplatz, da Fahren in New York für mich zu den Höllenkreisen gehört. Ernsthaft. Wer tut sich das freiwillig an? Außer meiner heißgeliebten Cousine, die ohnehin alles und jedes besser weiß als ich. Jedes Mal, wenn ich ihr bei einer Familienfeier über den Weg laufen muss, habe ich das spontane Bedürfnis, den Raum zu verlassen. So auch jetzt. Ehrlich. Da leiste ich lieber der bewusstlosen Hündin Gesellschaft, als von Mom noch ein Wort über Aurora hören zu müssen. Mit Freuden werde ich meiner Cousine ihren Autoschlüssel wiedergeben – wenn sie dazu bereit ist, ihn sich im Café abholen zu kommen. Andernfalls werfe ich ihn ihr einfach kommentarlos in den Briefkasten. Das erspart mir wenigstens einen ihrer Vorträge darüber, dass ich nichts aus meinem Aussehen mache. Oder darüber, dass mein Schauspielstudium an der *Allbright* lächerlich ist. Oder ich mich nicht ständig irgendwelchen Typen an den Hals werfen soll, weil das erbärmlich ist. Sagen wir, wie es ist: Sie hat mir während ihrer Abwesenheit so sehr gefehlt, wie ich ihr Auto brauchte. Also echt nicht.

· · ✦ · ·

Ich setze mich neben Vicky auf den Linoleumboden im Beobachtungsraum, um ab und an ein Auge auf sie zu haben. Gedankenverloren ziehe ich mein Smartphone hervor und beantworte die neusten Kommentare auf meinem Blog. In meinen letzten Beiträgen ging es öfter um die umstrittene Tierarzneimittelreform. Nicht nur, weil es Mom einiges an Geld gekostet hat (und kosten wird), die lang bewährten Medikamente auszutauschen, sondern weil die Hintergründe der Gesetzesänderung noch immer etwas unklar sind. Die Veterinärpharmafirma *Animalis*, die die meisten der neuartigen und patentierten Pharmaka vertreibt, gibt es erst seit Kurzem. Sie ist der Hauptgewinner der Neuerung; ein Vorteil für die Tiere ist nicht bekannt. Das allein ist schon ziemlich suspekt, allerdings schlägt es nicht so riesige Wellen, wie es bei Arznei für Menschen geschehen wäre. Umso wichtiger ist es mir, mehr über diese Firma herauszufinden. Das stellt sich jedoch eher schwierig dar. *Animalis* wird von verschiedenen Institutionen subventioniert. Laut einer im Netz kursierenden Liste ist auch eine Bildungseinrichtung aus dem Staat New York darunter. Allerdings eine namentlich nicht genannte, was das Ganze nur mysteriöser macht. Warum unterstützt eine Schule diese Pharmafirma – möchte dann aber nicht öffentlich dazu stehen? Vielleicht bin ich paranoid, doch irgendwie klingt diese komplette Geschichte so dubios, dass ich sie auf jeden Fall weiterverfolgen will. Die meisten neuen Kommentare meiner Abonnentinnen sind freundlich und harmlos, bis auf einen, an dem meine Aufmerksamkeit hängen bleibt. Er wurde anonym gepostet: *Versteckt oder nicht – wir kommen.*

Was ist das für ein Unfug? Manchmal bekommt man in den sozialen Medien wirklich seltsame Nachrichten. Ich erinnere mich, dass Gemma in der letzten Zeit auf all ihren Kanälen mehrfach täglich Spamnachrichten von irgendwelchen Verschwörungstheoretikern erhalten hat. Irgendetwas Obskures über einen Realitätsshift in New York, dem sie aufgrund ihrer herausragenden Fähigkeiten als Hexe mal nachspüren sollte. Was sie selbstverständlich nicht tut.

Da ich mein Handy schon in der Hand halte, kann ich ihr auch gleich schreiben, dass das mit unserem morgigen Treffen klappt – solange Mom meine Hilfe nicht braucht. Ich schicke Gemma ein Foto von meiner bewusstlosen Patientin, die ruhig atmend auf ihrer Matte die Narkose ausschläft.

Nur wenige Sekunden später trifft Gemmas Antwort bei mir ein.

Gemma: *Jippie! Wir (Darren, Taro und ich) freuen uns. Ich werde bei der weißen Magie gleich ein gutes Wort für die süße Fellnase einlegen. Dann hoffentlich bis morgen. – *fingerscrossed**

Sie sagt es. *#fingerscrossed.* Auch ich drücke uns die Daumen und freue mich darauf, mal wieder Zeit mit Gemma zu verbringen. In den letzten Wochen hatte ich öfter das Gefühl, dass sich etwas zwischen uns verändert hat. Wann immer sie nicht aufpasst, stiehlt sich ein Funke schlechten Gewissens in ihre Augen. Ich habe nur noch nicht herausgefunden, woran es liegt. Daran, dass sie nun einen Freund und somit automatisch weniger Zeit für mich hat? Daran, dass sie glücklich ist, während ich seit Monaten erfolglos ihren Bruder anschmachte? Gibt es einen anderen Grund für ihre Gewissensbisse? Ich habe keine Ahnung, doch so oder so muss sie die nicht haben. Davon abgesehen, dass ich jedem Menschen sein Glück gönne, bin ich der festen Überzeugung, dass man sein Schicksal selbst in der Hand hält. Wenn ich unzufrieden mit meinem Leben wäre, wäre es meine Aufgabe, etwas daran zu ändern. Nicht ihre.

Apropos Aufgabe: Widerwillig kontaktiere ich meine Cousine mit dem Hinweis, dass sie ihren Schlüssel doch bitte bei mir im Café abholen möge, wenn sie ihn denn morgen sofort zurück braucht.

Ihre Zusage stimmt mich zwar nicht gerade euphorisch, aber zumindest kann ich diesen Punkt von meiner To-do-Liste streichen.

2. KAPITEL
HAZEL

Samstag, 14. Januar

Ich werfe einen flüchtigen Blick auf die ungelesene Mitteilung, die mein Handy anzeigt. Sie stammt von Mom: *Unserer Patientin geht es gut.*

Erleichtert stecke ich es in die Tasche und atme die nach Kaffee duftende Luft ein. Irgendwie fühlt es sich an, als hätte Mom mir mit dieser Nachricht die Erlaubnis gegeben, einen unbeschwerten Tag zu genießen. Sollte sie in der Praxis Hilfe bei einem dringenden Notfall brauchen, werde ich mich auf den Weg machen, aber jetzt bin ich erst einmal fest entschlossen, diesen Vormittag auszukosten. Im wahrsten Sinne des Wortes, denn auf dem Teller vor mir stapeln sich himmlisch duftende Waffeln mit Zimt-Vanille-Eis.

Obwohl es heute winterlich kühl ist, stiehlt sich gerade die Sonne durch die bleifarbenen Wolken und lässt in ihrem Schein goldene Staubflocken über unseren Tisch im *Hazelcup* tanzen. Darren und Gemma diskutieren seit gefühlt zehn Minuten darüber, ob es verwerflich ist, seinen Kaffee mit Karamell-Sirup zu trinken – oder nicht. Darren hält es für eine Verschwendung von guten, ehrlichen Kaffeebohnen, wohingegen Gemma von der Vielfalt möglicher Aromen schwärmt, bis sie mitten im Satz verstummt.

»Was?«, fragt sie provozierend und neigt den Kopf zur Seite, während Darren sie mustert.

»Nichts«, behauptet er und kann ein Grinsen dann doch nicht unterdrücken. »Ich liebe nur einfach deine Leidenschaft. Egal, worum es geht.«

Gemma blinzelt ihn an, als hätte er sie vollkommen aus dem Konzept gebracht. »So?« Es wirkt, als wollte sie ihn für seine Äußerung aufziehen, stattdessen küssen die beiden sich dermaßen hingebungsvoll, als hätten sie vergessen, dass sie nicht allein sind. Und dass sie momentan quasi so etwas wie Personen des öffentlichen Lebens sind, da Darren kürzlich von seinem Dad einen enorm erfolgreichen Energiekonzern geerbt hat, der ihn zu einem der reichsten Jungunternehmer des Staates New York gemacht hat. Dass einer der begehrtesten Junggesellen der Stadt sich ausgerechnet in eine Schauspielstudentin und Internethexe verliebt hat, sorgte in den letzten Tagen für einige Schlagzeilen in den lokalen Medien. Aber der empörte Aufschrei enttäuschter Frauen ist von ihm ebenso abgeperlt wie das aktuelle Getuschel am Nachbartisch. Oder auch einfach die Tatsache, dass ich die beiden immer noch anstarre, weil ihr Anblick mich daran erinnert, wie perfekt und absolut heiß sich der Kuss mit Taro angefühlt hat.

Ich fahre erschrocken auf, als dieser mich sacht mit seinem Ellbogen anstößt. Allein seine Anwesenheit reicht aus, um meine Wangen zum Glühen zu bringen. Manchmal, wenn wir uns im selben Raum aufhalten, spüre ich ihn, als wären wir zwei Magnete, die einander anziehen. Wenn wir uns so nahe sind, wie in diesem Moment, habe ich das Gefühl, die Luft zwischen uns würde brennen. Daran hat sich in den letzten Monaten nichts geändert.

Ich habe seine Abfuhr akzeptiert, mich mit anderen getroffen – und trotzdem fühle ich diese unstillbare Sehnsucht tief in meinem Inneren. Einen Hunger, der sich nicht mit zwanglosem Sex stillen lässt.

»Blonder Typ, Nachbartisch«, flüstert Taro und nickt in Richtung der Sitznische uns gegenüber.

Irritiert folge ich seinem Hinweis und ertappe einen jungen Mann dabei, wie er mich mustert, dann angrinst.

»Er sieht dich schon die ganze Zeit sehr interessiert an«, sagt Taro leise und nippt schmunzelnd an seinem laktosefreien Erdbeermilchshake.

Obwohl ich gerade kein Interesse an unbedeutenden Flirtereien habe, schenke ich dem Fremden ein flüchtiges Lächeln und widme mich lieber wieder meinen Waffeln. Das warme, unbeschwerte Gefühl von eben ist augenblicklich verflogen, weil ich bereits eine dunkle Vorahnung habe, was Taro als Nächstes sagen wird. Missmutig zerteile ich das Gebäck in kleine Häppchen und zähle insgeheim die Sekunden. Eins. Zwei. Drei.

»Vielleicht solltest du …«, beginnt Taro und bringt mich dazu, abfällig zu schnauben.

Ganze drei Sekunden hat er es ausgehalten, bis er wieder damit anfängt. Ständig ermutigt er mich, auf andere Männer zuzugehen, als könnte mir das dabei helfen, meine Schwärmerei für ihn zu überwinden. Aber das tut es nicht.

»Ist es wirklich das, was du willst?« Gereizt sehe ich zu ihm auf und versuche, das Brodeln in meinem Inneren zu unterdrücken. Es gelingt mir nicht. Ich hasse das Gefühl, das Taros Vorschlag in mir auslöst. Diese Mischung aus Eifersucht, Wut und Ohnmacht, die nur er innerhalb von Sekunden in mir hervorrufen kann. Rational betrachtet klingt es albern, wenn Taros Vorschlag, dass ich mich mit einem anderen Mann unterhalten könnte, mich eifersüchtig macht. Aber so ist es, weil es bei mir den Eindruck erweckt, als wäre ich ihm egal. Ich weiß nicht, wie ich ihm jemals beschreiben soll, was ich für ihn empfinde.

Dass es mir fremd ist und mir Angst macht, weil es so anders ist als die Verliebtheit, die ich in der Highschool für die Jungs vor ihm verspürt habe. Vielleicht will ich auch einfach nur zu sehr, dass meine Schwärmerei auf Gegenseitigkeit beruht, und dieses nagende Gefühl in mir ist gar keine Eifersucht, sondern verletzter Stolz. Manchmal fühle ich in Taros Nähe zu viel, um es einordnen zu können. Oder aber mein chaotisches Gefühlsleben weigert sich einfach, sich in Schubladen drängen zu lassen. Ich bekomme oft gesagt, was für eine überaus talentierte Schauspielerin ich bin, weil ich immer die Emotionen abrufen kann, die es gerade für meine Rolle braucht. Aber die Wahrheit ist: Ich fühle alles. Immer. Nur die meiste Zeit unterdrücke ich es, um eine Version von mir zu sein, mit der mein Umfeld hoffentlich zurechtkommt. Doch ab und zu, in Augenblicken wie diesen, kann ich mich nicht zusammenreißen. Ich will wissen – *muss* wissen –, was Taro wirklich denkt. Seine tadellose Fassade macht mich innerlich so wütend, dass ich eine emotionale Nadel brauche, um ihn zu piksen. Bloß ein wenig, um herauszufinden, ob er tatsächlich so schmerzresistent ist, wie er mich glauben lässt.

»Du möchtest also, dass ich zu dem jungen Mann hinübergehe und ihn auf einen Kaffee einlade?«, frage ich provozierend, da Taro noch immer nicht geantwortet hat.

In Seelenruhe nimmt er einen weiteren Schluck von seinem Shake, bevor er sich aufrichtet und mich mustert. In seinen hellgrauen Augen spiegeln sich so viele Emotionen wider, dass es mir unmöglich ist, sie zu greifen. Am Ende zuckt er mit einer Schulter. »Was ich will, spielt hier keine Rolle.«

Ich spüre, wie sich mein Puls beschleunigt. Vor Wut. Weil ich es hasse, wenn er solche Sachen sagt. »Was du willst, würde eine Rolle spielen, wenn du endlich mal mit der Sprache herausrücken würdest, was genau das ist.«

»Dass du tust, was dich glücklich macht«, entgegnet er leichthin. Doch die Weise, wie er die Zähne zusammenbeißt, bis ein Muskel in seiner Wange hervortritt, straft ihn Lügen. Seine ganze Körperhaltung wirkt sehr viel verkrampfter, als er mich glauben lassen will.

Mit einem resignierten Seufzen widme ich mich wieder meiner Waffel. Ich höre, dass Taro erleichtert ausatmet, und sehe aus dem Augenwinkel, wie er sich entspannt. Es war die richtige Entscheidung, sitzen zu bleiben. Das weiß ich spätestens, als er seinen Arm um meine Taille legt, als wollte er mir danken. Mein Körper honoriert die Geste mit einem Schwarm Schmetterlinge, der nicht nur durch meinen Bauch, sondern meinen ganzen Körper flattert. Für den Bruchteil einer Sekunde fühle ich mich wohl und geborgen. Ich wünschte wirklich, Taro würde mir einfach mal direkt sagen, warum er sich so widersprüchlich verhält. Ich musste für das Schauspielstudium bereits diverse Dramen lesen, doch nicht einmal deren Analyse hilft mir bei Taro weiter. Es ist ja nicht so, als hätte er mich geküsst und mir dann gesagt: *Sorry, Hazel. Ich mag dich, aber ich bin einfach nicht gut für dich.* – Oder was auch immer die Bad Boys in den Büchern für gewöhnlich von sich geben, um ja nicht mit ihrer schwierigen, wenngleich alles erklärenden Vergangenheit rauszurücken. Frei nach dem Motto: *Ich will, dass du zu mir gehörst, doch ich bin nicht gut für dich, also stoße ich dich von mir und begründe mein widersprüchliches Verhalten erst dann, wenn uns meine finstere Vergangenheit in gewaltige Schwierigkeiten gebracht hat.*

Es könnte sein, dass ich *einige* Geschichten dieser Art gelesen habe, weil Dark Romance mein Guilty Pleasure ist.

Ich glaube allerdings nicht, dass Taro als Love Interest für eine davon taugen würde. Soweit ich weiß, ist der dunkelste Punkt seiner Vergangenheit, dass seine Mom ihn als Säugling bei seinem Dad in New York abgegeben hat, weil sie ihre Freiheit brauchte. Woher ich das weiß? Von Gemma. Ich kenne Taro jetzt seit fast anderthalb Jahren, und er selbst hat seine Mom nie erwähnt. Kein. Einziges. Mal. Er hat nie mit ihr telefoniert. Mir nie Fotos von ihr gezeigt. Ich habe mich schon diverse Male bei dem Gedanken ertappt, dass es vielleicht an dem nicht vorhandenen Verhältnis zu seiner Mom liegen könnte, dass er keine Frau wirklich an sich heranlässt. Selbst Gemma nicht. Obwohl die beiden sich gut verstehen, lässt er sich von ihr nicht umarmen und wirkt immer, als wäre er auf dem Sprung, wenn sie Anstalten macht, ihn zu berühren. Rational betrachtet wäre es vielleicht leichter, Taro einfach Taro sein zu lassen und in sein Verhalten nicht allzu viel hineinzuinterpretieren, es ändert allerdings nichts daran, dass mein Herz einen anderen Takt anschlägt, sobald er mir in die Augen sieht.

Als ich ihn flüchtig anlächele und mich wieder meinen Waffeln widme, spüre ich seinen warmen Atem an meiner Wange, während er mir ein Wort zuflüstert.

»Danke.«

All meine Sinne richten sich auf die Stelle, an der seine Lippen beinahe mein Ohr berühren. Ein warmer Schauer durchläuft meinen Körper. Wahrscheinlich hat er ihn bemerkt, denn als ich den Kopf hebe und zu ihm aufsehe, liegt ein Funkeln in seinem Blick, das mich neugierig macht.

»Wofür bedankst du dich?«

»Dafür, dass du mich erträgst, obwohl du es nicht müsstest«, erwidert er so leise, dass Gemma und Darren es mit Sicherheit nicht hören.

Die Augenbrauen zusammenziehend schüttle ich den Kopf. Ist es das, was er denkt? Dass ich ihn gerade so ertrage, obwohl verlockendere Alternativen in Reichweite sind? Dass Gemma ihn nur deswegen *erträgt*, weil sie seine Schwester ist und sich quasi dazu verpflichtet fühlt? Wie ich seine Worte auch drehe und wende: Sie klingen vollkommen falsch.

»Ich verbringe gern Zeit mit dir«, ist alles, was mir spontan dazu einfällt. »Sehr gern sogar.«

Er öffnet den Mund, als wollte er etwas erwidern und belässt es dann doch bei einem unverbindlichen Lächeln. Es wäre ja auch zu schön gewesen, hätte er mir seine Gedanken anvertraut.

Für ein paar Minuten fühlt sich dieser Vormittag dennoch nahezu perfekt an. Die Waffeln sind ebenso lecker wie der Kaffee, Darren und Taro beschließen, demnächst gemeinsam zum Sport zu gehen, und Gemma und ich tauschen uns darüber aus, welche Kurse wir dieses Semester belegen wollen. Obwohl ich Darren kaum kenne, ist es ein entspannter Ausflug unter Freunden. Zumindest bis mir Taro eine Hand auf den Oberschenkel legt und aus »entspannt« »aufregend« wird. Es ist nur eine winzige Geste, die all meine Sinne erweckt. Sein Daumen reibt über meine Jeans, bevor er seine Hand langsam höher wandern lässt. Wie kann eine so harmlose Berührung sich dermaßen intensiv anfühlen? Ich erschaudere, als seine Hand auf die Innenseite meines Oberschenkels gleitet. Mir wird beinahe schwindelig vor Glück. Obwohl er mich nie auf eine ähnliche Weise berührt hat, überkommt mich ein vertrautes Gefühl.

»Déjà-vu«, murmle ich.

Als wäre dadurch ein Bann gebrochen, zieht Taro seine Hand zurück.

Gemma sieht mich fragend an, doch ich habe nur ein Schulterzucken für sie.

»Keine Ahnung, was mit mir nicht stimmt, aber ich habe momentan häufiger Déjà-vus. Vielleicht sollte ich mich mal durchchecken lassen.« Eigentlich soll es nur ein Scherz sein, doch Gemma wirkt aufrichtig besorgt.

Sie sieht Darren an, bevor sie mir ein Lächeln schenkt, das

mich nicht überzeugt. »Man sagt, dass Déjà-vus Botschaften des Unterbewussten sind.«

»Und was sollen sie bedeuten? Dass ich Taro aus einem früheren Leben kenne?« Wieso sonst sollen mir Berührungen wie diese vertraut sein?

Ich bekomme keine Antwort mehr, denn just in der Sekunde betritt meine Cousine Aurora den Raum. Da in dem gut besuchten Café ständig Menschen ein- und ausgehen, wäre ihre Ankunft eigentlich keine Bemerkung wert, würden nicht sofort alle Blicke zu ihr gleiten. Es liegt nicht allein an ihrer makellosen Erscheinung oder der Tatsache, dass sie trotz Schneefalls High Heels trägt. Auch nicht an ihren perfekt frisierten Haaren, deren Volumen wirkt, als wären Schnee und Wind nur ein Mythos. Oh nein. Aurora hat einfach eine besondere Ausstrahlung. Jeder bemerkt ihre Anwesenheit, sobald sie sich nähert. Es ist schlichtweg unmöglich, sie zu ignorieren.

Aurora sieht sich so suchend um, dass ich mich dazu gezwungen fühle, ihr zuzuwinken. Als sie mich schließlich entdeckt, schenkt sie mir ein strahlendes Lächeln. Zumindest bis ihr Blick zu Taro gleitet, der sich sofort gerader hinsetzt. Ihre erhobenen Mundwinkel gefrieren zu einer grotesk emotionslosen Grimasse, während sie ihn mustert.

Zögerlich zieht er sich noch weiter von mir zurück. Wie gesagt: Es ist absolut ausgeschlossen, Aurora und ihren stummen Tadel nicht zu bemerken. Ich bereue es fast, meine Cousine hierher eingeladen zu haben, statt ihr einfach den dummen Schlüssel in den Briefkasten zu werfen.

Entschiedenen Schrittes kommt sie an unseren Tisch, stemmt eine Hand in ihre schmale Taille und macht mit der anderen eine auffordernde Handbewegung. Begrüßung? Fehlanzeige. Stattdessen zieht sie abfällig die Nase kraus, während sie zwischen Taro und mir hin und her sieht.

Instinktiv richte ich mich auf, hebe den Kopf und rolle die Schultern zurück, als könnte mich eine selbstbewusstere Haltung vor Auroras Unmut schützen. Ich weiß nicht, woran es liegt, dass allein ihre Präsenz dafür sorgt, dass ich mich klein und unbedeutend fühle.

»Du bist mehr als pünktlich«, ist alles, was mir zu ihrem Auftreten einfällt.

»Tatsächlich?« Sie schnaubt verächtlich und zieht eine Augenbraue hoch, während sie demonstrativ zwischen Taro und mir hin und her sieht. »Wenn du mich fragst, komme ich gerade noch rechtzeitig. Wenn nicht sogar schon zu spät.« Sie wiederholt ihre herrische Geste.

Ich habe keine Ahnung, was sie mir sagen möchte, aber jede Sekunde in ihrer Nähe erinnert mich daran, warum ich es vorziehe, ihr lieber aus dem Weg zu gehen. In der stillen Hoffnung, dass sie uns schnell wieder verlässt, suche ich ihren Schlüssel in meiner Tasche und höre im Geiste, wie Mom mich für meine Gedanken tadelt: *Aurora ist deine Cousine. Ihre Mom ist die Schwester deines verstorbenen Dads. Sei nett zu ihr. Wir haben deiner Tante so viel zu verdanken.*

Obwohl es das Letzte ist, was ich möchte, fühle ich mich dazu gezwungen, höflich zu Aurora zu sein.

»Möchtest du dich vielleicht kurz zu uns setzen?«, biete ich an. Wobei die Betonung auf *kurz* liegt.

»Nein«, sagt Aurora kalt.

Es soll mir recht sein, doch gerade als ich ihr den Schlüssel überreichen will, greift sie stattdessen unsanft nach meinem Handgelenk und zieht mich energisch auf die Füße. Vollkommen überrumpelt starre ich sie an.

»Wir gehen jetzt«, verkündet sie in einem Tonfall, der keinen Widerspruch zulässt.

»Wir? Warum?«, frage ich, statt mich zu erkundigen, was das

eigentlich soll – ihr Auftritt, ihre befehlende Attitüde, diese Art, die Finger in meinen Unterarm zu bohren, als wäre ihre Hand ein Schraubstock. Doch zu meiner Schande klinge ich sehr viel weniger trotzig, als ich möchte. Im Gegenteil: Mein Tonfall ist eher unterwürfig, obwohl es Aurora ist, die gerade das Treffen mit meinen Freunden zerstört. Wieso fühle ich mich, als müsste ich ihrer Forderung Folge leisten? Ich hasse es, wie sie mir bei jeder Begegnung wieder das Gefühl gibt, ihre kleine, unbedeutende Cousine zu sein. Jemand, den man herumkommandieren kann, wie es einem beliebt.

»Wir zwei gehen jetzt, weil dein Dad bereits viel zu früh starb und ich die Ignoranz deiner Mom keine Sekunde länger hinnehme«, sagt Aurora ebenso entschieden wie kryptisch.

Was soll das für eine seltsame Antwort sein? Was haben denn bitte meine Eltern damit zu tun, dass sie mir keine Zeit mit meinen Freunden gönnt?

Als würde Gemma es genauso sehen, richtet sie sich auf und öffnet den Mund, um etwas zu sagen, doch verstummt unter Auroras zornfunkelndem Blick. Ich kann es verstehen. Auroras ganze Körpersprache signalisiert, dass sie keinen Widerspruch duldet. Also schiebe ich mir nur noch schnell ein Stückchen der köstlichen Waffel in den Mund, bevor ich meine Sachen greife.

»Wie du meinst, aber ich verstehe kein Wort«, murre ich und hoffe sehr darauf, dass sie mir erklären wird, was das alles bedeuten soll.

Meine missgelaunte Cousine macht auf dem Absatz kehrt und stürmt bereits zum Ausgang, während ich in meinen Mantel schlüpfe und meine Tasche schultere.

»Tut mir leid. Es war schön mit euch«, verabschiede ich mich rasch und zucke zusammen, als Aurora kurz vor der Tür meinen Namen ruft. Ihr Tonfall klingt, als wäre ich ein ungehorsamer Hund, der getadelt gehört. Auf dem Weg nach draußen gebe ich meinen Freunden zu verstehen, dass ich Darren sehr mag und Gemma nachher noch einmal schreiben werde. Für Taro habe ich aktuell nur ein hilfloses Schulterzucken übrig. Ich weiß beim besten Willen nicht, was Auroras Missbilligung soll.

Gemma schenkt mir einen Luftkuss. Er reicht mir, um sicher zu sein, dass sie mir meinen überstürzten Aufbruch nicht übel nimmt. Ich hingegen hätte von Aurora gern eine wirklich gute Erklärung für ihr Verhalten.

Ich versuche, meine Wut herunterzuschlucken, doch kaum stehe ich mit meiner Cousine auf der Straße vor dem Café, brechen die Worte einfach aus mir heraus.

»Was ist los mit dir? Was soll das?«, frage ich irgendwo zwischen verwirrt, enttäuscht und empört.

»Mit mir ist gar nichts los!«, antwortet sie entschieden. »Und mit dir bald noch viel weniger, wenn du dich nicht von diesem Kerl fernhältst. Ich fasse es nicht, dass deine Mom dir immer noch nicht die Wahrheit gesagt hat!«

»Die Wahrheit worüber?«, frage ich – jetzt eindeutig verwirrt. Was hat ihr Verhalten mit Taro zu tun? Was hätte Mom mir sagen sollen? Und noch viel wichtiger: Was ist mit meiner sonst so beherrschten Cousine los? Sie ist dermaßen in Rage, dass sie mitten in ihrer Schimpftirade nach Luft schnappen muss. Ich habe sie noch nie so aufgewühlt erlebt. Arrogant, überheblich, herrisch – das kenne ich alles von ihr. Aber wenn ich es nicht besser wüsste, würde ich sagen, dass unter all der Wut und der Aufregung so etwas wie Sorge in ihrem Blick aufblitzt.

Aurora atmet tief durch und streicht mit einer Hand durch ihre perfekt frisierten Haare. Sie sieht sich flüchtig um, bevor sie so nah an mich herantritt, dass ich die goldenen Sprenkel in ihren bernsteinfarbenen Augen zählen könnte. Erneut atmet sie tief ein und stößt die Luft durch die Nase aus. »Hazel, es tut mir leid, dir das mitteilen zu müssen, aber wir machen es wie bei einem Pflaster: kurz und schmerzlos. Du bist eine Sirene«, lautet ihre Erklärung für diese Szene.

»Eine was?« Ist das die neuste Art von Beleidigung? So etwas wie ein Pick-me-Girl? Jemand, der viel Geheul um nichts macht? Oder was soll das bedeuten?

»Eine Sirene. Deine Mom hätte dir das längst sagen sollen, und es ist mir absolut schleierhaft, warum sie es noch immer nicht getan hat, aber … Ich sehe bestimmt nicht weiterhin mit an, wie du dich vollkommen ahnungslos mit irgendwelchen Typen triffst und dein Leben ruinierst, nur weil sie nicht dazu in der Lage ist, die Wahrheit zu akzeptieren.«

»Die Wahrheit?«, wiederhole ich stumpf, weil ihre Worte mein Gehirn überfordern. Was meint sie damit, dass ich eine Sirene bin? Wie die in den Schauermärchen über Seefahrende, die von gruseligen Meerjungfrauen in ihr Verderben gestürzt werden? Ich meine, ich weiß mittlerweile, dass es Hexende gibt. Sicher. Gemma ist immerhin eine Hexe, daran besteht gar kein Zweifel. Aber Sirenen? Und warum sollte ich eine sein? Ich hatte nie das Bedürfnis danach, irgendwelche Menschen unter Wasser zu ziehen. Mir wachsen bei Wasserkontakt keine Fischflossen. Das Meer fand ich schon immer gruselig. Und wenn ich ehrlich sein soll, kann ich auch nicht besonders gut singen. Kurz: Alles, was sie sagt, ist absolut grotesk. Inklusive des Parts, in dem es mein Leben ruiniert, wenn ich auf Dates gehe.

»Es gibt Menschen, die alles leugnen, was sie nicht zunächst mikroskopiert, dokumentiert und katalogisiert haben. Deine Mom ist einer von ihnen. Aber ich kann dir versichern, dass auf dieser Welt mehr existiert, als du ahnst. Sehr viel mehr. Und manches davon könnte dich das Leben kosten. Obwohl ich bedaure, dass es so ist, doch der junge Mann in deiner Gesellschaft gehört dazu.«

Taro? Inwiefern sollte er mir gefährlich werden? Es ist egal, wie viele Wörter Aurora aneinanderreiht, ich bleibe bei meiner Behauptung: Keines davon ergibt für mich auch nur annähernd Sinn.

»Warum sollte Taro mich umbringen?« Während ich versuche, ihren Ausführungen zu folgen und sie irgendwie zu sortieren, ziehe ich den Mantel enger um mich.

In meinen Ohren redet Aurora ziemlich abstruse Sachen. Ich höre immer wieder die Worte Sirene, Gen, Mutation, Biochemie, sterben, Liebe aus ihrem Mund. Irgendetwas darüber, dass mein verstorbener Dad ein Triton war und ich mein Leben riskiere, wenn ich weiterhin dermaßen achtlos mit Menschen flirte. Dass ich Abstand zu Taro halten muss und akzeptieren soll, dass monogame Beziehungen mein sicherer Tod sind.

Am Ende ihres Vortrags habe ich nur eine Frage: »Hast du Drogen genommen?«

»Bitte, *was*? Hast du mir überhaupt zugehört?«, erwidert sie, statt mir zu antworten.

»Ich habe es versucht, aber genau das hat dazu geführt, dass ich mir gerade Sorgen um dich mache.« Ein Teil von mir zweifelt arg an ihrem Verstand. Sie kann das schlichtweg nicht ernst meinen.

Sie darf *das nicht ernst meinen*, korrigiere ich. Denn wenn irgendetwas davon wahr wäre … Wenn ich sterben würde, sobald ich mich verliebe … Ich müsste den Großteil meiner Zukunftswünsche begraben. Meine Gedanken zucken zu einem Journal in meiner Nachttischschublade. Es ist rot mit goldenen Monden darauf und beinhaltet meine Träume. All das, was ich für mein Leben manifestieren will: Ein liebevoller Mann, Kinder, Karriere, Sicherheit. Ich lasse mir meinen seit der Kindheit gehüteten Schatz nicht von Aurora aus der Hand reißen. Nicht einmal metaphorisch!

»Du redest Unsinn«, sage ich entschieden.

Aurora atmet ein weiteres Mal tief durch und sieht kurz strafend in den Himmel hinauf, als es zu schneien beginnt. Vermutlich weil das kühle Nass ihre Frisur ruiniert, aber mir könnte das Winterwetter gerade nicht egaler sein. Mehr als nur ein Passant hat uns einen sehr zweifelnden Blick zugeworfen, weil meine Cousine aufgebracht – und nicht unbedingt leise – ihre Verschwörungstheorien von sich gegeben hat.

Aurora spielt mit dem Autoschlüssel in ihrer Hand und mustert mich abfällig. »Hör auf, dich so hektisch umzusehen, als wäre es dir wichtig, was irgendwelche dahergelaufenen Leute von dir denken.«

»Vielleicht ist es mir aber wichtig? Ich ziehe es definitiv vor, für normal gehalten zu werden.«

»Hazel, du bist nicht normal. Nichts an dir ist es. Und das war es auch nie. Obwohl es eine Zeit in meinem Leben gab, in der ich es mir gewünscht hätte. Ich stehe nicht auf Konkurrenz – und je mehr es von uns gibt, umso größer ist die Gefahr, irgendwann entdeckt zu werden und aufzufliegen.«

Ungläubig starre ich sie an. Ist das ihr Ernst? Wütend öffne ich den Mund, doch mir fällt keine passende Erwiderung ein, die ich hinterher nicht bereuen würde, weil ich sie vor meiner Mom rechtfertigen müsste. Aurora hat leider die unschöne Eigenschaft, mit allem sofort zu meiner Mom zu rennen. Dass ich ihre vergangenen Gemeinheiten eventuell der Tatsache zu verdanken habe, dass sie irgendeine Art von Konkurrenz in mir sieht, macht es kein Stückchen besser.

»Lass uns dieses Gespräch woanders fortsetzen«, schlägt sie vor und klingt beinahe versöhnlich, während ich die Worte auf meiner Zunge herunterschlucke.

Ein letztes Mal schaue ich durch das Schaufenster ins Café und sehe meinen Freunden dabei zu, wie sie lachend den Rest meiner Waffeln essen. Es hätte ein so schöner Tag werden können. Und jetzt? Stehe ich stattdessen im Schnee auf dem zugigen Gehweg, lasse mich beleidigen und spüre fast so etwas wie einen Stich der Enttäuschung, weil die drei mich nicht zu vermissen scheinen.

Aurora folgt meinem Blick und schenkt mir ein bitteres Lachen, als würde die sich bietende Szene ihr irgendeine Art von Genugtuung verschaffen. »Sieh sie dir an. Glaubst du, sie vermissen dich? Auf mich wirkt es nicht so. Denkst du, dass sie dich überhaupt mögen? Aufrichtig und um deinetwillen? Oder ist der einzige Grund dafür, dass sie dich in ihrer Nähe wollen, dass du es dir so wünschst? Dass du sie manipulierst, um ihre Aufmerksamkeit und Zuneigung zu bekommen? Denn das ist es, was Sirenen tun: Wir suchen aus, wer uns Gesellschaft leisten darf. Wir sind die Hüterinnen des heiligen Vitamin B. Wer uns gefällt, dem öffnen wir Türen. So ungelernt wie du bist, musst du die drei nicht einmal absichtlich manipuliert haben, deine Freunde zu werden.«

»Wie meinst du das?«, frage ich verunsichert.

Manipuliert, es klingt ebenso widerwärtig wie falsch.

»So, wie ich es sage. Ich lebe auch in dieser Stadt, kleine Cousine. Zumindest zeitweise, aber das reicht, um aufzuschnappen, wer dieser Darren Hunter ist. Ebenso ansehnlich wie wohlhabend. Ich weiß, dass deine Freundin Gemma nicht nur irgendwie niedlich, sondern in den sozialen Medien sehr gefeiert ist. Sie sind Menschen, mit denen man sich gern umgibt, weil man sich erhofft, dass etwas ihres Erfolgs und Glamours auf einen abfärbt. Und was ist mit diesem Typen, der dich angeschmachtet hat, als ich hereinkam?«

»Taro? Was soll mit ihm sein?«

»Er ist offensichtlich attraktiv – und ebenso offensichtlich schlummert irgendetwas unter seiner Oberfläche, das er zu verbergen versucht. Das macht ihn mysteriös. Reicht das, um dein Interesse zu wecken?«

»Taro ist der Bruder meiner besten Freundin«, ist alles, was meinem überforderten Gehirn in den Sinn kommt. Was für eine lahme Erwiderung.

Sie schnaubt belustigt. »Deine beste Freundin? Wie habt ihr euch denn kennengelernt? Ist sie auf dich zugekommen, oder hast du den ersten Schritt unternommen? Hast du davon gehört, dass sie besonders – und vor allem online besonders beliebt – ist? Erschien dir ihre Zuneigung erstrebenswert, ja? Denn ich fürchte, dann beruht eure ach so innige Freundschaft allein auf den Gaben, die du seit Jahren verdrängst.«

Als ich Gemma zum ersten Mal in der Akademie getroffen habe, wusste ich doch gar nicht, wer sie ist. Ich fand sie nett. Das ist alles. Ich bin niemand, der seine Freunde nach Kontostand oder der Menge an Followern in Social Media auswählt. Meine Verwirrung schlägt erneut in Wut um, als ich mir der Bedeutung ihrer Worte bewusst werde. Für was für eine Art von Mensch hält sie mich bitte?

»So war es nicht! Ich bin auf Gemma zugegangen, weil sie neu in New York und dementsprechend eingeschüchtert war. Alles, was du sagst, ist komplett absurd!«, beharre ich. »Und wenn ich besondere Fähigkeiten hätte, würde ich sie garantiert nicht dafür einsetzen, dass mich irgendein reicher Typ zum Waffelessen einlädt!«

»Oh, natürlich würdest du das nicht. Du bist schließlich eine Heilige. Diese Rolle beherrschst du perfekt. Weißt du: Deine Mom ist so lieb, mir regelmäßig von deinen Erfolgen zu erzählen. Du hast letztes Semester also schon wieder die Hauptfigur im Theaterstück deiner Akademie verkörpert? Oh, herzlichen

Glückwunsch, Hazel. Wie wundervoll.« Sie klatscht ohne Elan, einfach nur, um sich über mich lustig zu machen. »Ein weiteres Engagement, das du aufgrund deiner verdrängten Fähigkeiten ergattern konntest.«

»Ist dir mal in den Sinn gekommen, dass ich vielleicht einfach fleißig bin? Ich habe mir Nächte um die Ohren geschlagen, um die Texte auswendig zu lernen. Ich habe mir jede einzelne Rolle verdient«, sage ich mit Nachdruck und bringe Aurora erneut zum Lachen. Es ist ein Laut so hoch und falsch, dass er in den Ohren klirrt. Es fühlt sich an, als wäre ihr Hohn ein weiteres Messer, mit dem sie auf mich einsticht. Jede ihrer Beleidigungen hinterlässt eine Wunde: *Du manipulierst deine Freunde. Du willst nur, dass ihr Ruhm auf dich abfärbt. Du spielst die Heilige.* – Aber so bin ich nicht. Ich bin … Ich weiß es nicht. Mein Kopf fühlt sich wie leer gefegt an. Da sind nur noch Auroras Beleidigungen, die von den Wänden meines leeren Ichs widerhallen und ein endloses Echo ergeben.

»Ich habe keine besonderen Fähigkeiten«, sage ich, als könnte ich damit den Spottgesang in meinem Kopf zum Schweigen bringen.

»Das Maß an Ignoranz, mit dem du durch die Welt gehst, um das behaupten zu können, ist schon fast bewundernswert. Aber damit ist jetzt Schluss. Wir fahren zu mir, und ich erzähle dir endlich den Teil der Wahrheit, den deine Mom dir bereits dein ganzes Leben lang vorenthält. Denn trotz all unserer Differenzen bist du meine Cousine – und ich bin nicht dazu bereit, mit anzusehen, wie du dein Leben wegwirfst, um den falschen Zielen nachzujagen.«

»Welche sollen das sein?«, will ich wissen und hebe trotzig das Kinn.

»Oh, ich würde doch niemals deine Karrierepläne infrage stellen. Höchstens dein zwischenmenschliches Engagement.«

Ihr Mundwinkel zuckt, bevor sie ihren Schlüssel fester umfasst und mir bedeutet, mit ihr zu kommen. »Los, kleines Vögelchen. Zeit, dir die Wahrheit zu zwitschern.«

Und obwohl es einem Teil von mir entschieden gegen den Strich geht, folge ich ihr auf dem Fuße.

3. KAPITEL
HAZEL

»Komm rein.« Auroras Worte klingen eher nach einem Befehl als einer Bitte. Es ist schon Jahre her, dass ich zuletzt in ihrem winzigen Ein-Zimmer-Appartement in Greenwich Village war. Einem Appartement, dessen Miete sicherlich ein Vermögen kostet, weil es in derselben Straße liegt, in der irgendwann einmal vor Urzeiten eine berühmte Fernsehserie über New Yorker Singlefrauen gedreht wurde. (Was zugegebenermaßen für gefühlt halb New York gilt.)

Allerdings hatte ich das Appartement anders in Erinnerung – bunter und zugleich gemütlicher. Aber Auroras Wohnung ist nicht nur aufgeräumt, sie ist nahezu steril. Nicht, weil das große Bett oder die Sessel in der kleinen Sitzecke unbequem aussehen würden, doch es gibt hier nichts Persönliches. Zumindest keine Fotos an den Wänden. Alle Bilder in den Rahmen sehen aus, als wären sie zusammen mit dem zitronengelben Teppich und den farblich passenden Zierkissen gekauft worden, um dem dunklen Holzboden irgendetwas entgegenzusetzen und zumindest den Anschein zu erwecken, dass hier jemand leben würde. Auch die Kochnische ist so tadellos aufgeräumt, als hätten wir soeben ein Einrichtungshaus betreten. Oder noch schlimmer: einen von diesen *TikTok*-Entrümpelungskanälen, denn in Kaufhäusern gibt es zumindest Deko. Hier stehen nirgendwo Gewürzstreuer oder Ölfläschchen.

Selbst die Bücher in den Regalen sehen aus, als wären sie nur nach ästhetischen Gesichtspunkten ausgesucht worden. Welcher Mensch besitzt denn ausschließlich Bücher, deren Cover in Nuancen zwischen Weiß, Gelb und Beige angesiedelt sind? Blumen? Fehlanzeige. Anderweitige Dekorationen? Nur ein weißes Porzellanpüppchen in Form einer Meerjungfrau, das auf dem Nachttisch steht.

»Hast du die Einrichtung im Gesamtpaket gekauft?«, frage ich zweifelnd, während ich meinen Schal ablege.

»Spricht etwas dagegen?« Mit einer eleganten Bewegung platziert sie ihren Schlüssel auf dem Tisch und entledigt sich ihres Mantels. »Weißt du, Hazel, ich habe gern Menschen zu Besuch. Bevorzugt Männer, manchmal Frauen, gelegentlich beides. Für ein paar Stunden. Und ich möchte, dass sie sich während ihres Aufenthalts wohlfühlen. Aber wenn sie mich wieder verlassen, können sie gern vergessen, dass sie je hier waren. Ich lege keinen Wert darauf, dass ihnen irgendetwas besonders im Gedächtnis bleibt.«

»Das wäre nichts für mich«, murmle ich und ernte ein Schnauben. Es scheint eine ihrer liebsten Unmutsäußerungen in meiner Nähe zu sein.

»Glaub mir, du wirst deine Meinung ändern.« Sie bedeutet mir, mich an den kleinen Tisch gegenüber der Kochnische zu setzen. Wenn mich nicht alles täuscht, holt sie gerade zwei Wasserflaschen aus einem Kühlschrank, der ansonsten leer ist.

»Kochen ist keines deiner Hobbys, oder?«, vermute ich, weil hier wirklich nichts aussieht, als würde sie jemals hinter dem Herd stehen. Zu meinen Lieblingsbeschäftigungen gehört es auch nicht, aber Mom hat schon immer so viel gearbeitet, dass es irgendwie unumgänglich war, mich selbst zu versorgen. Es sei denn, ich wollte dauerhaft von eingelegten Gurken und Sandwiches leben.

Mit einem Schulterzucken stellt Aurora die Flaschen auf dem Tisch ab und lässt sich mir gegenüber auf den Stuhl gleiten.

»Weißt du, wenn du erst begriffen hast, wozu deine Fähigkeiten eigentlich gut sind und wie du sie gewinnbringend einsetzen kannst, wirst du verstehen, dass sie durchaus auch Vorteile haben. Wenn ich Hunger habe, gehe ich einfach auf die Straße und suche mir jemanden, der so aussieht, als würde es ihm nicht wehtun, mir etwas zu essen zu spendieren. Wenn mir danach ist, verbringen wir anschließend noch etwas Zeit zusammen. Oder auch nicht. Es ist ein Geben und Nehmen.«

»Ich weiß nicht, ob du das so meinst, wie es bei mir ankommt.«

»Das Leben als Sirene hat viele Vorzüge, wenn du erst lernst, die Nachteile zu umgehen«, erklärt sie schulterzuckend.

»Du meinst das Gerede über Sirenen tatsächlich ernst?«

»Todernst«, stimmt sie zu und lässt mir mit ihrem entschiedenen Tonfall einen eiskalten Schauer den Rücken hinablaufen. »Wirklich, Hazel. Es wird Zeit, dass du mehr über deine Gaben lernst, wenn du nicht vorhast, wie dein Vater bedauernswert jung von uns zu gehen. Zu viele unserer Art sterben mit Mitte bis Ende zwanzig, weil sie leichtsinnig genug sind, sich im College ernsthaft in jemanden zu verlieben.«

Mehr als ein Blinzeln fällt mir dazu nicht ein. Wie kann es leichtsinnig sein, sich zu verlieben? Sollte das nicht vollkommen normal – und vor allem wunderschön – sein?

»An deiner Stelle würde ich mich vermutlich auch so verloren ansehen.« Aurora seufzt und mustert mich resigniert. »Also: Wie viel Zeit hast du bereits mit diesem Typen verbracht? Kuschelt ihr nur während des Essens? Oder schläfst du mit ihm? Wenn ja: Wie oft?«

»Ich finde deine Fragen gerade minimal übergriffig.«

»Du verwechselst übergriffig mit überlebenswichtig«, behauptet Aurora. »Es ist mein Ernst: Du wirst sterben, wenn du nicht besser auf dich aufpasst. Willst du das?«

Nein, natürlich möchte ich das nicht. Aber ein Teil von mir ist noch immer nicht dazu bereit, ihre Worte als Wahrheit zu akzeptieren. Denn wenn ich all das glauben würde, was sie mir vorhin auf der Straße erzählt hat … Dann würde es bedeuten, dass … Dass ich das Leben, von dem ich immer geträumt habe, aufgeben muss. Dass ich das Journal meiner Zukunftswünsche nehmen und in den East River schmeißen kann. Und es fühlt sich an, als hätte Aurora dasselbe mit mir getan: mich ins eiskalte Wasser geworfen. Es ist erbarmungslos, raubt mir die Luft, betäubt meine Glieder, und ich muss kämpfen, um nicht darin zu ertrinken. Eine Familie gründen, Kinder haben, monogame Beziehung – mit einem Mal alles ausradiert. All das, was meine Kindheit erträglich gemacht hat … Die Gewissheit, dass ich mein Leben selbst in der Hand habe – ersatzlos gestrichen.

Das Unbehagen – die aufkommende Panik –, wenn ich darüber nachdenke, was ihre Worte bedeuten, verursachen mir Übelkeit. Ohnmacht. Hilflosigkeit. Ich will das nicht akzeptieren. *Kann* das nicht akzeptieren. Denn allein der Gedanke daran fühlt sich wie eine Kapitulation an. Mich für den Rest meiner Tage niemals mehr in jemanden verlieben? In wirklich *niemanden*. Keinem Menschen emotional nahe zu sein. Mich stattdessen mit einem flüchtigen Abenteuer nach dem nächsten zufriedenzugeben. Das ist nicht meine Art. In dem Punkt bin ich nicht wie Aurora. Ich meine: Sicher, ich liebe Sex und hatte schon wunderschöne One-Night-Stands, aber das ist nichts, was ich mir für den Rest meines Lebens wünschen würde.

Und obwohl ich Mom gern glauben und Auroras Worte als

Unsinn beiseiteschieben würde … Ich kann es nicht, da mich schon wieder das vertraute Gefühl eines Déjà-vus heimsucht. So plötzlich und überwältigend, als wäre es ein Wink des Universums.

»Wie heißt der Typ noch mal?«, reißt mich Aurora aus den Gedanken und klingt reichlich desinteressiert.

»Ich nehme an, du meinst Taro?«

»Gib dich nicht der Illusion hin, dass ich mir die Mühe mache, mir seinen Namen zu merken. Aber spätestens wenn du in seiner Nähe Kopfschmerzen, Schwindel oder Übelkeit verspürst, solltest du ihm für einige Wochen aus dem Weg gehen. Denn damit beginnt der körperliche Zerfall. Besser wäre es natürlich, du würdest den Kontakt von jetzt auf gleich abbrechen – für immer. Aber ich schätze, das ist wohl zu viel verlangt. Das ist eines der lästigen Probleme an diesen emotionalen Verstrickungen: Wenn dir etwas an seiner Schwester als Freundin liegt, solltest du ihn nicht zu sehr vor den Kopf stoßen, um sie nicht auch noch zu verlieren.«

Gemma verlieren. Taro nicht mehr sehen. Den Kontakt abbrechen. Dieser Vorschlag kann nur von jemandem kommen, der mich nicht kennt. Der keine Ahnung davon hat, wie oft ich bereits probiert habe, meine Gefühle für ihn niederzuringen, weil ich mir eingeredet habe, dass es so besser wäre. Leichter. All die Dates im letzten halben Jahr waren nur dazu da, ihn mir aus dem Kopf zu schlagen. Es geht nicht. Nichts funktioniert. Kein Kuss war nur annähernd so umwerfend wie Taros. Kein anderer Körper in meiner Nähe hat je dieses elektrisierende Kribbeln ausgelöst. Taro abzuschwören ist, als würde sie fordern, mir das Atmen abzugewöhnen. Aber ich erwarte nicht, dass sie das versteht. Ich verstehe mich ja selbst nicht; begreife nicht, warum ich mich den Geschwistern auf eine Art und Weise verbunden fühle, die mir bis dahin fremd war.

»Jetzt hör damit auf, mich anzusehen, als wäre ich der Feind. Ich mache die Spielregeln nicht«, tadelt Aurora.

»Vielleicht fängst du erst mal damit an, mir zu erklären, woher du all diese unglaublichen Dinge zu wissen meinst«, schlage ich vor. »Und vor allem, warum ich von meinen angeblich vorhandenen Superkräften bisher nichts wusste.«

Aurora zieht zweifelnd eine Augenbraue hoch. »Ich würde sie nicht Superkräfte, sondern eine Laune der Natur nennen, aber Letzteres kann ich dir sehr simpel beantworten: Ignoranz.«

»Ich … Bitte was?«

»Du hast mich schon verstanden: Du bist eine Ignorantin.«

Autsch. Wir sehen uns ungefähr ein- oder zweimal im Jahr – und bei jeder Begegnung fällt ihr etwas Netteres ein, um mich daran zu erinnern, warum ich kein Interesse daran habe, Zeit mit ihr zu verbringen. Wenn Mom mich nicht regelmäßig dazu drängen würde, mit ihr in Kontakt zu bleiben, hätte ich schon vor Jahren damit angefangen, Aurora aus dem Weg zu gehen.

Mom.

Mal angenommen, die Dinge, die Aurora sagt, würden stimmen. Was würde das alles für sie bedeuten? Dass sie tatsächlich so eine Abneigung gegen Beziehungen hat, wie sie immer behauptet, und Dad ihren Willen und ihre Gefühle damals unterwandert hat? Weiß sie, was er war? (Oder laut Aurora gewesen sein soll.) Ist das ihr Grund dafür, mir Beziehungen auszureden? Und was ist, wenn Taros widersprüchliches Verhalten tatsächlich einzig und allein darin begründet liegt, dass ich ihn irgendwie unbewusst manipuliere? Was ist, wenn er mich eigentlich gar nicht mag – zumindest nicht so, wie ich ihn. Mir wird schwindelig von all den Fragen, die durch meinen Kopf wirbeln. Allein bei dem Gedanken daran, dass ich Taro *verzaubert* haben könnte, zieht sich mein Herz schmerzhaft zusammen. Vor schlechtem Gewissen, weil es nie in meiner Absicht lag, ihn zu beeinflussen. Aber auch aus Angst davor, dass all die Momente zwischen uns auf einer Lüge basieren. Dass er mir nur nahe war, weil ich es wollte. Theoretisch könnte es sein. Ich war diejenige, die ihn seit der Einführungsveranstaltung an der *Allbright Akademie* anhimmelt. Was ist, wenn ich zu sehr wollte, dass die Anziehung, die ich für ihn empfinde, auf Gegenseitigkeit beruht? Wenn er meine Annäherungen gar nicht abgeblockt hat, weil ihm in letzter Sekunde sein Anstand, sondern vielmehr sein eigener Wille dazwischenkam?

Ich fühle mich schrecklich. Sofort habe ich das Verlangen, ihn anzurufen und mich bei ihm zu entschuldigen.

»Falls es dir bisher tatsächlich nicht seltsam vorkam, dass du in jedem Stück mühelos die Hauptrolle ergattern konntest und dir die heißesten Männer – und Frauen – verfallen: Sei getröstet. Die Fähigkeiten von uns Sirenen entwickeln sich nicht wie bei Hexenden oder Wertieren und Gestaltwandlern von Geburt an, sondern werden erst in der Pubertät ausgeprägt. Du wurdest also nicht als Ignorantin geboren, du hast dich nur zu einer entwickelt.« Schulterzuckend öffnet Aurora ihre Wasserflasche und nimmt einen Schluck davon, als hätte sie nicht gerade mein gesamtes Weltbild – inklusive meiner Selbstwahrnehmung – zerstört.

»Du meinst also, dass Taro mich vielleicht gar nicht mag. Dass mich möglicherweise kein einziger meiner Freunde wirklich leiden kann. Dass ich die Hauptrollen in den Theaterstücken nicht verdient habe und mein komplettes bisheriges Leben nur eine Lüge war«, fasse ich vollkommen desillusioniert zusammen. All die Gefühle, die sonst durch mein Inneres toben, fühlen sich an, als hätten sie sich zu einem undurchdringlichen Knäuel verknotet. Irgendwie sind sie noch immer da, doch gleichzeitig komme ich mir wie betäubt vor. Mein erster

Impuls ist es, bei Gemma und Taro zu klingeln und ihnen von allem zu berichten. Gemma ist eine Hexe. Sie würde mir zuhören, wenn ich über so unglaubliche Dinge rede. Oder nicht? Aber was ist, wenn die beiden mich danach nicht mehr mögen? Wenn sie mir vorwerfen, dass ich eine gemeine Manipulatorin bin? Wie würde ich reagieren, wenn mir jemand gestehen würde, meine Gefühle beeinflussen zu können?

»Aber wenn all diese Dinge stimmen würden, hätte mir Moms Nähe doch längst schaden müssen. Oder nicht?« – Und es geht mir trotz unseres engen Verhältnisses gut.

»Bedank dich bei der Biochemie«, erwidert Aurora leichthin. »Es gibt eine Art Blut-Hirn-Schranke, die Kinder vor einem Pheromonaustausch mit ihren Eltern bewahrt, um das Überleben des Nachwuchses zu sichern. Andersherum funktioniert sie allerdings nicht. Die Natur dachte sich wohl auch: Niemand braucht zwei Eltern zum Überleben. Und so bringen wir das Elternteil, in dem Sirenen- oder Tritonenblut fließt, langsam aber sicher mit unserer Nähe um – ob wir es wollen oder nicht. Was denkst du, warum Mom mich direkt nach meiner Geburt in die Arme einer Amme übergeben hat?«

Mir ist bewusst, dass Aurora und Tante Dahlia kein besonders herzliches Verhältnis haben, allerdings bin ich von sehr viel weltlicheren Differenzen ausgegangen.

Wenn ich meinen Gemütszustand mit einem Wort beschreiben müsste, wäre es: überfordert.

Ich liebe es, Gemma zuzuhören, wie sie über ihre Hexerei, die Mondphasen oder Kristalle plaudert. Doch in diesem Moment wird mir zum ersten Mal bewusst, dass mich diese Dinge vor allem deswegen fasziniert haben, weil sie sehr weit von mir entfernt waren. Quasi über den Tellerrand hinaus und in einer anderen Suppenschüssel. Und ich möchte keine Suppe auslöffeln müssen, die ich mir nicht selbst eingebrockt habe.

»Du hast mir noch immer nicht gesagt, woher du all diese Dinge zu wissen glaubst«, sage ich ruhig, lege meine Hände ineinander und hebe stolz das Kinn.

»Du erinnerst dich daran, dass ich am *M. U. S. E. Institute* studiert habe? Und dass ich dir vor zwei Jahren empfohlen habe, dich ebenfalls dort zu bewerben?«, fragt sie rhetorisch, weil sie es für die Dauer ihres Studiums ständig erwähnt hat. Es war unfassbar nervig, zumal es mich nicht wirklich interessiert hat. Das M. U. S. E. Institute befindet sich etwas außerhalb von New York City, umgeben von einem Wald, der Küste und viel Nichts. Es ist eine Art von privatem Elitecollege für kreative Studiengänge, das ausschließlich junge Frauen aufnimmt. Der dortige Bachelorabschluss ist zwar allgemein anerkannt, aber interdisziplinär – und ich hatte kein Interesse daran, Kurse in klassischer Malerei oder Kunstgeschichte belegen zu müssen. Davon abgesehen gilt die Aufnahmeprüfung als so gut wie unmöglich zu bestehen, was dazu führt, dass die Absolventinnen als eine ebenso eingeschworene wie arrogante Gemeinschaft verschrien sind. Nicht umsonst macht man sich in New York immer wieder darüber lustig, dass M. U. S. E. bestimmt für »musikalische und schauspielerische Elite« steht, obwohl keiner genau weiß, was es mit dem Namen auf sich hat. Kurz: Nichts daran klang für mich erstrebenswert. Weder die Abgeschiedenheit noch die Abwesenheit junger Männer. Und von meiner mangelnden Faszination für Acrylfarben fange ich lieber gar nicht erst an. Schon der Kunstunterricht in der Schule hat mir Woche für Woche ein ungutes Gefühl gegeben. Meine Bilder wurden nie so, wie ich wollte. Viel zu oft waren die Motive am Ende düster und bedrückend. Wahr gewordene Albträume, die mir ebenso gruselige Noten beschert haben.

»Du wolltest damals nichts vom M. U. S. E. wissen, aber wenn du auf mich gehört hättest, wären dir all diese Dinge längst vertraut.« Sie nippt erneut an ihrem Wasser. »Am M.U.S.E. Institute wird die zukünftige kreative Elite ausgebildet. Schauspielerinnen, Sängerinnen, Models. Aber auch Regisseurinnen, Journalistinnen, Fotografinnen. Je nach Begabung. Und mit Begabung meine ich Veranlagung, im Sinne von genetischem Erbe. Offensichtlich liegen deine Talente im Bereich der Bühnenpräsenz, andere verzaubern hingegen mit ihrer Stimme oder geschriebenen Worten. All das ist gleich viel wert. Wir helfen einander.« Aurora zupft am Kragen ihres Kleids, an dem sie eine kleine, dezente Brosche trägt. Da sie mich an den Spiegel der Venus erinnert, hielt ich sie bis eben für das Zeichen einer feministischen Vereinigung. »Die Aufnahmeprüfung am M.U.S.E. Institute ist schwierig, da sie nicht für Normalsterbliche gedacht ist. Man nennt uns Absolventinnen versnobt, weil wir keine Geheimnisse des Institutes an Außenstehende preisgeben und uns in jeder Lebenslage unterstützen. Wir schützen einander wie Schwestern. Und dazu gehört manchmal auch, sich unbeliebt zu machen, um dem Gegenüber die schonungslose Wahrheit mitzuteilen. In deinem Fall lautet sie: Du solltest das College wechseln. Dringend. Bevor dich deine Unwissenheit und Ignoranz umbringen.«

Ihre Worte fühlen sich an, als würde sie einen Nagel quer durch mein Gefühlsknäuel treiben und damit vor allem unangenehme Emotionen treffen. Verlustangst, weil ich weder meine Freunde verlieren noch das College wechseln will. Skepsis, was meine Fähigkeiten in Bezug auf die Aufnahmeprüfung betrifft. Abscheu gegen alles, was auch nur ansatzweise elitär klingt, weil das gar nicht meine Art ist. Da hilft selbst der winzige Funken Neugierde nicht, um das alles zu überlagern.

»Wenn dieses heilige College so geheim ist, warum erzählst du mir dann davon?«, frage ich in einem Anfall von Trotz, dabei fällt es mir sekündlich schwerer, irgendetwas zu fühlen, außer einer mir unbekannten Dunkelheit. Es ist, als würde sie alle positiven Gefühle aus mir heraussaugen. Freundschaft, Liebe, Stolz auf meine Leistungen – alles Lügen. Unbedeutende Seifenblasen, die gerade zerplatzen, um eine Lache aus schmieriger Laugenmischung auf dem Boden der Tatsachen zu hinterlassen.

»Hast du mir nicht zugehört?«, fragt Aurora und zieht tadelnd eine Augenbraue hoch. »Weil dein Leben davon abhängt und wir einander wie Schwestern behandeln sollten.« Sie zögert, bevor sie eine Hand ausstreckt und sie zwischen uns auf dem Tisch ablegt. »Glaub es oder nicht: Es gibt kaum noch welche von uns Sirenen. Selbst wenn du nicht meine Cousine wärst, wäre ich für dich da.«

Auroras Geste wirkt, als würde sie erwarten, dass ich ihre Hand ergreife. Ein Signal der Verbundenheit und des Friedens. Aber ich fühle mich nicht friedlich. Ganz im Gegenteil.

Kopfschüttelnd erhebe ich mich, schiebe die Hände in meine Hosentaschen und beginne, im schmalen Raum zwischen Küchentresen und Esstisch auf und ab zu laufen.

»Davon abgesehen, dass du schon vor Jahren einfach mit der Sprache hättest herausrücken können, statt mich auf unseren Familienfeiern zu beleidigen ...«

»Ich habe dich nie *beleidigt*«, behauptet sie und lehnt sich im Stuhl zurück. Trotzig verschränkt sie die Arme vor dem Oberkörper, offensichtlich gekränkt, dass ich ihr Angebot zur Annäherung ausgeschlagen habe. »Du bist nur einfach zu empfindlich. Sieh dich an. Du bist emotional.«

»Weil du mir gerade Dinge erzählst, die mein ganzes bisheriges – und zukünftiges – Leben auf den Kopf stellen!«, antworte ich aufgebracht. »Wenn das alles stimmen sollte ... Dann kann ich nie ...«

»Was kannst du nicht?«, unterbricht sie mich. »Schauspielerin werden? Oh, doch. Das kannst du. Mithilfe des M.U.S.E. Institute und all der Kontakte, die du durch dein Studium knüpfen wirst, stehen dir sämtliche Türen offen. Verstehst du es nicht? Dir wird geholfen werden, dein ganzes Potenzial zu entfalten. Dein *wahres* Potenzial. Du kannst eine der bedeutendsten Schauspielerinnen unserer Zeit werden. Dir werden alle Türen offenstehen, um dich weiterhin deinen sozialen Projekten zu widmen. Einflussreicher denn je. Wenn du mich fragst, solltest du besser heute als morgen Kontakt zum M.U.S.E. aufnehmen. Du bist zwanzig. Andere wurden in deinem Alter bereits mit Auszeichnungen überhäuft. Es wird Zeit für bedeutendere Rollen als die an eurer niedlichen Akademie.«

Ich öffne den Mund, um ihr zu antworten und belasse es dann doch bei einem überforderten Blinzeln. Ich liebe die Schauspielerei. Das Schlüpfen in unterschiedliche Rollen. Den Moment, wenn sich das Publikum in der Aufführung verliert. Alles daran. Und ich würde die Schauspielerei wirklich gern zu meinem Beruf machen. Aber mehr auch nicht. Ich möchte sie nicht *leben*. Ich möchte eine Familie. Freunde. Kinder. All das, was ich in meiner Kindheit nicht hatte. Da war immer nur Mom. Ich wollte nie undankbar klingen, doch es gab wirklich viele Momente in meinem Leben, in denen ich gern einen Dad oder Geschwister gehabt hätte. Es hat mich versöhnt, dass meine Kindheit nur eine Phase ist und ich später die Freiheit haben würde, mein Leben selbst in die Hand zu nehmen. Und jetzt stellt sich alles, was mich getröstet hat, als Illusion heraus.

»Soll das der Trostpreis sein?«, frage ich schließlich und ignoriere das Brennen meiner Augen. *Ich will nicht weinen. Ich will nicht weinen. Ich will nicht weinen.* »Ich kann also reich und berühmt werden, wenn ich akzeptiere, für den Rest meines Lebens allein zu bleiben?«, fasse ich zusammen, was ich aus den letzten Minuten für mich mitgenommen habe.

»Du bist nicht allein. Du hast ja mich.« Aurora sagt es mit einer so übelkeitserregenden Selbstgefälligkeit, dass ich meinen Mantel greife. »Wo willst du hin?«, fragt sie verwirrt.

»Weg!« Das ist alles, was mir dazu einfällt. Ich muss hier raus, um diese ganze Sache zu verdauen. An der frischen Luft und ohne Auroras Anwesenheit.

»Du bist viel zu emotional!«, ruft sie mir nach, während ich ihre Wohnung verlasse.

Gott, wie gern würde ich ihr einfach ins Gesicht schreien, dass sie eine blöde, empathielose Sumpfkuh ist, aber ich reiße mich zusammen.

Auf der verschneiten Straße angekommen, ziehe ich fröstelnd meinen Mantel enger um mich und weiß nicht, wohin mit mir. Am liebsten würde ich zu Gemma und Taro gehen und mit ihnen über alles sprechen. Aber ich kann nicht. Nicht, wenn es sein kann, dass unsere Freundschaften auf Lügen basieren.

Ob Gemma mir verzeihen würde, wenn ich ihr alles erkläre? Ich will sie nicht verlieren. Doch genauso wenig möchte ich sie versehentlich beeinflussen, falls ich denn tatsächlich die Macht für so etwas besitzen sollte. Wie absurd das klingt: ungeahnte Gaben und geheime Mächte.

Meine Gedanken zucken zu Taro – und wieder ist da dieser Schmerz. Er sticht mir mitten in die Seele und bringt mein Herz dazu, sich zusammenzuziehen, als wäre es eine welkende Blume. Was für ein passender Vergleich. Wenn ich ohnehin nicht lieben darf, kann es ruhig verkümmern.

Da ich mit mir nichts anzufangen weiß, mache ich mich auf den Heimweg. Kurz bin ich versucht, in Moms Praxis vorbeizuschauen und sie zur Rede zu stellen. Sie mit all dem zu konfrontieren, was mir Aurora soeben offenbart hat. Aber vielleicht sind ein paar Stunden Abstand zu der Auseinandersetzung mit meiner Cousine gar nicht verkehrt, denn ich wüsste beim besten Willen nicht, wie ich das Gespräch mit Mom beginnen soll, ohne dass es ebenfalls in Streit endet.

4. KAPITEL
HAZEL

Genervt kämpfe ich mit dem Metalltor, das in den Innenhof unseres Wohnhauses führt. Es hat sich im Lauf der Jahrzehnte so verzogen, dass ich es nur mit roher Gewalt öffnen kann.

Während ich mit dem elendigen Ding kämpfe, höre ich neben mir ein leises Geräusch. Es klingt wie das Keckern eines kleinen Tieres. Als ich den Kopf wende, sehe ich im Augenwinkel gerade noch den Schweif eines Eichhörnchens, der hinter einer Mülltonne verschwindet. Was für ein süßes, scheues Tier.

Nach einem beherzten Tritt gegen die untere rechte Ecke gibt sich auch das Tor laut quietschend geschlagen. Willkommen in Upper Manhattan – allerdings in einem der älteren Häuser mit wackeliger Feuertreppe und ohne den Luxus eines Aufzugs. Da wir im Hinterhaus leben, nehme ich den Weg über den winzigen Innenhof. Früher habe ich mir oft ausgemalt, wie ich wohl später wohnen werde. In einem überteuerten Schuhkarton wie Aurora? In einer riesigen Wohnung im Loftstil wie Gemma und Taro? Doch egal, wie oft ich mir meine Zukunft vorgestellt habe: Ich habe mich eigentlich nie in New York City gesehen. Ich wollte immer hier weg, neue Erfahrungen sammeln und nicht in der Stadt versauern, in der ich schon geboren wurde. Aber wenn ich jetzt daran denke, New York wirklich zu verlassen, um das abseits gelegene M.U.S.E. Institute zu besuchen, wird mir ganz anders. Ich bin einfach ein Stadtkind und mit den Eigenheiten dieser Metropole aufgewachsen: mit den zerrupft aussehenden Tauben, den vielen Menschen, dem permanenten Hupkonzert, den heulenden Sirenen.

Sirenen.

Ob ich das Wort jemals wieder denken kann, ohne dass mir eine Gänsehaut den Rücken hinabrieselt?

Nach meinem Weg über den Hof öffne ich die quietschende Feuerschutztür zum Treppenhaus und gehe die Stufen zu unserem Stockwerk hinauf. Wir wohnen hier schon, solange ich denken kann. Jeden Tag nehme ich dieselben Stufen. Und trotzdem fühlt es sich heute zum ersten Mal vollkommen verkehrt an, weil sich *alles* verkehrt anfühlt – selbst unsere Wohnung, die eigentlich mein Safe Space sein sollte. Die Wohnungstür, deren weißer Anstrich abblättert. Die terracottafarbenen Flurfliesen, von denen einige gebrochen sind. Die kleine Pantryküche mit den dunkelbraunen Holzfronten, die farblich weder zu den grünen Gardinen noch zu den schwarzen Kunstlederstühlen passen. Unsere Wohnung ist, ebenso wie Moms Praxis, funktional eingerichtet. Sie war noch nie der Mensch für Ästhetik. Nach dem Besuch in Auroras Ton-in-Ton-Appartement wirkt hier alles umso stilloser.

Jenseits des schmalen Fensters fallen schon wieder weiße Flocken. Meine Gedanken zucken zu Dad. Ob ich tatsächlich eine Mitschuld an seinem frühen Tod trage? Wie grauenvoll wäre das, geboren zu werden und damit das Ableben einer Person zu beschleunigen, die einen mit ihrer Liebe überhaupt erst in diese Welt gebracht hat? Mein schlechtes Gewissen fühlt sich an, als würde es seine langen, finsteren Klauen in mich treiben und an mir reißen. Ich muss einfach wissen, was für ein Mensch Dad war. Und wenn er wirklich keiner war: Was hat ihn und Mom zusammengeführt? Kannte er die Kosten für seine Gabe? War er bereit, sich auf dieses Risiko einzulassen und sein Herz zu öffnen, nur um am Ende mit seinem Leben dafür zu bezahlen? Und was ist mit Mom? Er kann ihr nichts erzählt haben. Wenn sie ahnen würde, dass mich Nähe umbringen könnte, dann hätte sie mich doch bestimmt längst gewarnt. Sie würde mich sicher nicht sehenden Auges in mein Unglück rennen lassen. Oder?

Mein Blick zuckt zur Küchenuhr hinauf. Mom wird noch mindestens eine Stunde in der Praxis sein. Es ist die perfekte Gelegenheit, um in ihr Schlafzimmer zu gehen und den Pappkarton mit Dads alten Sachen aus dem Kleiderschrank zu holen. Früher hat sie mir ab und an mal ein Foto von Dad daraus hervorgeholt, wenn ich zu penetrant danach gefragt habe, wie er aussah oder was für ein Mensch er war. Jedes Mal hat sie es hinterher wieder in dem Karton verstaut und ihn außerhalb meiner Reichweite aufbewahrt.

Ich solle mich nicht mit Dingen aus der Vergangenheit belasten, auf die ich keinen Einfluss habe. – So ihre Worte.

Doch ich bin kein kleines Kind mehr. Ich muss wissen, ob irgendwas aus seinem Nachlass Auroras Geschichte bestätigen oder widerlegen kann. Ja, es ist falsch, ungefragt an Moms Sachen zu gehen – aber in diesem Moment fühlt sich ohnehin alles an, als wäre es verkehrt. Mein Leben. Meine Vergangenheit. Meine Wünsche. Mein kleiner Kosmos ist nur einen Wimpernschlag davon entfernt, in sich zusammenzufallen. So wie eine Sandburg, die zu lang Sonne und Wind ausgesetzt war.

Noch während ich in Moms Schlafzimmer hinübergehe, schäle ich mich aus meinem Mantel und werfe ihn achtlos auf ihr Bett. Sie hat einen Hocker am Fenster stehen, den sie einzig und allein dafür nutzt, sich abends schon einmal die Sachen für den nächsten Tag rauszulegen. Heute schiebe ich ihn als Tritt vor den Schrank und hole den alten Schuhkarton, in dem Mom die letzten Erinnerungen an Dads Leben aufbewahrt, vom obersten Ablagebrett. Eigentlich erschreckend, dass die Überreste eines ganzen Lebens in eine so kleine Schachtel passen. Ich verdränge die Trauer darüber, dass ich Dad nie wirklich kennenlernen konnte und lasse mich auf den Fußboden sinken.

Mit den Fingerspitzen streiche ich über den Deckel des Kartons auf meinem Schoß. Es ist so typisch Mom, für diese Kostbarkeiten einfach die Verpackung einer No-Name-Schuhmarke zu nehmen. Pragmatisch ohne Ende.

Seufzend lege ich den Deckel beiseite und betrachte die Habseligkeiten in der Schachtel. Krankenhausunterlagen, die Dads Tod bescheinigen. Ein kleines Fotoalbum mit Schnappschüssen seiner letzten Tour als Musiker. Ein rosafarbener Zettel, auf dem das Schlaflied notiert ist, das Mom mir früher immer vorgesungen hat. Angeblich war es das letzte Lied, das Dad komponiert hat und trägt bis heute keinen Namen. Für mich war es bisher eine Erinnerung daran, dass man möglicherweise nur einmal die Chance auf seine wahre Liebe bekommt. Dass man dem Ruf seines Herzens statt dem Verstand folgen sollte. Mit Auroras Worten im Hinterkopf bin ich mir nicht mehr sicher, ob ich es nicht vielleicht vollkommen falsch interpretiert habe.

Als ich den Zettel beiseitelege, fällt mir ein rosafarbener Briefumschlag mit der Beschriftung »für Hazel« auf. Irritiert nehme ich ihn zur Hand. Seltsam. Er ist zugeklebt und auf der Rückseite steht unmissverständlich: zum dreizehnten Geburtstag. Ich bin mir sicher, ihn nie gesehen zu haben. In der Praxis beobachte ich Mom oft genug dabei, Dinge zu unterschreiben, um ihre Handschrift zu erkennen. Diese ist es nicht. Ob Dad mir tatsächlich eine Nachricht hinterlassen hat? Warum hat Mom mir den Umschlag dann vorenthalten? Andererseits liegt er seit fast zwanzig Jahren in dem Karton. Es würde mich nicht wundern, wenn sie ihn über die Zeit schlichtweg vergessen hat.

Da er unmissverständlich an mich adressiert ist, öffne ich ihn vorsichtig und warte nicht auf Mom, um sie vorher um Erlaubnis zu bitten. Der ausgetrocknete Kleber hält ihn ohnehin kaum noch verschlossen. Behutsam ziehe ich einen Brief daraus hervor und ignoriere die Dollarscheine, die auf meinen Schoß fallen. Geld könnte mir gerade nicht unwichtiger sein. Ich entfalte den Brief, der der Signatur nach tatsächlich von Dad stammt. Ich kann nicht verhindern, dass mir Tränen in die Augen schießen. Zum ersten Mal in meinem Leben fühlt es sich real an, dass er wirklich existiert hat, denn seine ersten Worte an mich lauten:

Liebste kleine Hazel

Einen kurzen Augenblick haben wir beide gemeinsam auf dieser Welt verbracht. Auch wenn ich mich nicht daran erinnern kann, war unsere Zeit für ihn real.

Ich wünschte, ich wüsste noch irgendwas von ihm. Wie seine Stimme klang oder wie er roch. Irgendwas, was diese Lücke in meinem Leben auch nur ansatzweise schließen könnte. Wenn Mom mal CDs von ihm besaß, hat sie die vor langer Zeit entsorgt. Auch *YouTube* existierte damals noch nicht – und so war Dad für mich bis zu diesem Zeitpunkt vor allem ein Phantom.

Wie sagt Mom immer? Der Vergangenheit nachzutrauern

verdirbt einem nur die Zukunft. Dennoch lese ich Dads Brief, inhaliere jedes Wort, als wäre er dadurch für einen kurzen Moment bei mir. Als könnte zwischen den Zeilen etwas stehen, das mir verrät, was für ein Mensch er war.

Liebste kleine Hazel,
ich schreibe dir diese Zeilen, während du auf meiner Brust schläfst.
Für mich ist es immer noch unglaublich, dass ich daran beteiligt war, so etwas Perfektes wie dich zu erschaffen.
Falls deine Mom dich bis heute noch nicht darüber aufgeklärt hat, wie Babys entstehen, wäre es wohl ein guter Zeitpunkt. Es tut mir aufrichtig leid, dass ich dieses Gespräch nicht mit dir führen kann. Dass ich generell kein Gespräch mit dir führen kann, an das du dich beim Lesen dieses Briefes noch erinnern wirst. Deine Mom will davon nichts hören, aber ich spüre, dass meine Lebensgeister schwinden, und ich fürchte, dass ein aufklärendes Gespräch für dich überlebenswichtig sein könnte. Ich habe deine Mom gebeten, dir diesen Brief an deinem 13. Geburtstag zu überreichen. Unvorstellbar, dass du dann bereits ein Teenager sein wirst. Ein großes Mädchen, das Rad fahren kann, seine Milchzähne verloren hat – und wenn ich dich beobachte, wie du jetzt schon versuchst, die Eindrücke dieser für dich neuen Welt aufzusaugen, wahrscheinlich eine Milliarde neugierige Fragen gestellt hat. Sicher wird deine Mom jede einzelne davon sehr gewissenhaft naturwissenschaftlich beantwortet haben. – Und noch immer alles abstreiten, das auch nur ansatzweise mit arkanen Dingen zusammenhängt. Vielleicht wirst du nach ihr kommen und mich auslachen, während du diese Zeilen liest …

»Tue ich nicht, Dad«, murmle ich und spüre einen schweren Kloß in meinem Hals. Im Gegenteil: Mir tut es unfassbar leid, dass Mom ihm nicht glauben wollte. Dass er spüren musste, wie sein Körper langsam zerfiel und Mom sein Elend übergangen hat, weil aus ärztlicher Sicht kein plausibler Grund für Dads angebliche Krankheit vorlag. Eine grausame Vorstellung.

Ich atme tief durch und lese weiter.

… aber es besteht eine (wenn auch geringe) Wahrscheinlichkeit, dass ich dir das Gen der Mischwesen vererbt habe. Es handelt sich dabei um eine Art Gendefekt. Deine Tante Dahlia kann dich über die Existenz von Sirenen und Tritonen aufklären. (Zumindest nehme ich an, dass sie an deinem dreizehnten Geburtstag noch lebt. Wer es schafft, seine eigene Tochter gleich nach der Geburt in die Hände des Au-pair-Mädchens zu übergeben, um möglichst jeden Kontakt zu vermeiden, der überlebt auch alles andere. Sie ist tough.)
Ich würde dir gern so viele Sachen schreiben. Dass ich dich liebe. Dass es mir das Herz bricht, dich nicht unterstützen zu können. Dass ich hoffe, dass deine Mom einen anderen Mann kennenlernt, damit du nicht ohne Dad aufwachsen musst. Aber alles, was ich dir noch mitgeben konnte, waren dein Name und die Erinnerung daran, dass du allein deinen Weg wählst. Niemand hat das Recht dazu, dir in deine Entscheidungen hineinzureden. Ich bereue keine Sekunde, dich wundervolles Wesen in meinen Armen zu halten. (Auch wenn deine Tante Dahlia mich zur Strafe für meine angebliche Dummheit am liebsten eher heute als morgen umbringen würde.)
Finde das Leben, das DICH glücklich macht.
Dein dich liebender Dad, Jarred

Das Leben, das DICH glücklich macht, lese ich die Zeile erneut.

»Das sagst du so einfach, Dad.« Doch momentan weiß ich nicht, was mich glücklich machen würde. In meinem Kopf herrscht ein gewaltiges Chaos. Es fühlt sich an, als wäre ein Tsunami durch meine Gedanken gerauscht und hätte binnen Sekunden alles zerstört, von dem ich geglaubt habe, dass es ein fester Bestandteil von mir und meinem Leben wäre. Wie anders wäre es wohl verlaufen, wenn Dad noch hier wäre? Wenn er nicht hätte sterben müssen, nur weil er sein Herz verschenkt hat?

Wie grausam ist es überhaupt, zu sterben, sobald man sich verliebt?

Und was meint er mit »das Gen der Mischwesen«? Mischwesen woraus?

Noch immer spüre ich das Verlangen danach, mit Gemma über alles zu sprechen. Aber vorher muss ich Mom zur Rede stellen.

Wenn Dad ihr von all diesen Dingen erzählt hat … Wie konnte sie dann bis heute schweigen?

Ich bin zwanzig Jahre alt. Dad wurde nur siebenundzwanzig. Das bedeutet, er hatte in meinem Alter bereits den Großteil seines Lebens hinter sicher.

Erschrocken fahre ich auf, als ich höre, wie Mom den Wohnungsschlüssel ins Türschloss steckt, kurz darauf das Kratzen von Binas Krallen auf dem Fliesenboden. Mein Blick zuckt zum Wecker auf Moms Nachttisch. Sie ist heute reichlich früh dran – und offensichtlich in ein Gespräch vertieft, zumindest höre ich ihre Stimme. Und nur ihre. Was mich zu der Vermutung bringt, dass sie mit jemandem telefoniert.

Ich bin versucht, aufzuspringen und alle Sachen zu verstecken, damit sie mich nicht beim Schnüffeln erwischt. Aber ich entscheide mich dagegen und klammere mich an Dads Brief. Ich hatte jedes Recht dazu, ihn zu lesen.

Leise trete ich an die Zimmertür heran und lausche, in der stillen Hoffnung, dass ich mir zusammenreimen kann, warum sie heute früher Schluss gemacht hat. Ob mit Vicky alles in Ordnung ist? Hoffentlich geht es der Hündin gut.

Doch die Worte, die ich aufschnappe, klingen nicht danach, als würde es in dem Telefonat um einen Golden Retriever gehen.

»Wenn es dir dann besser geht, sage ich dir Bescheid, sobald sie wieder zu Hause ist. Hazel ist ein vernünftiges Mädchen. Du brauchst dir um sie keine Sorgen zu machen. Ich verstehe auch immer noch nicht, warum ihr euch überhaupt gestritten habt. Ich kann mich nicht daran erinnern, dass sie sich jemals mit irgendwem gezankt hätte.«

Ich schneide eine Grimasse. Offensichtlich redet sie mit Aurora. Und ich weiß nicht, ob ich es schmeichelhaft finde oder nicht, dass Mom denkt, dass ich nicht dazu in der Lage wäre, mich mit jemandem zu streiten. Wahrscheinlich ist es nett gemeint, aber unterschwellig vermittelt es mir gerade: Hazel ist so friedfertig, die gibt sofort klein bei, statt sich für ihre Interessen und Meinungen einzusetzen. Außerdem frage ich mich, in was für einer Welt Mom lebt, wenn sie bisher nicht bemerkt hat, dass Aurora und ich noch nie besonders gut miteinander ausgekommen sind.

Ich warte, bis sie ihr Telefonat beendet hat, bevor ich das Zimmer verlasse. Kaum betrete ich den Flur, begrüßt Bina mich so freudig, dass sich meine Laune ein wenig bessert. Zumindest bis ich mich frage, ob Tiere sich wohl auch von Sirenenmagie beeinflussen lassen. Was ist, wenn auch sie mich nur mögen, weil ich es mir wünsche?

5. KAPITEL
HAZEL

Mit Dads Brief gehe ich in den Flur hinüber und sehe Mom dabei zu, wie sie ihre gewohnte Routine absolviert: Hundeleine und Schlüssel aufhängen; Schal abwickeln, zusammenfalten und auf den Schuhschrank legen; Mantel ausziehen und über einen Bügel hängen. Ihr Handlungsablauf wirkt, als wäre alles wie immer. Natürlich. Für sie ist es das schließlich. Ihre Welt wurde in den letzten Stunden ja nicht vollkommen auf den Kopf gestellt.

Es ergibt keinen Sinn, doch ich spüre schon wieder Wut in mir aufsteigen. Wut darüber, dass sie mein Leben lang unehrlich zu mir war. Dass sie alles rund um Dad von mir ferngehalten hat. Zumindest alles mit einer tieferen Bedeutung. Es ist nett zu wissen, dass ich seine Augenfarbe geerbt habe, aber es ist wirklich nicht überlebenswichtig.

Als Mom sich herumdreht, zuckt sie erschrocken zusammen.

»Hazel!« Sie presst sich eine Hand auf die Brust und atmet tief durch. »Was tust du denn schon hier? Wolltest du dich nicht heute mit deinen Freunden treffen?« Der überraschte Ausdruck in ihren Augen weicht einer unübersehbaren Skepsis, als sie den rosafarbenen Brief in meiner Hand bemerkt. »Warst du etwa an meinen Sachen?«

»Ich habe mich mit meinen Freunden getroffen«, erwidere ich. »Bis Aurora mich von ihnen weggezerrt hat, weil ich in Taros Nähe angeblich in Lebensgefahr bin. Sie hat mir ein paar ziemlich absurde Dinge gesagt. Wobei sie vielleicht gar nicht ganz so absurd sind, wenn ich bedenke, dass Dad mir ziemlich genau dasselbe geschrieben hat.« Demonstrativ wedele ich mit dem Papier in meiner Hand. »In einem Brief, den ich zu meinem dreizehnten Geburtstag hätte bekommen sollen. Was wohl bedeutet, dass ich mir einfach nur das genommen habe, was mir zusteht – immerhin steht *mein* Name darauf.«

Mom zieht erbost die Augenbrauen zusammen, während sie zwischen mir und der offen stehenden Schlafzimmertür hin und her sieht. »Also warst du tatsächlich an meinen Sachen, hast diesen lächerlichen Brief gelesen und möchtest mich jetzt damit konfrontieren, noch bevor ich duschen war?«

Ja, Mom hat sehr festgelegte Rituale, und eines davon ist eine Dusche nach der Arbeit. Dafür habe ich sogar Verständnis. Ich begreife nur nicht, wie sie so verdammt ruhig dastehen kann, während ich das Gefühl habe, dass mein Leben auseinanderbricht.

»Du hast diesen Brief also schon einmal gelesen?«, hake ich nach. Wie könnte sie ihn sonst *lächerlich* nennen? »Womit erklärst du dir dann, dass darin genau das Gleiche steht wie das, was Aurora mir heute erzählt hat? Sie wird ihn ja wohl kaum kennen.«

Seufzend schüttelt Mom den Kopf und verstaut ihre Schuhe sorgsam im Schrank. »Da gibt es nichts zu erklären. Die Neigung zu psychischen Erkrankungen wird oftmals vererbt. Und sosehr ich Aurora auch schätze, vielleicht leidet sie unter den gleichen Psychosen wie dein Dad.«

»Bitte … was?« Das ist ihre Wahrheit? Dass Dad und Aurora unter Realitätsverlust leiden und ich nichts auf ihre Worte geben soll?

Mom seufzt erneut. »Hazel, Schatz. Ich habe dir diesen

Brief absichtlich vorenthalten und dir gewisse Dinge über deinen Dad verschwiegen, weil ich dich nicht mit diesem Unsinn belasten wollte. Ich habe deinen Dad geliebt, aber er hat schon einige Zeit vor seinem Tod damit begonnen, sehr skurrile Geschichten zu erzählen. Von …« Sie blinzelt und starrt ins Leere, während sie sich zu erinnern versucht. »Von Hexen, Meerjungfrauen, einem Fluch und dem Tod …« Mom verstummt und schüttelt den Kopf. »Die Zeit vor seinem Tod war nicht einfach. Wirklich nicht. Und ich bin ehrlich froh, dass du dich nicht daran erinnern musst. Hätte ich geahnt, dass Aurora dich mit einem ähnlichen Unsinn belästigt, hätte ich dich nie dazu ermuntert, dich mit ihr zu treffen.«

»Du glaubst also, dass an ihren Worten nichts dran ist? Dass sie und Dad – und anscheinend auch Tante Dahlia – rein zufällig ähnliche Dinge erzählt haben?«

Mom schenkt mir ein flüchtiges Lächeln und kommt langsam zu mir herübergeschritten. »Wenn es so etwas wie Meerjungfrauen gäbe, würden darüber sicher offizielle Aufzeichnungen existieren. Wissenschaftliche Untersuchungen. Fotos. Ganze Bildbände. Irgendwas außer Kinderbüchern. Meinst du nicht?« Sie küsst mich sachte auf die Schläfe und bedeutet mir, ihr den Brief zu überreichen. »Wie wäre es, wenn du mir den gibst und wir diese Sache vergessen? Du hättest ihn nicht lesen sollen. Ich wollte, dass du deinen Dad als einen talentierten Musiker siehst, nicht als jemanden, der … Unsinn verbreitet hat.« Sie verstummt. Und ich weiß nicht, ob ich ihr den Brief wirklich überlassen möchte. Oder was ich fühlen soll. Ich wünschte – so sehr –, dass sie recht hat. Natürlich gefällt es mir nicht, dass Dad vielleicht ein psychisch kranker Fantast war. Aber es ist noch immer besser als die Alternative. Nämlich, dass er recht hat und ich dazu verflucht bin zu sterben, sobald ich mich verliebe.

Widerwillig reiche ich Mom den Schrieb, den sie lächelnd entgegennimmt, zusammenfaltet und in ihrer Hosentasche verstaut.

»Ich gehe kurz duschen. Wie wäre es, wenn du uns in der Zwischenzeit einen Film aussuchst und wir uns einen Mädelsabend machen?«, schlägt sie vor.

Obwohl es nett klingt, muss ich passen. »Ich wollte gleich noch mal los. Nachdem Aurora uns heute Morgen so unangenehm unterbrochen hat, möchte ich mich gern bei Gemma für das seltsame Verhalten meiner Cousine entschuldigen.«

»Oh.« Mom wirkt dermaßen enttäuscht, dass es mir leidtut, den Filmabend abzusagen, aber in diesem Moment gibt es etwas, das noch unangenehmer ist als mein schlechtes Gewissen: die Angst davor, dass Dad und Aurora mir die Wahrheit aufgezeigt haben.

Obgleich es sein kann, dass Gemma mir die Freundschaft kündigt, falls ich sie tatsächlich manipuliert habe, um mir ihre Zuneigung zu erschleichen, muss ich mit ihr über diese Sache reden. Ich muss wissen, dass Dads Worte nicht der Realität entsprechen. Zumindest hoffe ich das, während ich meinen Mantel aus Moms Schlafzimmer hole und mich zum zweiten Mal an diesem Tag anziehe, um mich mit Gemma zu treffen. Aus einem Impuls heraus nehme ich eines der Fotos von Dad an mich. Es ist eine Erinnerung, die ich nicht noch einmal verlieren möchte. Das Bild zeigt, wie ich als winzig kleines Bündel auf seiner Brust schlafe. Nach dem Lesen des Briefes fühle ich mich dadurch mit ihm auf eine Weise verbunden, die mir bisher fremd war.

Nachdenklich lasse ich das Motiv auf mich wirken und streichle sanft mit dem Daumen über das Papier. Ich muss Mom recht geben: Ich habe Dads Augen geerbt. Aber er hat auf dem Bild tiefschwarze Augenringe und wirkt auch davon abgesehen ziemlich fahl. Sicher könnte man sein Aussehen auf das Leben mit einem Neugeborenen und den damit zusammenhängenden Schlafmangel schieben und nicht weiter darüber nachdenken. Aber ich bin nicht *man*. Ich will wissen, was es mit Dads Worten auf sich hat – und mit diesem M.U.S.E. Institute. Nicht, dass Mom die Wahrheit sagt, psychische Erkrankungen in der Familie liegen und das angebliche College am Ende eine Nervenklinik ist, deren Bewohner davon nur nichts wissen.

Hazel, du hast eindeutig zu viele Psychothriller gesehen, dir einen solchen Plottwist auszumalen. Wir sind hier nicht auf Shutter Island, ermahne ich mich selbst, stecke das Bild ein, hole mein Smartphone und mache mich auf den Weg zu Gemma.

Sie wohnt drüben in Williamsburg, also wird es eine Weile dauern, bis ich da bin. Lang genug, um ihr schnell eine Nachricht zu schreiben und ihr Bescheid zu sagen, dass ich spontan vorbeikomme.

Ihre Antwort ist typisch Gemma: *Danke fürs Vorwarnen. Ich bin noch bei Darren. Dann renne ich mal schnell rüber und räume mein Zimmer auf.* – Und ein verlegener Smiley.

Im Gegensatz zu ihrem Bruder ist sie nicht gerade die Ordnung in Person, aber das hat mich nie gestört. Im Gegenteil: Irgendwie passt das kreative Chaos zu ihr.

Chaotisch wirkt auch der Tanz der weißen Flocken, als ein Wind aufkommt und durch die Straßen New Yorks zieht. Schnee ist etwas, das ich für immer mit Dad verbinden werde. Schnee und die Gewissheit, dass er meinen Namen ausgesucht hat.

6. KAPITEL
HAZEL

Mit gemischten Emotionen steige ich die Treppe zu Gemmas Wohnung hinauf. Meine Gefühle werden noch konfuser, als es ausgerechnet Taro ist, der mir die Tür öffnet.

Etwas in mir sehnt sich nach seiner Nähe und würde sich am liebsten in seine Arme werfen, um sich trösten zu lassen. Allein mich daran zu erinnern, wie er heute Vormittag mit der Hand über meinen Oberschenkel gestrichen hat, lässt eine Welle aus Sehnsucht gegen meine notdürftig errichtete Mauer der Selbstbeherrschung branden. Dennoch reiße ich mich zusammen, denn das Foto in meiner Tasche fühlt sich mit einem Mal an, als würde es eine Tonne wiegen und mich dazu ermahnen, mich zurückzuhalten.

Taro mustert mich schmunzelnd. »Wie schön, dich in einem Stück zu sehen, nachdem deine Cousine gewirkt hat, als würde sie dir notfalls einen Arm auskugeln, damit du sie begleitest.«

»Mhm.« Irgendwie ist mir nicht danach, auf seinen Scherz einzugehen. »Ist Gemma schon da?«

Taro weicht irritiert zurück und blinzelt, bevor er mir bedeutet, einzutreten. »Sicher. Sie ist in ihrem Zimmer und wirft vermutlich eine letzte Hand voll dreckiger Socken in ihren Kleiderschrank.« Allein die Vorstellung davon, wie stümperhaft Gemma das Chaos in ihrem Zimmer beseitigt, lässt ihn erschaudern. Er hat sich allerdings sofort wieder gefangen und beobachtet mich, wie ich meine mit Schneeflocken gepuderten Sachen ablege. »Geht es dir gut?«, fragt er, verschränkt die Arme vor dem Oberkörper und lehnt sich lässig gegen die Wand. Er betrachtet mich so aufmerksam, als wüsste er bereits, wie es mir wirklich geht, und würde nur auf eine Bestätigung warten.

Aber wie soll ich ihm erklären, dass ich meine Gesundheit – und vielleicht mein Leben – riskiere, wenn ich mich nicht von ihm fernhalte? Es klingt wie die schlechteste Ausrede der Welt. Oder nicht?

»Ich muss zuerst mit Gemma reden«, ist alles, was meinem überforderten Gehirn einfällt. Kaum habe ich es ausgesprochen, wird mir klar, wie zusammenhanglos es klingt. Doch ich brauche jemand Außenstehendes, der mich dabei unterstützt, meine Lage zu analysieren. Der mir behilflich ist, dieses wirre Knäuel aus Gedanken und Gefühlen in eine halbwegs geordnete Form zu bringen. Und dieser Jemand kann nicht Taro sein. Nicht, weil ich ihm nicht vertraue, sondern weil er für gewöhnlich der Ursprung meines emotionalen Chaos ist.

»Also geht es dir nicht gut«, schlussfolgert er und neigt den Kopf zur Seite. »Sonst hättest du mir längst erzählt, was es mit dem seltsamen Auftritt deiner Cousine auf sich hatte.«

Irgendetwas an seinen Worten reizt mich. Vielleicht ist es einfach nur die Tatsache, dass er nachbohrt, statt mich gehen zu lassen. Sieht er nicht, dass ich dieses Gespräch gerade nicht führen kann? Nicht mit ihm. Ein heißer Funke schießt durch meine Adern, bereit, ein wütendes Feuer zu entfachen.

»Warum reitest du darauf herum? Ihr habt nicht gewirkt, als würdet ihr meine Anwesenheit besonders vermissen«, erwidere ich in einem Anfall von Trotz.

»Du denkst wirklich, dass du uns nicht gefehlt hast?« Taro zieht eine Augenbraue hoch und schüttelt kaum merklich den

Kopf, bevor er sich von der Wand abstößt und zu mir herübergeschlendert kommt. Mit jedem Schritt, den er sich nähert, heizt sich die Atmosphäre zwischen uns auf, bis ich das Brodeln der warmen Luft auf meiner Haut spüre. Mein Herz beginnt schneller zu schlagen, doch ich bin fest entschlossen, mir meine Nervosität nicht anmerken zu lassen. Ich werde unter Taros intensivem Blick nicht zurückweichen.

Er schluckt, bevor er die Zähne so fest aufeinanderbeißt, dass ein Muskel in seiner Wange hervortritt. »Gemma und Darren mögen miteinander beschäftigt gewesen sein, aber mir hast du gefehlt. Sehr sogar. – Und ich denke, dem jungen Mann am Nachbartisch auch.«

»Ah. Ich habe den Eindruck, dass der es dir wirklich angetan hat«, ziehe ich ihn auf. »Oder warum fängst du schon wieder damit an?«

»Weil mir dank ihm klar geworden ist, dass es so nicht mehr weitergehen kann. Diese Nicht-Sache zwischen uns …« Als er eine Hand hebt, rechne ich damit, dass er mich berühren wird, stattdessen überlegt er es sich anders und greift sich in die Haare. Er zieht kurz daran, bevor er tief einatmet und die Luft durch die Nase ausstößt, als müsste er sich einen Ruck geben. Resignierend lässt er seine Hand sinken und schiebt sie unschlüssig in seine Hosentasche. »Hör zu, ich habe vorhin mit Gemma gesprochen.«

»Worüber genau?«, frage ich skeptisch. Die Art, wie er leicht auf den Fußballen vor und zurück wippt, wirkt irritierend verunsichernd. Er macht das sonst nie. Wenn ich es nicht besser wüsste, würde ich sagen, dass er nervös ist.

»Über dich. Ich meine, über uns.« Leise fluchend reibt er sich mit einer Hand über die Stirn. »Das hier fällt mir echt schwer. Haze, ich … Als du vorhin … Ich meine, ich … Es gibt etwas, worüber ich mit dir reden muss. Möchte.«

Wow. Taro hat mir in der Vergangenheit schon viele Vorträge darüber gehalten, warum er es für keine gute Idee hält, mit mir auf ein Date zu gehen, aber irgendwie wirkte er bei jedem dieser Gespräche sehr viel gefasster als in diesem Moment. Ich habe ihn nie dermaßen unruhig erlebt.

»Wie wäre es, wenn du einfach mit der Sprache herausrückst?«, schlage ich vor, weil sich seine Nervosität auf mich überträgt. Mit jeder Sekunde, die er vor mir steht, kribbelt sie intensiver durch meine Adern, wütet durch meinen Magen und lässt meine Hände feucht werden. »Du hast mich bereits so oft abgewiesen, dass es dir ein weiteres Mal nicht schwerfallen sollte.«

»Weil ich das nicht vorhabe. Nicht dieses Mal. Ich muss … Ich meine, ich sollte dir sagen, dass …« Taro fährt erschrocken auf, als Gemma die Tür ihres Zimmers aufreißt.

»Ha! Ich wusste, ich habe dich gehört!«, ruft sie triumphierend, schenkt mir ein bezauberndes Lächeln und sieht zwischen uns hin und her, wie wir keine Armlänge entfernt voreinander stehen.

Taro senkt beschämt den Blick und tritt einen Schritt zurück, als hätte sie uns bei etwas Verbotenem erwischt.

»Oh, ich störe«, sagt sie unangenehm berührt und hebt abwehrend die Hände.

»Tust du nicht«, versichere ich rasch, weil etwas in mir übertrieben froh ist, dieser Situation zu entkommen. Andererseits würde ich wirklich gern wissen, was Taro mir sagen wollte.

Allein die Erinnerung an seine Worte – *weil ich das nicht vorhabe* – lässt mein naives Herz kurz flattern, da es sich erhofft, dass er …

Worte sagen wollte, die ich jetzt gerade nicht ertrage, ermahnt mich die Stimme der Vernunft. Nicht, bevor ich mit Sicherheit sagen kann, dass Dad und Aurora tatsächlich nur Unsinn erzählt haben und mein Leben nicht in Gefahr gerät, wenn Taro und ich mehr als nur die Sitzbank im Café miteinander teilen. Denn wenn es so sein sollte, habe ich keinen Schimmer, wie ich damit umgehen soll.

7. KAPITEL
HAZEL

»Können wir irgendwo reden?«, bitte ich an Gemma gewandt und spüre beinahe körperlich, wie enttäuscht Taro ist, weil ich mich von ihm abwende. Obwohl es mir leidtut, ihn dermaßen vor den Kopf zu stoßen, fühlt es sich an, als hätte ich in diesem Moment keine andere Wahl. Instinktiv greife ich in meine Tasche und ziehe Dads Foto daraus hervor. Ich muss wissen, ob Gemma während ihrer Laufbahn als Internethexe schon einmal Geschichten über andere Wesen aufgeschnappt hat. Ob sie deren Existenz für möglich hält.

Auch wenn ich ein schlechtes Gewissen habe, lasse ich Taro auf dem Flur zurück und gehe mit Gemma in ihr Zimmer. Zumindest habe ich das vor, doch ich verharre auf der Türschwelle und drehe mich noch einmal zu ihrem Bruder herum, der uns schweigend nachsieht. Ich lasse ihm ein stummes »Tut mir leid« zukommen.

Er nickt und hebt einen Mundwinkel, als hätte es für ein ganzes Lächeln nicht mehr gereicht. Die Schritte in Gemmas Zimmer fühlen sich unnatürlich schwer an. Als müsste ich gegen eine unsichtbare Macht ankämpfen, die mich zu Taro zurück zieht. Auch wenn es mir wie eine Prüfung vorkommt, weiß ich, dass ich in diesem Moment nicht nachgeben darf.

»Also, was gibt's?«, fragt Gemma fröhlich und lässt sich auf ihr mit bunten Kissen überladenes Bett fallen.

Ihr Zimmer sieht tadellos aufgeräumt aus, aber vermutlich hat Taro recht und es ist besser, weder die Kleiderschranktüren noch Kommodenschubladen zu öffnen, um diesen Eindruck aufrechtzuerhalten. Ich liebe Gemmas Zimmer. Die vielen Grünpflanzen beruhigen mich ebenso wie der Anblick der schillernden Kristalle auf der Fensterbank oder die Macramés an den Wänden. Der bunte Flickenteppich vor ihrem Bett und die Zeichnungen von Pflanzen komplettieren den gleichermaßen farbenfrohen wie harmonischen Eindruck, den auch Gemma vermittelt.

Ich setze mich neben sie und überreiche ihr kommentarlos das Foto.

»Das ist Dad. *War* Dad. Ich weiß nicht, wo ich anfangen soll«, gestehe ich und schlage die Beine unter, während sie eines anzieht und den Arm darumlegt. »Aurora hat mir vorhin Dinge erzählt. Über sich, Dad und mich. Unvorstellbare Dinge.«

»Tatsächlich?« Sie neigt den Kopf zur Seite und streicht behutsam mit dem Daumen über das Bild. »Unvorstellbar ist ein ziemlich dehnbarer Begriff, wenn du mich fragst. Was waren es denn für Dinge?«

»Dass sie und ich Sirenen sind«, sage ich vorsichtig und beobachte Gemmas Reaktion, aber sie betrachtet nur weiterhin das Foto. Weder zieht sie überrascht die Augenbrauen hoch, noch sieht sie mich entgeistert an. Wenn sie eine Reaktion zeigt, ist es höchstens ein Zucken ihres Augenlids. »Dad hat mir einen Brief hinterlassen, in dem Ähnliches stand. Über Sirenen und Tritonen. Dass sie existieren und ich eventuell einen Gendefekt geerbt habe, der dafür sorgt, dass ich sterbe, sobald ich mich verliebe.«

Noch immer schweigt Gemma. Endlose Sekunden betrachtet sie einfach nur Dads Abbild, bevor sie den Blick hebt und mir die Fotografie überreicht.

»Du hast seine Augen geerbt«, ist alles, was sie dazu sagt. Dass sie nicht ganz so gelassen ist, wie es den Anschein macht, folgere ich einzig und allein daraus, dass sie unruhig am Saum ihrer Leggings zu zupfen beginnt.

»Ich wollte dich fragen, ob du im Internet schon mal – *jemals* – etwas von Sirenen gehört hast. Weil bisher dachte ich, sie wären einfach nur … keine Ahnung. Fabelwesen eben.«

Gemma nickt und räuspert sich. »Darren sagt immer, in jedem Mythos steckt ein Funken Wahrheit.« Sie mustert mich, bevor sie ihre Stricksocken betrachtet und betont langsam einen Fussel davon abzupft, als wollte sie Zeit schinden. »Ich weiß nicht, ob ich es dir sagen sollte, aber Darrens Mom war ebenfalls eine Sirene. Sie starb letztes Jahr kurz vor Thanksgiving.«

»Bei einem Autounfall«, stimme ich zu. Die Geschichte des tragischen Unfalls von Darrens Eltern ging tagelang durch die Medien. Es erbt schließlich nicht oft jemand einen so erfolgreichen Energiekonzern – und ein gigantisches Vermögen.

»Der Autounfall ist die offizielle Version«, lenkt Gemma ein und weicht weiterhin meinem Blick aus. »Aber seine Mom wäre so oder so gestorben. Für eine Sirene, die verheiratet war – und sogar ein Kind bekommen hat – ist sie außergewöhnlich alt geworden. Und mit alt meine ich vierundvierzig.« Während sie darüber spricht, wirkt es, als wäre die Wahrheit ein erdrückender Mantel, der schwer auf ihren Schultern lastet. Es gibt Sirenen – doch alle hüllen sich deswegen in Schweigen. Aber warum? Wieso nehmen Menschen die Bürde auf sich, dieses Wissen geheim zu halten?

»Und du möchtest mir sagen, dass Darren Hunter ebenfalls irgendwie … besonders ist?«, vermute ich.

»Oh.« Sie winkt ab. »Er ist kein Triton. Aber sein Dad war ein Hexer, und er kennt sich durchaus mit Magie aus.«

»Wow.« Aus irgendeinem Grund wäre ich nie davon ausgegangen, dass der charismatische junge Mann im Anzug Gemmas Interesse für Kristalle oder Tarotkarten teilt, aber umso schöner für sie, dass sie einander gefunden haben.

»Du hältst die Geschichte meiner Cousine also nicht für Humbug?«, vergewissere ich mich und weiß nicht, ob ich das beruhigend finden soll. Wenn ich meinen Gefühlen vertraue, ist es eher das Gegenteil. Dass Gemma nicht einmal ansatzweise wirkt, als würde sie meine Worte anzweifeln, lässt mein Herz erneut schneller schlagen und Nervosität durch meine Adern schießen. »Aurora meinte, Dad wäre nur so früh gestorben, weil er ein Triton war. Ich meine, er war ein herausragender Musiker. Das ja. Aber ist es nicht etwas … Ich weiß nicht … Ich meine …« Meine Unruhe drängt mich dazu, vom Bett aufzustehen und im Zimmer auf und ab zu laufen. »Mal angenommen, sie hätte recht und es wäre alles wahr. Kein Märchen. Keine Geschichte. Keine psychische Krankheit, wie Mom sagt. Dann … Dann würde es bedeuten, dass ich mir vielleicht alle Rollen nur ermogelt habe. Oder deine Freundschaft. Ich meine, irgendwie hat Aurora ja recht. Warum sollte jemand wie du einfach so mit mir befreundet sein wollen?« All die Gedanken, die mir seit dem Gespräch mit meiner Cousine durch den Kopf kreisen, sprudeln nur so aus mir heraus, aber in diesem Moment ist mein Vertrauen in Gemma größer als meine Angst vor ihrer Reaktion.

»Hat sie das ernsthaft gefragt?« Gemma sieht mich irritiert an und zieht erbost die Augenbrauen zusammen. »Wie wäre es mit: weil du ein wundervoller Mensch bist. Du bist warmherzig, hilfsbereit, engagiert. Ich kenne keinen Menschen, neben Taro und Darren, dem ich mehr vertraue. Du verbringst jede

Minute deiner Freizeit damit, dich für Tiere einzusetzen oder ehrenamtlich an der Akademie zu engagieren. Soll ich weitermachen? Ich bin sicher nicht der klügste Mensch auf Erden, aber als Hexe weiß ich eine Sache: Selbst wenn deine zauberhafte Cousine recht hätte und du besondere Gaben besitzen würdest, dann machen sie dich noch lange nicht zu dem Menschen, der du bist. Entscheidender ist, wie und wofür du sie einsetzt.«

»Aber was ist, wenn ich all die Hauptrollen an der Akademie nur aufgrund meiner Begabungen bekommen habe? Wenn ich meine Fähigkeiten unbewusst eingesetzt habe, um irgendwen zu beeinflussen. Wenn Taro mich vielleicht nie wirklich mochte und ich auch ihn manipuliert habe? Wenn das der Grund dafür ist, dass er sich so widersprüchlich verhält? Wenn …«

»Okay, stopp«, sagt Gemma und hebt beschwichtigend die Hände. »Der Reihe nach. Selbst wenn du deine Begabungen unbewusst eingesetzt haben solltest, weil du dir die Hauptrolle in einem Theaterstück gewünscht hast, ändert es nichts daran, dass du in dem Moment die perfekte Besetzung für die Rolle warst. Du hast alle Zuschauenden verzaubert und für einen Augenblick aus ihrem Alltag entführt – das ist unsere Aufgabe als Schauspielende, und die hast du mit Bravour erfüllt. Jedes Mal. Gaben hin oder her. Und was Taro betrifft …« Gemma seufzt. »Ich will mich nicht in eure Freundschaft einmischen, aber ich bin mir sicher, dass es nicht an dir liegt, dass er … sich verhält, wie er sich eben verhält.« Gemma atmet tief durch und zwirbelt sich den Saum ihrer Socke um den Finger. »Er hat mir mal gesagt, dass er dich mag. Sehr. Und dass er sich wünschen würde, ihr könntet mehr als Freunde sein. Aber er hat einfach seine eigenen Probleme. Sein Verhalten hat ganz bestimmt nichts mit dir oder deinen Fähigkeiten zu tun.«

»Was für Probleme?«, frage ich besorgt, denn bisher hat er

mir gegenüber nie auch nur ansatzweise etwas erwähnt, das sein Verhalten erklären würde.

»Vielleicht erzählt er es dir irgendwann selbst«, antwortet Gemma ausweichend.

»Aber im Grunde ist es egal. Denn wenn Aurora recht hat – hätte –, dann würde Taros Nähe meinen Tod bedeuten. Richtig?«

Gemma nickt widerwillig; doch sie tut es. »Darren hat mir mal erklärt, was es mit dieser Sirenen-Sache auf sich hat. In den meisten Lehrwerken, die Hexenden zur Verfügung stehen, ist nur geschrieben, dass Sirenen nicht für die Liebe geschaffen sind. Nicht auf Dauer. Dass sie sterben, sobald sie ihr Herz verschenken. Aber so einfach ist es nicht. Tatsächlich steckt dahinter wohl Biochemie. Die Pheromone, die Sirenen absondern, um Menschen zu betören, fallen bei wiederholter körperlicher Nähe auf sie zurück. Küssen sie stets dieselben Menschen, wirken ihre eigenen Lockstoffe irgendwann wie Gift auf sie. Ab einer gewissen Konzentration setzt es eine Reaktion in Gang, die nicht aufgehalten werden kann. Er meinte, es wäre ähnlich einer Autoimmunkrankheit. Sie führt unweigerlich zum Tod.«

»Ah. Das heißt, ich kann mich also sehr wohl verlieben – darf der Liebe aber nie nachgeben. Richtig?«, vergewissere ich mich.

»Zumindest laut Darren wäre es so, dass du von einer monogamen Beziehung absehen solltest.«

Super. Was hört sich qualvoller an? A) sich gar nicht verlieben zu dürfen oder B) mit unerfüllter Liebe leben zu müssen? Denn so oder so klingt es für mich nach einer Zukunft in Einsamkeit. Mit jeder Info, die ich bekomme, fühlt sich meine angebliche Begabung finsterer an. Als würde ich mich an eine Zukunft klammern, die aus Sand gebaut ist und mir unaufhörlich durch die Finger rieselt.

Seufzend lasse ich mich auf Gemmas Flickenteppich sinken. »Warum kannst du mir nicht einfach sagen, dass meine Cousine mich verarschen wollte und mir deswegen diese wirren Sachen erzählt?«

Gemma schweigt – und ich habe keinen Schimmer, wie ich die Stille zwischen uns deuten soll.

»Also denkst du, dass sie recht hat?«, vergewissere ich mich, als ich das Schweigen nicht länger ertrage.

Gemma zögert, mustert mich und räuspert sich leise, während sie den Blick wieder auf ihre Socken senkt. »Es gibt Wege, die Wahrheit herauszufinden. Wir könnten die weiße Magie um eine Antwort bitten.« Sie wartet, bis ich zustimme, erhebt sich vom Bett und geht zu ihrer Kommode herüber. Sie nimmt eine schwarze Kerze und eine Streichholzschachtel heraus und greift eine lange Kette mit gelbem Kristallanhänger aus der Schale auf ihrer Fensterbank. Ich weiß über Kristalle längst nicht so gut Bescheid wie Gemma, aber ich glaube, dass es sich dabei um einen Citrin handeln könnte. Mit all den Sachen setzt sie sich mir gegenüber auf den Teppich. Erst auf mein Nicken hin entzündet sie die Kerze und überreicht sie mir.

»Umfasse sie mit beiden Händen, während ich die Wahrheit erpendele. Okay?« Erneut ist da dieser forschende Blick, als wollte sie sichergehen, dass es mir ernst ist, doch ich will die Wahrheit wissen. Ich *muss* wissen, ob Aurora recht hat. Ob es für mich besser wäre, New York und mein altes Leben hinter mir zurückzulassen, um auf ein College zu gehen, das mich zwar nie gereizt hat, dessen Besuch aber überlebenswichtig für mich sein könnte.

»Okay«, murmelt Gemma, als hätte sie aus meinen Augen alles abgelesen, was sie wissen muss, um dieses Ritual durchzuziehen. Sie streicht sich flüchtig eine roséfarbene Haarsträhne hinter das Ohr und greift das Ende der goldenen Kette mit dem

Kristallanhänger zwischen Daumen und Zeigefinger. Während ich die Kerze halte, betrachtet sie die Spitze des Pendels. Ein paarmal atmet sie tief durch, bis in sie, ihre Hand und die Kette absolute Ruhe eingekehrt ist. Konzentriert sagt sie die Worte, die die Weichen für mein ganzes zukünftiges Leben stellen.

»White magic please show us what can't be seen – and tell us if Hazel's got the siren gene.«

Blinzelnd beobachte ich, wie das Pendel vor und zurück zu schwingen beginnt. Nicht zaghaft, sondern recht energisch.

Es ist eine klare Bewegung, kein Schlingern – dennoch habe ich keine Ahnung, wie ich es interpretieren soll, da ich mich mit diesen Dingen nicht auskenne. Ich versuche, Gemmas Gesichtsausdruck zu deuten, aber sie presst lediglich die Lippen aufeinander und stoppt mit ihrer freien Hand die Bewegung des Pendels. Erneut stellt sie die Frage, und wieder zeigt das Pendel dieselbe Antwort.

»Was bedeutet das?«, erkundige ich mich leise, als ich die Ungewissheit nicht länger aushalte.

»Es gibt beim Pendeln verschiedene Arten von Zustimmung, aber diese war recht eindeutig. Der Ausschlag des Pendels bedeutet *Ja*. Die weiße Magie bestätigt uns, dass du eine Sirene bist«, sagt Gemma und legt die Kette beiseite. Vorsichtig streicht sie mit den Fingerspitzen über den Kristall.

Mein Magen fühlt sich an, als würde er nach unten sacken. Als hätte ich auf der Treppe eine Stufe verpasst und kurz das Gleichgewicht verloren, bevor ich mich wieder fangen kann. Im Grunde überrascht mich die Antwort nicht. Ich bin unsicher, was ich empfinde, aber Auroras Worte, Dads Brief und die gelegentlichen Schwindelanfälle in Taros Nähe, die ich sonst nie spüre … All die Rollen, die ich bekommen habe. Die Freunde, die ich gefunden habe. Auf eine schaurige Weise passt alles zusammen, als hätte ich gerade ein Puzzleteil für mein

Leben entdeckt, von dem ich bisher gar nicht gewusst habe, dass es noch fehlt. Aber es fügt sich so verflucht perfekt in das Gesamtbild – ich zweifle nicht daran, dass es zu mir gehört. Ob es mir gefällt oder nicht. Das hier ist die Wahrheit – und ich habe mich ihr zu fügen.

Ich puste die Kerze in meinen Händen aus, bevor ich sie beiseitestelle und mich mit dem Rücken gegen das Bett lehne, weil ich Halt brauche. Mein ganzer Körper fühlt sich wie betäubt an.

»Wie geht es dir?«, fragt Gemma und mustert mich aufrichtig besorgt.

»Keine Ahnung«, ist alles, was mir dazu einfällt. Es ist nicht einmal gelogen. In mir herrscht ein so gewaltiges Chaos, dass ich am liebsten weinen, schreien und lachen würde. Alles gleichzeitig. Und zugleich ist da diese unfassbare Leere. Ich *will* keine Sirene sein. Auch wenn ein Teil von mir diese Erkenntnis am liebsten leugnen und sich in meinem Bett verkriechen möchte, wird das nicht funktionieren. Fakten ändern sich nicht, wenn man sie ignoriert.

»Soll ich uns vielleicht einen Tee kochen?«, schlägt Gemma vor.

Obwohl ich nicht weiß, wie und wobei der mir helfen soll, nicke ich, schlage die Beine unter und starre vor mich hin, während Gemma das Zimmer verlässt, als wollte sie mir einen Moment Zeit geben, um diese Erkenntnis zu verarbeiten.

Ich bin eine verfluchte Sirene – wiederholen meine Gedanken in Dauerschleife. Auch wenn Aurora und Dad ein paar Dinge angedeutet haben, weiß ich im Grunde gar nicht, was das für mich bedeutet.

Okay, ich habe das Talent, Menschen zu verzaubern. Und ich sterbe, sobald ich mich auf eine Beziehung einlasse. Doch davon abgesehen?

Erst als Gemma mit zwei Bechern dampfenden Tees in den Händen zurückkommt, wird mir bewusst, dass ich die ganze Zeit reglos vor mich hingestarrt habe.

Dankend nehme ich eine Tasse entgegen, bevor Gemma sich neben mich setzt und erneut damit anfängt, unruhig am Saum ihrer Kuschelsocke zu zupfen.

»Wie gesagt: Darrens Mom war auch eine Sirene. Falls du irgendwelche Fragen hast, kann er sie dir vielleicht beantworten«, sagt sie und pustet in ihren Becher.

Vorsichtig nippe ich an meinem Früchtetee und hoffe, dass seine beruhigende Wirkung mir dabei hilft, den Strudel aus Gedanken und Gefühlen zu klären. »Meine Cousine Aurora ist laut eigener Aussage auch eine. Dafür dass sie – dass *wir* – selten sein sollen, sind das schon ganz schön viele in meinem Umfeld.«

»Selten im Vergleich zu anderen Menschen mit einer Verbindung zum Arkanen«, stimmt Gemma zu. »Aber man sagt nicht umsonst, dass alles im Universum aus einem Grund geschieht. Es findet sich, was zusammengehört. Sirenen und Tritonen galten eine Zeit lang als beinahe ausgestorben, doch es gibt euch noch; nur gut verborgen und teilweise vielleicht so unwissend wie du. Darren meinte mal, dass fast jedes musikalische oder schauspielerische Ausnahmetalent das Sirenengen in sich trägt.«

»Tröstlich«, murmle ich. »Die Mitglieder im Club 27 waren dann vermutlich auch Sirenen und Tritonen?«

»Vermutlich«, stimmt Gemma zu und pustet erneut in ihren Becher. »Ich wünschte wirklich, ich könnte irgendetwas für dich tun. Außer dir zu versichern, dass ich nicht mit dir befreundet bin, weil du mich manipuliert hast, sondern weil du ein wundervoller Mensch bist.«

»Würde das nicht jeder behaupten, der von mir *verzaubert*

wurde?«, hake ich missmutig nach. Allein der Gedanke daran kratzt mit scharfen Klauen an meine notdürftig errichtete Mauer der Selbstbeherrschung.

»Vielleicht würde das jeder sagen, aber ich kann es dir beweisen«, erwidert sie mit einem triumphierenden Grinsen und streckt ihre Hand aus, als wollte sie, dass ich ihren Ring bewundere.

Er ist mir schon ein paarmal aufgefallen, obwohl sie ihn erst seit Kurzem trägt. Es ist ein hübsches, filigranes Schmuckstück mit einem roten Stein, an den sich zwei zierliche, mit Perlen besetzte Blüten schmiegen. Komischerweise war ich der Meinung, dass er mal einen weißen Stein besessen hätte, aber das muss wohl meine Einbildung gewesen sein.

»Der rote Diamant ist ein Blutkristall und beschützt mich vor den meisten Arten von Sirenenzaubern«, erklärt sie mit einem Zwinkern. »Also kannst du mir ruhig glauben, wenn ich dir sage, dass du auch ganz ohne Verzauberung ein liebenswerter Mensch bist.«

»Mhm« ist alles, was mir dazu einfällt, dabei fühle ich mich tatsächlich erleichtert. Nicht nur, weil Gemma mir bewiesen hat, dass sie freiwillig meine Freundin ist, sondern weil sie sich noch keine einzige Sekunde über mich lustig gemacht hat. Erneut nippe ich an dem Tee und bin dankbar für die Wärme, die er in meinem Bauch hinterlässt. Es ist, als würde sich mein verknoteter Magen zum ersten Mal seit Stunden etwas entspannen.

Ein paar Minuten lang herrscht Stille, als würde Gemma spüren, dass ich einen Moment Zeit brauche, um mich zu sortieren. Dass es reicht, wenn sie an meiner Seite ist. Erst als sich die wohlige Wärme des Tees in meinem ganzen Körper ausgebreitet hat, fühle ich mich dazu bereit, einen anderen Punkt anzusprechen.

»Aurora meinte, dass es gut für mich wäre, mein Studium am M.U.S.E. Institute fortzusetzen«, gestehe ich. Es fällt mir schwer, ernsthaft darüber nachzudenken, denn der Wechsel dorthin würde nicht nur bedeuten, New York City zu verlassen, sondern auch nicht mehr gemeinsam mit Gemma – und Taro – täglich die *Allbright Academy of Modern Arts* zu besuchen.

»Du meinst dieses Elite-College am Ende der Welt?« Unruhig klopft sie mit dem Finger gegen ihren Becher. Natürlich hat sie bereits davon gehört. Alle New Yorker Studierenden des darstellenden Spiels haben schon einmal den Namen des Colleges aufgeschnappt oder sind bei einem Event einer der Absolventinnen über den Weg gelaufen. Meist sind das keine angenehmen Treffen, weil jede Faser der jungen Frauen verkündet, dass sie sich für etwas Besseres halten. Zumindest hatten wir wohl beide immer diesen Eindruck, wenn ich Gemmas Naserümpfen glauben darf.

»Aurora meinte … Keine Ahnung. Dass man mir dort dabei helfen könnte, meine Gaben zu verstehen. Ich habe allerdings keinen Schimmer, was für Menschen da studieren. Ich meine, wenn Sirenen selten sind, wird der Rest der Studierenden irgendetwas anderes sein. Oder nicht?«

»Vermutlich«, sagt Gemma kurz angebunden und atmet tief durch. »Entschuldige, dass ich nicht so euphorisch klinge, wie ich es als gute Freundin sollte. Deine Cousine hat sicher recht und bestimmt wäre es gut für dich, wenn du ein College besuchst, das bekanntermaßen die schauspielerische Elite des Landes hervorbringt – aus welchen Gründen auch immer. Es ist nur die Aussicht darauf, dass du nicht mehr da bist …« Gemma verstummt. »Es würde komisch sein, so ohne dich.«

Wenn ich ehrlich sein soll, habe ich auch das Gefühl, sie im Stich zu lassen, wenn ich das College wechsle. Gemma bleiben noch immer Taro, Darren, ihr Hexenzirkel und ungelogen

Millionen von Followern in den sozialen Medien. Trotzdem ist da ein unterschwellig schlechtes Gewissen, denn sie hat an der Akademie nicht viele Freundinnen. Gemma erinnert mich diesbezüglich immer ein wenig an die Sonne: Sie strahlt Wärme aus und ist gut darin, Menschen in ihrer Nähe zu halten. Gleichzeitig wahren die meisten von ihnen einen sicheren Abstand, als würden sie instinktiv spüren, dass sie sich an Gemma die Finger verbrennen können. Wie Schwerkraft und Zentrifugalkraft – ein eigenartiges Gleichgewicht.

»Mach dir um mich keine Sorgen, ich komme schon klar«, versichert sie, als hätte sie meine Gedanken gehört. »Vermissen werde ich dich trotzdem.«

Natürlich wird sie zurechtkommen. Sie ist stark, und wir sind nicht mehr auf der High School, sondern erwachsen. Da gehört es wohl oder übel dazu, eigene Wege zu gehen. Das M.U.S.E. Institute ist ja auch nicht aus der Welt, und wir haben noch immer WhatsApp, um einander täglich zu schreiben. Seltsam wird es trotzdem. *Würde*. Denn noch habe ich ja nicht einmal meine Bewerbung abgeschickt.

»Ich würde dich auch vermissen«, murmle ich und lehne mich gegen sie. »Aber sieh es positiv: Wenn ich erst weg bin, wirst du all die zukünftigen Hauptrollen abstauben.«

Gemma lacht, obwohl ich es nur halb als Scherz meinte. Sie ist ebenso engagiert wie talentiert, und ich habe nie ganz verstanden, warum ich sie bei diversen Vorsprechen ausgestochen habe. Vielleicht begreife ich es jetzt: Ich hatte einen unfairen Vorteil. Doch sobald ich die Akademie verlassen habe, dürften ihre Chancen für kommende Projekte sehr viel besser aussehen.

Eine Weile sitzen wir nebeneinander, mein Kopf auf Gemmas Schulter gelehnt, schweigend. Als gäbe es in dieser Situation ohnehin keine passenden Worte zu sagen.

Ein Klopfen an der Tür lässt uns beide gleichermaßen auffahren. Fragend ziehe ich die Augenbrauen hoch, während sich Taro in das Zimmer schiebt. Allein sein ebenso forschender wie vorsichtiger Blick sorgt für ein aufgeregtes Kribbeln in meinem ganzen Körper. Als könnte er es spüren, räuspert er sich und wendet sich seiner Schwester zu.

»Kann ich Hazel kurz entführen?«

Gemma zögert, bevor sie nickt. »Nur einen Moment noch«, bittet sie und greift nach der Kette mit Citrinanhänger, die sie mir überreicht. »Behalte sie, wenn du magst.«

Unsicher nehme ich das Schmuckstück entgegen und betrachte den gelben Kristall, der sanft im Tageslicht schimmert, als bestünde er aus eingefangenen Sonnenstrahlen. Er ist hübsch, trotzdem spüre ich eine unterschwellige Abneigung. Es fühlt sich an, als hätte er mein Schicksal besiegelt, obwohl der Gedanke absurd ist. Er hat mir schließlich nur die Wahrheit aufgezeigt, sie nicht beeinflusst. Und dennoch durchläuft mich ein Schauer, als ich mit dem Daumen über den Stein streiche. So als wäre da noch mehr. Eine andere Art von Wahrheit, die unter seiner Oberfläche schlummert und leise anklopft. Es ist, als hätte ich einen solchen Kristall schon einmal in der Hand gehalten. Aber wo? Während ich in mich hineinhorche, bin ich nicht in der Lage dazu, der Erinnerung die Tür zu öffnen. So bleibt es bei der vagen Ahnung.

»Citrine sind Schutzsteine«, erklärt Gemma ihren Impuls. »Man sagt, sie vermitteln positive Energie. – Und aus irgendeinem Grund habe ich das Gefühl, dass er zu dir möchte.«

»Danke.« Ich schenke ihr ein schmales Lächeln und lege mir die lange Kette um den Hals. Positive Energie kann ich heute sicher brauchen.

Auf Taros einladende Geste hin folge ich ihm in sein Zimmer hinüber und habe kaum die Tür hinter mir geschlossen, als meine Intuition mir rät, mich dagegenzulehnen und der Dinge zu harren, die da kommen.

Welche das auch immer sein mögen.

8. KAPITEL
TARO

Was stimmt eigentlich nicht mit mir?, ist die erste Frage, die mir bei Hazels Anblick in den Sinn kommt, da ich erneut das Verlangen spüre, ihr näherzukommen. Auf jede erdenkliche und absolut nicht jugendfreie Weise. Wieso reizt mich schon allein die Art, wie sie sich gegen die Tür lehnt? Dabei ist meine Sehnsucht nach ihr nicht rein körperlich. Ich mag Hazel dafür, wie sie die Sonne aufgehen lässt, wenn sie lacht. Ich liebe ihre Unvoreingenommenheit. Wie sie Gemma aufmerksam zuhört, während sie die unvorstellbarsten Sachen erzählt. Ihre bedingungslose Loyalität, während andere sich über meine Schwester lustig machen. Ich genieße die Zeit, die wir zu dritt verbringen, weil sich unsere Treffen schon von Beginn an so entspannt anfühlen, als wären wir die Familie, die mir immer ein wenig gefehlt hat. Es ist leicht, mir vorzustellen, dass unsere Freundschaft ewig hält. Und noch leichter, mir auszumalen, dass wir in unbeobachteten Momenten Dinge tun, die über Freundschaft hinausgehen. Es könnte alles so einfach sein, wenn mein Geheimnis nicht wäre. Seit über einem Jahr belüge ich Hazel und halte sie auf Abstand, um ihr nicht die Wahrheit zu sagen.

Vorhin habe ich mir vorgenommen, endlich mit ihr zu reden. Diesen eigenartigen Zustand zwischen uns zu beenden. Zugegeben: Nicht zum ersten Mal. Ich habe in den vergangenen Monaten immer wieder versucht, ihr gute Gründe dafür zu geben, sich von mir fernzuhalten. Doch es hat nicht funktioniert, weil es uns beiden gleichermaßen schwerfällt, die Finger voneinander zu lassen. Sobald ich in Hazels Nähe bin, vergesse ich all meine ach so guten Vorsätze, und es kostet mich sämtliche Selbstbeherrschung, mich zusammenzureißen. Sie nicht wieder gegen eine Wand zu drängen, wie damals im Flur. Allein bei der Erinnerung daran, wie perfekt sich ihr Körper an meinem angefühlt hat und wie gut es klang, als sie meinen Namen gestöhnt hat, wird alles in mir hart und weich zugleich. Heiß und kalt. So widersprüchlich und irrational wie all meine Gefühle in Bezug auf sie. Vielleicht sollte ich also einfach akzeptieren, dass wir eine Chance verdient haben.

Wenn ich sie will – und sie mich –, warum länger dagegen ankämpfen? Es gibt nur eine Sache, die ich vorher mit ihr klären muss. Ein Geheimnis, das ich mit ihr teilen möchte. Etwas, das ich nie jemandem anvertrauen oder aufbürden wollte. Doch vielleicht sollte ich es versuchen und über meinen Schatten springen. Nur dieses eine Mal. Und wenn es dann nicht sein soll, wenn Hazel nicht akzeptieren kann, wer ich bin – *was* ich bin –, dann ist wahrscheinlich niemand dazu in der Lage. Nachdem meine Mom mich als Baby zu Dad abgeschoben hat, bin ich davon ausgegangen, dass ich eben nicht liebenswert bin. Denn wenn mich nicht einmal meine eigene Mutter bei sich behalten will – wer dann? Erst als Gemma bei uns eingezogen ist, wurde mein Weltbild etwas zurechtgerückt. Sie ist vielleicht meine Halbschwester, aber wir hatten nie besonders viel persönlichen Kontakt, bis sie ihr Studium in New York angetreten hat. Wenn ich ehrlich zu mir bin, war das wohl eine der besten Sachen, die mir passieren konnte. (Auch unter Berücksichtigung all der rosafarbenen Haare im Auffangsieb unseres Duschabflusses und der Tatsache, dass ihr das Chaos auf dem Fuße folgt …) Gemma hat mir von der ersten Sekunde an das Gefühl gegeben, ein würdiger großer Bruder zu sein und dass meine Besonderheit sie nicht im Mindesten stört. Das hat mir mehr geholfen, als ich mir bisher eingestehen wollte. Es ist vielleicht jämmerlich, dass ich sie brauchte, um die Wunde aus meiner Vergangenheit notdürftig zu flicken, doch so war es. Ich habe nicht gezählt, wie oft Gemma mir mittlerweile gesagt hat, dass sie mich lieb hat. Ich konnte es nie erwidern. Nie sagen. Und trotzdem haben ihre Worte etwas in mir bewegt. Verrostete Zahnräder, die knirschend ihren Dienst aufgenommen haben, bis es endlich leise *Pling* machte. Irgendetwas ist an die richtige Stelle gerutscht. Dieser ganze Prozess hat anderthalb Jahre gedauert, aber als ich Gemma und Darren vorhin zusammen gesehen habe … So vertraut, so glücklich … Es ist verflucht egoistisch, doch ich bekomme diesen Gedanken nicht mehr aus dem Kopf, dass ich es vielleicht selbst bin, der meinem Glück im Weg steht. Dass ich mich für etwas bestrafe, das nie mein Fehler war, weil es nicht in meiner Verantwortung lag, als was ich geboren wurde.

Hazel neigt den Kopf zur Seite, während sie mich mustert. »Ist alles in Ordnung?«, fragt sie mit einer Stimme so süß und verlockend wie Honigmilch.

»Ich denke schon.« Zumindest fühlt es sich zum ersten Mal seit langer Zeit so an. Ich kann nicht anders, als dem Ziehen in meinem Inneren nachzugeben und an sie heranzutreten; mich mit einer Hand an der Tür abzustützen und ihren betörenden Duft einzuatmen. Hazel riecht für mich immer nach ungezähmter Freiheit. Wie eine Mischung aus frischer Meeresluft, Wildrosen und irgendetwas anderem, das so eindeutig Hazel ist, dass es meine Sinne vernebelt. Meine freie Hand streicht wie von einem inneren Zwang getrieben an ihrem Unterkiefer entlang. Es ist nur der Hauch einer Berührung, der sie erzittern lässt.

»Ich wollte vorhin mit dir reden«, erinnere ich sie und mich gleichermaßen, bevor ich mich vergesse. Reden ist das Letzte, was ich gerade in ihrer Nähe möchte, aber sie hat die Wahrheit verdient. – Und die freie Wahl.

Hazel räuspert sich, macht jedoch keine Anstalten, sich meiner Berührung zu entziehen. Ihre Lider flattern unruhig, bevor sie mir in die Augen sieht und sich an meine Hand schmiegt, als wäre sie die Katze von uns beiden. »Ich muss auch mit dir reden«, wispert sie heiser, als würde meine Berührung sie nicht kalt lassen.

Doch statt zu reden, schweigen wir einander an. Ich weiß nicht, wann ich den letzten Abstand zwischen uns überwunden habe. Es war keine bewusste Entscheidung, aber nun berührt mein Körper ihren.

»Taro«, wispert sie und hebelt den letzten Rest meiner Willenskraft aus.

Ich sollte diesen Moment nutzen, um mit ihr zu sprechen. Aber ich kann nicht. Alles in mir drängt mich dazu, sie zu küssen. Ich folge meinem Instinkt, doch gerade als ich mich ihren Lippen nähere, dreht sie den Kopf zur Seite und zeigt den Ansatz eines Kopfschüttelns.

»Ich kann nicht«, lehnt sie schwer atmend ab und schließt die Augen.

Irritiert ziehe ich mich zurück und betrachte sie, zweifle an meiner Intuition. Was ist, wenn ich ihre Körpersprache falsch gedeutet habe? Wenn ihr unruhiger Atem bedeutet, dass ich sie eingeschüchtert habe?

Ich ziehe die Hand zurück und bringe mehr Abstand zwischen uns. »Wenn ich dich überrumpelt und verängstigt habe, tut es mir leid.«

Sie schüttelt ansatzweise den Kopf. »Hast du nicht. Es ist nur … Taro, ich kann das nicht. Nicht mehr.«

»Ich weiß«, versichere ich. »Ich meine, ich weiß, dass ich in den letzten Monaten …« Ich atme tief durch und fahre mir durch die Haare. »Ich war … ich war nicht konsequent. Ein Arschloch. Ich wollte, dass du dich von mir fernhältst, und konnte es selbst nicht.«

In Hazels Augen tritt ein gequälter Ausdruck, der sich wie ein Stich direkt ins Herz anfühlt. Was ist, wenn es zu spät ist? Wenn ich sie einmal zu oft verletzt habe, um jetzt noch alles mit einer notdürftigen – wenn auch ehrlichen – Erklärung zurechtzurücken?

Ihr leidender Blick gräbt sich in mein Innerstes.

»Wahrscheinlich gibt es nichts, womit ich mein Verhalten entschuldigen kann«, setze ich erneut an. »Und ich verstehe, wenn ich dich verletzt habe. Vermutlich behaupten alle toxischen Vollpfosten auf dieser Welt, dass es einen Grund für ihr Verhalten gibt, aber …«

»Taro, bitte nicht«, wimmert Hazel und schüttelt den Kopf.

Ihr Tonfall fühlt sich an, als würde sie mir einen Eimer eiskalten Wassers überschütten.

Bitte nicht. – Sie will es nicht hören. Ich hatte Chancen, mit ihr zu reden – und habe sie nicht genutzt. Diese Abfuhr habe ich verdient. Mehr als verdient, nachdem ich sie so oft abgewiesen habe.

»Okay.«

»Es ist gar nicht okay – und es liegt nicht an dir.«

»Es liegt nicht an mir, dass du dich nicht von mir küssen lässt?«, frage ich verwirrt.

»Ja«, antwortet sie leise und scheint sich einen Moment zu sortieren, bevor sie mir wieder in die Augen sieht. »Kennst du diese Menschen, die sich dir gegenüber irgendwie seltsam verhalten – und dann fragst du dich die ganze Zeit, was du falsch machst –, nur um am Ende festzustellen, dass das Problem eigentlich bei denen lag?«

»Ja, deswegen wollte ich mir dir reden«, erkläre ich, aber Hazel schüttelt so entschieden den Kopf, dass ich verstumme.

»Ich meinte mich, Taro. *Ich* bin das Problem. Und es gibt nichts, was du sagen könntest, um es aus der Welt zu schaffen. Nichts, das etwas an dieser Situation ändern würde«, sagt sie mit Nachdruck.

Ich höre Hazels Worte, bin mir jedoch unsicher, was sie mir mitzuteilen versucht.

Und Hazels Blick. Noch nie hat sie mich so angesehen. In ihren Augen tobt eine Mischung aus Verzweiflung, Sehnsucht und Panik, die es mir schwermacht, mich von ihr fernzuhalten.

»Aurora hat mich vorhin nicht grundlos aus dem Café gezerrt. Sie wollte mir mitteilen, dass ich …« Hazel schlägt die Augen nieder und atmet tief durch, bevor sie sich dazu imstande sieht, den Satz zu beenden. »Ich bin eine Sirene, Taro.«

»Du bist *was*?«, frage ich wie auf Autopilot. Der Puls hämmert so laut in meinen Ohren, dass ich meine eigenen Worte nicht verstehe. Das kann sie nicht gesagt haben. *Darf* sie nicht gesagt haben. Etwas in mir weigert sich, ihre Aussage als real zu akzeptieren, obwohl Hazels kraftloser Anblick kaum Interpretationsspielraum lässt. Ich weiß, was Sirenen sind. Und auch, was diese Offenbarung bedeutet. Für sie. Für ihr Leben. Diesen Moment. Es ist, als hätte der erbarmungslose Vorschlaghammer der Realität gerade all meine Zukunftswünsche zertrümmert. Mir die Luft aus den Lungen gepresst und mein Herz zum Stillstand gebracht. Mein Herz, das eben damit begonnen hatte, zu heilen. Bereit war, zu akzeptieren, dass es sich lohnen könnte, mutig zu sein. Und nun? Habe ich beim besten Willen keine Ahnung, wie ich mit der Situation umgehen soll. Alles, was ich mir im Lauf des Tages an Worten bereitgelegt habe, ist hinfällig. Mein geplantes Geständnis … vollkommen irrelevant. Stattdessen bleibt die eine Frage: Was würde ein guter Freund in dieser Situation tun? Wie würde er reagieren? Was sagen? Wie viel zu oft, schweige ich.

»Bist du dir ganz sicher?«, frage ich schließlich aus akuter Überforderung.

Hazel nickt und greift nach der Kette um ihren Hals. »Ziemlich. Gemma hat es erpendelt. Es klingt skurril und wie die schlechteste Ausrede, die jemals jemand gebracht hat, um sich auf keine Beziehung einzulassen. Ich meine: ein Fabelwesen. Wer würde so etwas schon glauben?« Sie sieht mich an, aus ihren großen dunklen Augen. – Und ich glaube ihr. Ich kenne nicht viele Geschichten über Sirenen, aber die Infos, die ich habe, passen perfekt zu ihr. Ihr Aussehen, ihr Duft, ihr Talent. Es hätte mir eher auffallen können.

Ein Wertier würde dir glauben, denke ich. Sie wollte es nicht, aber mit ihrem Geständnis hat sie mir theoretisch die perfekte Vorlage geliefert, um ihr endlich mein größtes Geheimnis anzuvertrauen. Doch jetzt spielt es keine Rolle mehr. Jedenfalls nicht in Bezug auf meine Gefühle für sie. Denn wenn sie die Wahrheit sagt, werde ich all meine unartigen Fantasien sofort begraben und Abstand zu ihr halten müssen. Zumindest körperlich, denn eine Sache steht fest: Als Freund werde ich immer für sie da sein.

»Meine Schwester ist eine Hexe. Ich glaube dir«, sage ich wie ein feiger Hund, der im entscheidenden Moment den Schwanz einzieht.

»Du glaubst mir, dass es Sirenen gibt?«, fragt sie hoffnungsvoll.

»Sicher«, antworte ich einsilbig, statt ihr zu beteuern, dass alles an ihr so perfekt ist, dass jeder Zweifel sinnlos erscheint.

Als würde es irgendwie helfen, weiche ich weitere Schritte zurück und lehne mich gegen meinen Schreibtisch. Zu gern würde ich sie einfach in den Arm nehmen, halten und vor der

Welt beschützen. Doch nach allem, was ich über Sirenen gelernt habe, dürfte genau das ihren Untergang bedeuten. Also unterdrücke ich den Wunsch.

»Falls ich dich in der Vergangenheit irgendwie manipuliert haben sollte, tut es mir leid. Das war nie meine Absicht. Ich wusste von der Sirenensache bis vorhin nichts«, beteuert sie.

»Mach dir um mich keine Sorgen.« Denn ich tue es auch nicht. Mir dürften durch ihre Nähe keine Konsequenzen drohen. Vielleicht wäre es möglich, dass sie mich beeinflusst hat. Theoretisch wäre es sicher eine Erklärung dafür, warum es mir in ihrer Gegenwart so verdammt schwerfällt, mich zusammenzureißen und ihr nicht näherzukommen. Sie nicht zu berühren und in Gedanken auszuziehen. Aber ganz sicher hat es nichts damit zu tun, dass sie mir auch dann nicht aus dem Kopf geht, wenn wir uns einige Tage nicht gesehen haben, denn Sirenenzauber gelten als ebenso mächtig wie flüchtig. Und das, was Hazel mit mir anstellt, reicht weit über eine kurzzeitige Beeinflussung hinaus.

»Sag mir lieber, was du jetzt vorhast. Wie geht es dir mit dieser Erkenntnis?«, erkundige ich mich.

»Keine Ahnung.« Erneut starrt sie vor sich hin und lässt den Hinterkopf gegen die Tür sinken. Sie seufzt resigniert. »Ich weiß es wirklich nicht. Ich denke, ich werde eine Zeit brauchen, um diese ganze Sache zu verarbeiten. Und herauszufinden, was sie für mich bedeutet. Aurora meinte, es wäre gut für mich, wenn ich ans M.U.S.E. Institute wechsle. Vielleicht bewerbe ich mich dort tatsächlich, um mit meinem alten Leben abzuschließen. Mit den Wünschen für meine Zukunft, die sich nie erfüllen werden. Ein Mann, Kinder. Solche Dinge eben. Ein Neuanfang. Neuausrichtung. Wie auch immer man das nennt. Du verstehst schon. Ich hätte mir trotzdem ein anderes Ende für diese Geschichte gewünscht«, sagt sie bitter. »Aber für die kleine Meerjungfrau gab es ja auch kein Happyend. Zumindest nicht in Liebesdingen.«

»Gab es nicht?«

»Nur bei Disney. Tatsächlich verliebte sich der Prinz in eine andere und sie ... Statt zu sterben, wurde sie zu einer Art gutem Geist.« Hazel schnaubt. »Vielleicht sollte ich mir an ihr ein Beispiel nehmen und meine Gaben einsetzen, um andere Leute glücklich zu machen.«

Sie sieht so verloren aus, dass es mir körperlich wehtut, mich von ihr fernzuhalten, dennoch tue ich es.

»Wenn du mich jemals brauchen solltest – einfach als Freund oder Umzugshelfer –, bin ich für dich da«, biete ich an.

Hazel betrachtet mein T-Shirt, als wollte sie meine Statur abchecken und prüfen, ob ich wirklich dazu tauge, ihre Kartons zu tragen. Abschließend schenkt sie mir ein Lächeln, das ihre Augen nicht erreicht. »Ich bin mir sicher, du bist perfekt in beiden Positionen. Und nicht nur in denen.«

Noch während ich verdutzt die Augenbrauen hochziehe und mich frage, ob sie das wirklich gesagt hat oder mein Hirn mir einen Streich spielen wollte, schenkt sie mir zum letzten Mal dieses Lächeln, das mein Herz stolpern lässt.

Mit einer fließenden Bewegung stößt sie sich von der Tür ab und verschwindet aus dem Zimmer, bevor ich auch nur ein Wort herausgebracht habe.

Als sie geht, spüre ich, dass sie nicht nur mein Zimmer, sondern auch mein Leben verlässt, als wäre es eine Bühne und ihr Auftritt soeben beendet.

Ich würde sie gern aufhalten, um eine Zugabe bitten – nur einen letzten Kuss –, und reiße mich zusammen.

Was bedeuten schon meine niederen Gelüste im Vergleich zu Hazels Gesundheit? Im Vergleich zu ihrem *Leben*? Absolut gar nichts.

Also lasse ich sie ziehen, auch wenn sich der Schmerz ihres Verlustes anfühlt, als wäre die unumstößliche Wahrheit eine Abrissbirne, mit der sie gerade jeden einzelnen meiner Knochen zertrümmert hat.

Denn Fakt ist: Ich liebe Hazel Birds. Schon eine ganze Weile. Auch wenn es von nun an bedeutet, so zu tun, als würde ich es nicht.

9. KAPITEL
HAZEL

Ich bin so heillos überfordert von diesem ganzen Tag, dass ich quasi aus Taros Wohnung flüchte – ohne mich zuvor von Gemma zu verabschieden, weil ich es schlichtweg vergesse.

Erst als ich atemlos unten auf der Straße stehe und mir der Winter mit Eiskristallen gespickte Schneeflocken ins Gesicht treibt, wird mir bewusst, wie verloren ich mich fühle.

Ich musste Taro aufgeben, an dem Tag, an dem er mir vielleicht seine Gefühle gestehen wollte. Doch nun wird alles von dieser einen Erkenntnis überschattet: Es spielt keine Rolle. Es darf – verdammt noch mal! – keine Rolle spielen, weil mein Leben sonst in Gefahr gerät.

Ich sterbe, wenn ich anderen Menschen zu nahe komme. Wenn ich mich an sie binde. Zu viel Zeit mit ihnen verbringe.

Ich muss für den Rest meines Lebens allein bleiben. Der Gedanke raubt mir kurz die Luft, die ich hastig einsauge. Mir wird schwindelig. *Ich muss für den Rest meines Lebens allein bleiben.*

Das ist wie ein wahr gewordener Albtraum.

Mein Herz rast in meiner Brust. Ich greife mir in die Haare, bis es schmerzt, drehe mich im Kreis und weiß nicht mehr, in welcher Richtung ich wohne. Woher ich komme. Wohin ich will.

Verloren. Hazel Birds, du bist vollkommen verloren.

Der Drang, an der Tür zu klingeln, wieder nach oben zu

gehen und mich in Taros Arme zu werfen, ist beinahe übermächtig. Aber ich darf nicht nachgeben. Dabei fühlt es sich an, als wären seine Nähe und Stärke das Einzige, was mich trösten könnte.

Reiß dich zusammen, Hazel, ermahne ich mich und ringe Tränen zurück, die mir in die Augen steigen. Ich balle die Hände zu Fäusten, bis sich meine Fingernägel schmerzhaft in die Handflächen graben. Ich fühle mich, als müsste ich gegen einen unsichtbaren Feind kämpfen.

Wenn du überleben willst, musst du akzeptieren, von nun an allein zurechtzukommen.

Doch schon der Gedanke fühlt sich für mich unangenehm egoistisch an. Weil ich vermutlich zum ersten Mal in meinem Leben mich selbst an die erste Stelle meiner Prioritätenliste setzen muss. Man sagt das immer so schön: *Du bist der wichtigste Mensch in deinem Leben, also behandle dich auch so.* Oder: *Nur wenn es dir selbst gut geht, kannst du dafür sorgen, dass es auch anderen gut geht.* Aber wie oft handelt man im Alltag wirklich danach? Und wie oft mutiert man am Ende doch eher zum People Pleaser, um sich nicht fürchterlich egoistisch vorzukommen? Ich viel zu oft.

Taro jeden Tag zu sehen, ihm niemals nahe kommen zu dürfen, mir vorzustellen, was hätte sein können – und früher oder später mitzuerleben, wie er eine andere datet? Ich glaube nicht, dass ich das kann. Vielleicht bin ich in einem Jahr stark genug dafür, doch in diesem Moment ist die Vorstellung unerträglich.

»Ich muss hier weg«, murmle ich mir selbst zu.

Wahrscheinlich war es einem Teil meines Unterbewusstseins längst klar, doch dies ist der Moment, in dem ich endgültig kapituliere und beschließe, meine Bewerbung für das M.U.S.E. abzuschicken. Wäre da nicht ein Problem: Meine Mom wird mir einen Vogel zeigen, wenn ich verkünde, urplötzlich das

College wechseln zu wollen. Mein ganzes Leben lang waren wir ein unschlagbares Team. Auch wenn ich noch immer enttäuscht von ihr bin, weil sie Dads Brief unterschlagen hat und seine Worte als Unfug abtut, ist mir ihr Einverständnis wichtig. Also bleibt mir keine andere Wahl, als das Gespräch über eine mögliche Bewerbung geschickt einzufädeln. Aber wie?

Fröstelnd ziehe ich meinen Mantel enger um mich und starre in den Himmel hinauf. Die Flocken heben sich so dunkel von der hellgrauen Wolkendecke ab, dass es aussieht, als würde Asche herabrieseln. Wie passend für diesen Tag, der sich anfühlt, als hätte er einen Teil meines Wesens verbrannt.

• • ✦ • •

Am Abend sitze ich mit meinem Journal auf dem Bett, streiche mit den Fingerspitzen darüber und kann mich nicht dazu überwinden, es aufzuschlagen; bleistiftgrau auf weiß zu lesen, dass meine Zukunft Geschichte ist. Ich sollte das Ding verbrennen oder in den Müll werfen, bringe es aber nicht über mein geschundenes Herz und verbanne das Büchlein wieder in meine Nachttischschublade. Statt im Selbstmitleid zu versinken, hole ich meinen Laptop aufs Bett und klicke mich durch die Bildergalerie des M.U.S.E., ohne mir die Fotos wirklich anzusehen. Der Besuch der Website fühlt sich noch genauso unangenehm an wie vor zwei Jahren, als ich überlegt habe, an welchem College ich mich bewerben soll. Nur dass mich beim letzten Mal ein düsteres Gefühl dazu gebracht hat, das Browserfenster ganz schnell zu schließen und Auroras Tipp zu verdrängen. Vielleicht wusste ein Teil von mir schon damals, dass da etwas ist, das unter meiner Schale lauert. Etwas unbekanntes Dunkles, das ich bisher meisterlich verdrängt habe. Rein objektiv kann ich sogar verstehen, dass es Menschen gibt, die das

Ambiente des M.U.S.E. mögen, denn oberflächlich betrachtet wirkt das Institut zauberhaft. Fast zu idyllisch, um wahr zu sein. Das mit Efeu überwachsene schmiedeeiserne Eingangstor erscheint wie der Eingang in ein Märchenreich. Das herrschaftlich anmutende Haupthaus mit Erkern und Türmchen erinnert an längst vergangene Zeiten. Gemma wäre sicherlich begeistert von dem Gewächshaus, voll wuchernder Grünpflanzen aller Arten und Größen. Und ganz bestimmt gibt es viele Menschen, die es schön fänden, mit ihren Staffeleien in einem herrlichen Rosengarten zu sitzen und im nachmittäglichen Sonnenschein Blumen zu malen. Doch allein der Anblick all der jungen Frauen in den karierten Uniformen lässt mich frösteln. So viel Uniformität, so wenig Individualität. Ich verstehe das Prinzip von Schuluniformen absolut – sie hätten mir in der Vergangenheit eine Menge Stress erspart, weil wir nie sonderlich viel Geld für Kleidung übrig hatten –, aber im erwachsenen Alter plötzlich zu wechseln fühlt sich für mich seltsam an. Kreativität und Eintönigkeit passen für mich nicht recht zusammen. Aber Kleiderfragen sollten wohl mein geringstes Problem sein, denn momentan ist mir, als würde ich nicht auf einer Wolldecke sitzen, sondern in einem eisigen Meer schwimmen, in das man mich gestoßen hat. Das M.U.S.E. ist die einzige Insel in Sicht. Das Kontaktformular für Bewerbungen mein Rettungsring. Vorausgesetzt, sie würden mich dort überhaupt aufnehmen. Ich bin mir ziemlich sicher, dass das Dasein als Sirene nicht die einzige Aufnahmevoraussetzung sein wird. Seufzend lese ich mir durch, welche Unterlagen bei einer Bewerbung gefordert werden: Notenübersicht, eventuelle Referenzen und Empfehlungsschreiben von Dozierenden. Letzteres erscheint mir wie eine absurde Aufgabe für jemanden, der angeblich dazu geschaffen wurde, Menschen zu bezirzen.

Mit einem weiteren Seufzen stelle ich meinen Laptop beiseite und greife gewohnheitsgemäß nach meinem Handy. Wieso spüre ich einen Stich der Enttäuschung, weil Gemma die Einzige ist, die sich gemeldet hat, um mich zu fragen, wie es mir geht? Ich habe Taro in seinem Zimmer stehen lassen und nicht nur damit ziemlich deutlich zu verstehen gegeben, dass es besser wäre, wenn wir einander aus dem Weg gehen. Was sollte er mir also schreiben? Zumal er sich ja jederzeit bei Gemma erkundigen kann, falls ihn interessiert, was ich mache.

Ich muss wohl einfach lernen, mit meinem neuen Gefühlscocktail klarzukommen – ganz gleich, ob er mir schmeckt oder nicht. Momentan ist er eine bittere Mischung aus Frustration, Liebeskummer, Zukunftsangst und schlechtem Gewissen. Letzteres auch mir selbst gegenüber, weil ich mich viel zu oft dabei ertappe, an Taro zu denken, nur um mich daran zu erinnern, dass ich es lieber nicht sollte.

Als ich mein Handy wieder auf dem Nachttisch ablege, streift mein Blick ein Zauberglas, das ebenfalls darauf steht. Gemma hat es mir vor einer Weile hergestellt und mit dem Namen *Anti-Taro* beschriftet, da es mir dabei helfen sollte, meine Gefühle für ihn zu überwinden. Das dürfte mittlerweile ein halbes Jahr her sein, und noch immer steht es hier, hat allerdings kein bisschen geholfen. Magie ist offensichtlich nicht allmächtig.

Nur mächtig genug, dich zu töten, höhnen meine Gedanken.

Hier mit meinem Schicksal zu hadern wird mir nicht weiterhelfen, also gebe ich mir einen Ruck und gehe zu Mom ins Wohnzimmer hinüber, wo sie auf dem Sofa sitzt und eine Krimiserie schaut. Bina liegt neben ihr und lässt sich den Kopf kraulen.

»Wenn ich uns lieber etwas Lustigeres einschalten soll, sag Bescheid«, meint Mom, ohne sich vom Fernseher zu lösen.

»Schon gut. Ich kann mich heute eh nicht konzentrieren.« Ich lasse mich auf den alten Ledersessel fallen, schlage die Beine unter und beobachte, wie eine Kommissarin den Leichnam einer jungen Frau begutachtet, der in einer Böschung in den Hamptons gefunden wurde. Mir ist zwar rätselhaft, wie man bei so etwas abschalten und die Serie genießen kann, aber Mom gefällt sie. Und es war nicht gelogen: Heute könnte mich eh nichts auf andere Gedanken bringen.

»Wie war es bei Gemma?«, fragt sie beiläufig, kurz bevor sie aufsteht, um sich etwas zu trinken aus der Küche zu holen.

»Schön«, ist alles, was mir dazu einfällt, auch wenn es andere Begriffe besser treffen würden. Lebensverändernd. Verstörend. Desillusionierend.

Erst als sie mit ihrem Wasserglas aus der Küche zurückkommt und sich zu Bina setzt, fasse ich mir ein Herz.

»Mom, ich habe mich vorhin mit Aurora gestritten, weil sie schon wieder vom M.U.S.E. Institute anfing.«

»Du meinst dieses College, an dem sie studiert hat?« Sie nimmt einen Schluck und sieht mich irritiert an. »Wie kann man sich denn darüber streiten?«

»Nun, sie meinte, dass ich lieber dort studieren sollte, weil die Absolventinnen super erfolgreich sind. Und dass ich mein Talent an der *Allbright* vergeuden würde …« Nicht ganz gelogen, aber auch nicht die komplette Wahrheit. Ich beobachte Moms Reaktion auf meine Erzählung, pule unruhig mit meinem Zeigefinger an meinem Daumennagel und zähle in Gedanken bis drei. Eins. Zwei. Drei.

»Vielleicht hat sie nicht ganz unrecht«, stimmt Mom zu.

Ihre Antwort überrascht mich nicht, da sie Aurora meist zustimmt. Mein schlechtes Gewissen meldet an, dass ich gerade dabei bin, Mom zu manipulieren. Mir ist klar, dass das moralisch falsch ist. Aber was ist die Alternative? Wenn ich Mom dazu bringen möchte, den Collegewechsel gut zu finden, muss sie ihn für ihre eigene Idee halten.

»Ich weiß nicht«, druckse ich und zucke mit einer Schulter. »Ich meine, selbst wenn die Absolventinnen super erfolgreich sind … Es ist ja nicht gesagt, dass sie mich dort überhaupt annehmen würden.«

»Woher kommen immer diese Selbstzweifel?« Sie mustert mich und trinkt noch einen Schluck, bevor sie ihr Glas abstellt. »Du weißt doch, dass du gut bist.«

»Nur vielleicht nicht gut genug«, wende ich ein und weiche ihrem Blick aus.

Jetzt gerade versuche ich herauszufinden, ob meine Skills ausreichen, um meiner Mom etwas vorzuspielen. Den Kopf senken, weiterhin am Fingernagel knibbeln, warten.

Komm schon, Mom. Sag es, drängen meine Gedanken, bis sie mir tatsächlich den Gefallen tut.

»Ich finde, du solltest es probieren. Ich habe dir bereits damals geraten, auf Aurora zu vertrauen. Und selbst wenn du dann nicht das College wechseln möchtest, weißt du wenigstens, dass du gut genug dafür wärst, und kannst endlich damit aufhören, an dir zu zweifeln. Du bist so unfassbar talentiert. Wann siehst du es endlich selbst?« Mit einem Seufzen wendet sie sich wieder dem Fernseher zu.

Und obwohl ich hiermit habe, was ich wollte – nämlich ihre Zustimmung –, fühle ich mich nicht euphorisch, sondern wie ein schlechter Mensch, weil ich meine Schauspielkünste (und vielleicht meine Gaben?) soeben gegen sie verwendet habe.

»Wie teuer ist eigentlich die Ausbildung an diesem College?«, fragt Mom bemüht nebensächlich.

»Ich weiß es nicht. Davon hat Aurora nichts gesagt.« – Und auf der Website steht darüber ebenfalls kein Wort. Ich bin mir sicher, dass Aurora keine Sekunde über mögliche Kosten nachgedacht hat. »Vielleicht vergeben sie Stipendien?« Mein Tonfall klingt nicht sehr überzeugt, weil ich ehrlich gesagt keine Erklärung dafür parat habe, warum ein Elitecollege ausgerechnet mir eines anbieten sollte. Es ist zwar nett, dass ich im letzten Semester die Hauptrolle im Theaterstück an der *Allbright* hatte, aber als beeindruckende Referenz geht das wirklich nicht durch. Die Antwort scheint sie dennoch vorerst zufriedenzustellen, zumindest lässt sie die Sache auf sich beruhen.

Auf meiner imaginären To-do-Liste kringele ich den Punkt »Aurora nach Studiengebühren fragen« allerdings dick ein. Die Studiengebühren für die *Allbright* sind vergleichsweise niedrig. Die Akademie finanziert sich vor allem durch großzügige Spenden künstlerisch interessierter Menschen, und der Großteil meiner eigenen Gebühren wird durch ein sogenanntes Stipendium für Menschen mit außerordentlichen Begabungen (kurz: Begabtenstipendium) beglichen. Es dürfte an einem College voller Sirenen und anderer magisch talentierter Studentinnen allerdings schwierig werden, an so etwas heranzukommen.

Ein Schritt nach dem anderen, ermahne ich mich selbst. Ich habe es geschafft, Mom von dem College zu erzählen, ohne ihren Unmut auf mich zu ziehen. Der nächste folgt dann, falls das M.U.S.E. überhaupt ein Interesse an mir haben sollte. Um das herauszufinden, setze ich mich sofort an meine Bewerbung. Auch deswegen, weil Arbeit ein ziemlich gutes Mittel ist, um mich von meinen Gefühlen abzulenken.

10. KAPITEL
TARO

Donnerstag, 19.1.

Ich höre, dass Gemma sich nähert, aber sehe sie nicht an, sondern halte den Blick weiterhin auf das nächtliche Williamsburg gerichtet. Auf die Lichter der Nacht, die mich beinahe magisch anziehen. Sie wirken wie gefallene Sterne und versprechen mir Freiheit. Etwas, das ich für gewöhnlich sehr liebe.

Gemma ignoriert meine Nichtreaktion geflissentlich und lässt sich neben mir auf die Umrandung der Dachterrasse gleiten. Sie legt den Kopf in den Nacken und schaut in den Himmel hinauf. »Du verbringst also eine weitere Nacht auf der Dachterrasse?«, durchbricht sie die Stille.

»Mir gefällt die Ruhe hier draußen.«

Sie gibt einen amüsierten Laut von sich. »Dir sind die heulenden Sirenen, nicht endenden Motorengeräusche der Autos und das ständige Gehupe also lieber als … was genau? Das Brummen des Kühlschranks? Das Geräusch der Heizung? Was war in den letzten Nächten während meiner Abwesenheit so schrecklich laut in unserer Wohnung, dass es dich vertrieben hat?«

»Wenn du abwesend warst, woher willst du dann wissen, dass ich die Nächte hier draußen verbracht habe?«

»Vielleicht verrät es mir meine Intuition.« Sie zuckt mit einer Schulter, bevor sie schmunzelnd zu mir aufsieht. »Oder aber die Indizien sprechen für sich.« Sie deutet auf das Gewächshaus – und damit auf die zerwühlten Kuscheldecken auf der Gartenlounge und die benutzten Gläser auf dem Beistelltisch. »Du bist der ordentlichste Mensch, den ich kenne. Dreckige Gläser herumstehen zu lassen passt nicht zu dir. Ebenso wenig, wie dich hier einzuigeln, obwohl dich normalerweise kaum etwas zu Hause hält. Was mich zu der Überzeugung bringt, dass dich etwas beschäftigt. Und auch wenn du behauptest, dass dem nicht so ist, habe ich die Vermutung, dass es mit Hazel zu tun hat.«

Ich kann ein Naserümpfen nicht unterdrücken. Es gilt weniger Gemmas Worten, eher der Tatsache, dass ich spüre, wie sich tief in meiner Kehle ein Knurren zusammenbraut, das ich mühsam zurückhalte. Allein die Erwähnung *ihres* Namens weckt irgendwelche tierischen Instinkte in mir, gegen die ich ankämpfen muss. Ich dachte, dass es mir leichter fallen würde, über sie hinwegzukommen, wenn ich ihr ein paar Tage aus dem Weg gehe. Dass es gut wäre, wenn sie die morgige Aufnahmeprüfung am M.U.S.E. besteht und demnächst das College wechselt. Leider funktioniert das Abstandhalten nicht. Gar nicht. Es geht mir dadurch kaum besser. Eher im Gegenteil: Hazel zu meiden macht mich unruhig. Rastlos. Trotzdem kratze ich jeden Rest meiner Selbstbeherrschung zusammen, um nicht schwach zu werden und sie aufzusuchen. Um ihretwillen.

Ich weiß von Gemma, dass Hazel morgen ihr Vorstellungsgespräch am M.U.S.E. hat und kann mich nicht einmal mit mir einigen, ob ich ihr dafür die Daumen drücken soll. Für sie dürfte es eine riesige Chance sein.

»Wie geht es dir, Taro?«, fragt Gemma leise, als würde ihr ein Blick reichen, um mir meinen inneren Kampf anzusehen, obwohl ich mich bestmöglich zusammenreiße.

»Ich bin hier draußen, weil ich das Gefühl habe, in der Wohnung durchzudrehen«, antworte ich ausweichend. »Ich fühle mich, als würden die Wände mich einengen und erdrücken. Wenn ich zu den Sternen hinaufsehe, wird es etwas besser. Sie geben mir das Gefühl, dass wir alle klein und unbedeutend sind. Ebenso unsere Probleme.«

»Und deine Gefühle für Hazel sind ein Problem?«, vermutet sie, auf eine typische Gemma-Art. Auch wenn ihre Stimme sanft und einfühlsam klingt, liebt sie es, den Finger in die Wunde zu bohren.

»Wenn es so offensichtlich ist, warum fragst du mich dann?«, gebe ich ungehalten zurück und fahre mir mit der Hand durch die Haare. »Entschuldige, ich bin einfach …«

»Gereizt?«, schlägt sie vor, springt von der Balustrade und dreht sich zur Stadt herum. Seufzend stützt sie die Unterarme auf dem Geländer ab. »Ich weiß nicht, wie ich das sagen soll, ohne unsensibel zu klingen, aber du solltest dir ein Ventil für deine unterdrückten Gefühle suchen. Ehrlich, Taro. Ich habe dich lieb, doch du wirst immer unerträglicher.«

»Ein Ventil?«

»Ja, so etwas wie Sport. Oder eine andere Frau. Niemand würde dir deswegen Vorwürfe machen. Aber du musst damit aufhören, alles in dich hineinzufressen. Und vor allem solltest du damit aufhören, deine Gefühle unter Verschluss zu halten. Das ist sicher nicht gesund.«

»Willst du dieses Gespräch wirklich mit mir führen?«, frage ich spöttisch. »Willst du tatsächlich von mir hören, dass die einzige Vorstellung, die mir ansatzweise so etwas wie Erleichterung und Befriedigung verschafft, die ist, wie ich deine beste Freundin gegen eine Wand vögele? Hart.«

Denn es ist die Wahrheit. Seit Monaten bekomme ich die Erinnerung an unseren Kuss im Flur nicht mehr aus dem Kopf. Und ich bin alles andere als stolz darauf, dass all meine Visionen von Hazel und mir mit Wänden, Tischen und Küchentresen zu tun haben. Ich schaffe es in meinen Fantasien nie mit ihr bis ins Bett. Und zumindest in meinen eigenen Tagträumen bin ich egoistisch genug, um mir vorzustellen, dass es ihr gefallen würde. Zugegebenermaßen bis zu dem Moment, in dem mir wieder einfällt, wie falsch alles daran ist, weil meine Nähe sie langsam, aber sicher umbringen würde. Schleichend, bis zu dem Punkt, an dem es unwiderruflich zu spät ist.

Ich spüre Gemmas Blick auf meinem Gesicht, doch ich habe keine weitere Reaktion für sie. Meine Gedanken laut ausgesprochen zu haben verschafft mir kein Gefühl von Reue oder Erleichterung. Im Gegenteil. Zu der unterdrückten Unruhe gesellt sich etwas anderes. Eine dunkle Emotion, die mir den Atem raubt. Was ist es? Verzweiflung? Nein. Hoffnungslosigkeit? Eher die. Weil das, was ich begehre, sich außerhalb meiner Reichweite befindet – und es auf ewig bleiben wird. Gleichzeitig will ich für Hazel der Freund sein, den sie verdient. Auch wenn mich dieses Gefühlsdilemma irgendwann zu zerreißen droht. Gemma wundert sich über das Durcheinander im Gewächshaus? Mein Gefühlsleben ist ein noch viel größeres Chaos.

»Oh, Taro.« Bevor ich verstehe, was passiert, stößt sich Gemma vom Geländer ab und schlingt ihre Arme um mich. Sie drückt mich an sich, als würde dadurch irgendetwas besser oder leichter werden. »Es tut mir leid.«

Ich weiß, dass sie ihre Geste nett meint, aber ich ertrage diese Art von menschlicher Nähe nicht. Schieben wir es einfach darauf, dass meine Mom mich als Baby abgegeben hat und Dad mit körperlicher Zuwendung so überfordert war, wie ich es in diesem Moment bin.

Eine Entschuldigung murmelnd löse ich mich von Gemma und trete einen Schritt zurück.

»Tu das nicht«, bittet sie, als wüsste sie noch vor mir, was ich vorhabe.

Ohne darüber nachzudenken, gebe ich dem Drang nach Freiheit nach und füge mich meiner Katzengestalt. Meine Kleidung fällt raschelnd zu Boden. Mit einem Pfotenwisch befreie ich mich daraus und springe auf die Balustrade.

»Taro!«, ruft mir meine Schwester nach, während ich über die Dächer Williamsburgs in die Nacht verschwinde.

Wahrscheinlich wird meine Flucht wieder damit enden, dass ich auf irgendeinem Dach sitze, zum Mond hinaufstarre und mir vorstelle, wie ich als kleiner Teil des Kosmos mit den Sternen schwimme.

Mag sein, dass es lächerlich klingt, aber ich greife nach jedem Moment inneren Friedens, den ich finden kann. Und ich hätte nie gedacht, dass es ausgerechnet mein Katzen-Ich sein würde, das ihn mir ermöglicht. Früher, als ich klein war, war die Verwandlung vor allem etwas Lästiges, das mir regelmäßig an Vollmond passierte. Dad war zu Recht sehr überrascht, als Mom mich bei ihm abgesetzt hat und er eines Morgens ein Kätzchen im Bett seines Sohnes vorfand. Wahrscheinlich hat Mom ihn vorgewarnt, dass es durchaus passieren könnte, dass ich an Vollmond zu einem Tier mutiere – nur welches, lässt sich unmöglich vorhersagen. Die Genetik der Wertiere ist unberechenbar.

Es ist nicht so, dass ich es ausschließlich verabscheue, ein Wertier zu sein. Ja, mir ist es zuwider, dass der Mond mir keine andere Wahl lässt, als mich ihm zu beugen. Und mir graut davor, bis zum Rest meines Lebens all meine Termine um den Mondzyklus herum zu organisieren. Doch das Teilzeitdasein als Katze hat auch seine Vorteile. Ich habe es schon so manches Mal geschafft, mich unbemerkt auf das abgesperrte Gelände von Firmen und Institutionen zu schleichen, um dort interessante Fotografien zu machen. Habe Lost Places erkundet oder einfach Kamerawinkel entdeckt, die anderen Studierenden entgangen sind. Ein Hoch auf die Erfinder von Bodycams und Stretchhalsbändern. Ich bin der festen Überzeugung, dass mein tierisches Ich mir manchmal durchaus hilfreich ist. Aber alles im Leben hat seinen Preis – und der für meine Begabungen ist mir zu hoch. Wenn ich die Wahl zwischen meinem Dasein und dem eines normalen Menschen hätte – ich würde keine Sekunde zögern und mein Katzenfell für immer an den Nagel hängen.

11. KAPITEL
HAZEL

Freitag, 20.1.

Möchtest du das wirklich anbehalten?, waren Auroras erste Worte, als sie mich auf der Straße vor unserem Haus aufgelesen hat.

Falls ihr Ziel war, dass die Stimmung zwischen uns gleich wieder auf Eiszeit abkühlt, war sie erfolgreich.

Es ist noch früh am Morgen, und ich bin echt dankbar dafür, dass ich beim Verlassen der Wohnung an Schal und Pudelmütze gedacht habe. Obwohl es schon seit ein paar Tagen nicht mehr geschneit hat, sind die Temperaturen noch immer winterlich.

Wenn ich allerdings darüber nachdenke, kann ich mich tatsächlich nicht daran erinnern, Aurora jemals in so etwas Profanem wie Jeans, Hoodie oder Kuschelschal gesehen zu haben. Aber mir war heute nach gemütlicher Kleidung. Zumal ich nicht mehr viele Gelegenheiten dazu haben werde, das zu tragen, wonach mir gerade ist, falls mich das M.U.S.E. aufnimmt. Und genau das wird sich heute herausstellen. Ob meine arkanen Gaben ausreichen, um in dieses – von Aurora viel gepriesene – College aufgenommen zu werden. Immerhin besteht eine gewisse Wahrscheinlichkeit, dass dem nicht so ist. Vielleicht sind meine übernatürlichen Fähigkeiten ja dermaßen rudimentär ausgeprägt, dass ich nicht auf das M.U.S.E. Institute gehen darf. Kann. Muss. Wie auch immer. Ist es sehr naiv, mir einzureden, dass ich vielleicht dermaßen kümmerliche Begabungen besitze, dass mir keine großartige Bühnenkarriere bevorsteht? Und ich vor allem nicht sterben muss, falls ich mich verliebe. Falls Letzteres der Fall ist, würde ich mich sofort mit Kusshand verabschieden und an die *Allbright* zurückkehren.

Ja, Hazel, du bist naiv. Akzeptier endlich die Fakten. Und die lauten: Du bleibst für den Rest des Lebens allein. Es gibt andere Menschen, die damit kein Problem haben, sondern glücklich und zufrieden sind. Warum kannst du es nicht?

Vielleicht weil Menschen einfach unterschiedlich gestrickt sind und ich mehr so der Typ Socke bin – allein eher semibrauchbar.

Seitdem ich in ihren himmelblauen Kleinwagen eingestiegen bin, schweigt Aurora mich an. Vermutlich als Reaktion darauf, dass ich nicht dazu bereit war, mir etwas anzuziehen, das besser zu ihrem Rollkragenpullover-Tüllrock-Outfit passt. Aber draußen sind Minusgrade: Warum bitte trägt sie nur einen Rock und eine Perlon-Strumpfhose? Lernt man am M.U.S.E. Institute etwa, dem Winter zu trotzen? Ich war nie besonders kälteempfindlich, doch ihr Outfit schreit geradezu nach Blasenentzündung.

Um die Stille zu überbrücken, schalte ich ungefragt das Radio ein und bereue es sofort, weil der Sänger von einer schmerzhaften, unerwiderten Liebe singt. Süß und bitter, eine Trennung, unerfüllte Träume für die Zukunft. Es sind Worte, die ich gerade nicht ertrage, da sie sich mitten in mein Herz stehlen, dort ihre Waffen zücken und Schmerzen verursachen, die mir den Atem rauben. Hastig stelle ich die Musik ab, bevor ich in Tränen ausbrechen kann.

»Ich sage es dir noch einmal: Du bist zu emotional«, tadelt Aurora meine Reaktion. »Hast du vor, jetzt jedes Mal zu weinen, nur weil irgendwo ein Liebeslied gespielt wird? Du solltest lernen, die Dinge realistisch zu betrachten. Das Gefühl der Verliebtheit hält wie lange? Wochen? Monate? Und was tun die Menschen? Belügen sich für den Rest ihres Lebens selbst. Klammern sich an irgendwelche gesellschaftlichen Konventionen oder Traditionen. Bleiben bei Menschen, die sie schon lange nicht mehr glücklich machen. Warum solltest du dir das freiwillig antun? Genieß deine Jugend und die freie Auswahl, die mit deinen Gaben einhergeht. – Außerdem: Du erinnerst dich daran, dass du diesen Ausflug aus freien Stücken machst?«, vergewissert sie sich, als wir die letzten Häuser New York Citys hinter uns zurücklassen, um einer Interstate in Richtung New Jersey zu folgen. »Dein Gesichtsausdruck wirkt, als solltest du dich einer Zahnwurzelbehandlung unterziehen – ohne Narkose. Keine Ahnung, wann ich jemals eine dermaßen mürrische Mine gesehen habe, wenn sich jemandem die Chance auf ein neues, besseres Leben offenbart.«

Neu. Besser. – Ich weiß nicht, ob ich mich an diese Worte klammern sollte. Und mir ist bewusst, dass ich in diesem Moment keine angenehme Gesellschaft bin, doch ich fühle mich dermaßen nervös, dass mich schon den ganzen Morgen eine unterschwellige Übelkeit begleitet. Ich kenne zwei Arten von Nervosität: schlechte und gute. Letztere spüre ich, kurz bevor ich eine Bühne betrete. Es ist ein warmes Kribbeln, das durch meine Adern pulsiert, den Takt meines Herzens beschleunigt und mein Gehirn zu Höchstleistungen animiert. Ich *liebe* dieses Gefühl. Die Bühne, das Rampenlicht, die von Figuren geliehenen Emotionen – einfach alles daran. Doch das hier ist anders, quasi die finstere Zwillingsschwester des berauschenden Hochgefühls. Ich fühle mich auch unruhig, aber auf eine äußerst unangenehme Weise. Auf diese Art, die dafür sorgt, dass sich alles in mir anfühlt, als würde es sich verknoten. Meine Hände werden feucht, und Übelkeit steigt von meinem Magen auf. Ich hasse Prüfungen. Und das, was mir bevorsteht, ist genau genommen eine Aufnahmeprüfung, auch wenn Aurora behauptet, dass ich nichts zu befürchten habe. Es ist ja nicht so, dass wir das M.U.S.E. Institute einfach nur besuchen, weil sie mir einen Schwank aus ihrer Vergangenheit erzählen möchte. Nein, sie stellt mich ihren ehemaligen Dozierenden vor, weil die beurteilen sollen, ob ich beim M.U.S.E. Institute gut aufgehoben wäre. Das bedeutet leider auch: Irgendjemand wird einschätzen, ob meine Begabungen förderungswürdig sind.

Die Landschaft, die am Fenster vorbeizieht, wird immer öder. Manche Leute mag der Anblick unberührter Natur erden, mich hingegen macht er nervös. So viel Fläche. Menschenleere. Tristesse. Wobei Letztere vielleicht auch der Jahreszeit geschuldet ist. Und auf der anderen Seite? Liegt das Meer. Viele sagen, die Aussicht auf die Wellen würde sie beruhigen – mich hingegen macht sie nervös. Die Weite, Tiefe, Undurchsichtigkeit – es kommt mir vor, als wäre das Wasser ein unzähmbares Monster, mit einer Macht, der kein Mensch etwas entgegenzusetzen hat.

»Glaub mir: Dir wird es am M.U.S.E. gefallen, wenn du dich darauf einlässt«, prophezeit Aurora. »Du kannst dort das erste Mal in deinem Leben von Gleichgesinnten umgeben sein. Sirenen, Wertiere …«

»Wertiere?«, horche ich auf. »So wie Werwölfe? Die gibt es wirklich?«

»Natürlich. Ebenso wie Vampire oder Gestaltwandler. Am M.U.S.E. dürfen theoretisch alle studieren, deren Ausbildung nicht privat erfolgt. Also quasi alle außer Hexende.«

»Warum gibt es am M.U.S.E. keine Hexen?«

Aurora öffnet den Mund, als wollte sie etwas sagen, atmet stattdessen geräuschvoll aus und schüttelt den Kopf, als müsste sie ihre Worte mit Bedacht wählen. »Lange Geschichte. Es hat mit den Hexenverfolgungen zu tun. Sie waren danach nicht gewillt, die Adepten der arkanen Künste in einem offiziellen Register führen zu lassen und zogen es vor, ihr Wissen verdeckt weiterzugeben. Von Generation zu Generation. Ziemlich ironisch, wenn man bedenkt, dass es meist ausgerechnet Hexende sind, die ihre Arroganz ausleben, indem sie mit ihrem Wissen in den sozialen Medien prahlen. Aber wir anderen mischen uns nicht ein. Es war deren Entscheidung, sich von uns abzuwenden, und wenn sich Einzelne von ihnen in Gefahr bringen wollen, ist es ebenfalls deren Entscheidung.«

»Gefahr?«, hake ich nach. Ich folge Gemmas Accounts, seitdem ich sie kenne und bin bisher nie davon ausgegangen, dass sie sich mit dem öffentlichen Ausleben ihrer Hexerei in Schwierigkeiten bringen könnte. Sie teilt Wege, um ein intuitiveres Leben zu führen und die Kräfte der Natur im Alltag zu nutzen. Wer könnte etwas dagegen haben?

»Du weißt, was ein Grimoire ist?«, vermutet Aurora. »Aber hat dir deine Freundin Gemma je von dem Malleus maleficarum erzählt? Manche nennen dieses Buch auch Hexenhammer. Es stammt aus der Feder eines Theologen und Inquisitors und ist quasi das offizielle Buch der Hexenjäger. Bis heute fühlen sich manche Menschen dazu berufen, Hexende zu überführen und … hinzurichten. Und nicht nur Hexende. Alle Menschen mit einer Verbindung zur arkanen Welt. Deswegen wird man dich am M.U.S.E. vor dem Abschluss einen Schwur leisten lassen, dass du nichts tun darfst, um der Gemeinschaft zu schaden.«

»Sekunde«, unterbreche ich sie. »Ich habe also eine Gabe, die ich nicht will, werde dafür bestraft, indem ich eventuell sterbe, und wenn ich mich in meinem Leben dumm anstelle, ruft es auch noch Hexenjäger auf den Plan, die mich hinrichten wollen?«

Aurora zuckt mit einer Schulter. »Möglich. Aber es gibt zum Glück nicht viele von denen. Und sie neigen dazu, sich die Schwächsten der Nahrungskette auszusuchen. Solltest du je einem von ihnen begegnen, zögere nicht, deine Gaben zu deiner Rettung einzusetzen. Wie unehrenhaft es dir in dem Moment auch vorkommen mag, tu, was du musst. Und danach meldest du die Begegnung dem M.U.S.E., damit die sich darum kümmern können.«

»Und mit kümmern meinst du …?«

»Nichts Schlimmeres als das, was die Hexenjäger selbst den harmlosesten Wertieren dieser Welt antun«, sagt sie mit Nachdruck.

Wieder ist da dieses Gefühl eines Déjà-vus. Einer Art Erinnerung, die ich nicht zu greifen bekomme. Ich bin mir sicher, das Wort *Wertier* nie zuvor gehört zu haben. Trotzdem läuft mir bei seinem Klang ein wohliger Schauer über den Rücken, als wäre mir irgendetwas daran auf eine gute Art und Weise vertraut. Ziemlich absurd, wenn ich mir vor Augen halte, mir das College mit Menschen zu teilen, die mindestens einmal im Monat die Macht dazu haben, mich in tausend Stücke zu reißen. Oder sind die Erzählungen über Werwölfe am Ende so weit hergeholt wie die über Sirenen?

Apropos College: »Und du willst mir wirklich nichts über die Aufnahmeprüfung verraten?«, murmle ich und versuche, dem Blick aus dem Fenster irgendetwas Positives abzugewinnen.

»Tut mir leid, der Ehrenkodex verbietet es«, flötet Aurora, viel zu gut gelaunt für jemanden, der einen unbewaffnet in ein Haifischbecken stößt. Ich würde ihren Tonfall gern als Zuversicht abstempeln, wenn ich nicht wüsste, dass sie sehr wohl zu Schadenfreude tendiert.

Irgendwann verlassen wir die Interstate und folgen einer Landstraße, immer an der Küste entlang. Gelangweilt schließe ich die Augen und döse vor mich hin. Erst als meine Cousine abbremst und ein Geräusch des Unmuts von sich gibt, sehe ich mich um.

Meine Aufmerksamkeit zuckt zu einer Gruppe von jungen Männern, die am Wegesrand entlangschreitet. Irgendetwas an der Szene wirkt befremdlich. Vielleicht liegt es daran, dass sie alle Kleidung tragen, die nicht wirklich in unsere Zeit passt. Eine Kombination aus schwarzer Hose, einem Hemd, auf dessen Brust ein goldenes Emblem gestickt ist, und einem langen Ledermantel mit aufgesetzten Taschen, der sicher den Regen und die Gischttropfen hier an der Küste abhält, aber sehr steif und unbequem aussieht. Ich weiß nicht, woran es liegt, doch der Anblick der Typen lässt eine eiskalte Gänsehaut meinen Rücken hinabrieseln. Sie alle gehen so aufrecht, als könnte ihnen der Winterwind nichts anhaben, dabei bin ich mir sicher, dass mir nach drei Metern an der Steilküste die Ohren abgefroren wären.

»Gibt es dieses elendige Privatcollege immer noch?«, murrt Aurora abfällig.

Da die unbefestigte Straße recht schmal ist, bremst sie auf Schrittgeschwindigkeit ab, kurz bevor wir die Gruppe passieren. Zwei Sachen fallen mir sofort ins Auge: Erstens, dass die jungen Männer nicht nur die gleiche Kleidung, sondern auch die gleiche Kurzhaarfrisur tragen, als wäre sie eine Uniform. Zweitens die Blicke, mit denen sie uns bedenken. Ihre Mienen wirken unbewegt, doch in ihren Augen blitzen Hass und Verachtung auf. So eindeutig, dass ich mich instinktiv fester in mein Sitzpolster drücke, als könnte ich mich vor ihnen verstecken.

»Lass dich von denen nicht einschüchtern«, sagt Aurora entschieden, strafft die Schultern und hebt stolz das Kinn. »Zeig vor ihnen niemals Schwäche. Den Brüdern der Rose ist der Zutritt zum Gelände des M.U.S.E. Institute verwehrt, aber manchmal begegnet man ihnen hier in der Region dennoch. Sie studieren drüben in Butler Manor. Das alte Anwesen sieht aus wie ein verdammtes Spukhaus. Es liegt zwischen dem M.U.S.E. und Butler Manor Woods in Richtung New Jersey, nahe dem verlassenen Leuchtturm an der Steilküste. Es lässt sich leider nicht ganz vermeiden, ihnen ab und an über den Weg zu laufen, aber wenn du allein unterwegs bist, dreh um und versuch, schnellstmöglich das Gelände von M.U.S.E. zu erreichen. Such keine Konfrontation.«

»Weswegen?«, frage ich verunsichert und kann das Unbehagen in meiner Stimme nicht unterdrücken.

»Weil ihnen nicht zu trauen ist. Einfach darum. Angeblich werden in Butler Manor tatsächlich Housemanager ausgebildet. Stilvolle Männer mit Wissen über Antiquitäten und Haushaltsplanung. Führungspersönlichkeiten, die stets im Verborgenen bleiben. Wenn dem so ist, erklär mir mal, warum die jeden Morgen halb nackt an der Küste entlangjoggen, als würden sie für einen Marathon trainieren. Oder warum in der Nähe des Gruselhauses immer wieder Menschen verschwinden. Irgendetwas stimmt mit ihnen nicht. Wie gesagt: Leg dich nicht mit denen an. Und vor allem niemals allein. Sie mögen sich selbst Brüder nennen, aber sind alles andere als vertrauenswürdig.« Aurora umschließt das Lenkrad fester und beschleunigt, kaum dass wir die Typen passiert haben. Ihre ganze Körperhaltung wirkt angespannt.

»Hattest du mal eine unangenehme Begegnung mit einem von ihnen?«, frage ich vorsichtig, doch Aurora schüttelt den Kopf.

»Ich nicht, aber meine Freundin Cathleen. Sie war ein Werkaninchen. Wirklich absolut bezaubernd und friedfertig. Eine Seele von einem Mensch. Jeder am M.U.S.E. hat sie geliebt. Eines Nachmittags wollte sie nahe der Steilküste irgendeine Art von seltenem Klee pflücken. Vielleicht war das die Kaninchenseite an ihr, aber sie war fasziniert von allen Pflanzen und Kräutern, hat sie gesammelt, zwischen Buchseiten gepresst und manchmal richtige kleine Kunstwerke aus den getrockneten Blüten und Pflanzenteilen arrangiert. Sie hingen damals überall bei ihr im Zimmer. – Und irgendwann auch in meinem.« Ein Lächeln stiehlt sich auf Auroras Gesicht. »Einmal hat sie mächtig Ärger bekommen, weil sie zum Pressen der Blüten Bücher aus der Bibliothek verwendet hat. Die Seiten waren danach von der Feuchtigkeit ganz gewellt. Seitdem ist es verboten, die Bücher mit aufs Zimmer zu nehmen.« Als Auroras Gedanken weiterwandern, erlischt das sehnsüchtige Leuchten in ihren Augen. »Ich bereue es bis heute, dass ich sie nicht zur Küste begleitet habe. Ich hatte nicht einmal einen guten Grund dafür, an dem Tag lieber im Zimmer bleiben zu wollen. Mir war nur einfach das Wetter zu schlecht, um das hundertste Kleebündel zu sammeln.«

»Du hast gesagt, sie *war* ein Werkaninchen«, wiederhole ich und traue mich nicht, direkt danach zu fragen, was ihrer Freundin zugestoßen ist.

Aurora zeigt den Ansatz eines Nickens und reibt mit einem Daumen über das Lenkrad. »Sie kam von ihrem Ausflug nicht zurück und ging nicht an ihr Handy. Sehr untypisch für sie. Also wurde ein Suchtrupp losgeschickt. Man fand Cathleen schließlich mitten in der Nacht – bei Vollmond – im Inneren des verlassenen Leuchtturms, lebend, in ihrer menschlichen Gestalt und vollkommen verwirrt. Sie war nicht ansprechbar und hat seitdem kein Wort mehr gesagt.«

»Es sollte für ein Wertier nicht möglich sein, sich an Vollmond in seine menschliche Gestalt zu verwandeln, richtig?«, vermute ich, was ich aus Dutzenden Serien und Filmen über Werwölfe weiß.

Kurz durchzuckt es mein Hirn wie ein Blitz. Die Worte *Wertier, Vollmond, Mensch* schießen durch meinen Geist wie ein heftiges Déjà-vu. Ein Schmerz wie ein Nadelstich malträtiert mein Hirn. Ich habe das unbestimmte Gefühl, dass ich mich an irgendetwas erinnern sollte, doch es liegt ungreifbar, verborgen hinter einer undurchdringlichen Nebelwand. Je stärker ich mich dazu dränge, meine Hand auszustrecken, um nach dem Kern der Erinnerung zu greifen, umso heftiger wütet der Schmerz durch meinen Kopf. Also gebe ich auf.

»Was wurde aus deiner Freundin?«, frage ich schließlich.

»Wenn wir das wüssten. Sie hat sich von dem Vorfall weder psychisch noch physisch wieder erholt – und sich nie mehr in ein Kaninchen verwandelt. Nicht einmal an Vollmond. Was auch immer geschehen ist, hat sie in mehrfacher Hinsicht verändert. Um nicht zu sagen: Es hat sie zerstört.«

»Und warum bist du dir so sicher, dass diese Brüder der Rose etwas damit zu tun haben? Ich meine, wenn sie in einem verlassenen Turm gefunden wurde, hätte ja alles Mögliche passiert sein können.«

»Hätte sein können«, wiederholt Aurora abfällig. »Ich bin mir deswegen sicher, weil es ein offenes Geheimnis ist, dass Menschen in der Nähe von Butler Manor verschwinden, verrückt werden – oder sterben. Die letzte Person, mit der Cathy laut ihrem Handy Kontakt hatte, war einer der Brüder. Mehr Beweise brauche ich nicht. Soweit ich weiß, lebt Cathleen heute in einer Nervenheilanstalt hier in der Nähe. Umsorgt von ihren Eltern, die sich rührend um sie kümmern. Also lass uns nicht weiter darüber reden. Merk dir nur einfach, einen Bogen um das Anwesen und deren Bewohner zu machen. Konzentrieren wir uns jetzt lieber auf deinen großen Tag.« Sie schenkt mir einen Seitenblick und ein flüchtiges Lächeln.

Natürlich respektiere ich ihren Wunsch, das Thema zu wechseln, dennoch kriecht erneut eine eiskalte Gänsehaut über meinen Körper. Was mag Cathleen nur zugestoßen sein, dass es sie dermaßen verändert hat? Geistig wie körperlich. Ob es so tiefgreifende Arten von Traumata gibt, dass sie sogar Einfluss auf unsere DNA nehmen können? Oder steckt etwas anderes dahinter?

Apropos Wertiere: Mir kommt gerade eine Sache in den Sinn, über die ich noch gar nicht nachgedacht habe.

»Sag mal, wenn am M.U.S.E. diverse Wertiere studieren und sie sich alle bei Vollmond verwandeln …« Ich weiß gar nicht, wie ich diese Frage formulieren kann, ohne taktlos zu klingen. Vermutlich sollte ich das Wort *Zoo* lieber nicht verwenden. »Ich meine: Laufen dann einen Tag lang Kaninchen und Katzen über das Gelände?«

»Kaninchen, Katzen, Käfer. Ja, aber mach dir darüber keine Sorgen.« Sie macht eine wegwerfende Geste. »Sie stellen vor der Immatrikulation sicher, dass sie keine Wertiere annehmen, die sich nicht händeln lassen. Nur für den seltenen Fall, dass ihre tierische Seite mal mit ihnen durchgehen sollte. Du wirst am M.U.S.E. also keine Bären oder Raubkatzen antreffen. Es kann allerdings passieren, dass du mal ein Kaninchen oder einen Hamster vor einer Katze retten musst. Das gehört dann zu deiner Aufgabe als gute Kommilitonin dazu. Es klingt nur im ersten Moment schräg. Wirklich. Das Positive ist: Ihr habt jeden Monat einen zusätzlichen Tag unterrichtsfrei, weil sich niemand auf die Seminare konzentrieren kann, während die Schneeeule schon wieder Jagd auf die Haselmaus macht. Schneller als du glaubst gehören solche Vorfälle einfach zum Alltag. Wir sind übrigens gleich da«, verkündet Aurora so fröhlich, als wäre nie etwas gewesen. Als hätte sie mir keine Schauergeschichten über gruselige Anwesen und das Schicksal ihrer ehemaligen Freundin erzählt.

Tatsächlich ist das M.U.S.E. Institute kaum zu übersehen. Hier – mitten in diesem Nichts zwischen der rauen Küste des Atlantiks und der spärlich bewaldeten Landschaft – fällt das von einer hellen Steinmauer umgebene Anwesen umso mehr auf. Beim Stöbern auf der Website fand ich die Mauer noch seltsam. Als wäre sie ein Hindernis, das die Studierenden von einer Flucht abhalten soll, ähnlich einem Gefängnis. Nach Auroras Erzählung über die Brüder der Rose ist es vielleicht genau andersherum: Ein Schutz davor, dass Unbefugte eintreten und auf dem Gelände ihr Unwesen treiben. Die erneute Grübelei darüber, was Cathleen zugestoßen sein könnte, gibt mir ein ganz mulmiges Gefühl. Dabei fahren meine Emotionen heute ohnehin Achterbahn, denn als Aurora schließlich vor einem geschlossenen Flügeltor anhält, bin ich unweigerlich nervös. Schlichte, goldene Lettern am schmiedeeisernen Tor verkünden, dass wir am Ziel angekommen sind, noch bevor die Navigationsapp es akustisch bestätigt: *Sie haben Ihr Ziel erreicht. M. U. S. E. Institute.*

Ich sehe mich gerade nach einem Wächterhäuschen um, da öffnet sich das zweiflüglige Portal wie durch Zauberhand von selbst.

Bevor ich eine Frage dazu stellen kann, deutet Aurora auf den goldenen Anstecker an ihrem Rollkragenpullover.

»It's magic. Wortwörtlich. Es wäre besser für dich, wenn du deine Brosche niemals verlierst. Du erhältst sie zusammen mit deiner Uniform – und trägst sie am besten für den Rest deines Lebens. Ich kann dir versichern, dass sie dir nicht nur diese Tür öffnet. Und ja: Das war eine Anspielung auf Vitamin B.«

»Habe ich verstanden«, murmle ich und betrachte das weitläufige Gelände, das sich vor uns erstreckt.

Mit einem Mal erscheinen die Fotos auf der Website fast wie ein Understatement. Zwar blühen im Winter keine Rosenbüsche, doch die weißen Statuen, an denen sich die dornigen Ranken hinaufwinden, wirken auch zu dieser Jahreszeit herrschaftlich. Wir folgen dem Weg aus weißen Kieselsteinen und passieren einen Bachlauf, dessen Brücke so abenteuerlich schmal ist, dass ich Aurora für ihren Mut bewundere. Ungebremst hier drüberzufahren, ohne sich um ihre Außenspiegel zu sorgen (zwischen denen und dem weißen Brückengeländer dürften kaum zehn Zentimeter Platz sein), erfordert definitiv Vertrauen in die eigenen Fahrkünste. Als wir die Brücke hinter uns zurücklassen, knirscht wieder Kies unter den Reifen von Auroras Kleinwagen. Wir passieren eine Allee kahler Laubbäume, die im Sommer sicherlich sehr viel einladender aussieht. Ich erkenne auch das grün lackierte Gewächshaus und die ehemaligen Pferdeställe von den Fotos der Website wieder. In mir regt sich eine Mischung aus Sehnsucht und der Angst, abgewiesen zu werden. Fast so, als gäbe es einen Teil in mir, der das Gefühl hat, genau hierher zu gehören. Als wäre dies der perfekte Ort, um mich neu zu finden.

Obwohl ich New York liebe, muss ich gestehen, dass das Haupthaus des Institutes schon von Weitem beeindruckend aussieht. Und das auf eine ganz andere Art und Weise als die gläsernen Wolkenkratzer Manhattans oder die omnipräsenten Werbetafeln an deren Hausfassaden. Die gotisch anmutenden Fenster, kleinen Erker und Türme – schlichtweg alles an dem Anblick des M.U.S.E. wirkt erhaben. Altehrwürdig und elitär. Inklusive der Efeuranken, die das gesamte Gemäuer überziehen und einen der Türme aussehen lassen wie einen wogenden Wasserfall aus Immergrün.

Wenn ich das Anwesen mit nur einem Wort beschreiben müsste, wäre es wohl: verwunschen.

Als Aurora ihren Kleinwagen auf dem Platz vor dem Hauptgebäude parkt, wirkt er in Anbetracht der Ausmaße des Gebäudekomplexes geradezu verloren. Dabei bin ich mir sicher, dass der Anblick des Parkplatzes sogar noch imposanter wäre, würde der Springbrunnen in seiner Mitte laufen und uns statt des kahlen Gestrüpps ein Blütenmeer begrüßen.

Aurora bedeutet mir, auszusteigen und schon einmal die steinernen Stufen zum Eingang hinaufzusteigen. Es sind exakt acht Stück, die dritte von ihnen ist gesprungen und wackelt leicht, als ich meinen Fuß daraufsetze. Komischerweise ist es genau diese Unvollkommenheit, die mich an zu Hause erinnert und mir das Gebäude sofort sympathisch macht.

Aurora folgt mir, verharrt jedoch vor der geflügelten Eingangstür und betrachtet stumm die kunstvollen Schnitzereien im dunklen Holz. In ihrem Blick spiegeln sich Wehmut und Freude, ganz so, als hätte sie hier eine wirklich schöne Zeit verbracht. Aber ich sehe auch diesen winzigen Funken Reue, der durch ihre Augen zuckt, als wäre ihr soeben erneut die Erinnerung an Cathleen in den Sinn gekommen. Obwohl sie nicht darüber reden mag, beschäftigt sie das Schicksal ihrer ehemaligen Freundin offensichtlich noch immer. Da gerade ein unangenehmer Nieselregen einsetzt, reißt sie sich vom Anblick des Gebäudes los. Während sie uns die hölzerne Tür mit den schweren Beschlägen öffnet, wische ich meine feuchten Hände am Saum meines Hoodies ab.

Ja, ich bin nervös. Zwecklos, es zu leugnen.

Hinter einem Windfang öffnet sich eine Halle, die mir schlichtweg den Atem raubt. Mein Blick zuckt nach oben, wo hoch über uns Stuckverzierungen auf wahrlich fantastische Deckengemälde treffen. Ich kann so schnell nicht entschlüsseln, was es dort alles zu entdecken gibt, aber ich sehe Wälder und das Meer. Eine Vulkanlandschaft und eine Wüste. Eis und einen Dschungel. Langsam schreite ich in die Mitte der Eingangshalle, mein Augenmerk noch immer auf die Decke gerichtet. Wenn mich nicht alles täuscht, ist das eine abstrahierte Weltkarte. Pastellfarben, gerahmt in weißen Stuck und mit goldenen Akzenten versehen. Wunderschön. Mehrere Kronleuchter mit schillernden Kristallen hängen von der Decke herab. Sicher lassen sie bei Sonnenschein atemberaubende Lichtspiele über die Wände tanzen, denn bodentiefe Sprossenfenster gibt es hier genug. Lange Tischreihen mit gepolsterten Stühlen laden dazu ein, in Büchern zu schmökern, doch offensichtlich befinden sich die meisten Studentinnen derzeit in Vorlesungen. Nur eine einzige junge Frau liest in einem Buch und sieht auf, als wir die Halle betreten. Die feuchten Sohlen meiner Stiefeletten quietschen unangenehm laut auf dem sandfarbenen Marmorboden, als wollten sie sichergehen, dass man mich auch ja zur Kenntnis nimmt. Relativ erfolglos. Die Fremde nickt uns lediglich zu und widmet sich wieder ihrer Lektüre.

Am anderen Ende der Halle, im Zwischenraum einer halbrunden Doppeltreppe, die laut Beschilderung zur Bibliothek hinaufführt, steht eine sicherlich vier Meter hohe Statue aus rotbraun poliertem Holz. Wenn mich nicht alles täuscht, stellt sie eine Art Meerjungfrau dar. Auf ihrer Schulter sitzt eine Schleiereule, in einer Hand hält sie einen Kristall. Wie magisch davon angezogen, gehe ich zu ihr hinüber, lasse ihre schiere Größe und Schönheit auf mich wirken. Zumindest bis mich ihr Gesicht irritiert. Es ist so lebensecht, dass mir der Ausdruck in ihren Augen eine Gänsehaut beschert. Denn obwohl ihre untere Gesichtshälfte lächelt, wirkt ihr Blick durch und durch melancholisch. Sie scheint etwas zu vermissen, das für sie in unerreichbarer Ferne liegt.

Wahrscheinlich würde jeder normale Mensch sich denken: »Sie ist eine Meerjungfrau und steht mitten in einer Halle. Vermutlich hat sie Fernweh nach dem Meer.« Es klingt sogar logisch, schließlich liegen die Klippen in ihrer Blickrichtung. Für mich hingegen ist diese Figur die Verkörperung all meiner unerreichbaren Zukunftswünsche. All der Träume, die ich dank der Offenbarung meines Wesens aufgeben muss.

Ich bewundere das Muster auf den Schuppen ihres Fischschwanzes und ihre Haare, die in einem unsichtbaren Wind zu wehen scheinen. Wenn man davon absieht, dass diese Figur überdimensional groß ist, wirkt sie, als könnte sie jede Sekunde zum Leben erwachen. Ich betrachte eine ihrer Hände, die sie ausstreckt, als wollte sie etwas berühren, und bemerke die feine Struktur ihrer Haut. Fingerabdrücke, Handlinien. Diese Statue ist mehr als Handwerk. Mehr als ein Kunstwerk. Sie ist pure Perfektion.

Der Klang ihrer High Heels kündigt Aurora an. Da meine Aufmerksamkeit immer noch der Statue gilt, nehme ich nur aus dem Augenwinkel wahr, dass sie neben mir zum Stehen kommt.

»Wer ist sie?«, frage ich fasziniert und vollkommen unfähig, mich von der Statue zu lösen.

Aurora zuckt mit einer Schulter. »Angeblich die älteste Tochter Gaias. Je nach Quelle eine Muse – oder aber die erste Sirene. Sie hatte im Lauf der Jahrhunderte und Überlieferungen sicherlich Dutzende Namen. Die Gründerin des M.U.S.E. war ebenfalls eine Sirene und wollte, dass dieses College ein inspirierender Ort für alle ist, die sich den arkanen Künsten zugehörig fühlen. Die Eule auf der Schulter symbolisiert nicht nur Weisheit, sondern auch die Wertiere und die Verbindung zur Tierwelt. Das zwiegespaltene Gesicht präsentiert die Gestaltwandler und der Kristall die Hexerei.«

»Du sagtest, es gibt auch Vampire?«, erinnere ich mich.

»Und noch sehr viele mehr. Diese Statue ist nur ein Symbol für die angestrebte Verbundenheit unter den Arkanen.«

»Das M.U.S.E. heißt also so, weil es ein Ort der Inspiration sein soll?«, schlussfolgere ich.

»Hast du eine spannendere Geschichte erwartet?«, zieht Aurora mich auf. »Meine Mom hat mich nach einem Werbeplakat für ein Parfüm benannt, an dem sie während ihrer Schwangerschaft vorbeigelaufen ist. Manchmal ist es so simpel.«

»Warum haben Sirenen in den alten Geschichten eigentlich immer Fischschwänze? Mir wächst zumindest keiner, wenn ich im Meer schwimmen gehe oder in eine Badewanne steige.«

»Nicht?« Aurora zieht eine Augenbraue hoch und sieht mich amüsiert an. »Wäre schwer, uns zu tarnen, wenn wir bei jedem Kontakt mit Wasser unser wahres Wesen offenbaren müssten – oder nicht?« Es scheint eine rhetorische Frage zu sein, denn sie wendet sich von mir ab und sieht zu der jungen Frau hinüber, die noch immer in ihrem Buch liest.

»Entschuldigst du mich kurz?«, bittet Aurora. »Ich würde gern noch einmal auf die Toilette gehen, ehe ich dich der Direktorin vorstelle. Frauenprobleme, die daraus resultieren, dass wir keine Fischschwänze haben. Du verstehst?« Mit einem Zwinkern wendet sie sich von mir ab, bevor ich die Chance zu antworten bekommen habe.

Schweigend schaue ich ihr nach, wie sie die Halle durchquert und in einen der angrenzenden Flure verschwindet. Im Gegensatz zu meinen Stiefeletten klingt das Geräusch ihrer High Heels eher stilvoll als unangenehm.

Noch immer von der Kunstfertigkeit der Statue überwältigt, versuche ich, die Halle auf mich wirken zu lassen und den Geruch von Holz, Politur und etwas Süßlichem, das ich nicht einordnen kann, in mich aufzusaugen.

© CÉLIARTS
DIE LIEBENDEN

DIE LIEBENDEN

Die Liebenden verkörpern ein Glück, das von höchster Stelle abgesegnet wurde. Auch wenn allerlei Heimlichkeit und Verführung im Spiel sind, ist diese Liebe kein »Tabu«. Im Gegenteil: Wie unterschiedlich die Liebenden auch sein mögen und welche Hürden es für sie zu überwinden gilt, am Ende werden sie zusammenkommen, wenn sie ihre Entscheidungen aus dem Herzen treffen.

LYX

Ein Geräusch reißt mich aus meinem Bewunderungsmodus. Ein dezentes Hüsteln, das meine Aufmerksamkeit auf sich zieht. Verwundert drehe ich mich zu der jungen Frau um, die von ihrem Buch aufsieht und mich zu sich winkt. Reflexartig sehe ich mich um, doch wir sind noch immer allein, also meint sie zweifelsohne mich.

Ebenso irritiert wie neugierig folge ich ihrer Geste und setze mich auf den Stuhl ihr gegenüber.

»Was kann ich für dich tun?«, frage ich hilfsbereit.

Schmunzelnd schüttelt sie den Kopf und pustet sich eine ihrer kinnlangen Haarsträhnen aus dem Gesicht. »Die Frage lautet viel mehr, was ich für dich tun kann. Ich habe dich hier noch nie gesehen und du trägst keine Brosche. Da Besuche außerhalb des Tags der offenen Tür eher ungewöhnlich sind, liegt die Vermutung nahe, dass du dich für ein Studium am M.U.S.E. interessierst.« Sie sieht mich so demonstrativ an, als erwarte sie eine Reaktion.

»Wäre möglich.«

»Ich könnte dir vielleicht beim Bestehen der Aufnahmeprüfung helfen.«

Verwirrt ziehe ich die Augenbrauen zusammen. »Warum solltest du das tun?«

Die junge Frau mir gegenüber zuckt mit einer Schulter und wendet sich wieder ihrem Buch zu. »Ist nur ein Angebot. Die Liste der Bewerberinnen ist lang. Ich dachte, ein kleiner Vorteil könnte dir nicht schaden.«

Das mag sein, aber Aurora wird nicht umsonst gesagt haben, dass das Ausplaudern von Prüfungsinhalten gegen den Ehrenkodex des M.U.S.E. verstößt. So verlockend das Angebot im ersten Moment klingen mag, so falsch kommt es mir vor. Wenn Aurora mir einen kleinen Tipp gegeben hätte, was den generellen Ablauf der Prüfung betrifft, wäre ich ihr dankbar gewesen.

Einfach weil ich finde, dass Unwissenheit eine Strafe ist. Meist malt meine Fantasie sich Szenarien aus, die noch hundertmal schlimmer als die Realität sind. Doch Tipps von einer Fremden entgegennehmen? Das ist wirklich nicht meine Art. Allein der Gedanke ans Betrügen macht mich unterschwellig nervös. »Danke, aber nein danke. Ich verstehe auch nicht, warum du mir helfen möchtest.«

»Bist du immer so argwöhnisch?«, fragt sie schmunzelnd.

Vermutlich bin ich das tatsächlich. Irgendetwas an meinem Aussehen verleitet die Menschen dazu, anzunehmen, dass ich naiv bin. Vielleicht liegt es an den großen Augen, der Stupsnase und den herzförmigen Lippen – in Kombination mit der Tatsache, dass ich viel zu schnell rot anlaufe. Ich weiß gar nicht, wie oft mir in der Kindheit gesagt wurde, dass ich wie ein Porzellanpüppchen aussehe. Hübsch und harmlos. Es hat die Leute ziemlich oft dazu veranlasst, über mich zu sprechen, als wäre ich gar nicht anwesend. Ein Accessoire. Nett anzusehen, doch niemand, der etwas beitragen kann. Eine Zeit lang hat es mich tierisch aufgeregt, mittlerweile habe ich gelernt, den Menschen ins Gesicht zu sagen, wenn ich mich übergangen fühle – oder aber ihre Ignoranz anderweitig gegen sie zu nutzen. Ich komme zurecht. Trotzdem habe ich immer im Hinterkopf, wie viele Menschen mich leichtgläubig genannt haben, weil ich mich für Tierschutz einsetze oder einen Berufswunsch wie Schauspielerin hege. Und die Frau mir gegenüber hat recht: Es hat mich gelehrt, vorsichtig zu sein.

»Du brauchst ganz schön lange für eine Antwort«, zieht sie mich auf.

»Ich verstehe immer noch nicht, warum du mir helfen wollen solltest. Aber mir liegt nichts daran, Dinge zu kriegen, die mir nicht zustehen. Wenn ich hier nicht aufgenommen werde, soll es eben nicht sein.«

»Wow. Solche Worte aus dem Mund einer Sirene«, erwidert sie. »Normalerweise neigt ihr doch dazu, zu bekommen, was ihr wollt.«

»Wenn ich durch meine Gaben jemals etwas erlangt haben sollte, das mir nicht zusteht, gebe ich es gern zurück«, antworte ich entschieden und weiß selbst nicht, warum ich mich gereizt fühle. Vielleicht weil diese Person mich überhaupt nicht kennt und gleich mit Vorurteilen konfrontiert. Das ist nicht sehr nett. Zumal ich so neu im Sirenen-Business bin, dass ich diese Klischees im Gegensatz zu ihr noch nicht einmal kenne.

»Sicher würdest du das. Wo doch jede am M.U.S.E. weiß, wie überaus groß- und gutherzig Sirenen sind.« Sie lacht laut auf und verschluckt sich dabei prompt an ihrer eigenen Spucke.

Ich bin sehr versucht, einfach aufzustehen und sie allein hier sitzen zu lassen, aber ihr Husten wird nicht besser. Im Gegenteil: Sie läuft rot an und ringt nach Luft.

»Alles gut?«, frage ich besorgt. Als sie den Ansatz eines Kopfschüttelns zeigt, stehe ich auf und gehe zu ihr hinüber. Ohne groß darüber nachzudenken, bedeute ich ihr, mir ihren Rücken zuzudrehen. »Lehn dich nach vorn«, bitte ich, bevor ich ihr fünfmal zwischen die Schulterblätter klopfe. Während ich anschließend beobachte, ob ihr Atem sich beruhigt, streiche ich ihr mit kreisenden Bewegungen über den Rücken, bis sie mir mit einer Geste zu verstehen gibt, dass es ihr wieder besser geht.

»Danke«, würgt sie mühsam hervor.

»Jederzeit.« Ich hebe den Kopf und trete zurück, als ich Auroras High Heels auf den Steinfliesen höre. Nachdem ich mich mit einem letzten Blick vergewissert habe, ob sich die junge Frau erholt hat, wende ich mich von ihr ab, aber Aurora beachtet mich gar nicht, sondern lässt sich auf den Stuhl gleiten, auf dem ich bis eben noch gesessen habe.

»Und?« Aurora streicht ihren Rock glatt und drückt den Rücken durch. »Zufrieden? Ich sagte doch, meine Cousine ist ebenso ehrlich wie hilfsbereit. Sie bringt es nicht fertig, jemanden leiden zu sehen. Nicht einmal dann, wenn er sie zehn Sekunden vorher beleidigt hat. Sie ist ein Engel im Sirenenkostüm.«

»Eine eher seltene Kombination«, pflichtet die junge Frau bei, die …

Irritiert blinzle ich sie an.

Was geschieht hier? Entweder stimmt etwas nicht mit meinen Augen – oder aber sie ändert gerade ihr Erscheinungsbild. Einfach so. Ihre kinnlangen Haare werden kürzer und von silbergrauen Strähnen durchzogen. Das eben noch fast jugendliche Gesicht wirkt hagerer, kleine Fältchen zieren nun die Augenpartie. Die braunen Augen werden steingrau. Das Einzige, was sich nicht ändert, ist ihre Kleidung. Mir wird kurz schwindelig, während mein Gehirn zu verarbeiten versucht, dass jemand seine Gestalt wechselt, als würde er sich nur eben ein anderes Paar Schuhe anziehen. Ich hole tief Luft, schließe die Augen und konzentriere mich auf das Hier und Jetzt, bevor ich mich dazu überwinden kann, wieder die Frau anzusehen, die Aurora nun gegenübersitzt. Mein Schwindel weicht einer anderen Form von Unwohlsein, denn ihr Gesicht kommt mir vage bekannt vor. Ich habe ein Porträtfoto von ihr auf der Website des M. U. S. E. Institute gesehen.

»Ms Campbell«, erinnere ich mich. Sie ist die Leiterin des M. U. S. E. – und offensichtlich eine Gestaltwandlerin.

Heilige Scheiße, es gibt Gestaltwandler wirklich, sind die einzigen Gedanken, die mein überfordertes Gehirn zustande bringt.

»Hazel Birds.« Sie mustert mich lächelnd und bedeutet mir, auf einem der vielen freien Stühle Platz zu nehmen. »Ich entschuldige mich für die kleine Scharade, aber wir akzeptieren bekanntlich nicht jede Bewerberin. Neben herausragenden Fähigkeiten, die du laut deiner Vita zweifellos besitzt, ist uns das Miteinander unserer Studentinnen wichtig. Wir betrachten uns als eine große Familie. Unsere Absolventinnen fühlen sich oft bis zum Ende ihres Lebens verbunden.«

»Sekunde«, bitte ich. »Dann war das Angebot, mir bei der Aufnahmeprüfung zu helfen, eine Art Test?«

»Korrekt«, stimmt sie zu und bedeutet mir erneut, mich zu setzen. »Und du hast ihn bravourös bestanden.«

Überfordert folge ich ihrer unausgesprochenen Bitte, gebe meinen zitternden Knien nach und lasse mich auf einen der Stühle sinken.

»Böse Zungen behaupten, wir würden unsere Studentinnen nach dem Aussehen auswählen, doch das ist nichts weiter als üble Nachrede. Wir suchen bei unseren potenziellen Studentinnen nach Eigenschaften wie Willensstärke, Hilfsbereitschaft und Solidarität, aber auch nach Kompromissbereitschaft. Meiner ersten Einschätzung nach dürfte Aurora nicht gelogen haben. Du könntest eine Bereicherung für das M.U.S.E. sein.«

Schweigend sehe ich sie an. Ein Teil meines Gehirns versucht noch immer, ihre jetzige Erscheinung mit der der jungen Frau übereinzubringen – und scheitert. Offensichtlich hat es den Anblick eines Menschen, der einfach so sein Aussehen ändert, nicht verkraftet und einen Serverabsturz erlitten. Jetzt warte ich verzweifelt auf den Neustart. Es ist ein wirklich ungünstiger Moment für fehlenden Zugriff auf mein internes Wörterbuch.

»Wir haben uns deine Bewerbungsunterlagen durchgelesen, deinen Blog überflogen und uns allgemein im Internet angesehen, was du dort tust. Heutzutage ist es ja quasi unerlässlich, die Social-Media-Präsenzen der Studentinnen zu checken. Aber uns gefällt, was du machst. Wir schätzen es, wenn unsere Studentinnen ihre Begabungen zum Wohl der Mehrheit einsetzen, statt sie nur für ihre eigenen Zwecke zu nutzen.«

»Danke«, ist alles, was ich herausbringe. Immerhin etwas.

»Bevor wir unseren Rundgang starten und ich dir hier alles zeige, habe ich nur eine Frage an dich: Wie kommt es, dass du ausgerechnet jetzt ans M.U.S.E. wechseln möchtest?«

Aurora antwortet an meiner Stelle, ehe ich auch nur den Mund öffnen kann. »Meine Tante glaubt nicht an arkane Dinge und hat Hazel von allen Erinnerungen an ihren Dad ferngehalten. Er war ein Triton. Ich habe ein paarmal versucht, mit Hazel darüber zu reden – natürlich auch über das M.U.S.E. –, aber ich wollte sie nicht in ein Leben drängen, das sie sich nicht wünscht.«

»Vielen Dank für deine Ausführungen, doch ich habe Hazel nach ihren Gedanken gefragt. Wie es klingt, hast du es bis vor Kurzem nicht in Erwägung gezogen, unser College zu besuchen«, erwidert Campbell vollkommen ruhig und schenkt mir ein wissendes Lächeln, als läge die Antwort ohnehin auf der Hand. »Den Noten nach läuft es mit deinem bisherigen Studium ausgezeichnet, und die *Allbright Akademie* hat durchaus einen guten Ruf. Was hat dich also dazu gebracht, dein Leben neu ordnen zu wollen?«

Ich räuspere mich, um Zeit zu gewinnen. Auch wenn ich meine Worte wiedergefunden habe, sträubt sich ein Teil von mir dagegen, ihr zu antworten. Er würde mein Geheimnis lieber bewahren und für immer in meinem Herzen einschließen. Warum komme ich mir vor, als würde ich Taro verraten, wenn ich dieser Fremden von ihm erzähle?

Du hast keine Wahl, Hazel, ermahne ich mich selbst. *Entscheidungsfreiheit ist eine Illusion. Zumindest in diesem Fall ist sie das.*

»Der Fotograf, der die Bilder auf meiner Webseite geschossen hat …«, beginne ich zögerlich. All die Fotos von Demonstrationen; aus den veganen Restaurants, die wir gemeinsamen in New York getestet haben; von den Abendessen, die wir zusammen mit Gemma gekocht haben, um Rezepttipps auszuprobieren. Überall stehen dieselben Credits vermerkt.

»Ein junger Mann namens Taro Takahashi«, stimmt Campbell zu, als wollte sie mir bestätigen, dass sie meine Website gründlich gecheckt hat. »Möchtest du mir etwas über ihn erzählen?«

»Er ist einer meiner besten Freunde, weil …« Ich kann es gar nicht richtig begründen. Manchmal trifft man Menschen und hat nach kürzester Zeit das Gefühl, dass sie schon immer ein Teil des Lebens waren. Mit ihnen ist es einfach, man selbst zu sein. Und die Vorstellung davon, sie zu verlieren, schmerzt nahezu unerträglich. »Seine Fotos sind unglaublich. Nicht, weil er das Talent seines Dads geerbt hat, die besten Winkel und Stimmungen einzufangen. Nicht, weil er es draufhat, in der richtigen Millisekunde abzudrücken, um den perfekten Moment festzuhalten. Er schafft es, das Innere einer jeden Person nach außen zu tragen – auf die schönstmögliche Art und Weise. Als könnte er in jedem das Beste entdecken und der Welt zeigen.« Ich verstumme und atme tief durch. »Aber mein Problem ist: Ich habe Gefühle für ihn«, gestehe ich, bevor ich es mir anders überlegen kann. Die Bestimmtheit meiner Worte überrascht mich selbst, doch sie sind das, was ich empfinde. Schon seit Monaten.

Aurora zuckt zusammen, als hätte ich sie mit meinem Ausspruch verschreckt, allerdings hat sie sich sofort wieder gefangen. »Ich habe die beiden zusammen gesehen und hielt es für keine gute Idee, diese Sache noch länger laufen zu lassen«, stimmt sie zu.

»Verstehe.« Ms Campbell schenkt mir ein flüchtiges Lächeln, erhebt sich und bedeutet uns, ihr in Richtung der zweigeteilten Treppe zu folgen. »Dann sei herzlich willkommen am M.U.S.E. Institute.«

Wahrscheinlich sollte mich jetzt ein Gefühl der Erleichterung durchströmen, aber wenn ich in mich hineinspüre, schweigt all das Positive in mir. Ich stehe in dieser imposanten Halle, die mir eine Art von Ehrfurcht einhaucht. Ein kühler Windzug streicht über meinen Körper hinweg, als würde dieses riesige Gebäude atmen. Als würde es *leben*. Hier täglich ein- und auszugehen, das College mein Zuhause zu nennen, erscheint mir unvorstellbar. Diesen Ort, der ebenso eindrucksvoll wie auch *öffentlich* ist. Ein besseres Wort kommt mir spontan nicht in den Sinn. Moms Wohnung ist nicht besonders groß oder schick, aber wir waren dort immer nur zu zweit. Die *Allbright Akademie* ist kein College mit Wohnheim. Man geht dorthin, um seine Kurse zu absolvieren, dann nach Hause. Man verbringt nicht Tag und Nacht mit den anderen Studierenden. Teilt sich keine Badezimmer. Läuft sich nicht auch noch an den Wochenenden über den Weg. Alles am M.U.S.E. ist so vollkommen anders, dass ich mir nicht vorstellen kann, dass es irgendwann Normalität wird.

»Aber was ist mit den Studiengebühren?«, frage ich kleinlaut.

Aurora zwinkert mir zu. »Das klären wir später. Mach dir darüber keine Sorgen.«

Trotzdem tue ich es. Ich kann nichts zustimmen, das meiner Mom noch mehr finanzielle Schwierigkeiten beschert, als es das geänderte Tierschutzgesetz ohnehin bereits tut.

»Komm schon«, drängt Aurora und stößt mir leicht zwischen die Schulterblätter, als sollte ich mich endlich in Bewegung setzen.

Also verschiebe ich die Frage und zwinge ein Lächeln auf mein Gesicht, während die Führung beginnt.

12. KAPITEL
HAZEL

Je länger der Rundgang dauert, umso besser kann ich verstehen, woher Auroras Faszination für das M.U.S.E. Institute kommt. Auch wenn der Name in meinen Ohren noch immer eher wissenschaftlich klingt, ist das Gebäude der Inbegriff von Eleganz und Kunstfertigkeit. In allen Fluren hängen Ölgemälde in aufwendig verzierten Holzrahmen. Ich glaube, ich habe noch nie gesehen, dass ein Bilderrahmen so detailverliebt ausgestaltet wurde, dass er eine komplette Geschichte wiederzugeben scheint. Genau jene Geschichte, der auch die Szene auf den Gemälden entnommen wurde. Wenn ich es beim Vorübergehen richtig erkenne, entstammen die meisten Referenzen antiker Mythologie. Ein Hoch auf die vergangenen Dramenkurse, die mir gerade gute Dienste leisten. Und es sind nicht nur die Darstellungen auf den Bilderrahmen – jedes Türblatt, sogar die Streben der Treppengeländer – alles hier erzählt aufwendig ins Holz geschnitzt von den berühmtesten Legenden.

Das altehrwürdige Gebäude hat auf jeden Fall einen besonderen Charme – und obwohl mir noch immer etwas mulmig zumute ist, wenn ich mir vorstelle, New York zu verlassen, hat es vielleicht etwas Gutes, dass hier alles so anders ist, als ich es kenne. Die vertäfelten Decken, die Intarsien im teuren Holzboden und die Messingwandlampen. Nichts davon sieht aus, als wäre es unter pragmatischen Gesichtspunkten irgendwo im Angebot gekauft worden.

Doch nicht nur das Innere der Gebäude des M.U.S.E. versprüht diesen besonderen Zauber. Wir folgen verschlungenen Pfaden, die die Gebäude miteinander verbinden: Da ist das Haupthaus mit der Mensa, der Bibliothek und diversen Hörsälen. Es gibt ehemalige Stallungen, die nun zusammen mit dem Gewächshaus für Lehrtätigkeiten genutzt werden. Es klingt schon sehr romantisch, dass das Gewächshaus vor allem für Malkurse, Buchclubs, Dramenlehre und ähnlich musische Fächer dient, bei denen ein Blick ins Grüne inspirierend wirken soll.

Durch einen Bogengang betreten wir eines der vier Wohnheime – eines für jedes Jahr des Bachelorstudiengangs; benannt nach den vier titanischen Musen: Thelxinoe, Aoide, Arche, Melete.

»All unsere Studentinnen wohnen hier auf dem Gelände«, erklärt Ms Campbell. »Wir haben ausschließlich Einzelzimmer, allerdings Gemeinschaftsbäder. Es gibt Aufenthaltsräume mit Kochnischen, die euch zur Verfügung stehen. Die meisten Studentinnen essen jedoch in der Mensa, da es in der Nähe keinen Supermarkt gibt, um sich selbst zu versorgen. Selbstverständlich könnt ihr euch Sachen aus der Stadt ans Tor bestellen, nur sind die Lieferkosten exorbitant.«

Ich folge Ms Campbells Ausführungen, bin aber schon nach kurzer Zeit nicht mehr wirklich aufnahmefähig. Allein die vielen visuellen Eindrücke zu verarbeiten kostet mich einen Großteil meiner geistigen Kapazitäten. Es fühlt sich an, als würde zwischen diesem herrschaftlichen Anwesen und Manhattan mehr als eine einstündige Fahrt liegen. Als wäre es eine ganz andere Welt. Eine Welt, die mich gleichermaßen einschüchtert wie in ihren Bann zieht.

Ich lenke meine Aufmerksamkeit wieder auf Campbells Worte, die gerade über Freizeitaktivitäten spricht.

»Es steht euch frei, einen Buchclub zu gründen, Fotografiekurse zu organisieren oder euch zum Sport zu verabreden. Das Engagement in Clubs und AGs ist allerdings keine Pflicht. Gemäß der Vision unserer Gründerin ist eure Ausbildung ein interdisziplinäres Vollzeitstudium. Ihr seid die kreative Elite von morgen. Wir erwarten von euch soziales Engagement und gutes Miteinander im Alltag sowie ein generelles Interesse an jeder Art von Kunst. Gerade als Sirene wirst du eine umfassende Allgemeinbildung brauchen, um dich auf späteren Events der High Society zu behaupten. Gepflegt, talentiert und intelligent sind drei der Eigenschaften, die man den M.U.S.E.-Absolventinnen nachsagt. Nicht grundlos, möchte ich meinen.«

Während Aurora stolz das Kinn reckt, verspüre ich den Wunsch, mich unter der Kapuze meines Hoodies zu verstecken. Ich weiß beim besten Willen nicht, ob ich diesen Ansprüchen gerecht werden kann. Am Ende der Führung bin ich mir zumindest sicher, dass das M.U.S.E. den Elitecolleges der Ivy League optisch in nichts nachsteht – vor allem nicht in der Menge des Efeus, der sämtliche Außenwände überzieht.

Der letzte Stopp unserer Besichtigung ist das Büro von Ms Campbell, die uns bedeutet, auf den Ledersesseln vor ihrem Schreibtisch Platz zu nehmen.

Mein Blick gleitet über die deckenhohen Bücherregale, die fast alle Wände säumen. Dieser Raum könnte erdrückend wirken, würde nicht just in dem Moment goldener Sonnenschein durch die bodentiefen Sprossenfenster fluten. Meine Aufmerksamkeit bleibt an dem großen Gemälde hängen, das die Wand hinter dem Schreibtisch ziert. Es ist eine Darstellung von zwei Meerjungfrauen – oder Sirenen? –, die lächelnd durch ein türkisblaues Meer schwimmen und mit ihren grazilen Fingern durch Algen streifen. Es sieht aus, als würden sie miteinander spielen. Die Art des Farbauftrags verleiht dem Bild eine ätherische Atmosphäre. Friedlich und beruhigend wirkt es auf mich. Trotzdem bleibt da diese eine Frage: Wenn das Sirenen sind – warum haben sie Fischschwänze?

»Gefällt dir das Gemälde?«, fragt Ms Campbell und dreht sich lächelnd danach um.

»Sollen das Sirenen sein?«, erwidere ich statt einer Antwort und fahre fort, als sie nickt. »Überall in diesem Gebäude werden Sirenen mit Fischschwänzen dargestellt. Ich verstehe noch nicht ganz, was es damit auf sich hat. Gibt es denn Sirenen, denen bei Wasserkontakt ein Fischschwanz wächst?« – Nach dem Anblick einer Gestaltwandlerin erscheint mir so gut wie nichts mehr unmöglich.

»Natürlich nicht.« Ms Campbell dreht sich schmunzelnd zu mir herum. »Meist werden Sirenen noch immer mit Fischschwanz dargestellt, um sie auf Abbildungen als solche identifizieren zu können. Betrachte es einfach als eine Art von Metapher. Es wäre schon ziemlich schwierig, sich in der modernen Welt zu tarnen, wenn ihr euch im Schwimmunterricht offenbaren müsstet. Oder falls ihr während einer Poolparty von Mitschülern ins Wasser geschubst werdet.«

Ihre Erklärung erscheint mir logisch, dennoch bleibe ich an zwei Formulierungen hängen: der *modernen Welt* und dem *noch immer*. Ihre Worte klingen beinahe, als hätte es mal eine Zeit gegeben, in der irgendetwas anders war.

»Und diese Art der Darstellung war schon immer nur eine Metapher?«, hake ich nach.

»Nun …« Ms Campbell legt die Hände ineinander und schenkt mir weiterhin ein Lächeln. »Man spricht nicht umsonst vom Gen der Mischwesen. Nicht wahr? Allen arkanen Wesen ist gemein, dass sie sich genetisch von der Mehrheit der Menschheit unterscheiden. Kleine Mutation – große Wirkung. Sollte es mal Sirenen mit Fischschwanz gegeben haben, gehört das heute der Vergangenheit an. Aber reden wir doch über Erfreulicheres«, schlägt die Rektorin vor und macht eine einladende Geste. »Auch wenn ein Wechsel zu Beginn des Sommersemesters eher selten vorkommt, sind bei uns neue Studentinnen jederzeit willkommen – sofern es ihre Situation erfordert und sie die nötigen Voraussetzungen erfüllen, versteht sich. Ich denke, in deinem Fall ist beides gegeben.«

»Tatsächlich?«, frage ich überrascht. »Es gibt keine weiteren Aufnahmetests?«

»Ich verlasse mich auf deine Referenzen und mein Gefühl. Man sagt Gestaltwandlern nicht umsonst eine hervorragende Menschenkenntnis nach. Außerdem reden wir in deinem Fall über einen Collegewechsel, du hast die Aufnahmeauditions bereits andernorts bestanden. Es gibt keinen Grund dafür, Zeit zu verlieren, um sie zu wiederholen. Wenn du möchtest, kannst du ab Montag Studentin des M. U. S. E. sein.«

»Schon ab Montag? So schnell?« Ich höre selbst, wie überfordert ich klinge, aber wir haben noch mit keinem Wort über die Gebühren gesprochen. Es mag sein, dass Aurora nicht über Geld nachdenken muss – ich hingegen schon.

»Oder wann immer es dir passt. Ich war davon ausgegangen, dass ein schnellstmöglicher Wechsel allein aus gesundheitlicher Sicht in deinem Interesse läge.«

»Sicher. Ich dachte nur, dass … Keine Ahnung. Der gesamte Zulassungsprozess länger dauern würde«, druckse ich herum und spüre, wie ich mit jedem Herzschlag unruhiger werde. Ich hasse es, über Geld zu sprechen, doch mit jeder verstreichenden Sekunde wird das Unbehagen größer. Wie soll ich das Thema ansprechen?

Kopfschüttelnd wendet sich Ms Campbell einem iMac zu,

der aussieht, als wäre er der einzige zeitgemäße Gegenstand in diesem Raum. »Wenn ich es richtig sehe, studierst du derzeit im vierten Semester? Das ist gut. Ich denke, wir können dir einige der bereits absolvierten Kurse anerkennen und die Credits übertragen. Aufgrund deiner Referenzen und Noten wird niemand hinterfragen, warum ein Wechsel hierher eine … logische Handlung ist. Die Hausregeln kann ich dir per E-Mail schicken, und ich schaue eben kurz im System nach, in welchem Wohnheim wir ein Zimmer für dich frei haben.«

»Hausregeln?«, wiederhole ich stumpf, während sie die Daten in ihrem Computer überprüft. Ihre Planung überfordert mich. Was ist, wenn ich mir das Studium erst gar nicht leisten kann? Wenn sie mir vorwirft, dass ich nur ihre Zeit vergeudet habe? Schlimmer noch: Wenn sie es auch Aurora anlastet?

»Kein Besuch außerhalb der Besuchstage, sei spätestens um zweiundzwanzig Uhr zurück auf dem Gelände. Solche Dinge eben«, zählt Aurora vollkommen gelassen auf. »Oh, und wenn du Beiträge in den sozialen Medien teilst, darf selbstverständlich nichts darauf hinweisen, dass hier arkane Dinge geschehen. Diese Sachen unterliegen der Geheimhaltung.«

»Es geht vor allem um Geheimhaltung und Hausfrieden«, bekräftigt Ms Campbell. »Und wir brauchen schnellstmöglich deine Maße für die Schuluniform. Solltest du dich dazu entschließen, gleich am Wochenende herzuziehen, tut es vorerst auch ein etwas weniger … legeres Outfit.«

Unbehaglich zupfe ich am Saum meines Ärmels. Vielleicht hätte ich auf Aurora hören und mir etwas anderes als Jeans und Hoodie anziehen sollen? Irgendwie habe ich mir wohl eingebildet, dass Kleidung an einem Ort, an dem alle dasselbe tragen, nicht so wichtig wäre. Doch im Grunde ist es wie überall anders: Jeder beurteilt dich anhand deines Aussehens. Es wird Zeit, Ms Campbell die Wahrheit zu gestehen.

»Ich denke nicht, dass ich sofort herwechseln kann«, sage ich zögerlich. »Falls überhaupt. Ich muss erst mit meiner Mom reden und habe auf der Website nichts über die Studiengebühren herausfinden können.«

Ms Campbell macht eine flüchtige Geste, so als wollte sie meine Sorgen zerstreuen. »Mach dir darüber keine Gedanken. Ich bin mir absolut sicher, dass Aurora deine Mom davon überzeugen kann, dass ein Besuch dieses Institutes für dich oberste Wichtigkeit hat. Um die Studiengebühren brauchst du dich nicht zu sorgen. Wir finanzieren uns durch die sehr großzügigen Spenden unserer überaus erfolgreichen Absolventinnen.«

»Sieh es als eine Art Umlagesystem«, wirft Aurora ein. »Ein Generationenvertrag. Solltest du später eine erfolgreiche Schauspielerin sein, wovon wir ausgehen, spendest du einen Teil deiner Einnahmen, um deine Dankbarkeit zu zeigen und der Generation nach dir das Überleben zu sichern.«

»Das heißt, du finanzierst mein Studium«, schlussfolgere ich und kann nicht behaupten, dass mich der Gedanke erleichtert. Das Letzte, was ich will, ist, bei meiner Cousine in der Schuld zu stehen.

»Sieh es so, wenn du willst. Aber du zahlst diesen Kredit nicht an mich zurück, sondern unterstützt eine andere Sirene, die sich zu diesem Zeitpunkt noch kein Studium leisten könnte.«

»Entscheidest du dich dafür, keine Schauspielkarriere anzustreben, sondern dich zu verlieben und jung zu sterben, verfallen deine Kosten selbstverständlich. Wir werden niemanden losschicken, um Geld einzutreiben, wenn du keines verdienst. Weder von dir noch eventuellen Verwandten. Alles, was am M.U.S.E. geschieht, bleibt am M.U.S.E.«, erklärt Ms Campbell, als wären ihre Worte wohlwollend gemeint. Sie fährt auf, anscheinend hat sie auf dem Bildschirm etwas entdeckt, das ihre Aufmerksamkeit auf sich zieht. »Wie stehst du zu angeblich verfluchten Räumlichkeiten? Ich könnte dir ein ausgesprochen schönes Zimmer im Wohnheim des zweiten Jahres anbieten. Ich kann dir versichern, dass es mehrfach energetisch gereinigt wurde und wirklich nichts darauf hinweist, dass es die Räumlichkeiten waren, die den letzten Bewohnerinnen zum Verhängnis wurden.«

»Inwiefern zum Verhängnis?«

»Sie reden von Cathleens Zimmer?«, vermutet Aurora mit einem Blick, den ich nicht ganz deuten kann. Er schwankt zwischen Sorge und Abscheu. Als Ms Campbell nickt, rümpft sie flüchtig die Nase. »Es ist ein wirklich schönes Zimmer, und ich bezweifle ebenfalls, dass es der Raum war, der ihr geschadet hat.«

Ich glaube nicht unbedingt an Geister, aber irgendetwas an Ms Campbells Worten irritiert mich. Sie sprach von Bewohnerinnen. Mehrzahl. Es gab also noch mehr seltsame Vorfälle? Statt mich abzuschrecken, macht mich ihre Äußerung eher neugierig.

»Ich denke, ich würde es auf einen Versuch ankommen lassen. Meine beste Freundin ist eine Hexe der weißen Magie. Wenn es in dem Raum spuken sollte, werde ich sie um Hilfe bitten.«

»Perfekt.« Ms Campbell widmet sich erneut ihrem Computer. »Jeder neuen Studentin wird für die ersten Wochen eine Tutorin zur Seite gestellt. Ich denke, Sofia wäre eine gute Wahl für dich. Ich schlage vor, dass wir euch einander bekannt machen, damit ihr euch schon einmal gesehen habt, bevor du mit deinen gepackten Kartons hier aufschlägst. – Sobald du die Erlaubnis deiner Mom erhalten hast, natürlich.« Sie zwinkert mir zu, als wäre es albern, dass mir der Frieden mit meiner Mom wichtig ist.

Für heute habe ich eigentlich auch so mehr als genug Eindrücke zu verarbeiten, aber da ich nicht undankbar erscheinen möchte, stimme ich dem Kennenlernen zu.

»Dann begleitet mich«, verkündet Ms Campbell in einem Tonfall, der keinen Widerspruch zulässt.

Während wir ihr durch die Flure folgen, geht Aurora schweigend neben mir her.

»Cathys Zimmer war wirklich hübsch«, murmelt sie, als sie sich meines Blickes bewusst wird. Sie atmet tief ein, bevor sie mir ein mattes Lächeln schenkt. »Glaub mir: Du wirst hier eine schöne Zeit haben. Schon allein deswegen, weil du dich endlich auf dein Studium und deine Begabungen konzentrieren kannst, statt ständig deiner Mom in ihrer Praxis zu helfen.«

Da ist es wieder: mein schlechtes Gewissen Mom gegenüber. Dieses Gefühl, dass sie mich braucht und es unfair ist, sie im Stich zu lassen. Andererseits habe ich ihr schon oft genug gesagt, dass ich mich nicht auf ewig in ihrer Praxis sehe und sie früher oder später eine weitere, *bezahlte* Tierarzthelferin brauchen wird. Vielleicht ist es für uns beide an der Zeit, zu akzeptieren, dass dieses Früher-oder-später jetzt gekommen ist.

· · ✦ · ·

Es ist mir unangenehm, dass Ms Campbell Sofia extra aus dem Seminar holen lässt, damit ich sie kennenlernen kann. Vielleicht ist mir dabei auch nur dermaßen unwohl, weil besagte Sofia bei unserem Treffen im Flur in etwa so wenig begeistert aussieht, wie ich mich fühle. Sie mustert mich aus ihren eisblauen Augen, ohne eine Miene zu verziehen.

»Sofia, das ist Hazel. Ich wäre dir dankbar, wenn du ihr in den nächsten Wochen dabei helfen könntest, sich hier einzuleben – falls sie sich dazu durchringen kann, ihr altes Leben hinter sich zu lassen.«

Sofia sieht mich so herablassend an, als wäre es ihr eigentlich ganz lieb, wenn ich stattdessen in New York City bliebe.

Meiner Erziehung folgend reiche ich ihr eine Hand, doch sie hebt ihre, als wollte sie mich abwehren. Sie zupft übertrieben gründlich ihre schwarzen Seidenhandschuhe zurecht, die gar nicht recht zur blauroten Schuluniform zu passen scheinen. Statt mich zu begrüßen, wendet sie sich an Ms Campbell und drückt den Rücken durch. Ihre langen schwarzen Haare legen sich dabei so glatt um ihren Körper, als wollten sie Sofias Geradlinigkeit unterstreichen.

»Entschuldigen Sie, Ms Campbell, aber hatten wir nicht besprochen, dass ich es vorziehe, möglichst wenig Zeit mit anderen Studentinnen zu verbringen? Mir liegt nichts an Gesellschaft – und Tutorin für Neuankömmlinge zu sein gleicht meinem persönlichen Albtraum.« Sie rümpft ihre mit Sommersprossen übersäte Nase, ohne mich eines weiteren Blickes zu würdigen.

»Ich bin mir deiner Abneigung anderen Menschen gegenüber bewusst und denke dennoch, dass ihr zwei euch perfekt ergänzen werdet.«

Sofia mustert mich abschätzig und verdreht die Augen, als hätte sie die Ausweglosigkeit ihrer Situation akzeptiert. »Wunderbar.«

Wie war das mit: Wir sind alle wie Schwestern? Aber es hat ja noch nie jemand behauptet, dass sich Geschwister immer gut verstehen müssen.

»Ich werde versuchen, dir nicht zur Last zu fallen«, versichere ich, wobei ich nicht einmal genau weiß, womit ich ihren Unmut verdient habe. Vielleicht ist es, wie sie gesagt hat, und sie ist kein Menschen-Mensch.

»Gib dir einfach Mühe, dich schnell anzupassen – und nerv mich nicht. Danke.« Sie zupft erneut ihre Handschuhe zurecht. Was für ein auffälliger Tick. Ob es damit eine besondere Bewandtnis hat? Was für ein Wesen könnte sie sein? Gibt es Mythen über Kreaturen, die andere durch Berührung beeinflussen können? Ich bedaure es, dass Mom in meiner Kindheit nie wirklich die Zeit dafür hatte, mir Märchen vorzulesen, und nehme mir vor, Aurora auf unserem Rückweg danach zu fragen.

Mit einem Seufzen sehe ich Aurora an, die meine zukünftige Tutorin mustert. Ich kenne diesen Blick mit hochgezogener Augenbraue. Wenn ich mich nicht täusche, findet sie meine Kommilitonin in etwa so unsympathisch wie ich.

Dass es sogar mehr als das ist, weiß ich, als wir uns schließlich verabschieden und sie sorgsam die Eingangstür des M.U.S.E. hinter uns schließt. Während wir die Stufen vor dem Haupteingang hinabschreiten, dreht sie sich noch einmal herum, als wollte sie sichergehen, dass uns niemand folgt.

»Du solltest auf dich aufpassen. Damit meine ich nicht das angeblich verfluchte Zimmer, aber irgendetwas an deiner neuen Tutorin gefällt mir nicht.«

»Und damit meinst du vermutlich nicht das ständige Überprüfen ihrer Handschuhe?«, rate ich.

»Eher die Tatsache, dass sie im Gebäude überhaupt welche tragen darf, obwohl sie nicht zur Uniform gehören.« Aurora fischt den Autoschlüssel aus ihrer Manteltasche und bedeutet mir, einzusteigen, kaum dass sie die Fernbedienung zum Entriegeln der Tür gedrückt hat. Es ist, als könnte sie es nicht erwarten, das Gelände zu verlassen. Vielleicht täusche ich mich, aber ich habe sie nie dermaßen angespannt gesehen.

Erst als wir um Auto sitzen und Aurora den Motor startet, traue ich mich, danach zu fragen.

»Was denkst du, was für ein Wesen Sofia sein könnte?«

»Vermutlich eines, das dich mit seiner Berührung töten kann, sonst würde man ihr die Handschuhe nicht gestatten.«

Töten?, durchzuckt es meine Gedanken. Sofort rieselt eine eiskalte Gänsehaut meinen Rücken hinab. Sie nehmen hier wirklich Menschen auf, die andere so einfach umbringen könnten?

»Wie verlockend, dass ich mit ihr Zeit verbringen soll«, murmle ich mit dem Blick aus dem Fenster.

»Du wirst es überleben«, sagt Aurora und atmet tief durch. »Es ist mein Ernst. Ich meine: Wie lange bist du schon unglücklich in den schwarzhaarigen Typen verknallt? Wenn du das bis heute überstanden hast, überlebst du auch diese Sofia.«

»Wenn nicht, kannst du Taro immerhin mitteilen, dass nicht er es war, der mich umgebracht hat«, versuche ich zu scherzen und höre selbst, dass es kläglich misslingt.

Einerseits weiß ich, dass das Studium am M.U.S.E. nicht nur unumgänglich, sondern auch eine riesige Chance ist. Aber wenn mir mein Besuch eines vor Augen geführt hat, dann, dass ich von der arkanen Welt kaum eine Ahnung habe. – Und sie dunkler und gefährlicher zu sein scheint, als Gemma mich bisher glauben ließ.

13. KAPITEL
HAZEL

Sonntag, 29.1.

Ich liege auf meinem Bett und wende unschlüssig das Smartphone zwischen den Fingern. Mein beinahe leer geräumtes Zimmer ist mittlerweile dermaßen ungemütlich, dass ich mich fast darauf freue, wenn Aurora mir morgen dabei hilft, die gepackten Umzugskartons zum M.U.S.E. zu fahren. Mom hat zwar angeboten, sich einen Tag freizunehmen, um mir beim Umzug zu helfen, aber irgendwie kam es mir falsch vor. Nicht nur im Sinne der Tiere, die sie vielleicht brauchen könnten, sondern weil Mom so vehement alles Übernatürliche abstreitet, dass sich allein der Gedanke an ihre Anwesenheit auf dem Gelände des M.U.S.E. Institute vollkommen verkehrt anfühlt. Als würde ich durch sie etwas auf das Gelände schleusen, das dort nicht hingehört. Wie ein Fremdkörper. Auch wenn es mich noch immer vor meiner Tutorin gruselt, bin ich fest entschlossen, diesen Schritt in mein neues Leben allein zu gehen. Einen Platz zu finden, den ich dieses Mal behalten darf und der mir nicht schon wieder durch schicksalsträchtige Ereignisse genommen wird.

Gemma war so lieb und hat in der Zwischenzeit gemeinsam mit ihrem Zirkel überlegt, was für ein Wesen Sofia sein könnte, doch eine wirkliche Antwort haben sie nicht gefunden.

Wobei mir ihre Ideen alle gleich gruselig vorkommen. Ob Sofia nun eher eine Verbindung zum Totenreich hat und einen Menschen durch eine simple Berührung umbringen kann oder wie König Midas alles, was sie anfasst, in Gold verwandelt, will ich lieber nicht am eigenen Körper herausfinden.

Zum gefühlt hundertsten Mal werfe ich einen Blick auf die Uhr und bezweifle, diese Nacht überhaupt ein Auge zu tun zu können. Ständig starre ich auf das Display, weil ja wie durch Zauberhand sieben Stunden verflogen sein könnten. Ich weiß auch nicht, wo diese unterschwellige Angst vor dem Verschlafen herkommt. Ich bin normalerweise immer überpünktlich, und außerdem ist es reichlich unwahrscheinlich, dass Aurora und ich beide am selben Tag den Wecker überhören.

Ich lasse vor Schreck mein Handy fallen, als es plötzlich zu klingeln beginnt. Hastig sammle ich es vom Bett auf und schaue auf die Anzeige. Mein Herz zieht sich wehmütig zusammen. *Taro.* Seit Tagen habe ich nicht persönlich mit ihm geredet und darauf vertraut, dass Gemma ihm alles Wichtige mitteilen würde. Seinen Namen jetzt auf dem Display zu lesen lässt all die unterdrückte Sehnsucht mit geballter Macht auf mich einströmen. Aber noch bevor ich das Gespräch annehmen kann, endet der Anruf, als hätte Taro gar nicht wirklich gewollt, dass ich rangehe. Oder als hätte er es sich anders überlegt, denn nur wenige Sekunden später trifft eine Sprachnachricht ein. Mein Puls geht verräterisch schnell, als ich auf den Abspiel-Button drücke und seine Stimme höre. Seine Stimme, die mir von Anfang an durch Mark und Bein ging.

»Hey Haze.« Es sind nur zwei Worte, dann eine Pause, während der er tief Luft holt. Doch allein mein Spitzname aus seinem Mund reicht dafür aus, dass meine Kopfhaut angenehm prickelt. »Es ist mitten in der Nacht, und eigentlich hoffe ich, dass du schon schläfst, damit du morgen ausgeruht in dein neues Leben starten kannst. Ich weiß auch nicht, was ich hier tue. Ich … Tut mir leid. Ich hätte mich nicht melden sollen. Vergiss die Nachricht. Es ist kurz vor Vollmond. Schieben wir es darauf, okay? Träum was Schönes.«

Ich höre ein Quietschen und ein metallenes Scheppern, bevor die Aufnahme endet. Das Geräusch kenne ich, denn es klingt verdächtig nach unserem Eingangstor. Sekunde. Bedeutet das, Taro ist mitten in der Nacht von Williamsburg nach Manhattan gekommen, nur um mir zu sagen, dass er zu Hause hätte bleiben sollen?

Bevor ich den bewussten Entschluss dazu gefasst habe, springe ich aus dem Bett, greife im Vorüberlaufen meinen Bademantel, der mit seinem Herzchenmuster so kitschig ist, dass ich ihn bei meinem Umzug nicht mitnehmen werde, und stürme aus dem Zimmer. Im Flur schlüpfe ich hastig in meine Winterstiefel, greife meinen Schal und stopfe meinen Hausschlüssel in die Manteltasche. Mein Pyjama-Schal-Outfit sieht grauenvoll aus, aber jetzt ist nicht die Zeit für Eitelkeit. Wenn Taro wirklich hier ist, will ich ihn ein letztes Mal sehen, bevor ich die Stadt verlasse.

Also stürme ich die Treppe hinunter, nehme die Tür zum Innenhof – und tatsächlich kann ich im Schein des fast vollen Mondes frische Fußspuren im Schnee entdecken.

»Taro?«

Ich laufe über den Hof, ignoriere den Schnee, der mir in die Stiefel fällt, und kämpfe am Ausgang mit dem Tor, bevor ich es geöffnet bekomme. Mit wild klopfendem Herzen betrete ich die Straße, sehe mich um – und stoße ernüchtert die Luft aus. Ich kann Taro nirgendwo entdecken, und seine Fußspuren verlaufen sich auf dem Gehweg zwischen all den anderen. Da ich nicht weiß, welche U-Bahn-Station er von hier aus ansteuert, ist es sinnlos, ihm nachzulaufen.

»Taro?«, rufe ich ein letztes Mal in die Nacht hinaus, doch erhalte keine Antwort.

Ernüchtert lehne ich mich gegen die Hauswand und senke den Blick auf meine Stiefel. Ich weiß, dass es so besser ist. Rein rational. Aber es ändert nichts daran, dass sich alles in mir nach ihm sehnt. Dass sich mein Herz schmerzhaft zusammenzieht, weil es in dieser Sekunde eine verpasste Chance sieht. Verfluchte Gefühle!

Ich zucke unwillkürlich zusammen, als mein Handy erneut zu klingeln beginnt.

Taro.

Verwundert nehme ich den Anruf entgegen.

»Ich sehe dich«, sagt er, und ich höre das Schmunzeln in seiner Stimme. »Aber es war eine dumme Idee, mich persönlich von dir verabschieden zu wollen. Kurz vor Vollmond bin ich nicht immer ganz ich selbst. Ich weiß nicht, was passiert, wenn ich deinem Ruf jetzt folge.«

Taro leidet bei Vollmond oft an Migräne. Ob er das meint?

Ich schaue mich auf der Straße um, doch kann ihn nirgendwo entdecken. Wie kann er mich sehen, während ich ihn nicht auszumachen vermag?

Irritiert höre ich Schritte irgendwo über mir, dann einen dumpfen Aufprall und ein metallisches Quietschen.

Als ich mich umdrehe, sehe ich, wie Taro mir das Hoftor aufhält und sich elegant verneigt, als wäre er mir zu Diensten.

»Sag mir bitte, dass du gerade nicht über das Dach des Torbogens gelaufen bist.« Ich beende das Telefonat und schlüpfe durch das Gitter, bevor er es schließt, weil er genau weiß, wie sehr ich mit dem Ding auf Kriegsfuß stehe.

»Warum fragst du, wenn dir die offensichtliche Antwort nicht gefällt?«, fragt er noch immer schmunzelnd.

»Weil ich noch einen Hauch von Hoffnung hatte, dass du

nicht ganz so leichtsinnig bist, auf vereisten Dachschrägen herumzulaufen?«

»Es ist nur leichtsinnig, wenn man seine Grenzen nicht kennt.«

Grenzen? Seit wann ist er unter die Parcours-Läufer gegangen?

»Ich bin mir ziemlich sicher, dass das schon oft die letzten Worte von …« Ich verstumme und ziehe meinen Bademantel enger um mich, als Taro mich mustert. »Ja, ich trage einen Herzchenbademantel über einem Garfield-Schlafanzug. Wenn ich gewusst hätte, dass du vorbeikommst, hätte ich sicher etwas weniger Buntes in meiner Kommode gefunden.«

Taro trägt immer nur schwarz, aber die Farbigkeit meines Nicht-Outfits ist sicher nicht der Grund dafür, dass er sich räuspernd abwendet, als wäre es ihm unangenehm, mich angesehen zu haben.

Wie so oft spüre ich in seiner Nähe eine unsichtbare Kraft, die mich zu ihm zieht. Es kostet mich all meine Selbstbeherrschung, standhaft zu bleiben und dagegen anzukämpfen.

»Ich hoffe, wenn du gewusst hättest, dass wir uns im Schnee treffen, hättest du dir vor allem etwas mehr angezogen. Du siehst aus, als müsstest du frieren«, lautet seine einzige Antwort.

»In deiner Nähe war mir noch nie kalt«, erwidere ich wahrheitsgemäß und bringe ihn dazu, seine Haare zu raufen. »Und ich würde dich gern zu mir nach oben einladen, um dieses Gespräch an einem wärmeren Ort fortzusetzen, aber Binas Gebell würde Mom wecken, und sie muss morgen früh raus.« – Außerdem hält sie bekanntermaßen nichts von Männerbesuch mitten in der Nacht.

»Ich sollte ohnehin nicht hier sein«, bekräftigt Taro.

Und dennoch: Als ich mich gegen eine Hauswand lehne,

folgt er mir ohne zu zögern, stützt sich mit einer Hand neben meinem Kopf ab und betrachtet mich mit dieser sanften Faszination, die alles in mir kribbeln lässt, als wäre mein Blut ein Cocktail aus Brausepulver und Hormonen.

Ich weiß nicht, ob Taro je schöner aussah als in diesem Mondschein-Moment. Mit den verwuschelten Haaren, der Kleidung, die ihn wie einen Rockstar wirken lässt, und diesem Blick, irgendwo zwischen Verlangen und Schmerz.

»Vielleicht lieben wir beide die Gefahr«, necke ich ihn.

Es waren offensichtlich die falschen Worte. Obwohl er sich nicht zurückzieht, ändert sich etwas in seinem Ausdruck.

Er schluckt hart. »Man spricht so oft von toxischen Beziehungen – doch die zwischen uns wäre es wirklich. Der perfekte Prototyp für eine zerstörerische Liebe.«

»Liebe?«, frage ich überrascht. Sofort untermalt mein Herz die Situation mit einem Trommelkonzert.

»Nur ein Vollpfosten würde eine Sirene für weniger als das in Gefahr bringen.« Sein Blick streichelt mein Gesicht, bis er den Kopf abwendet. »Vergiss, was ich gesagt habe. Selbst Liebe würde es nicht rechtfertigen, jemanden leiden zu lassen.«

»Und trotzdem lassen sich manche Sirenen auf eine Beziehung ein«, erinnere ich mit Gedanken an Dad oder Darrens Mom.

Taro zögert, bevor er den Ansatz eines Kopfschüttelns zeigt. »Auch wenn du dazu bereit wärst, dieses Risiko wirklich einzugehen, könnte ich es nicht. Nicht seitdem ich weiß, dass meine Nähe dir langsam aber sicher das Leben raubt.«

»Weißt du, was eine toxische Beziehung meiner Meinung nach ausmacht?«, frage ich rhetorisch. »Wenn einer von beiden Entscheidungen über den Kopf des anderen hinweg trifft, ohne ihn mit einzubeziehen.«

Taro mustert mich und atmet tief durch. »In jedem anderen

Punkt würde ich dir zustimmen und sagen: Es ist dein Leben, du triffst die Entscheidungen. Doch nicht, wenn es bedeutet, dass ich dich umbringe. Ich werde bis zum Rest meiner Tage dein Freund sein, aber mehr auch nicht. Ich kann das einfach nicht.«

Freunde. Theoretisch würde ich sagen, dass meine Meinung in dieser Sache ein klein wenig mehr zählen sollte, doch das tut sie nicht. Denn am Ende wäre es Taro, der mit der Last seines schlechten Gewissens weiterleben müsste. Ich kann ihn nicht dazu zwingen, etwas zu schultern, das er nicht zu tragen bereit ist. Erneut kommt mir Dads Schlaflied in den Sinn. Über eine Sirene und einen Seefahrer, der sich dazu gezwungen sieht, weiterzuziehen. Dass die zwei einander gehen lassen, weil sie denken, dass es so sein muss. Und wie sie zu spät erkennen, was sie verloren haben: ihre Chance auf wahre Liebe.

»Freunde«, wiederhole ich, weil ich nicht dazu bereit bin, Taro ganz zu verlieren. Ich zögere, bevor ich eine Hand nach ihm ausstrecke und vorsichtig über seine Wange streiche. Die sanfte Geste reicht, um meinen Körper nach mehr betteln zu lassen. Das Sehnen meines Herzens zu ignorieren fällt mir schwer. Es wird noch unerträglicher, als Taro sich der Berührung entgegenneigt und allein durch den Hautkontakt weitere meiner Sinne erweckt. Sinne, die verzweifelt nach seiner Nähe verlangen. Sofort spüre ich ein Ziehen in meinem Bauch, ein schwaches Pulsieren in meiner Mitte. Ein Anflug von Sehnsucht und Erregung. Aber ich kann Taro nicht bitten, hier und jetzt Abschiedssex mit mir zu haben, – mich einmal wissen zu lassen, wie er sich anfühlt; mich einmal zu erlösen, bevor sich unsere Wege trennen.

»Soll ich dir jetzt noch eine theatralische Szene machen, damit dir der Abschied leichter fällt?«, schlage ich vor. »Ich bin Schauspielerin. Ich schaffe das.«

»Du schaffst es, mich anzuschreien?«, fragt er spöttisch, neigt den Kopf zur Seite und mustert mich amüsiert. Doch nach nur einem Wimpernschlag ist die Belustigung verschwunden. »Natürlich würdest du es schaffen, du bist die beste Schauspielerin, die ich kenne.«

Taro spiegelt meine Berührung und streichelt mir über die Wange. Sofort fühlt sich alles in mir an, als würde es schmelzen. Mein Verlangen danach, ihn zu küssen – nur noch ein einziges Mal –, ist übermächtig. Doch bevor ich die Chance bekomme, ihm noch ein Stück entgegenzukommen, ertönt in der Nähe ein eigenartiges Geräusch, das uns beide auffahren lässt. War es das Keckern eines Eichhörnchens?

Irritiert tritt Taro von mir zurück. Als ich an ihm vorbeischaue, sehe ich gerade noch, wie sich ein Eichhörnchen hinter den nahen Mülltonnen versteckt.

»Das war letztens schon einmal hier«, erinnere ich mich.

»Offensichtlich hast du einen tierischen Schutzgeist«, sagt er amüsiert und wendet sich wieder mir zu. »Vermutlich ist es ohnehin besser so.« Erneut streicht er vorsichtig mit dem Daumen über meine glühende Wange. Er betrachtet mich mit einer Mischung aus Reue und Sehnsucht. »Du hast keine Ahnung, wie sehr ich dir wünsche, glücklich zu werden. Pass auf dich auf, Haze.«

»Du auch«, murmle ich und zwinge ein Lächeln auf mein Gesicht. Es fällt mir schwer, weil wir beide wissen, dass dies der Moment des Abschieds ist. Und auch wenn mir ein Kuss wahrscheinlich nicht direkt geschadet hätte, sterbe ich in diesem Moment dennoch ein klein wenig.

»Wie wäre es, wenn du jetzt gehst?«, schlage ich vor und räuspere mich, da meine Stimme brüchiger klingt, als mir lieb ist. »Ich habe morgen einen anstrengenden Tag vor mir und brauche meinen Schönheitsschlaf.«

»Wer wäre ich, dir nicht zu geben, was du brauchst?«, fragt er provozierend. Er schließt seine Hand zur Faust, als würde es auch ihn Selbstbeherrschung kosten, diesen Schlussstrich zu ziehen. Doch wie immer ist er in diesen Dingen so viel besser als ich. Nach einem letzten sehnsüchtigen Blick überlässt er mich der Nacht.

Schweigend sehe ich ihm nach. Erst als ich das leise Scheppern des sich schließenden Eingangstores höre, kann ich mich überwinden, wieder ins Haus zu gehen.

Ich verharre mit der Hand auf der Türklinke, als ich erneut das Meckern eines Eichhörnchens höre. Verwundert drehe ich mich zu dem Tier herum, das nun auf dem Deckel einer der Mülltonnen sitzt und mich unverwandt ansieht.

»Déjà-vu«, murmle ich leise und kann mir selbst nicht erklären, woher all die Sinnestäuschungen der letzten Zeit kommen. Wahrscheinlich verdanke ich sie dem Stress.

Das Tier gibt erneut dieses protestierende Geräusch von sich und neigt den Kopf zur Seite.

»Ich werde dir etwas zu essen hinstellen, bevor ich morgen aufbreche«, verspreche ich, da das kleine, gerupfte Tier aussieht, als könnte es ein wenig Zuwendung vertragen.

14. KAPITEL
HAZEL

Montag, 30.1.

Am nächsten Morgen halte ich mein Versprechen, stehe extra früh auf und bringe dem Eichhörnchen ein paar Nüsse und ein Schälchen mit Wasser nach draußen in den Innenhof.

Als ich mich umsehe, um innerlich dem Zuhause meiner Kindheit Lebwohl zu sagen, bleibt mein Blick an der Stelle hängen, an der Taro sich von mir verabschiedet hat. Unsere Begegnung ist mir noch für den Rest der Nacht durch den Kopf gegeistert. Flüchtig habe ich mich bei dem Gedanken ertappt, dass ich ihm die Wahrheit hätte verschweigen sollen. Immerhin war ich verdammt kurz davor, dass er der Sache zwischen uns eine Chance gegeben hätte. Aber was wäre die Alternative gewesen? Ihn anzulügen? Ihm vorzuspielen, dass es mir gut geht, bis sich die Wahrheit nicht länger ignorieren lässt oder Gemma sie ihm steckt?

Für unsere Geschichte war anscheinend von Anfang an kein Happy End vorgesehen. Zumindest keines, das über Freundschaft hinausgeht.

Ein leises Knuspern holt mich aus meinen Gedanken zurück. Lautlos muss sich das Eichhörnchen genähert haben, knabbert nun zufrieden an seinem Snack. So dünn und ausgemergelt, wie es aussieht, kann es die Portion Kraftfutter definitiv gut vertragen. Irgendwie tut es mir fast leid, es hier zurückzulassen. Vielleicht kann ich Mom bitten, ihm ab und an etwas Verpflegung zu bringen, denn für mich ist der Moment des Aufbruchs unwiderruflich gekommen, als Aurora in ihrem himmelblauen Kleinwagen vorfährt.

Mein neues Leben ruft nach mir. Ich weiß nur noch nicht recht, was ich antworten soll.

· · ✦ · ·

Aurora hilft mir dabei, die Kartons in ihrem Auto zu verstauen. Die anschließende Fahrt verbringen wir erneut schweigend.

»Ich danke dir für deine Hilfe und Unterstützung«, unterbreche ich die Stille, als wir eine Stunde später das Eingangstor zum Gelände des M.U.S.E. durchfahren.

»Kein Problem. Ich habe diese Woche ohnehin weder Jobs noch Castings. Und du kennst unser Credo: Freunde gehen, Familie bleibt. Wir helfen einander.«

Nickend sauge ich meine Unterlippe zwischen die Zähne und beobachte, wie wir uns dem Gebäude nähern. Mit jedem weiteren Meter schlägt mein Herz schneller, als könnte es diesen Neuanfang gar nicht erwarten.

Nachdem Aurora das Auto auf dem Kiesplatz geparkt hat, hole ich die erste Umzugskiste aus dem Wagen und sehe tief durchatmend zum Haupthaus auf.

So beginnt es also, das nächste Kapitel meines Lebens. Und es hätte wirklich hässlichere Schauplätze dafür gegeben.

Aurora erinnert sich zum Glück an den Weg zu Cathleens ehemaligem Zimmer, wohingegen ich mich schon nach dem dritten gleich aussehenden Flur hoffnungslos verlaufen hätte.

Schließlich stellt sie den Karton in ihrem Arm neben einer Tür ab und atmet tief durch, bevor sie sie für uns öffnet. Als ich über die Schwelle trete, kann ich ein Geräusch der Überraschung nicht unterdrücken. Das Zimmer ist atemberaubend schön. Es gibt ein Baldachinbett mit hellem Stoffvorhang, einen massiven, mit Schnitzereien verzierten Schreibtisch, einen dreitürigen Kleiderschrank und mehrere Kommoden. Alles in diesem Raum sieht kostbar und edel aus. Begonnen beim Holzfußboden, über die naturfarbene Bettwäsche, die Lampen mit goldenen Akzenten oder auch die eingebaute Sitzbank in dem zimmereigenen Türmchen. Dieser Raum ist nicht nur anders, sondern auch luxuriöser als zu Hause. Und zugleich so altertümlich, dass mir mein Smartphone beim Ablegen auf dem Nachttisch fast wie ein Anachronismus erscheint. Es hat auf mich den gleichen Effekt wie die Besuchenden in Disneyland, die in ihren Alltagsoutfits die komplette Illusion der Märchenwelt zerschlagen.

»Willkommen in deinem neuen Heim«, sagt Aurora und stellt einen Umzugskarton auf meinem Bett ab. »Ich würde dir übrigens empfehlen, den Baldachin nachts zuzumachen. Es gibt hier wegen des stehenden Gewässers auf dem Gelände und der Nähe zur Küste wirklich viele nervige Mücken. Vor allem in den Sommermonaten. Aber ab und an wundert man sich, welches Ungeziefer selbst den Winter überlebt.«

»Wenn wir davon absehen, dass dieses Zimmer angeblich verflucht sein soll, ist es fast zu schön, um wahr zu sein.«

»Was Cathy passiert ist, hatte garantiert nichts mit diesem Raum zu tun«, versichert Aurora. »Wir haben gemeinsam viel Zeit hier verbracht. Sehr viel Zeit. Mir ist nichts Negatives aufgefallen.«

»Aber Ms Campbell sprach von mehreren Bewohnerinnen, denen etwas zugestoßen sei.«

»Der erste Schritt dahin, dieses Zimmer zu einem verfluchten Ort zu machen, ist es, sich solche Dinge einzureden.« Sie klatscht vergnügt in die Hände und wirkt, als hätte sie beschlossen, dass wir uns diesen Tag nicht von Gerüchten vermiesen lassen. »Wie wäre das: Du holst die letzte Kiste aus meinem Auto. Währenddessen mache ich einen Abstecher in die Schneiderei und besorge deine Uniform, damit wir gleich schauen können, ob sie richtig sitzt.«

Ich nicke und bleibe dann doch noch einen Moment, um mich umzusehen. Dieser Raum ist so unfassbar schön, dass ich erst einmal Fotos schieße, um sie Gemma und meiner Mom zu schicken. Ich gehe zum Turm hinüber, knie mich auf die Sitzbank und schaue nach draußen. Ich sehe vor allem Grün und das Gewächshaus, was bedeutet, dass dieses Zimmer nach hinten raus geht.

Mom und Gemma antworten mir beinahe zeitgleich.

***Mom:** Also seid ihr heil angekommen? Das Zimmer sieht ja schön aus. Ich bin stolz auf dich. Bina geht es auch gut. Ich wollte das Eichhörnchen füttern, von dem du gesprochen hast, aber bisher ist das Futter unangetastet.*

***Gemma:** Jetzt bin ich neidisch. Die nehmen da nicht zufällig auch Hexen auf?*

Ich schreibe Gemma zuerst.

***Ich:** Vielleicht würden sie für dich ja eine Ausnahme machen, aber dann könntest du nicht mehr jede Nacht bei Darren schlafen.;)*

***Gemma:** Du hast recht. Man muss im Leben Prioritäten setzen. xD*

Mir ist klar, dass Gemma es nicht so meint und ich mit dem Thema begonnen habe, dennoch versetzen mir ihre Worte einen kurzen Stich. Meine Priorität wird nie die körperliche Nähe zu einem anderen Menschen sein. Sein können. Aber zumindest in diesem Augenblick – an diesem Ort und in diesem Zimmer – fühlt es sich erträglich an. Auch wenn ich weiß, dass Luxus kein gutes Pflaster gegen Einsamkeit ist.

Schnell antworte ich Mom und bringe den Rest des Umzugs hinter mich.

· · ✦ · ·

»Muss dieser Rock wirklich so kurz sein?«, frage ich und zupfe unruhig am Saum des rotblau karierten Kleidungsstücks, das dadurch kein Stück länger wird. Einzige Alternative dazu wäre eine dunkelblaue Hose, die ich bereits anprobiert und ebenfalls ausgemustert habe. Obwohl ich mir sicher bin, dass wir uns beim Maßnehmen nicht vertan haben, saß die auch falsch – oder zumindest nicht so, dass ich sie freiwillig tragen würde. Vielleicht bin ich zu sehr Jeansgirl für die Mode dieses Colleges, aber wenn das mein einziges Problem bleibt, habe ich es verdammt gut.

»Der Rock ist nicht zu kurz, sondern erfüllt die Kleidervorschriften des M.U.S.E., sonst hätten sie ihn dir nicht gegeben. Deine Beine sind nur einfach lang«, zieht Aurora mich auf. »Jetzt hör auf, an dem armen Ding herumzuzupfen. Dein Gezappel sieht schlimmer aus, als der Rock es je könnte. Wenn ich an deiner Stelle wäre, würde ich meine Beine übrigens öfter mal zeigen. Davon abgesehen, dass die so blass sind, als würden sie sich über gelegentliches Sonnenlicht freuen, könntest du sie getrost als Waffe einsetzen.«

»In was für einer Welt leben wir bitte, wenn du mir den Tipp gibst, meinen Körper als Waffe einzusetzen?«, frage ich rhetorisch.

»In einer schrecklich oberflächlichen, von Männern dominierten Welt?«, schlägt sie vor, lässt sich auf meinem Bett nieder und überschlägt die Beine. »Ehrlich, Hazel. Dieses ganze Spiel macht mehr Spaß, wenn du dir die Mühe gibst, die Regeln möglichst schnell zu lernen.«

»Spiel? Regeln? Ich weiß beim besten Willen nicht, worauf du hinauswillst.«

»Du *willst* es nur nicht wissen«, behauptet sie mit einem Schulterzucken, während ich meinen Hoodie gegen eine weinrote Bluse mit dem aufgestickten Logo des Colleges tausche. Goldene Fäden auf weinrotem Grund – wie edel. »Ich verstehe ja, dass diese ganze Sache neu für dich ist und dich überfordert. Vor allem in Anbetracht der Tatsache, wie du aufgewachsen bist und wer dich großgezogen hat. Am Ende wird es nur leider keine Rolle spielen, ob du dein Schicksal annehmen oder bis zum Ende deines Lebens darüber jammern willst. Wenn du mich fragst, gibt es nur eine Alternative, die verlockend klingt. Du wirst schon noch sehen, dass unsere Begabung diverse Vorteile hat, sobald du dazu bereit bist, sie anzunehmen.«

»Ich werde keine Menschen manipulieren, um mir selbst im Leben irgendwelche Vorteile zu verschaffen«, erwidere ich entschieden und binde meine Haare mit einem karierten Schleifenband zusammen, das bei den Sachen lag.

»Wie du meinst.« Aurora zuckt mit einer Schulter. »Wenn du deine Gaben ungenutzt verkümmern lassen willst, kann dich niemand zum Gegenteil zwingen. Ich sagte ja nur, dass das Leben als Sirene durchaus Spaß machen kann, wenn du ihn dir erlaubst.«

In dem Punkt sind wir definitiv unterschiedlicher Meinung. Meine ändert sich auch dann nicht, als ich die Bluse in den Bund des Rockes stecke und die Overknee-Strümpfe überziehe.

»Finde nur ich, dass das schlimm aussieht?«, frage ich mit Blick in den Spiegel. Meine Assoziationen zu der Uniform sind alles andere als mondän oder elegant. Oder welcher Begriff auch immer zu diesem altehrwürdigen Gemäuer passen würde. Ganz im Gegenteil: Warum singt in meinem Kopf Britney Spears *Hit me baby one more time* für mich?

»Vergiss die Brosche nicht«, reißt mich Aurora aus meinen abschweifenden Fantasien und deutet auf eine kleine Schmuckschatulle, die auf meinem Kopfkissen bereitliegt.

Vorsichtig greife ich danach, öffne den Deckel und betrachte den goldenen Anstecker auf samtenem Kissen. Behutsam befestige ich ihn am Kragen meiner Bluse.

»Du erinnerst dich, dass die Gründerin des M.U.S.E. auch eine Sirene war? Sie wählte das Symbol der Venus als Anspielung darauf, dass die Schaumgeborene dem Meer entstieg.«

Auch wenn ich Wasser nichts abgewinnen kann, gefällt mir die Geschichte. »Und die Brosche verschafft mir jederzeit Zutritt zu dem Gelände?«, erinnere ich mich an das, was sie mir bei unserem letzten Besuch erzählt hat.

»Korrekt. Das Gelände ist so durch Schutzzauber abgeschirmt, dass sich das Haupttor nur für Menschen mit der Brosche öffnet.«

Meine Gedanken zucken zu den gruseligen Studenten von Butler Manor. Auch wenn ich sie nur kurz gesehen habe, hat sich ihr Anblick nachhaltig eingebrannt. Irgendetwas an ihnen schüchtert mich ein, wenn ich nur an sie denke.

Ich fahre auf, als der Nachrichtenton meines Handys erklingt. Noch während ich mich daran zu erinnern versuche, wo ich es vorhin abgelegt habe, greift Aurora es von meinem Nachttisch, liest die Mitteilung auf dem Display und rümpft die Nase.

»Du solltest seine Nummer sperren. Jetzt auf der Stelle«, drängt sie und streckt mir das Handy entgegen.

Sofort zuckt mein Blick zu der Nachricht. Wieso überrascht mich der Absender? Immerhin haben Taro und ich beschlossen, weiterhin Freunde zu sein. Es sollte sich nicht komisch anfühlen, dass er mir schreibt. Ich überfliege seine Message.

***Taro:** Und? Wie läuft der Umzug? Falls du Hilfe brauchst,* *kannst du dich jederzeit bei Gemma und mir melden. Wir sind für dich da.*

Danach lese ich sie wieder. Und wieder. Warum fühlen sich seine Worte so unangenehm an, obwohl sie offensichtlich nett gemeint sind? Vielleicht einfach nur deswegen, weil es wirkt, als wäre er nahtlos in den Freundemodus gewechselt, während ich zwischen den Zeilen nach irgendetwas suche, das darauf hinweist, dass er mich ebenso vermisst wie ich ihn. Wie naiv.

»Lösch seine Nummer«, wiederholt Aurora mit Nachdruck. »Und sieh mich nicht so entrüstet an. Es ist mein Ernst.«

»Korrigiere mich gern, aber wenn ich es richtig verstanden habe, hat diese Sirenensache eine biochemische Komponente, oder? Wenn ich ihm also nur schreibe, sollte ich sicher sein. Oder nicht?« Meine Worte entlocken Aurora ein genervtes Stöhnen.

»Bestimmt. Wenn dir denn wirklich so viel an ihm liegt, dass du ihn als Freund nicht verlieren willst, antworte ihm. Aber mach wenigstens für die nächsten Wochen einen Bogen um ihn und gönn deinem Körper eine Erholungspause. Halt ihn mindestens eine Mondphase lang auf Abstand.«

Ich umfasse mein Handy fester, denn das ist es, was ich hören wollte. »Eine Brieffreundschaft ist also in der Tat ungefährlich?«

»Ungefährlich für dein Leben, nicht für deine Seele«, sagt Aurora leise. Sie sieht mich mit einem Ausdruck an, den ich nicht deuten kann. Wenn ich es nicht besser wüsste, würde ich sagen, dass tatsächlich ein Hauch von Sorge in ihrem Blick liegt. »Ich habe euch zusammen gesehen, und ich weiß, was er dir bedeutet. Oder was du glaubst, was er dir bedeutet. Aber du klammerst dich gerade an einen Strohhalm. Und ich meine damit eines dieser wabbeligen Dinger aus Papier, die nach fünf Minuten beginnen, sich aufzulösen. Diese Sache zwischen euch hat keine Zukunft. Wenn du ehrlich zu dir selbst wärst, wüsstest du das. Während du hier am M.U.S.E. bist, wird er eine andere kennenlernen. Er wird sie daten, sich verlieben und dich vergessen. Wenn du mich fragst, solltest du ihm nicht die Macht dazu geben, dir das Herz zu brechen: Zieh einen Schlussstrich. Lösch seine Nummer. Akzeptier die Fakten.« Aurora erhebt sich vom Bett, fixiert mich noch immer mit ihrem Blick. Doch die Sorge darin ist etwas anderem gewichen. Etwas Dunklerem. Ein eiskaltes Lächeln stiehlt sich auf ihr Gesicht. Es kostet mich all meine Selbstbeherrschung, nicht vor ihr zurückzuweichen. »Du bist eine Sirene, kleine Cousine. Wahrscheinlich hast du ihn ohnehin nur manipuliert, dich zu mögen. Ich meine: Wie lange studiert ihr jetzt zusammen?«

»Anderthalb Jahre«, antworte ich, ohne darüber nachzudenken.

»Und? Seid ihr zusammen? Oder hat er wieder und wieder Ausreden präsentiert, um dir aus dem Weg zu gehen? Denn wenn es so ist, bezaubernde Hazel, liebt er dich nicht. Dann hat sein Unterbewusstsein Möglichkeiten gefunden, ihn vor dir zu warnen. Glaub mir, ich spreche aus Erfahrung. Wenn seine Gefühle für dich aufrichtig wären, wäre er dir längst hoffnungslos verfallen. Denn wenn ein Mensch eine Sirene aus vollem Herzen liebt, potenziert sich ihre Gabe. Sie bringt uns vielleicht den Tod, aber unser Gegenüber dazu, alles für uns zu tun, um das zu verhindern. Wenn er dich lieben würde, würde er die Welt in Flammen aufgehen lassen, um dich zu retten. Die echte Liebe einer Sirene endet immer tragisch. Glaub es – oder nicht. Du wirst darüber noch ausreichend Unterrichtsstunden haben.«

Auroras Worte fühlen sich an wie ein stumpfes Messer, das sie mir in den Körper treibt. Nicht nur einmal. Wieder und wieder. Bis sich mein Sein anfühlt, als würde es nur aus

Schmerz, Blut und Tränen bestehen. Ich bin zu gelähmt, um etwas zu erwidern.

»Ich sage es ein letztes Mal: Blockier ihn. Brich den Kontakt ab. Oder lern auf schmerzhafte Weise, wie diese Welt funktioniert. Wenn du an dem Punkt bist, die Spielregeln endlich zu akzeptieren, melde dich gern jederzeit. Du hast ja meine Nummer.« Aurora küsst mich flüchtig auf die Wange – und lässt mich einfach stehen. Als wäre sie alles losgeworden, was sie sagen wollte, verlässt sie das Zimmer. Erst das Klicken des Türschlosses reißt mich aus meiner Starre. Trotzig umfasse ich das Handy fester.

Vielleicht hat sie recht, aber diese Sache geht sie – verdammt noch mal – nichts an.

Ich entsperre mein Handy, öffne das Adressbuch und blockiere tatsächlich eine Nummer. Auroras.

Rein aus Prinzip, weil die Wut in meinem Inneren ein Ventil braucht. Und das heißt garantiert nicht Taro Takahashi. Sein einziger Fehler ist es, zu existieren und dabei ebenso aufmerksam wie verboten attraktiv zu sein. Leider mit Betonung auf *verboten*.

Trotz meiner Frustration weiß ich natürlich, dass Aurora recht hat. Der Gedanke, dass ich Taro manipuliert haben könnte, ist mir ja auch schon gekommen.

Schmerz und Wut weichen einer tiefen Hoffnungslosigkeit, als ich Taros Nachricht erneut aufrufe.

Ich gebe meinen zitternden Knien nach und setze mich auf die Bettkante. Ich will Taro antworten. Sehr sogar. Und zugleich ist da dieser Teil, der schmerzt. Eine Wunde, die nie heilen wird. Ein Hunger, den ich nicht stillen kann. Vielleicht hat Aurora zumindest in dem Punkt recht, und ich bin es mir schuldig, mir eine Chance auf Heilung zu geben. Abstand von Taro zu gewinnen, damit es mich nicht vollkommen zerstört, wenn Aurora recht behält und er eine andere datet. Noch immer denke ich, dass wir sehr wohl weiterhin Freunde sein könnten. Wir haben ähnliche Interessen. Studieren etwas Kreatives. Teilen uns Gemma. Wir waren von Anfang an gut darin, einander zu unterstützen. Diese Sache zwischen uns dreien kann wieder werden wie früher. Ganz bestimmt. Auch wenn Darren jetzt dazugehört. Vielleicht sollte ich mir dennoch einen Monat Pause gönnen. Nicht nur körperlich, sondern auch geistig, um in meinem neuen Leben anzukommen.

Unschlüssig wende ich das Handy zwischen meinen Fingern, bevor ich mich zu einer Antwort aufraffe.

Ich: *Alles gut. Wir sind schon durch. Aber der Empfang hier draußen ist mies – teilweise gar nicht vorhanden. Also wundere dich nicht, wenn ich zukünftig nicht immer sofort antworte.* – Tippe ich und schicke die Nachricht dann doch nicht ab. Sie wäre eine glatte Lüge. Pure Feigheit, um ihn nicht vor den Kopf zu stoßen.

Ich: *Taro – ich brauche Abstand.* – Das wäre die ehrliche Antwort. Aber ich bringe es einfach nicht übers Herz, sie abzusenden.

Also tue ich das Erbärmlichste, was man tun kann.

Ich ghoste ihn.

»Tut mir leid, es ist nur für eine Weile«, murmle ich, als könnte er es hören.

Vielleicht können wir zukünftig über Gemma kommunizieren. Nur … für eine Weile eben.

· · ✦ · ·

Ich habe heute noch keine Kurse, da ich freigestellt wurde, um in Ruhe anzukommen, dennoch werfe ich schon einmal einen Blick auf meinen Stundenplan. Er ist verflucht voll. Aber was habe ich erwartet? Darstellendes Spiel, interdisziplinäre Grundlagen und Mutationslehre lesen sich wie drei Studiengänge, die ich parallel absolviere. Es ist wohl besser, dass ich hier wohne. Ich wäre laut diesem Semesterplan ohnehin nur zum Schlafen zu Hause.

Grundlagen des Schauspiels: Monolog und Szenenarbeit (Kleingruppe), Körpersprache (Gruppe), Sprechen und Stimmbildung (Einzel), Körper und Bewegung (Gruppe), Choreografisches Theater (Gruppe und Kleingruppe), Dramaturgietheorie (Vorlesung), Theaterrecht (Vorlesung).

Interdisziplinäre Grundlagen: Kunstgeschichte (Vorlesung), Expressionsmalerei (verpflichtend), Performance (Gruppe).

Mutationsspezifische Grundlagen: Mutationstheorie und Geschichte der Mutationen (Vorlesung), Einzelgespräch (wöchentlich; bitte in die Terminliste an der Bürotür von Ms James eintragen!), Mutationsspezifische Übung (Kleingruppe).

Und wenn mir dann noch langweilig werden sollte, kann ich fachrichtungsspezifische AGs zu den Themen Tango, Fechten, Akrobatik oder Bühnenkampf besuchen.

Meine Aufmerksamkeit bleibt an einer markierten Zeile hängen, die fast wie eine Fußnote wirkt: Sirenen sind vom Gruppenkurs »Lied und Chanson« ausgeschlossen. Aber warum? Wenn ich an Märchen glauben würde, würde ich davon ausgehen, dass es etwas mit Sirenengesang zu tun hat. Allerdings habe ich während meines Studiums schon öfter singen müssen und kann mich nicht daran erinnern, dass währenddessen je etwas Bemerkenswertes passiert wäre. Einmal habe ich meine Dozentin mit einem wirklich traurigen Lied zu Tränen gerührt, doch das war keine Kunst. Der Songtext stammte aus Dads Repertoire – und ich habe eventuell vorher erwähnt, dass er sehr früh starb und ich dieses Lied für ihn singe; was möglicherweise eine kleine Manipulation war. Außergewöhnlicheres ist bisher nie geschehen. Aber ich werde schon noch herausfinden, was es mit dem Gesangsverbot auf sich hat.

Ich nutze die freie Zeit für einen Streifzug über das Gelände. Allerdings verlaufe ich mich prompt, was diesen fremden Ort noch einschüchternder erscheinen lässt, und ziehe mich daraufhin lieber in mein Zimmer zurück, um meine restlichen Sachen auszupacken. Auch das Zauberglas von Gemma stelle ich wieder auf meinen Nachttisch, gleich neben das Foto von Dad und mir, das ich mittlerweile eingerahmt habe. Es sind vertraute Dinge in dieser fremden Umgebung. Als ich mich am Abend in mein Bett kuschle und in dem riesigen Zimmer umsehe, kommen mir die Worte über den angeblichen Fluch wieder in den Sinn. Mir läuft ein Schauer über den Rücken, wenn ich daran denke, was Cathy zugestoßen ist. Aber wahrscheinlich hat Aurora recht: Es war einfach Pech. Sicher liegt es nicht an diesem Raum. Zumindest klammere ich mich an die Hoffnung, dass es so ist. Daran – und an den Kristall der Kette, die Gemma mir geschenkt hat. Wenn der Citrin wirklich ein Schutzstein ist, wird mir sicher nichts passieren.

Ich habe das Gefühl, gerade erst eingeschlafen zu sein, als mich ein Tumult auffahren lässt: aufgeregte Stimmen auf dem Flur. Sie diskutieren lautstark miteinander. Irgendetwas an dem Tonfall bringt mich dazu, aus dem Bett zu springen und der Sache auf den Grund zu gehen. Als ich die Zimmertür aufreiße, sind die Personen im Gang noch immer so in ihr Gespräch vertieft, dass sie mich zunächst nicht bemerken.

Eine Dozentin redet auf eine Gruppe Studentinnen ein. Wenn mich nicht alles täuscht, ist Sofia unter ihnen. Ich höre immer wieder die Worte: Aria geht es gut. Es war nur ein bedeutungsloser Zwischenfall. – Es besteht kein Grund zur Sorge.

Aria. Ich weiß nicht, wer sie ist, habe aber das Gefühl, dass mich diese Sache nichts angeht.

Naiverweise glaube ich tatsächlich, dass alles in bester Ordnung ist und gehe ins Bett zurück. Dass irgendetwas vorgefallen sein muss, was gar nicht gut war, entnehme ich den Infozetteln, die am nächsten Morgen an jeder einzelnen Zimmertür des Wohnheims und dem schwarzen Brett im Flur hängen. Stirnrunzelnd löse ich den Zettel von meiner Tür und überfliege den Inhalt.

Bekanntmachung:
Aufgrund der jüngsten Ereignisse werden die Studentinnen des M. U. S. E. gebeten, das Gelände nach Einbruch der Nacht nicht mehr allein zu verlassen und Auswärtsübernachtungen bei Ms Campbell anzumelden. Der Schutzzauber des Eingangsportals wurde verstärkt. Es wird fortan – zusätzlich zum Anstecker – ein Spruch (siehe unten) benötigt, um das Haupttor zu öffnen. Er ist – wie alle anderen Infos das M. U. S. E. betreffend – geheim zu halten.

So viel zu: kein Grund zur Sorge.

Hier geht offensichtlich etwas Eigenartiges vor sich. Warum sollte man sonst die Sicherheitsmaßnahmen verschärfen?

15. KAPITEL
HAZEL

Dienstag, 31.1.

Ich bin am nächsten Morgen gerade aus dem Gemeinschaftsbad zurück und binde meine Haare mit dem karierten Schleifenband zusammen, als jemand gegen die Zimmertür hämmert. Irritiert checke ich die Uhrzeit – noch viel zu früh –, bevor ich öffne und in Sofias perfekt geschminktes Gesicht blicke. Kein einziges Haar ist ihrem strengen Zopf entflohen. Beim Anblick meiner Kuschelpuschen zieht sie eine Augenbraue hoch.

»Ms Campbell wünscht, dass wir Zeit miteinander verbringen, um uns kennenzulernen. Bedauerlicherweise kann ich nur jetzt.« Sie zupft ihre Samthandschuhe zurecht und schürzt die Lippen. »Also fürchte ich, du musst dich anziehen.«

Vollkommen überrumpelt schlage ich ihr die Tür vor der Nase zu und schlüpfe in meine Schuhe. Erst als ich noch schnell meine Tagescreme auftrage, wird mir bewusst, dass ich Sofia nicht einmal einen guten Morgen gewünscht habe. Offensichtlich hat es sie nicht gekümmert, denn beim erneuten Öffnen der Zimmertür steht sie noch immer davor und hat die Hände ineinandergelegt, als hätte sie nicht vorgehabt, sich auch nur einen Zentimeter zu rühren.

»Ich bin dafür, wir holen uns einen Kaffee in der Mensa. Du

siehst aus, als wärst du noch nicht ganz wach. Du trinkst doch Kaffee?«

»Ja, gern«, willige ich ein und laufe neben Sofia durch die Gänge des Wohnheims. »Wie wäre es, wenn du mir irgendwas über dich erzählst?«, schlage ich schließlich vor, als das Schweigen ein für mich unerträgliches Unangenehmheitslevel erreicht.

»Warum fängst du nicht an, wenn dir so viel am Austausch von privaten Dingen liegt?«, kontert sie, als wäre dieses Treffen auf meinen Mist gewachsen.

»Weil mein Leben bisher erstaunlich langweilig war«, wende ich ein. »Ich habe mit Mom und unserem Hund Bina in einer beschaulichen Wohnung in Manhattan gelebt, ab und an in ihrer Tierarztpraxis ausgeholfen, nach der Highschool ein Studium begonnen und bin jetzt hier.«

»Tatsächlich?«, fragt sie. »Das ist alles? Der Flurfunk behauptet etwas anderes.«

»Soll das heißen, es kursieren bereits Gerüchte über mich?«, frage ich unbehaglich. Ich bin noch keinen ganzen Tag hier. Wie kann das sein?

»Am M.U.S.E. kursieren Gerüchte über jede«, erwidert sie mit Nachdruck und strafft die Schultern. »Sie besagen zum Beispiel, dass dein Dad ein Triton war, der viel zu jung verstarb. Und dass deine beste Freundin eine überaus mächtige Hexe ist, die gerade eine taktisch sehr kluge Beziehung mit einem Millionär ergattert hat.«

»Ergattert? Gemma würde ihre Fähigkeiten nie dafür einsetzen, um Menschen zu manipulieren. Sie ist eine Hexe der hellen Künste.«

»Wie du meinst, aber ich würde ihr deswegen sicher keine Vorwürfe machen. Irgendwie gibt es bei der Verteilung von Begabungen immer Gesegnete und Benachteiligte. Wer könnte andere dafür verurteilen, das Beste aus ihrer jeweiligen Situation zu machen? Ich denke, das ist nur menschlich. Und wer würde uns arkanen Wesen schon die Menschlichkeit absprechen wollen? Außer Hexenjäger natürlich.«

Ich weiß nicht, ob es an Sofias Worten oder eher ihrem arrogant-abgeklärten Tonfall liegt, aber eines von beiden lässt mich frösteln.

»Früher dachte ich immer, dass es cool sein müsste, besonders zu sein«, gestehe ich. »Ich kannte nur Gemma und habe sie bewundert. Auch dafür, wie selbstverständlich sie Alltagsmagie einsetzt. Im Einklang mit sich und dem Universum lebt. Wie sie anderen hilft. Je länger ich jedoch hinter diesen Vorhang blicke, umso mehr Menschen entdecke ich, die lieber normal wären.«

»Nicht alles, was den Menschen dienen soll, erscheint ihnen wie eine Hilfe«, murmelt Sofia und zupft erneut ihre Handschuhe zurecht.

»Denkst du, jede Begabung erfüllt einen Sinn?«

»Ursprünglich ja«, antwortet sie. »Hexen waren Heilende. Ihr hingegen habt die Menschen unterhalten, sie von Problemen abgelenkt und von Kriegen zu Land und zur See abgehalten. Wir waren diejenigen, die gerufen wurden, wenn keine Hoffnung mehr bestand und es nur noch darum ging, den letzten Weg zu erleichtern. Geistseher kamen zu Hilfe, wo wir scheiterten. Wir alle hatten eine Aufgabe und waren überaus beliebt in den Königshäusern, bevor die Wissenschaft uns verdrängt hat. Jetzt gibt es für uns keinen Platz mehr, außer verborgen am Rande der Gesellschaft.«

»Wenn du *wir* sagst, meinst du in deinem Fall …?«, frage ich vorsichtig. Ich kenne mich in der arkanen Welt zu wenig aus, um mir anhand der vagen Infos irgendetwas zusammenzureimen.

»Todesfeen natürlich.« Sie sagt es so entschieden, als wäre die Antwort selbsterklärend gewesen, dabei hatte ich bis zu dieser Sekunde keine Ahnung davon, dass die existieren. Wie krass!

Falls Gemma recht hat und in jedem Mythos ein Funke Wahrheit steckt, gibt es wahrscheinlich noch sehr viel mehr, das sich meine Fantasie nicht einmal ausmalen kann.

»Wenn jeder von uns einen Platz und eine Aufgabe hatte, was war dann mit den Wertieren?«

Irritiert sieht Sofia mich an. »Ist das nicht selbstverständlich? Sie bildeten die Brücke zur Tierwelt. Schließlich war das Ziel der Schöpfung Gaias völliger Einklang und Friede.«

»Schöpfung? Bist du religiös?«, frage ich überrascht und entlocke ihr ein Naserümpfen.

»Nicht in dem Sinne, wie du wahrscheinlich denkst.« Ihr Tonfall macht deutlich, dass sie darüber nicht weiter reden mag.

Statt einen der Bogengänge ins Hauptgebäude zu nehmen, überqueren wir einen verschneiten Pfad und gehen durch die große Halle zur Ausgabe der Mensa hinüber. Während wir uns ans Ende der Schlange stellen, betrachte ich die Studentinnen vor uns. Ich finde es schön, wie jede von ihnen es geschafft hat, der Uniform eine eigene Note zu verleihen. Es sind nur Kleinigkeiten wie eine dezente Brosche, die Frisur, ein offener Knopf, wodurch sie sich voneinander unterscheiden – denn am Ende sind wir trotz allem Individuen. Wohlgemerkt Individuen, denen man die arkanen Begabungen überhaupt nicht ansieht. Zumindest ich könnte nicht erraten, wer in der Schlange Sirene, Wertier oder Gestaltwandlerin ist.

Mit zwei Bechern dampfenden Kaffees setzen wir uns schließlich an einen der langen Tische in der großen Halle, die von einem angenehmen Gemurmel erfüllt ist. Es erinnert mich an die Geräuschkulisse, die ich höre, wenn ich bereits auf der Bühne stehe, aber der Vorhang noch geschlossen ist. Ein Augenblick der Entspannung, bevor die Arbeit beginnt – oder in unserem Fall das Studium. Doch eine Sache fällt mir auf: Obwohl es relativ voll ist, scheinen alle einen Bogen um uns zu machen. Auf jeden Fall leistet uns niemand an unserem Tisch Gesellschaft.

»Gewöhn dich dran, als Aussätzige betrachtet zu werden«, sagt Sofia und pustet in ihren Becher. »Bei mir liegt es an der Begabung. Bei dir an der Vorgeschichte.«

»Meiner Vorgeschichte?«, frage ich verwirrt. »Welcher denn? Was habe ich verpasst?«

»Ich sagte nicht, dass es *deine* Vorgeschichte ist. Es geht vielmehr um deine berühmt-berüchtigte Cousine. Beziehungsweise darum, dass eine junge Frau namens Cathleen sehr vernarrt in sie war. Niemand weiß, ob von sich aus oder erzwungen, denn Cathy war ausgesprochen hübsch und deine Cousine sehr zurückhaltend mit ihren Liebesbekundungen.«

»Und dass Cathy in meine Cousine verliebt war, macht mich jetzt zur Ausgestoßenen?« Klingt das nur in meinen Ohren nach Sippenhaft?

»Mehr oder weniger. Aurora soll Cathy dazu gebracht haben, nach Wegen zu recherchieren, um den Fluch der Sirenen zu umgehen. – Und hat es dabei billigend in Kauf genommen, dass Cathy sich in Gefahr bringt. Nach der Sache, die ihr zugestoßen ist, soll Aurora sofort jeden Kontakt abgebrochen haben, statt für ihre Freundin da zu sein. Sie hat sie wohl nie im Sanatorium besucht. Das kam hier am M.U.S.E. nicht besonders gut an. Könnte sein, dass die Sirenen deiner Familie jetzt den Ruf haben, Menschen zu manipulieren, um die Drecksarbeit für sie zu erledigen.«

»Aurora hätte Cathy nie gebeten, sich für sie in Gefahr zu

bringen«, sage ich entschieden. Zumindest hoffe ich, dass sie es nicht tun würde. Wie sich in den letzten Tagen herausgestellt hat, kenne ich meine Cousine erstaunlich wenig. Ob sie von diesen Gerüchten gehört hat? Was für eine schreckliche Vorstellung, dass man ihr die Schuld an dem gibt, was Cathy zugestoßen ist. Als ich an meinem Kaffee nippe, kommt mir die nächtliche Szene wieder in den Sinn.

»Ich habe dich letzte Nacht auf dem Flur gesehen. Ist mit dieser Aria alles in Ordnung?«

Sofia fährt auf und mustert mich argwöhnisch. »Warum fragst du nach ihr? Uns wurde gesagt, dass es Aria bestens geht. Es war nur ein harmloser Wertier-Zwischenfall. So etwas passiert. Sie hat auf eigenen Wunsch beschlossen, ihr Studium abzubrechen. Es gibt für dich keinen Grund, ihre Abwesenheit infrage zu stellen. Wenn jemand vertrauenswürdig ist, dann das M.U.S.E.« Sie erhebt sich. »Wie gesagt, meine Zeit ist knapp. Ich fürchte, ich muss dich deinen Kaffee allein austrinken lassen.«

Bevor ich dazu komme, mich zu verabschieden, wirft sie ihren Zopf über die Schulter und stolziert in Richtung der Bibliothek davon.

Gut. Das war also definitiv ein weiteres Thema, über das sie ungern sprechen wollte.

Stellt sich die Frage: Warum?

Und warum erzählt man nachts im Flur, dass es ein Problem mit einer Studentin gab, nur um am nächsten Morgen zu verkünden, dass sie spontan das College gewechselt hat, obwohl alles bestens ist? Dieses Kaffeedate hat mehr Fragen eröffnet als beantwortet.

Während ich an meinem Getränk nippe, werfe ich einen schnellen Blick auf meinen Stundenplan. Mein erster Kurs nennt sich »Spezifische Grundlagenlehre« und findet glücklicherweise hier im Gebäude statt. Das heißt: Ich habe genug Zeit, um in Ruhe auszutrinken, und die Gefahr, mich erneut zu verlaufen, ist relativ gering.

16. KAPITEL
HAZEL

»Komm herein«, bittet mich eine junge Frau, die kaum älter als Aurora aussieht. Sie hat einen britischen Akzent, stammt also vermutlich aus Europa. Dass sie unsere Seminarleiterin Ms Wolf sein muss, schlussfolgere ich vor allem aus der Tatsache, dass sie steht, während die anderen auf ausgebreiteten Yoga-Matten liegen.

Yoga-Matten? Irritiert checke ich meinen Stundenplan und die goldene Raumnummer neben der Tür. Ich scheine hier richtig zu sein, aber unter »Spezifische Grundlagenlehre« hätte ich mir irgendwas anderes vorgestellt. Etwas, das weniger nach Sportunterricht aussieht. Wobei die bunten Matten und Outfits der anderen Studentinnen einen spannenden Kontrast zu der omnipräsenten Holzvertäfelung bilden. Mehrere Klangschalen stehen vor einem Bodenkissen, auf das sich die Dozentin setzt. Das verspricht, interessant zu werden.

Hätte ich geahnt, was mich erwartet, hätte ich mir vielleicht auch ein Yoga-Outfit statt der unbequemen Uniform angezogen.

»Hazel Birds, vermute ich?« Ms Wolf hakt mich auf einer Liste ab, kaum dass ich den Ansatz eines Nickens zeige. Sie bedeutet mir, Platz zu nehmen.

Ich wähle eine der freien Matten und zähle durch. Es sind insgesamt sieben, die nach und nach belegt werden. Falls ich die anderen Studentinnen auf der Straße getroffen hätte, wäre ich nie im Leben davon ausgegangen, dass sie magische Gaben besitzen. Sie sehen hübsch und sympathisch, aber vollkommen unauffällig aus. Wenn ich auf Klischees stehen würde, würde ich sagen: wie das Mädchen von nebenan. Was genau das ist, das alle über mich behaupten, wenn ich mich nicht gerade auf einer Bühne befinde. Ob es Teil unseres Wesens ist? Nett und unscheinbar zu wirken, um im Alltag nicht entdeckt zu werden?

»Herzlich willkommen im Grundlagenkurs für … nun … alle Sirenen des M.U.S.E.«, begrüßt mich Ms Wolf. »Hazel studiert ab diesem Semester bei uns. Ich hoffe, es ist für dich in Ordnung, dass wir uns in diesem Seminar mit Vornamen ansprechen?«

»Sicher.«

»Perfekt. Hazel steigt dank ihrer Vorkenntnisse direkt ins vierte Semester ein.« Sie lächelt mich an. »Aber mach dir keine Sorgen, du bist hier in bester Gesellschaft. Wir haben Studentinnen vom zweiten bis achten Semester unter uns. Jeder Mensch benötigt unterschiedlich lange, um den Zugang zu sich selbst und seinen individuellen Fähigkeiten zu finden. Wie beim Yoga. Manche haben den ungefähren Dreh nach einem Crashkurs raus, andere besuchen nach zehn Jahren noch den Einsteigerkurs. Und das ist vollkommen in Ordnung. Was einem auf dem Weg zu sich selbst überhaupt nicht weiterhilft, ist Druck. Bei uns gibt es daher keine Noten. Also fangen wir damit an, dass ihr euch entspannt.«

»Sekunde«, bitte ich und sehe mich erneut flüchtig um. »Wir sind nur sieben – aus vier Jahrgängen?«

Ms Wolf nickt. »Und damit seid ihr alle Sirenen, die momentan am M.U.S.E. studieren. Die vielversprechendsten der ganzen Ostküste.«

»Oh.« Gemma sagte zwar, dass wir eher selten sind, aber maximal zwei pro Jahrgang – von der gesamten Ostküste! – erscheint mir wirklich nicht viel, wenn man die Größe des M.U.S.E. bedenkt.

»Wenn ihr keine Fragen mehr habt, macht es euch bitte auf euren Matten gemütlich, atmet tief in den Bauch hinein und versucht, die Lebensenergie zu erspüren, die unaufhörlich durch euren Körper fließt.«

Ich bin mir nicht ganz sicher, warum wir das tun, aber folge der Anweisung, die sich wie eine geführte Meditation anfühlt. Wir sollen uns vorstellen, ein Blutkörperchen zu sein, das durch unseren kompletten Körper wandert, bis wir jeden Zentimeter davon begrüßt haben: Fingerspitzen, Bauch, Zehen. Wir reisen überall hin, verbinden uns mit allen Zellen.

»Wir sind am Ziel angekommen, doch lasst die Augen noch einen Moment geschlossen«, sagt Ms Wolf nach der Entspannungseinheit. »Ich werde euch gleich nacheinander eine Frage stellen, und ich möchte, dass ihr sie ehrlich und spontan beantwortet. Denn nur wenn ihr aufrichtig zu euch selbst seid, könnt ihr zum Kern eures Wesens vordringen. Myra? Was fühlst du – in einem Wort.«

»Ruhe«, lautet ihre Antwort und klingt dabei tatsächlich vollkommen entspannt. Beneidenswert.

»Melody – was fühlst du?«

»Zeitdruck.«

»Weil es dein letztes Semester am M.U.S.E. ist?«, vermutet Ms Wolf, und ich höre Melody laut seufzen. »Lass dich davon nicht stressen. Du wirst den Zugang zu deinem Ich nicht ausfindig machen, wenn du das Tor mit Gewalt öffnen willst. Selbst wenn du es niemals völlig durchschreitest, kannst du noch immer alle mit deiner Musik verzaubern. Du wirst den Weg in deine Zukunft finden und gehen.«

Sie fragt Daisy, Phoebe, Gwen – aber meine Gedanken hängen nach wie vor bei einem Wort: *Zukunft*. Wie üblich, wenn sie jemand erwähnt, zieht sich alles in mir zusammen. Ich würde mich gern auf das Gute – die Schauspielerei – fokussieren, doch es gelingt mir nicht. Noch immer fühle ich mich, als hätte man mir meinen Rettungsring entrissen und mich ins eiskalte Meer gestoßen. Alles, was ich vor mir liegen sehe, erscheint mir grau und bedrohlich.

»Hazel – was fühlst du?«

»Sehnsucht«, rutscht es mir heraus. Sehnsucht nach der Freiheit, mein Leben selbst gestalten zu können. Nach der Nähe zu einem Seelenverwandten. Nach … Taro sollte mir nicht in den Sinn kommen, aber … Verdammt! Er tut es. Wie er mir ein Grinsen schenkt und sich dabei verlegen durch die seidigen Haare streicht. Dieses Geräusch, das er macht, wenn er ein Lachen unterdrücken will, nur um dann doch in schallendes Gelächter auszubrechen. Er lässt seinen Gefühlen selten freien Lauf, aber wenn er es tut, ist es so überwältigend und mitreißend wie ein Orkan. Er fehlt mir – und ich habe ein schlechtes Gewissen, seine Nachrichten zu ignorieren.

»Joy – was empfindest du?«

»Liebeskummer? Aber ich weiß gar nicht, warum. Bis eben hätte ich noch *Hunger* gesagt, weil ich das Frühstück verschlafen habe und mein Bauch erbärmlich knurrt.«

»Hm.« Ms Wolf zieht die Augenbrauen zusammen und schaut in die Runde. »Hat hier irgendjemand bewusst – oder unbewusst – Liebeskummer kanalisiert?«

Warum nur komme ich mir auf eine unangenehme Weise ertappt vor?

»Tut mir leid, falls ich es war«, gestehe ich kleinlaut. »Ich arbeite daran, ihn zu vergessen. Wirklich.«

Melody setzt sich auf, sieht mich missmutig aus ihren grauen

Augen an und atmet tief durch. »Toll. Dein Liebeskummer ist bis hier hinten durchgesickert. Ich habe es noch nie geschafft, irgendwelche meiner Gefühle mit jemandem zu teilen, obwohl ich es seit Jahren probiere. Wie machst du das?«

»Keine Ahnung. Ich … Sekunde. Wir können Gefühle teilen?«, frage ich überrascht und setze mich ebenfalls auf, als die Bedeutung ihrer Worte vollkommen zu mir durchgedrungen ist. »Ich dachte bisher, unsere Gaben sind eher ein Von-Angesicht-zu-Angesicht-Ding.«

Melody seufzt lautstark, als wäre meine Frage das Frustrierendste, was sie je gehört hat.

»Nun, die Gaben der Sirenen sind vielfältig«, antwortet Ms Wolf besonnen. »Am leichtesten ist es, ein direktes Gegenüber zu beeinflussen. Doch mit wachsender Kontrolle über eure Fähigkeiten könnt ihr Emotionen auf ganze Personengruppen übertragen. Das ist es, was wir erzielen wollen. Dass ihr bei euren Auftritten als Sängerin oder Darstellerin die Menschen erreicht und Gefühle in ihnen weckt, die sie noch Jahre später von einer unvergesslichen Aufführung schwärmen lassen.«

»Heißt das, ich habe bei meinen Auftritten nicht nur das Castingteam, sondern auch das Publikum beeinflusst?«, vergewissere ich mich und habe alle Mühe, ein schlechtes Gewissen zu unterdrücken.

»Kaum einen Tag hier, und schon bin ich neidisch auf dich«, murrt Melody und flicht frustriert ihre erdbeerblonden Haare zusammen.

Sie kann sich ganz sicher sein: Wenn ich meine Gabe kontrollieren könnte, hätte ich mich garantiert für ein anderes Gefühl entschieden, statt hier meine privaten Probleme auszuleben. Mir ist es unangenehm, meine Emotionen versehentlich mit den anderen geteilt zu haben.

»Kein Grund für Spannungen, ihr lernt es schon beide noch«, wirft Myra ein und schenkt uns je ein aufmunterndes Lächeln, während Melody unruhig über ein Notenschlüsseltattoo an ihrem Unterarm streicht, als wäre sie sich nicht so sicher.

»Dafür seid ihr hier«, stimmt Ms Wolf zu und wechselt das Thema, indem sie sich erhebt und jeder von uns eine Karteikarte überreicht.

Auf meiner steht: *Freude*.

»Nun, wir haben diese Aufgabe schon einmal in Angriff genommen – es wird Zeit für eine Wiederholung. Wir werden in den kommenden Wochen versuchen, bewusst ein bestimmtes Gefühl heraufzubeschwören und mit der Gruppe zu teilen. Bis zur nächsten Stunde werdet ihr üben, es zu kanalisieren. Ruft euch Erinnerungen vor Augen, die das auf dem Zettel stehende Gefühl in euch erzeugt. Übt es abzurufen, bis es euch sicher gelingt.«

»Das wird doch sowieso nichts«, murmelt Melody frustriert – und ich kann ihre Skepsis verstehen.

Freude. Ich weiß gar nicht mehr genau, wann ich sie zuletzt empfunden habe. Das ist definitiv aus mehreren Gründen eine richtige Herausforderung.

Mein Freudelevel wird nicht gerade höher, als mich Ms Wolf nach der Stunde für ein Vier-Augen-Gespräch zu sich ruft.

»Nur kurz, auf ein Wort«, bittet sie und wartet, bis die letzte Studentin den Raum verlassen hat.

»Wenn es wegen der Liebeskummersache ist …«, beginne ich unangenehm berührt. »Ich arbeite daran. Wirklich. Meine Cousine Aurora hat mir sehr eindrücklich vermittelt, dass ich hier bin, um mich auf meine Karriere zu konzentrieren.«

»Löblich, aber deswegen wollte ich nicht mit dir sprechen. Zumindest nicht direkt. Euer Privatleben ist vor allem eines:

privat. Niemand verbietet euch, sich zu verlieben oder euch in eurer Freizeit mit Menschen zu treffen, die nicht am M.U.S.E. studieren. Allerdings passiert diese Art ungewollter Gefühlsübermittlung vergleichsweise selten. Du studierst darstellendes Spiel?«

Ich nicke. »Falls es sich ergibt, würde ich tatsächlich gern eher Richtung Theater als Film und Fernsehen gehen. Oder denken Sie, dass das eine dumme Idee ist? Sie wissen schon … Wegen der Beeinflussung.«

»Oh, nein. Es klingt nach einer herausragenden Idee – solange du deine Emotionen im Griff hast. Wenn du es schaffst, in eine Rolle zu schlüpfen und die Figur zu verkörpern, wird dich das Publikum lieben. Du darfst dich nur niemals von deinen eigenen Emotionen überwältigen lassen, sonst werden sie das Publikum ebenso mühelos erreichen. – Das soll nicht heißen, dass du deine Gefühle unterdrücken sollst. Jedes hat seine Daseinsberechtigung. Auch Liebeskummer. Aber du solltest üben, deine Gefühle zu trennen.« Sie legt sich eine Hand auf die Brust. »Es gibt Gefühle, die verbleiben bei dir.« Sie macht eine ausholende Geste. »Andere teilst du mit deinem Publikum. Es gibt Sirenen, denen es schwerfällt, Menschen zu erreichen. Andere müssen lernen, sich zu fokussieren.«

»Und Sie denken, ich gehöre zu Letzteren?«, frage ich unangenehm berührt und schlinge die Arme um meinen Oberkörper, als würde es mir Halt geben – oder mir dabei helfen, meine Emotionen in mir zu verschließen. Wie vergeblich mein Versuch ist, muss ich einsehen, als Ms Wolf mich darum bittet, einmal tief durchzuatmen, um mich zu entspannen.

»Hier, in diesem Raum, sind wir wie Schwestern, Hazel. Vergiss das nicht. Es gibt nichts, was dir unangenehm sein müsste. Und schon gar nicht, verliebt zu sein. Liebe ist die kostbarste Rarität der Erde. Vergiss das nie.« Als wäre damit alles gesagt, wendet sie sich zum Gehen. Tatsächlich erfüllt mich ein Gefühl von wohliger Wärme und Erleichterung. So als wollte mir irgendetwas zu verstehen geben, dass ich Ms Wolf vertrauen kann. Doch der Impuls kommt sicher nicht von mir.

»Ms Wolf? Sind Sie eine Sirene?«, rutscht mir die Frage heraus.

»Natürlich. Wie sollte ich euch sonst unterrichten?«

Vielleicht beruht mein positiver Eindruck auf einer magischen Manipulation, aber in diesem Moment bin ich echt dankbar dafür, ans M.U.S.E. gewechselt zu sein.

Aurora hatte recht: Zum ersten Mal in meinem Leben bin ich unter Gleichgesinnten. Und es fühlt sich gut an. Trotz meines peinlichen Fauxpas muss ich lächeln.

17. KAPITEL
HAZEL

Ich: *Ich gehe jetzt kurz etwas essen und habe dann meinen ersten Tag so gut wie überstanden. Noch ein Kurs in Expressionsmalerei, danach bin ich für heute durch* – schreibe ich Gemma, während ich den schneegepuderten Pfad zu dem Haupthaus entlangschlendere. Ich hätte den Malkurs am liebsten abgewählt, doch aus irgendeinem Grund ist er ausgerechnet für Sirenen und Wertiere eine Pflichtveranstaltung. Also Augen zu und durch. – Das ist schon den ganzen Tag mein Motto. Nach meinem Fauxpas am Morgen bin ich sehr froh darüber, dass die restlichen Kurse gewohnteres Terrain waren: Monologarbeit und ein etwas schräger, interdisziplinärer Performancekurs, bei dem wir in Kleingruppen eine pantomimische Darstellung zum Thema »hautnah« erarbeiten sollten. Als einzige Schauspielstudentin in meiner Gruppe kam ich mir dabei übertrieben extrovertiert vor und wurde für meine Vorschläge mehr als einmal zweifelnd angesehen. Oder liegen die skeptischen Blicke der anderen noch immer an der Geschichte von Cathy und Aurora? Hat Sofia recht und meine Kommilitoninnen reagieren so zurückhaltend, weil sie fürchten, ich könnte sie manipulieren? Finden sie es vielleicht seltsam, dass ich mitten im laufenden Jahr hergewechselt bin? Mehr als einmal habe ich im Vorübergehen die Worte »die Neue« aufgeschnappt. Doch statt *mit* mir zu sprechen, redeten sie *über* mich. Wahrscheinlich sollte ich von meinem ersten Tag nicht zu viel erwarten. Zumindest bin ich fest entschlossen, mich nicht sofort entmutigen zu lassen. Gemmas Antwort lenkt meine Aufmerksamkeit zurück auf mein Handy.

***Gemma:** Liebe Grüße aus New York City. Rate, wer die Hauptrolle im nächsten Theaterstück bekommen hat?*

***Ich:** Die beste Schauspielstudentin der* Allbright *natürlich! Wohoo!*

***Gemma:** Mein Portfolio bedankt sich hiermit offiziell für deinen Wechsel. Und dafür, dass die Medien so viel Interesse an Darren haben, dass ich als seine neue Freundin oft genug in der Klatschpresse erwähnt wurde, um plötzlich interessant zu sein.*

***Ich:** Red keinen Unsinn, du bist wundervoll und hast die Rolle verdient.* – Ein Fakt, bei dem ich mir zukünftig nie mehr ganz sicher sein werde, ob er auch auf mich zutrifft.

Gemmas nächste Nachricht sorgt dafür, dass mein Selbstmitleid von meinem schlechten Gewissen verdrängt wird.

***Gemma:** Ist es okay, wenn ich meinem Bruder ausrichte, dass es dir gut geht? Er hat nach dir gefragt.*

***Ich:** Natürlich. Sag ihm, was er hören muss, um sich keine Sorgen zu machen. – Ist bei ihm denn alles in Ordnung?*

***Gemma:** Du kennst Taro – nur er weiß, was in seinem Kopf vor sich geht. Du könntest versuchen, ihn selbst zu fragen.*

***Ich:** Könnte ich, wenn ich stark genug wäre, mich selbst zu quälen. Es tut mir leid, aber ich brauche einen Moment Abstand, um alles zu verarbeiten.*

Ich sehe, dass Gemma meine Nachricht liest, doch nicht darauf reagiert, also stecke ich mein Handy weg und konzentriere mich auf das Hier und Jetzt. Verdränge die Erinnerung daran, wie leicht es war, sich mit Gemma und Taro anzufreunden, obwohl die zwei so unterschiedlich wie Tag und Nacht sind.

Es wird alles gut, du wirst hier Anschluss finden, rede ich mir selbst Mut zu, als ich die schwere Holztür des Haupthauses aufziehe. Während ich mich in die Schlange zur Essensausgabe einreihe, überkommt mich ein flaues Gefühl, das mir jeden Appetit raubt. Bei meinem Kaffeedate mit Sofia haben die anderen Kommilitoninnen einen Bogen um uns gemacht und unseren Tisch gemieden. Wie wird es jetzt werden? Ich atme tief durch und bestelle einen Tee und eine Suppe, bevor ich mich mit meinem Tablett auf den Weg in die große Halle mache. Meine unterschwellige Angst, die anderen könnten bei meinem Anblick Reißaus nehmen oder mich wie in einem Highschool-Film mit Essen bewerfen, verflüchtigt sich, als mich beim Betreten der Halle jemand ruft.

Überrascht sehe ich mich um und erkenne Joy, die mich so energisch an ihren Tisch winkt, dass ihre dunklen Locken auf und ab wippen. Mir entweicht ein erleichtertes Aufatmen, als ich Myra und Melody bei ihr sitzen sehe. Nach Auroras Gerede über Konkurrenz hatte ich schon befürchtet, dass Sirenen Einzelgängerinnen sind, doch offensichtlich ist das nur ihre Sicht der Dinge. Myra deutet einladend auf den freien Stuhl neben sich, also spare ich mir die Frage, ob es wirklich in Ordnung ist, wenn ich ihnen Gesellschaft leiste.

»Was ist in den letzten Stunden mit dir passiert?«, zieht Joy mich auf. »Du siehst irgendwie … zerfleddert aus.«

»Performance«, antworte ich knapp und richte meinen Pferdeschwanz. »Wir sollten uns etwas zum Thema hautnah überlegen, und irgendwer fing damit an, dass wir uns – in einem Kreis sitzend – gegenseitig die Haare flechten könnten. Seitdem ich sie wieder aufgeknotet habe, führen sie ein Eigenleben.«

Joy entfährt ein leises Prusten, wofür Myra sie so tadelnd ansieht, dass sie abwehrend die Hände hebt, als wäre es eine Entschuldigung. Irgendwie wirkt sie mit ihrem Grübchenlächeln so sympathisch, dass ich ihr für den Kommentar über meine zerstörte Frisur gar nicht böse sein kann. Ich war drüben im

Wohnheim, um einen Blick in den Spiegel zu werfen. Ich weiß, wie ich aussehe.

»Wir urteilen nicht über das Äußere anderer«, sagt Myra ruhig, aber bestimmt – mit einer Körperhaltung, die so aufrecht ist, als wäre sie eine Tänzerin.

»Tue ich nicht«, behauptet Joy. »Doch hätte sie mir gesagt, sie hätte gleich am ersten Tag eine wilde Begegnung in einer Besenkammer gehabt, hätte ich ihr applaudiert.«

»Besenkammer?«, frage ich verwirrt.

»Nur als Tipp: Ist nicht der beliebteste Ort.« Joy nimmt einen Löffel ihrer Suppe und deutet damit anschließend zu einem der Fenster hinaus. »Das Gewächshaus ist nie abgeschlossen. Auch nachts nicht.«

»Sind Besuche hier nicht verboten?«

»Ja, und es wird generell nicht gern gesehen, wenn man sich nachts auf dem Gelände rumdrückt. – Was nicht alle Studentinnen davon abhält, sich mit Besuchenden oder anderen Studentinnen zu treffen«, ergänzt Joy mit einem Zwinkern.

»Wir sollten Hazel vielleicht nicht gleich in der ersten Woche auf dumme Gedanken bringen«, wirft Myra ein.

»Wo wir gerade beim Thema dumme Gedanken sind«, druckse ich unangenehm berührt. »Dass ich heute Morgen meinen Liebeskummer mit euch geteilt habe, tut mir leid. Das war wirklich keine Absicht.«

Melody seufzt. »Das muss dir nicht leidtun. Es kann ja nicht jede so untalentiert sein wie ich.«

»Aber, Melody, wir reden hier nicht schlecht über uns selbst«, äfft Joy Myras belehrenden Tonfall nach.

Myra sieht sie perplex an, bevor sie in Gelächter ausbricht, das dermaßen ansteckend ist, dass es uns einfach mitreißt. Dieser Gefühlsausbruch lässt mich die Angst der letzten Minuten beinahe vergessen.

Ich verstumme jedoch, als Sofia an unserem Tisch vorbeigeht und mir einen eiskalten Blick zuwirft. Nur für einen Sekundenbruchteil sehen wir einander in die Augen – und zum ersten Mal erkenne ich darin noch etwas anderes als Verachtung. Schmerz. Sehnsucht. Einsamkeit. Vielleicht dauert unser Kontakt ein Mü zu lange, denn Sofia verharrt in der Bewegung.

»Ich sehe, du hast bereits Anschluss gefunden. Dann können dir deine neuen Freundinnen ja dabei helfen, dich am M.U.S.E. einzuleben«, sagt sie mit gewohnter Arroganz.

»Das werden wir mit Freuden tun«, stimmt Joy zu und deutet eine Verbeugung an, als wollte sie versichern, dass sie mir zu Diensten ist.

Sofia öffnet den Mund, als wollte sie noch etwas erwidern, wirbelt stattdessen herum und setzt ihren Weg fort.

»Oh, lass dir von der nicht die Laune verderben«, bittet Joy und macht eine wegwerfende Geste. »Sofia hält sich für eine ganz besondere Schneeflocke, weil sie die einzige ihrer Art an unserem College ist.«

Nickend sehe ich meiner Tutorin nach. Vielleicht hat Joy recht, dennoch beschließe ich, weiterhin nett zu Sofia zu sein, denn manchmal macht Einzigartigkeit einsam. Dank Taro weiß ich, wie hervorragend sich scheinbare Teilnahmslosigkeit als Schutzschild eignet. Zumindest falls es Sofia schwerfallen sollte, hier Anschluss zu finden, könnte ich es verstehen. Bis eben hätte ich auch nicht gewusst, wohin ich mich setzen kann, gäbe es keine anderen Sirenen.

»Ich kenne diesen Blick«, sagt Myra leise. »Aber es gibt Menschen, die wollen nicht gerettet werden.«

Und es gibt Menschen, die wollen gerettet werden, können jedoch nicht darum bitten. Stolz ist eine gefährliche Eigenschaft.

• • ✦ • •

Eine halbe Stunde später ergänze ich auf der Liste von Mysterien, die ich (neben Sofia) nie ganz begreifen werde: Farbtuben, Staffeleien – und große Papierbögen, die wir befeuchten und an dünne Holzbretter heften, um … Damit was zu tun?

Etwa zwanzig Studentinnen befinden sich neben mir in dem Gewächshaus. Ich habe es ihnen gleichgetan, mir eine Staffelei geschnappt und mir einen freien Platz gesucht. Umgeben von ausufernden Grünpflanzen hat man in der Mitte ausreichend Raum für uns, einen Tisch und Regale zum Trocknen unserer Gemälde gelassen. Jetzt stehe ich ratlos herum und starre auf mein vorbereitetes Blatt, während die anderen bereits damit beschäftigt sind, sich an Pinseln, Mischpaletten und Farbtuben zu bedienen, die auf dem Tisch bereitliegen. Ich habe unsere Dozentin noch nicht entdeckt und sehe auch kein potenzielles Motiv. Kein Tisch mit Obstschüssel, kein Aktmodell. Nichts, was ich auf die Leinwand bannen könnte. – Nicht, dass ich es *könnte*, wenn die Sachen da wären. Ich bin die vermutlich schlechteste Künstlerin der Welt.

Leise räuspernd wende ich mich der jungen Frau zu, die mir am nächsten steht. Wenn dieser Kurs vor allem für Sirenen und Wertiere gedacht ist, muss sie Letzteres sein. Die Kombination aus den strohblonden Haaren und rabenschwarzen Augen sieht in jedem Fall interessant aus. Genauso wie das rosafarbene Schleifenband, das sich dezent mit der Schuluniform beißt. Stilistisch ebenso besonders sind ihre Ohrringe in Form von kleinen orangefarbenen Karotten.

Als sie bemerkt, dass ich sie fragend ansehe, schenkt sie mir ein freundliches Lächeln. »Kann ich dir helfen?«, fragt sie mit einer Stimme, so sanft und weich wie Morgentau.

»Entschuldige bitte, dass ich dich störe. Aber was genau sollen wir hier malen?« Die Überforderung tränkt jedes meiner Worte.

Sie blinzelt irritiert, als wäre meine Frage vollkommen absurd. »Das, was du fühlst. Es geht darum, das Unbewusste sprechen zu lassen. Deinen Emotionen einen Raum zu geben. Facetten ans Licht zu bringen, die du vielleicht der Gesellschaft zuliebe jahrelang unterdrückt hast. Die Kunst als Kanal.« Erneut schenkt sie mir ein Lächeln. Ihre Nase zuckt kurz, bevor sie auf ihre Leinwand deutet, als wäre es eine Einladung dazu, mir ihr Werk anzusehen. Neugierig trete ich ein Stück näher und sehe vor allem sehr viel Grün. Mit einem Klecks Rot. Ich habe keine Ahnung, was genau das darstellen soll, aber wenn es ein Teil ihres Seelenlebens ist, kommt es mir falsch vor, sie danach zu fragen.

»Wir bekommen in diesem Kurs keine Anerkennung dafür, dass wir reproduzieren, was andere Menschen sehen wollen. Es geht um den Mut, in uns selbst zu blicken. In unsere Abgründe. Dass wir uns unseren Ängsten stellen und Blockaden lösen.«

»Schön gesagt, Ophelia«, ertönt eine Stimme hinter uns.

Erschrocken drehe ich mich herum. Ich habe niemanden kommen gehört, aber der Kleidung nach ist die Frau hinter uns eine Dozentin des M.U.S.E. Institute.

»Ich bin Ms James – und du vermutlich Hazel.« Sie mustert mich mit zur Seite geneigtem Kopf und legt die Hände ineinander. Irgendetwas an ihrer Körperhaltung wirkt falsch und gegensätzlich. Vielleicht liegt es an der Mischung aus Lächeln und erhobener Augenbraue? Dass ich ihren Ausdruck nicht deuten kann, irritiert mich mehr, als es sollte. Bisher bin ich davon ausgegangen, dass meine Menschenkenntnis ganz gut ist, doch an ihr scheitere ich vollkommen. »Ich bin mir sicher, dass es irgendetwas gibt, das dich beschäftigt. Ein Glaubenssatz, der dich blockiert. Eine Angst, die sich übermächtig anfühlt. Etwas, was du gern loslassen würdest. Versuch, es auf die

Leinwand zu verbannen. Wir werden das Bild an Ostara – dem Fest der Tag- und Nachtgleiche – in einem Abschiedsritual verbrennen, um gestärkt daraus hervorzugehen.«

»Das klingt nach einem Ritual, das meiner besten Freundin Gemma gefallen würde«, gestehe ich. Sie redet auf ihren Kanälen häufig von der symbolischen Macht, die mit solchen Verbrennungszeremonien einhergeht.

»Dann ist sie eine Hexe der weißen Magie?«, vermutet unsere Dozentin.

Ophelia fährt überrascht auf. »Eine Hexe namens Gemma? So wie Gemma Stone?«

Ich habe kaum den Ansatz eines Nickens gezeigt, da reißt sie ihre Augen auf.

»Ich liebe ihre Accounts! Sie ist so positiv und bestärkend. Zumindest war sie das, bevor sie diesen reichen Typen kennengelernt hat. Seitdem wirkt sie irgendwie … *anders*. Als würde sie sich seinetwegen zurücknehmen.«

»Wenn sie sich geändert hat, liegt es bestimmt nicht an Darren«, antworte ich ausweichend, aber vollkommen ehrlich. Ich kann Ophelia ja schlecht sagen, dass Darren laut Gemma ebenfalls ein Hexer ist und damit sicher nichts gegen ihren Onlineauftritt hat. Denn wenn ich Aurora richtig verstanden habe, liegt es an jedem selbst, wie er mit seinen Begabungen umgehen möchte. Ein Zwangsouting kommt mir daher sehr unangebracht vor.

»Eine Freundin von Gemma Stone, so, so.« Unsere Dozentin macht eine einladende Geste. »Ich sehe, ihr zwei versteht euch. Vergesst zwischendurch nicht, auch ein paar Striche auf die Leinwand zu bringen«, mahnt sie, bevor sie weiterschlendert und das Werk der nächsten Studentin betrachtet.

»Was meinst du eigentlich mit *anders*?«, hake ich nach, kaum dass Ms James außer Hörweite ist.

»Ich weiß nicht. Irgendwie zurückhaltender. Seltener online. Nicht mehr ganz so unbeschwert während ihrer Livestreams«, stammelt Ophelia.

Mir ist auch schon aufgefallen, dass Gemma seit Kurzem nachdenklicher ist. In sich gekehrter. In letzter Zeit hatte sie oft einen seltsamen Ausdruck in den Augen, wenn sie von Hexerei erzählt hat. Sie ist meinem Blick ausgewichen oder hat unruhig an ihrer Kleidung gezupft. Es wirkte, als wäre sie nervös. Oder als würde sie etwas beschäftigen, das ihr ein schlechtes Gewissen bereitet. Aber was? Wann immer ich versucht habe, sie danach zu fragen, hat sie das Thema gewechselt.

Seufzend wende ich mich meiner strahlend weißen Leinwand zu. Wahrscheinlich gibt es mehr als genug Dinge, die mich beschäftigen. Ich habe allerdings keine Ahnung, wie ich sie visualisieren soll. Malen war noch nie meine Stärke. Vor allem nicht so komplett ohne Vorlage.

»Fang einfach an«, schlägt Ophelia vor. »Ich beginne immer mit ganz groben Outlines und baue meine Gemälde dann Schicht für Schicht auf. Siehst du? Erst war hier nur grün. Dann definiere ich die Stelle, an der der Akzent sitzen soll. Aus dem Grün modelliere ich nach und nach die Kleewiese, aus dem roten Fleck …« Sie verstummt und betrachtet den Farbklecks so lange, dass ich schon gar nicht mehr damit rechne, dass sie den Satz noch beendet. »… die Hand meiner Schwester.«

»Oh.« Der schockierte Laut entfährt mir, bevor ich ihn zurückhalten kann. Aber der Klecks wirkt, als wäre er ein angedeuteter Blutfleck.

»Ich meine natürlich ihren ganzen Arm. Also, der soll hier ins Bild ragen, als würde sie im Klee liegen. Nicht, als hätte man ihr die Hand abgehackt«, erklärt sie rasch, als sie meine erstaunte Miene bemerkt. »Sie hat ja noch beide Hände. Und ich will das Unglück, das ihr zugestoßen ist, nur andeuten. Mag sein, dass das Gemälde am Ende verbrannt wird, aber ich möchte dennoch, dass es bis dahin ästhetisch aussieht.« Ophelia verstummt. »Tut mir leid. Rede ich zu viel? Wenn ich nervös bin, neige ich dazu, zu plappern. Und Gedanken an Cathy machen mich immer nervös.«

»Nein. Und ich mag Menschen, die ihr Herz auf der Zunge tragen.«

Zögerlich tauche ich die Pinselspitze in das dunkle Blau auf meiner Farbpalette und ziehe lockere Linien über die weiße Fläche. Eine Weile lasse ich meine Hand über die Leinwand gleiten, bevor mich ein Gedanke durchzuckt. *Cathy. Klee.*

Ich sehe erneut zu Ophelia hinüber. »Deine Schwester heißt Cathy? Hat sie zufällig auch hier studiert?«, frage ich, der Eingebung folgend.

Erneut zuckt Ophelias Nasenspitze, bevor sie sich mir zuwendet. »Hat sie, aber es hat kein gutes Ende genommen. Ich habe lange überlegt, ob ich überhaupt herkommen möchte. Um ehrlich zu sein, hätte ich diesen Ort lieber gemieden. Nenn mich ruhig ein Angsthäschen – oder Kaninchen. Nur leider gibt es an der ganzen Ostküste kein besseres College für unseresgleichen, also haben meine Eltern mich quasi dazu gedrängt, am M.U.S.E. zu studieren.«

»Du bist also wirklich die Schwester von Cathleen«, sage ich überrascht und sehe, wie sie bei der Erwähnung des voll ausgesprochenen Namens unangenehm berührt zusammenzuckt. »Meine Cousine Aurora war eine Freundin von ihr«, erkläre ich rasch, damit sie nicht denkt, ich hätte die Geschichte ihrer Schwester beim Flurfunk aufgeschnappt und ein übermäßiges Interesse an Tratschgeschichten.

Ophelia blinzelt mich an, bevor sich ihre Mundwinkel leicht heben. »Cathy hat damals viel Gutes von einer Freundin namens Aurora erzählt. Dass sie witzig war, charismatisch und mutig. Sie hat deine Cousine sehr dafür bewundert, wie anders sie war. Manchmal glaube ich …« Ophelia verstummt und betrachtet die Brosche an meinem Revers. »Ich glaube manchmal, dass Cathy ein wenig in Aurora verliebt war. Sie hatte immer ein besonderes Funkeln in den Augen, wenn sie von ihr geredet hat. Damals. Als sie noch gesprochen hat.«

»Sie spricht nicht mehr?«, frage ich unangenehm berührt. Ophelias einzige Antwort ist ein Kopfschütteln.

Offensichtlich hat der Vorfall mit den Brüdern der Rose ihre Schwester in vielerlei Hinsicht verändert. Und ein Teil von mir möchte zu gern wissen, was damals passiert ist. Was es mit dieser seltsamen Verbindung zum Gruselhaus auf sich hat. Und warum in dessen Nähe angeblich Menschen verschwinden.

Ophelia wendet sich wieder ihrer Leinwand zu und erklärt das Gespräch offensichtlich für beendet.

Geistesverloren setze auch ich mein Gemälde fort, hänge meinen Gedanken nach und lasse meine Hand wahllos Farben wählen und auf die Leinwand übertragen.

Zumindest denke ich, dass es wahllos ist, bis Ophelia am Ende des Kurses neben mich tritt und den Kopf zur Seite neigt. »Eine Katze?«

Irritiert fahre ich auf und starre blinzelnd auf das Bild. Sie hat recht. Das Gemälde zeigt die Silhouette einer dunkelblauen Katze, hinter roten Gitterstäben. Ich mag Katzen, dennoch kann ich mir nicht erklären, was mir mein Unterbewusstsein mit dem Motiv sagen möchte. Die gute Nachricht ist, dass ich das Seminar damit hinter mich gebracht habe und meine Sachen wegräumen darf.

Gerade als ich meine Tasche schultere und mich verabschiede, höre ich ein seltsames Geräusch.

»Ist das ein Eichhörnchen?«, fragt Ophelia entzückt.

Gemeinsam sehen wir das Tier an, das an der gläsernen Wand des Gewächshauses kratzt – und mir zuwinkt. Vielleicht werde ich paranoid, aber dieses zerrupfte Wesen sieht haargenau so aus wie jenes, das ich gestern Morgen zu Hause gefüttert habe. Und es scheint meine Aufmerksamkeit zu fordern. Von Manhattan bis hier raus sind es etwa vierzig Meilen. Könnte ein Eichhörnchen diese Strecke innerhalb eines Tages zurücklegen? Aber selbst wenn die Antwort auf die Frage *ja* lauten sollte … Warum würde es das tun?

»Vielleicht geht meine Wertier-Seite mit mir durch, doch es wirkt, als wollte das Eichhörnchen mit dir reden«, sagt Ophelia nachdenklich.

Ebenso verwirrt wie überfordert murmle ich eine Entschuldigung und verlasse das Gewächshaus, bevor noch mehr Kommilitoninnen auf den tierischen Besuch aufmerksam werden können. Tatsächlich kommt mir das kleine Tier sofort entgegen, kaum dass ich einen Fuß vor das Haus gesetzt habe.

Man sagt, dass Eichhörnchen nur dann die Nähe von Menschen suchen, wenn sie auf Hilfe angewiesen sind. Doch auch wenn das Fell des Tieres stumpf und struppig wirkt, erscheint es davon abgesehen recht fit zu sein. Es keckert und gestikuliert, als wollte es mir eine Geschichte erzählen, die es mit entschiedenen Gesten untermalt.

Da ich keine Disney-Prinzessin bin, die ja des Öfteren mal mit Tieren kommunizieren, erscheint mir die Situation etwas seltsam. Zumindest bis das Tier mit einem großen Satz auf meine Schulter springt und sein kleines Köpfchen an meine Wange schmiegt.

Meine Überforderung wird nicht geringer, als mich wieder ein Gefühl durchzuckt: *Déjà-vu*.

Doch dieses Mal lässt es sich nicht mehr als Einbildung beiseiteschieben. Dieses Tier auf meiner Schulter ist unweigerlich real und benimmt sich, als würden wir uns kennen. Der Geruch seines Fells, diese Mischung aus Schnee, Staub und noch etwas anderem – alles daran ist mir so vertraut.

Ich erinnere mich. – An irgendetwas, das ich noch nicht recht zu fassen bekomme. Als würde ich das Tier aus einem früheren Leben kennen. Als gehörten wir zusammen. Mehr noch: Als sollte ich ein schlechtes Gewissen verspüren, weil ich es vergessen habe.

Dummerweise habe ich die Hausordnung des M.U.S.E. nur quergelesen und kann mich nicht entsinnen, ob darin irgendetwas über Haustiere stand. Anderseits kann ich mir nicht vorstellen, dass man hier etwas gegen Tiere hat, wenn sich ein Teil der Studentinnen mindestens bei Vollmond in eines verwandelt.

Vorsichtig streiche ich dem Tier über den Kopf und lehne mich leicht zur Seite, um ihm besser in die Augen sehen zu können. Wie ungewöhnlich. Mir fällt jetzt erst auf, dass sie vollkommen weiß und trübe sind. Doch falls es tatsächlich blind sein sollte, kommt es offensichtlich gut zurecht.

»Bis ich herausgefunden habe, ob hier Haustiere gestattet sind, hältst du dich im Hintergrund. Verstanden?«, vergewissere ich mich und blinzle, als es salutiert, als könnte es mich tatsächlich verstehen.

»Bist du ein Wertier?«, erkundige ich mich vorsichtshalber und weiß nicht, ob es mich beruhigen soll, dass es sich mit der Pfote vor die Stirn schlägt, als wäre meine Frage extrem dumm. Zusätzlich schüttelt es den Kopf.

Nun gut. Was auch immer es ist: Ein normales Tier auf jeden Fall nicht, denn offensichtlich versteht es jedes meiner Worte.

Ich kehre schnellstmöglich in mein Zimmer zurück und lese gleich als Nächstes den Flyer mit der Hausordnung noch einmal durch.

Kleine Haustiere sind gestattet, wenn sie sich nicht mit den Wertieren anlegen.

»Alles klar, solange du keine Wervögel erlegst, darfst du also bleiben«, verkünde ich. »Wir sollten dir einen Namen geben«, überlege ich laut, doch das Eichhörnchen schüttelt entschieden den Kopf, reißt mir das Faltblatt beinahe aus der Hand und deutet energisch auf eine Seite. Nein, vielmehr einen Buchstaben. N. Blinzelnd beobachte ich, wie es das Ganze wiederholt. U. T. S.

Es neigt den Kopf zur Seite und sieht mich erwartungsvoll an.

»Nuts«, fasse ich zusammen. »Ist das dein Name?«

Es nickt. Gut. Warum auch nicht? Nachdem ich weiß, dass es Menschen gibt, die sich manchmal in ein Tier verwandeln – wieso sollte es dann keine Tiere geben die … sich irgendwie menschlich benehmen und einen Namen tragen.

Verrückte Welt – in der ich von nun an ein Haustier namens Nuts besitze. Ein Haustier, das als erste Amtshandlung auf meinen Nachttisch springt und das Bild meines Dads wegdreht, als wäre es ihm unangenehm, davon angesehen zu werden. Mein Tag wird minütlich kurioser.

18. KAPITEL
HAZEL

Mittwoch, 1.2.

»Begleitest du mich in die Mensa?«, frage ich Nuts, während ich aus dem Bett steige. »Vielleicht finden wir ein paar Snacks für dich.«

Das Eichhörnchen sitzt in einer geöffneten Kommodenschublade, die ich ihm gestern spontan zum Bett umfunktioniert habe, und zuckt so unbeteiligt mit den winzigen Schultern, als wollte es sagen: *Warum nicht? Was soll ich hier sonst tun?*

Ich gehe kurz duschen, ziehe die Schuluniform an und binde meine Haare zusammen, bevor ich eine Hand nach Nuts ausstrecke. Statt darauf Platz zu nehmen, sprintet es meinen Arm hinauf, setzt sich auf meine Schulter und gibt ein Geräusch von sich, das klingt wie: *Bin fertig, wir können los.*

In der Mensa hole ich mir einen Kaffee und eine Schüssel mit Müsli für Nuts. Schon in der Warteschlange fällt mir auf, dass mein neues Haustier nicht unbemerkt bleibt und für heftiges Getuschel sorgt. Ich persönlich fände es ja süß, wenn mir jemand mit einem zahmen Eichhörnchen begegnet, doch als ich mich zu den Mädchen hinter mir umdrehe und ihnen ein Lächeln schenke, weichen sie zurück und rümpfen angewidert die Nasen. Okay. Offensichtlich keine Tierfreundinnen.

In der großen Halle kann ich Myra und die anderen nicht

entdecken, daher setze ich mich allein an einen Tisch und sehe lächelnd auf, als sich eine andere Studentin nähert. Gerade als ich ihr einen der freien Plätze anbieten möchte, fällt ihr Blick auf Nuts – und sie macht auf dem Absatz kehrt. Ob ich das Eichhörnchen nicht auf den Tisch springen lassen sollte? Vielleicht finden andere es unhygienisch, dass es sich gerade mit den Pfoten eine Nuss aus der Mischung angelt? Denken sie, ich würde mir das Müsli mit Nuts teilen? Was genau ist deren Problem?

Ich war noch nie so erleichtert darüber, ein vertrautes Gesicht zu sehen, als sich Ophelia mir gegenüber hinsetzt.

»Guten Morgen, ihr zwei. Du hast eine echt schöne Kette«, sagt sie unvermittelt und deutet auf den Citrin-Anhänger, den Gemma mir geschenkt hat. »Der Stein leuchtet richtig im Morgenlicht. Als wären es gefangene Sonnenstrahlen.«

»Angeblich bringt er Glück und schützt einen vor bösen Geistern – oder so ähnlich«, erkläre ich, während ich den Kristall betrachte.

»Ja, mir war irgendwie klar, dass Nuts ein guter Geist sein muss«, plaudert sie. »Kein böses Wesen kann so verdammt niedlich dabei aussehen, wenn es sich die Backen vollstopft.« Glucksend streicht sie über Nuts' Köpfchen.

»Geist?«, frage ich vollkommen verwirrt, während Nuts seine Kopfmassage genießt. »Meinst du im Sinne einer guten Seele?«

»Nein, einen richtigen Geist. Im Sinne von Gespenst. Hast du es noch nicht gehört? Es geht das Gerücht um, dass dein Haustier ein verfluchter Gegenstand ist. So etwas wie eine Haunted Doll, nur als Tier. Erschaffen von einer sehr mächtigen Hexe, sonst wäre er nicht so lebendig. Manche der Studentinnen haben eine Verbindung zum Totenreich und meinten, seine Aura wäre irgendwie … untot. Frag mich nicht.

Ich bin in diesen Dingen nicht so bewandert wie Cathy es war.«

»Un-tot?« Ich musterte Nuts, das mir bisher sehr lebendig vorkam. Auf meinen fragenden Blick hin zuckt es lediglich mit den Schultern und stibitzt sich ein Stück Apfel von Ophelias Teller. Es scheint sie nicht zu kümmern.

»Du wusstest es wirklich nicht?«, fragt Ophelia verblüfft.

Nein, wusste ich nicht. Und es klingt verrückt. Andererseits … Dann bin ich vielleicht eine Sirene, deren Freundin eine Hexe ist und die sich einen verfluchten Geist als Haustier hält. Warum auch nicht?

Da ich von *Haunted Dolls* noch nie etwas gehört habe, ziehe ich mein Handy hervor und suche danach. Die gruseligsten Beiträge zu dem Thema finde ich auf *TikTok*. Anscheinend können prinzipiell alle Gegenstände von Geistern besessen werden, doch bevorzugen sie Puppen, da diese dem menschlichen Erscheinungsbild am ähnlichsten sind. Wie gut, dass es noch mitten am Tag und hell ist. Videos von Porzellanpuppen, die mehrfach blinzeln, sich anders hinsetzen oder sogar Gegenstände in ihrer Nähe verschieben können, sind einfach nur unheimlich. Doch eines haben sie gemeinsam: Ja, diese Puppen zeigen ab und an kleinere Regungen, aber keine von ihnen wirkt auch nur annähernd so lebendig wie Nuts. Vielleicht hat Ophelia recht und es liegt daran, dass der Geist, der in Nuts gefahren ist, nicht einfach von sich aus eingezogen ist, sondern von einer mächtigen Hexe in den Körper verbannt wurde. Aber warum sollte man einen so freundlichen Geist wegsperren? Und wer wäre mächtig genug, das zu tun?

»Ist diese Form von Magie denn erlaubt?«, frage ich verunsichert. All die Videos über heimgesuchte Gegenstände wirken dermaßen finster, dass sie mir eine Gänsehaut bescheren.

»Nekromantie jeder Art ist nicht wirklich gern gesehen«, antwortet Ophelia unbestimmt. »Ein Geist ist quasi so etwas wie ein Teil der Seele eines anderen Menschen. Niemand sollte das Recht dazu haben, ihn einzusperren.«

Nuts sitzt neben mir auf dem Tisch und schaut sich mit mir gemeinsam die Videos an. Wie es ihm wohl damit geht, Videoclips von anderen Geistern zu sehen?

»Denkst du, dass Ophelia recht hat und du der Geist eines verstorbenen Menschen sein könntest?«, murmle ich und kraule vorsichtig sein Öhrchen. »Du wirkst wirklich außerordentlich intelligent für ein Tier.«

Es zuckt mit den Schultern.

»Weißt du, warum man dich in diesen Körper verbannt hat?«

Nuts zeigt den Ansatz eines Kopfschüttelns.

»Weißt du, wer es getan hat?«

Erneut verneint es.

»Cathy sagte mal, dass die Welt der Geister anders funktioniert als diese Bewusstseinsebene«, murmelt sie. »Ich war noch klein und es klang kompliziert, aber beim Abstreifen deines Körpers lässt du quasi etwas von dir zurück, das nicht Teil deines Geistwesens wird. Erinnerungen oder Charaktereigenschaften. Es ist ein höchst individueller Vorgang und hat auch etwas mit der Art deines Todes zu tun. Poltergeister sind zum Beispiel eine Essenz der Wut und Hilflosigkeit, wenn jemand nicht in Frieden mit dieser Welt abschließen kann.«

»Okay, aber in den Videos wurde gesagt, dass Geister immer hier sind, weil sie noch nicht bereit sind, sich von dieser Welt zu lösen. Weil sie etwas unter den Lebenden hält oder sie das Gefühl haben, noch etwas erledigen zu müssen.«

Nuts nickt.

»Weißt du, was es ist?«

Es nickt erneut, dann deutet es auf mich.

»Ich halte dich hier?«, frage ich verwirrt. »Gibt es etwas, was ich für dich tun kann, um dich zu erlösen?«

Nuts zuckt mit seinen winzigen Schultern, als wäre es sich nicht ganz sicher.

»Sagst du es mir, sobald du es weißt?«

Sein leises Quieken fasse ich als Zustimmung auf.

»So oder so scheint ihr ein gutes Team zu sein«, wirft Ophelia lächelnd ein und krault Nuts unter dem Kinn. Genießerisch schließt es die Augen.

Seufzend lehne ich mich zurück und lasse den Blick durch die Halle schweifen. Heute schafft es ihre Schönheit nicht ganz, mich so gefangen zu nehmen, dass ich darüber all meine Sorgen vergesse. Ich sollte wohl akzeptieren, dass das Leben immer für Überraschungen gut ist.

»Oh, kannst du mir vielleicht einen Gefallen tun?«, reißt mich Ophelia aus meinen Gedanken. »Heute Nacht ist Vollmond, also verbringe ich den morgigen Tag als Kaninchen in meinem Zimmer und bin erst ab Mitternacht von meinem tierischen Körper erlöst. Kannst du mir vielleicht eine Handvoll Karotten vorbeibringen? Pfoten und Türknäufe harmonieren nicht.«

»Sicher«, sage ich, ohne nachzudenken. Das bekomme ich hin, immerhin habe ich laut Aurora extra einen freien Tag, um solche Dinge zu erledigen. Für heute ruft allerdings das erste Seminar.

· · ✦ · ·

»Ms Birds, nehme ich an? Mein Name ist Ms Walker, und ich unterrichte hauptsächlich Theoriekurse. Es gibt eine Kleinigkeit, die wir besprechen sollten.« Kaum habe ich in der ersten Reihe Platz genommen, tritt unsere Dozentin an mich heran.

Ihre dunklen Haare sind von grauen Strähnen durchzogen und zu einem strengen Dutt geknotet. Die Landschaft der feinen Fältchen in ihrem Gesicht lässt mich vermuten, dass sie gern die Lippen schürzt und die Stirn runzelt. Aufgrund ihres sachlichen Tonfalls gehe ich davon aus, dass dieses Seminar sehr anders abläuft als das von Ms Wolf. »Da Sie nicht nur verspätet zu unserem Theorieseminar stoßen, sondern auch die ersten zwei Semester des Studiums verpasst haben, wäre es gut für Sie, wenn Sie die versäumten Inhalte über die Grundlagen der Mutationen nachholen würden. Ms Campbell wäre bereit, all Ihre an der *Allbright Akademie* erarbeiteten Credits in Kunstgeschichte für diesen Kurs anzurechnen – wenn Sie mir eine Seminararbeit abgeben, die sich mit der Geschichte der Sirenen beschäftigt.«

»Oh.« Das sollte mich vermutlich nicht überraschen. Ich habe immerhin ein ganzes Jahr verpasst, da ist es nur verständlich, dass ich gewisse Dinge nachholen muss. Vor allem jene, die mit Magie zu tun haben. Allerdings ist mein Stundenplan schon so voll, dass ich noch nicht weiß, wann ich die zusätzliche Recherche für die Seminararbeit einschieben soll. Nachts? »Was genau schwebt Ihnen vor?«

»Eine fünfzigseitige Auseinandersetzung mit dem Fluch der Sirenen beispielsweise. Wann begann er? Wozu dient er? Welche Nebenwirkungen hat er? Ich denke, darüber sollte sich in der Bibliothek ausreichend Material finden lassen.«

»Klingt fair«, ist alles, was mir dazu einfällt, auch wenn ich nicht den Hauch einer Ahnung davon habe, was sie genau mit dem Fluch der Sirenen meint.

»Wunderbar. Dann herzlich willkommen zum Seminar über die Mutationstheorien.«

Mit einem Nicken hole ich meinen Notizblock raus und folge aufmerksam dem Seminar, das sich tatsächlich sehr von denen unterscheidet, die ich bisher besucht habe. Ich weiß nicht recht, was ich mir von dem Kurs erhofft habe, bekomme aber genau das, was im Lehrplan steht: Hintergrundinformationen zu den einzelnen arkanen Begabungen, heute mit Schwerpunkt auf Sirenen und Tritonen. Wie Gemma bereits angedeutet hat, basiert Sirenenmagie auf Pheromonen. Man muss sie sparsam einsetzen, um sein Leben zu schonen und sich nicht zu verraten. Die Gaben im privaten Umfeld einzusetzen gilt als verpönt, sie sollten einzig zum Erreichen beruflicher Ziele genutzt werden. Und da auch nur, wenn es dem Wohl der Allgemeinheit dient. Unsere vorrangige Aufgabe ist es, die Menschen für einen Moment von den Sorgen des Alltags abzulenken und ihnen Augenblicke des Glücks und Friedens zu schenken. Vieles deckt sich mit dem, was ich bereits gehört habe, auch wenn ich jetzt noch mehr den Eindruck habe, dass Auroras Art, sich Essenseinladungen zu erschleichen, nicht im Sinne des Erfinders ist. Oder vielleicht auch eher im Sinne der Erfinderin, denn immer wieder fällt der Name Gaia. Manche meinen, die Erdgöttin wäre der Ursprung alles Arkanen und ihre Energie das, was den unbegreiflichen Part der Magie ausmacht. Etwas, was Hexende anzapfen können und bei Sirenen quasi Teil der DNA ist. Vermutlich ist es das, woran Sofia glaubt. Aber Ms Walker schiebt gleich hinterher, dass die Gaia-Theorie heutzutage sehr umstritten ist und es naturwissenschaftliche Ansätze zur Erklärung der Existenz von Magie gibt.

Als sie sich am Ende des Seminars erkundigt, ob noch Fragen bestehen, nehme ich all meinen Mut zusammen und hebe die Hand.

»Ms Birds?«

»Ich hätte noch eine allgemeine Frage über Sirenen. Alle, die hier im M.U.S.E. abgebildet sind, haben Fischschwänze. Ms Campbell sprach in dem Zusammenhang von Metaphern, dennoch frage ich mich, wo sie ihren Ursprung haben. Mein Dad schrieb mir außerdem in einem Brief vom Gen der Mischwesen. Aber mir ist nicht ganz klar, was sich dahinter verbergen könnte. Auf jeden Fall frage ich mich, ob beides zusammenhängt. Also die Fischschwänze mit der Bezeichnung Mischwesen. Und dass Sirenen und Wertiere viele Pflichtkurse zusammen haben, als gäbe es eine Verbindung, die wir nicht mit allen anderen arkanen Menschen gemeinsam haben.«

Irgendwo ertönt Gelächter, als wäre meine Frage ziemlich dämlich. Sofort schießt mir Hitze in die Wangen, und meine Ohrenspitzen fangen an zu glühen. Vielleicht hätte ich lieber nichts gefragt?

»Nun, Ms Birds. Die Antworten darauf werden Sie finden, sobald Sie an der abgesprochenen Hausarbeit sitzen. Sie haben sicher Verständnis dafür, dass ich unter diesen Umständen nicht näher darauf eingehen werde.« Mit einem Nicken schultert sie ihre Tasche, als wäre alles gesagt.

Wahrscheinlich leuchtet mein Kopf noch immer hochrot, während ich meine Sachen zusammenpacke. Vielleicht bilde ich es mir nur ein oder aber eine Gruppe von Studentinnen wirft mir beim Verlassen des Raumes spöttische Blicke zu, nur um erneut zu kichern, als wären wir noch in der Grundschule.

»Mach dir nichts draus«, ertönt eine Stimme, die mir bekannt vorkommt. Melody lehnt im Türrahmen und scheint auf mich zu warten. »Du weißt, wie das ist: Mitleid bekommt man geschenkt, Neid muss man sich erarbeiten.«

»Neid worauf?«, frage ich resigniert, schultere meine Umhängetasche und verlasse mit ihr gemeinsam den Raum. Seite an Seite schlendern wir durch die prachtvollen Flure in Richtung der großen Halle.

»Weißt du, wir haben hier Internet und können googeln. Deine beste Freundin gilt als Koryphäe der weißen Künste.

Du hast ein untotes Eichhörnchen als Haustier. Und nachdem du deinen Liebeskummer mit uns geteilt hast, habe ich mir mal die Website des Fotografen all deiner Bilder angesehen. Er ist verdammt heiß.«

»Keine der Sachen, die du gerade aufgezählt hast, hat etwas mit mir zu tun.«

»Außer der Tatsache, dass du gleich in der ersten Stunde deine Gefühle mit uns allen geteilt hast, während ich es auch nach fast vier Jahren Studium noch nicht schaffe, dir die Portion Stolz zu übermitteln, die du meiner Meinung nach gerade empfinden solltest.«

Mehr als ein »Mhm« fällt mir dazu nicht ein.

»Und du hast tatsächlich keine Ahnung, wie du das anstellst?«, fragt sie zu beiläufig, um wirklich nebensächlich zu klingen.

»Leider nein. Wenn ich wüsste, wie es geht, würde ich es dir verraten. Versprochen.«

»Versprochen?«, wiederholt sie und hält mir den kleinen Finger hin, als sollte ich einen Schwur leisten.

»Warum ist es dir so wichtig?«

»Weil ich sonst für den Rest meines Lebens allein bleibe – oder aber für eine Gabe sterbe, die ich nicht einmal beherrsche«, antwortet sie so ehrlich und direkt, dass es mich mitten ins Herz trifft.

Vielleicht hat sie recht und meine Situation könnte schlimmer sein. Mom sagt stets: *Egal, wie schlecht es dir geht – irgendjemandem geht es schlechter.* Ehrlich gesagt fand ich es manchmal sehr empathielos und wenig hilfreich, aber in diesem Moment bringt es mich dazu, Melodys Geste zu erwidern und ihr zu schwören, dass ich ihr beim Meistern ihrer Fähigkeiten helfe – falls es im wahrsten Sinne des Wortes in meiner Macht liegt.

»Wie läuft es denn bei dir mit der Hausaufgabe für Ms Wolf?«, setzt sie ihre Befragung fort.

»Gar nicht«, gestehe ich. »Mir fällt momentan irgendwie nichts ein, was mich glücklich macht.«

Melody schnaubt. »Weißt du, was Myra kanalisieren soll? Wut. Sie ist der entspannteste Mensch, den ich kenne. Auf meinem Zettel steht übrigens Stolz. Ich glaube, es ist Teil der Übung, uns zu überfordern.«

Vermutlich. Und es sollte nicht so schwierig sein, etwas zu finden, das mich glücklich macht. Trotzdem fällt mir nichts ein.

»Wie kommt es eigentlich, dass all unsere Dozentinnen unverheiratet sind? Ich meine, bei Ms Wolf ist es als Sirene nachvollziehbar. Aber so scheint es fast, als wäre es Einstellungskriterium.«

Melody zuckt mit den Schultern. »Ist vermutlich eher Zufall. Ms Wolf ist eine Sirene. Klarer Fall von Selbstschutz, nehme ich an. Sie unterrichtet erst seit letztem Jahr am M.U.S.E., ist aber allein in die USA ausgewandert, also vermutlich Single. Ms Campbell ist zwar Gestaltwandlerin und könnte sich eine Beziehung erlauben, ist allerdings mit dem M.U.S.E. verheiratet. Ms Walker ist so alt, dass ich mir irgendwie nicht vorstellen möchte, dass sie in Dating-Apps rumswiped. Und Ms James hatte Gerüchten zufolge mal eine Beziehung zu einem Hexer, der sie für eine Sirene fallen ließ. War irgendwie ein großes Drama. Sie hat sich für ihn extra mit ihrer Familie überworfen und musste dann kleinlaut zurückkriechen, weil sie Geld brauchte. Das besagt zumindest der Flurfunk. Falls sie dich komisch behandelt, denk dir nichts dabei. So ist sie zu allen Sirenen. Wir sind quasi ihr Hassbild.«

Bisher hatte ich zu wenig Kurse, um Ms James einschätzen zu können, doch das wird sich ändern, denn als Nächstes steht laut meines Stundenplans ausgerechnet ein Einzelgespräch mit ihr an.

Ich verabrede mich mit Melody für später in der Mensa und mache mich auf den Weg zu Ms James' Büro, doch beim Betreten des Raums stutze ich.

Ms James sitzt mit einem Klemmbrett in der Hand auf einem Stuhl und bedeutet mir, hereinzukommen und auf einem Sofa Platz zu nehmen, als wäre das hier kein Unterricht, sondern eine Therapiestunde. Die Atmosphäre ist so unangenehm wie der penetrant blumige Raumduft.

»Nun, Ms Birds, setz dich.«

Noch immer irritiert folge ich ihrer Aufforderung, hocke mich auf die äußerste Kante des Sofas im Chesterfield-Stil und lege die Hände in meinen Schoß. Was wird das hier?

»Wie geht es dir? Hast du dich gut eingelebt? Wie gefällt es dir hier am M.U.S.E.?«, fragt sie mit Blick auf ihre Unterlagen, als würde sie eine Checkliste abarbeiten.

»Gut. Ja. Gut«, antworte ich einsilbig. »Sind Sie Psychotherapeutin?«

»Weswegen fragst du das?«

»Weil all Ihre Kurse so wirken.«

»Und dich wundert, dass uns am Wohlergehen unserer Studentinnen gelegen ist? Ihr alle befindet euch in belastenden Situationen. Erwachsen zu werden ist auch dann schon schwierig genug, wenn man keine Gaben zu verheimlichen hat.«

»Sie reden, als wären wir hier noch auf der Highschool.«

»Ich vergaß, dass man sich mit neunzehn oft schrecklich erwachsen fühlt.« Sie zwinkert – und ich weiß jetzt schon, dass mich ihre Kurse echte Selbstbeherrschung kosten werden. Davon mal abgesehen, bin ich zwanzig. »Gestatte mir eine Frage: Wenn du die Möglichkeit dazu hättest, deine Gaben mit sofortiger Wirkung abzugeben. Würdest du es tun?«

»Ich denke schon«, antworte ich aufrichtig. »All meine beruflichen Ziele kann ich auch ohne erreichen, und ich ziehe es vor, nicht zu sterben, nur weil ich mein Herz verschenke.«

»Aha.« Sie macht sich eine Notiz. »Hattest du in letzter Zeit Albträume? Hast du dich emotional überfordert gefühlt? Geweint? Irgendetwas durchlebt, das du als Gefühlsausbruch beschreiben würdest?«

Zweifelnd neige ich den Kopf zur Seite. »Nicht mehr als jeder andere Mensch mit Liebeskummer nehme ich an.«

»Suizidale Gedanken?«

»Nein«, erwidere ich vehement und empfinde das ganze Gespräch jetzt schon als grenzwertig unangenehm.

Wieder schreibt sie etwas auf ihren Zettel. »Du befindest dich also in Phase eins der Verlustverarbeitung: Nicht-wahrhaben-Wollen.«

»Das stimmt nicht«, widerspreche ich. »Wenn es so wäre, würde ich noch immer an der *Allbright* studieren. Und um ehrlich zu sein, hatte ich mir unter den Einzelstunden irgendwie etwas anderes vorgestellt als das hier.«

»Was da wäre?«

»Keine Ahnung. Training, um meine Gaben besser kennenzulernen?«

»Aber Hazel, wir befinden uns hier in keinem Fantasyfilm, sondern der realen Welt. Die Probleme, mit denen ihr später im Alltag konfrontiert sein werdet, sind vor allem das Geheimhalten eurer Gaben und wie ihr euch damit arrangiert. Was hast du erwartet, was man dich hier lehren würde? Wie du Menschen umgarnst, um ihnen ihre Geheimnisse zu entlocken? Wir bilden keine Geheimagentinnen aus. Ihr erhaltet eine vollwertige Ausbildung in … Du studierst darstellendes Spiel? Du wirst hier alle Sprechtechniken, Dramenlehre, Körpersprachekurse und dergleichen erhalten, wie an jedem anderen Konservatorium. Zusätzlich erhaltet ihr Informationen zum Ursprung arkaner Wesen, damit ihr einander im Alltag erkennen und schützen könnt. Ihr lernt bei Ms Wolf die Grundlagen eurer Fähigkeiten kennen. Den individuellen Einsatz jedoch, den wirst du dir selbst im Berufsleben erarbeiten müssen. Wer bildende Kunst studiert, muss schließlich auch selbst erlernen, den Pinsel auf seine individuelle Art zu führen. Niemand kann es für ihn übernehmen, seinen eigenen Pinselduktus zu entwickeln.«

Ich verstehe den Vergleich, finde ihn dennoch in etwa so nervig wie ihren Malkurs. »Sie haben gesagt, dass es auch darum geht, einander im Alltag zu schützen. Wie stellen Sie sich das vor, wenn wir nichts darüber lernen, wie wir das können?«

»Das M.U.S.E. ist ein künstlerisches Konservatorium für junge Frauen. Ein Ort, an dem ihr unter euch seid, eure Masken fallen lassen und ihr selbst sein könnt. Ein Ort, an dem ihr in Frieden *wachsen* könnt. Wir lassen hier nicht heimlich Wertiere in Käfigkämpfen gegeneinander antreten oder entführen Menschen aus der Nachbarschaft, damit ihr sie bezirzen könnt. Das M.U.S.E. ist ein Ort des Vertrauens!« Ms James redet sich so in Rage, dass ich fast den Eindruck bekomme, einen wunden Punkt getroffen zu haben. Sie räuspert sich und streicht ihre rotblonden Haare glatt. Es dauert ein paar Atemzüge, bis sie sich wieder beruhigt hat. »Nun. Wo das geklärt ist, erlaube mir die Bemerkung: Im Gegensatz zu deiner ersten Antwort wirkst du nicht, als würde es dir gut gehen.«

»Doch. Mir geht es gut.« – Das ist nicht direkt gelogen, ich bin nur einfach genervt von diesem Kurs und der Tatsache, dass sie gerade diejenige ist, die ihre Emotionen mühsam unterdrückt und mir genau das vorwirft.

»Mhm.« Sie mustert mich. »Ich habe in der Vergangenheit einige von euch kommen und gehen gesehen. Und weißt du, welche von euch am häufigsten am Leben gescheitert sind? Diejenigen, die nicht in der Lage waren, ihren Gefühlen einen Raum zu geben. Das ist es, was du hier lernen sollst. Zu akzeptieren, dass all deine Empfindungen berechtigt sind. Die Wut. Die Trauer. Die Frustration.«

»Und genau deswegen liebe ich die Schauspielerei, weil ich dort einen Kanal für all die Gefühle in meinem Inneren finde. Ich habe meinen Weg, um sie auszuleben und rauszulassen. Dafür brauche ich keine Bilder zu malen. Mir geht es gut«, versuche ich mich zu erklären und stoße auf eine Wand aus Ignoranz.

Mit einem Seufzen macht sie eine weitere Notiz. »Definitiv die Phase des Verdrängens«, murmelt sie und entlässt mich in den Nachmittag.

19. KAPITEL
HAZEL

Nach der Stunde mit Ms James fühle ich mich so frustriert wie schon lang nicht mehr und beschließe, mich für den Rest des Tages der Frage zu widmen, die mich gerade wirklich interessiert. Und sie lautet nicht: *Wie geht es dir?*

Sondern: *Was soll ich fünfzig Seiten lang über die Herkunft der Sirenen schreiben?*

Als ich nach meinem Mensadate mit Melody, Myra und Joy von der großen Halle aus eine der halbrunden Treppen nach oben nehme und auf den Flur in Richtung der Bibliothek abbiege, passiere ich eine Gruppe von Kommilitoninnen und schnappe ein paar Worte auf.

»… die Ausgangsregeln verschärft haben?«

»Nach der Sache mit Cathleen, Amery und Aria sind sie halt vorsichtig«, murmelt eine andere.

Aria? Ich höre ihren Namen schon zum zweiten Mal. Cathleens Geschichte kenne ich. Doch wer ist Amery? Ich werde wohl auch dieses Mal nicht erfahren, worum es geht, da sie verstummen, als ich in ihre Nähe komme.

Also beschränke ich meine Begrüßung auf ein simples *Hi* und ziehe mich schnellstmöglich in die Bibliothek zurück.

Als ich die knarzende Flügeltür aufstoße, überkommt mich ein Gefühl der Ehrfurcht. Diese Bibliothek wirkt wie ein gigantisches Kunstwerk. Nicht nur aufgrund der aufwendigen

Intarsien des Holzbodens oder der deckenhohen Bücherregale, die an so vielen Stellen mit Schnitzereien verziert sind, dass es aussieht, als würden hölzerne Wächter die Bibliothek im Blick behalten. An einem der Regale windet sich ein Drache entlang, von dem nächsten schaut ein geschnitztes Wesen hinab, das mich an einen Wasserspeier erinnert. Kunstfertige Ranken ziehen sich über die Regalböden bis zur gläsernen Kuppel hinauf, die auch bei dem tristen Winterwetter beeindruckend viel Licht hereinlässt. Selbst die im Licht tanzenden Staubflocken wirken wie magischer Glitzer.

Noch während ich mich frage, wo um alles in der Welt ich in dieser weitläufigen Halle aus Büchern, Büchern und noch mehr Büchern mit meiner Recherche beginnen soll, ertönt ein Ruf.

»Hazel!«

Ophelia steht am Geländer der Galerie und winkt zaghaft zu mir hinab.

Die Bibliothekarin hinter dem Tresen am Eingang wirft mir einen abschätzigen Blick zu, als ich in Richtung der metallenen Wendeltreppe gehe, die ins Obergeschoss hinaufführt. Auch hier erwarten mich – neben Ophelia – unzählige, beinahe deckenhohe Regale voller gedruckter Werke. In der Mitte stehen Tische, die zum Verweilen und Arbeiten einladen.

»Wie schön, dich zu sehen«, sagt Ophelia so fröhlich, dass mir sofort leichter ums Herz wird.

»Freut mich auch«, erwidere ich rasch und nehme ihre Einladung an, mich zu ihr zu setzen. Zumindest lege ich meine Sachen auf dem Stuhl ihr gegenüber ab, bevor ich mich umsehe. »Du hast nicht zufällig eine Ahnung davon, ob es hier irgendwo eine Abteilung über Sirenen gibt?«, frage ich überfordert von der schieren Anzahl all der Bücher in den unzähligen Regalen.

Sie seufzt. »Lass mich raten: Du musst eine Hausarbeit für Ms Walker schreiben? Sie lässt jede von uns zum Studienbeginn eine Ausarbeitung über die Herkunft und Mythen ihrer jeweiligen arkanen Gattung verfassen. Angeblich schon seit Generationen. Auf diese Weise fällt wenigstens nicht auf, wie löchrig ihre Vorlesungen sind.« Ophelia stutzt und sieht sich flüchtig um, als könnte uns jemand belauschen. »Klang das gemein? So war das nicht gemeint. Wie gesagt, ich neige zum Plaudern, wenn ich nervös bin …«

»Es geht tatsächlich um eine Hausarbeit für Ms Walker«, gestehe ich.

Ophelia atmet so tief ein, dass sich ihre Schultern heben, bevor sie die Luft durch die Nase ausstößt. »Leider stehen die Bücher über Sirenen ganz weit hinten im Geschichtstrakt.« Sie macht eine ausholende Geste in Richtung des anderen Endes der Galerie. Fast, als würde sie den Teil meinen, der im Zwielicht versinkt.

»Danke für den Tipp.« Ich schenke ihr ein Lächeln und will mich gerade zum Gehen wenden, als sie auffährt.

»Aber es soll dort spuken!«, ruft sie hastig und bringt mich dazu, sie irritiert anzusehen.

»Spuken? Ausgerechnet im Geschichtstrakt? Ist das nicht etwas … klischeehaft?«, vergewissere ich mich und bringe sie dazu, mit den Schultern zu zucken. »Ich komme schon klar.« Ich umfasse den Citrin-Anhänger meiner Kette. Gemma sagt immer, man muss der weißen Magie vertrauen. Und genau das versuche ich. »Vielleicht sollten wir mal eine Ouija-Session in der Bibliothek abhalten, um der Sache auf den Grund zu gehen.«

Ophelias erschrockenem Quieken nach war das nicht ganz der Vorschlag, den sie sich von mir erhofft hat.

»Oder du bleibst hier, machst deine Hausarbeiten und ich

gehe allein in den Geschichtstrakt«, biete ich als Alternative an.

Ophelia wiegt leicht den Kopf hin und her, als würde sie ihre Optionen abwägen, bevor sie sich sichtlich einen Ruck gibt. »Cathy hat immer gesagt, ich soll nicht so ein Angsthäschen sein. Sie hätte dich bestimmt begleitet«, verkündet sie und strafft die Schultern.

Mit einem Mal bin ich mir gar nicht mehr sicher, ob meine Idee wirklich so gut war. Vielleicht hätte Cathy mich ohne zu zögern begleitet. Aber was auch immer sie damals im ehemaligen Leuchtturm erlebt hat, wäre ihr möglicherweise nicht zugestoßen, wenn sie etwas von der Vorsicht ihrer jüngeren Schwester an den Tag gelegt hätte.

»Lass uns gehen«, sagt Ophelia und klingt, als wollte sie vor allem sich selbst davon überzeugen, dass das hier keine gänzlich dumme Idee ist.

• • ✦ • •

»Du gruselst dich wirklich kein bisschen?«, fragt Ophelia leise und knetet nervös ihre Finger. Anhand der Art und Weise, wie sie sich immer wieder zwischen den Regalen umsieht, als würden wir etwas Verbotenes tun, nehme ich an, dass ihr unser Streifzug durch diese Abteilung noch immer nicht gefällt.

»Ich wüsste nicht, wovor ich mich hier ängstigen sollte. Es ist mitten am Tag, und ich konnte noch nichts Gespenstisches entdecken. Aber wenn du umdrehen möchtest, ist das wirklich in Ordnung. Ich komme schon klar. Dies ist einfach nur ein Raum voller Bücher.«

»Und Geister«, flüstert sie, während ihr Blick unruhig über die Regale gleitet.

Das Einzige, was hier vielleicht ansatzweise gruselig ist, ist das Quietschen und Knarzen des Holzbodens.

»Okay«, sagt sie gedehnt, als wollte sie sich Mut zusprechen. »Und wo möchtest du damit beginnen, mehr über die Geschichte der Sirenen herauszufinden? Unter was sollen wir suchen? Sirenen? Meerjungfrauen? Najaden? Nereiden?«

»Korrigier mich, bitte. Aber Nereiden sind Nymphen, die den Seefahrern geholfen haben. Richtig? Das ist nicht ganz das, was die Menschen den Sirenen nachsagen.«

»Ja, doch alle davon sind Wesen der See und des Meeres. Vielleicht basieren die verschiedenen Mythen auf einer ähnlichen Mutation, und die Menschen haben damals nur aus Neid angefangen, unterschiedliche Geschichten daraus zu spinnen. Du weißt schon: Die lieben, harmlosen Nymphen, die Schiffbrüchige unterhalten und versorgen, bis sie gerettet werden konnten. Und die bösen, bösen Sirenen, die die armen Männer dazu verführt haben, ihre daheimgebliebenen Ehefrauen zu betrügen. Die Mythen mögen sich unterscheiden, aber vielleicht geht es in allen von ihnen um dieselbe oder zumindest eine ähnliche Art von Mutation.«

»Durchaus möglich«, murmle ich. »Dann lass uns alles zusammensuchen, was irgendwie in Richtung *Frauen mit Fischschwanz* geht.«

»Alles?« Ein verzweifelter Unterton mischt sich in ihre Stimme, während sie mit großen Augen den endlos erscheinenden Gang hinuntersieht.

Okay, sie hat recht. Vielleicht ist *alles* zu ambitioniert für einen Nachmittag, also beginne ich mit den Werken, die das Wort *Sirene* gleich im Titel tragen.

Gerade als ich mich wenig später mit einem ganzen Buchstapel im Arm zum Gehen wende, spüre ich einen Schauer, der meinen Körper durchläuft. Ein eiskalter Luftzug streift meinen nackten Hals. Einmal. Und noch einmal. Es ist, als würde jemand hinter mir stehen und sein Atem über meine Haut streichen. Aber da ist noch mehr. Etwas wie ein Sog, der mich zu einem der Regale zieht. Die Haare an meinen Armen stellen sich auf, als wäre die Luft elektrisiert. Sofort schießen mir Ophelias Worte über Geister durch den Kopf. Mein Herz beginnt zu rasen, doch ich traue mich nicht, mich herumzudrehen. Stattdessen gebe ich mir einen Ruck, beeile mich, das Zwielicht zu verlassen und zu Ophelia zurückzukehren, die bereits am Tisch arbeitet. Das gruselige Gefühl behalte ich lieber für mich, um sie nicht noch mehr zu ängstigen.

Erst nachdem ich im Tageslicht am Tisch sitze, schwindet das mulmige Gefühl, um erneut der Bewunderung für die Schönheit dieses Ortes zu weichen. Ich kann nicht anders, als ein Foto von der Bibliothek zu schießen. Die alten Bücher auf dem Tisch, die kunstfertigen Regale, die weitläufige Galerie mit Glasdach, der im Licht tanzende Staub – alles hier sieht so wunderschön aus, dass ich es einfach verewigen muss. Natürlich habe ich Auroras Stimme im Kopf: *Teile in den sozialen Medien nichts, was mit arkanen Dingen im Zusammenhang steht.* – Also achte ich darauf, dass man keinen der Buchtitel lesen kann.

Beim Anblick meines Feeds muss ich lachen. Die oberen drei Fotos zeigen eine Impression aus der Bibliothek, mich in meiner neuen Collegeuniform und das wolkenverhangene M.U.S.E. am Tag unseres ersten Besuches. Alle älteren Fotos schreien dagegen nach New York und Manhattan. Es sieht aus, als hätte ich mein chaotisches Großstadtleben aufgegeben, um es gegen ein romantisches Dark-Academia-Setting einzutauschen. Aber so ist es nicht, denn genau genommen ist mein neues Leben das komplette Gegenteil von romantisch. Als ich sehe, dass Taro mein Bild liked, zieht sich mein Herz so schmerzhaft zusammen, dass ich mich meiner Recherche widme, als könnte ich so darin versinken, dass es meine Sehnsüchte ertränkt. Auch wenn ein Teil meines Ichs höhnisch auflacht, als wollte es sagen: Niemals.

Ich sichte den Stapel der in Leder gebundenen Werke und bleibe schließlich an einem mit besonders welligen Seiten hängen. Es sieht aus, als hätte es mal einen Wasserschaden gehabt.

Oder aber als hätte es jemand genutzt, um Blüten zwischen seinen Seiten zu trocknen, muss ich mich korrigieren, als ich es aufschlage und mir ein vierblättriges Kleeblatt entgegenfällt.

Noch während ich danach greife und es zwischen Daumen und Zeigefinger halte, springt Ophelia auf. Irritiert sehe ich sie an.

»Bist du deswegen hier?«, fragt sie mit Blick auf das getrocknete Blatt. Noch bevor ich ihre Frage überhaupt verstanden habe, rafft sie ihre Sachen zusammen. »Hast du dich darum im Malkurs neben mich gestellt? Weil du dir erhofft hast, dass ich dir irgendetwas über meine Schwester verrate? Hat deine Cousine dich auf mich angesetzt? Denkt sie, ich wüsste, was Cathy damals herausgefunden hat? Dann muss ich euch leider enttäuschen.« Sie wirkt dermaßen tief verletzt, dass ich das Gefühl habe, mich rechtfertigen zu müssen, dabei weiß ich nicht einmal, wofür.

Ich erinnere mich zwar daran, dass Aurora gesagt hat, dass Cathy gern Klee gesammelt hat, doch Ophelia rauscht wütend ab, bevor ich mir aus den spärlichen Informationen zusammengereimt habe, was der Grund für ihre Reaktion ist. Verwirrt sehe ich mir den Buchdeckel an, blättere dann durch die Seiten, aus denen das Kleeblatt gefallen sein dürfte. Ich weiß nicht, ob es Zufall oder Schicksal ist, dass sie die Ursprünge der Sirenen behandeln. Wenn Cathy so gut wie jedes Buch dieser Bibliothek zum Pressen ihrer Blüten hätte verwenden können – warum hat sie ausgerechnet dieses genommen? Warum eines über Sirenen? Was hat sie versucht herauszufinden?

Ich betrachte das Kleeblatt und drehe es zwischen den Fingern hin und her.

»Was hast du hier gesucht, Cathy? Was genau hat dich an Sirenen interessiert?«, murmle ich gedankenverloren.

Zu gern würde ich sie einfach besuchen und danach fragen, nur dürfte das leider schwierig werden, wenn sie seit dem Vorfall nicht mehr spricht.

Fröstelnd widme ich mich dem Buch, lese Seite um Seite und mache mir Notizen für meine Seminararbeit, bis es im Raum minütlich dunkler wird. Irgendwann schalte ich die Tischlampe ein, um weitermachen zu können. Das Buch behandelt vor allem Mythen über die Entstehung der Sirenen. In manchen Geschichten wurden Sirenen als Kinder der Musen bezeichnet, die je nach Mutter unterschiedliche Gaben geerbt haben (Dichtung, Gesang, Tanz, Schauspiel …), in anderen Überlieferungen gelten sie als Töchter der Erdgöttin Gaia. Nachdem Ms Walker sie vorhin bereits erwähnt hat, google ich schnell, was es genau mit ihr auf sich hat. Ich finde tatsächlich mehrere Artikel darüber, dass sie so was wie die Schutzgöttin der Erde ist und Hexende mithilfe von Kristallen oder Pflanzen auf ihre Energie zurückgreifen, sobald sie einen Zauber wirken. Wenn die Sirenen als ihre Kinder gelten, erklärt das zumindest den Teil mit der DNA, den Ms Walker kurz angerissen hat. Mag sein, dass das alles nicht mehr als nette Geschichten sind, aber mir gefällt die Vorstellung, dass eine Muttergöttin existiert, die uns alle verbindet. Dass es Menschen ebenso wie Tiere, Wertiere und Mischwesen gibt, die alle ihrer Schöpfung entspringen und dadurch miteinander verwandt sind. Dass auch heute noch Menschen leben, die diese Verbindung zu unserem gemeinsamen Ursprung spüren und nutzen können – egal ob als Hexende oder Wertiere. Vermutlich wäre Gemma vieles von dem, was in diesem Buch steht, zu religiös. Alles, was sie auf ihrem Kanal teilt, klingt recht wissenschaftlich, aber es ändert nichts daran, dass mir diese Weltanschauung zumindest ein wenig hilft. Diese Bestätigung dafür, dass mein Leben nicht nur eine Strafe ist, sondern Teil eines größeren Ganzen. Sirenengaben sind ein kleines Puzzlestück von vielen, die sich in ihrer Gesamtheit ergänzen. Mein kurzes Hochgefühl endet, als das Buch einen anderen Teil der Menschheitsgeschichte behandelt. Aurora erwähnte die Hexenverfolgungen bereits – und etwa zu der Zeit wandelt sich auch die Darstellung der Sirenen. Musizierende Sirenen galten als Verkörperung weltlicher Verlockungen. Man ordnete sie den Dämonen zu und spaltete sie in zwei Gruppen. Sie wurden entweder als Huren mit Flügeln und Klauen beschrieben, wobei die Flügel das Symbol häufiger Partnerwechsel waren und ihre Klauen den Verlassenen Wunden zufügten. Oder aber man stellte sie mit Fischschwänzen dar und betonte dadurch ihre Erlösungsbedürftigkeit. Ein armes, verdammtes Wesen, das nur durch die Liebe eines menschlichen Gemahls von seinem Schicksal befreit werden kann. Sicher. Lebt eine Frau sich aus, ist sie eine Hure. Andernfalls wartet sie nur darauf, von einem Mann erlöst zu werden. Der Fischschwanz galt in den Darstellungen als Symbol der Keuschheit und konnte nur durch das Finden der wahren Liebe abgelegt werden, um sich »erlösen« zu lassen. Warum Tritonen in den Überlieferungen so gut wie gar nicht auftauchen, obwohl sie nachweislich existieren, dürfte eine Auswirkung des Patriarchats sein. Anders kann ich mir das bei dem sexistischen Unfug nicht erklären.

Noch bis tief in die Nacht lese ich Überlieferungen über Sirenen, doch eine Sache wundert mich. Dass Sirenen sterben, sobald sie sich verlieben, wird zum ersten Mal explizit in der Zeit der europäischen Hexenverfolgungen erwähnt. Davor nie. Aber wenn es eine Mutation gab, die dazu führte, dass wir uns selbst vergiften: Würde sie sich wirklich so schnell weltweit verbreiten? Vom 16. Jahrhundert bis heute klingt zwar nach einer langen Zeit, doch wenn ich mich noch richtig an den Biologieunterricht erinnere, dauert es Jahrtausende, bis sich solch gravierende Veränderungen durchsetzen. Und sprach Ms Walker nicht von einem Fluch? Darüber habe ich noch kein Wort gelesen.

Ich fahre erschrocken auf, als ich eine Bewegung aus dem Augenwinkel wahrnehme. Für eine Sekunde schießt mir erneut Ophelias Schilderung über Geister durch den Kopf – zumindest bis Nuts vor mir auf den Tisch springt.

Erleichtert atme ich auf, während das Eichhörnchen mir mit Gesten zu verstehen gibt, dass es schon wirklich spät ist, ich langsam ins Bett gehen sollte – und es außerdem großen Hunger hat. Als auch mein Bauch protestierend knurrt, sieht es sich bestätigt. Vielleicht hat es recht und ich sollte es für heute gut sein lassen, doch mein Blick bleibt an dem Kleeblatt hängen. Statt es wieder zwischen die Seiten zu legen, stecke ich es ein, bevor ich die Bücher ins Regal zurückstelle. Noch immer verspüre ich den Wunsch, Cathy zu besuchen – und mich bei Ophelia zu entschuldigen. Jedes Mal, wenn ich sie gesehen habe, kam das Thema auf ihre Schwester. Vielleicht hätte ich vorhin schneller verstehen sollen, dass ihr das unangenehm ist. Man hat ihrer Schwester etwas Schreckliches angetan. Ihre Eltern zwingen sie dennoch dazu, auf dieses College zu gehen. Vermutlich wird sie ständig auf den Vorfall angesprochen. Es ist vielleicht kein Wunder, dass sie dachte, ich würde nur versuchen, meine Sensationsgelüste bei ihr zu stillen. Aber so ist es wirklich nicht. Wenn mich Cathys Schicksal interessiert, dann vor allem deswegen, weil sie eine gute Freundin von Aurora war. Was Cathy in meinen Augen schon allein deswegen zu einem bemerkenswerten Menschen macht, da es für mich alles andere als einfach ist, gut mit Aurora auszukommen.

20. KAPITEL
HAZEL

Montag, 6.2.

Genervt werfe ich mich im Bett auf die andere Seite und blicke direkt in Nuts' fragendes Gesicht. Es hat sich auf dem Kleiderstapel in seiner Kommodenschublade zusammengerollt und sieht mich erwartungsvoll an.

»Ich kann nicht einschlafen«, murmle ich, als wäre das nicht ziemlich offensichtlich. Und es liegt definitiv nicht an meinem neuen Haustier oder spukenden Geistern, sondern einer anderen Art von innerer Unruhe. Sie fühlt sich an, als würden unsichtbare Hände nach mir greifen und mich nach draußen zerren; mich in eine bestimmte Richtung lenken. Je entschlossener ich das Gefühl verdrängen möchte, umso entschiedener ziehen sie an mir. Ein paar Minuten länger probiere ich es, sie zu ignorieren, bevor ich endgültig aufgebe. Ehe ich mir selbst weiterhin damit auf die Nerven gehe, mich ruhelos in meinem Bett herumzurollen, öffne ich den Baldachin, schlüpfe in meine Stiefeletten, ziehe meinen Wintermantel über und stecke gewohnheitsgemäß die Brosche an den Kragen. Vielleicht sollte ich ein Buch lesen oder eine Serie schauen, aber irgendetwas in mir strebt danach, eine Runde spazieren zu gehen. Nuts zögert, bevor es mir nachläuft und sich von mir auf eine Schulter setzen lässt. Es scheint sich nicht ganz sicher zu sein, was es von unserem nächtlichen Ausflug halten soll, und beschließt dennoch, an meiner Seite zu bleiben.

Erst als ich durch die vom Mondschein erhellten Gänge des M.U.S.E. wandele, wird mir wieder bewusst, dass heute Vollmond ist. Vielleicht ist es nur ein Zufall oder doch Genetik, aber ich konnte bei Vollmond noch nie gut schlafen. Trotzdem habe ich nie das Verlangen gespürt, bei Nacht rauszugehen. Dieser Impuls ist mir neu.

Meine Gedanken schweifen zu Taro. Wieder einmal. Ich weiß, dass er bei Vollmond oft an Migräne leidet, und würde ihn gern fragen, wie es ihm heute Nacht geht. Aber noch ist der Monat selbst auferlegter Abstinenz nicht vorüber, also reiße ich mich schweren Herzens zusammen.

Nuts gibt ein leises Geräusch von sich und versucht, mich mit einer Geste auf etwas aufmerksam zu machen.

Tatsächlich. Ich spüre erneut diesen Sog, den ich mir nicht erklären kann. Als gäbe es etwas, das mich zu sich zieht. Mich regelrecht ruft. Ich kenne dieses Gefühl. Ab und an habe ich es in Taros Nähe empfunden. Aber er ist nicht hier. Was also könnte diese eigenartige Anziehung bedeuten?

Noch immer gestikuliert das Eichhörnchen aufgeregt in die Dunkelheit, daher folge ich seiner Geste – und meiner Eingebung.

Möglichst leise bewege ich mich durch die Gänge und verlasse das Wohnheim. Auf dem Gelände ist es viel ruhiger, als ich es in einer Vollmondnacht erwartet hätte. Kein einziges Tier kreuzt meinen Weg, nur einmal glaube ich, ein Wiehern aus Richtung der normalerweise verlassenen Stallungen zu hören.

Ich gehe über die gewundenen Pfade zwischen den Rosenbüschen, über den Parkplatz und finde mich dann auf der Allee wieder, die zum Eingangstor führt. Mit jedem meiner Schritte werde ich schneller, folge dem Drängen, bis ich schließlich in Richtung des schmiedeeisernen Eingangstors renne. Warum nur muss das Gelände des M.U.S.E. so riesig sein? Und was hat dieses eigenartige Gefühl zu bedeuten? Meine Lunge schmerzt bei jedem Atemzug, dennoch verlangsame ich mein Tempo nicht.

Da sehe ich es. Endlich. Das Tor!

Mit heftigen Seitenstichen erreiche ich es und weiß nicht, was ich mir erhofft habe. Dunkel hebt sich das schwarze Metall von der Nacht ab, doch dahinter wartet niemand. Ich bin allein mit einem Eichhörnchen, das noch immer zeternd voraus deutet, als sollte ich weiterlaufen.

Nach Atem ringend sehe ich es hilflos an, bis es von meiner Schulter springt, zum Tor huscht, seine winzigen Hände um die Metallstreben legt und daran zieht, als wollte es das Tor notfalls eigenhändig öffnen.

»Aperi te ipsum!«, spreche ich die Worte, die laut der Hausordnung das Tor dazu veranlassen, aufzugehen. Es funktioniert.

Tore, die sich wie von Geisterhand öffnen, bescheren mir dennoch eine eisige Gänsehaut. Ich bin es gewohnt, dass Gemma Magie vor meinen Augen anwendet, eigenständig übernatürliche Dinge zu bewirken kommt mir noch immer seltsam vor.

Fröstelnd ziehe ich meinen Mantel enger um mich und trete auf die Straße hinaus. Das Rauschen des Meeres dringt an meine Ohren. Ansonsten erwarten mich hier draußen nur sternenklarer Himmel und die verlassene Straße. Erschrocken zucke ich zusammen, als das Tor laut scheppernd hinter mir ins Schloss fällt.

Ein Pfeifgeräusch des Eichhörnchens zieht meine Aufmerksamkeit auf sich. Obwohl ich mir nicht sicher bin, ob es klug ist, mich nachts vom Gelände zu entfernen, folge ich seinem

Ruf. Noch immer ist da dieses eigenartige Gefühl, als würde ich von irgendetwas angezogen.

Plötzlich prescht Nuts voran, und ich habe einige Mühe, ihm zu folgen. Tatsächlich erkenne ich bald darauf eine Gestalt am Horizont. So finster gekleidet, dass sie einem Schatten gleicht.

Vermutlich ist es leichtsinnig, dennoch laufe ich ihr entgegen, vertraue meinem Gefühl – und einem zotteligen Eichhörnchen.

Du musst wahrlich verrückt geworden sein, tadele ich mich selbst.

Wie verrückt, begreife ich erst, als ich die Person beinahe eingeholt habe. Sie ist groß, breitschultrig und trägt einen schweren Ledermantel. *Ein Bruder der Rose.*

Erschrocken bleibe ich stehen.

Mein Instinkt rät mir zur Flucht. Sofort habe ich Auroras Worte im Ohr: Cathys letzter Kontakt war einer von ihnen. In der Nähe von Butler Manor verschwinden immer wieder Menschen. Geh den Brüdern aus dem Weg. Bring dich in Sicherheit. – Aber warum hat mich mein Gefühl so vehement zu ihm geführt?

Als hätte er mich gehört, verharrt er in der Bewegung und dreht sich langsam zu mir herum.

Just in der Sekunde fällt mir das Tier auf, das er im Arm trägt. Eine große schwarze Katze. Mein Herz legt einen unwillkürlichen Stolperer ein.

Ist sie verletzt? Bewusstlos? Ist es vielleicht ein Wertier vom M.U.S.E., das er gerade zu entführen versucht? Wollte Nuts mir das zu verstehen geben? Meine Gedanken rasen, doch ich bekomme keinen davon zu fassen. Ich spüre nur eines: Ich habe mich geirrt. Meine Intuition wollte mich nicht zu ihm, sondern zu der Katze führen. Alles in mir drängt mich dazu, meine

Hand nach ihr auszustrecken und ihr Fell zu berühren. Mich zu versichern, dass es ihr gut geht.

Was soll ich jetzt tun? Körperlich ist mir der Typ definitiv überlegen. Seine schweren Stiefel klingen laut auf dem Asphalt. Er sieht wie alles aus – aber kein angehender Butler.

Ich weiß, dass ich nicht hier sein, sondern verschwinden sollte. Doch ich kann nicht. Dieses Gefühl, das mich hierher gelotst hat, hält noch immer an. Ich kann nicht umkehren. Nicht ohne diese Katze.

Der Kerl mustert mich mit einem Gesichtsausdruck, den ich nicht ganz deuten kann. Er wirkt arrogant und selbstsicher, aber ebenso interessiert.

»Sieh an. Eine Studentin des M.U.S.E. so völlig allein bei Nacht hier draußen?« Zumindest seinen Tonfall kann ich interpretieren: spöttisch.

»Ein Student der Geistervilla – ebenso allein«, gebe ich zurück. Mein Herz rast vor Nervosität, aber mein Trotz überwiegt. Ich werde mich von ihm und seiner Präsenz nicht einschüchtern lassen.

»Schlagfertig«, erwidert er mit widerwilliger Anerkennung und kann ein Grinsen nicht länger unterdrücken. »Gibt es einen bestimmten Grund dafür, dass du mich auf der Straße abfängst? Ich bin mir sicher, dass die wirklich interessanten Antwortmöglichkeiten sowohl von eurer als auch unserer Hausordnung verboten werden, also bin ich umso gespannter auf deine Antwort.«

»Apropos verboten: Das da ist meine Katze, und *ich* bin mir sicher, dass der Diebstahl von Haustieren ebenfalls nicht gestattet ist. Nicht nur in unseren Hausordnungen, sondern nach den allgemein gültigen Gesetzen.«

»Deine Katze?« Er betrachtet das leblos wirkende Tier in seinen Armen. »Aufgrund diverser Indizien bezweifle ich deine

Aussage. Sie trägt kein Halsband. Ist nicht kastriert. Und welcher Besitzer nennt sein Tier nicht beim Namen?«

»Vielleicht ist es ja ein Kater namens Katze?«, sage ich über den wummernden Puls in meinen Ohren hinweg. Ich bin fest entschlossen, ihn nicht merken zu lassen, wie nervös mich seine Nähe macht. Obwohl er nichts tut, spüre ich, dass von ihm eine ungreifbare Gefahr ausgeht. Etwas Dunkles, das er unter seinem schwarzen Mantel verbirgt.

»Ein Kater namens Katze würde mir gefallen. Ich mag die Ironie. Das erklärt trotzdem nicht, warum dieses arme, arme Tier bei Vollmond vor eurem Tor saß und herzzerreißende Arien gesungen hat, um eingelassen zu werden.«

Das ist eine verdammt gute Frage. Genau wie die, weshalb ich das Gefühl habe, unbedingt diese Katze zu brauchen. Der Sog in ihre Nähe ist so stark, als hinge mein komplettes zukünftiges Leben davon ab, sie an mich zu nehmen.

Ich hebe den Kopf, als der Kerl dichter an mich herantritt. Verdammt, er ist groß. Warum sehen alle Studenten dieses Privatcolleges dermaßen sportlich aus? Was bitte unterrichten die dort? Mit Sicherheit nicht Malerei und Kunstgeschichte.

»Nenn mir einen guten Grund, dir diese Katze auszuhändigen und dich nicht bei deiner Collegeleitung zu verpfeifen, weil du dich nachts auf der Straße herumtreibst. Vielleicht überlege ich es mir, wenn du mich überzeugst.«

Statt mir eine plausible Antwort einfallen zu lassen, tue ich das, was ich am besten kann: Tief aus meinem Gefühlschaos greife ich zwei Emotionen, halte sie fest und bringe sie an die Oberfläche: Trotz und Stolz. Ich bin diesem Kerl keine Rechenschaft schuldig. Er ist im Unrecht.

»Wie ich schon sagte, ist das meine Katze. Ich hole mir nur, was zu mir gehört. Niemand an meinem College wird mich dafür zur Rechenschaft ziehen. Wie deine Privatschule über

Diebstahl denkt, können wir gern gemeinsam herausfinden, indem ich *dich* bei *deiner* Leitung verpfeife.«

Er schnalzt abfällig mit der Zunge. »Es gibt kein *gemeinsam* zwischen euch und uns.«

»Woher kommt nur diese Rivalität?«, ziehe ich ihn auf.

Statt mir zu antworten, mustert er mein Gesicht und seufzt theatralisch. »Warum müsst ihr immer so verdammt bezaubernd sein?« Die Geste, mit der er mir die Katze überreicht, wirkt beinahe resigniert. »Bitte. Nimm dieses unsägliche Tier zurück. Auf eigene Gefahr. Ich habe das Gefühl, dass es mit dir und deiner Katze kein gutes Ende nehmen wird. Aber ich habe dich hiermit gewarnt. Also tu am Ende nicht so, als wäre ich der Bösewicht in eurer Geschichte.«

Hastig nehme ich das überraschend schwere Tier entgegen und presse seinen schlaffen Körper an mich. Sofort durchflutet mich eine Woge der Erleichterung. Zumindest bis mir eine Sache bewusst wird. »Warum wirkt diese Katze wie betäubt, obwohl sie angeblich eben noch vor unserem Tor miaut hat?«

Unwillkürlich reibt der Kerl sich über einen Handrücken. Täuscht es, oder hat er dort eine Reihe blutiger Striemen? »Deine *Katze* neigt ein wenig zu Widerspenstigkeit. Aber bei guter Pflege hat sie ihren Rausch morgen ausgeschlafen. – Eine letzte Sache noch, bevor du hinter der nahezu unüberwindbaren Mauer deines Colleges verschwindest: Verrätst du mir deinen Namen?«

Ist das sein Ernst?

»Nein«, erwidere ich entschieden.

»Auch dann nicht, wenn dein Leben davon abhängt?«

»Und du kannst mich nur retten, wenn ich dir meinen Namen nenne?«

»Eventuell.« Er zupft ein Katzenhaar von seinem Mantel und betrachtet es zwischen Daumen und Zeigefinger. »Vielleicht wäre es in der Tat gut für dich, nett zu mir zu sein. Könnte ja sein, dass sich deine *Katze* erneut verirrt.«

»Vielleicht. Aber ich stehe nicht auf Männer, die mir anbieten, mich zu retten. Ich bin schon groß. Danke für die Katze.« Ich straffe die Schultern und wende mich zum Gehen. Es kostet mich alle Selbstbeherrschung, ein erleichtertes Aufatmen zu unterdrücken, als er mir nicht folgt.

»Sag mir, wie du heißt, oder …«, ruft er mir nach, doch beendet den Satz nicht.

Irritiert drehe ich mich noch einmal zu ihm herum. »Oder was?«

»Du wirst es bereuen.« Seine Worte könnten eine Drohung sein, wäre sein Tonfall nicht so resigniert.

»Oh, wenn das so ist.« Mehr fällt mir dazu nicht ein. Ich spüre seinen Blick in meinem Rücken, und ein Teil fürchtet, er würde mir vielleicht doch hinterherlaufen, aber ich höre keine Schritte in der Nacht.

Mit einer Hand öffne ich meinen Mantel und versuche, die große Katze vom eiskalten Küstenwind abzuschirmen. Ich weiß nicht, was der Kerl benutzt haben mag, um sie zu betäuben, aber sie ist nicht das erste Tier, auf das ich ein Auge habe, während es eine Narkose ausschläft.

»Hab keine Angst. Es wird alles gut«, versichere ich und beeile mich, mehr Abstand zwischen mich und den komischen Typen zu bringen.

Nuts zögert einen Moment, bevor es mir folgt, wieder auf meine Schulter springt und den Katzenentführer weiterhin im Blick behält.

Ich vertraue darauf, dass Nuts mich warnen würde, sollte der Fremde zu einer Verfolgung ansetzen.

Ich kann mich nicht daran erinnern, wann ich im Leben zuletzt so erleichtert war, als ein Tor hinter mir ins Schloss gefallen ist. Gleichzeitig verfluche ich erneut das weitläufige Gelände des Colleges. Die Katze erscheint mir mit jedem Schritt schwerer. Meine Arme schmerzen beinahe unerträglich, als ich endlich – *endlich* – mein Zimmer erreiche. Ohne groß darüber nachzudenken, lege ich das fremde Tier auf meinem Bett ab, als wäre es eine von Moms Behandlungsliegen. Sein Atem geht flach, aber gleichmäßig. Die Katze, die sich bei genauerer Betrachtung tatsächlich als Kater herausstellt, sieht fit aus, sehr gepflegt, mit sauberer Nase und klaren Augen. Bleibt die Frage, ob Wertiere bei Vollmond das Geschlecht wechseln können. Wenn nicht, ist das Tier definitiv keine Studentin des M.U.S.E., vielleicht eher ein vermisstes Haustier. Gleich morgen früh werde ich einen Aushang am schwarzen Brett machen, damit der Kater zu seiner Besitzerin zurückfindet. Bis dahin werde ich mich um ihn kümmern.

Mom sagt immer, dass es wichtig ist, Tiere an einem ruhigen, warmen Ort ausschlafen zu lassen, also bleibt der Kater in meinem Bett liegen, und ich breite eine leichte Decke über ihm aus, falls er zu frieren beginnt. Denn auch das weiß ich von Mom: Narkotisierte Tiere kühlen schnell aus.

Schweigend setze ich mich neben mein Bett, stütze einen Unterarm auf die Matratze und kraule dem Tier sanft die Stirn. Täuscht es, oder zuckt es leicht mit der Nase, dann der Augenbraue, als wäre es bereits auf dem Weg der Besserung?

»Alles wird gut, kleiner Freund«, versichere ich sanft, während Nuts es sich wieder in seiner Kommodenschublade bequem macht und mir argwöhnische Blicke zuwirft. Dabei kann es ganz unbesorgt sein: Ich werde den Kater sicher nicht behalten, sondern ihn direkt morgen früh seiner Besitzerin zurückgeben.

Zumindest ist das der Plan. Gleich am nächsten Morgen bringe ich Ophelia Karotten und eine Schüssel mit Wasser in ihr Zimmer und hänge an allen schwarzen Brettern Zettel aus: Wer eine schwarze Katze vermisst, kann sie gern bei mir abholen. Doch der Tag vergeht, und niemand kommt. Also rufe ich Mom an und päppele das Tier nach ihrer Anweisung auf, bis es am nächsten Abend tatsächlich ein paar Schlucke Wasser trinkt und an einem Stück Lachs aus der Mensa knabbert, bevor es sich wieder auf meinem Bett schlafen legt. Wenn sich bis morgen keine Besitzerin findet, werde ich die Katze wohl oder übel von Mom ins Tierheim bringen lassen müssen.

21. KAPITEL
TARO

Dienstag, 7.2.

Fuck – das ist mein erster Gedanke, als ich die Augen öffne. Ich liege auf einem Bett, das definitiv nicht meines ist. Ich war instinktiv klug genug, meine Katzengestalt nicht gleich nach dem Aufwachen abzustreifen, allerdings ändert es nichts an meiner absolut bescheidenen Situation. Vorsichtig hebe ich den Kopf und schaue über die Bettkante. Hazel schläft auf dem Fußboden vor dem Bett. Die langen Strähnen ihrer Haare verdecken ihr halbes Gesicht. Ihr Mund ist leicht geöffnet und ihr Shirt so verrutscht, dass ich zu viel und zugleich zu wenig ihres umwerfenden Körpers sehe. Ich wünschte, ich könnte einfach zu ihr herunterspringen und mich an sie schmiegen. Die weichen Rundungen ihrer Brüste wirken wie perfekt dafür geschaffen.

Aber ich muss verdammt noch mal hier raus. Dies ist ein verfluchtes Mädchencollege mit Besuchsverbot. Wie komme ich überhaupt hierher?

Ich erinnere mich nicht einmal daran, wie ich den gestrigen Tag als Katze verbracht habe. Die Erinnerungen sind eigenartig verschwommen, noch unklarer als in anderen Vollmondnächten. Meinen schmerzenden Pfoten nach bin ich vermutlich zu Fuß zum M.U.S.E. gelaufen. Was bedeutet, dass ich wirklich neben der Spur gewesen sein muss. Ob das die unterschwelligen Kopfschmerzen erklärt? Es fühlt sich an, als würde etwas so heftig gegen meine Schläfen drücken, dass es hinter den Augen schmerzt.

So oder so habe ich ein Problem: Wenn ich mich als Katze aus dem Gebäude schleiche, muss ich auch als Katze nach New York City zurück, denn wenn ich mich verwandle, werde ich vollkommen nackt auf der Straße stehen. Keine gute Voraussetzung, um per Anhalter zu reisen. Alternativ könnte ich versuchen, Hazel Hose und Hoodie zu entwenden und mich als Mensch aus dem College zu verdrücken. Theoretisch möglich, da das Universum Hazel die vermutlich längsten Beine der Welt spendiert hat und wir fast gleich groß sind. Ich möchte allerdings ungern herausfinden, was uns blüht, wenn man mich erwischt. Und selbst wenn ich es ungesehen vom Gelände schaffen sollte, bleibt das Problem, dass ich mitten in der Pampa feststecke und zu Fuß den ganzen Tag zurück nach Hause bräuchte, da ich kein Handy bei mir trage, um Hilfe zu rufen.

Ich schaue mich im Zimmer um, bis meine Aufmerksamkeit an Hazels Smartphone hängen bleibt. Innerhalb von Sekunden spinne ich einen rudimentären Plan zusammen: Ich frage Gemma, ob sie mir mit dem Auto entgegenkommen kann. Dann schnappe ich mir einen von Hazels Leinenbeuteln, stopfe Hose und Sweatshirt hinein und hänge mir den Beutel um. An einem College voller Wertiere wird sich hoffentlich keiner wundern, warum noch vor Sonnenaufgang Katzen mit Umhängetaschen durch die Flure spazieren – wie absurd das auch immer klingen mag. Sobald ich das Gelände verlassen habe, werde ich mich verwandeln, anziehen und Gemma entgegengehen. So die Idee.

Also gebe ich meine tierische Gestalt auf und beiße die

Zähne zusammen, als das altertümliche Bett leise unter meinem Gewicht ächzt. Die Transformation geht mir mittlerweile so leicht von der Hand, als würde ich mich umziehen. Ein wenig strecken, ein paar Muskeln anspannen, mein Alter Ego visualisieren – und mich dem Kribbeln der Magie hingeben. Das ist alles.

Vorsichtig verlagere ich mein Gewicht, greife nach Hazels Handy und entsperre es. Ich bin froh, dass ich ihren Pin-Code kenne: der Adoptionstag ihres Hundes Bina.

Unter anderen Umständen wäre ich vielleicht stolz auf mich, weil ich ein so aufmerksamer Zuhörer bin, aber jetzt ist kein guter Moment für Hochgefühle.

Ich schreibe meiner Schwester eine schnelle Notiz:

Hier Taro. Bin »betrunken« zum M. U. S. E. gelaufen. Kannst du mich abholen? Komme dir zu Fuß entgegen. – Antworte nicht auf diese Nachricht!!!

Vermutlich habe ich in meinem ganzen Leben noch keinen demütigenderen Text verfasst. Bisher hielt es der Katzenpart meines Ichs aber auch nie für eine gute Idee, Hazel nachzulaufen wie ein liebeskranker Vollpfosten.

Ich muss für meine Gefühle dringend eine Lösung finden. Später.

Jetzt steige ich erst einmal aus dem Bett, drücke mich an Hazel vorbei, greife einen Stoffbeutel von ihrem Schreibtisch und stopfe einen Hoodie hinein. Die schmerzenden Blasen an meinen Handflächen sind durch die Verwandlung nicht verschwunden, doch glücklicherweise hat das Dasein als Werkatze auch seine Vorteile. Unter anderem katzentypischen antiseptischen Speichel, der eine schnelle Wundheilung fördert. Gerade als ich meine Handfläche ablecke, nehme ich aus dem Augenwinkel eine Bewegung wahr und verharre, bevor ich mich langsam herumdrehe.

Mein Herz macht einen so erschrockenen Satz, dass ich beinahe den Beutel fallen lasse.

Hazel hat sich aufgesetzt und sieht mich an, wie ich nackt – nur mit dem Beutel in der einen Hand und an meiner anderen Hand leckend – vor ihr stehe.

Sie wendet sich dem Bett zu, schaut zu ihrem Kopfkissen, dann wieder zu mir. Sie blinzelt, mustert meinen Körper.

Und neben ihr? Hockt ein Eichhörnchen, das mir bisher nicht einmal aufgefallen ist. War es gestern schon hier? Irgendetwas stimmt mit meinem Erinnerungsvermögen nicht. Mir ist beinahe, als hätte ich die letzten Stunden im Delirium verbracht.

Ich habe ohnehin keine Ahnung, seit wann Hazel sich ein Haustier hält, aber das ist in dem Moment mein geringstes Problem. Das wird mir spätestens klar, als sie aufsteht, mit zornfunkelnden Augen auf mich zukommt und mir den Beutel aus der Hand nimmt. Sie sieht sich kurz im Zimmer um und stopft eine Jogginghose hinein, bevor sie so nah an mich herantritt, dass ich ihren Atem auf meiner Haut spüre.

»Gehe ich recht in der Annahme, dass du dich verwandeln kannst?«, zischt sie leise. »Dann tu das und triff mich in fünf Minuten im Gewächshaus. Die Tür ist nie abgeschlossen. – Wage es nicht, dich einfach zu verpissen.«

Ich schlucke trocken und nicke. Bisher habe ich Hazel nie wütend erlebt – und ich hätte nicht damit gerechnet, dass es mich dermaßen einschüchtern würde.

»Ich hatte nicht vor …«, beginne ich leise, als ihr Handy in der Dunkelheit der Nacht aufleuchtet.

Oh, verflucht. Das sieht aus, als wäre soeben eine Mitteilung eingetroffen.

Hazel greift nach ihrem Smartphone, zieht eine Augenbraue hoch und umfasst das Telefon so fest, als würde sie in Erwägung ziehen, es mir an den Kopf zu werfen.

»Oh, siehe da. Eine Antwort deiner Schwester. Und wie du dich gerade verpissen wolltest«, ist alles, was sie dazu sagt, ehe sie entschieden auf die Tür deutet. Auch das Eichhörnchen verschränkt seine Arme vor der Brust, als hätte es verstanden, was hier vor sich geht.

Da Widerstand und Rechtfertigung in dem Fall sinnlos sind, ergebe ich mich und tue, was sie von mir verlangt.

Spätestens als Hazel fünf Minuten nach mir das etwas abseits gelegene Gewächshaus betritt, ist mir klar, warum sie dieses Gespräch nicht in ihrem Zimmer führen wollte. Die Wände des alten Gebäudes mögen recht dick sein, aber sicher nicht so schallisoliert, dass man Hazels aufgebrachte Stimme nicht hören würde.

»Das ist dein Geheimnis? Dass du ein Wertier bist, das sich einmal im Monat in ein niedliches kleines Kätzchen verwandelt?« Hazels Stimme überschlägt sich fast, während sie mir unsanft den Beutel vor die nackte Brust presst. Sie mustert mich, so intensiv, dass ich mich nicht traue, mir eine Hose überzuziehen. Dabei sollte ich das dringend tun, denn in diesem Glashaus ist es nachts empfindlich kühl.

»Sag mir, dass das nicht dein einziger Grund dafür war, mich auf Abstand zu halten«, fordert sie.

»Kann ich nicht«, antworte ich ehrlich und bringe sie vollkommen aus der Fassung.

»Diese ganze Migräne-bei-Vollmond-Sache war also eine Lüge?«, fragt sie ungläubig.

Ich nicke. Wahrscheinlich sollte ich an dieser Stelle etwas Kluges erwidern – aber ich kann es nicht.

»Du willst mir also sagen, dass du mir all die Monate nicht genug vertraut hast, um ehrlich zu mir zu sein? Nicht einmal, nachdem du mein Geheimnis erfahren hast? Ich habe dir gesagt, was ich bin. Und trotzdem hast du es verschwiegen?«

Wenn sie es so sagt, komme ich mir erbärmlich vor. Rasch ziehe ich mir ihre Jogginghose über, weil ich mich nackt übertrieben verletzlich fühle.

Offensichtlich erwartet sie keine Antwort von mir, sondern fährt einfach fort. »Was hast du gedacht, was passiert, wenn du dich mir anvertraust? Dass ich an der *Allbright* Flyer verteile und dich oute? *Sehet her, der Bruder der Hexe ist ein Wertier! Welch Kuriosum!* Oder hast du angenommen, dass ich den Kontakt abbreche? Dass ich dich in der Praxis meiner Mom kastrieren lasse, wenn du mich enttäuschst? Was um Himmels willen ist dir durch den Kopf gegangen?«, fragt sie fassungslos. Sie mustert mich mit einer Mischung aus Schmerz und Wut, die ich kaum ertrage. Ich will sie umarmen, trösten, mich entschuldigen. Irgendetwas davon. Und sie zugleich anschreien, dass es mir verdammt noch mal leidtut – nur um sie danach auf dem Tisch dort hinten zu vögeln, bis sie mir vergibt. Doch nichts davon tue ich. Stattdessen reibe ich mir mit der Hand über die Stirn. Keine Ahnung, was sie mit mir anstellt, aber es ist echt zu viel.

»Haze. Es ist kurz nach Vollmond. Ich kann mich nicht einmal daran erinnern, wie ich herkam. Ich glaube, ich bin gerade nicht in der Lage für ein Gespräch dieser Art.«

»Willst du mich verarschen?«, fragt sie ungehalten. »Wann beabsichtigst du mir denn dann zu erklären, warum du mich all die Monate belogen hast? Oder wie es dazu kam, dass ich dich letzte Nacht aus den Armen von diesem Typen retten musste. Wann, Taro? Ist dir Neumond vielleicht genehmer?«

»So ziemlich jeder andere Tag im Monat«, bringe ich hervor, obwohl ich weiß, dass die Frage rein rhetorischer Natur war. »Haze, ich bin mir bewusst, dass es scheiße von mir war, nicht ehrlich zu dir zu sein. Ich verstehe, dass du wütend und enttäuscht bist. Dazu hast du jedes Recht. Aber ich bin letzte

Nacht zu dir gelaufen, weil ich nicht Herr meiner Sinne war. Weil irgendetwas in mir sich so sehr nach dir gesehnt hat, dass es die Distanz nicht mehr ausgehalten hat. Brauchst du wirklich weitere Beweise dafür, dass ich jetzt gerade nicht in der Lage dazu bin, vernünftig mit dir zu diskutieren?«

Sie setzt zu einer Antwort an, die sie offensichtlich verwirft. Wenn sie meine Worte überrascht haben: mich auch. Normalerweise stehe ich nicht auf Gefühlsausbrüche dieser Art, doch in diesem Moment kommt mir leugnen ziemlich zwecklos vor. Mein Katzen-Ich war ein mieser Verräter.

»Okay«, sagt sie schließlich und klingt schon sehr viel weniger aufgebracht. »Aber wenn du mich vermisst hast, hättest du mich einfach am nächsten Tag anrufen können. Du hättest dir nicht die Pfoten wundlaufen müssen.«

Ihre Worte entlocken mir ein Schnauben. »Und du wärst ans Telefon gegangen? Wieso nur habe ich dann den Eindruck, dass du mich seit Tagen ignorierst?« Ich sehe an der Art, wie sie zusammenzuckt, dass meine Worte sie verletzt haben. »Entschuldige. Ich wollte dir deswegen keinen Vorwurf machen. Ich bin heute einfach nicht ich selbst. – Ich sollte jetzt besser gehen.«

»Bleib«, sagt sie hastig. »Bitte. Ich habe dir nicht auf deine Nachrichten geantwortet, weil ich dachte, es wäre leichter. Für uns beide. Aurora meinte, dass ich dich vermutlich manipuliert habe. Und ich habe angenommen, dass Abstand uns vielleicht guttut, um … Keine Ahnung, Taro. Ich möchte mit dir befreundet bleiben. Wirklich. Aber du willst nicht wissen, wie oft ich in den letzten Tagen an dich gedacht habe, obwohl ich es besser nicht sollte. In den absolut unpassendsten Situationen. Es ist momentan schwer für mich, mir vorzustellen, dass du mit deinem Leben weitermachst und an der *Allbright* oder bei einem deiner Jobs eine andere kennenlernst. Denn zumindest in dem Punkt hat Aurora recht: Irgendwann wird es passieren. Es wird eine andere kommen, die dir die Liebe geben kann, die ich nicht zulassen darf. Und das ist okay. Aber wenn ich mir das jetzt vorstelle … Schmerzt es mehr, als ich momentan ertragen kann.«

»Das ist der Grund für deinen Rückzug? Die hypothetische Möglichkeit, dass ich irgendwann eine andere kennenlernen könnte?«, frage ich zweifelnd und ziehe ihren Hoodie über. Er duftet so verführerisch nach ihr, dass ich ihn am liebsten nie wieder ausziehen möchte. »Ich weiß, dass ich letztens gesagt habe, dass ich es mir nie verzeihen würde, dir zu schaden, indem ich dir nahekomme. Was ironisch wirkt, weil es mich in dem Moment einige Willensstärke gekostet hat, es nicht zu tun. Aber …«

Aber? Was willst du ihr sagen? Dass du dir eine exklusive Beziehung ohne Sex vorstellen könntest? Sie ist eine Sirene. Jeder weiß, dass die zwei Dinge lieben: Sex und ihre Freiheit. Dein Vorschlag dürfte ihr persönlicher Albtraum sein. Also reiß dich zusammen.

»Aber?«, fragt Hazel und klingt in meinen Ohren viel zu hoffnungsvoll für diese ausweglose Situation.

»Aber … ich bin momentan so mit dem Studium ausgelastet, dass ich gar keine Zeit für Dates habe.«

Autsch. – Das ist der Augenblick, in dem ich mir zumindest imaginär vor die Stirn schlage, weil ich es ein weiteres Mal nicht geschafft habe, ehrlich zu Hazel zu sein.

Hazel blinzelt. »Oh. Okay.«

Es sind nur zwei Worte, aber ich höre trotzdem, wie abgrundtief enttäuscht sie ist. Dabei will ich doch eigentlich nichts mehr, als sie in den Arm nehmen und trösten.

»Möchtest du wirklich schon los?«, fragt sie unsicher, und zumindest dieses Mal schaffe ich es, ehrlich zu ihr zu sein.

»Nein.«

Hazel sieht sich kurz um, bevor sie zu dem Tisch hinübergeht und sich daraufsetzt.

Ich folge ihrer Einladung und nehme neben ihr Platz.

Statt zu reden, schweigen wir einander an. Ich spüre die Hitze ihres Körpers und wende den Kopf ab, als mir ihr einzigartiger Duft in die Nase steigt. Sie hat keine Ahnung, wie schwer es mir fällt, in ihrer Nähe zu sein, ohne ihr nahezukommen. Und selbst wenn sie mich in der Vergangenheit jemals manipuliert hätte, wäre es mir egal, weil es nie auch nur eine Sekunde gab, in der ich mich unwohl gefühlt habe. Das ist mehr, als ich über die meisten anderen Menschen behaupten kann.

»Es ist schön hier«, sage ich nach einer Weile. »Unter rein ästhetischen Gesichtspunkten.«

»Du bist auch schön«, murmelt Hazel. »Nicht nur aus rein ästhetischen Gesichtspunkten.« Sie zögert, bevor sie ihre Hand bewegt und vorsichtig ihren kleinen Finger über meinen legt.

Diese winzige Berührung reicht, damit sich all meine Sinne darauf ausrichten. Ihre zaghafte Annäherung ist eine Herausforderung für meine Selbstbeherrschung. Schon wieder habe ich die Vision davon, sie auf diesem verfluchten Tisch zu vögeln. Spannungen abbauen, mein Revier markieren – wie auch immer man es nennen mag. Ich will sie einfach nur spüren.

Und ja – alles daran ist verdammt falsch.

»Du hättest wirklich nicht zu Fuß bis hier raus laufen müssen. Wenn du mir geschrieben hättest, dass es dir nicht gut geht … Ich hätte dir geantwortet«, sagt sie leise mit dieser Stimme wie Samt, der meine Ohren streichelt.

Wenn sie mich gerade manipuliert, soll sie bitte niemals damit aufhören.

Reiß dich zusammen, ermahne ich mich und das schon allein deswegen, weil ich nur eine Jogginghose trage, die nicht dazu geeignet ist, meine Faszination für sie zu verbergen.

»Dass ich hier bin, war keine bewusste Entscheidung. Das wissen wir beide«, erinnere ich.

Hazel zieht ihre Hand zurück, als hätte sie sich verbrannt.

»Denkst du wirklich, dass wir dazu geschaffen sind, Freunde zu sein?«, frage ich, ohne sie anzusehen. »Zwei Menschen, die kaum ihre Hände bei sich behalten können, wenn sie länger als fünf Minuten zusammen sind.«

»Mir ist früher nie aufgefallen, dass es dir schwerfällt, mich auf Abstand zu halten«, wirft sie ein.

»Tatsächlich? Wenn ich nicht wüsste, dass es dich umbringt, würde ich noch ganz andere Dinge mit dir anstellen, als deine Hand zu halten. Daran hat dein Umzug nichts geändert.«

»Was für Dinge?«, fragt sie leise, aber unverhohlen neugierig.

»All die Dinge«, erwidere ich mit Nachdruck.

»All die Dinge. Sei bloß nicht so gesprächig, Taro«, zieht sie mich auf. »Nicht, dass ich vor lauter unanständigen Fantasien am Ende nicht einschlafen kann.«

»Unanständige Fantasien trifft es gut.« Ich kann ein Schmunzeln nicht unterdrücken, als sie mich mit dem Ellenbogen anstößt und ein leises, aber definitiv frustriertes Stöhnen von sich gibt.

»Okay.« Sie setzt sich im Schneidersitz auf den Tisch. »Reden wir über diese Dinge. Nur einmal. Offen und ehrlich. Wenn ich versuche, außer Acht zu lassen, dass ich noch immer unterschwellig enttäuscht bin, weil du mir dein Geheimnis nicht anvertraut hast, macht mich diese Wertier-Sache durchaus neugierig.«

»Ich wollte es dir sagen«, gestehe ich. »An dem Tag, an dem du mir gestanden hast, dass du eine Sirene bist. Danach kam es mir unwichtig vor.«

»Das war es, was du mir sagen wolltest?«, fragt sie desillusioniert. Offensichtlich hat sie sich von mir etwas anderes erhofft.

Doch ebenso schnell, wie die Enttäuschung durch ihren Blick gezuckt ist, hat sie sie auch wieder weggeblinzelt. »Nun, okay. Du bist also eine Teilzeit-Katze. Wenn ich es mir recht überlege, hätte ich ein paar Fragen zu diesem Thema.«

»Welche Art von Fragen?«, hake ich nach und bekomme das Grinsen nicht aus dem Gesicht, weil die Art, wie sie mich wissbegierig ansieht, viel zu süß ist.

»Als aufmerksame Tochter einer Tierärztin – und gelegentliche Aushilfe in ihrer Praxis – weiß ich ein paar Dinge über Katzen.«

Ich ahne schon, dass dieses Gespräch gerade in eine Richtung geht, die mir nicht gefallen wird. »Was kommt jetzt?«

»Du hast keine Widerhaken an der Zunge, richtig? Ich kann mich zumindest nicht daran erinnern, dass sie sich bei unserem Kuss ungewöhnlich angefühlt hätte.«

»Nur für vierundzwanzig Stunden bei Vollmond«, stimme ich zu.

»Und das gilt dann auch für andere Körperteile?«, vermutet sie und sieht demonstrativ auf meinen Schritt.

»Ich bin zwar nur an Neumond zu hundert Prozent menschlich, doch auch an allen anderen Tagen im Monat besitze ich keine Penisstacheln. Danke der Nachfrage. Ich weiß nicht, ob mir je ein Gespräch unangenehmer war.«

»Aber du hattest schon mal Sex?«

»Ja, als Mensch.« Hazels Fragen überfordern mich auf die schlimmstmögliche Weise. Ich bin es nicht gewöhnt, über meine Eigenarten zu sprechen. Und erst recht nicht auf eine solch intime Art. Ich bin mir sicher, dass Hazel es spürt und schlichtweg ignoriert, als hätte sie beschlossen, dass ich zur Strafe für das Verschweigen meiner zweiten Natur nun hier durchmuss.

»Und bevorzugst du es von hinten, während du deiner Partnerin in den Nacken beißt?«

Ich öffne den Mund und belasse es dann doch bei einem Kopfschütteln. Hazel bereitet dieses Verhör offensichtlich viel zu viel Spaß. »Worauf willst du hinaus?«

»Du würdest also sagen, dass es im Grunde gar nichts gibt, was dich von jedem anderen Mann auf dieser Erde unterscheidet, außer der Tatsache, dass du dich an Vollmond in einen Kater verwandelst?«

»Und der Tatsache, dass ich mich an Neumond ironischerweise oft so fühle, als hätte ich einen Kater, weil ich vom Hormonumschwung Kopfschmerzen bekomme.«

»Was bedeutet, dass du an zwei Tagen im Monat unter deiner Natur leidest und ich an circa fünf, wenn wir die Sirenen-Sache ausblenden«, antwortet sie geradeheraus. »Aber darauf wollte ich gar nicht hinaus. Wenn du mir also bestätigst, dass du dich selbst für ziemlich normal hältst, warum hattest du dann so ein Problem damit, mir dein Geheimnis anzuvertrauen?«

»Auch wenn die Zeit der Hexenverfolgungen zumindest auf unserem Kontinent hinter uns liegt, gibt es noch immer Menschen, die uns nicht wohlgesonnen sind.«

»Menschen, die Wertieren schaden, aber Sirenen nicht?« Sie sieht mich aus ihren großen Augen an. »Taro, ob es dir gefällt oder nicht: Ich bin ein Teil eurer Welt. Deine Geheimnisse sind auch meine. Menschen, die dich bedrohen, würden vermutlich auch mir schaden. Apropos: Sollen wir über den Kerl reden, der versucht hat, dich zu entführen?«

»Ich kann mich an nichts erinnern«, gestehe ich und massiere mir mit Daumen und Zeigefinger die Nasenwurzel. »Irgendwie verschwimmt alles vor dem Moment in deinem Bett in einem Nebel der Erinnerungen.«

»Du meinst, als hätte man dir K.-o.-Tropfen gegeben?«

»Oder ein anderes Betäubungsmittel.«

Hazel nickt. »Das passt auch zu dem lethargischen Eindruck, den du gemacht hast. Ich verstehe aber immer noch nicht, was diese Typen davon haben, Wertiere zu entführen. Warum tun sie das?«

»Warum jagen Hexenjäger Hexende der hellen Künste, obwohl sie niemandem schaden?«, frage ich rhetorisch.

»Hexenjäger«, murmelt Hazel. »Aurora meinte letztens, dass in der Nähe von Butler Manor immer mal wieder Menschen verschwinden. Und diese Typen sehen wie alles, außer angehende Servicekräfte, aus. Wenn ich die Andeutungen deines Entführers richtig verstanden habe, herrscht so etwas wie eine Fehde zwischen ihnen und dem M.U.S.E. Institute. Er meinte, er bräuchte meinen Namen, um mich zu retten. Was denkst du, was es damit auf sich hat?«

»Keine Ahnung. Aber wozu bin ich Journalist?«

»Sag mir bitte, dass du nicht darüber nachdenkst, dich als Katze auf dieses gruselige Gelände zu schleichen, um mehr herauszufinden.«

»Und wenn doch?«

»Bestehe ich darauf, dich zu begleiten, und Schmiere zu stehen.«

Hazel sagt es so entschieden, dass ich sie am liebsten küssen würde. Vielleicht liegt es aber auch nur daran, dass ich das quasi immerzu will.

»Wenn du anbietest, mich zu begleiten, sind wir wieder Freunde?«, frage ich und klinge selbst in meinen Ohren wie ein Vollpfosten. Aber sie nickt.

»Ich wollte nie nicht deine Freundin sein.«

22. KAPITEL
HAZEL

»Keiner von uns kann sich aussuchen, als wer oder was er geboren wurde, aber wir haben die Wahl, wie wir damit umgehen wollen. Vielleicht gibt es Erfahrungswerte darüber, welchen Abstand wir zueinander einhalten sollten, um zumindest … Freunde zu sein und uns ab und an zu treffen«, schlage ich vor.

Erschrocken fahre ich auf, als ein Schatten über das gläserne Dach des Gewächshauses gleitet und für ein paar Sekunden die Sichel des fast vollen Mondes verdeckt.

»Nur ein Vogel«, beruhigt mich Taro. »Wenn mich nicht alles täuscht, war es eine Eule.«

»Vielleicht, aber wir sind hier am M.U.S.E. Institute. Theoretisch könnte dieser Vogel ein Wertier sein, das uns gerade bei der Direktorin verpfeift«, werfe ich ein. Ich sehe noch einen Moment in den Himmel hinauf, doch der Vogel kehrt nicht zurück. »Wenn ich mich nicht sehr irre, sollte Gemma bald hier sein, um dich aufzusammeln. Ich könnte dich noch zum Tor begleiten. Wenn ich es dir öffne, brauchst du dich nicht verwandeln und darüberklettern. Was den Vorteil hat, dass du bekleidet zu ihr ins Auto steigen kannst. Außerdem läufst du nicht Gefahr, erneut entführt zu werden.«

»Was absolut erbärmlich klingt.«

»Jetzt, wo ich weiß, dass du es warst, finde ich die Vorstellung eigentlich ganz süß, wie du so vor dem Tor sitzt und mir ein Lied singst, damit ich dich erhöre«, ziehe ich ihn auf.

Seinem abfälligen Naserümpfen nach teilt er meine Einstellung nicht.

Wie versprochen begleite ich Taro zum Tor und warte gemeinsam mit ihm, bis Gemma in Darrens Auto vorfährt.

Sie hält direkt vor unseren Füßen, lässt die Fensterscheibe an der Fahrerseite herunter und sieht schmunzelnd zwischen Taro und mir hin und her.

»Ich nehme an, dies ist ein *Stell-keine-Fragen-und-fahr*-Moment?«, neckt sie ihren Bruder.

»Ich weiß jetzt schon, dass sie mich die gesamte Rückfahrt über löchern wird«, murmelt Taro, haucht mir zum Abschied einen Kuss auf die Schläfe und steigt ein.

Vermutlich hat er recht. Und zumindest ein ganz klein wenig finde ich, dass er es verdient hat, weil ich noch immer minimal enttäuscht darüber bin, dass er mir sein Geheimnis nicht früher anvertraut hat, obwohl es unzählige Möglichkeiten dafür gegeben hätte.

Er ist eine Teilzeit-Katze. Wie das klingt. In meinen Ohren vor allem nach Abenteuer und Abwechslung. Mag sein, dass ein Leben nach dem Zyklus des Mondes gewöhnungsbedürftig ist, aber wenn ich könnte, würde ich sofort mit ihm tauschen.

»Passt auf euch auf«, bitte ich Gemma, bevor sie losfährt, da mir Taros Schilderungen über Hexenjäger noch immer durch den Kopf geistern. Vermutlich sollte es mich nicht wundern, dass auch sie wirklich existieren, trotzdem wundere ich mich, wie engstirnig man sein muss, um Jagd auf andere Menschen zu machen.

• • ✦ • •

Nachdem sich das Auto aus meinem Sichtfeld entfernt hat, kehre ich zum M.U.S.E. zurück. Beim beginnenden Morgengrauen will ich mich gerade wieder ins Wohnheim schleichen, als ich Ms James vor dem Hauptportal stehen sehe, als würde sie auf etwas warten.

Einem Impuls folgend mache ich auf dem Absatz kehrt, entferne mich mit schnellen Schritten und hoffe, dass sie mich nicht gesehen hat. Leider lässt mich das eigenartige Kribbeln auf meiner Kopfhaut anderes befürchten.

Als ich zurück in mein Zimmer komme, streckt Nuts nur kurz den Kopf aus seiner Schublade, bevor es wieder schlafen geht, während die Gedanken in meinem Kopf noch immer Achterbahn fahren.

Taro ist ein Wertier. Jemand hat ihn entführt. So wie Cathy. Sie wurde doch entführt? Oder was hat es mit ihrem Kontakt zu dem Studenten von Butler Manor auf sich? Ich will wissen, was wirklich hinter diesem Gruselcollege steckt.

Da ich nach dieser aufregenden Nacht ohnehin nicht wieder einschlafen kann, greife ich nach meinem Handy und google zuerst nach Butler Manor und den Brüdern der Rose, doch finde nichts Interessantes: *Privates College. Studentenverbindung. Elite. Viele erfolgreiche Männer hervorgebracht.* Dann gebe ich in das Suchfeld des Browsers Folgendes ein:

Amery M. U. S. E. Institute

Mein Herz setzt einen Schlag lang aus, bevor es doppelt so schnell gegen meinen Brustkorb hämmert.

Studentin (19) verschwunden

Amery Rose – Studentin des M. U. S. E. – seit Tagen vermisst. Spur verliert sich nahe der Klippen. Man geht von einem tödlichen Unglück aus.

Blinzelnd starre ich auf den Treffer und überfliege die darauffolgenden. Amery verschwand vor ungefähr einem Jahr vom Gelände des M.U.S.E., sie wurde nie gefunden und schließlich für tot erklärt.

Tot.

Mich fröstelt. Ich sehe mich in dem dunklen Zimmer um – *ihrem* ehemaligen Zimmer. Mit einem Mal wirkt alles darin unheimlich: der Schemen des Stuhls, der aufgehängte Mantel an dem Garderobenhaken der Tür, der Buchstapel auf dem Schreibtisch. Als könnte irgendetwas davon auf die Anwesenheit eines Geistes hinweisen.

Lächerlich, würde Mom sagen.

Hastig lege ich das Handy auf meinem Nachttisch ab und ziehe mir die Bettdecke bis zu den Schultern hoch, um mich vor gruseligen Wesen zu beschützen.

Ich bin noch nicht lange hier, doch irgendwie erscheint mir alles mit jedem Tag seltsamer.

23. KAPITEL

HAZEL

Mittwoch, 8.2.

Am nächsten Morgen wird es nicht weniger seltsam, als ich von einem Klopfen an der Zimmertür geweckt werde und niemand anderes als Sofia davorsteht.

Sie hält die Hände hinter dem Rücken verschränkt und sieht mich auffordernd an. »Direktorin Campbell wünscht, dich in ihrem Büro zu sprechen. Sofort.«

»Weswegen?«, frage ich kleinlaut und habe eine ganz böse Vorahnung. Was ist, wenn Ms James mich heute Morgen auf dem Weg ins Wohnheim gesehen und direkt verpfiffen hat? Oder schlimmer noch: Wenn vielleicht Überwachungskameras auf dem Gelände sind, die mir gegenüber nur noch nie jemand erwähnt hat? Wenn es Aufnahmen von Taro und mir gibt? Ich schlucke trocken und ärgere mich über mich selbst, so unvorsichtig gewesen sein. Auch wenn hier alles altehrwürdig erscheint, schließt es das Vorhandensein von moderner Technik natürlich nicht aus.

Als ich kurz darauf das Büro von Ms Campell betrete, rutscht mir das Herz in die Hose. Warum ist Aurora hier? Sie sitzt auf einem der Besucherstühle vor Ms Campbells Schreibtisch, als wäre sie meine Mom und das hier ein Elterngespräch in der Schule. Ich habe die Befürchtung, dass es ähnlich unangenehm werden dürfte. Ms Campbell bedeutet mir, auf dem zweiten Stuhl Platz zu nehmen, während Sofia neben mir stehen bleibt.

Wenn sie meine Cousine und meine Tutorin zu diesem Gespräch hinzuzieht, sieht es ernst aus.

»Weswegen bin ich hier?«, frage ich unsicher und lege die Hände in den Schoß. Es kostet mich all meine Selbstbeherrschung, mir nicht die feuchten Handflächen am Rock abzuwischen.

»Nun, Hazel. Uns wurde zugetragen, dass du letzte Nacht Besuch eines jungen Mannes hattest«, beginnt Ms Campbell und bringt Aurora dazu, aufzufahren. Mein Herz zieht sich schmerzhaft zusammen. Man hat uns wirklich miteinander gesehen. Ich spüre, wie mir Hitze in die Wangen schießt.

»Du hattest – *was*?«, fragt Aurora ungläubig.

Ehe ich dazu komme, mir eine Erklärung parat zu legen, hebt Ms Campbell eine Hand. »Wir haben uns nicht hier getroffen, um dir eine Verwarnung zukommen zu lassen. Noch nicht. Wir haben am M.U.S.E. Verständnis dafür, dass die Liebschaften von Sirenen anfangs unter Trennungsschmerz leiden und einiges zu tun bereit sind, um zu euch zurückzukehren. Das passiert nicht zum ersten Mal. Dennoch sind geheime nächtliche Besuche ausdrücklich nicht gestattet. Sollte es zu wiederholten Verstößen gegen die Hausordnung kommen, sehen wir uns dazu gezwungen, dich des Colleges zu verweisen. Ich denke, dass das nicht in deinem Interesse wäre. Du wirst verstanden haben, was für eine einzigartige Chance es ist, hier studieren zu dürfen. Arkane Wesen der ganzen Ostküste bewerben sich bei uns, da es kaum Bildungseinrichtungen dieser Art gibt. Und ich kann dir versichern, dass dich keine andere aufnehmen wird, sollten wir uns von dir trennen.«

Ich beiße die Zähne zusammen und nicke, während Aurora den Rücken durchdrückt.

»Ich versichere, dass meine kleine Cousine sich zukünftig zusammenreißt und ihrem Ex-Freund aufzeigt, dass sein Verhalten absolut unangebracht war.«

Er ist *nicht* mein Ex-Freund. Und er hat nichts falsch gemacht. *Ich* habe ihn auf das Gelände mitgenommen. Und das auch nur, weil ihn ein Student aus Butler Manor entführen wollte. – Das ist es, was ich gern sagen würde. Ich habe allerdings nicht das Gefühl, dass es irgendetwas an meiner Situation verbessern würde.

Flüchtig sehe ich zu Sofia auf und frage mich, weswegen sie hier ist. Ob sie als meine Tutorin den Auftrag bekommt, mich von nun an strenger im Blick zu behalten? Oder bereitet es ihr eine Form von Befriedigung, dieses Gespräch mit anzuhören?

»Wie gesagt: Wir haben hier durchaus Verständnis für ungewöhnliche Situationen. Aber man sollte unsere Nachsicht nicht mit Schwäche verwechseln«, sagt Ms Campbell nachdrücklich.

»Natürlich nicht«, erwidere ich rasch und lege die Hände ineinander, als ich mich dabei ertappe, sie doch am Rock trocken zu reiben.

Ms Campbell mustert mich und seufzt. »Nun, denn … Ich nehme an, Aurora möchte dir noch ein paar Worte mit auf den Weg geben. Ihr seid hiermit entlassen.«

Ein Dankeschön murmelnd erhebe ich mich – und obwohl ich mich mit zwanzig Jahren erwachsen fühlen sollte, geht alles in mir in Deckung, als mich Auroras eisiger Blick trifft. Ich spüre ihre Welle der Wut über mir zusammenschlagen.

Sie greift nach meinem Unterarm, als wollte sie mich am liebsten aus dem Raum zerren, doch ich winde mich aus ihrem Griff.

Ich habe kaum den Flur betreten, da zieht Aurora die Tür hinter uns ins Schloss und beginnt damit, ihrem Unmut Luft zu machen.

»Herrgott, Hazel. Hatte ich dir gesagt, dass du den Kontakt zu diesem Typen abbrechen sollst – oder nicht? Wann begreifst du endlich, dass er dir nicht guttut? Und was ist das überhaupt für ein zerrupftes Ding auf deiner Schulter?« Mit einer vor Zorn zitternden Hand deutet sie auf Nuts, das mich den Großteil meiner Tage begleitet, indem es dort sitzt und sich interessiert umsieht.

»Nuts ist mein Haustier«, antworte ich schlicht und bringe meine Cousine vollkommen aus dem Takt. Sie zieht die Augenbrauen hoch und blinzelt.

»Wow. Dir ist wohl einiges daran gelegen, unsere Familie zu blamieren.«

»Weil ich mir ein Haustier halte, das nicht deinem Sinn für Ästhetik entspricht?«

»Weil du nicht einmal versuchst, die simpelsten Regeln zu befolgen, um dich hier einzufügen!«, poltert sie erbost. »Ich habe dir gesagt, du sollst die Nummer von diesem Typen blockieren. Und was tust du? Triffst dich heimlich mit ihm zu einem Schäferstündchen?«

»Wir sind nur Freunde – und du weißt genau, wie er heißt.«

»Was mich überhaupt nicht interessiert. Im Gegensatz zu der Antwort auf die Frage, warum du mir auf meine letzten Nachrichten nicht geantwortet hast.«

Das ist einfach erklärt: »Weil ich deine Nummer blockiert habe.«

»Warum solltest du das tun?« Sie sieht mich so verwirrt an, als hätte sie tatsächlich nicht den Hauch einer Ahnung.

»Oh, ich weiß nicht, Aurora. Vielleicht weil du jede Gelegenheit nutzt, um dich in mein Leben einzumischen, obwohl du dir nie die Mühe gemacht hast, mich jemals wirklich kennenzulernen?«

»Ich muss dich nicht kennen, um dir die grundlegendsten Sachen zu vermitteln«, sagt sie gereizt. In ihren Augen blitzt etwas auf, das ich als Schmerz deuten würde. »Ist dir mal in den Sinn gekommen, dass sich nicht alles in der Welt immer nur um dich dreht? Dir macht es offensichtlich Spaß, mich als Rabencousine hinzustellen. Bitte schön. Aber hast du mal in den Spiegel geschaut? Es ist auch nicht ganz leicht, mit dir verwandt zu sein und bei jeder Gelegenheit unter die Nase gerieben zu bekommen, wie absolut perfekt du bist. Deine Noten. Deine Auftritte. Dein Engagement. Deine Tierliebe. Deine Mom liebt dich, wohingegen meine schon mein ganzes Leben lang einen Bogen um mich macht und sich einredet, dass Geld Liebe aufwiegt. Spoiler-Alarm: Tut es nicht. Aber es darf keine Rolle spielen, denn die Liebe der Sirenen endet immer tragisch. So oder so. Cathy war damals wie besessen vom Fluch der Sirenen. Sie hat nächtelang recherchiert, um einen Weg zu finden, ihn zu umgehen. Auch dann noch, als ich sie längst gebeten hatte, damit aufzuhören. Weißt du, warum sie den Klee gesammelt hat? Den Klee, der ihr am Ende zum Verhängnis wurde? Weil er angeblich genutzt werden kann, um magische Kräfte kurzfristig zu unterdrücken. Wie töricht.«

Ja, es ist eindeutig Schmerz, der durch ihre Augen zuckt.

Aurora beißt die Zähne zusammen, blinzelt eine aufkommende Träne weg. »Sie hätte alles getan, um uns eine Zukunft zu ermöglichen. Und weißt du, warum? Für die gleiche Illusion, der auch du dich hingibst. Dass es irgendwann eine Welt geben wird, in der Sirenen lieben können, wen sie wollen. Doch das wird nie geschehen. Es gibt diesen beschissenen Fluch. Und niemand wird ihn je wieder zurücknehmen.«

»Aber warum versucht niemand, ihn aufzuheben? Er kostet Menschenleben.«

»Die Wahrheit würde noch so viel mehr kosten! Begreifst du das nicht? Der Fluch dient dazu, den tierischen Teil deiner DNA zu unterdrücken. Er ermöglicht es dir, überhaupt nur unerkannt unter den Menschen zu leben. Sie sind nicht dazu bereit, arkane Wesen in ihrer Mitte zu akzeptieren. Wenn dieser Fluch gebrochen werden würde, würden wir uns bei Wasserkontakt verwandeln. Wir sind hier nicht bei der Disneyversion von Arielle, der Meerjungfrau. Im wahren Leben gibt es kein Happy End für uns. Wir sind diejenigen, die vergehen, während unser Traumprinz – Prinzessin – eine andere heiratet.«

»Aber …«

»Aber was, Hazel? Willst du mir erzählen, dass du deine wahre Liebe opferst, weil du diesen Kerl nicht mehr treffen darfst? Mag sein. Da bist du nicht die Erste. Und du tust es für ein höheres Gut. Für die Allgemeinheit. Und das Wohl vieler ist noch immer wichtiger als das einer einzelnen Person mit fehlgeleitetem Helferkomplex.«

Ich sehe sie an. Unfähig, das Gefühlschaos in meinem Inneren zu sortieren.

»Sieh mich nicht an, als wärst du ein Hundewelpe. Ich habe bereits Cathy verloren, weil sie wie besessen von der Suche nach einem Gegenmittel für den Fluch war. Denkst du, ich mache mir keine Vorwürfe, weil ich sie nicht von ihren Recherchen abgehalten habe?« Aurora blinzelt eine weitere Träne beiseite und ballt ihre Hände zu Fäusten, bevor sie sich wieder gefasst hat. »Fang mit diesen Informationen an, was du willst, aber sie hat mir etwas bedeutet. Und das tust du auch. Obwohl du sehr bemüht bist, jedes Mal so zu tun, als wollte ich dir schaden, wenn ich versuche, dir zu helfen. Was denkst du denn, was passiert, sollte dein toller Typ eines Tages herausfinden, was du bist?«

»Er weiß es, und er ist ein Wertier«, ist alles, was meinem überforderten Hirn dazu einfällt.

Aurora sieht mich an, als wäre das die Schaumkrone auf ihrem tosenden Meer der Schande. »So ist das also? Ein Wertier?«, fragt sie mühsam beherrscht. »Und du bildest dir ein, dass eure Geschichte ein besseres Ende nimmt als die von Cathy und mir? Ich warne dich ein letztes Mal: Vergiss ihn.«

Bevor ich etwas erwidern kann, wendet sie sich zum Gehen. Schweigend schaue ich ihr nach und frage mich, ob ich in all den Jahren ungerecht zu ihr war. Habe ich tatsächlich einfach nicht sehen wollen, dass sie nur versucht, mir zu helfen?

Ein Räuspern lässt mich erschrocken auffahren. Bis eben ist mir nicht aufgefallen, dass Sofia neben mir an der Wand lehnt und mich mustert.

»Möchtest du mir auch die Leviten lesen?«, frage ich resigniert und bringe sie zum Schmunzeln.

»Nein. Aber irgendwie fand ich euer kleines Familiendrama so unterhaltsam, dass ich dir einen Tipp geben möchte.« Sie stößt sich von der Wand ab und bleibt keine Handbreit entfernt vor mir stehen. »Jede von uns befindet sich im freien Fall. Und es sollte allein deine Entscheidung sein, wie du unten ankommst. Das ist alles, was ich dazu zu sagen habe.« Mit einem letzten Lächeln wendet sie sich zum Gehen. Und ich frage mich, ob sie mir gerade indirekt einen frühen Tod gewünscht hat.

Ich werfe einen Blick auf die Uhr und fluche. Dank des Gesprächs mit Ms Campbell und Auroras Standpauke habe ich ausgerechnet den Kurs bei Ms Wolf verpasst, obwohl er für mich einer der spannendsten ist.

24. KAPITEL

TARO

Ich stehe auf der Dachterrasse und starre in den Himmel hinauf. Wieder einmal. Das könnte ein neues Hobby von mir werden.

Als wäre es für sie unerträglich, mich so allein zu sehen, leistet mir Gemma Gesellschaft und setzt sich neben mir auf die Balustrade der Dachterrasse.

»Der Wuschel-Grad deiner gerauften Haare verrät, dass dich etwas beschäftigt«, neckt sie mich gutmütig. »Reden wir über deinen Vollmondausflug zum M.U.S.E., oder tun wir so, als wäre er nie passiert?«

»Da gibt es nichts zu wissen. Nur, dass ich mich wie ein Arschloch verhalten habe.«

»Hast du den letzten Liter laktosefreier Milch aus dem Supermarkt weggekauft? Jemandem die Hand zerkratzt, als er dich ungefragt streicheln wollte?«

Okay, das habe ich irgendwie verdient. Ich mache mir oft Gedanken darüber, was andere Leute über mich denken. Vielleicht zu oft.

»Nein, dieses Mal wirklich. Ich habe Hazel mit meinem Besuch in Schwierigkeiten gebracht.«

Gemma schweigt, seufzt und springt von der Umrandung der Dachterrasse, um an meiner Seite in die Stadt hinauszusehen. »Dann warst du kein Arschloch«, sagt sie sanft. »Weißt du … Darrens Mom meinte mal, dass sie nichts bereut. –

Lieber ein kurzes Leben, als gar nicht wirklich gelebt zu haben. – Und auch, wenn es uns nicht gefällt … Es könnte sein, dass Hazel beschließt, ihrem Weg zu folgen. Das ist ihr gutes Recht, Taro. Natürlich ist es im Gegenzug dein Recht, dich von ihr fernzuhalten. Aber wir können nicht von ihr fordern, nur ein halbes Leben zu leben, um sie nicht zu verlieren.«

»Ich will nicht derjenige sein, der sie umbringt, doch ich bin zu schwach, um ihr zu widerstehen.«

»Liebe ist keine Schwäche, Taro. Liebe ist der Ursprung alles Guten. Genau wie die weiße Magie. Ich sage dir diese Sache nur einmal, aber du kannst nicht der Beobachter deines eigenen Lebens sein. Wenn du danebenstehst, während es passiert, verpasst du das Beste. Und dasselbe gilt für Hazel. Sie ist die Autorin ihres eigenen Lebens. Auch wenn uns eine Komödie lieber wäre als ein Drama, sind wir nicht ihre Lektoren.«

»Das sagt sich leicht, wenn man nicht Gefahr läuft, jemanden umzubringen. Vielleicht solltest du die weiße Magie bitten, deine beste Freundin zu retten, wenn dein Bruder schon so kläglich versagt.«

»Du bist weder ein Versager noch ein Arschloch, nur weil du Hazel einmal besucht hast.«

Ich hasse mich in etwa so sehr dafür, schwach geworden zu sein, wie ich Hazel liebe.

Der Newsticker meines Handys lässt mich auffahren.

Ich ziehe es aus der Gesäßtasche meiner Jeans und lese die Schlagzeile: *Animalis plant Börsengang.*

Ich schnaube. »Natürlich geht dieses Pharmaunternehmen an die Börse.«

»Wovon redest du?«

»Du erinnerst dich an das neue Tierschutzgesetz und dass in den Tierarztpraxen plötzlich alle Medikamente ausgetauscht werden müssen?«

»Ja?«

»Rein zufällig wurde passend dazu ein Unternehmen namens Animalis gegründet, das all die neuen Mittel sofort parat hatte und jetzt sehr penetrant vermarktet.«

»Das Gesetz wird nicht von heute auf morgen entstanden sein. Vermutlich hatten sie Insiderinformationen und ausreichend Vorbereitungszeit.«

»Vermutlich«, stimme ich zu und klicke auf den Link zum Artikel.

Der Vorstandsvorsitzende Adam James ist stolz, die Zeichen der Zeit erkannt zu haben und rechtzeitig in diese weltverändernde Firma eingestiegen zu sein. Aus einem Impuls heraus tippe ich auf seinen Namen und finde mehrere Artikel über den Milliardär, der …

»Interessant«, murmle ich. »Der Vorstandsvorsitzende von Animalis hat ausgerechnet an Butler Manor studiert.«

»Wo?«

Gemma sagt der Name nichts, aber ich erinnere mich an den Namen des Colleges, dessen Student mich entführen wollte. Es wird Zeit, mehr darüber in Erfahrung zu bringen.

»Entschuldigst du mich? Ich habe etwas zu erledigen«, sage ich und stoße mich vom Geländer ab.

»Ich hab dich lieb, Taro.«

Ich zögere, schließe meine Hand fester ums Handy. So fest, dass es schmerzt.

»Ich … dich auch«, erwidere ich leise.

Doch offensichtlich laut genug, um Gemma ein halb lautes Quieken zu entlocken. Wahrscheinlich zu Recht. Sie hat anderthalb Jahre auf meine Antwort gewartet. Anderthalb Jahre, in denen ich mich nicht dazu überwinden konnte, die Worte auszusprechen.

25. KAPITEL
HAZEL

Ich liege im Bett und kann doch nicht einschlafen. Schon wieder nicht. Einerseits fühle ich mich erschöpft von diesem Tag, der Standpauke, der ebenfalls zu kurzen letzten Nacht – einfach allem –, und trotzdem will mein Kopf nicht zur Ruhe kommen. Minute um Minute starre ich ans Dach des Baldachins, versuche, auf der harten Matratze die richtige Liegeposition zu finden und mich an den Geruch des Waschmittels zu gewöhnen, der an meinem Kopfkissen haftet. Alles fühlt sich falsch an. Ich bin zu alt für Heimweh, dennoch vermisse ich heute mein weiches Bett mit der durchgelegenen Matratze, die *Allbright Akademie*, meine Freunde …

Frustriert greife ich nach meinem Handy und schreibe Taro.

***Ich:** Aurora hat mir vorhin erzählt, dass ihre Ex-Freundin versucht hat, einen Weg zu finden, um den Fluch der Sirenen zu brechen. Sie hat angedeutet, dass er uns davor schützt, dass uns bei Wasserkontakt Flossen wachsen. Klingt das sehr seltsam? Irgendwie scheitert mein Vorstellungsvermögen daran, mir auszumalen, dass ich einen Fischschwanz statt Beine haben könnte.*

Ich sehe, dass Taro online kommt, kaum dass ich die Nachricht abgeschickt habe.

***Taro:** Du schreibst jemandem, dem monatlich ein Fell wächst …*

***Ich:** Ja, aber das ist etwas anderes. Du bleibst immerhin ein Säugetier.*

Taro: *Falls es dich tröstet: Ich mag Fische.*

Ich: *Hast du sie zum Fressen gern?*

Taro: *Oh, Haze. Du kannst das nicht schreiben und gleichzeitig erwarten, dass ich das nicht als Steilvorlage sehe.*

Ich: *1.) Wie steil? 2.) Willst du damit andeuten, dass du mich vernaschen würdest?*

Taro ist online und *schreibt … schreibt … schreibt …* – ist offline.

Was vermutlich bedeutet, dass er keine Antwort gefunden hat, die er mir zumuten möchte.

Mit einem Seufzen schlage ich die Bettdecke beiseite, schlüpfe in meine Puschen und beschließe, mir die Beine zu vertreten. Offiziell existiert am M.U.S.E. zwar eine Nachtruhe, aber die beschränkt sich glücklicherweise einzig auf den *Ruhe*-Part und ermahnt dazu, leise zu sein, wenn man sich durch das Gebäude bewegt. Also schnappe ich mir eine flauschige Strickjacke und beschließe, meinem unruhigen Geist nachzugeben und mir die Beine zu vertreten. Nuts begleitet mich, indem es auf meine Schulter springt.

So schreiten wir gemeinsam durch die Flure, bis ich an einem bodentiefen Sprossenfenster verharre, durch welches das Mondlicht hereinfällt.

Nachdenklich betrachte ich die silberne Sichel und muss gestehen, dass sie mich schon immer fasziniert hat. Und das lange, bevor ich wusste, dass Mondschein die Macht dazu hat, Wertiere zu verwandeln oder Wasser mit magischer Energie aufzuladen. Letzteres nutzt Gemma oft im Alltag, um Zauber zu stärken. Ob sie wohl irgendeine Art von Trank kennt, der mir bei meinen momentanen Schlafproblemen helfen kann? Möglich wäre es.

»Du bist auch noch wach?«, fragt eine leise Stimme neben mir und erschreckt mich beinahe zu Tode.

Mit viel zu schnell schlagendem Herzen wirbele ich zu Ophelia herum, die mich entschuldigend anlächelt und die Arme um ihren Oberkörper schlingt, als würde sie nach Halt suchen. Ich bewundere sie für ihren Mut zur Farbe, denn ihre pinke Strickjacke mit Karottenmuster beißt sich etwas mit dem Rot unserer Bluse.

»Wenn ich nicht einschlafen kann, gehe ich auch spazieren.« Sie deutet flüchtig auf den Mond. »Ist es nicht faszinierend, wie uns etwas beeinflussen kann, das so weit entfernt ist?«

»Vermutlich.« Noch immer versuche ich, meinen Puls zu beruhigen, denn viel erschreckender finde ich die Dinge, die direkt vor meiner Nase liegen – oder stehen. Ophelia hat es irgendwie geschafft, sich vollkommen lautlos zu nähern. Sie ist mir seit ihrer Flucht aus der Bibliothek aus dem Weg gegangen. Dass sie mich nun hier mitten in der Nacht anspricht, hat mich wirklich überrascht. »Bisher habe ich ehrlich gesagt nicht viel über den Mond nachgedacht. Ich meine, an Vollmond lag ich oft wach, weil ein Freund von mir … Ich habe mich um ihn gesorgt, denn er war am Tag nach Vollmond immer krank. Zumindest hat er behauptet, dass er mit Migräne im Bett liegt. Letztens hat er mir gestanden, ein Wertier zu sein.«

»Tatsächlich?« Ophelia zieht verblüfft die Augenbrauen hoch und bedeutet mir, mich ihrem Spaziergang anzuschließen. »Was für eine Art von Tier ist er denn?«

»Eine Katze.«

»Oh.« Sie seufzt resigniert. »Viele behaupten, Katzenmenschen seien ein wenig schwierig.«

»Inwiefern?«, frage ich, obwohl ich mir nicht sicher bin, ob ich die Antwort wirklich hören möchte. Ich habe Angst davor, dass mir ihre Worte nicht gefallen werden.

»Ich weiß nicht, ob es stimmt, aber man sagt den Katzenartigen nach, dass sie sich oft ein wenig ambivalent verhalten.

Einerseits haben sie ein ausgeprägtes Bedürfnis nach Nähe, doch sobald ihnen eine Beziehung zu eng wird, suchen sie wohl schnell das Weite. Nur um dann nach einer Auszeit zurückzukehren, als wäre nie etwas gewesen.«

Wenn ich ehrlich bin, klingt das durchaus nach einer Verhaltensweise, die zu Taro passen würde. Und zu seiner Wahl, ausgerechnet Reportagefotografie zu studieren, weil es ihn in die Welt hinauszieht – und es ihm sein späterer Beruf ermöglichen wird, Menschen für eine kurze Zeit sehr nahe zu kommen – nur um dann an einen anderen Ort weiterzureisen.

»Sehen wir es positiv«, schlägt sie vor. »Wenn du mit einer Katze klarkommst, besteht zumindest die Möglichkeit, dass wir Freundinnen werden könnten.«

»Tatsächlich?«, frage ich erleichtert. Nach ihrem Abgang aus der Bibliothek wäre ich nicht auf die Idee gekommen, dass sie das in Betracht ziehen würde.

»Wenn ich letztens komisch reagiert habe, tut es mir ehrlich leid«, druckst sie. »Und ich danke dir dafür, dass du mir trotzdem Karotten gebracht hast. Es gab in der Vergangenheit nur einfach sehr viele Menschen, die kein Interesse an mir hatten und nur versucht haben, aus mir Infos über Cathy herauszubekommen. Über den Vorfall damals oder über das Tottenville Sanatorium. Über ihre Beziehung zu deiner Cousine. Keine Ahnung. Vielleicht … Ich meine … Mit Sicherheit reagiere ich manchmal etwas über, wenn es um meine Schwester geht. Es ist einfach unangenehm, wenn jemand nicht so wirklich Interesse an einem hat sondern nur die eigene Neugierde befriedigen will.«

»Das verstehe ich«, versichere ich rasch. »Und das war ehrlich nicht meine Absicht.«

»Es ist okay. Jeder von uns hat seine wunden Punkte. Und

ich schäme mich ein wenig dafür, dass meiner ausgerechnet meine eigene Schwester ist.«

»Als ich klein war, habe ich mir immer Geschwister gewünscht. Leider habe ich keine. Ich kann mir also nur schwer vorstellen, wie schwierig es sein muss, hier zu sein, nachdem man deiner Schwester etwas so Schreckliches angetan hat.«

Ophelia presst die Lippen aufeinander und nickt. »Vieles daran ist schwierig. Cathy hat sich immer bemüht, eine gute große Schwester zu sein. Aber sie konnte …« Ophelia seufzt. »Meine Eltern haben nie ein Geheimnis daraus gemacht, dass Cathy ihr Lieblingskind war. Ein niedliches, kleines Löwenkopfkaninchen – genau wie meine Mom. Der ganze Stolz meiner Eltern. Ich war von meinem ersten Vollmond an eine Enttäuschung für die Familie. Ein schlappohriger Zwergwidder. Eine Schande.« Sie schlingt die Arme um ihren Oberkörper. »Es gibt Gerüchte darüber, dass Cathy etwas herausgefunden hat, das sie nicht hätte herausfinden dürfen. Dass sie Kontakte außerhalb des M.U.S.E. gepflegt hat, die nicht gut für sie waren. Dass es kein Unfall war, was ihr zugestoßen ist. Aber meine Eltern wollten von diesen Geschichten nichts hören. Ihre perfekte Cathy würde sich nicht mit verbotenen Dingen beschäftigen. Sie würde sich auch nicht in eine Frau verlieben. Sie war … Die Hoffnung meiner Familie. Und ich glaube ehrlich, wenn mir dasselbe wie ihr zustoßen würde, wäre es meinen Eltern relativ egal.«

»Tut mir aufrichtig leid, das zu hören«, sage ich leise. Mir fehlen die Worte um auf Ophelias Erzählung zu reagieren. Ich habe mir immer Geschwister gewünscht, habe mir aber nie vorgestellt, dass meine Mom mich dadurch abschieben könnte, weil sie dann jemand besseren hätte, den sie mit ihrer Liebe überhäufen könnte. Es klingt furchtbar. Dabei trifft es *furchtbar* nicht einmal annähernd.

»Dann entschuldige ich mich hiermit dafür, in der Bibliothek so überreagiert zu haben«, sagt Ophelia. »Ich freue mich übrigens schon auf unseren nächsten gemeinsamen Malunterricht. Ich bin mir noch immer sicher, dass er dir mehr über dein Unterbewusstsein verraten wird, als irgendein uraltes Buch es könnte.«

Meine Gedanken zucken kurz zu meinem letzten Gemälde – und zu Taro. Der gefangenen Katze. Ob es möglich ist, dass mein Unterbewusstsein etwas geahnt hat? Irgendwie bereitet mir die Vorstellung Unbehagen.

»Was mir gerade in den Sinn kommt: Mir wurde gesagt, dass der Malkurs für Sirenen und Wertiere Pflicht ist«, wechsle ich rasch das Thema. »War Aria auch dabei?«

Ophelia nickt. »Sie war ebenfalls im Kurs von Ms James. Es wundert mich allerdings nicht, dass sie das Studium abgebrochen hat. Ihre Familie hat schon seit Jahren Geldprobleme. Große Geldprobleme. Wir haben ein paarmal darüber gesprochen, da meine Familie durch die Kosten für Cathys stationäre Behandlung auch permanente Geldsorgen hat. Aber Aria war sich von Beginn an unsicher, ob es nicht besser wäre, das Studium abzubrechen, um arbeiten zu gehen und ihre Familie finanziell zu unterstützen.«

»Verstehe.« Es gibt noch immer einen Unterschied zwischen New-York-Manhattan-arm, wie wir es waren, oder wirklichen Geldsorgen. Manchmal, wenn ich zu viel Zeit mit Gemma und Taro verbringe, vergesse ich das.

Just in der Sekunde lässt mich der Benachrichtigungston meines Handys auffahren.

Taro. – Es ist, als hätte er gehört, dass ich gerade an ihn gedacht habe.

Auch Ophelia macht einen erschrockenen Satz und presst sich eine Hand auf die Brust. »Meine Güte. Wer schreibt dir denn mitten in der Nacht? Und warum lächelst du deswegen so?«

Sie hat recht, Taros Mitteilung lässt mich tatsächlich grinsen. Allein seinen Namen auf dem Display zu lesen sorgt dafür, dass mir die Nacht noch heller und mein Herz mir leichter erscheint.

Erst jetzt fällt mir auf, dass ich in diesem Moment richtige, ehrliche Freude empfinde. Erleichterung darüber, dass es nach unserer Funkstille wieder wie früher ist und wir uns zu jeder Tages- und Nachtzeit schreiben. Ich versuche, mir dieses Gefühl für den Kurs von Ms Wolf zu merken.

Erst als ich zurück in meinem Zimmer bin, lese ich Taros Antwort und kann ein Lachen nicht unterdrücken. Typisch Taro.

Taro: *1.) 135 Grad. 2.) Nein, ich würde höchstens ein wenig an dir knabbern, aber als guter Freund werde ich das selbstverständlich nicht tun.*

Hazel: *Wie überaus bedauerlich.;)*

26. KAPITEL

TARO

Gefühlt jeder Mensch in meinem Umfeld ist ständig im Internet unterwegs.

Meine Schwester bloggt über ihre Hexerei und veranstaltet Tarot-Livestreams oder philosophiert mit ihren Followern über die Macht von Mondwasser und Kristallen. Cool. Mein Ding wäre es nicht, aber sie ist erwachsen, und ich werde sie nicht davon abhalten. Auf Hazels Blog geht es vor allem um Tier- und Naturschutz, ihre Social-Media-Kanäle sind hingegen voll von Dingen aus ihrem Studium. Kostümproben, Aufnahmen von ihr auf der Bühne, Fotos von ihren Pommes in der Mensa. Eine Mischung, die interessant und nahbar wirkt. Die letzten Fotos zeigen sie in ihrem neuen Zimmer – in der Uniform des M.U.S.E. – und in der Bibliothek. Seitdem herrscht Sendepause. Ich wurde in den letzten Tagen mehrfach danach gefragt, wie es Hazel geht oder warum sie urplötzlich das College gewechselt hat. Ich glaube, mein Schulterzucken war nicht zu ihrem Vorteil. Denn zum ersten Mal habe ich in den Gesichtern der anderen so etwas wie Abscheu oder zumindest Argwohn gesehen. Als würden sie es Hazel übel nehmen, uns an der *Allbright* hängen zu lassen und an ein angeblich besseres College zu wechseln, sobald sich die Chance dazu auftut. Es geht das Gerücht um, dass bei der Aufführung kurz vor Thanksgiving eine Art Talentsucher anwesend war, der Hazel abgeworben hat. Und ich weiß nicht, wie ich dieses Gerücht zerstreuen soll. Denn Fakt ist: Sie ist weg. Und Nur-Freunde-Sein hin oder her: Ich checke noch immer viel zu oft ihre verfluchten Social-Media-Kanäle, weil ich auf ein Lebenszeichen hoffe. Doch heute hat sie mir geschrieben, als täte ihr die vergangene Funkstille tatsächlich leid. Ich weiß noch immer nicht, was ich ihr auf die letzte Nachricht antworten soll, und wechsle das Thema.

***Ich:** Hast du an einem der kommenden Wochenenden zufällig Zeit für mich? Ich habe Darren gefragt, und er meinte, dass es für dich ungefährlich sein müsste, mich zu treffen, wenn wir uns an der frischen Luft aufhalten und zwei Meter Abstand wahren. Er hatte irgendeine biochemische Erklärung dafür parat, die ich instant wieder vergessen habe. Aber er hat mir versichert, dass ein freundschaftlicher Spaziergang an der Küste in Ordnung gehen sollte. Natürlich nur, wenn du magst und Zeit hast.*

Viel zu angespannt starre ich auf das Display, sehe, dass Hazel online ist und eine Nachricht eintippt.

***Hazel:** Für dich habe ich immer Zeit. Und wenn es hier etwas gibt, dann Landschaft, durch die man spazieren kann. Du darfst zwar nicht aufs Gelände, aber glücklicherweise bin ich keine Gefangene. Du könntest vor dem Tor parken, und ich treffe dich dort.*

***Ich:** Passt dir Freitagnachmittag?* – frage ich, weil ich sie gern so schnell wie möglich wiedersehen möchte.

***Hazel:** Mein Seminar über die Antike endet um 15 Uhr. Im Anschluss habe ich noch eine Art Psychotherapiestunde. Ich werde versuchen, mich kurzzufassen, und danach direkt zu dir kommen.*

***Ich:** Purr-fect.* – Ja, das ist ein Katzenwortspiel. Etwas, was ich mir normalerweise niemals durchgehen lassen würde, aber bei Hazel fällt es mir leicht, ich selbst zu sein.

Hazel schickt mir zwei Emojis zurück: eine schwarze Katze und ein Herz. Eine Zeichenkombination, die ich lieber nicht weiter hinterfrage.

Ich bearbeite an meinem MacBook noch ein paar Fotos für eine morgige Präsentation, als mein Handy eine neue Nachricht ankündigt. Grinsend greife ich nach meinem Smartphone, rechne mit einer Botschaft von Hazel – und runzle die Stirn.

Absender unbekannt.

Irritiert öffne ich die Mitteilung und ziehe die Augenbrauen zusammen.

***Anonym:** Ich weiß, was du bist.*

Mehr nicht. Nur diese fünf Worte.

Sofort schnellt mein Puls in die Höhe. Ich lese den Satz wieder und wieder, doch dadurch ändert er sich nicht.

Ich weiß, was *du bist.*

Keine Ahnung, wer mir diese Botschaft schicken sollte – oder warum. Aber meinem Gehirn fällt nur eine mögliche Interpretation ein: Jemand hat mich als Wertier erkannt. Wer? Wann?

Gut, ich war in letzter Zeit tatsächlich nicht immer so vorsichtig, wie ich hätte sein sollen. Aber was ist die Konsequenz aus der Beobachtung? Will die Person mich verraten? An wen? Zu welchem Zweck? Mich zu erpressen dürfte recht witzlos sein. Dad hat nicht unbedingt wenig Geld, dennoch gibt es in einer Stadt wie New York sehr viel lohnenswertere Zielpersonen als mich. Es sei denn … Ich schließe meine Hand fester um mein Smartphone.

Es sei denn, der Verfasser ist ein Hexenjäger.

Ich zögere, bevor ich schreibe: *Und was hast du mit dieser Information vor?*

Unruhig warte ich auf eine Antwort, die nicht kommt.

Vielleicht sollte ich von nun an vorsichtiger sein. Mich nicht mehr so leichtfertig mitten auf der Dachterrasse verwandeln. Es am besten überhaupt nicht mehr tun, bis mich die besondere Magie des Vollmonds dazu zwingt.

Mir läuft ein erneuter Schauer über den Rücken. Habe ich mir letztens ernsthaft eingeredet, dass mein Katzen-Ich sehr wohl Vorteile hat? Dass es mir Freiheit schenkt? Es war eine Illusion. Solange Hexenjäger existieren, ist niemand von uns jemals wirklich frei. Ich ekele mich beinahe vor mir selbst, dass ich dem Drang der Verwandlung nachgegeben habe. Ich war schwach und bin vor meinen Problemen geflohen.

Fluchend greife ich mir in die Haare.

»Du kannst das besser, Taro«, murmle ich mir zu.

Und wenn ich ehrlich bin, habe ich ohnehin keine Wahl, als mich zusammenzureißen. Es gibt in der arkanen Welt einen Ehrenkodex, der es uns gebietet, umsichtig zu sein. Man toleriert beispielsweise, wie Gemma ihre Hexerei auslebt, sofern sie damit niemand anderen in Gefahr bringt. Momentan ist der Großteil der arkanen Gemeinschaft ihr sogar eher dankbar für ihr Engagement. Wenn Gemma ihr Gesicht in die Kameras hält und die Menschen ihren Livestreams folgen, haben sie keine Augen für viele andere Dinge, die tagtäglich um sie herum geschehen. Und solange die kritischen Teile der Gesellschaft Gemmas *TikTok*-Videos lediglich als schrägen Esoteriktrend abtun, hinter dem mehr Scharlatanerie und Deepfake als wirkliche Magie stecken, wird sich daran auch nichts ändern. Doch sollte das Bild der öffentlichen Meinung kippen, ist Gemma dazu gezwungen, all ihre Kanäle stillzulegen. Das weiß sie, denn eine erneute Hexenverfolgung zu verhindern gilt als oberstes Ziel des Ehrenkodex. Wer die arkane Gemeinschaft ernsthaft in Gefahr bringt, hat meist kurz darauf sein Leben verwirkt. Wir bewegen uns in einem sich selbst regulierenden System. Das alles ist mir bewusst – und ich akzeptiere die Regeln. Obwohl es mir lieber wäre, wenn irgendjemand kommen und der Heimlichkeit ein Ende bereiten würde. Wenn jemand einfach der ganzen Welt mitteilen würde: *Arkane Wesen exis-*

tieren, findet euch damit ab. Oh – und übrigens –, es wäre nett, wenn ihr dann auch gleich diesen selbst ernannten Hexenjägern ihre Grenzen aufzeigen würdet, denn wir haben ebenfalls ein Recht auf Leben. Danke.

Bedauerlicherweise hat die Menschheit im Lauf der Geschichte immer wieder bewiesen, dass sie Minderheiten gegenüber nicht besonders aufgeschlossen und ziemlich dankbar dafür ist, wenn sie jemanden hat, den sie absondern und verurteilen kann.

Also tue ich das, was man von mir erwartet: vorsichtiger sein.

27. KAPITEL
HAZEL

Freitag, 10.2.

Mein Blick klebt an der Uhr über dem Whiteboard, während der Sekundenzeiger die Zeit totschlägt. *Tack. Tack. Tack.* Noch zehn Minuten, dann endet das heutige Seminar über Kunst in der Antike. Immerhin weiß ich nun, dass die Statuen aus der Zeit ursprünglich nicht rein weiß, sondern im Gegenteil sehr bunt bemalt waren. Und dass bei den alten Römern und Griechen große Genitalien als unästhetisch und winzige Penisse als Symbol für einen ausgeprägten Intellekt galten – der Sieg des Geistes über die Triebe. Ich habe nicht den Hauch einer Ahnung, was ich mit dem Wissen zukünftig anfangen soll, aber einprägsam waren die heutigen Lehrinhalte allemal. Ich kann mir bildlich vorstellen, wie ich später als äußerst erfolgreiche Schauspielerin bei einer Filmpremiere bin, Champagner trinke und den Anwesenden nonchalant von der Penisgröße antiker Statuen berichte. Im. Leben. Nicht.

Nach dem Seminar raffe ich meine Sachen zusammen und mache mich widerwillig auf den Weg zu Ms James. Vor ihrem Büro treffe ich auf Ophelia, die gerade die Tür hinter sich schließt.

»Wie kannst du nach einer Stunde in diesem Raum so fröhlich aussehen?«, frage ich zweifelnd, weil ich diesen Tagesordnungspunkt liebend gern überspringen und gleich zu Taro eilen würde.

Ophelia zuckt mit den Schultern. »Ich weiß nicht. Irgendwie finde ich es immer befreiend, wenn es mal eine Stunde nur um mich geht, statt ständig daran erinnert zu werden, dass das Schicksal meiner Schwester wirklich tragisch ist«, plaudert sie und stutzt. »Das klang gemeiner, als ich es wollte. Ich liebe Cathy, aber es ist schwer, im Schatten von jemandem zu stehen, der eine perfekte Erinnerung ist. Sie war immer die beliebtere von uns. Und jetzt? Ist sie die mit dem tragischen Schicksal. Die Seminare bei Ms James fühlen sich wie eine Stunde Auszeit an.«

Das kann ich mir vorstellen. Während meiner eigenen Einzelstunde mit Ms James ertappe ich mich allerdings viel zu oft dabei, schon wieder ständig auf die Uhr zu starren, derweil ich ihre Fragen beantworte. Angeblich habe ich seit unserem letzten Termin keinerlei Fortschritte gemacht, allerdings fragt sie auch andauernd dieselben Dinge. Ich fühle mich hingegen schon, als wäre ich langsam dabei, hier anzukommen. Auch wenn viele Studentinnen mich noch immer eher skeptisch ansehen, hinter meinem Rücken tuscheln oder einen Bogen um mich machen, hat der Flurfunk zumindest kommuniziert, dass ich nicht am M.U.S.E. bin, um andere Studentinnen zu manipulieren. Es hat keinen halben Tag gedauert, dann wussten alle, dass ich mich nachts mit einem Typen getroffen habe. Am Abend ist sein Name bis zur letzten Person am M.U.S.E. durchgesickert. Obwohl es nicht gut für meinen Ruf war, bereue ich nichts. Ja, diese Lebenslektion ist unangenehm. Etwas spät lerne ich gerade sehr eindrücklich, dass es schlichtweg unmöglich ist, für sich selbst einzustehen und zugleich mit allen Menschen gut auszukommen. Ganz egal, wie oft ich die anderen Studentinnen in den Fluren grüße, sie anlächle oder mich freiwillig zum Küchendienst melde, um mich für meinen Taro-Fauxpas zu entschuldigen – sie sehen Nuts und mich noch immer an, als wären wir Aussätzige. Aber das ist okay. In meinen Pausen treffe ich mich regelmäßig mit Joy, Myra und Melody oder Ophelia. Und zumindest die geben mir das Gefühl, mich zu akzeptieren, wie ich bin. Unsere gemeinsamen Momente helfen mir auch dabei, darüber hinwegzusehen, dass die anderen drei Sirenen des M.U.S.E. außerhalb des Kurses von Ms Wolf einen Bogen um mich machen. Sie scheinen es wie Aurora vorzuziehen, für sich zu bleiben.

»Nun, Ms Birds …« Mit einem Seufzen schlägt Ms James die Mappe auf ihrem Schoß zu und streicht sich ihre rotblonden Haare hinters Ohr. »Am Ende wirst du nur zwei Optionen haben: Du akzeptierst dein Schicksal und setzt dich damit auseinander, wie du es auszuleben gedenkst – oder du lebst bis zum Ende deines kurzen Lebens in Ignoranz.«

Wow. Noch jemand, der mich eine Ignorantin nennt. Ich bin mir sicher, dass sie sich gut mit Aurora verstehen würde. Wenn meine Cousine keine Sirene wäre … Doch statt mich über ihre Worte zu ärgern, habe ich am Ende der Stunde nur einen Gedanken: *Endlich Wochenende!* Mein zweiter gilt Taro. Er hat mir vor einer halben Stunde geschrieben, dass er sich Darrens Auto geliehen hat und jetzt auf dem Weg ist. Ich weiß nicht, wann ich mich zuletzt so sehr auf etwas gefreut habe wie darauf, gleich sein Gesicht zu sehen.

Ich verschwinde kurz im Gemeinschaftsbad meines Flures, um mich frisch zu machen, werfe einen flüchtigen Blick auf die Uhr und fluche. Das Gelände ist so riesig, dass ich zu Fuß mindestens zehn Minuten zum Eingangstor brauche. Was bedeutet, dass ich zu spät kommen werde. Wenn Taro etwas so sehr hasst wie Unordnung, dann ist es erfahrungsgemäß Unpünktlichkeit. Also gebe ich Nuts eilig etwas zu essen und ignoriere seinen irritierten Blick, als ich wie ein Tornado durch das Zimmer rausche, um nur schnell Mantel und Schal mitzunehmen.

• • ✦ • •

»Es tut mir so leid!«, sind die ersten Worte, die ich abgehetzt hervorbringe, kaum dass sich das metallene Eingangstor geöffnet hat – und ich meine Sprache wiedergefunden habe. Jedes Mal, sobald ich Taro ansehe, verschlägt es mir kurz den Atem; völlig egal, ob ich gerade einen Sprint eingelegt habe oder nicht.

Was soll ich machen? Er sieht selbst dann verboten attraktiv aus, wenn er nur entspannt an einem Auto lehnt und mich anlächelt. Jetzt mustert er mich amüsiert. »Wofür entschuldigst du dich?«

»Ich bin zu spät«, erkläre ich und stemme die Hände in die Hüften, während ich nach Luft ringe.

Taro antwortet nicht, wahrscheinlich weil ihm dazu nichts Höfliches einfällt. Ich kenne ihn gut genug, um zu wissen, dass er mir nie Vorwürfe machen würde.

»Können wir?« Ich versuche, mich zusammenzureißen, und deute die Straße hinunter.

»Du bist dir ganz sicher, dass du in dem Outfit spazieren gehen willst?«, hakt er nach und bedenkt meinen Rock mit einem Seitenblick. »Es ist windig hier draußen, und ich kann dich nicht gesund pflegen, falls du dir eine Blasenentzündung einfängst.«

»Du findest ihn auch zu kurz, oder?«, frage ich genervt und zupfe den Teil meiner Uniform zurecht. »Ich weiß nicht, warum ich die Einzige bin, bei der das Ding einfach nicht da sitzt, wo es hin soll.«

»Ich habe absolut keine Ahnung, wieso man euch dazu zwingt, so etwas überhaupt anzuziehen, aber aus rein medizinischer …« Taro verstummt, während er meine Beine betrachtet.

»Ja?«

Er sieht mich verwirrt an. »Was?«

»Dein Satz hatte kein Ende.«

»Dann haben er und deine Beine ja etwas gemeinsam.« Er stutzt. »Habe ich das gerade laut gesagt?«

»Ja – und der Spruch war so mies, dass er schon wieder gut war«, versichere ich belustigt, wobei das Witzigste an der Situation wahrscheinlich Taros peinlich berührter Gesichtsausdruck ist. »Lass uns gehen«, bitte ich, bevor ich ernsthaft darüber nachdenken kann, den zwei Meter Sicherheitsabstand in den Wind zu schießen. »Was gibt es Neues in New York?«, frage ich und vergrabe meine Hände in den Manteltaschen.

»Das *Hazelcup* hat seine Getränkekarte von Weihnachten auf Frühjahr umgestellt«, antwortet er so monoton, dass ich mich irritiert zu ihm umdrehe.

»Okay. Und was beschäftigt dich nun *wirklich*?«, erkundige ich mich lächelnd, während er mir mit zwei Metern Abstand folgt. Wir überqueren die wenig befahrene Straße und gehen auf dem Grünstreifen an der Steilküste entlang. Der kühle Wind trägt das Geräusch der Meereswellen zu uns herüber und fährt mit kalten Fingern durch mein Haar.

Taro schließt mit wenigen Schritten zu mir auf und schlendert in zwei Armlängen Entfernung neben mir durch das hohe Gras. Es dauert einen Moment, bis er mit der Sprache herausrückt.

»Wenn ich hier bin, macht es das für dich leichter oder schwieriger?«

»Leichter«, antworte ich, ohne darüber nachzudenken. »Es

reicht, dass du bei mir bist, um mich an diesem Ort etwas weniger seltsam zu fühlen.«

»Umgeben von anderen Menschen mit Zugang zur arkanen Welt, helfe ausgerechnet ich dir dabei, dich weniger seltsam zu fühlen?«, fragt er mit diesem typischen Taro-Schmunzeln, das mein Herz schneller schlagen lässt.

»Du gibst mir ein Gefühl von Sicherheit.«

»Obwohl ich dir den Tod bringen könnte?«

Nickend sehe ich ihn flüchtig an, dann zum Meer hinaus. Es mag von außen betrachtet alles keinen Sinn ergeben, weil Gefühle nicht unbedingt rational sind, doch es ist die Wahrheit, dass mich seine Nähe beruhigt. »Ich kann es dir nicht erklären. Wahrscheinlich klingt es naiv, aber du hast mir schon immer ein Gefühl von Sicherheit gegeben. Auch wenn du mich nicht daten wolltest, war da so ein … So etwas wie eine Gewissheit, dass es falsch wäre, unsere Freundschaft aufzugeben, weil ich wusste, dass du immer für mich da sein würdest. Dass ich mich mit jedem Problem an dich wenden kann. Dich zu verlieren wäre, als würde ich einen Stützpfeiler meines Lebens kappen. Falls du verstehst, was ich meine.«

»Ich verstehe«, murmelt er und schiebt die Hände in die Taschen seines schwarzen Mantels. Er schweigt, bis er eine Frage stellt, die mich aus dem Tritt bringt. »Glaubst du an Seelenverwandtschaft?«

Seelenverwandtschaft? Darüber habe ich bisher nie nachgedacht. Ich habe das Wort mal gehört, aber keine genaue Vorstellung von seiner Bedeutung. »Was verstehst du darunter?«

»Ich habe es mal gegoogelt, als ich an einem Punkt war, an dem ich nicht weiterwusste. Im Netz stand etwas von einem Gefühl tiefer Verbundenheit und Zusammengehörigkeit von der ersten Begegnung an. Von bedingungslosem Vertrauen zueinander. Von wortlosem Verstehen. Und über das Gefühl, endlich vollständig zu sein durch bloßen Blickkontakt. Solche Dinge.«

»Ich spüre es, wenn du dich mir näherst«, gestehe ich. »Nicht immer. Aber manchmal ist es, als wärst du ein Magnet, der mich anzieht. Der dafür sorgt, dass sich all meine Sinne auf dich ausrichten. In der Nacht, als dich der Student aus Butler Manor entführen wollte, hat mich dieses Gefühl zu dir gerufen. Meinst du etwas in der Art?«

Statt mir zu antworten, beißt Taro die Zähne zusammen, bis ein Muskel in seiner Wange zuckt. Wenn mich nicht alles täuscht, ist er frustriert.

»Also nicht.«

»Doch. Was denkst du, warum ich an Vollmond zu dir gelaufen bin? Ich weiß nur nicht, wie ich mit all dem umgehen soll.« Tief durchatmend fährt er mit einer Hand durch seine Haare. »Welche Macht wäre so grausam, einem seinen Seelengefährten vorzusetzen und gleichzeitig dafür zu sorgen, dass man ihm nie nahekommen darf.«

»Es gibt viele Arten, einem Menschen nahe zu sein«, sage ich sanft; nicht nur, um Taro aufzumuntern. Wir haben in den vergangenen anderthalb Jahren einige Gespräche geführt – auch ernste und tiefgründige –, aber noch keines dieser Art. Selbst wenn Taro es anders sehen mag, gibt mir unser offener Austausch bereits ein Gefühl von Nähe. Von Vertrauen und Wärme.

Schweigend gehen wir Seite an Seite die Klippe entlang, als gäbe es in diesem Moment nichts mehr zu sagen. Vielleicht weil wir beide spüren, dass uns etwas verbindet, das wir nie ganz begreifen werden. Etwas, das es mir unfassbar schwer macht, den Sicherheitsabstand zu wahren, statt nach seiner Hand zu greifen.

Erst als wir den kleinen weißen Leuchtturm beinahe erreicht haben, wird mir bewusst, wie weit wir uns bereits vom M.U.S.E. entfernt haben.

»Du hast mir etwas von einem Fluch der Sirenen geschrieben«, wechselt Taro das Thema.

»Ich soll eine Hausarbeit darüber schreiben, weiß aber noch nicht so ganz, was es damit auf sich hat. Aurora meinte, er dient zu unserem Schutz, hat allerdings auch irgendetwas damit zu tun, dass wir sterben, sobald … du weißt schon.«

»Ich weiß«, bestätigt er mit einem Naserümpfen. »Was wäre, wenn man den Fluch brechen würde?«

»Dann würden wir uns bei Wasserkontakt verraten, weil uns ein Fischschwanz wächst.«

»Und wenn wir eine Möglichkeit fänden, den dunklen Zauber zu brechen, aber eine wirklich talentierte Hexe kennen würden, die wir bitten könnten, eine andere Art von Tarnung zu entwickeln?«

»Du meinst, das geht?«, frage ich verblüfft.

»Keine Ahnung. Ich bin kein Hexer. Aber ich würde dir hiermit anbieten, mit dir gemeinsam über den Fluch zu recherchieren.«

»Du? Mit mir? Zusammen?« – Wow. Meine Fragen klingen selbst in meinen Ohren wenig eloquent, aber allein der Gedanke daran, dass wir Zeit miteinander verbringen könnten, lässt mein Herz vor Freude einen anderen Takt anschlagen.

»Wenn du eine Idee hast, wo wir etwas darüber herausfinden können. Sicher.« Taro zuckt entspannt mit den Schultern. Für ihn scheint es kein großes Ding zu sein. Mein ganzer Körper kribbelt hingegen so aufgeregt, als könnte bei gemeinsamen Recherchen sonst was passieren.

»In der Bibliothek des M.U.S.E. gibt es zwar ein paar Informationen über den Fluch, aber die genauen Details scheinen geheim zu sein«, murmle ich. Meine Gedanken gleiten zu meinem letzten Besuch; mich schaudert. »In einer angeblich verfluchten Abteilung über Sirenenmythologie, da war … Ich kann es schwer beschreiben. Es war so ein Gefühl. Ein Sog, wie der, der mich zu dir geführt hat. Fast so, als gäbe es dort etwas, das ich mir ansehen sollte.«

»Warum hast du es nicht getan?«

»Weil es mich gegruselt hat«, gestehe ich und kuschle mich Schutz suchend in meinen Schal.

»Und wenn wir genau dort gemeinsam nachsehen?«, schlägt er so leichthin vor, dass ich erneut aus dem Tritt gerate.

»Wir? Gemeinsam? In der Bibliothek des M.U.S.E. Institute?«, frage ich ungläubig. Ich sollte ablehnen. Wenn man uns da zusammen erwischt, fliege ich definitiv vom College. Aber ich kann es nicht. Allein die Vorstellung davon, Taro diese wundervolle Bibliothek zu zeigen, macht mich ganz aufgeregt. Vielleicht ist es auch der Reiz des Verbotenen. Oder einfach die Aussicht darauf, ihn wieder öfter zu sehen. »Und dann schleichst du dich nachts als Katze auf das Gelände? Heißt das nicht, du wärst als Mensch die ganze Zeit nackt?«

»Entweder das oder du bringst mir Klamotten mit.«

»Die Optionen muss ich erst ausreichend abwägen«, scherze ich und nehme in Kauf, dass Taro mich unsanft mit dem Ellbogen anstößt.

Als wir die Landzunge mit dem Leuchtturm erreichen, tritt er so nah an den Rand der Klippe heran, dass mir schon bei seinem Anblick schwindelig wird. Hätte ich einen weiteren Beweis dafür gebraucht, dass er nicht unter Höhenangst leidet: Das ist er. Nie im Leben würde ich mich freiwillig dorthin stellen. Ich hätte viel zu viel Furcht, dass der Boden unter meinen Füßen wegbricht und ich ins Wasser stürze.

Ich nähere mich ihm so weit, wie ich mich traue, und folge seinem Blick auf das Meer hinaus. Bleifarben mit weißen Schaumkronen erstreckt es sich unter einem Himmel, der wie gemalt aussieht – wenn auch in den düstersten Farben. Was nur finden Menschen an so einem Anblick beruhigend? Das erste Wort, das mir in den Sinn kommt, wäre: aufwühlend.

»Nur damit das klar ist: Ich helfe dir bei der Recherche über den Fluch als Freund. Nicht aufgrund von Hintergedanken«, sagt Taro nach einem Moment der Ruhe.

»Und das soll ich dir nach unserem Gespräch über Seelenverwandtschaft abnehmen?«

Er zögert und stößt geräuschvoll die Luft durch die Nase aus. »Glaub mir, du hast jemand besseren als ein Wertier verdient.«

»Warum reitest du so auf dieser Sache herum?«

»Weil die Menschen nichts mögen, was nicht ihrer Norm entspricht. Für den Rest meines Lebens bin ich dazu gezwungen, diesen Teil von mir geheim zu halten. Und damit auch alle anderen, die davon wissen. Wenn wir weiterhin befreundet bleiben, würde ich dich dazu zwingen, für mich zu lügen. Jeden Vollmond.«

Ich sehe, dass ihm dieser Punkt ein schlechtes Gewissen bereitet, aber das müsste er nicht haben. »Ich komme damit klar«, versichere ich. »Jeder Mensch hat Geheimnisse, die er nicht vor Fremden offenbaren möchte. Die Welt ist voll von kleinen und größeren Lügen. Ich glaube, du fokussierst dich zu sehr auf das Schlechte deines Daseins.« Ich ziehe meinen Mantel enger um mich und lasse den Blick zum Meer wandern, weil der Drang, Taro in den Arm zu nehmen, fast übermächtig ist. Viel zu gern würde ich sein Gesicht umfassen, ihm tief in die Augen sehen und ein für alle Mal zu verstehen geben, dass er perfekt ist, wie er ist. Stattdessen bin ich dazu gezwungen, Abstand zu halten. Es tut mir in der Seele weh, dass ich nicht so für ihn da sein kann, wie er es braucht. Wenn er mich fragt, ist dieses unüberwindbare Hindernis – die erzwungene Distanz – viel schlimmer, als für ihn zu lügen. »Ich weiß, dass es dir schwerfällt, das anders zu sehen, aber du bist ein wirklich guter Freund, der diese kleine Flunkerei mehr als wert ist. Du bist immer da, wenn ich dich brauche. Du hast mir Mut gemacht, wann immer ich kurz davor war, aufzugeben. Du hast ein Talent dafür, das Gute in den Menschen zu sehen, obwohl du behauptest, nicht daran zu glauben. Soll ich weitermachen?« Mit fragendem Blick wende ich mich ihm zu und kann förmlich beobachten, wie viel Selbstbeherrschung es ihn kostet, seine Emotionen herunterzuschlucken. »Du bist so viel mehr als ein Wertier.«

Er zeigt den Ansatz eines Schulterzuckens. »Vielleicht bin ich einfach nur genau das. Ich würde dir Probleme bereiten, die du nicht haben müsstest.« Er lässt erschöpft den Kopf hängen,, ringt mit sich selbst.

»Ich kann dir nur versichern, dass ich dich kein bisschen weniger mag, seitdem ich dein Geheimnis kenne. Es ändert wirklich gar nichts an meinen Gefühlen für dich.«

»Freundschaftliche Gefühle«, murmelt er und bringt mich zum Grinsen.

»Natürlich. Immer nur rein freundschaftlich, wie du weißt.«

Ich sehe aufs Meer hinaus, bis mir eine eiskalte Gänsehaut den Rücken hinabrieselt. Sie liegt nicht am kühlen Wind. Es ist eher wie eine Ahnung davon, dass wir beobachtet werden.

Irritiert drehe ich mich herum.

Mir entweicht ein erschrockener Aufschrei, als ich drei Studenten von Butler Manor erblicke. Sie stehen nur wenige Meter von uns entfernt.

Waren wir so abgelenkt, dass wir sie nicht haben kommen hören? Sofort drängen sich Auroras Worte in mein Bewusstsein. *Zeig keine Schwäche, aber geh ihnen aus dem Weg.* Das dürfte schwierig werden, denn wenn wir die Landzunge verlassen wollen, müssen wir zwangsläufig an ihnen vorbei. Und sie sind in der Überzahl.

Einer von ihnen fixiert uns mit seinem Blick. Auch wenn es dunkel war, erkenne ich seine roten Haare wieder. Es ist der Typ, der Taro entführen wollte.

Endlose Sekunden verstreichen. Sekunden, in denen wir einander reglos anstarren, als würden wir einen inneren Kampf ausfechten. Niemand rührt sich. Mein Herz schlägt schneller, und meine Muskeln spannen sich an. Alles in mir schaltet auf Angriffsmodus. Die bedrohliche Stimmung ist beinahe greifbar, dabei weiß ich nicht einmal, weswegen unsere Colleges verfeindet sind.

Der Fremde verliert unser Blickduell, als einer seiner Freunde ihn an der Schulter berührt. Er redet auf ihn ein und schließlich kehren seine Kumpane in Richtung des alten Herrenhauses zurück, nur der Rothaarige sieht zwischen mir und Taro hin und her – und schüttelt leicht den Kopf, als wäre es ein Tadel.

»Ist er das?«, fragt Taro leise. Der knurrende Unterton seiner Stimme gefällt mir nicht.

»Ja. Und ich verstehe, dass du wütend auf ihn bist, aber sie sind in der Überzahl.«

Als hätten seine Freunde meine Worte gehört, rufen sie ihn: »Komm schon, JJ! Die zwei sind den Stress nicht wert.«

Natürlich folgt JJ ihnen nicht, sondern kommt auf uns zugeschlendert. Bei jedem seiner Schritte klirren die Schnallen seiner schweren Stiefel aneinander, als wollten sie die aufgeladene Stimmung unterstreichen.

Taro tritt einen Schritt vor, aber ich greife nach seiner Hand und halte ihn zurück.

Ich bin die Sirene von uns beiden. Es ist meine Gabe, Menschen zu beeinflussen. Ich werde diese Sache regeln – oder es zumindest versuchen.

Sein zweifelnder Blick scheint zu fragen, ob ich mir sicher bin, doch als ich nicke, zieht er sich kommentarlos zurück. Mir zuliebe, obwohl ich ihm ansehe, wie wenig es ihm gefällt.

»Sieh an. Schon wieder die Sirene«, ruft besagter JJ hämisch und verneigt sich übertrieben theatralisch vor mir.

Taro entfährt ein Knurren, das eher nach Löwe als Hauskatze klingt.

»Sirene?«, hake ich nach und blinzele ihn liebreizend an. »Ich habe keine Ahnung, wovon du sprichst.«

JJs Antwort ist ein höhnisches Lachen. »Tatsächlich? Die Brosche an deinem Kragen lässt mich anderes vermuten. Ich weiß, was du bist. Und ich weiß auch, was er ist.« Er nickt flüchtig in Taros Richtung. »Ich sagte letztens schon, dass es mit euch kein gutes Ende nehmen wird. Meine Freunde würden sagen, dass es mich nichts angeht, aber …« Er zuckt mit einer Schulter und sieht Taro an. »Man fühlt sich ja immer ein bisschen verantwortlich für seine Findelkinder. Nicht wahr?« Er macht eine Geste, als wollte er Taro in die Wange kneifen, doch der wehrt ihn blitzschnell ab.

»Behalt deine Hände bei dir, mein Freund«, warnt Taro.

»Oh, sonst was? Kratzt du mir die Augen aus? Versuch es ruhig, *mein Freund.*« JJ zupft seine Kleidung zurecht, und mir rutscht das Herz in die Hose.

Habe ich das richtig gesehen? Trägt er einen Waffengurt voll kleiner spitzer Messer unter seinem Mantel?

»Was willst du von uns?«, frage ich und klinge selbstsicherer, als ich mich fühle.

»Ich weiß nicht. Da du so unfreundlich warst, mir deinen Namen nicht zu verraten, habe ich ihn mittlerweile auf andere Weise herausgefunden, *Hazel Birds aus New York City.*«

»Lass sie in Ruhe«, warnt Taro.

»Oh, warum so biestig? Hast du Angst, dass ich sie dir abspenstig mache? Meine Absichten in Bezug auf euch beide sind … rein und unschuldig«, behauptet er und lässt seinen Blick über meinen Körper wandern.

»Jeremiah – jetzt komm endlich!«, ruft einer seiner Freunde und bringt ihn zum Seufzen.

»Wird wohl Zeit für mich, zu gehen. Lasst uns dieses Gespräch wann anders fortsetzen. Wir sehen uns, Hazel.«

Tatsächlich macht er kehrt und schließt sich seinen Freunden an.

Erst als er sie erreicht hat und sie sich zu dritt entfernen, fällt die innere Anspannung von mir ab. Ich habe geahnt, dass mit diesen Typen – und ihrem ganzen College – etwas nicht stimmt. Spätestens seit dem Anblick des Waffengurtes bin ich mir absolut sicher.

»Lass uns zum M.U.S.E. gehen«, bitte ich Taro, der der Gruppe noch immer nachsieht. »Diese Typen sind mir nicht geheuer.«

»Mir gefällt nicht, dass er deinen Namen kennt«, murrt Taro. »Der Kerl ist vermutlich ein Hexenjäger.«

»Hexenjäger?« Ist das des Rätsels Lösung? Sie bilden in Butler Manor Jäger aus?

»Austrainiert, arrogant, bewaffnet, bewandert in arkanen Dingen. Welcher normale Mensch weiß, was am M.U.S.E. gelehrt wird? Die Indizien sprechen für sich. – Und falls es dir nicht aufgefallen ist: Er steht auf dich.«

»Sollte das eine das andere nicht ausschließen?«

»Sollte es. Genauso wie ich meine Finger bei mir behalten sollte. Aber es ändert nichts an den Fakten. Ich rieche solche Dinge.«

»Und du meinst, eine unmögliche Liebe zu einem Wertier ist nicht tragisch genug, und empfiehlst mir daher eine Enemies-to-Lovers-Affäre mit einem Hexenjäger?« Es soll nur ein

Scherz sein, doch Taros leisem Knurren nach findet er es nicht witzig. »Du bist ehrlich eifersüchtig?«, frage ich verblüfft.

Statt mir zu antworten, beißt er die Zähne zusammen und wendet den Blick ab.

»Dafür gibt es keinen Grund. Du weißt ganz genau, dass du der Erste wärst, mit dem ich schlafen würde, wenn wir einen Weg finden würden, den Fluch zu umgehen.«

»Es geht nicht darum der Erste, sondern der Letzte zu sein«, brummt er.

Erstaunt sehe ich ihn an und kann ein Lächeln nicht länger unterdrücken. »Der Letzte? Weil du mich heiraten – oder umbringen willst?«

»Ersteres, wenn es nicht Letzteres beinhalten würde.«

Er sagt das einfach so, als wäre es nichts Besonderes.

»War das gerade ein Heiratsantrag?«

»Nur ein hypothetischer.«

»Oh, Taro. Komm schon. Schau mich wenigstens an, wenn du solche Dinge zu mir sagst.«

»Du solltest mich mittlerweile gut genug kennen, um zu wissen, dass ich es gerade nicht kann.«

Ich zögere, bevor ich meine Hand nach seiner ausstrecke. Seine Haut auf meiner zu fühlen schenkt mir eine Woge aus Wärme.

»Sieh mich an«, bitte ich.

Und er tut es. Der aufgewühlte Ausdruck in seinen grauen Augen erinnert mich an das Meer – und raubt mir den Atem.

»Du musst dich bei mir nicht beherrschen. All deine Emotionen sind wertvoll. Okay? Auch Eifersucht, Angst oder Wut.«

»Das ist aber nicht das, was ich gerade fühle«, entgegnet er.

»Dann zeig es mir«, dränge ich.

»Ich kann nicht, Haze.« Taro entzieht mir seine Hand, ringt mit sich.

»Auch nicht, wenn ich es dir erlaube? Wenn ich sogar ausdrücklich darum bitte?«

»Ich will nicht, dass du mich anbettelst.«

»Dann lass mich nicht flehen.«

Taro flucht. In der nächsten Sekunde geht ein Ruck durch seinen Körper. Er legt die Hände an meine Wangen, und seine Lippen prallen auf meine.

Wow.

Dieser Kuss ist unerwartet, aber …

Ich will ihn. So sehr. Den Kuss – und Taro.

Ich vergrabe meine Hand in seinen Haaren, schmiege meinen Körper an seinen und schmelze. Alles in mir fühlt sich warm und weich an. Ein halbes Jahr habe ich darauf gewartet, wieder diese Nähe zu spüren. Und es ist umwerfender, als ich es in Erinnerung hatte.

»Wir sollten nicht …«, murmelt Taro, ohne seine Lippen von meinen zu lösen.

Mir ist gerade vollkommen egal, was wir nicht sollten.

»Ein einziger Kuss wird mich nicht umbringen«, versichere ich und intensiviere unsere Berührung.

Und jetzt – endlich – lässt auch Taro sich fallen. Seine sorgsam errichtete Mauer aus Selbstbeherrschung bröckelt – und zerfällt. Für ein paar Sekunden bekomme ich das, was ich mir erträumt habe: Taros Nähe. Seine ungezügelte Impulsivität. Ein Stöhnen, als ich mein Bein um ihn schlinge. Mein Rock rutscht viel zu hoch, aber ich liebe das Gefühl seiner Jeans an der nackten Haut meines Oberschenkels.

Als würde Taro spüren, dass sich alles in mir nach so viel mehr sehnt, zieht er sich zurück und beißt sich selbst auf die Unterlippe. Schwer atmend lehnt er seine Stirn gegen meine.

»Nur Freunde«, bringt er atemlos hervor.

Für einen Moment glaube ich, dass es ein Scherz sein soll,

doch er haucht mir einen Kuss auf die Stirn, bevor er sich zurückzieht.

Überfordert von dem Stimmungswechsel starre ich ihn an, ignoriere den kurzen Anflug von Schwindel, der sich anfühlt, als hätte mir jemand einen leichten Schubs gegeben. Er vergeht so schnell, wie er gekommen ist. Vielleicht war er nur Einbildung. Ein Resultat von Taros plötzlichem Meinungswechsel. Kein Grund zur Sorge.

»Ich will dir als Freund helfen, alles über den Fluch herauszufinden. Weil ich weiß, wie gern du eine Beziehung hättest. Aber sie sollte nicht mit mir sein.«

»Was?«, frage ich ebenso atem- wie fassungslos. »Erst küsst du mich, nur um mir gleich danach die rote Karte zu zeigen?«

»Genau deswegen tue ich es. Ich bin impulsiv und unbeherrscht. Auch das bedeutet es, ein Wertier zu sein, Haze. Ich werde meine animalische Seite nie vollkommen unter Kontrolle haben.«

»Wenn du mich fragst, hast du das viel zu oft«, widerspreche ich und sehe an Taros Kopfschütteln, dass dieses Thema für ihn erledigt ist. Er hat mich geküsst. Und er bereut es. Schon wieder. Dabei will ich doch einfach nur, dass er glücklich ist. Aber wenn er das so nicht sein kann, weil ihn sein schlechtes Gewissen malträtiert, muss ich es hinnehmen.

»Wenn wir den Fluch nicht brechen, gibt es also kein Wir?«, fasse ich zusammen.

Taro nickt. Und obwohl ich mich fühle, als hätte man mir den Boden unter den Füßen weggerissen, akzeptiere ich es.

Schweigend gehen wir zurück zu seinem Auto. Taro ist sehr darauf bedacht, die zwei Meter Sicherheitsabstand zu wahren, während ich noch immer versuche, das Geschehene zu verarbeiten.

»Vielleicht sollten wir diese Cathy besuchen«, durchbricht er die Stille. »Mich würde interessieren, was sie damals über den Fluch herausgefunden hat.«

»Aber Ophelia sagte, dass ihre Schwester nicht mehr spricht«, antworte ich stumpf, weil sich mein Gefühlsleben seit der Abfuhr wie betäubt anfühlt. Es ist nicht die erste, nur eine kurzfristige örtliche Narkose, dennoch unangenehm.

»Wozu kennst du eine mächtige Hexe? Ich könnte mir vorstellen, dass Gemma in der Lage dazu ist, einen Zauber zu entwickeln, der dieser Cathy zumindest für eine begrenzte Zeit hilft.«

»Solange ihr der Zauber nicht schadet, klingt es nach einer Option«, wäge ich ab. »Wir werden allerdings ein Auto brauchen, um ins Tottenville Sanatorium zu fahren.«

»Darren hat mehrere. Vermutlich wird es kein Problem sein, eines auszuleihen. Tottenville Sanatorium sagtest du?«, fragt er und wirft einen Blick auf sein Smartphone. »Siehe da. Nächsten Montag ist rein zufällig ein offizieller Besuchstag.«

»Es klingt nach einer perfekten Gelegenheit.« Obwohl ich mich freue, Taro bald wiederzusehen, ist mein Glücksgefühl seit der Zurückweisung getrübt. »Ich hatte dir noch gar nicht erzählt, dass ich nach deinem nächtlichen Besuch ins Büro der Direktorin gerufen wurde. Man hat uns zusammen gesehen. Falls du das mit der gemeinsamen Recherche in der Bibliothek ernst gemeint hast: Wir sollten uns nicht erwischen lassen.«

»Ich werde mich bemühen, unauffällig zu sein. Wann passt es dir?«

»Wie klingt morgen?«, schlage ich vor. »An den Wochenenden sind viele der Studentinnen unterwegs, um ihre Familien und Freunde zu besuchen. Weniger Studentinnen, geringeres Risiko, entdeckt zu werden.«

»Ich werde da sein.«

»Und ich dir netterweise Klamotten bereitlegen. Wenn du darauf bestehst, Freunde zu sein, erscheint es mir falsch, dich nackt zu sehen.«

Wir haben das M.U.S.E. fast erreicht, als uns eine Person entgegenkommt.

Ms James? Ich hätte sie für vieles gehalten, aber keinen Menschen, der gern allein hier draußen spazieren geht. Vor allem nicht bei dem miesen Wetter. – Es sei denn natürlich, Gischt und Wind helfen ihr dabei, zu sich selbst zu finden.

Sie schenkt Taro ein spöttisches Lächeln. »Schon wieder zu Besuch? Ms Birds scheint es Ihnen ja mächtig angetan zu haben. Ich hoffe, Sie bleiben zukünftig jenseits der Mauern.«

»Ich werde artig sein«, erwidert Taro so charmant lächelnd, dass Ms James kurz hadert, bevor sie ihren Weg fortsetzt.

»Das war übrigens meine Lieblingsdozentin, Ms James. Sie hat eine allgemeine Abneigung gegenüber Sirenen und unterrichtet ausschließlich Seminare, in denen es um Selbstreflexion geht, ist aber selbst nicht besonders gut darin«, erkläre ich mit einem Augenrollen.

»Wir haben alle unsere blinden Flecken. Also sehen wir uns morgen Nacht in der Bibliothek, und ich frage Darren, ob ich sein Auto nächste Woche für den Ausflug haben kann?«, hakt Taro nach.

»Klingt gut. Fahr vorsichtig, und lass dich morgen nicht erwischen. Dreiundzwanzig Uhr. Galerie der Bibliothek.«

»Ich werde da sein.« Taro zögert, bevor er sich kurz nähert und mir einen flüchtigen Kuss auf die Schläfe drückt.

Als sich unsere Blicke treffen, brauchen wir – Seelenverwandtschaft hin oder her – keine Worte, um zu klären, dass seine Berührung zu viel und gleichzeitig viel zu wenig war.

Freunde, hallt das verfluchte Wort in meinem Kopf nach, während Taro schließlich ins Auto steigt. Mit jedem Meter, den er sich entfernt, nimmt das Ziehen in meiner Brust zu, als wollte mein Herz ihm hinterher; als wünschte es, dass er es zwischen seinen Händen bettet und verspricht, all seine sieben Katzenleben lang darauf aufzupassen. Aber es geht nicht, also reiße ich mich notgedrungen vom Anblick des immer kleiner werdenden Autos los.

28. KAPITEL
HAZEL

Samstag, 11.2.

Wie gut, dass wir samstags keine Seminare haben, ich hätte mich heute vor lauter Aufregung nicht darauf konzentrieren können. Ich habe Melody und Myra in der Teeküche unseres Wohnheims getroffen, wo sie für die Hausaufgabe von Ms Wolf geübt haben. Ich kam mir schlecht dabei vor, ihre Einladung zum Mitmachen abzulehnen, doch ich hatte zu viel Angst davor, aus Versehen meine Nervosität mit ihnen zu teilen, und habe mich schnellstmöglich wieder in mein Zimmer verdrückt. Sie wirkten etwas irritiert, weil ich sonst immer für ihre Gesellschaft dankbar bin, aber ich konnte ihnen ja schlecht verraten, dass ich ein weiteres heimliches Treffen mit Taro plane und deswegen vor kribbeliger Unruhe beinahe platze.

Ich habe ihm eine Skizze des Gebäudeplans per *WhatsApp* geschickt, vertreibe mir bis heute Nacht die Zeit mit Nuts – und zähle während meiner Übungseinheit die Stunden.

Freude zu kanalisieren fällt mir wieder leichter, seitdem ich meine Funkstille zu Taro beendet habe. Aber ein Gefühl aus dem Chaos in meinem Inneren herauszufischen und an die Oberfläche zu holen ist eine ganz andere Hausnummer, als es dann auch noch auf eine andere Person zu übertragen. Wie habe ich das in der Stunde von Ms Wolf geschafft? Wir haben meditiert, als wäre es ein Check-in mit uns selbst. Und dann? Seufzend sehe ich auf Nuts hinab, das neben mir auf das Bett gesprungen ist und mich aufmerksam ansieht.

»Du kennst dich nicht zufällig mit Sirenenzaubern aus?«, frage ich wenig hoffnungsvoll, doch Nuts wackelt mit einem seiner winzigen Öhrchen und nickt.

»Ehrlich?«, frage ich überrascht.

Es bedeutet mir, die Augen zu schließen und legt eine seiner winzigen krallenbesetzten Pfoten auf die Stelle, unter der sein Herz schlägt.

»Weniger denken, mehr fühlen?«, vermute ich.

Nuts nickt und bedeutet mir, tief einzuatmen. Und dann? Macht es eine Geste, als wäre es Elsa von Arendelle beim Singen von »Lass jetzt los«.

Ich bin keine Sängerin – war ich nie –, dennoch beginne ich, eine Melodie zu summen, lasse sie einfach aus mir herausfließen. Dabei versuche ich, alles zu visualisieren, das mir ein Glücksgefühl beschert. Erinnerungen an meinen Auftritt in der L.I.F.E. Inc. Das Gefühl von Applaus, der meine Seele streichelt. Momente, in denen ich mit Gemma und Taro lache. Der Tag, an dem wir Bina adoptiert haben. Da ist so vieles, für das ich dankbar bin. Wie konnte ich das vergessen? Meine Melodie klingt fröhlich und unbeschwert, wie ein schwacher Widerhall des Glücksgefühls, das ich empfinde, wenn ich an die Menschen in meinem Leben denke. Zumindest bis meine Gedanken zu Mom weiterwandern. Zu der Gewissheit, dass ich sie für immer über mein wahres Ich belügen muss, weil sie nichts hiervon verstehen wird. Sie wollte mir Dads Brief vorenthalten und hat ihn einen kranken Fantasten genannt. Sie wird weder begreifen noch akzeptieren, was ich bin. Mein Lied wird düster und schwer. Ich habe das Gefühl, den ganzen Raum in eine tintenschwarze Wolke aus Schwermut zu tränken. Eigenartigerweise ist es, als könnte ich dadurch eine Last ablegen. Als ob mir das Teilen meiner Emotionen zu mehr Leichtigkeit verhilft. Also öffne ich den Mund und hülle die Gefühle in Worte. Ich kleide sie ein und reihe sie aneinander, bis sie ein Abschiedslied ergeben. Abschied vor allem von meiner Kindheit, die vorbei ist und sich rückblickend wie eine Lüge anfühlt.

Ich verstumme, als Nuts sich an mein Bein schmiegt und besorgt zu mir aufsieht. Vorsichtig kraule ich sein kleines Köpfchen. Das Gefühl des weichen Fells unter meinen Fingerspitzen schenkt mir eine Woge aus Trost. Denn wie finster sich mein Leben auch manchmal anfühlen mag: Ich bin nicht allein.

»Alles gut. Du brauchst dir keine Sorgen um mich zu machen, nur weil ich traurig bin«, murmle ich und gebe dem Drang nach, aufzustehen und das Fenster zu öffnen, als könnte ich die Schwere so aus dem Raum vertreiben wie einen üblen Gestank.

Ich setze mich auf die Bank des Türmchens und betrachte Nuts, das auf die Fensterbank springt und nach draußen sieht. Obwohl es erst seit Kurzem bei mir lebt, habe ich das Gefühl, dass mir seine Nähe vertraut ist.

»Nuts?«, frage ich leise. »Warst du in deinem menschlichen Leben eigentlich auch ein arkanes Wesen?«

Es sieht zu mir auf, blinzelt und nickt. Interessant. Daran kann es sich also noch erinnern?

»Warst du ein Triton?«, folge ich meiner Intuition.

Es zögert – und nickt.

»Die Aufgabe, die dich hier hält. Du hast gesagt, dass sie mit mir zu tun hat. Richtig?«

Es nickt.

»Sind wir miteinander verwandt?«

Nuts blinzelt, bevor es mit den Schultern zuckt. Vielleicht sollte ich es gruselig finden, aber die Vorstellung davon, dass Nuts' Geist einem meiner Vorfahren gehören könnte, erfüllt mich mit innerem Frieden. Fast so, als könnte ich durch ihn Kontakt zu dem Teil der Verwandtschaft aufnehmen, den ich durch Dads frühen Tod und Tante Dahlias Zurückhaltung nie richtig kennenlernen konnte.

• • ✦ • •

Kurz vor dreiundzwanzig Uhr mache ich mich auf den Weg zur Bibliothek, schließe möglichst leise die Zimmertür hinter mir und schleiche durch die Gänge. Ich nutze die Taschenlampenfunktion meines Smartphones, um mich zu orientieren, und habe auch an die Klamotten für Taro gedacht. Heute nehme ich einen der Bogengänge ins Hauptgebäude und steige die geschwungene Treppe zur Bibliothek hinauf. Gerade als ich die Flügeltür öffne und hindurchtrete, zischt eine schwarze Katze an meinen Füßen vorbei. Mein Herz macht einen erschrockenen Satz und schlägt danach mindestens genauso schnell weiter, als Taro zur Begrüßung um meine Beine streicht.

»Musst du mich so erschrecken?«, fluche ich im Flüsterton. »Ich lasse dir den Beutel mit den Klamotten hier und gehe schon einmal vor.« Die Tasche ablegend bedeute ich Taro, mir zur Wendeltreppe zu folgen, sobald er bereit ist.

Obwohl Taro hier ist – es also tatsächlich irgendwie auf das Gelände geschafft hat –, bin ich noch immer nervös. Nicht nur weil ich Angst davor habe, erwischt zu werden. Es ist auch die Aussicht darauf, ihn gleich zu sehen und Zeit mit ihm zu verbringen, die freudige Erregung durch meinen Körper pulsieren lässt.

Auch wenn Taro normalerweise ein Meister darin ist, sich

lautlos anzuschleichen, höre ich, wie er sich nähert, da die Metalltreppe leise unter seinem Gewicht knarzt und knackt. Als er schließlich die Galerie betritt, kann ich ein Lächeln nicht unterdrücken. Jedes Mal, wenn ich ihn sehe, bin ich vollkommen überwältigt von seiner Präsenz. Von seinem geschmeidigen Gang, während er herüber schreitet – und von der Tatsache, dass er selbst in einem meiner Jogginganzüge noch sexy aussieht.

»Schön, dich zu sehen«, schnurrt er.

»Dass du in dieser prachtvollen Bibliothek überhaupt noch Augen für mich hast«, necke ich ihn und setze mich auf einen der Tische. Zumindest mich beeindruckt dieser Raum jedes Mal aufs Neue. »Wie bist du eigentlich auf das Gelände gekommen?«

»Über die Mauer. Allerdings habe ich drei Anläufe gebraucht und bei einem davon eine sehr ungalante Nasenlandung hingelegt. Gut, dass die keiner mit angesehen hat.« Taros Blick gleitet über meine Beine. Er räuspert sich. »Apropos ansehen: Wo sollen wir mit der Suche beginnen?«

»Natürlich in dem Teil des Geschichtstrakts, in dem es angeblich spukt.« Ich springe vom Tisch und gestikuliere, dass er mir folgen soll.

Taro in dieser Bibliothek umherwandeln zu sehen ist absolut surreal. Das Sternenlicht scheint zur gläsernen Kuppel herein und bricht sich auf seinen seidigen Haaren, während er neben mir herschlendert. Zu gern würde ich meine Hand danach ausstrecken und mit den Fingern hindurchgleiten, doch reiße mich zusammen und lenke meine Aufmerksamkeit auf die Bücher. Wieder ist da dieses Gefühl, dieser Sog.

»Spürst du das auch?«, wispere ich, schließe die Augen und strecke vorsichtig meine Hand aus. Meine Fingerspitzen gleiten über die ledernen Buchrücken. Atem streift meinen Hals, beschert mir eine Gänsehaut. Ich spüre, wie Taro hinter mich tritt, sanft mein Handgelenk umfasst und es führt, als wollte er mir etwas zeigen. »Was wird das?«, necke ich ihn und will mich gegen seinen Körper lehnen, doch stolpere ins Nichts und kann mich gerade noch abfangen, bevor ich stürze. Da ist niemand.

Verwirrt öffne ich die Augen und sehe mich nach Taro um, aber er hat sich zwei Meter entfernt gegen eines der Regale gelehnt und betrachtet mich aufmerksam.

»Stehst du schon die ganze Zeit dort?«, frage ich unbehaglich und entlocke ihm ein Nicken.

Okay. Wow. Dann spukt es hier tatsächlich. Ich hätte schwören können, dass mich jemand berührt hat.

»Lass uns die Bücher nehmen und verschwinden«, sage ich und raffe einfach sämtliche Bücher des vor mir liegenden Regalbretts zusammen. Einen Stapel drücke ich Taro in die Arme und schleppe den Rest mit zu einem der Tische im besser beleuchteten Teil der Bibliothek. Weit weg von dem Trakt, der als verflucht gilt. Mich fröstelt, wenn ich daran denke, wie real sich die Berührung angefühlt hat. Andererseits ist auch Nuts ein Geist. Was ist, wenn die Geisterwelt alles in allem nicht so schlecht ist wie ihr Ruf?

· · ✦ · ·

Die Schreibtischlampe taucht alles in warmes Licht und lässt die goldenen Lettern auf den Einbänden der Bücher kostbar schimmern. Als Taro sich halb auf den Tisch setzt, eines der Bücher lässig auf dem Oberschenkel ablegt und darin herumblättert, schmilzt irgendetwas in mir. Da ist es wieder: dieses Sehnen nach seiner Nähe. Wenn er jetzt noch eine Brille tragen würde, wäre meine Selbstbeherrschung unwiderruflich dahin. Aber auch so könnte ich ein Foto schießen und unter *#sexybibliophil* posten. Zumindest wenn Männer am M.U.S.E. nicht streng verboten wären.

»Alles okay?«, fragt Taro, ohne den Blick zu heben. »Ich spüre, dass du mich ansiehst.«

»Sicher, alles bestens.« Ich sollte mich abwenden und meine Lektüre fortsetzen, stattdessen starre ich ihn an. Auch wenn Aurora mir ein paar generelle Dinge über den Fluch der Sirenen verraten hat, brauche ich für die Hausarbeit noch immer Quellen. Und die finde ich ebenso wenig wie Details über den tückischen Tarnzauber, wenn ich stattdessen Taro betrachte.

Er hebt den Kopf und atmet tief durch. »Dein Duft verrät mir, dass du auf Männer in Bibliotheken stehst?«

»Mehr als mir bisher bewusst war«, stimme ich zu und vergrößere den Abstand zwischen uns, bis ich mit dem Rücken gegen eines der Regale stoße. »Deine feine Nase und meine Unfähigkeit, meine Pheromone bei mir zu behalten, sind eine … schwierige Kombination.«

»Es wäre die beste, würde sie dich nicht umbringen«, widerspricht er und widmet sich wieder dem Buch, als wäre für ihn alles gesagt.

»Gott, was gäbe ich für deine Selbstbeherrschung«, murre ich und bringe ihn zum Schnauben.

»Da du gerade zwei Schritte von mir zurückgetreten bist, finde ich an deiner Selbstbeherrschung absolut nichts zu bemängeln. Ich war der Vollpfosten, der sich gestern nicht zusammenreißen konnte und dich unbedingt küssen musste. Wie gesagt: Manchmal bin ich zu impulsiv. Ich arbeite daran.«

»Ja, aber …«

»Aber was?«

»Aber es war okay. Ich meine, es war schön. Wundervoll.«

»War es, wird allerdings nicht wieder vorkommen.« Seine Finger gleiten über die Seiten. »Oh.« Taro tippt mit seinem Zeigefinger auf eine Zeile, als hätte er etwas Interessantes gefunden. »Wusstest du, dass Sirenen und Wertiere tatsächlich eine denkbar ungünstige Kombination sind?«

»Aus astrologischer Sicht?«, vermute ich.

»Eher aus biologischer. Wertiere und Sirenen – oder Tritonen – gelten als die einzigen Mischwesen zwischen Mensch und Tier, was …« Er rümpft die Nase. »Uns besonders empfänglich für eure Reize macht.«

»Cool«, ist alles, was mir dazu einfällt. »Damit haben wir eine weitere Bestätigung dafür, dass ich dich manipuliert habe.«

»Wenn du mich fragst, ist es eher eine weitere Bestätigung dafür, dass ich meine Finger bei mir behalten sollte. Glaub mir, ich wäre ein sehr dankbares Opfer für all deine Gaben, wenn dir die Sache nicht schaden würde.« Er sagt es vollkommen trocken, trotzdem sorgen seine Worte dafür, dass mir kurz der Atem stockt.

»Du würdest dich freiwillig von mir verführen lassen?«

»Sicher.« Er tippt erneut auf die Buchseite, bevor er es zuschlägt und neben sich auf dem Tisch ablegt. Sein Tonfall klingt viel zu nebensächlich für die Worte, die er als Nächstes sagt. »Aber die Sache würde auf Gegenseitigkeit beruhen. Ich würde dich spüren lassen, was du in mir bewegst, bis ich mich in dir bewege.«

Ich habe Taro selten so reden gehört, doch jedes Mal raubt es mir den Verstand. Oder den Anstand? Auch egal.

»Wie meinst du das?«, frage ich heiser.

Er schenkt mir ein Lächeln, erhebt sich mit einer geschmeidigen Bewegung vom Tisch und schreitet in meine Richtung, doch bleibt eine Armlänge entfernt vor mir stehen. Er mustert mich mit einem Ausdruck in den Augen, der mir viel zu gut gefällt.

»Ich meine es so, wie ich es sage. Ich würde dein Handgelenk umfassen und über deinem Kopf fixieren, mit der anderen Hand diese Bluse aufknöpfen und jeden Zentimeter deines Körpers mit meiner Zunge erkunden. Jedes Gefühl, das du mir schenken würdest, würde ich dir zurückzahlen. Auf diese Weise hätten wir beide was von deinen Fähigkeiten.«

Es klingt viel zu gut, um wahr zu sein. Ich will, dass er weiterredet, denn allein der Klang seiner Stimme, in Kombination mit den unartigen Worten, stellt Dinge mit meinem Körper an. Sofort beschleunigt sich mein Puls, während ein Ziehen in meiner Mitte um Taros Nähe bettelt.

»Was ist, wenn deine Zunge nicht reicht, weil ich es härter mag?«, necke ich ihn.

»Ich wäre hart.«

Ich meinte, dass ich auch Fingern und Zähnen gegenüber nicht abgeneigt bin, stattdessen gleitet mein Blick zu seinem Schritt. Verdammt. Schwerer Fehler.

Ich stehe hier, an diesem Bücherregal, und mir kommen unzählige Bilder in den Sinn. Eines unanständiger als das nächste. Sie werden allesamt von einem Poltern unterbrochen. Erschrocken zucke ich zusammen, als ein dumpfer Aufprall ertönt.

Mit einem Satz ist Taro an meiner Seite und späht den dunklen Gang hinunter.

Mein Herz rast in meiner Brust, doch davon abgesehen höre ich nichts.

»Dir wird nichts passieren«, verspricht Taro, als könnte er meinen Puls hören. »Ich sehe und rieche nichts Verdächtiges.«

»Aber das Poltern kam genau aus dem verfluchten Teil der Bibliothek«, werfe ich ein und greife nach seiner Hand. Ohne zu zögern verschränkt er seine Finger mit meinen.

»Sag nicht, dass die Besitzerin eines Geisthörnchens Angst vor den Toten hat. – Aber lass mich eben nachsehen, was es war«, raunt er, haucht einen Kuss auf meine Schläfe und entzieht sich meinem Griff.

Ehe ich begreife, was er tut, verschwindet er den Gang hinunter, dessen Dunkelheit ihn sofort verschluckt. Einen Moment noch höre ich seine Schritte, bevor auch die verstummen.

»Taro?«, frage ich besorgt, aber kann mich nicht dazu überwinden, den Lichtkegel der Schreibtischlampe zu verlassen. Die Erinnerung an die geisterhafte Berührung ist noch zu präsent.

Was ist, wenn dieser Gang wirklich verflucht ist? Wenn ich mir die Kontaktaufnahme vorhin nicht eingebildet habe?

»Taro!«, wiederhole ich meinen Ruf, starre in die Dunkelheit und lausche. Aber da ist nichts. Nur mein Puls und mein Atem, der mit einem Mal unnatürlich laut in meinen Ohren klingt. Es ist, als hätte ihn die Schwärze der Nacht einfach verschlungen. Warum muss er auch immer schwarz tragen?

Ich schreie erschrocken auf, als Taro plötzlich aus den Schatten tritt.

Er hält ein Buch in der Hand und winkt damit. »Da war niemand, nur dieses Buch mitten auf dem Boden. Scheint aus einem der Regale gefallen zu sein.«

»Einfach so?«, frage ich skeptisch und gehe ihm entgegen. Ihm und dem Sog, der mich in seine Nähe zieht. Oder stammt er von dem Buch in seiner Hand? Ich betrachte den Titel auf dem blutroten und mit einem Halbmond verzierten Deckel: *The Songs Unnamed.*

»Es trägt keinen dieser Katalogisierungsaufkleber«, erklärt er und schlägt das Buch auf. »Und keinen Exlibris-Stempel. Sieht fast so aus, als gehöre es nicht hierher.«

»Mysteriös«, murmle ich, als er mir das Buch entgegenstreckt. Ich will es ihm abnehmen, berühre versehentlich seine Finger und verharre. Dieser winzige Hautkontakt reicht, um meinen Körper sofort wieder nach mehr betteln zu lassen.

Auch Taros Kehle entweicht ein undefinierbares Brummen.

Ich lasse meine Finger absichtlich über seinen Handrücken gleiten. Wie kann eine so simple Berührung sich zugleich wie eine Erlösung und eine Qual anfühlen? Ich brauche mehr hiervon. Mehr von ihm. Und weiß im gleichen Augenblick, dass es ein riesiger Fehler ist.

»Hast du mal darüber nachgedacht, dass keiner von uns weiß, wie viel Zeit ihm auf dieser Erde bleibt?«, frage ich leise und schaue zu ihm auf. »Du sagst, du willst mir nicht wehtun, mir nicht schaden. Und das verstehe ich und versuche ich zu akzeptieren. Aber was ist, wenn ich morgen von einem Auto überfahren werde? Dann hätte ich umsonst auf eine der wenigen Sachen verzichtet, die mir wirklich etwas bedeuten.«

»Ich halte es für eher unwahrscheinlich, dass dich auf dem Gelände des M.U.S.E. ein Auto anfährt«, wirft er ein.

»Das ist nicht der Punkt.«

»Ich weiß, aber ich … Ich kann nicht derjenige sein, der …« Er schüttelt den Kopf, zieht seine Hand zurück, wendet sich von mir ab und geht zum Tisch hinüber. »Wir sind hier, um über den Fluch zu recherchieren.«

Wut. Rote, ungezügelte Wut pulsiert durch meine Adern. Dabei weiß ich nicht einmal, warum. Weil er mich schon wieder abgewiesen hat? Tränen steigen mir in die Augen.

Und er? Setzt sich einfach hin und blättert in einem bescheuerten Buch.

»Du haderst so oft mit deinem Dasein als Wertier. Aber es könnte noch so, so viel schlimmer sein«, platzt es aus mir heraus. »Ich habe keine Geschwister, keine Gemma. Wenn ihr zwei beschließt, mich fallen zu lassen … Was bleibt mir dann noch? Wer? Aurora?« Mein Körper zittert, und ich habe keine Kontrolle darüber. Diese Dinge auszusprechen kostet mich Kraft. »Ich weiß, dass du oft zweifelst, und ich würde gern für dich da sein. Aber du bist hier nicht der Einzige mit Problemen, okay? Und ich würde mir wünschen, dass du mich einmal danach fragst, was ich will, statt …« Ich gebe meinen schwächelnden Knien nach und lasse mich auf einen der Stühle sinken. »Ich wünschte, du würdest mich ansehen und mir zuhören. Denn glaub es oder nicht: Ich habe auch Angst davor, was die Nähe zu einem anderen Menschen mir antun könnte. Aber ich habe noch mehr Angst davor, dass es für den Rest meines Lebens so bleiben wird wie jetzt. Ich fühle mich einsam, Taro.«

»Ich bin doch hier«, sagt er schlicht.

»Körperlich. Mit zwei Metern Abstand. Aber ich habe ziemlich oft das Gefühl, dass du emotional nicht erreichbar bist. Und manchmal macht mich diese Mr-Spock-Attitüde wahnsinnig.«

Tief durchatmend lehnt er sich zurück. Was auch immer er fühlt: Er schafft es, mit nur einem Blinzeln alle Emotionen aus seinem Blick zu verbannen. »Gemma und ich werden dich nicht fallen lassen. Ich muss sie nicht fragen, um das zu wissen. Wenn du keine Familie zum Reden hast … Dann sind wir es. Solange du es wünschst.«

Seine Worte – oder sein bestimmter Tonfall – eines von beidem sorgt dafür, dass noch mehr Tränen meine Wangen hinablaufen, weil er einen Punkt mitten in meinem Herzen trifft, der schmerzt. Denn ich habe tatsächlich keine Familie zum Reden. Ich habe gehört, was Mom über Dad und Aurora gesagt hat. *Wie* sie es gesagt hat. Sie würde mich eher in eine psychiatrische Anstalt einweisen lassen, als in Erwägung zu ziehen, dass ihre Tochter eine Sirene ist.

»Und wenn du den Eindruck hast, dass ich emotional nicht erreichbar bin, hast du vielleicht recht. Ich bin schlecht darin, einen Teil meiner Gefühle abzuschirmen und den Rest zuzulassen«, sagt er versöhnlich. »Ich war als Kind oft allein und …« Er zögert, ehe er sich räuspert. »Bevor Gemma bei uns eingezogen ist, war da niemand, der sich dafür interessiert hat, wie es mir geht – solange ich funktionierte. Gute Noten und das Bewahren meines Geheimnisses waren mein Leben. Meine Gefühle habe ich in meine Fotografien verbannt. Dort sind sie sicher. Sie werden wahrgenommen, aber niemand projiziert sie auf mich, solange ich bei den Ausstellungen teilnahmslos danebenstehe.«

Vielleicht sollten Taros Worte mich erschüttern, doch das tun sie nicht. Zu gern würde ich zu ihm hinübergehen, meine Arme um ihn schlingen und ihm sagen, dass ich all das längst geahnt habe. Diese sorgsam errichtete Mauer aus Stolz und scheinbarem Gleichmut – ich wusste, dass sie nur Fassade ist. Weil wir beide unsere Kunst als Kanal nutzen, um irgendwie damit zurechtzukommen, dass die Welt unser wahres Ich nicht akzeptieren würde. Auch wenn ich lange nicht wusste, dass ich eine Sirene bin, hat mich die Gesellschaft früh gelehrt, dass sie mich am liebsten mag, wenn ich freundlich, hübsch und leise bin. Taro hingegen hat gelernt, stark zu sein, weil als Kind niemand seine Tränen trocknen kam. Aber hier sind wir – und wissen, dass wir einander vertrauen können.

»Niemand hat mich je so mitleidig angesehen, wie Gemma es tut, wenn ich mal wieder allein auf unserer Dachterrasse stehe«, murmelt er mit einem traurigen Lächeln. »Wahrscheinlich wäre sie begeistert von diesem emotionalen Ausbruch.«

»Ich glaube, Gemma wünscht sich einfach nur, dass du so ehrlich zu ihr bist, wie du es jetzt gerade zu mir warst«, sage ich leise. »Du hast gesagt, ich darf ein Teil eurer Familie sein. Und wenn du magst, bist du ein Teil von meiner. In meinem Herzen ist Platz für all deine Gefühle; auch die dunklen. Ich schwöre dir, gut darauf aufzupassen.«

»Und ich schwöre dir, gut auf dich aufzupassen.«

Was, wenn es genau das ist, was mir mein Unterbewusstsein immer sagen wollte? *Taro, Gemma und du – ihr seid eine Familie.* Vielleicht ging es nie darum, ob wir heiraten und Kinder kriegen. Familie ist ein Gefühl. Und jetzt gerade spüre ich die Geborgenheit, die mir manchmal gefehlt hat. Ich bin bereit, mich darauf einzulassen. Die Frage ist: Wie gedenkt Taro, seinen Teil der Abmachung einzulösen, wenn auf meinen Körper aufzupassen zugleich bedeutet, meiner Seele zu schaden – und anders herum.

»Was wäre, wenn … Ich meine … Wärst du vielleicht dazu bereit, dir zu überlegen, ob wir … die Grenzen des Fluches austesten wollen?«, druckse ich. »Ich möchte nicht sterben. Wirklich nicht. Aber ebenso wenig möchte ich nur ein halbes Leben. Jahrelang jeden Menschen auf Abstand halten, nur um im hohen Alter allein auf dem Sterbebett zu liegen und zu bereuen. Sofia sagte mal, dass sich jeder Mensch im freien Fall befindet. Irgendwann kommen wir alle unten an. Früher, später, plötzlich, sanfter. Jeder von uns darf seinen Fallschirm selbst wählen. Und wenn du versprichst, auf mich aufzupassen … dann hätte ich gern dich.«

»Ich kann nicht dein Tod *und* deine Rettung sein«, lehnt Taro ab und reibt sich mit den Fingern über die Stirn. Er ringt mit sich, bevor er seufzt. »Wenn ich mich auf diese Sache einlasse, versprich mir, dass wir es langsam angehen. Sag mir, wenn es dir schlecht geht. Wann du Abstand brauchst. Und genauso, wenn ich zu impulsiv bin und dir Angst mache.«

»Das hast du noch nie.« Und vor allem nicht dann, wenn er meine Nähe sucht.

»Okay.«

»Dein Ernst?«

Als er den Blick hebt und mich anlächelt, weiß ich, was er sagen würde, käme es ihm nicht pietätlos vor: *todernst*.

Ich kann nicht glauben, dass Taro tatsächlich dazu bereit ist, der Sache zwischen uns eine echte Chance zu geben, doch er nickt. Meine Trauer und Hoffnungslosigkeit schlagen in absolute Freude um. Am liebsten würde ich sofort jeden Abstand zwischen uns überwinden und ihm in die Arme fallen, reiße mich jedoch zusammen.

Wir arbeiten konzentriert – Seite an Seite – und finden dabei zumindest ausreichend Quellen für die Ausarbeitung meiner Seminararbeit. Sie belegen Auroras Worte: Seit den weltweiten Hexenverfolgungen hat die Tarnung der arkanen Wesen oberste Priorität. Ein mächtiger Hexenzirkel hat einen Fluch gewirkt, der dabei hilft, uns zu verbergen. Doch jeder Zauber hat einen Preis. Und unserer ist der Tod, wenn wir andere Menschen zu nahe an uns heranlassen. Wir finden allerdings kein Wort darüber, ob es Wege gibt, den Fluch auf irgendeine Weise zu umgehen, geschweige denn, ihn aufzuheben. Was vermutlich auch daran liegt, dass nirgendwo geschrieben steht, wie der Hexenzirkel das Ritual genau vollführt hat. Der vierblättrige Klee, den Cathy gesammelt hat, mag in magische Rituale gehüllt wirken, um Zauber jeder Art zu unterdrücken, aber er wirkt nur so kurzfristig, dass allein der Gedanke daran wie eine Verzweiflungstat erscheint. Falls es Wege geben sollte, den Fluch auszutricksen, finden wir in dieser Nacht nichts darüber heraus. Kurz werfe ich auch einen Blick in das Buch, das Taro gefunden hat, doch es ist eine Liedsammlung. Nichts, was uns bei unserem konkreten Problem weiterhelfen würde.

Aber ein Gedanke beschäftigt mich.

»Wenn es wirklich Hexenjäger gibt und Tarnung so wichtig ist, dass ich mit meinem Leben dafür zu bezahlen habe … Ist es nicht äußerst riskant von Gemma, ihre Hexerei öffentlich auszuleben?«, frage ich zweifelnd. Bis vor Kurzem habe ich ihre Social-Media-Kanäle geliebt, nun bereiten sie mir eher Sorgen.

»Ja und nein«, sagt Taro abwägend. »Die Hexen haben ihren eigenen Kodex, der sie dazu verpflichtet, nachfolgende Generationen auszubilden. Dem kommt Gemma auf ihre Weise nach. Und je mehr normale Menschen sich für Hexende halten, umso schwieriger sind die echten ausfindig zu machen. *WitchTok* ist ein Trend mit Millionen Beiträgen. Es gibt zu wenige Hexenjäger, um allen davon nachzugehen. Außerdem bevorzugen sie leichte Opfer. Menschen, deren Verschwinden weniger auffällt. Denn das, was die Hexenjäger tun, ist Mord. Es ist also besser für sie, nicht entdeckt zu werden. Sie würden Gemma nicht aufsuchen.«

Ich hoffe, dass das wirklich so ist.

Taro hat seine Hand auf dem Tisch abgelegt, jetzt ballt er sie zur Faust, als gäbe es Emotionen, die er mühevoll zurückhält.

»Glaub mir: Sie suchen sich leichtere Beute aus«, sagt er bitter. »Menschen, die sich weniger gut wehren können und deren Verschwinden kaum einer bemerkt.«

Vielleicht hat er recht, doch allein die Tatsache, dass es geheime Institutionen gibt, die Menschen wie uns umbringen wollen, bereitet mir Übelkeit.

»Versprichst du mir, auf dich aufzupassen?«, bitte ich.

Taro ringt sich ein Lächeln ab, das mich nicht überzeugt. »Ich versuche es.«

Vielleicht irre ich mich, aber es wirkt, als würde er mir etwas verheimlichen.

Bevor ich darüber nachdenken kann, erhebe ich mich, gehe

zu ihm hinüber und lasse mich rittlings auf seinen Schoß sinken. Er wehrt mich nicht ab. Im Gegenteil: Die Geste, mit der er seine Hände an meinen Oberschenkeln entlang nach oben zu meiner Taille gleiten lässt, fühlt sich an wie pure Perfektion.

»Versprich mir, auf dich aufzupassen«, wiederhole ich eindringlicher und streiche mit einem Daumen über seine Wange, bevor ich meinen Arm um seinen Hals lege.

»Als ob ich dir jetzt irgendwas abschlagen könnte«, murmelt er.

Dabei habe ich ihn nie wissentlich manipuliert. Ich frage mich, wie es sich anfühlen würde, wenn ich meine Gaben gezielt dafür einsetzen würde, ihn zu verführen. Und verdränge den Gedanken, weil es zutiefst unmoralisch wäre.

»Lass es uns langsam angehen«, wiederholt Taro seine Bitte, während sein Blick meinen Körper streichelt und meine Rundungen liebkost. Eine seiner Hände vergräbt sich im Stoff meiner Bluse.

»Ich tue gar nichts«, verspreche ich lächelnd.

»Ich weiß«, erwidert er heiser. »Es war eher eine Erinnerung an mich, dich nicht auf dem Tisch hinter dir abzusetzen und … Dinge zu tun.«

»Dinge?«, wiederhole ich und streiche mit dem Daumen über seinen Nacken, bis er erschaudert.

Ich liebe es, wie sich etwas in seinem Blick verdunkelt, während er sich unruhig unter mir bewegt.

»Wieso habe ich den Eindruck, dass es dir Spaß macht, mich zu quälen?«, fragt er leise.

»Weil du klug bist«, ziehe ich ihn auf. Bevor ich es mir anders überlegen kann, hauche ich ihm einen Kuss auf seine wunderschönen Lippen.

Schwerer Fehler, denn sofort drängt mein Körper nach mehr. Aber dieser Moment der verbotenen Heimlichkeit im

Mondschein war zu verlockend, um ihn ungenutzt verstreichen zu lassen.

Taro scheint es ähnlich zu sehen. Seine Hände gleiten auf meinen Po, ziehen mich verlangend an sich. Ich habe ihn nackt gesehen und weiß, dass er ebenso drahtig wie muskulös ist. Aber etwas nur zu wissen oder zu spüren, wie umwerfend sich etwas anfühlt, ist ein gigantischer Unterschied.

Als ich mit meiner Zunge über Taros Unterlippe streiche, entfährt ihm ein Stöhnen, das durch meinen Körper vibriert und eine Hitzewelle entfacht, die jede Zurückhaltung in Flammen aufgehen lässt.

»Haze, nicht …«, ist alles, was er hervorbringt, macht aber keine Anstalten, mich abzuweisen. Im Gegenteil: Er presst seine Härte so herausfordernd gegen meine pochende Mitte, dass ich nicht anders kann, als die Geste zu erwidern. Zu wissen, dass er unter dieser Jogginghose nackt ist, bringt mich fast um den Verstand. »Ich kann nicht«, keucht er, obwohl ich spüre, dass er lügt. Zumindest sein Körper könnte.

Aber nein heißt nein, also reiße ich mich zusammen, auch wenn alles in mir danach drängt, eine Hand zwischen uns zu schieben und ihn zu erlösen. Schwer atmend unterbreche ich unseren Kuss und erhebe mich, bevor ich mich auf den Tisch hinter mir setze. Mein Herz rast noch immer, als auch Taro aufsteht, sich hinter seinen Stuhl stellt und mit den Händen darauf abstützt, als bräuchte er mehr Abstand – und einen Halt.

Er holt mehrfach tief Luft. »Als ich sagte, wir sollten es langsam angehen, habe ich wohl etwas unterschätzt, wie schwierig das wird.«

»Sag mir bitte, dass du nicht schon vier Stunden nach deinem Vorschlag mit mir Schluss machst«, sage ich, während mein kompletter Körper schreit, dass *langsam* eine miserable Idee ist.

Statt mir zu antworten, starrt Taro auf seine Uhr. »Vier Stunden? Es ist schon nach drei? Ich glaube, ich sollte langsam nach New York zurück.«

»Wie unbefriedigend«, murmle ich und bringe ihn zum Lachen.

Er stößt sich von dem Stuhl ab und kommt zu mir herübergeschlendert.

Da ist es wieder: Dieses Gefühl, das mich wie magisch in seine Nähe zieht. Aber ich reiße mich zusammen, ihm nicht nachzugeben.

Vorsichtig streicht Taro mir eine Haarsträhne hinter das Ohr und wispert: »Ich werde harmlosere Wege finden, dich zu befriedigen. Und wenn ich sie dir per Post schicken muss.« Als könnte sich der Kater in ihm nicht beherrschen, beißt er mir sachte ins Ohrläppchen, bevor er mit einer blitzschnellen Bewegung von mir abrückt.

»Per Post?«, frage ich verblüfft. »Du meinst batteriebetriebenen Ersatz?«

»Warum nicht?«

Gute Frage. Ich bin mir zwar nicht sicher, ob Sextoys seine Nähe adäquat ersetzen können, aber mir gefällt seine entspannte Einstellung zu dieser Sache.

Um mich zu beschäftigen, raffe ich all unsere Notizen zusammen und packe auch das Buch ein, das ihm in die Hände gefallen ist.

Vollkommen ungeniert betrachte ich seinen perfekten Oberkörper, während er meinen Hoodie auszieht.

»Dieser Typ – JJ – ich habe ihn übrigens gestern noch gegoogelt«, gesteht Taro unvermittelt.

»Hast du etwas über ihn herausgefunden?«

»Nur, dass er vermutlich Jeremiah James heißt. Zumindest über seinen Dad gibt es Artikel. Wenn ich mich nicht irre, scheint es eine Verbindung zwischen *Animalis* und den Hexenjägern von Butler Manor zu geben. Ein gewisser Adam James investiert nämlich rein zufällig in beides. Er hat wohl selbst an dem College studiert, ist jetzt Vorstandsvorsitzender von *Animalis* und erwartet laut diversen Interviews, dass sein Sohn später in seine Fußstapfen tritt.«

»Als Investor oder Mörder?«, frage ich angewidert. Ich begreife beim besten Willen nicht, wie man sich freiwillig einer Vereinigung anschließen kann, die Menschen tötet. »Die rothaarige Dozentin, die wir gestern am Tor getroffen haben, heißt auch James. Angeblich hat sie eine schwierige Familiengeschichte. Was ist, wenn wir ihr nicht zufällig über den Weg gelaufen sind? Wenn sie in Richtung Butler Manor unterwegs war, weil sie JJ kennt?«

Wenn sie diejenige war, die JJ meinen Namen verraten hat?

»Selbst wenn sie und JJ verwandt sein sollten, ist es nicht verboten, sich mit Familienangehörigen zu treffen, die in fragwürdige Firmen investieren«, gibt Taro zu bedenken, klingt jedoch nicht vollkommen überzeugend.

So oder so beschließe ich, von nun an noch vorsichtiger zu sein, was ich Ms James in unseren Sitzungen anvertraue.

»Apropos fragwürdige Verwandte: Bleibt es bei unserem Ausflug nach Tottenville? Mir geht diese Cathy nicht mehr aus dem Kopf.«

»Du meinst, sie könnte Beweise dafür liefern, dass man in der Nähe Hexenjäger ausbildet?«, hake ich nach. »Ob das der Grund dafür ist, dass hier gelegentlich Menschen verschwinden oder unter mysteriösen Umständen sterben? JJ erwähnte eine Art Vereinbarung zwischen unseren Colleges und Hausordnungen, die den Kontakt untereinander verbieten. Was wäre, wenn sie für die Zeit des Studiums eine Art Friedensabkommen geschlossen haben?«

»Dann würde es noch immer nicht erklären, warum es Cathy für eine gute Idee hielt, sich mit einem der Brüder zu treffen«, wirft Taro ein.

»Uns fehlt ein Puzzleteil.«

»Das wir hoffentlich finden, sobald wir sie besuchen.«

»Falls Gemma einen Weg findet, uns irgendetwas an die Hand zu geben, um mit Cathy zu kommunizieren«, erinnere ich.

Taro nickt.

»Bekomme ich eigentlich noch einen Abschiedskuss?«, necke ich ihn.

»Übertreib es nicht, Birds. Diese Katze kann dir noch immer gefährlich werden.« Er verwandelt sich vor meinen Augen in einen Kater und befreit sich erst dann aus meiner Jogginghose.

»Spielverderber«, behaupte ich und muss doch lachen, als er einmal um meine Beine streicht, bevor er in der Dunkelheit der Nacht verschwindet.

· · ✦ · ·

Obwohl ich müde bin, setze ich mich im Schneidersitz auf mein Bett und werfe noch einen Blick in das Buch, das Taro gefunden hat. Mir ist vorhin schon aufgefallen, dass es handschriftlich verfasst ist. Vermutlich von einer Person, die mit links geschrieben hat, denn einige der Zeilen sind verschmiert. Wenn ich mich nicht täusche, ist dieses Buch eine Sammlung von Gedichten. Oder dem Vorwort nach eher eine Sammlung von Liedern?

Dort steht unmissverständlich geschrieben: *Dieses Buch ist nach dem Tod des Besitzers ausdrücklich nur in die Hände einer Sirene oder eines Tritons zu übergeben. Das in diesem Buch gesammelte Liedgut unterliegt höchster Geheimhaltung, da es dazu geeignet ist, die Geschicke der Welt zu lenken. Die Lieder dieses Buches dürfen nur von Einzelpersonen, niemals einer Personengruppe gesungen werden. Um den Zauber zu entfalten: Höre auf die Melodien deines Herzens und folge den ungezähmten Liedern ohne Namen.*

Irritiert blättere ich durch das Buch und finde Lieder, die unterschiedlichen Schwierigkeitsgraden zugeordnet sind. Angeblich sind sie allesamt darauf ausgerichtet, Menschen zu den verschiedensten Dingen zu bewegen. Damit begonnen, ihnen ein Hochgefühl zu verschaffen, bis hin zu absoluter Hörigkeit. Für so ziemlich jede denkbare zwischenmenschliche Interaktion kann ich ein Lied finden. Liebeslieder, Schlaflieder. Eines recht weit am Ende des Buches wurde farbig markiert: Lied zur Stärkung von Hexenzaubern. Interessant. Aber sie sind ohne Melodien überliefert, es gibt nur Texte. Vielleicht ist dieses Buch nichts anderes als ein spezieller Grimoire für Sirenen. Doch wenn so etwas existiert, warum konnte ich in keinem der Bücher der Bibliothek etwas darüber finden? Bisher wurden sie in keiner Unterrichtsstunde erwähnt. Immer wurde uns das Gefühl vermittelt, dass wir im Alltag schon zurechtkommen werden, wenn wir nur genug Erfahrung im Umgang mit unseren Gaben gesammelt haben. Dass wir die Antworten auf alles in uns selbst finden müssen. Aber warum – wenn es diese Art von Überlieferung gibt? Was ist, wenn das Buch in meiner Hand der Schlüssel dazu sein kann, meine Begabungen gezielter einzusetzen?

Nuts springt neben mir auf das Bett und betrachtet interessiert, was ich hier treibe.

Ich blättere durch die ersten Seiten und bin überrascht, in der Kategorie 1 (Beginner) vor allem Lieder zu finden, die einem selbst durch den Alltag helfen sollen. Lieder, die einem zu mehr Resilienz verhelfen, die die Wahrnehmung stärken,

Ängste und Anspannungen abbauen, ein Schlaflied ... Sie sind perfekt, um einen Einstieg zu finden, denn wenn ich ehrlich sein soll, habe ich nicht die geringste Ahnung davon, was mit der Melodie meines Herzens gemeint sein könnte. Ich suche mir eines der Lieder aus, das einem gute Laune verschaffen soll, und stimme es an. Es zeigt keine Wirkung. Also probiere ich es anders. Anders. Und anders.

»Es funktioniert nicht«, murmle ich und entlocke Nuts ein Schulterzucken, als wüsste es auch nicht, was es mit den Songtexten auf sich hat.

Und wenn ich das Lied mit der Übung von Ms Wolf verknüpfe? Wenn ich das gewünschte Gefühl kanalisiere, in eine Melodie verpacke und dann mit den Wörtern verbinde?

Ich würde es gern probieren, doch bin viel zu müde, um etwas anderes als Erschöpfung zu empfinden. Also verschiebe ich den Versuch auf ein anderes Mal.

29. KAPITEL
TARO

Ich habe das Hauptgebäude des M.U.S.E. verlassen, folge der Allee unter den Bäumen und verziehe mich ins hohe Gras am Wegesrand, als ich eine weibliche Stimme höre, die mir vage bekannt vorkommt.

Irritiert verharre ich in der Bewegung und ducke mich. Es ist mitten in der Nacht, doch die Dozentin, der wir gestern am Tor begegnet sind, lehnt an einem der Bäume und telefoniert. Um drei Uhr morgens? Hier draußen? Was für ein ungewöhnlicher Ort.

»Warum denkst du, dass es bald so weit ist?«, fragt sie, nicht darum bemüht, ihre Stimme zu senken. Vermutlich rechnet sie nicht damit, dass sie hier draußen jemand belauschen könnte. »Was genau hat das mit Dad und dem Börsengang zu tun? – Also nur für die Investoren. Verstehe.«

Börsengang? Wenn diese Frau wirklich James mit Nachnamen heißt, reden sie vermutlich vom geplanten *Animalis*-Börsengang. Aber warum mitten in der Nacht hier draußen, als wäre er ein Geheimnis?

»Hazel? Was soll mit ihr sein? Sie ist eine gewöhnliche Sirene, davon haben wir hier sieben. – Wie stellst du dir das vor? – Jeremiah, hör mir mal gut zu. Nein, du hörst mir jetzt zu, kleiner Bruder. Deine Idee ist nett, aber viel zu riskant. Dein Plan hat ungefähr tausend Lücken. – Mir ist egal, womit du sie überreden willst. Halt dich einfach von ihr fern. Man kann Sirenen nicht trauen. Egal, wie unschuldig sie aussehen. Keiner von denen. Hast du das verstanden? – Wir brauchen sie für unsere Mission nicht.«

Mission? Was könnten sie und JJ vorhaben? Etwas, das mit *Animalis* zu tun hat und der Geheimhaltung unterliegt.

Ich warte, bis Ms James ihr Telefonat beendet, doch erfahre nichts mehr, das mir hilfreich erscheint. Auf leisen Pfoten verdrücke ich mich vom Gelände.

Ob ich Hazel von dem Gehörten erzählen sollte? Von was für einer Mission könnten sie gesprochen haben?

30. KAPITEL
HAZEL

Sonntag, 12.2.

Als Nuts mich fragend ansieht, habe ich keine konkrete Antwort für ihn, warum ich mal wieder eine Nacht damit verbringe, mich unruhig im Bett hin und her zu wälzen. Vielleicht liegt es daran, dass Darren zugestimmt hat, uns sein Auto auszuleihen, damit wir Cathy besuchen können. Die Aussicht auf einen Ausflug mit Taro erfüllt mich mit kribbeliger Vorfreude.

Irgendwann gebe ich meinen Einschlafversuch frustriert auf, greife nach meinem Handy und lese Taros letzte Nachricht.

Taro: *Ich freue mich auf dich.*

Ich: *Das tue ich auch, aber du fehlst mir. Hier. Jetzt.*

Seine Antwort kommt fast sofort und bringt mich zum Lächeln.

Taro: *Du fehlst mir auch, kleiner Vogel.*

Ich: *Oh, Vogel trifft es gut. Aber wenn ich dir fehle: Welcher Teil von mir?* – Ich zögere, bevor ich die Nachricht dann doch abschicke. Wir haben uns darauf geeinigt, mehr als Freunde zu sein. Ich liebe die Momente, in denen Taro sich fallen lässt. Und aus der Ferne sollten Flirtereien ungefährlich sein.

Taro: *Mir fehlt dein Lächeln. Es sieht zum Anbeißen süß aus, wie du dabei die Nase kräuselst.*

Das ist nicht das, was ich jetzt gerade hören wollte. Seufzend lasse ich mein Handy auf das Bett fallen. Vielleicht war es eine dumme Idee, ihm überhaupt zu schreiben? Wie soll ich ihm erklären, was meine Intention war? Zumindest denke ich, dass er mich nicht versteht, bis mein Handy erneut in der Dunkelheit aufleuchtet.

***Taro:** Es ist mitten in der Nacht. Was tust du gerade, dass ich dir dabei fehle?*

Das ist die Art von Nachricht, die ich brauche.

***Ich:** Wie gesagt: Ich kann nicht schlafen und könnte etwas Entspannung vertragen.*

***Taro:** Wieso habe ich das Gefühl, dass du auf etwas Bestimmtes hinauswillst?*

***Ich:** Weil du klug bist. – Und weit weg. Viel zu weit weg.*

***Taro:** Gemma bringt mich um, wenn sie diesen Chat jemals liest.*

***Ich:** Noch steht hier nichts Verwerfliches.*

***Taro:** Gehe ich recht in der Annahme, dass du mir geschrieben hast, um das zu ändern?*

***Ich:** Wir könnten auch telefonieren, wenn es dir lieber ist. Ohne Chatverlauf keine Beweise. Und ohne direkten Kontakt keine Pheromone, richtig?*

***Taro:** Wenn du das wirklich willst, gib mir fünf Minuten. Dann gehe eben schnell in mein Zimmer rüber.*

Möchte ich das? Ich habe keine Erfahrungen mit Sexting oder Telefonsex. Aber allein die Aussicht darauf lässt Vorfreude und Nervosität durch meinen Körper rauschen. Ich liebe es, wie Taro es mit wenigen Worten schafft, mich an den Rand der Selbstbeherrschung zu führen. Und wenn ich ganz ehrlich zu mir selbst bin, will ich mich dieser Fantasie von Nähe hingeben. Dringend. Mit allem, was für mich dazugehört.

***Ich:** Ich gebe dir die ganze Nacht.*

Ungeduldig warte ich auf eine weitere Nachricht von Taro

und sehe Nuts an. »Es könnte sein, dass hier gleich nicht jugendfreie Dinge passieren«, warne ich.

Nuts hält sich die Pfoten vor die Augen, schüttelt sein Köpfchen und klettert durch ein geöffnetes Fenster nach draußen, als wäre es nicht willens, das mitzuerleben. Gutes Tier.

Taro: *Bin bereit.* – sind die letzten Worte, die ich lese, bevor ich ihn mit wild schlagendem Herzen anrufe, auf Lautsprecher umstelle und das Handy auf meinem Nachttisch ablege.

»Du hast dich also für ein Telefonat entschieden?«, fragt er amüsiert.

»Ich dachte, es wäre die bessere Option, weil ich dann beide Hände freihabe. Ich denke, ich kann sie brauchen. Und für Videotelefonie ist es hier ohnehin zu dunkel.«

»Wo bist du und wozu benötigst du deine Hände?«, fragt er mit lockendem Unterton, als wäre das hier bereits Teil des Spiels.

»Ich liege schon seit Stunden in meinem Bett, wälze mich von einer Seite auf die andere und kann einfach nicht einschlafen.«

»In deinem Bett. Wie unartig«, neckt er mich.

Ich höre etwas rascheln und bin mir sicher, dass es seine Bettdecke ist. Ich stelle mir vor, wie er sie beiseite schlägt. »Was trägst du?«, frage ich leise.

»Nichts. Ich bin allein zu Hause und muss auf niemanden Rücksicht nehmen. Wir können tun, was wir wollen. Die Dachterrasse erschien mir nur nicht wie der richtige Ort.«

Ich habe so etwas wie das hier noch nie getan und beschließe, Taro akustisch all das zu geben, was ihm gerade entgeht.

»Allein die Vorstellung, dass du nackt bist und dich gleich berührst, macht mich ganz feucht.« Kurz überkommen mich Zweifel. Sagt man das so? Ist die Info vielleicht doch zu viel? Zu ordinär?

Aber Taro lacht leise. Ein Laut, der auf meiner Kopfhaut prickelt. »Wenn dir die Vorstellung gefällt, werde ich das tun. Du hast keine Ahnung, wie oft ich mir bereits vorgestellt habe, in dir zu versinken. Auf dem Tisch im Gewächshaus. Einem der Tische in der Mensa. Im Stehen an der Wand. In meinen Fantasien haben wir es nie bis ins Bett geschafft.«

»Die Erinnerung an unseren Kuss an der Wand gefällt mir«, gestehe ich. »Ich habe mir damals schon gewünscht, du würdest mich auf der Stelle erlösen.«

»Erlösen. Was für ein schönes Wort. Sag mir, was du tust – und was du dir von mir wünschen würdest, wenn ich bei dir wäre«, bittet Taro. Sein unruhiger Atem verrät mir, dass er nicht ganz so gelassen ist, wie er es mich glauben lassen will.

»Jetzt gerade überlege ich, ob ich in meinem Bett liegen bleibe oder aufstehe und zur Wand hinübergehe, um …« Ich zögere. Es fühlt sich seltsam an, diese Dinge auszusprechen. Auf der anderen Seite aber auch so gut, weil ich Taro vertraue und die Fantasien mit ihm teilen will.

»Um dir besser vorstellen zu können, wie es wäre, wenn ich dich im Stehen nehme?«, fragt er mit rauer Stimme.

Oh, Gott. Mir gefällt es, wenn er so redet. Das ist etwas, das er sich viel zu selten erlaubt.

»Vergiss, was ich sagen wollte«, bitte ich und lasse die Oberschenkel auseinanderfallen. »Deine Worte machen mich zu schwach, um jetzt aufzustehen.«

»Was tust du?«, wiederholt Taro drängender.

»Ich liege im Bett und … stelle mir vor, es wäre deine Hand, die in meinen Schritt gleitet. Langsam.«

Ich tue das, was ich Taro gesagt habe: Ich schiebe meine Hand in meine Pyjamahose und lasse den Mittelfinger sanft über meine Mitte gleiten. Das allein reicht, um mir ein Stöhnen zu entlocken, weil es Wochen her ist, dass ich mir die Zeit genommen habe, mich auf diese Art zu berühren. Wie mir das gefehlt hat. Und wie ich wünschte, es wäre tatsächlich Taro, der mich verwöhnt.

»In Ordnung. Sag mir, was ich mit dir tue.«

Ich schließe die Augen, verdränge den Ort, an dem ich mich befinde und konzentriere mich allein auf Taros Stimme und die verlockenden Gefühle. »Ich wünschte, es wäre deine Zunge, die mich liebkost.«

»Ah«, sagt er gedehnt. »Ich kann dir versichern, dass ich sehr gut und ausdauernd im Lecken bin.«

Warum werde ich das Gefühl nicht los, dass er sich gerade über sich selbst lustig macht?

»Das ist kein Moment für Katzen-Witze«, murre ich und entlocke Taro einen tiefen Laut.

»Es war kein Scherz. Ich würde es genießen. Genauso wie deinen Duft. Du hast keine Ahnung, wie oft er mich auch so schon an den Rand des Wahnsinns getrieben hat.«

Und du hast keine Ahnung, wie sehr ich diesen Moment genieße – denke ich, bis ich vollkommen überrumpelt in der Bewegung verharre, da Nuts auf meinen Nachttisch springt und aufgeregte Laute von sich gibt. Es gestikuliert in Richtung des Fensters. Auch wenn ich nicht weiß, worum es geht, hat es offensichtlich etwas gesehen, das ihm nicht gefällt. Und das ich mir dringend ansehen sollte.

Seufzend lasse ich mich ins Kissen sinken. Vollkommen aus unserer Blase gerissen, kommt es mir beinahe nicht mehr heiß, sondern vor allem seltsam vor, was wir soeben getan haben.

Das Geräusch schwerer Schritte dringt durch das Fenster zu mir herauf. Bilde ich es mir nur ein, oder höre ich klirrende Schnallen an derben Stiefeln? Stiefel wie sie JJ trug.

»Sorry, Taro. Ich hasse das Leben in einem Wohnheim. Ich gehe kurz nachsehen, was da draußen los ist.«

»Alles gut, aber pass auf dich auf.«

»Ich versuche es.«

Schnell ziehe ich mir etwas über und stecke vorsichtshalber mein Handy ein, während Nuts auf meine Schulter springt, als wolle es mir den Weg weisen.

31. KAPITEL
HAZEL

Ich knöpfe schnell meinen Mantel zu, bevor ich auf den Flur hinaustrete und Nuts' Gesten folge. Es führt mich durch die Gänge des M.U.S.E., hinaus auf den Innenhof zwischen den Gebäuden, dann in Richtung des Gewächshauses. Dorthin, wo ich eben die Schritte gehört habe.

Irritiert versuche ich zu verarbeiten, was ich dort sehe: ein Licht, wie von einer Taschenlampe, und eine männliche Gestalt im Ledermantel, die hier nichts zu suchen hat.

»Hey!«

Ohne darüber nachzudenken, setze ich der Person nach. Es ist definitiv ein Mann, der genau weiß, dass seine Anwesenheit hier nicht erwünscht ist. Er lässt seine Lampe in der Manteltasche verschwinden und tritt die Flucht an.

Eines muss ich ihm lassen: Er ist verflucht schnell. Kein Wunder. Wenn diese Typen wirklich täglich an der Steilküste entlangjoggen, ist er sehr viel besser im Training als ich.

Schon nach wenigen Metern verliere ich ihn in der Dunkelheit aus den Augen und beschließe, den Hauptweg zu nehmen, bis hin zur Allee mit den Bäumen, doch das Laufen auf dem Kies ist anstrengend. Meine schmerzende Lunge zwingt mich dazu, stehen zu bleiben. Nach Luft ringend sehe ich mich um, aber kann ihn nicht entdecken. Er wirkt wie vom Erdboden verschluckt.

Verdammt!

Was hatte er hier zu suchen?

Ich will gerade resigniert kehrtmachen, als mir jemand von hinten gegen den Rücken stößt. Ungeschickt stolpere ich gegen einen Baumstamm und schaffe es um Haaresbreite noch, mich mit beiden Händen abzufangen, um mir nicht das Gesicht an der rauen Rinde aufzukratzen. Mit wild schlagendem Herzen drehe ich mich um und entdecke direkt vor mir den Eindringling. Mit einer blitzschnellen Bewegung greift er nach meiner Schulter, bohrt seinen Daumen unter mein Schlüsselbein und presst mich gegen den Stamm.

»Du schon wieder?« Auch wenn seine Stimme durch eine lederne Halbgesichtsmaske seltsam verzerrt klingt, erkenne ich sie. Sie und seine roten Locken. JJ. Was tut er hier? Wie kam er auf das Gelände?

»Lass mich los«, fauche ich und versuche, seinen Arm beiseitezuschieben.

JJ zögert, bevor er meinem Befehl folgt und mich mustert. »Mir scheint, du hast ein Talent dafür, dich in Schwierigkeiten zu bringen.«

»Ich?«, wiederhole ich spöttisch und deute um mich. »Ich studiere hier. Du bist der mit den Schwierigkeiten. Du dürftest gar nicht hier sein. Wie bist du überhaupt auf das Gelände gekommen, *Hexenjäger*?«

»Was?« Er schüttelt den Kopf, als hätte er Wasser im Ohr.

»Du hast richtig gehört. Ich sagte Hexenjäger.«

Als wären es die falschen Worte, verändert sich sein Blick. Plötzlich klingt auch sein Tonfall anders, und der Spott in seiner Stimme weicht etwas Bedrohlichem, während er beginnt, düstere Verse zu zitieren, die ich nie zuvor gehört habe und mir eine eisige Gänsehaut den Rücken hinabjagen. »Was ist das Weib anders als die Feindin der Freundschaft, eine unentrinnbare Strafe, ein notwendiges Übel, eine natürliche Versuchung, ein wünschenswertes Unglück, eine häusliche Gefahr, ein ergötzlicher Schaden, ein Mangel der Natur, mit schöner Farbe gemalt? Wenn ein Weib weint, es den Mann zu täuschen meint. Malleus Maleficarum.«

Ich blinzle, traue meinen Augen nicht, als er seinen Mantel aufschlägt und erneut den Waffengurt offenbart, der quer über seine Brust gespannt ist. Mein Puls rast, doch meine Gedanken sind wie erstarrt.

Mit einer geübten Bewegung zückt er eines der Messer, dessen Schneide im Mondlicht aufblitzt. »Unschuldig muss niemand sterben«, presst er hervor.

Noch während ich zu realisieren versuche, was gerade geschieht, stößt er zu. Ich weiche ungeschickt aus, doch das Messer erwischt meinen Oberarm. Ein beißender Schmerz durchzuckt meinen Körper, warmes Blut quillt aus der Wunde. Noch nie hat mich ein anderer Mensch absichtlich verletzt. Ebenso überfordert wie unbeholfen stolpere ich einen Schritt zur Seite. Irgendwo tief in meinem Unterbewusstsein erinnert mich eine Stimme daran, dass ich eine Sirene bin und Menschen beeinflussen kann. Aber JJ wirkt so von Sinnen, dass ich nicht einmal weiß, welches Gefühl ihn aus dieser Raserei holen würde. Geschweige denn, wie ich es übermitteln soll. Mitten im Kampf zu singen anfangen? Alles an dieser Situation ist vollkommen surreal.

Wie im Wahn holt JJ erneut aus, verfehlt meinen Hals nur um Haaresbreite, als Nuts ihm ins Gesicht springt und heftig in eine Augenbraue beißt.

Fluchend schlägt er das Eichhörnchen beiseite und presst eine Hand auf seine Wunde.

Nuts landet elegant im hohen Gras und deutet keckernd in Richtung des Hauptgebäudes.

Für einen Moment befürchte ich, dass JJ Verstärkung bekommen könnte, aber es ist Sofia, die zu uns herüberläuft.

»Hazel!« – Ich war noch nie so erleichtert, meine Tutorin zu sehen.

JJ schaut sie an, dann zu mir und dem Messer in seiner Hand, als würde er überlegen, diese Sache schnell hinter sich zu bringen, um sich danach Sofias zu entledigen.

Von der Waffe vollkommen unbeeindruckt zieht Sofia einen ihrer Handschuhe aus und schiebt sich zwischen uns.

»Legen wir uns mit Sirenen aus dem vierten Semester an, ja? Wie sieht's mit Todesfeen aus dem Bachelorsemester aus, Sterblicher?«

Irgendetwas an Sofias gezischter Drohung scheint zu JJ durchzudringen. Er blinzelt, schüttelt den Kopf als müsste er sich sammeln und mustert die Todesfee vor sich.

»Du müsstest mich berühren, um mich zu töten«, spottet JJ und zieht den Kragen seines Mantels höher. Eine Bewegung so überaus selbstgefällig, als wäre seine Trance beendet. Mit einer beinahe beiläufigen Geste wischt er die blutige Klinge des Messers an seinem Mantel ab.

»Vielleicht lasse ich dir von Hazel ein Gute-Nacht-Lied vorsingen – und bringe dich um, noch während du vergessen hast, dass ich überhaupt hier bin. Niemand wird mich zur Rechenschaft ziehen, solange du dich währenddessen auf unserem Gelände herumtreibst.«

Blut läuft meinen Arm hinab, der Schmerz treibt mir noch immer Tränen in die Augen, dennoch hebe ich stolz das Kinn. JJ hat mich unvorbereitet erwischt, das heißt nicht, dass ich nicht mutig genug bin, Sofia beizustehen.

Er zögert, bevor er das Messer schließlich wegsteckt. »Wir machen einen Deal, Todesfee«, schlägt er vor und bringt Sofia zum Lachen.

»Du bist nicht in der Position für Verhandlungen.«

»Tatsächlich? Wenn du mich tötest, werdet ihr nie erfahren, in welches Gift die Klinge getaucht war, die eure süße Sirene verletzt hat.«

Gift?

Auch Sofia zuckt bei dem Wort kaum merklich zusammen. »Du Wahnsinniger hast die beste Freundin von Gemma Stone vergiftet? Wow. Ich lasse dich mit Freuden laufen, du hast dein Leben ohnehin verwirkt.«

»Gemma Stone?«, wiederholt er. »Jeder Stümper weiß, dass sie weiße Magie praktiziert.«

Sofia schnaubt. »Ihr habt echt noch einiges zu lernen. Aber bitte. Sag uns, worin die Klinge getränkt war, und verpiss dich. Wenn du lügst, fackle ich zum Dank euer bescheuertes Spukhaus ab.«

JJ wendet sich zum Gehen. Fast fürchte ich, dass er verschwindet, ohne das Gegenmittel zu erwähnen, ruft uns jedoch noch etwas zu: »Vielleicht sollte die kleine Sirene sich von ihrem Freund die Wunden lecken lassen. Miau!«

Sofia flucht. »Arschloch. Ich wusste, ich hätte ihn umbringen sollen. Gehen wir zu Campbell und melden den Vorfall«, weist sie an, zieht ihren Handschuh über und bedeutet mir, ihr zu folgen.

Noch immer überfordert presse ich die Hand auf die blutende Wunde. Nächtliche Angriffe und vergiftete Waffen sind nicht ganz das, was ich mir von einem Wechsel hierher erhofft hatte.

»Wie hast du das eigentlich gemacht?«, frage ich leise. »Der Typ wirkte wie besessen, bis du aufgetaucht bist.«

»Oh.« Sofia streicht sich eine Haarsträhne hinter das Ohr und hebt stolz das Kinn. »Die meisten Menschen kommen zur Besinnung, wenn sie sich dem sicheren Tod gegenübersehen.«

»Und woher wusstest du, dass ich Hilfe brauche?«

Sie schenkt mir ein Lächeln, so kalt, dass es mir eine Gänsehaut beschert. »Instinkt.«

· · ✦ · ·

»Ich hatte wirklich nicht vor, so schnell wieder hier zu sein«, versichere ich Ms Campbell, die uns mitten in der Nacht die Tür zu ihrem Büro aufgeschlossen hat. Ich sitze auf dem Stuhl vor ihrem Schreibtisch, während eine Krankenpflegerin den blutigen Schnitt an meinem Arm versorgt. »Autsch.«

»Entschuldige«, sagt sie. »Ich kann versuchen, die Wunde zu heften oder zu nähen, aber wenn wir nicht herausfinden, worin die Klinge, die Sie getroffen hat, getränkt war, wird es nur kurzfristig helfen. Diese Wunde wird immer wieder aufgehen und nie ganz verheilen.«

»Und sich irgendwann entzünden, sodass ich an einer Sepsis sterbe«, mutmaßt die Tierarzttochter in mir. Habe ich Taro nicht erst gesagt, dass niemand weiß, wie viel Zeit uns bleibt? Dass unser Leben jederzeit enden kann? Und nun sitze ich hier mit einer im wahrsten Sinne des Wortes verfluchten Wunde. Großartig.

»So weit muss es nicht kommen«, wehrt Ms Campbell ab. Sie mustert mich schweigend, bis sie seufzt. »Es gibt Wege, dir Linderung zu verschaffen. Hast du noch immer Kontakt zu dem jungen Mann, der hier letztens zu Besuch war? Ich hörte, er wäre ein Kater. Man sagt den Katzenartigen gewisse Fähigkeiten nach, die dir helfen könnten. Unter anderem besitzen sie antiseptischen Speichel. Vermutlich ist es dir lieber, wenn dir ein Vertrauter die Wunden leckt, als am M.U.S.E. um Speichelspenden zu bitten.«

»Ist das Ihr Ernst?«, frage ich ebenso überrascht wie überfordert.

»Todernst, fürchte ich.«

»Was werden Sie wegen des Typs auf unserem Gelände unternehmen?«, wechselt Sofia das Thema.

»Das, was das Protokoll für diesen Fall vorsieht: Wir kontaktieren sein College, und er wird eine Verwarnung erhalten.«

»Und das war es dann? Wer sagt, dass er nicht zurückkommt und beendet, was er begonnen hat?«, hakt Sofia nach. »Dass er beim nächsten Mal vielleicht sogar Freunde mitbringt? Wie ist er überhaupt auf das Gelände gekommen? Ich dachte, nach der Sache mit Aria wären die Schutzzauber verstärkt worden. Laut unserer Hausordnung soll das M.U.S.E. ein sicherer Hafen für alle sein. Es fühlt sich gerade nicht so an.«

»Du kannst darauf vertrauen, dass wir herausfinden werden, wie der junge Mann auf das Gelände kam oder ob es nicht vielleicht sogar eine Studentin war, die ihn hereingelassen hat. Es wäre nicht das erste Mal in der Geschichte des M.U.S.E. Institute, dass sich jemand ungebetenen nächtlichen Besuch eingeladen hat.« Sie sieht mich vielsagend an. »Natürlich ist ein Eindringling eine ernste Sache, und auch um Hazels Verletzung werden wir uns kümmern, aber bitte bewahrt Ruhe und behandelt diese Angelegenheit diskret, bis wir mehr wissen. Unsere Colleges existieren seit fast dreihundert Jahren nebeneinander. Es kommt immer mal wieder vor, dass einzelne Studenten die Regeln missachten – und selbstverständlich dafür bestraft werden. Es gibt allerdings keinen Grund, anzunehmen, dass Butler Manor vorhat, den Kodex über Bord zu werfen und uns anzugreifen.«

Sofia wirkt nicht zufrieden, aber schweigt. Also tue ich es auch.

• • ✦ • •

»Sofia, warte«, bitte ich, kaum dass wir Ms Campbells Büro verlassen haben.

Sie mustert mich mit einer gehörigen Portion Argwohn, bevor sie sich dazu durchringen kann, mir den Gefallen zu tun. »Wenn du dich für meine Hilfe bedanken möchtest, kannst du es dir sparen. Das hätte ich für jede hier am M.U.S.E. getan.«

Ich glaube es ihr. Sie hat keine Sekunde gezögert, um mir beizustehen, obwohl sie unsere Tutor-Stunden bei der ersten Gelegenheit abgesägt hat.

»Aber warum?«, frage ich, auch wenn ich nicht mit einer Antwort rechne.

»Weil das M.U.S.E. mein Zuhause ist«, antwortet sie aufrichtig und gibt sich einen Ruck. »Es ist der erste Ort, an dem niemand versucht, mir aus Spaß meine Handschuhe zu klauen. An dem man weiß, was ich bin, und meine Kleidung nicht für einen schrägen Tick hält. An dem man mich respektiert, statt mich zu schikanieren, weil die Menschen unterbewusst spüren, dass ich anders bin. Ich mache ihnen keinen Vorwurf. Niemand umgibt sich gern mit Leuten, die sie umbringen könnten.«

»Was für Sirenen so ziemlich jeder Mensch ist«, werfe ich ein und bringe Sofia kurz aus dem Konzept, aber sie hat sich sofort wieder gefasst.

»Dennoch datest du ein Wertier.«

»Und wäre durchaus dazu bereit, mich mit einer Todesfee anzufreunden«, sage ich so vehement, dass es geradezu lächerlich klingt. Es passiert mir selten, dass ich mich im Ton vergreife, aber dieses Mal dafür so richtig.

Sofia stutzt, bevor sie in Gelächter ausbricht – und ich kann nicht anders, als einzustimmen. Zumindest bis die schmerzende Wunde an meinen Arm erneut zu pochen beginnt. Ich spüre, dass sich in dieser Nacht etwas zwischen Sofia und mir geändert hat. Vielleicht brauchte es erst eine Nahtoderfahrung, um einer Todesfee näherzukommen.

· · ✦ · ·

Es liegt nicht allein an meiner Verletzung, dass ich noch Stunden später wach liege. Ich frage mich permanent, wie es JJ auf das Gelände geschafft hat. Ein Hexenjäger auf dem Territorium des M. U. S. E. dürfte ein Worst-Case-Szenario sein. Und auch die Worte von Ms Campbell gehen mir nicht aus dem Kopf. *Speichel. Die Wunden lecken.* Ich kann mir vieles vorstellen, aber nicht, wie Taro – die Anmut in Person – auf ein Tuch spuckt, um damit meinen Arm abzuwischen. Obwohl ich beim besten Willen nicht weiß, wie ich ihn um diese besondere Art der Hilfe bitten soll, werde ich ihn morgen besuchen. Schon allein deswegen, weil mir seine tröstliche Nähe gerade mehr denn je fehlt.

Vielleicht sollte ich ihm schreiben. Wahrscheinlich wartet er nach dem abrupten Ende des Telefonats auf eine Nachricht von mir, aber ich bringe es nicht übers Herz. Ich will nicht, dass er ebenfalls wach liegt und sich sorgt, doch genauso wenig möchte ich ihn anlügen und behaupten, dass alles gut wäre. Ich werde einfach bei Sonnenaufgang zur Allbright aufbrechen. Es reicht mir, dass sich Nuts zu mir aufs Kopfkissen gekuschelt hat und mich aus traurigen Augen ansieht.

Vorsichtig streichle ich ihm über das Köpfchen.

»Es wird alles gut«, murmle ich und stimme Dads Schlaflied an. Das Lied, das mir meine Mom immer vorgesungen hat, wenn ich krank im Bett lag und mich ausruhen sollte. »So sleep now, my darling, in dreams you shall roam, where sailors and mermaids find their way back home. May their love guide your slumber, till morning's first light, rest peacefully, my dear, in the arms of the night«, singe ich irgendwann die letzten Worte. Während Nuts die Augen zufallen und es ins Traumland hinübersegelt, finde auch ich die Ruhe, nach der mein Körper sich sehnt.

32. KAPITEL
HAZEL

Montag, 13.2.

Wehmut. Das ist es, was ich beim Betreten der *Allbright Academy of Modern Arts* empfinde, während ich mich am Empfang als Besucherin anmelden muss. Ich habe es geliebt, hier zu studieren und ein Teil dieser besonderen Atmosphäre zu sein. Mir fehlt alles: die roten Backsteinwände mit lauter kunstvollen Schwarz-Weiß-Fotografien, die Bühnenproben, die Mittagspausen mit Gemma und Taro. Und vor allem Letzterer. Ich hoffe, er hat dieses Semester noch immer den Kurs bei Mr Archer belegt, nehme eine der vielen Metalltreppen in diesem Gebäude und biege in den Fotografietrakt ab. Mein Herz kann sich nicht entscheiden, ob es einen erleichterten Hüpfer einlegen oder sich schmerzhaft zusammenziehen möchte, als ich Taro auf dem Flur stehen sehe. Er spricht mit irgendwem, aber ich habe nur Augen für ihn.

Als würde er spüren, dass ich mich nähere, hebt er den Kopf und sieht mich überrascht an. Vielleicht hätte ich mich ankündigen sollen?

Von meinen Gefühlen überwältigt laufe ich ihm entgegen und schmiege mich an ihn. Vollkommen irrational. Tränen verschleiern meine Sicht, während ich meine Arme um ihn schlinge, weil ich seine Nähe brauche.

»Haze?« Er erwidert meine Geste.

Scharf sauge ich die Luft ein, als er die Wunde an meinem Oberarm berührt. Die Stelle, die der Hexenjäger mit seiner Klinge verletzt hat. – Wie das klingt.

»Ich will das alles nicht mehr«, bringe ich irgendwie hervor und fahre auf, als sich die Person neben uns räuspert.

Erst jetzt erkenne ich, dass es Mr Archer selbst ist. Ich habe die zwei einfach unterbrochen – und es tut mir augenblicklich leid.

»Nun, genieß deine Mittagspause und richte deinem Dad liebe Grüße aus«, ist alles, was der Dozent sagt, bevor er sich zum Gehen wendet.

Taro atmet tief durch. Nickt. Sobald Mr Archer außer Sichtweite ist, löst er sich vorsichtig aus meiner Umarmung und betrachtet seine Handfläche. Auf seiner Haut schimmert es rötlich.

Ich sehe ihn an, doch sein Blick zuckt zu meinem Oberarm.

»Ist das Blut?« Vorsichtig streckt er seine Finger aus, aber verharrt in der Bewegung. Der dunkelrote Fleck macht Leugnen sinnlos, und wahrscheinlich hätte er es ohnehin gerochen. »Das Geräusch an deinem Fenster? Was ist gestern passiert?«, fragt er alarmiert.

»Dein Lieblingshexenjäger hatte sich auf das Gelände des M.U.S.E. geschlichen«, sage ich leise. »Taro, ich muss mit dir reden, bitte. Und wenn es nur fünf Minuten sind.«

»Natürlich. Ich hole nur kurz meine Taschen. Warte hier.«

Mit einem Nicken lehne ich mich gegen die Flurwand und zupfe unangenehm berührt an dem feuchten Stoff meiner Bluse, die an der Wunde klebt, weil der Verband schon wieder vollgesogen ist. Zum dritten Mal heute. Vielleicht hatte ich unrecht und ich werde nicht an einer Sepsis sterben, sondern langsam, aber sicher verbluten.

Als Taro aus dem Seminarraum zurückkommt, telefoniert er mit jemandem. »Genau. Ich möchte mit ihr in diesem Zustand nicht U-Bahn fahren. Danke dir. Du bist der Beste. Melde dich, wenn ich jemals etwas für dich tun kann.«

Fragend sehe ich zu ihm auf, während er sein Handy wegsteckt und mir bedeutet, voranzugehen.

»Darren schickt uns seinen Chauffeur vorbei. Er bringt uns nach Hause.«

Auch wenn das lieb gemeint ist, kommt es mir unangenehm vor. »Es sind von hier aus nur fünfzehn Minuten zu Fuß bis zu euch.« Ich habe die Worte kaum ausgesprochen, da spüre ich, wie warmes Blut meinen Arm hinabläuft, über meine Hand fließt, dann zu Boden tropft.

Taros Blick zuckt nach unten, als hätte er den Aufprall gehört. »Ob fünf oder fünfzehn Minuten – in dem Zustand lassen wir dich nirgendwohin laufen«, sagt er entschieden, während ich mich auf den Weg zu den Frauentoiletten mache, um die Wunde notdürftig zu versorgen. Sie sieht nicht gut aus. Obwohl die Krankenpflegerin des M.U.S.E. sie genäht hat, klaffen die Wundränder auseinander. Noch immer dringt frisches Blut aus dem Schnitt. In was auch immer die Klinge des Messers getränkt war, verhindert offensichtlich die Heilung. Wie nur soll ich Taro bitten, sich etwas derart Unappetitliches anzusehen?

• • ✦ • •

»Möchtest du dich an den Küchentresen setzen? Dann sehe ich eben nach, was wir hier haben, um die Wunde neu zu verbinden«, bietet Taro an, kaum dass wir seine Wohnung betreten haben. Er legt seine Taschen auf dem senfgelben Sofa ab, bevor er ins Bad verschwindet.

Ich setze mich derweil auf den Küchentresen, öffne vorsichtig meine Bluse und streife sie ab. Da sie eh ruiniert ist, wische ich damit das frische Blut von meinem Arm.

Als Taro zurückkommt, verharrt er kurz in der Bewegung, blinzelt und hat sich sofort wieder gefangen.

»Ich meinte auf einen Barhocker, nicht die Küchentheke«, ist alles, was er herausbringt, bevor er eine Erste-Hilfe-Tasche neben mir ablegt. Mit bedachten Bewegungen packt er Verbandsmaterial aus und betrachtet die wachsende Sammlung von Pflastern und Mullbinden.

»Tut mir leid. Ich hatte vergessen, dass es deinem Sinn für Hygiene widerspricht, wenn ich mich dahin setze, wo du dein Essen zubereitest.«

»Unter anderen Umständen würde ich einen Witz darüber machen, dich zur Strafe dafür zu vernaschen, aber es kommt mir aus diversen Gründen sehr unangebracht vor.« Schweigend betrachtet er meinen Arm, ohne mich zu berühren.

»Es sieht schlimm aus«, murmle ich.

»Es sieht vor allem schmerzhaft aus. Ich weiß, ich habe versprochen, mich zusammenzureißen, aber …« Taro atmet tief durch. »Ich kann nicht dafür garantieren, dass ich diesem JJ nicht die Nase breche, falls ich ihm noch einmal über den Weg laufe.«

Vermutlich sollte ich sagen, dass Gewalt keine Lösung ist, aber die Hexenjäger scheinen es anders zu sehen.

»Ich habe keine Ahnung, was er auf dem Gelände gesucht hat. Erst wirkte er fast nett, bevor er aus dem Buch der Hexenjäger zitiert hat. Es war, als hätte man ihn in Butler Manor einer Gehirnwäsche unterzogen. Von einer Sekunde zur anderen erschien er wie von Sinnen und hat mich attackiert.«

»Womit?«

»Einem kleinen Messer.« Ich zucke zusammen, als Taro seine Hand an meinen Arm legt. Trotz des Schmerzes genieße ich das Gefühl seiner warmen Finger auf meiner Haut.

»Er hätte dir mit einem Schnitt wie diesem mühelos die Halsschlagader durchtrennen können.«

»Soll mich das beruhigen?«

»Mich beruhigt es nicht. Was hatte er auf dem Gelände des M.U.S.E. zu suchen? Es sollte ein Safe Space sein. Kein Ort, an dem ich um dich fürchten muss, während du dich außerhalb meiner Reichweite befindest.«

»Außerhalb deiner Reichweite? Und ich dachte eine Zeit lang, dort hättest du mich am liebsten: weit weg«, necke ich ihn.

»Glaubst du das immer noch?« Taro stützt seine Hände auf dem Tresen ab und atmet tief durch.

»Du könntest mir deine Gedanken einfach anvertrauen, dann müsste ich sie nicht ständig erraten«, schlage ich vor.

»Tatsächlich? Würde es dir gefallen, zu hören, dass ich diesem Mistkerl einen gewaltvollen Tod wünsche, weil er es gewagt hat, dich anzurühren? Weil er es gewagt hat, uns gestern zu unterbrechen? Oder eher, wie sehr ich unser Telefonat genossen habe? Wie oft ich mir vorgestellt habe, dich in eurer Bibliothek zu verführen? Von hinten an einem Regal stehend. Mitten auf dem Tisch. Mir wäre egal, wie und wo. Ich will nur, dass du ein einziges Mal meinen Namen stöhnst. Ich will nur einmal alles vergessen können. Aufhören zu denken. Nur fühlen. Mir einbilden, dass es Momente gibt, die … es wert sind, dich in Gefahr zu bringen.« Er räuspert sich, als wäre ihm dieser kurze Gefühlsausbruch unangenehm.

»Ich will das auch«, wispere ich und versuche, seinen Blick aufzufangen. »Taro, bitte.«

»Nicht jetzt, Haze«, raunt er. »Du blutest. Ich sollte das verarzten, damit ich wieder mehr Abstand zwischen uns bringen kann. Wir waren uns in den letzten Tagen schon viel zu nahe. Es ist zu wenig Zeit vergangen. Wir sollten vorsichtig sein.«

»Ist das dein letztes Wort?«

»Vorerst«, ist alles, was er sagt, und reißt energisch das Päckchen einer Mullbinde auf. Ich hasse es, wenn er so tut, als wäre er über alle Gefühle erhaben, aber zumindest hilft es auch mir dabei, mich zu fokussieren.

»Ms Campbell hat angedeutet, dass katzenartige Wertiere einen besonderen Speichel haben, der bei der Wundheilung helfen könnte«, springe ich über meinen Schatten.

Taro zögert, bevor er nickt. »Vertraust du mir?«

»Ich habe dir nie nicht vertraut.«

Er hadert noch einen Moment, beugt sich dann zu meinem Arm hinab. Seine Haare kitzeln meine Wangen, als er … Was tut er da? Leckt er etwa wirklich meine Wunde?

Ich spüre seine geschmeidige Zunge an der empfindlichen Stelle und zugleich, wie das Pochen verebbt. Taro hat mal seine eigene Hand abgeleckt und etwas von antiseptischem Speichel erwähnt, aber ich hätte nicht erwartet, dass der wahre Wunder bewirkt. Nachlassender Schmerz ist eines der schönsten Gefühle der Welt.

»Besser?« Er richtet sich auf, und als ich an meinem Arm hinabsehe, staune ich. Die Wunde ist beinahe verheilt, den kleinen Striemen, der noch zu sehen ist, beklebt er mit einem Heftpflaster. Selbst wenn sie weiterhin immer wieder aufbrechen sollte, kann ich eine Verletzung dieser Größe bestimmt händeln. »Ich könnte dir die Fäden ziehen, aber das überlasse ich lieber eurer Krankenschwester.« Taro holt sich ein Glas Wasser und trinkt einen großen Schluck.

»Wenn die Klinge vergiftet war … Denkst du, das Toxikum wird dir schaden?«, frage ich besorgt. Darüber hätte ich vermutlich eher nachdenken sollen, doch Taro schüttelt den Kopf.

»Ich habe zwar keine sieben Leben, aber meine Verletzungen heilen schnell. Ich komme zurecht.«

»Schnelle Regeneration und eine Zauberzunge. Könnte schlimmer sein.«

»Ich könnte mit meiner Zauberzunge wahrscheinlich noch aufregendere Dinge anstellen.«

»Nicht, nachdem du mir gerade gesagt hast, dass dein letztes Wort *Nein* lautet.«

Taro stellt sein Glas ab und seufzt. »Meine Antwort sollte *Nein* lauten, um dich nicht in Gefahr zu bringen. Aber … wenn ich mir vorstelle, dass …«

»Mich ein anderer umbringt? Mit einem Messer oder seiner Nähe?«, schlage ich vor.

»Dann wäre ich doch sehr versucht, dich für ein paar Minuten auf positivere Gedanken zu bringen.« Sein Blick gleitet über meinen Körper zu meinem Rock.

»Nun, das Gefährlichste, was wir tun können, ist uns zu küssen … Also wären andere Dinge, die du mit deiner Zunge anstellen könntest … vielleicht weniger gefährlich.« Ich klinge nicht wirklich eloquent. Aber allein die Vorstellung davon, dass Taro seine Worte ernst meinen könnte, lässt einen Funkenregen durch meinen Körper tanzen. Zu gern würde ich dort weitermachen, wo wir gestern so rüde unterbrochen wurden.

»Und ein einziges Mal bringt dich sicher nicht in Gefahr«, sagt Taro unbestimmt, den Blick noch immer auf meine Beine geheftet.

»Sicher nicht. Ich hatte schon mehrfach Sex.«

»Ich weiß. Du hast mir jedes Mal davon erzählt.« Taro zögert, bevor er sich leise knurrend einen Ruck gibt. Er tritt an mich heran, umfasst meine Taille und zieht mich an die Kante. »Ich kann deine Erregung riechen. Manchmal auch den Geruch von Männern, die die Nächte mit dir verbracht haben.

Und beides nagt an meinem Verstand.« Er legt seinen Zeigefinger unter mein Kinn und versenkt seinen Blick in meinen. »Versprich es, mir zu sagen, wenn es dir in meiner Nähe schlechter geht.« Er sagt es, während er mit der anderen Hand meinen Rock höherschiebt. Meine Haut kribbelt, wo auch immer er sie berührt. Er zeichnet eine Spur über meinen Oberschenkel, bis zu meiner Hüfte hinauf.

Ich kann nicht glauben, dass das hier wirklich passiert, als er seine Finger unter meinen Slip hakt, mit einer Bestimmtheit, die mich überrascht. Ungeduldig helfe ich ihm, mich des Kleidungsstücks zu entledigen. Ich streife das Wäschestück von meinem Fuß und lasse es achtlos zu Boden fallen.

»Ich verspreche es«, versichere ich und beobachte, wie Taro in die Knie geht. Zu wissen, was geschehen wird, bringt mich fast um – auf eine andere Weise, als Taro es befürchtet.

Mir entfährt ein Geräusch zwischen Kichern und Seufzen, als Taro tatsächlich seine Lippen auf meine Mitte senkt. Taro. Mein Taro. Der Meister der Selbstbeherrschung.

Wie ich es liebe, wenn er sich fallen lässt.

Ich lehne mich zurück, stütze mich mit einer Hand auf dem Tresen ab und streiche ihm mit der anderen durch die seidigen Haare. Ich genieße den Anblick seines Kopfes zwischen meinen Schenkeln – und die unglaubliche Berührung seiner magischen Zunge. Sofort sind all die sehnsüchtigen Gefühle zurück, die ich gestern so abrupt verdrängt habe.

Ein lautes, verzweifeltes Stöhnen hallt durch die Wohnung. Mir wird erst bewusst, dass es von mir stammt, als Taro leise knurrt. Seine Finger wandern die Rückseite meiner Oberschenkel hinauf, seine Hände umfassen meinen Po und drücken zu. Als er fest an meiner empfindsamsten Stelle saugt, habe ich das Gefühl, zu schweben. Ich greife in Taros Haare, weil ich Halt brauche.

»Hör nicht auf«, dränge ich.

»Wird nicht passieren.« Taro löst eine seiner Hände von mir und sieht zu mir auf. Sein Blick brennt sich in meinen. Vorsichtig lässt er seine Finger über meine feuchte Mitte gleiten, als würde er spüren, dass ich mehr brauche. Wie von selbst beginne ich, die Hüften im Takt meines Verlangens zu bewegen, genieße, wie sich die Anspannung in meinem Inneren zu immer höheren Wellen auftürmt.

»Soll ich …?«, beginnt Taro, aber ich falle ihm keuchend ins Wort.

»Ja.« Ich nicke flüchtig und kann mich nicht zurückhalten, als Taro vorsichtig zwei seiner Finger in mich einführt, leicht krümmt – und innerhalb von Sekunden meinen G-Punkt findet.

Ich bin verloren. Auf die bestmögliche Art und Weise vollkommen verloren.

In einem immer schneller werdenden Rhythmus bewegt er seine Finger in mir, perfekt koordiniert mit seiner Zunge.

Die Spannung in meinem Inneren nimmt weiter zu, ich klammere mich fester in seine Haare, während ich gleichzeitig versuche, die Hüften zu bewegen, um seine Finger noch stärker zu spüren.

»Taro«, wimmere ich. Ich bin so unglaublich zum Zerreißen gespannt, dass ich nicht mehr atmen kann. »Ich brauche …«

Mein Satz wird unterbrochen, als Taro erschrocken auffährt.

»Katzengehör«, ist alles, was er sagt, bevor er hastig den Slip vom Boden aufhebt und in die Gesäßtasche seiner Jeans schiebt.

Alles in mir kribbelt, pulsiert und wartet auf eine Erlösung, die nicht kommt, bis ich die Wohnungstür ins Schloss fallen höre.

Erschrocken ziehe ich meinen Rock herunter und greife nach meiner Bluse, während Taro sich die Haare richtet und die Unterarme auf den Tresen stützt.

»Und deswegen muss ich unserem Dozenten bis morgen drei neue Moodboards anfertigen«, sagt er, etwas atemlos. Nur seine geröteten Ohrspitzen verraten, dass er gerade äußerst unanständige Dinge getan hat. Die und meine halb geöffnete Bluse, die ich nicht schneller zuknöpfen kann.

Alles, was mir über die Lippen kommt, ist ein »Äh«.

Als Gemma durch den Flur in die offene Küche herüberkommt, fühle ich mich wie die lausigste Schauspielerin der Welt.

Oh Gott. Ich sollte nicht mit hochroten Wangen auf dem Tresen lümmeln. Warum sitze ich noch immer hier?

Gemma sieht mich etwa so überrascht an wie ich sie.

»Hey, welch hoher Besuch in unserer Wohnung.« Sie hat sich eindeutig schneller gefangen. Was vermutlich unter anderem daran liegt, dass ihr Körper nicht immer noch zu verarbeiten versucht, dass er um einen weiteren Höhepunkt betrogen wurde.

»Ja, ich … Ich habe mir ein Uber bestellt und … Weil ich Taro sehen wollte … mit ihm reden, meine ich. Ich …« – Mein Gestammel ergibt gar keinen Sinn.

Und ich weiß es.

Gemma beißt sich auf die Unterlippe, um ein Schmunzeln zu unterdrücken. »Du bist mir keine Rechenschaft schuldig. Ihr könnt euch jederzeit zu zweit treffen, wenn euch danach ist.« Sie deutet flüchtig auf Taros Hosentasche, aus der ein Stück meines Slips herauslugt, das er lässig mit der Hand hineinschiebt. »Mir war nur nicht bewusst, dass ihr auf Doktorspiele steht«, erklärt sie mit einer knappen Geste auf die Mullbinden und Heftpflaster.

Taro räumt sämtliches Verbandszeug wieder in die Tasche. »Hazel wurde heute Nacht auf dem Gelände des M.U.S.E. von einem Hexenjäger angegriffen. Wer auch immer ihre Wunde verarztet hat, war ein Stümper.«

»Ein Hexenjäger?«, wiederholt Gemma überrascht.

»Er hat aus dem Hexenhammer zitiert und hatte einen ganzen Waffengurt voller Messer bei sich«, stimme ich zu und richte meine Bluse. »Die Brüder der Rose sind definitiv keine studentische Verbindung, sondern moderne Hexenjäger.«

»Interessant«, murmelt Gemma und steigt auf einen der Barhocker. »Irgendwie logisch, dass sie irgendwo ausgebildet werden müssen. Aber direkt neben dem M.U.S.E. ist schon ein interessanter Ort. So kann man sie nach ihrem Abschluss gleich mit den Absolventinnen des M.U.S.E. auf die Welt loslassen.«

»Hast du eurer Leitung davon erzählt? Was plant sie zu unternehmen?«, hakt Taro nach. »Erneut die Sicherheitsvorkehrungen verschärfen? Dozentinnen befragen, ob ihnen etwas aufgefallen ist?« Er scheint noch etwas sagen zu wollen, doch schluckt es herunter.

»Genau das. Es gibt wohl eine Art Abkommen zwischen den Colleges, einander nicht anzugreifen, zumindest solange wir die Institute besuchen. Da niemandem etwas gestohlen und nichts zerstört wurde, wird seine Schulleitung es wahrscheinlich bei einer Verwarnung belassen.«

»Unbefriedigend«, murrt Gemma.

Da hat sie recht. Aber irgendwie gilt das für ziemlich vieles in der letzten Zeit.

Nichtsdestotrotz möchte ich nun umso dringender mit Cathy reden. Was hat sie freiwillig dazu gebracht, sich mit einem Hexenjäger zu treffen? Mit diesen Typen ist definitiv nicht zu spaßen.

»Nimmst du dir nachher ein Taxi zurück zum M.U.S.E., oder übernachtest du hier?«, fragt Gemma beiläufig und holt sich eine Wasserflasche aus dem Kühlschrank.

»Du kannst in meinem Bett schlafen«, bietet Taro unvermittelt an und bringt Gemma zum Lachen.

»Wie außerordentlich subtil.«

»Weil ich auf dem Sofa oder auf der Dachterrasse schlafen kann«, stellt er klar.

»Taro, komm schon. Seit wann muss man sich für die Versorgung einer Armverletzung die Unterhose ausziehen? Ich habe dich mitten in der Nacht vom M.U.S.E. abgeholt. Und das Zauberglas, das ich Hazel damals als Antiliebeszauber angedreht habe, ist lediglich ein Zauber für mehr Selbstliebe. Ihr schleicht seit Studienbeginn umeinander herum. Ich weiß, dass eure Situation kompliziert ist. Aber dass Hazel allein in deinem Bett schläft, während du auf dem Sofa übernachtest … Wer in diesem Raum soll das ernsthaft glauben?«

Gemma hat recht. Er weiß es. Ich weiß es. Sogar sie weiß es. Und auch wenn ich mich gern anders entscheiden würde, lasse ich die Vernunft siegen und mache mich auf den Heimweg zum M.U.S.E. Institute. Allerdings erst, nachdem wir uns Pizza bestellt und so getan haben, als wäre es ein weiterer Abend unter Freunden. So wie damals, als Gemma noch Single und ich keine Sirene war – oder es zumindest nicht wusste. Ich leihe mir von Taro einen Kuschelpulli und schaue noch kurz bei Mom und Bina vorbei, um mich zu vergewissern, dass es ihnen gut geht. Aber im Gegensatz zu mir führen die beiden ihr Leben weiter, als wäre nichts passiert.

»Als ich dem Jack Russell die Kralle gezogen habe, hat es fürchterlich geblutet. Wie gut, dass du nicht da warst. Das wäre kein Anblick für dich gewesen«, plaudert Mom, während wir im Wohnzimmer sitzen und Tee trinken.

»Ja, Blut ist nicht so mein Ding.« Ich ringe mir ein Lächeln ab, während meine Gedanken zu der blutgetränkten Bluse in meiner Tasche zucken. Auch wenn ich weiß, dass es so besser ist, fällt es mir schwer, Mom anzulügen. So zu tun, als wäre ich noch immer das Mädchen, das sich mit niemandem streitet und ein Problem mit dem Tod hat. Wie ironisch. Es war stets mein größter Graus, wenn Mom Tiere eingeschläfert hat. Und jetzt? Fühle ich mich zwischen Geisthörnchen, Todesfeen und dem Fluch, als wäre der Tod mein ständiger Begleiter.

33. KAPITEL
HAZEL

Samstag, 18.2.

Irgendwie tröstlich, dass Joy, Myra, Melody und ich gleichermaßen an der Aufgabe für Ms Wolf verzweifeln – wenn auch aus unterschiedlichen Gründen. Nachdem ich die Stunde letzte Woche verpasst habe, war ich nach den ganzen Ereignissen am Dienstag so neben der Spur, dass ich gar nichts auf die Reihe gekriegt habe – nicht einmal, mich so zu entspannen, dass ich mich bei der Meditationsübung mit mir selbst verbinden konnte. Wahrscheinlich nennt es sich Glück im Unglück, dass die anderen auch nicht viel weitergekommen sind. Myra kann sich nicht daran erinnern, wann im Leben sie jemals wirklich wütend war, und wenn Melody es schafft, Stolz auf ihre neuste Komposition zu sein, kommt davon nichts bei uns an.

Wir grüßen eine Kommilitonin, die hereinkommt, um sich in der Gemeinschaftsküche einen Tee zu machen, während wir zu viert auf Yoga-Matten sitzen, als wären wir bei einem Retreat.

In den letzten Tagen habe ich immer wieder die Lieder in dem geheimen Sirenenbuch angestimmt. In seltenen Augenblicken, nur wenn ich die Emotionen der Lieder wirklich in meinem ganzen Körper – meinem tiefsten Wesen – gefühlt habe, konnte ich die Empfindungen greifen, in Worte gehüllt nach außen tragen und Nuts übermitteln. Ich habe allerdings keine Ahnung, wie es ohne die Musik geht. Wie nur habe ich es in der ersten Stunde bei Ms Wolf geschafft?

»Und wenn wir es mit Singen probieren?«, schlage ich mit Gedanken an das Buch vor.

Myra zieht so skeptisch die Augenbrauen zusammen, dass ich meinen Vorschlag beinahe bereue. »Du weißt, dass wir Sirenen außerhalb des Unterrichts auf dem ganzen Gelände Gesangsverbot haben?«

»Außerdem muss es auch anders gehen. Selbst als Sängerin kann ich den Menschen später nicht mitten im Gespräch ins Gesicht trällern, um sie zu den Dingen zu bewegen, die sie tun sollen«, wirft Melody ein.

»Dinge, die sie nach wessen Meinung tun sollen?«, hake ich unangenehm berührt nach. »Gibt es eine Art geheimer Vereinigung, die uns engagiert, um unerkannt die Geschicke der Welt zu lenken?«

»Wenn es sie gäbe, wüssten wir davon nichts, sonst wäre sie nicht geheim«, wirft Myra ein.

Auch wieder wahr. Und natürlich hat Melody ebenfalls recht. Gesang und Schauspielerei sind Ausdrucksformen, die wir nutzen können, um Gefühle aus unserem Inneren leichter nach außen zu transportieren, doch irgendwie muss es auch ohne funktionieren. Aber wie? Wie hat Ms Wolf es nach meiner ersten Stunde geschafft, mir das Gefühl von Vertrauen zu übermitteln? Was ist, wenn ich meinen Liebeskummer damals nur deswegen teilen konnte, weil er so präsent war, dass er sich angefühlt hat, als würde er sich durch meinen Körper fressen? Wenn er quasi aus jeder meiner Poren gesickert ist? Wenn Liebeskummer einfach eines der stärksten Gefühle dieser Welt ist und es schwierig wird, jede einzelne Emotion so intensiv zu erleben wie diese Art von Schmerz? Vielleicht lässt uns Ms Wolf nicht umsonst jedes Mal meditieren, um eine Verbindung zu jeder einzelnen Zelle unseres Körpers herzustellen. Weil wir die Gefühle, die wir auf andere übertragen wollen, mit unserem ganzen Sein empfinden müssen, um sie mit unserem Atem in die Welt zu entlassen. Viele der Lieder in dem geheimen Buch sollen einem dabei helfen, bestimmte Gefühle hervorzurufen oder sich auf sie einzustimmen. Was ist, wenn das immer der erste Schritt ist? – Dann verzweifle ich heute dennoch daran. Weil ich es partout nicht schaffe, eine derart erfüllende Freude zu empfinden, dass sie auch nur annähernd das Empfindungslevel von Liebeskummer erreicht.

»Falls hier jemand Frustration geteilt hat, ist sie angekommen«, murrt Melody.

»Das waren wir wohl alle.« Seufzend lässt sich Joy der Länge nach zu Boden sinken, um gedankenverloren zur Zimmerdecke hinaufzustarren.

»Habt ihr eigentlich schon mal etwas darüber gehört, dass es mehreren Sirenen verboten ist, ihre Gaben zu vereinen?«, frage ich, noch immer mit dem Gedanken an das Buch. Im Vorwort stand zumindest etwas in der Art, dass die Gesänge nur von Einzelpersonen angewandt werden dürfen.

»Ich könnte mir vorstellen, dass es wie bei Hexenden ist«, antwortet Myra nachdenklich. »Wenn sich Hexende eines Zirkels für ein Ritual zusammenschließen, verstärkt sich der gewirkte Zauber. Vielleicht ist es bei Sirenen auch so.«

»Das gilt sicher nicht für hoffnungslose Fälle wie uns«, erwidert Melody verdrossen.

Also wissen die anderen auch nichts Konkretes darüber. Kurz spiele ich mit dem Gedanken, ihnen von dem Buch aus der Bibliothek zu erzählen, doch irgendetwas hält mich zurück. Nicht, weil ich mir von dem Buch einen Vorteil im Unterricht erhoffe, sondern weil es sich schlichtweg falsch anfühlt. Dieser Sog, der mich zu ihm hingezogen hat, mag eine Täuschung gewesen sein, dennoch kommt es mir vor, als wäre ich für das Buch verantwortlich.

Wie sagte JJ?

Man fühlt sich ja immer ein bisschen verantwortlich für seine Findelkinder.

34. KAPITEL
HAZEL

Montag, 20.2.

***Taro:** Es tut mir leid. Mir geht es heute nicht gut.:(Schicke dir Gemma als Ersatzfahrerin.* – Von dieser Nachricht wurde ich am Morgen geweckt. Und obwohl es ungerecht Taro gegenüber ist – schließlich kann er nichts dafür, krank zu sein – und ich mich darauf freue, Gemma wiederzusehen, war ich im ersten Moment ziemlich enttäuscht.

Als ich Gemma am späten Nachmittag beim Einsteigen ins Auto frage, wie es ihrem Bruder geht, blinzelt sie mich verwirrt an, bis ein Funke der Erkenntnis in ihre Augen tritt.

»Er ist nicht direkt krank, nur unpässlich«, korrigiert sie und startet den Motor.

»Migräne?«, vermute ich, weil das seine Standardausrede ist, wenn er sich nicht fit fühlt.

»Neumond.« Seufzend rollt sie mit den Augen, während ich meinen Gurt anlege. »Was in etwa dasselbe ist.«

Neumond. Wie konnte mir das entgehen? Vielleicht sollte ich wie Gemma damit anfangen, mir einen Mondkalender zuzulegen, um das im Blick zu haben. In einer der Theoriestunden bei Ms Walker erzählte sie, dass Wertiere an Vollmond nahezu tierisch sind, an Neumond hingegen vollkommen menschlich. Mit allen Vor- und Nachteilen.

»Mir ist bisher nie aufgefallen, dass Taro sich an Neumond anders verhält als sonst«, gestehe ich, habe aber auch nie darauf geachtet. »Ist es für dich eigentlich seltsam, über diese Dinge zu reden? Ich meine, weil Taro dein Bruder ist.«

»Nicht wirklich. Es fühlt sich gut an, endlich frei mit dir darüber sprechen zu können. Und sei froh, wenn es dir bisher nicht aufgefallen ist. Normalerweise ist Taro an Neumond noch mürrischer als an allen anderen Tagen. Emotionaler. Unausgeglichener. Verwirrter. Ein Hoch auf die Hormone. Aber mach dir keine Sorgen. Er ist zu Hause und kommt zurecht. Er fühlte sich heute nur nicht stark genug, um dir zu begegnen.«

»Was meinst du mit *nicht stark genug*?«

»Genau das, was du denkst. Es kostet ihn immer einige Mühe, sich in deiner Nähe zu beherrschen. Heute war er sich nicht sicher, ob er das schafft. Das ist alles.«

Das ist alles. – Sie sagt es so leichthin, als hätte es keine tiefere Bedeutung, dabei durchflutet mich sofort ein Gefühl der Sehnsucht, wenn ich auch nur an ihren Bruder denke.

»Betrachten wir es positiv: Wenn ich dabei bin, kann ich mich selbst um Cathy kümmern und sehen, ob die weiße Magie ihr irgendwie helfen kann. Das dürfte um einiges effektiver sein, als würdet ihr Cathy einfach ein Zauberglas in die Hand drücken. Taro hat versucht, mir zu erzählen, was es mit Cathys Geschichte auf sich hat, doch ganz begriffen habe ich es nicht. Eigentlich wollte sie etwas suchen, um den Fluch der Sirenen zu brechen. Okay, verständlich, wenn sie in deine Cousine verliebt war. Aber warum wendet sie sich an einen Hexenjäger? Welche Art von Hilfe hat sie sich von ihm erhofft?«

»Das ist die Frage«, murmle ich.

»Hoffen wir, wir können es herausfinden. Ich werde mich nie wieder vom Pfad der weißen Magie abwenden, aber falls es etwas geben sollte, das die Freundin deiner Cousine blockiert, könnten wir versuchen, ihr dabei zu helfen, diese Blockade zu überwinden.«

»Hast du das denn schon einmal getan? Dich dunkler Künste bedient?«, frage ich. Auf ihren *Social-Media*-Kanälen lehrt sie ausschließlich bestärkende Rituale, noch nie hat sie etwas gepostet, das dazu geeignet wäre, anderen Menschen zu schaden.

Doch statt mir zu antworten, reibt sie nervös über das Lenkrad und streicht sich eine roséfarbene Haarsträhne hinter das Ohr. »Es ist kompliziert«, murmelt sie schließlich und schenkt mir einen flüchtigen Seitenblick. Gemma scheint das Thema nicht zu behagen. Sie kratzt sich nervös am Hals.

»Ich nehme an, du möchtest mir nicht verraten, was du mit *kompliziert* meinst?«

Gemma kratzt sich erneut am Hals. »Doch. Eigentlich schon. Nur … Nicht jetzt. Nicht im Auto. Nicht so nebenbei.«

Gemmas Verhalten ist mindestens so eigenartig wie die Existenz eines Geisthörnchens. Ich bin gespannt darauf, mehr über ihre Erfahrungen mit den dunklen Künsten zu hören, aber respektiere ihren Wunsch, vorerst das Thema zu wechseln.

Die restliche Fahrt über erzählt sie mir von all den Dingen, die ich seit dem Verlassen der *Allbright* verpasst habe. Mich überkommt eine leichte Wehmut, als sie von der anstehenden Theateraufführung spricht. Es freut mich aufrichtig, dass sie die diesjährige Hauptrolle spielen wird, gleichzeitig fehlt mir die Bühnenarbeit, denn die ersten Semester am M.U.S.E. sind allesamt auf das Erlernen der Theorie ausgelegt. Wir haben auch Schauspielkurse, aber keine, die auf eine bestimmte Aufführung abzielen.

Wahrscheinlich habe ich zu viele Horrorfilme geschaut, doch als wir wenig später das Tottenville Sanatorium erreichen, schüchtert mich schon allein sein Anblick ein. Ich kann nicht genau benennen, woran es liegt. Vielleicht am Klingendraht, der über die weiße Mauer gespannt ist, als wollte man sichergehen, dass niemand darüberklettert. Auch das zweiflüglige Eingangstor ist an der Oberseite mit langen Spitzen versehen und erweckt nicht gerade den Eindruck, dass dies ein Ort ist, den man gern besuchen würde.

»Es wird schon gut gehen«, sagt Gemma optimistisch.

»Ich hoffe, du hast die weiße Magie um Beistand gebeten, bevor wir aufgebrochen sind«, murmle ich und weiß selbst nicht, ob es ein Scherz sein soll.

Gemma zögert, ehe sie mir ein Lächeln schenkt, das ihre Augen nicht erreicht. »Natürlich habe ich das.«

Ihr Verhalten erinnert mich an Ophelias Kommentar darüber, dass Gemma sich in letzter Zeit irgendwie verändert hat, dabei kann ich noch immer nicht greifen, woran es liegt. Allerdings ist jetzt nicht der richtige Moment für diese Art von Gespräch. Wir folgen der Beschilderung über das Gelände, in Haus 1, bis zu einem Empfangstresen, hinter dem eine Frau mittleren Alters sitzt und uns mustert. Wahrscheinlich geben wir nebeneinander ein interessantes Bild ab.

Ich: Groß, brünett, in Collegeuniform und mit einem Karoschal, der so laut nach Fake-Burberry schreit, dass man es sicher noch drei Häuserblocks weiter hören kann.

Gemma: Roséfarbene Haare, zierlich, Ringe an jedem Finger, bauchfreies Spitzentop, dazu aber ein senfgelber Mantel, den sie selbst mit Blumen und dem Spruch »Witches supporting other bitches« bestickt hat.

Vermutlich könnte man sich auch ohne die Brosche an meinem Mantelkragen denken, wen wir gern besuchen würden, dennoch beschwöre ich den schmeichelhaftesten Tonfall herauf, den ich beherrsche.

»Wir möchten Cathleen Hayes einen kurzen Besuch abstatten«, erkläre ich.

Argwöhnisch zieht die Frau eine Augenbraue hoch. Ich sehe mich vor meinem geistigen Auge schon, wie ich Gemma ein Handzeichen gebe, Magie einzusetzen, doch die Rezeptionistin nickt. »Bitte einmal in das Besucherformular eintragen.« Sie schiebt uns ein Klemmbrett zu. Artig tragen wir unsere Daten ein, auch wenn ich mich frage, wozu sie unsere Anschrift brauchen. Kommentarlos nimmt sie das Formular anschließend wieder entgegen, überreicht uns im Gegenzug zwei Besucherausweise und deutet den Flur hinunter.

»Aufenthaltsraum drei. Die Besuchszeit endet in einer Stunde.«

»Vielen Dank«, säusele ich möglichst charmant und wende mich zeitgleich mit Gemma zum Gehen.

Mich überkommt eine eigenartige Schwere, als ich den Aufenthaltsraum betrete, in dem sich Cathleen momentan befinden soll. Ein Fernseher läuft, doch der ältere Herr davor starrt schweigend auf seine Füße. Eine Frau in rosafarbenem Pullover sitzt auf einem Stuhl nahe des Fensters und liest einer jungen Frau im Rollstuhl etwas aus einem Kinderbuch über Häschen vor. Ich nehme an, dass es sich bei der jungen Frau um Cathy handelt. Sie trägt ein hellblaues Kleid, und ihre kunstvoll geflochtenen Zöpfe haben denselben Farbton wie Ophelias. Cathy ist unverkennbar hübsch. Eine zeitlose Schönheit, neben der selbst Aurora unscheinbar wirken würde. Ich weiß nicht, was ich nach den Erzählungen von Aurora und Ophelia erwartet – oder eher befürchtet – hatte, aber dieser Anblick ist es definitiv nicht. Cathleen sieht aus, als würde sie einfach nur geistesabwesend aus dem Fenster schauen.

Die Frau, die dieselben himmelblauen Augen wie Cathy hat,

unterbricht ihre Lesung und sieht uns fragend an, als wir uns nähern.

»Guten Tag, Mrs Hayes, hallo Cathleen«, begrüße ich die beiden mit einem entschuldigenden Lächeln. »Ich hoffe, wir stören nicht. Meine Cousine Aurora war Cathleens Freundin, und ich bin eine Freundin von Ophelia.«

Mrs Hayes sieht mich erst irritiert an, schlägt dann ihr Buch zu und schenkt mir ein Lächeln, als ihr Blick an der Brosche an meinem Mantelkragen hängen bleibt. »Dann bist du vermutlich Hazel? Ophelia hat bereits von dir erzählt.«

Fast rechne ich damit, dass sie uns fragt, warum Ophelia uns heute nicht begleitet hat, stattdessen legt sie das Buch beiseite und greift nach Cathleens Hand, die auf der Armlehne ihres Rollstuhls ruht. Obwohl ihre Mom sie leicht drückt, zeigt Cathy keinerlei Reaktion.

»Cathy-Schatz, hast du gehört? Hier sind Freundinnen vom M.U.S.E., um dich zu besuchen.«

Auch darauf reagiert Cathleen nicht. Wieso hatte ich auch etwas anderes erhofft?

Gemma begrüßt die beiden kurz, bevor sie sich neben den Rollstuhl stellt und nach draußen sieht, als würde sie zu ergründen versuchen, was Cathy betrachtet.

Mein Blick folgt ihrem hinaus in den Garten, doch in meinen Augen wirkt er im Winter genauso traurig und trist, wie der des M.U.S.E. Institute.

»Aurora hat mir erzählt, dass du früher gern Blumen gesammelt hast«, werfe ich ein.

»Das hat sie«, stimmt ihre Mom zu, bis eine finstere Erinnerung jede Freude aus ihrem Gesicht raubt. »Und es wurde ihr zum Verhängnis.«

»Oh, ich glaube nicht, dass es Blumen waren, die ihr zum Verhängnis wurden«, widerspricht Gemma mit sanfter Stimme. Sie greift nach dem Bergkristallanhänger ihrer Kette und schließt die Finger darum. »Pflanzen gelten allgemeinhin als ziemlich harmlos.«

»Wie auch immer. Ich hätte nicht davon anfangen sollen. Wir reden hier nicht über … diese Dinge«, sagt Cathys Mom entschieden.

Da *diese Dinge* vermutlich die Brüder der Rose einschließt, wechsle ich schnell das Thema.

»Wir wollten wirklich nur nach Cathy sehen«, beschwichtige ich rasch. »Aurora und Ophelia haben mir …« Ich verstumme, senke den Blick und ringe mit meinen Händen.

Du tust es schon wieder, mahne ich mich. Ich verhalte mich so, dass ich von den meisten Menschen als unsicher und unterwürfig wahrgenommen werde: Mir eine Haarsträhne hinter das Ohr streichen, den Kopf neigen, ihrem Blick ausweichen. Nicht, weil ich es fühle, sondern weil mein Instinkt mir sagt, dass es das richtige Verhalten für diese Situation ist. Cathys Mom ist aufgebracht, also spule ich das Programm ab, das die meisten Menschen beschwichtigt.

»Sie erzählten mir schreckliche Dinge«, wispere ich, verstumme und schlucke. »Es war mir einfach ein Bedürfnis, Cathy kennenzulernen.«

Ich spüre Gemmas Blick beinahe vorwurfsvoll auf meiner Haut und bin mir sicher, dass sie mich gut genug kennt, um zu erkennen, dass ich hier eine miese Schauspieleinlage abliefere, aber Cathys Mom wirkt tatsächlich besänftigt.

»Ihr entschuldigt mich für einen Moment?«, bittet Gemma und murmelt eine Erklärung, die sehr danach klingt, als wollte sie auf die Toilette fliehen.

Was hat sie vor? Wieso verschwindet sie? Ich muss wissen, was Cathy sich von den Hexenjägern erhofft hat – und dafür brauche ich ihre Hilfe.

Gemma ist allerdings irritierend schnell von der Toilette zurück. Dass sie in der Zwischenzeit vermutlich irgendetwas anderes getan hat, als sich dort zu erleichtern, wird mir bewusst, als Mrs Hayes kurz darauf – rein zufällig – wegen eines wichtigen Anrufs auf der Festnetzleitung des Sanatoriums aus dem Raum gebeten wird.

Gemma sieht ihr nach, bevor sie mir mit einer hastigen Geste zu verstehen gibt, an Cathy heranzutreten, und erneut ihre Hände um den Bergkristallanhänger ihrer Kette legt.

»Lass uns keine Zeit verlieren. Der Kristall wird den Zauber vermutlich nur wenige Minuten aufrechterhalten. Hoffentlich kann Darren Mrs Hayes davon überzeugen, dass … Keine Ahnung, welcher Vorwand ihm eingefallen ist. Wahrscheinlich gibt es ein ominöses Problem mit ihrem Stromanschluss. Wie gut, dass heutzutage beinahe alle einen Vertrag mit der L.I.F.E. Inc. haben«, murmelt sie und schließt die Augen.

»Was hast du vor?«, frage ich vollkommen überfordert von ihrem Tatendrang.

»Es gab eine Zeit, in der Darren durch einen Fluch dazu gezwungen war, gewisse Informationen für sich zu behalten. Er konnte sie nicht aussprechen. Also hat die weiße Magie einen anderen Weg gefunden, mir die Informationen zukommen zu lassen, die ich brauchte, um ihm zu helfen. Vielleicht schaffen wir es auf eine ähnliche Weise, mit Cathy zu kommunizieren. Aber Magie ist unberechenbar. Sei offen für … was auch immer geschieht.«

»Okay.« Ich nicke und frage lieber nicht, ob es am Zeitdruck oder dem ungewissen Ausgang ihres Zaubers liegt, dass Gemma so nervös klingt.

Ich vertraue Gemma und trete an den Rollstuhl heran, vorsichtig lege ich eine meiner Hände auf Cathys. Sie fühlt sich eiskalt an.

Gemma schließt die Augen und murmelt einen Spruch: »Magic of love and sacred vows, lift the veil and ban shadows.«

Ich weiß nicht, womit ich rechne, doch Cathy rührt sich nicht. Stattdessen … Was ist das? Ich atme erschrocken ein, als sich ein purpurner Schleier in mein Sichtfeld schiebt. Mir wird schwindelig, bevor ich das Gleichgewicht verliere – und falle. Statt unsanft auf dem Boden aufzuschlagen, geht ein Ruck durch die Realität – plötzlich finde ich mich in der Bibliothek des M.U.S.E. wieder. Irritiert und mit rasendem Herzen sehe ich mich um. Meine Güte, ist das schräg, denn alles hier wirkt absolut realistisch. Inklusive der jungen Frau, die an einem der Tische sitzt. Cathy. Sie dreht ein getrocknetes Kleeblatt zwischen Daumen und Zeigefinger, während sie in einem Buch liest und immer wieder einen flüchtigen Blick auf ihre goldene Armbanduhr wirft.

Vorsichtig trete ich an sie heran und spähe über ihre Schulter. Neben ihrem Buch liegt ein Notizzettel:

Fluch von einer einzigen Hexe nicht aufzulösen. Zirkel benötigt. Gängige Zutaten für Zauber, die Flüche kurzfristig unterbinden können: vierblättrige Kleeblätter, Neumondwasser, Bergkristalle, angebrütete Vogeleier, …

Lied, das von einer Sirene zur Unterstützung des Zaubers gesungen werden kann: Seite 233.

Mein Blick zuckt zu einem Buch, das neben ihr liegt. Ist das *mein* Buch? Das Buch, das Taro in der Bibliothek gefunden hat, war mal in Cathys Besitz?

»Ich bin gleich so weit«, murmelt sie und lässt mich erschrocken auffahren.

»Kannst du mich hören?«, frage ich überrascht, doch erhalte keine Antwort. Irritiert sehe ich mich um, aber kann niemand anderen entdecken. Ob sie Selbstgespräche führt?

Sie legt das Kleeblatt zwischen die Seiten des Buches und

schlägt es zu. Den Notizzettel steckt sie in die Tasche ihres Kleides, nimmt beide Bücher vom Tisch und streckt sie jemandem entgegen. »Pass gut darauf auf. Wenn ich sterbe, sorg dafür, dass das Buch in würdige Hände fällt.«

Zweifelnd sehe ich, wie die Wälzer verschwinden. Einfach so. Entweder war damals noch jemand anwesend, den Gemmas Zauber nicht mitbeschworen hat, oder aber es spukt tatsächlich in der Bibliothek und Cathy konnte im Gegensatz zu mir mit Geistern reden.

Sie wirft einen erneuten Blick auf die Uhr, schnappt sich den Mantel, der über ihrer Stuhllehne liegt und verlässt die Bibliothek so eilig, dass ich trotz meiner langen Beine Mühe habe, mit ihr Schritt zu halten.

»Wohin willst du?«, frage ich, während ich ihr durch die Gänge des M.U.S.E. ins Freie hinaus folge. Sie antwortet nicht, aber ihr Weg führt die lange Allee entlang – und vom Gelände des M.U.S.E. herunter. Ich spähe zum beinahe vollen Mond hinauf. Wieso überkommt mich ein ganz mulmiges Gefühl? Ja, ich wollte wissen, was damals geschehen ist. Aber es hautnah mitzuerleben? Das hätte nicht sein müssen.

Dass Cathy mutiger als ich war, wird mir klar, als sie mitten in der Nacht auf den verlassenen Leuchtturm zusteuert.

»Hazel«, höre ich Gemmas drängende Stimme von irgendwoher. Sie klingt beunruhigt, aber ich kann ihr jetzt nicht folgen. Ich muss bei Cathy bleiben, wenn ich Antworten will.

Diese hat gerade den Leuchtturm erreicht und öffnet die Tür. Sie ist nicht abgeschlossen, doch im Turminneren ist es stockfinster.

Obwohl ich weiß, dass dieses nur eine Erinnerung ist, gruselt es mich beim Betreten des Turmes. Ich zucke erschrocken zusammen, als die Metalltür hinter uns ins Schloss fällt. Wir sitzen in der Dunkelheit fest. Unsere einzige Lichtquelle ist das Mondlicht, das sich durch ein schmales Fenster mogelt.

Mir rutscht fast das Herz in die Hose, als ich in den Schatten eine Bewegung wahrnehme. Ein Mann in langem Ledermantel tritt in den Lichtschein. Seiner Kleidung nach ist er eindeutig ein Hexenjäger, allerdings nicht JJ.

»Du bist hier«, sagt er mit ruhiger Stimme.

Offensichtlich wusste Cathy im Gegensatz zu mir, dass er sie erwartet. Sie tritt an ihn heran, nickt. »Sie haben mir ein Mittel versprochen, das mich von meinem Wertierdasein erlöst?«

Was? Ich stelle mich neben sie, mustere ihr Gesicht. Ist das ihr Ernst? Deswegen ist sie hier? Aber … Warum? Ich begreife es nicht.

»Warum ist es dir so wichtig, dich von der arkanen Welt zu lösen?«, stellt er eine Frage, deren Antwort auch mich brennend interessieren würde.

»Hazel, wach auf!«, drängt Gemmas Stimme erneut, doch ich ignoriere sie. Ich kann jetzt nicht gehen. Nicht, bevor ich weiß, was Cathy widerfahren ist.

Diese atmet tief durch, wirkt davon abgesehen recht abgeklärt. »Weil meine Freundin eine Sirene ist. Meine Nähe schadet ihr in meinem jetzigen Zustand mehr, als jeder normale Mensch es könnte.«

»Eine andere Option wäre, dir eine neue Partnerin zu suchen«, setzt er sein Verhör fort, doch Cathy schüttelt den Kopf.

»Das könnte ich nicht. Ich weiß, dass es für Außenstehende naiv klingt, aber ich liebe Aurora mehr als mein Leben.«

»So muss es wohl sein. Du erinnerst dich daran, was ich dir geschrieben habe? Das Mittel befindet sich noch in der klinischen Erprobung, wird laufend angepasst. Fünfzig Prozent unserer Probandinnen sterben, manche verlieren den Verstand oder verfallen der Raserei, andere enden in einer Art Wachkoma. Nur bei einem Viertel zeigt es die gewünschte Wirkung.«

»Ist mir bewusst«, stimmt sie zu. »Wenn es nicht wie erhofft wirkt und mein Opfer dabei helfen kann, die Wirksamkeit des Mittels zu verbessern, ist es nicht umsonst.«

»Du bist dir also der möglichen Konsequenzen bewusst und trotzdem dazu bereit?«

Cathy nickt. »Könnten wir es schnell hinter uns bringen? Ich fürchte, uns bleibt nicht viel Zeit. Man wird nach mir suchen, und ich möchte nicht, dass Butler Manor in diese Sache hineingezogen wird.«

»Hazel!«, ruft Gemma energisch.

Ich bin bereit. Den Rest der Geschehnisse kann ich mir zusammenreimen. Ich weiß, was mit Cathy passiert ist und dass ihre Geschichte kein Happy End hatte.

Nur dummerweise hat mir niemand gesagt, wie man aufwacht. Alles hier fühlt sich so real an – und ich finde keinen Ausweg.

»HAZEL!« Gemma klingt eindeutig gestresst. Auch mein Puls schießt in die Höhe. Verdammt! Ich sitze hier fest. In mehrfacher Hinsicht, denn die Eingangstür zum Turm lässt sich nicht öffnen. Ich habe keine Ahnung, wie ich diese Realität verlassen kann. Eiskalte Angst lässt das Blut in meinen Adern gefrieren. Was ist, wenn ich hier nie wieder raus kann? Wenn ich wie Cathy ende und eine Gefangene in ihrem Unterbewusstsein bin?

»Cathy?«, rufe ich panisch und renne zu ihr hinüber, doch sie hört mich nicht, zieht ihren Mantel aus, krempelt ihren Ärmel hoch und sieht stoisch ins Nichts, während der Fremde ein Etui aus seiner Manteltasche hervorzieht, eine Ampulle herausnimmt und eine Spritze aufzieht.

Was soll ich tun? Was soll ich tun? Was soll ich tun?

Der Fremde sticht in Cathys Arm, injiziert ihr das unbekannte Mittel.

Ich sehe, wie sie das Bewusstsein verliert, in sich zusammensackt. Der winzige Hauch Hoffnung, dass ich dadurch aufwachen würde, verfliegt, denn das geschieht nicht.

Verflucht!

»Hazel Birds! Komm zurück zu mir!«, drängt Gemma.

»Ich würde gerne!«, schreie ich, doch mein Ruf verhallt.

Der Hexenjäger überprüft Cathys Puls und packt kommentarlos seine Sachen zusammen.

»So oder so eine weniger«, sind die letzten Worte, die ich von ihm höre, bevor er sich in Luft auflöst.

Und ich? Stecke noch immer hier fest.

Tränen der Ohnmacht steigen mir in die Augen. Was nun?

Ich gehe zu Cathys leblosen Körper hinüber und zögere, bevor ich sie an der Schulter berühre.

Erschrocken fahre ich auf, als Cathy so panisch die Luft in ihre Lungen saugt, als wäre sie kurz vorm Ersticken gewesen.

»Hey.« Ich knie mich vor sie und schenke ihr ein entschuldigendes Lächeln, obwohl mein Herz noch immer rast.

Sie sieht mich überfordert an, ihr Blick huscht über mein Gesicht.

»Wer bist du?«, fragt Cathy leise und mit rauer Stimme.

»Ich bin die kleine Cousine von Aurora. Erinnerst du dich an sie?«

Cathy zeigt den Ansatz eines Nickens und entspannt sich kaum merklich. »Natürlich. Und du trägst die Brosche des M.U.S.E. an deinem Mantel.«

»Ja, ich bin seit Kurzem dort eingeschrieben«, bestätige ich. »Ich bin hier, weil …« Ich breche den Satz ab, als Cathy nach meinem Handgelenk greift. Es fühlt sich an, als würden sich ihre knochigen Finger in meine Haut bohren, so fest packt sie zu.

»Du bist Hazel, richtig? Rori hat ab und an von dir und deiner Mom erzählt. Du bist ebenfalls eine Sirene?«, vermutet sie und wartet gar nicht erst auf meine Antwort, bevor sie fortfährt. »Hör mir gut zu. Ich wollte Aurora helfen und habe jahrelang alles gesammelt, was es über Sirenen zu wissen gibt. Der Fluch, der euch ebenso schützt wie schadet – es bestehen Bestrebungen, ihn aufheben zu lassen. Von einer noch namenlosen Institution. Sie arbeiten dort an einem Mittel, um allen arkanen Wesen ihre magischen Fähigkeiten zu rauben. Sie werden euch durch die Aufhebung des Fluches dazu zwingen, das Mittel zu nehmen, wenn ihr euch nicht vor dem Rest der Welt outen wollt. Gleiches werden sie auf irgendeine Art und Weise mit den Wertieren tun. Mit allen arkanen Wesen – outen oder neutralisieren. Hast du das verstanden?«

Ich nicke hastig.

»Bevor du gehst, versprich mir eine Sache: Sag Aurora, dass es mir leidtut und ich sie liebe. Ich wusste, dass sie mich heute nicht begleiten würde, wenn ich ihr sage, dass ich Kräuter sammeln gehe, da es sie langweilt.«

Als Cathy verstummt, habe ich erneut das Gefühl zu fallen, doch dieses Mal schlage ich schmerzhaft mit dem Kopf auf dem Boden der Tatsachen auf. Er ist aus grauem Linoleum und riecht nach Zitronenreiniger.

»Der Magie sei gedankt«, sagt Gemma hörbar erleichtert und hilft mir dabei, mich aufzusetzen. »Ich dachte schon, ich muss Taro beichten, dass du Cathy von nun an Gesellschaft leistest. Wo auch immer ihr Geist sich befindet.«

Tief durchatmend sehe ich zu ihr auf, wie sie in ihrem Rollstuhl sitzt und schweigend aus dem Fenster sieht.

»Ich glaube, sie ist hier. Nur eine Gefangene in sich selbst.«

Ihre Mom kehrt just in dem Moment zu uns zurück, als ich mich mühsam vom Boden erhebe. Vorsichtig lege ich meine Hand auf Cathys. »Ich werde Aurora deine Worte ausrichten«, verspreche ich und fühle mich desillusioniert. Allein die Vorstellung davon, dass Cathy vielleicht für immer in ihrem eigenen Geist gefangen ist – in diesem finsteren Turmzimmer –, macht mich auf eine ungeahnte Art und Weise traurig. Ich wünschte, ich könnte irgendetwas für sie tun, doch ich weiß nicht, wie.

• • ✦ • •

»Denkst du, wir können Cathy irgendwie helfen?«, frage ich leise, als wir das Zimmer am Ende der Besuchszeit verlassen.

»Ich habe keine Ahnung«, antwortet Gemma ehrlich. »Es ist kein Fluch, der sie gefangen hält, sondern … irgendeine Art von Biochemie. Und mit diesen Dingen kennt sich Darren sehr viel besser aus als ich. Ich werde ihn bei Gelegenheit danach fragen, was er über diese Sache denkt. – Willst du noch mit zu uns?«, wechselt sie das Thema.

»Gern«, antworte ich, ohne darüber nachzudenken. Zum einen, weil meine Gedanken noch immer bei Cathy hängen und ich eine Ablenkung brauchen könnte, aber vor allem, weil so vielleicht die Möglichkeit besteht, Taro heute doch noch kurz zu sehen und mit ihm über die neusten Erkenntnisse zu reden.

Wir geben unsere Besucherausweise ab, tragen uns aus der Liste aus und verlassen das Gebäude. Und obwohl Cathy mich hat gehen lassen, wird ein Teil meiner Gedanken für immer bei ihr bleiben. Bei der Frau, die meine Cousine so grenzenlos geliebt hat, dass sie alles für sie getan hätte.

Ob Aurora es weiß? Ob ihr schlechtes Gewissen sie davon abhält, herzukommen und stattdessen so zu tun, als wäre Cathy ein beendetes Kapitel ihrer Geschichte?

»Was ist dein Fazit dieses Ausflugs?«, fragt Gemma auf dem Weg zum Auto.

»Kein Schimmer. Ich fühle mich gerade echt mies dabei, Cathy hier zurückzulassen. Aber ich weiß jetzt, dass sie sich diese Sache freiwillig angetan hat und es Hexenjäger gibt, die ein Mittel entwickeln, um uns allen unsere besonderen Fähigkeiten zu rauben. Als hätten sie irgendwann im Lauf der letzten Jahre beschlossen, sich anzupassen und Menschen nicht mehr einfach auf offener Straße umzubringen, nur weil sie nicht in ihr Weltbild passen.«

»Das klingt nicht gut«, murmelt Gemma. »Wenn ich dir allerdings einen Tipp geben darf: Ich weiß, dass man manchmal das Gefühl hat, Dinge tun zu müssen, weil sie sonst niemand in die Hand nimmt. Aber …« Gemma verstummt und zieht fröstelnd ihren Mantel enger um sich.

»Aber?«, hake ich nach.

»Manchmal verstrickt man sich dadurch in einem Dickicht aus Angelegenheiten, dem man nicht so leicht wieder entkommt«, sagt sie schließlich. »Nur mit einer Motorsäge und durch den Verlust mehrerer Gliedmaßen.«

»So?« Ich mustere sie, und Ophelia hat definitiv recht: Irgendetwas stimmt mit Gemma nicht. Etwas hat sie verändert. Etwas, das ihr Angst macht. »Solltest du jemals mit mir reden wollen, bin ich immer für dich da.«

»Ich weiß«, versichert sie rasch und schenkt mir ein flüchtiges Lächeln. »Ich werde es tun. Okay? Ich weiß nur noch nicht, wie.«

»Ist okay«, bekräftige ich. »Mein Handy ist immer auf laut. Auch nachts.«

Gemma entfährt ein belustigtes Schnauben. »Die nächtlichen Telefonate überlasse ich Taro.«

Bei der Erinnerung an unser letztes Gespräch schießt mir Hitze in die Wangen. »Er hat dir davon erzählt?«

So verwirrt, wie Gemma mich anblinzelt, hat er das nicht. Sie wollte mich nur aufziehen – und ich bin prompt in die Falle getappt.

»Ihr telefoniert also nachts?« Sie schenkt mir ein provozierendes Grinsen.

»Es war nur einmal«, wiegele ich ab und spüre, wie ich bis unter den Haaransatz erröte, wenn ich daran denke, was ich währenddessen getan habe. Mit ihrem Bruder.

Als wir endlich das Eingangstor erreicht haben und in die Freiheit hinaustreten, schlägt Gemma einen sanfteren Ton an.

»Ihr versucht wirklich, euren Weg zu finden, oder?«

»Die Betonung liegt wohl auf *versuchen*«, gestehe ich. »Ich habe Angst, dass ich Taro nicht das geben kann, was er braucht – und er hat Angst, dass er mich umbringt. Es ist nicht die beste Voraussetzung für eine Beziehung.«

»Wenn du mich fragst, ist es lediglich nicht die einfachste. Denn die beste Voraussetzung ist, dass ihr euch mögt. Was ich übrigens gut finde. Ich kann Taro keine bessere Partnerin wünschen als meine beste Freundin.«

»Danke, dass du diese Sache so entspannt hinnimmst.«

Gemma lacht. »Warum sollte ich nicht? Solange du nicht stirbst, nehmt ihr mir ja nichts weg. Versteh mich nicht falsch, ich mache mir Sorgen um dich. Aber du lebst dein Leben, und ich werde mich hüten, mich einzumischen. Ich bin da, falls ihr mich braucht.«

»Und den Rest der Zeit bei Darren?«, scherze ich und bringe sie zum Lachen.

»Exakt. Ich weiß, dass er manchmal etwas zurückhaltend wirkt, aber er ist wirklich süß und aufmerksam.«

Gemmas Worte machen mich wehmütig. Wir hatten in letzter Zeit viel zu wenig Gespräche dieser Art, denn ich weiß kaum etwas über Darren.

»Wie wäre es, wenn wir die Rückfahrt nutzen, damit du mir etwas über deinen neuen Freund erzählst?«, schlage ich vor, als wir das Auto erreicht haben.

»Ja, aber wenn wir das tun, sehe ich mich dazu gezwungen, dir Fragen über deinen zu stellen.«

»Und du weißt nicht, ob du diese Art von Dingen über deinen Bruder hören willst?«, frage ich und bin erleichtert, als sie lacht, statt mir wegen dieser Sachen Vorwürfe zu machen.

»Taro ist so sparsam mit seinen Gefühlsbekundungen, dass ich sie auch gern secondhand nehme, um ihn besser zu verstehen.« Obwohl sie zwinkert, bin ich mir nicht ganz sicher, ob es ein Scherz sein soll.

35. KAPITEL
TARO

Ich bin froh, dass Gemma meine Ausrede geschluckt hat. Im Grunde war sie nicht einmal gelogen. Es ist Neumond, und meine Gefühle für Hazel sind nach wie vor eine Herausforderung. Alles, was bisher zwischen uns passiert ist, war wie ein Appetithäppchen auf einen Hauptgang, den ich besser ausschlagen sollte. Heute fühle ich mich allerdings so hungrig, dass ich es vielleicht nicht gekonnt hätte. Oft genug verfluche ich mein tierisches Ich, aber die Tage, an denen ich ganz und gar Mensch bin, sind nicht weniger anstrengend. Wenn ich morgens aufwache, ist es, als hätte sich die Welt in der Nacht einmal zu häufig gedreht. Oft ist mir schwindelig, mein Kopf dröhnt von der hormonellen Umstellung, und all die Gefühle, die ich jeden anderen Tag des Monats sicher verwahrt halte, strömen mit geballter Macht auf mich ein. Mich von ihnen dazu verleiten zu lassen, in Hazels Nähe etwas sehr Dummes zu tun, hätte ich mit meinem Gewissen noch sehr viel weniger vereinbaren können als diese kleine Notlüge.

Kaum dass Gemma aus dem Haus ist, werfe ich eine Schmerztablette ein und mache mich auf den Weg zu Darren. Wie praktisch, dass er gleich nebenan wohnt. Das erspart mir und dem Drehwurm in meinem Kopf eine weite Anreise. Und irgendwie kann ich so auch darauf verzichten, mich zu stylen. Für den Weg von unserer Wohnung zum Nachbarhaus brauche ich nicht einmal aus meiner Jogginghose zu schlüpfen, sondern ziehe mir nur schnell einen schwarzen Hoodie und Turnschuhe an. An der *Allbright* existieren viele Gerüchte darüber, warum der gesamte Inhalt meines Kleiderschrankes schwarz ist. Die meisten sind aufregender als die Wahrheit: 1.) Durch die Gleichfarbigkeit muss ich mir keine Gedanken über Farbkombinationen machen. Mit Farbwirkungen muss ich mich täglich im Studium mehr als ausreichend beschäftigen. 2.) Ich fotografiere gern nachts die Geschäftigkeit in den Straßen der Großstadt. Die dunkle Kleidung ermöglicht es mir, mit der Dunkelheit zu verschmelzen und unerkannt zu bleiben. 3.) Der Anblick von Schwarz beruhigt mich. 4.) Auch beim Wäschewaschen muss ich nicht nach Farben sortieren und packe zusammen in die Maschine, was dreckig ist. – Das ist alles. Ich bin ein pragmatischer Mensch und stehe dazu.

Ich habe Darren nicht gesagt, weswegen ich mit ihm sprechen möchte, aber er hat sofort eingewilligt, sich heute mit mir zu treffen.

Als er mir die Tür seiner Wohnung öffnet, wirkt es, als hätte auch er sich heute Abend für den Weg des geringsten Widerstandes entschieden. Er hat sich nicht die Mühe gemacht, seine blonden Locken zu bändigen oder sich etwas schickeres als Jeans und T-Shirt anzuziehen. In der Öffentlichkeit mag man Darren Hunter für den perfekten Sohn seines Vaters halten. Für einen würdigen Inhaber der L.I.F.E. Inc. und treuen Freund von Maßanzügen, aber privat ist er genauso ein Student wie ich.

Darren bedeutet mir, einzutreten. Dem Geruch in seiner Wohnung nach hat er gerade Kaffee gekocht, als stünde ihm noch eine lange Nacht bevor. Arbeit und Master-Studium unter einen Hut zu bringen ist sicher nicht einfach.

Darrens Wohnung ist nicht besonders groß. Sie ist auch

längst nicht so schick, wie man es sich beim Lesen all der Zeitungsartikel über ihn vorstellen würde. Wenn ich sie mit einem Wort beschreiben müsste, wäre es wohl eher *gemütlich*.

Ich folge ihm hinüber in die offene Küche, setze mich an den Tresen und nicke, als er mich fragt, ob ich auch einen Kaffee will. Und das, obwohl ich normalerweise nicht unbedingt der typische Kaffeemensch bin. In den meisten Fällen bevorzuge ich Tee, ungesüßt, ohne Milch, da ich wie alle Katzen laktoseintolerant bin.

»Also, was kann ich für dich tun?«, fragt er geradeheraus, als er zwei Tassen mit schwarzem Kaffee auf dem Tresen abstellt. Auch das haben wir gemeinsam: In Sachen Kaffee sind wir beide Puristen, die nicht verstehen, wieso Gemma das Gebräu überhaupt trinkt, wenn sie es nur unter Zugabe von einem halben Liter Sirup erträgt.

Da ich weiß, dass Darren viel beschäftigt ist und ich seine Zeit nicht vergeuden möchte, komme ich gleich zum Punkt. »Du kennst dich doch mit Computern aus. Ich bekomme seit ein paar Tagen Nachrichten von einem unbekannten Absender und würde gerne wissen, ob es die Möglichkeit gibt, herauszufinden, wer sie verschickt hat.«

Darren nippt an seinem Kaffee und schenkt mir ein schiefes Lächeln. »Na ja, ich kenne mich mit Computern aus im Sinne von: Ich kann dir eine Antiviren-Software installieren, dir einen sicheren VPN-Zugang verschaffen und sagen, wie du im Darknet zurechtkommst. Aber ich bin kein Hacker. Wenn du keine Ahnung hast, wer dir die Nachrichten schickt, wüsste ich nicht, wie ich es herausfinden kann. Worum geht es denn? Ich nehme mal nicht an, dass wir hier von Werbung für Wunderpillen sprechen.«

Ich habe durchaus eine *Ahnung*, von wem die Nachrichten stammen, doch ich will rechtlich relevante *Beweise*. Statt Darren zu antworten, ziehe ich mein Handy aus der Hosentasche, entsperre es und suche die betreffenden Nachrichten raus. Ich lege das Telefon zwischen uns auf den Tresen und drehe es zu ihm herum. Mit einer flüchtigen Geste bedeute ich ihm, dass er sie sich gerne angucken kann.

Die Texte lesen sich fast immer gleich. Nach der Botschaft von letztens kamen viele weitere hinzu. Alle mit einem ähnlichen Wortlaut: *Ich weiß, was du bist. Ich kann dich erlösen. Lass dir doch helfen.* – Solche Sachen.

Bis gestern war ich mir nicht sicher, wer sie schickt, und noch immer fehlen mir handfeste Belege, aber die letzte Mitteilung ist die einzige, die ich Darren vorenthalte:

Sag mir, dass du dafür gesorgt hast, dass es ihr gut geht.

Wer sollte sie sonst geschrieben haben, wenn nicht der Hexenjäger, der Hazel verletzt hat?

Darren überfliegt die Nachrichten, zieht eine Augenbraue hoch und schüttelt leicht den Kopf. »Okay, ich sehe das Problem, aber ich fürchte, ich kann nicht viel für dich tun. Ich wüsste zumindest nicht, wie man den anonymen Absender einer SMS herausfinden könnte. Das überfordert meine technischen Kenntnisse bei Weitem. Und ich nehme an, die Polizei könnte dir auch nicht helfen, wenn du sie um Hilfe bitten würdest. Was du vermutlich nicht tun wirst.«

»Nein«, antworte ich entschieden. Die Polizei an Bord zu holen ist das Letzte, was ich will. Magie ist für die meisten Menschen so etwas wie ein Werbegag. Etwas, was esoterisch angehauchten Menschen im Alltag weiterhilft. Denn für den Großteil ist Magie nicht mehr als das, was Gemma auf ihren Social-Media-Kanälen ausübt. Eine Mischung aus dem Legen von Tarotkarten und sich Kristalle gegen die Stirn halten, um besondere Energie zu tanken. Glücklicherweise haben wir die Zeiten der Hexenverfolgungen zumindest in unserem Land hinter uns zurückgelassen. Aber Wertiere, die sich öffentlich zeigen, das ist auch heutzutage noch unvorstellbar. Keiner von uns will sich freiwillig offenbaren – schon gar nicht bei offiziellen Stellen wie den Behörden. Oder aber in den Medien.

»Gut«, murmelt Darren. »Wenn du möchtest, kann ich mich im Darknet ein wenig danach umhören. Vielleicht gibt es auch andere unserer besonderen Community, die Nachrichten dieser Art bekommen haben. Falls dahinter wirklich irgendeine größere Sache steckt, wird sie ja sicher nicht nur dich betreffen. Hast du Gemma von diesen Mitteilungen erzählt? Vielleicht könnte dir Melissa aus ihrem Zirkel weiterhelfen. Sie ist ein ziemliches Technik-Ass.«

Nein. Schweigend schüttle ich den Kopf. Es fühlt sich nicht richtig an, Gemma mit diesen Dingen zu belästigen. Sie ist so froh darüber, dass sie endlich die Hauptrolle im Theaterstück ergattert hat – und sie hat es verdient, ihre Freizeit mit Darren zu verbringen. Unbeschwert und glücklich. Ich bin ihr großer Bruder. Solange unser Vater für seine Reportage in der Welt unterwegs ist, bin ich ihre einzige Vertrauensperson. Ich bin der Mensch, der ihr Halt geben sollte. (Neben Darren natürlich.) Ich sollte sie nicht mit meinen kleinen Sorgen belästigen.

Ich weiß auch nicht, was ich mir davon erhofft habe, Darren um Hilfe zu bitten. Irgendwie kann ich nicht leugnen, dass ich ein wenig enttäuscht bin. Aber vielleicht ist Darrens Vorschlag, sich im Darknet umzuhören, besser als gar nichts. Es ist zumindest mehr, als mir eingefallen ist.

»Vielleicht kannst du dich auch mal erkundigen, ob du irgendwas über einen Adam James, Butler Manor oder Animalis hörst«, schlage ich vor. Das Telefonat zwischen JJ und Ms James geht mir nicht mehr aus dem Kopf, aber ich will Hazel nicht mit Dingen beunruhigen, die ich quasi im Vorbeilaufen aufgeschnappt habe. Sie soll sich am M.U.S.E. wohlfühlen.

Wenn ich ihr sage, dass eine ihrer Dozentinnen tatsächlich mit JJ unter einer Decke steckt, wird sie das zu Recht beunruhigen.

»Ich höre mich in den Foren um«, verspricht Darren.

Der vernünftige Teil in mir ist sich sicher, dass es besser wäre, so weiterzumachen, wie die letzten Tage auch: Die Nachrichten ignorieren und tun, als wäre nichts geschehen. Als würden sie gar nicht existieren. Der Journalist in mir wäre jedoch für einen investigativen Einbruch in das Gruselhaus, mit einem eventuellen Nasenbruch, sollte mir ein gewisser Hexenjäger über den Weg laufen.

Als Gemma mir schreibt, dass sie mit Hazel auf dem Weg zu uns ist, beschließe ich, kurz rüberzugehen, meine Sachen zu packen und in den nächsten Stunden Fotos für mein Studienprojekt zu schießen. Ich würde Hazel gern wiedersehen, allerdings waren die Ereignisse der vergangenen Wochen so ablenkend, dass ich tatsächlich noch ein paar Dinge fürs Studium nachholen sollte. Außerdem bin ich viel zu versucht, ihr anzubieten, dort weiterzumachen, wo Gemma uns neulich unterbrochen hat. Aber körperlicher Abstand ist wichtig für Hazel. Wenn ich ihr heute unter die Augen trete, werde ich ihn nicht wahren können. Und das Letzte, was ich will, ist, ihr zu schaden. Also reiße ich mich zusammen.

36. KAPITEL
HAZEL

Als wir in Gemmas Wohnung ankommen, ist Taro nicht da. Gemma braucht es nicht zu sagen, ich spüre einfach, dass er aufgebrochen ist, bevor wir angekommen sind. Und es ist okay. Wenn er sich heute nicht danach fühlt, mich zu sehen, kann ich es verstehen – auch wenn es mich zugleich schmerzt, ihn nicht zu treffen.

Gemma hat gerade Getränke geholt, mit denen wir uns in das gläserne Gewächshaus auf der Dachterrasse zurückziehen, da klingelt ihr Handy. Eine Entschuldigung murmelnd geht sie ran und stellt auf Lautsprecher.

»Was gibts?«, fragt sie fröhlich.

»Oh, ich wollte nur hören, ob du schon zu Hause bist oder ob man dich gleich im Sanatorium behalten hat, weil du dich für eine Hexe hältst«, antwortet Darren in einem Tonfall, den ich nicht deuten kann. Er klingt ebenso amüsiert wie besorgt.

»Keine Sorge. Uns nimmt niemand gefangen«, erwidert sie und verharrt in der Bewegung. Es ist, als würde sich ein Schatten über sie legen, der das Licht in ihren Augen auslöscht. Sie blinzelt und reibt über ihr Handgelenk. »Nicht noch einmal. – Nie wieder.«

»Geht es dir gut?«, frage ich besorgt. Da ist er. Einer der Momente, in denen sie anders wirkt als noch vor wenigen Wochen. Ich wünschte, sie würde sich mir einfach anvertrauen.

Als hätte auch Darren die Veränderung in ihrer Stimme gehört, räuspert er sich leise. »Hättet ihr etwas dagegen, wenn ich vorbeikomme? Nur kurz. Ich könnte euch etwas zu essen mitbringen.«

Gemma sieht mich fragend an, bis ich mit einer Schulter zucke. Ich habe nichts gegen Darren und würde mich freuen, ihn näher kennenzulernen.

»Wie wäre es, wenn du stattdessen uns allen etwas zu essen mitbringst?«, schlage ich vor. »Meinetwegen kannst du auch länger bleiben.«

»Ich will euch nicht bei eurem Mädelsabend stören.«

»Tust du nicht«, versichere ich. Klar verbringe ich auch gern Zeit allein mit Gemma, aber vielleicht bekomme ich irgendwann im Laufe des Abends Gelegenheit dazu, herauszufinden, was momentan mit ihr los ist.

»Wenigstens läufst du dann nicht Gefahr, von mir bekocht zu werden.« Gemma seufzt. Es ist kein Geheimnis, dass ihr Kochen nicht besonders liegt, sobald es um etwas anderes als Zaubertränke geht.

Und so sitze ich mit Gemma im Gewächshaus, nippe an einem Zitronenwasser und versuche zu verdauen, was wir vorhin erfahren haben, während wir auf unseren besonderen Essenslieferanten warten. Ich würde Cathy zu gern helfen, weiß allerdings nicht, wie.

»Taro und ich haben letztens in der Bibliothek ein Buch gefunden, das früher in Cathys Besitz war. Es scheint eine Art Grimoire für Sirenen zu sein, eine Sammlung besonderer Lieder. Ich habe in meiner Panik ganz vergessen, sie zu fragen, was sie damit vorhatte«, überlege ich laut.

»Du kannst mich um alles bitten, aber nicht darum, dich noch einmal mit ihr zu verbinden. Ich hatte zwischendurch wirklich Panik, dass du nicht wieder aufwachst.«

»Ich auch. Nur … Was sollen wir mit den neuen Erkenntnissen anfangen?«

»Wenn Cathy sich wirklich freiwillig für dieses Mittel geopfert hat, werden wir nichts tun können. Es liegt kein Verbrechen vor.«

Da mag Gemma recht haben, trotzdem würde ich gern irgendetwas tun, um den Hexenjägern das Handwerk zu legen. Freiwillig hin oder her – wenn der Kerl wusste, dass das Mittel, das er Cathy verabreichen wird, solche Nebenwirkungen hat: Wie konnte er das mit seinem Gewissen vereinbaren? Ich werde diese Menschen nie verstehen.

Der Newsticker meines Handys unterbricht unser Gespräch.

Tötungsdelikt in Providence – junge Frau ermordet ihre ganze Familie

Normalerweise wäre allein die Überschrift schon abschreckend genug, um den Artikel wegzuklicken – und dennoch öffne ich ihn. Ich habe kaum den ersten Satz gelesen, da beginnt mein Herz zu rasen.

Unvorstellbare Szenen in Providence: Aria G. hat vor Kurzem ihr Studium abgebrochen, kehrte in ihr Elternhaus zurück und ermordete dort ihre ganze Familie. Die Tatwaffe ist noch unbekannt, doch die zuständigen Behörden sprechen von einem Massaker unvorstellbaren Ausmaßes. Die am Einsatz beteiligten Polizeibeamten schilderten, dass die junge Frau wie von Sinnen erschien. Beim Betreten des Hauses habe sie zunächst wimmernd in einer Ecke gekauert, ging jedoch von einer Sekunde zur anderen in den Angriffsmodus über und attackierte die Einsatzkräfte. Sie habe sich »wie ein wildes Tier« aufgeführt und verletzte mehrere Beamte. Die junge Frau konnte dem Einsatzort nicht lebendig entnommen werden. Nachbarn und Angehörige zeigen sich bestürzt, galt die junge Frau doch bisher als unauffällig.

Ich überfliege den Artikel erneut und spüre, wie meine Hand zittert. Hinter meinen Schläfen beginnt es zu pochen, während ich an Worten hängen bleibe, die sich wie ein Spotlight in mein Gehirn brennen: Aria, Studium abgebrochen, wildes Tier.

Was ist, wenn es unsere Aria war? Wenn ihr in der Nacht ihres Verschwindens etwas zugestoßen ist und sie das M.U.S.E. doch nicht freiwillig verlassen hat?

»Ist alles okay?«, fragt Gemma besorgt.

Den Kopf schüttelnd reiche ich ihr das Handy. »Diese Aria war wahrscheinlich eine Studentin des M.U.S.E. Institute. Ein weiteres Wertier.«

Meine Gedanken zucken zu Cathys Erinnerungen und der Begegnung mit dem Hexenjäger. Sagte er nicht, dass das Serum in manchen Fällen zu Raserei führt? Was ist, wenn sie das Mittel auch Aria gegeben haben? Mir läuft es eiskalt den Rücken hinab, und mir wird übel. Ich verstehe, dass Cathy es genommen hat, weil sie für sich keinen anderen Ausweg gesehen hat. Aber warum sollte Aria sich das antun? Ja, sie war ein Wertier, doch sie lehren am M.U.S.E. nicht umsonst, wie wir unsere Besonderheiten in den Alltag integrieren. Ophelia sagte, ihre Familie hatte Geldprobleme. Ob man ihr vielleicht Geld geboten oder sie anderweitig erpresst hat, um sich für diese Sache zur Verfügung zu stellen? Oder war alles nur ein Zufall?

»Schrecklich«, bestätigt Gemma, während sie mir das Smartphone zurückgibt.

Ich hebe den Kopf, als Darren die Dachterrasse betritt.

»Warum hast du nicht geklingelt? Sag mir bitte, dass du keine Magie genutzt hast, um die Wohnungstür zu öffnen«, murrt Gemma statt einer Begrüßung.

»Keine, die du nicht auch angewendet hättest«, erwidert er zwinkernd und überreicht jeder von uns einen Pizzakarton, aus dem es verführerisch nach Käse und Oregano duftet. »Belegt mit dem besten veganen Käse der Stadt. Ich wollte euch nicht unterbrechen«, entschuldigt er sich, küsst Gemma auf den Scheitel und lässt sich mit seinem Essen auf einen Hocker sinken. »Worüber habt ihr gerade gesprochen?«

»Oh.« Gemma macht eine abwägende Geste, bevor sie ihren Pizzakarton öffnet. »Eine vermutlich uralte Organisation von Hexenjägern, die – eventuell oder eventuell auch nicht – an der Entwicklung eines Serums beteiligt ist, das das Gen ausschaltet, das uns den Zugriff auf die Magie ermöglicht, um so die Ausrottung arkaner Wesen voranzutreiben. Etwas in der Art.«

Darren stutzt. »Ich hatte irgendwie ein weniger verfängliches Thema erwartet, aber überraschen tut es mich bei euch nicht.«

»Wie meinst du das?«, frage ich verwundert.

»Weißt du denn mittlerweile, welche die New Yorker Bildungseinrichtung ist, die mit dieser neuen Tierarzneimittelfirma kooperiert?«

Ich sehe ihn so verwirrt an, dass er sich zu einer Erklärung genötigt fühlt.

»Du meintest letztens was von einer Tierarzneimittelreform und dass sich unter den Geldgebern der davon profitierenden Pharmafirma eine Bildungseinrichtung hier aus New York befindet.«

»Meinte ich das?« Wann soll das gewesen sein? Beim Waffelessen? Ich kann mich beim besten Willen nicht daran erinnern. Zumal ich meine Animalis-Recherchen vorerst pausiert habe, weil mir andere Dinge dazwischengekommen sind.

Die Situation wird nicht weniger seltsam, als Gemma Darren alarmiert ansieht und den Kopf schüttelt. Was Darren wiederum dazu bringt, verwundert die Augenbrauen zu heben, bevor er sich räuspert.

»Nun. Dann habe ich wohl etwas verwechselt«, schiebt er lächelnd vor. »Vielleicht hat mir jemand anders davon erzählt.«

Gemma lächelt mich flüchtig an, bevor sie sich übertrieben interessiert ihrer Pizza widmet. Sie nimmt sich ein Stück aus ihrem Karton, dessen Käsefäden immer länger und länger werden.

Die ganze Stimmung fühlt sich mit einem Mal vollkommen seltsam an, ich kann mir nur nicht so recht erklären, weswegen.

»Können wir uns vielleicht kurz in der Küche unterhalten?«, bittet Darren unvermittelt und zwinkert mir zu, als wollte er sagen: *Kein Grund zur Sorge.*

Und irgendwie bereitet genau *das* mir Unbehagen. Was ist, wenn Ophelia doch richtig liegt und Darren etwas damit zu tun hat, dass Gemma sich neuerdings so anders benimmt? Obwohl ich wirklich hier sitzenbleiben und den zweien ihre Privatsphäre gönnen sollte, kann ich es nicht. Mein Instinkt rät mir dazu, kurz zu warten – und den beiden anschließend zu folgen. Denn irgendetwas kommt mir an dieser ganzen Situation unsäglich falsch vor. Es liegt nicht allein an den Déjà-vus, die mich in der letzten Zeit verschont haben, weil sie gehäuft in Gemmas Nähe auftreten. Auch nicht an Darrens Worten, sondern der Art, wie Gemma ihn fixiert hat. Mit einer Mischung aus Wut und Panik, die gar nicht zu meiner sonst so lebenslustigen und entspannten Freundin passt.

Möglicherweise macht es mich zu einem schlechten Menschen, den beiden nachzulaufen, leise die Terrassentür zu öffnen und unbemerkt das Wohnzimmer zu betreten, um sie zu belauschen. Aber ganz sicher macht es mich zu einer schlechten Freundin.

»Du solltest ihr die Wahrheit sagen – und das weißt du«, sind die ersten Worte, die ich aufschnappe. Darrens Tonfall klingt sanft, aber bestimmt. »Sie war schon vor dem Großen Vergessen an dieser Sache dran. Wenn ihr Unterbewusstsein sie nun wieder in diese Richtung drängt, scheint es dem Universum aus irgendwelchen Gründen wichtig zu sein, dass sie sich damit auseinandersetzt.«

Großes Vergessen? Wovon redet er?

Gemma nickt unbestimmt und gibt Eiswürfel in eine gläserne Karaffe. »Ich weiß.« Gemma seufzt resignierend und sieht zu Darren auf, aber sofort wieder weg, als sie seinem Blick begegnet. »Du brauchst mir nicht zu sagen, dass ich Scheiße gebaut habe. Die Stimmen der Schatten machen es jeden Tag. Sie erinnern mich ständig daran, welches Unrecht ich den Menschen angetan habe. Aber wie soll ich Hazel denn deiner Meinung nach die Wahrheit servieren? In Form von zwei Pillen auf einem Tablett? Wähle blau oder rot.«

»Ich wähle die rote. Ich will die Wahrheit«, sage ich entschieden. Ja, ich habe ein schlechtes Gewissen, als ich zu den beiden herübergehe und in ihre erschrockenen Gesichter blicke. Ich habe sie belauscht – und das war nicht okay. Aber wenn ich es richtig verstanden habe, bin ich hier nicht die Einzige mit Gewissensbissen.

Darren zögert, bevor er eine einladende Geste macht, während Gemma sichtlich mit sich ringt. Sie wirkt weder enttäuscht noch wütend über meinen Auftritt, nur hilflos.

»Okay«, sagt sie schließlich und bedeutet mir, mich auf einen der Hocker vor dem Tresen zu setzen. Sie schlägt die Augen nieder und atmet tief durch. »Ich sollte dir etwas erzählen. Und ich kann verstehen, wenn du mir danach die Freundschaft kündigst. Es ist auch nicht so, dass ich es dir nicht längst gestehen wollte, aber ich wusste nicht, wie. – Und ehrlich gesagt, weiß ich immer noch nicht, wo ich anfangen soll.«

»Dann führt mir doch einfach aus, was es mit dem großen Vergessen auf sich hat«, sage ich geradeheraus, kaum dass ich mich gesetzt habe. »Glaub mir: Ich wäre für jede Sache dankbar, die mir erklärt, warum ich in deiner Nähe ständig Déjà-vus verspüre. Erklärungen, die beim Googeln nicht als ersten Treffer einen Hirntumor diagnostizieren«, scherze ich halbherzig, weil ich die Sache eigentlich nicht witzig finde.

Gemma kratzt sich nervös am Unterarm. »Vielleicht sollten wir Taro anrufen und ihn auch gleich einweihen. Dann kennt er ebenfalls die Wahrheit, und ihr könnt gemeinsam überlegen, wie ihr damit umgehen möchtet.«

Gemma sieht fragend zu Darren auf, der zustimmend nickt und ihr etwas zuflüstert, das wie »Ich bin stolz auf dich« klingt.

Während Gemma ihren Bruder anruft, bin ich nervös. Vielleicht liegt es daran, dass er es vorgezogen hätte, mir heute aus dem Weg zu gehen. Oder aber an unserer letzten Begegnung. Allein wenn ich daran denke, wie nahe er mir war, schießt mir Hitze in die Wangen. Als ich mitbekomme, dass Taro einwilligt, vorbeizukommen, schlägt mein Herz unwillkürlich schneller. Jetzt bin ich doppelt nervös. Zum einen wegen der Sache, die Gemma uns sagen möchte, zum anderen, weil … Taro eben. Schon während er wenig später den Schlüssel in die Wohnungstür steckt, schnellt mein Puls in die Höhe.

Ich höre seine Schritte und … Wow. Ich frage mich, ob sein Anblick mich jemals kaltlassen wird. Wirklich jedes Mal, wenn ich ihn sehe, bin ich mir sicher, dass er der attraktivste Mensch auf Erden sein muss. Während er scheinbar vollkommen gelassen all seine Taschen auf dem Küchentresen ablegt, habe ich kurz die Befürchtung, dass er mich ignorieren könnte, weil es ihm dann leichter fällt, mit meiner Anwesenheit umzugehen. Die Tatsache, dass er mir stattdessen ein Lächeln schenkt, lässt mich kurz schlecht fühlen. Offensichtlich ist Ghosting nur meine Methode, um mit Menschen fertigzuwerden, die mich überfordern.

Taro mustert mich und schmunzelt, bevor er mir ein leises »Hey« zumurmelt. Er hebt seine Hand, als wollte er mich berühren, überlegt es sich in der letzten Sekunde anders und lässt sich auf den Barhocker neben mir gleiten. »Also. Was ist so wichtig, dass ich dafür meine Zelte abbrechen musste, obwohl das Licht gerade perfekt in die Hausschlucht gefallen ist? Äußerst unbefriedigender Abschluss eines Fotografentages.«

Ich zucke zusammen, denn Taros Hand streicht über die Außenseite meines Oberschenkels, als wäre es eine stumme Frage. Ich bewege mein Bein in seine Richtung. Wie zum Dank legt er seine Hand auf meinem Knie ab. Es ist eine Berührung, die durch meinen ganzen Körper kribbelt, als wäre es das Aufregendste, was je ein Mensch mit mir getan hat. Vielleicht ist es das sogar. Taros Geste ist so eindeutig, dass sie mir tatsächlich ein kurzes Hochgefühl beschert. Das hier – es passiert wirklich. Vor Darren und Gemma, was es so offiziell macht, dass mein Herz einen Purzelbaum schlägt.

»Gemma wollte uns gern die Wahrheit sagen«, erkläre ich. »Aber ich habe keine Ahnung, worüber.«

Darren sieht zweifelnd zwischen Taros Hand und seinem ausdruckslosen Gesicht hin und her, was Taro lediglich mit einer hochgezogenen Augenbraue quittiert.

»Was auch immer ihr mit Blicken diskutiert, könnt ihr euch sparen. Wenn ich wollte, dass Taro seine Hand dort wegnimmt, würde ich es sagen«, unterbreche ich die beiden geradeheraus, weil diese Sache zwischen uns niemanden etwas angeht. Es ist auch so schon schwierig genug, meinen Weg mit Taro zu finden. Ich lasse nicht zu, dass sich Außenstehende einmischen, ihm ins Gewissen reden und noch mehr verunsichern.

Darren winkt ab, als hätte er nie vorgehabt, sich dazu zu äußern.

Gemma räuspert sich. »Es gibt eine Sache, die ich euch erzählen sollte. Ich weiß nur nicht, wie. Die kürzeste Fassung, die mir einfällt, ist, dass Ende letzten Jahres ein Zirkel der dunklen Künste New York unterwandert hatte. Ein Zirkel, der zum Erreichen seiner Ziele über Leichen gegangen ist. Ein Zirkel, der alle Einwohner New Yorks zu Marionetten hätte machen können. Ich wusste nicht, wie ich ihn aufhalten soll. Also habe ich die dunkle Magie gebeten, mich zu unterstützen. … Ich wollte den Zirkel seine Pläne vergessen lassen, weil ich keine Ahnung hatte, wie ich ihn anderweitig stoppen kann, ohne jemanden umzubringen. Stattdessen hat die dunkle Magie jeden, der irgendwie in die Sache involviert war, alles vergessen lassen, was im weitesten Sinne mit der Verschwörung rund um den Zirkel zu tun hatte. Den wahren Grund für den Tod von Darrens Eltern oder …« Sie verstummt und atmet tief durch, während ich Schwierigkeiten habe, ihren Worten zu folgen. Zum einen, weil sie furchtbar schnell redet, aber vor allem, weil sie so unfassbar unwirklich klingen. Gemma schlägt die Augen nieder und weicht meinem Blick aus.

»Es war mehr als ein bloßes Vergessen«, sagt Darren sanft. »Ganze Teile der Realität wurden umgeschrieben.«

»Sekunde. Ihr meint, all das Gerede über einen Realitätsshift in New York City ist wahr?«, frage ich überrascht und spüre, wie Taros Griff fester wird.

»Und der Ursprung ist meine Schwester«, erwidert Taro trocken.

»Aber … Wie? Was für gewaltige Kräfte braucht es, um die

Realität neu zu schreiben?« Ich klinge so überfordert, wie ich mich fühle.

»Sehr finstere«, murmelt Gemma. »Ich weiß bis heute nicht, was alles geändert wurde. Ich versuche noch immer herauszufinden, was die Mitglieder des verderbten Zirkels in dieser Realität tun, aber manche sind wie vom Erdboden verschluckt.«

Darren legt seinen Arm um Gemmas Taille und küsst sie auf den Scheitel. »Wir werden sie finden und im Auge behalten. Es wird alles gut.«

Gemma wirkt nicht überzeugt, atmet tief ein und schafft es schließlich, mir in die Augen zu sehen. »Das war noch nicht alles. Du wusstest schon einmal … Ich meine, es gab eine Realität, in der du wusstest, dass du eine Sirene bist. Es gab einen Gentest. Aber erst kurz vor Weihnachten. Also vor gar nicht allzu langer Zeit. Seitdem wusstest du es.«

»Oh«, ist alles, was mir dazu einfällt. Ich sehe zwischen den beiden hin und her – und kann mich nicht entscheiden, wen ich fixieren soll. »Also wusstet ihr bereits vor mir, was ich bin, weil ihr zwei offensichtlich nicht alles vergessen habt?«

Gemma schweigt – und das deute ich als Ja, aber Darren schüttelt den Kopf.

»Gemmas Zauber hat mich auch getroffen. Ich wusste so wenig wie ihr. Die weiße Magie hat mir dabei geholfen, mich Stück für Stück wieder zu erinnern, aber …« Er zeigt den Ansatz eines Kopfschüttelns. »Ich kann es euch nicht empfehlen. In meinem Kopf existieren Erinnerungen an beide Realitäten – parallel. Es ist ziemlich verwirrend.«

»Tut mir leid«, murmelt Gemma – und ich sehe, wie sehr sie die ganze Sache schmerzt. Alles daran.

»Hazel wollte sich schon einmal mit der Pharmasache auseinandersetzen«, ergreift Darren das Wort. »Gemma weiß davon nichts. Als du mir von einer Bildungseinrichtung erzählt hast, die mit Animalis kooperiert, war sie … verhindert.«

»Sag es, wie es ist: Ich wurde von unseren Feinden in eine stinkende Waldhütte gesperrt und meiner Magie beraubt«, korrigiert sie ins Leere starrend.

»Man hat dich entführt?«, frage ich fassungslos und spüre, wie auch Taro zusammenzuckt.

Gemma nickt, während Darren ihr einen weiteren Kuss auf die Schläfe haucht und ihr beruhigende Worte zumurmelt.

Wenn ich meine aktuellen Gefühle mit einem Wort benennen müsste, wäre es wohl: überfordert.

»Aber …« Ich öffne den Mund und weiß doch nicht, was ich sagen soll. Sofort habe ich Ms James Worte im Sinn: *Wir bilden hier keine Superhelden aus.* »Du bist erst neunzehn Jahre alt. Ich meine, wenn ein mordender Zirkel in dieser Stadt sein Unwesen getrieben hat … Es gibt hier doch noch andere Hexende. Warum hat dir niemand geholfen?«

»Mein Zirkel hat es versucht«, versichert Gemma. »Und ihr habt es ebenfalls.«

»Ja, aber das meine ich nicht. Gibt es hier kein Netzwerk? Es kann doch nicht sein, dass du dich allein darum kümmern musstest.«

»Die arkane Welt ist keine Gemeinschaft«, sagt Gemma leise. »Es gibt Regeln, die dafür sorgen sollen, uns nicht zu verraten. Ich meine nicht das, was ich im Netz tue, sondern das große Ganze. Wer irgendetwas über andere an die Öffentlichkeit trägt, wird geächtet.«

»Selbst dann, wenn es dabei um Verbrechen geht?« Mir wird kurz schwindelig vor so viel Ungerechtigkeit. Ich kann das alles nicht verarbeiten.

»Es gibt da noch eine Sache«, gesteht Gemma widerwillig. »In dieser anderen Realität – oder wie man es nennen mag –

wusstest du, dass Taro ein Wertier ist, weil man ihn an Vollmond – in seiner Katzengestalt – verletzt hatte. Als Drohung. Wir haben ihm in der Praxis deiner Mom eines der neuen Schmerzmittel gegeben und ... er hat sich zurückverwandelt. Zumindest für ein paar Minuten.«

»Was merkwürdig ist, da es für Wertiere normalerweise keine Wege gibt, an Vollmond ihre menschliche Gestalt anzunehmen«, ergänzt Darren.

»Das war der Anstoß, dich intensiver mit der Firma auseinanderzusetzen«, führt Gemma fort.

Unter anderen Umständen fände ich es sicher niedlich, wie sie beinahe die Sätze des jeweils anderen beenden. Aber jetzt? Ich habe das Gefühl, ich müsste mich setzen – obwohl ich das bereits tue.

»Ihr denkt also, dass die Medizin von Animalis eine magische Komponente hat?«, überlege ich laut. »Eine, die dazu genutzt werden kann, Wertiere zu enttarnen?«

»Möglich«, stimmt Darren zu. »Aber es könnte genauso gut eine biochemische Komponente sein. Sie wären nicht die Einzigen, die an Gentherapeutika arbeiten.«

Ich sehe zu Taro auf, um abschätzen zu können, was er von Gemmas Geständnis hält, aber er starrt seine Schwester reglos an.

»Das alles war keine Absicht«, versichert Gemma kleinlaut. »Wirklich. Ich wollte euch kein Teilstück eurer Vergangenheit rauben.«

»Jede Magie hat ihren Preis: Was hast du für einen Zauber dieser Größenordnung geopfert?«, fragt Taro und mustert seine Schwester.

»Kristallenergie eines verbotenen Kristalls namens Aequalit, den die Firma von Darrens Dad geborgen hat. Darren hat diese Art der Arbeiten der L.I.F.E. Inc. mittlerweile unterbunden.

Wir verfolgen Berichte im Darknet, in denen die Kristalle erwähnt werden, und kaufen alle gefundenen Exemplare auf. Wir lassen nicht zu, dass sie noch einmal verwendet werden«, sagt Gemma mit Nachdruck.

»Du hast gefühlt allen New Yorkern das Gedächtnis gelöscht – mit nichts weiter als einem Kristall?«, hakt Taro nach.

»Einem Kristall – und einem Teil meiner Seele«, gesteht sie widerwillig. »Ich wollte euch das alles längst erzählen, aber ich konnte nicht. Ich wusste nicht, wie. Und auch jetzt – in diesem Moment – höre ich die Stimmen der Schatten, die sich über mich lustig machen. Die mir zuflüstern, dass ich euch beide verlieren und sie anwinseln werde, um euch mit einem Zauber wieder für mich zu gewinnen.«

Ich wünschte, ich könnte wütend auf Gemma sein. Doch ich sehe, wie sehr sie sich quält. Höre ihre Worte. Sie hat nicht nur unser Gedächtnis, sondern ihre Seele geopfert, um uns zu retten. Was für ein unvorstellbares Leid.

»In dieser anderen Realität«, fährt Taro schließlich fort. »Was waren Hazel und ich dort?«

Irgendwie wundert mich, dass er diese Frage stellt. Dass es ihm bei all dem Gehörten überhaupt wichtig ist.

»Das war … kompliziert«, druckst Gemma. »Hazel hat dich geliebt, doch du hast sie sehr lang abgewiesen. Nicht unfreundlich. Du hast sie immer unterstützt, wenn es zum Beispiel um ihren Blog ging. Irgendwann habt ihr miteinander geschlafen, aber nach den Erkenntnissen beschlossen, nur Freunde zu sein.«

»Du hast sie nicht zusammen gesehen, während du in Gefangenschaft warst. Sie waren nie nur Freunde«, wirft Darren ein.

Ich weiß nicht, ob es mich beruhigt oder irritiert, dass wir in mehreren Realitäten nicht in der Lage dazu waren, die Finger voneinander zu lassen. Vielleicht stützt es Taros These über Seelenverwandtschaft.

Ihm scheint nicht gefallen zu haben, was er gehört hat. Er steht von seinem Hocker auf, geht um mich herum und schultert seine Taschen.

»Willst du jetzt wirklich wieder Fotos machen gehen?«, frage ich überfordert. Ist ihm nach allem, was er gerade erfahren hat, das perfekte Licht wichtiger als … Keine Ahnung. Seine Schwester, die so blass ist, als würde sie noch immer fürchten, dass wir uns für immer von ihr abwenden.

Taro mustert mich, bevor er den Kopf schüttelt. »Ich brauche frische Luft und muss hier raus. Begleitest du mich?«

Irgendetwas in seinem Blick bringt mein Herz dazu, sich schmerzhaft zusammenzuziehen. Er leidet. Aber er will es seine Schwester nicht sehen lassen.

»Sicher.« Ich sehe Gemma an, und ein Teil von mir würde sie am liebsten umarmen, doch ich kann es gerade nicht. »Entschuldige. Es war alles etwas viel heute. Ich glaube, wir müssen das kurz verdauen, aber ich melde mich nachher bei dir. Du verlierst uns nicht.«

»Sprich nur für dich«, bittet Taro kurz angebunden und geht in den Flur.

Ich zögere, bevor ich ihm folge. Mein Herz wird schwer, als ich Gemma leise schluchzen höre, aber Darren ist bei ihr, und nach dem Geständnis bin ich mir sicherer denn je, dass sie bei ihm in den besten Händen ist.

37. KAPITEL
HAZEL

»Wohin gehen wir?«

»Dahin, wohin ich immer gehe, wenn ich eine Auszeit brauche?«, schlägt Taro vor. Auf mein Nicken hin biegt er in einen Asia-Imbiss ab, der so unscheinbar ist, dass ich sicher schon diverse Male daran vorbeigelaufen bin. Wenn ich mich nicht irre, zeigt die Menükarte über dem Tresen eine wilde Mischung aus chinesischen, vietnamesischen und thailändischen Speisen.

Er organisiert uns zwei hausgemachte Limettenlimos und ein paar vegetarische Frühlingsrollen, mit denen wir uns an einen Tisch in einer kleinen Nische nahe dem Tresen setzen.

»Irgendwie wundert es mich, dass du ausgerechnet hierherkommst«, murmle ich, nachdem ich mich umgesehen habe. »Es ist nicht besonders sauber, die Speisekarten sind trotz der Laminierung zerknickt, und die Stühle sind aus abgewetztem Plastik.«

»Und genau das macht den Zauber dieses Ortes aus: Er ist echt. Die Leute, die herkommen, verstellen sich nicht, sondern sind einfach sie selbst. Wenn ich mit meinen eigenen Gedanken nicht klarkomme, sitze ich hier, beobachte die Menschen und überlege, wie ihr Leben wohl aussehen könnte.«

Typisch Taro. Der geborene Beobachter.

»Das machst du in der Mensa auch oft«, erinnere ich mich.

»Kann sein, aber ich war da nicht mehr, seitdem du weg bist«, gesteht er und wendet eine der Frühlingsrollen zwischen den Fingern.

»Warum nicht?«

»Weil es ohne dich keinen Spaß macht.«

Lächelnd nippe ich an der Limo. Sie ist wirklich gut, obwohl ich eigentlich nicht auf Limetten stehe. »Apropos Limetten: Ich bin mir sicher, Abigail vermisst dich bereits.«

»Du meinst die Tierarzthelferin deiner Mom?«

»Ja, sie mag dich. Ihr ist irgendwann aufgefallen, dass du aus dem Bonbonglas auf Moms Tresen immer nur die grünen genommen hast, wenn du mich abholen kamst. Seitdem hat sie die für dich beiseitegelegt und ganz obendrauf getan, wenn sie wusste, dass du vorbeikommst.« Es fühlt sich gut an, mit Taro über diese Dinge zu plaudern. »Das hier hat mir gefehlt«, gestehe ich und nehme mir ebenfalls eine der Rollen. »Die ungezwungenen Gespräche, ohne die sexuelle Anspannung. Ohne drohende Katastrophen. Einfach nur wir.«

»Ohne die Angst, dir zu schaden.«

Ich zögere, bevor ich nicke. »Die letzten Wochen waren wild. Immer ging es nur um Gaben, Verschwörungen, den Tod. Ein Hexenjäger hat mich verwundet, ich dachte, ich stecke vielleicht für immer in Cathys Geist fest. Solche Dinge. Gemmas Geständnis, uns ein Teil unserer Erinnerungen geraubt zu haben, um uns zu retten, ist irgendwie die Kirsche auf diesem Cupcake des Chaos. Aber einfach nur mit dir auf einem Plastikstuhl zu sitzen und Leute zu beobachten … Es ist wie ein Moment Auszeit. Normalität.« – Auch wenn wir beide wissen, dass sie nur eine Illusion ist.

»Wie geht es dir mit Gemmas Offenbarung?«, fragt Taro, als wäre die Schonfrist vorbei.

»Es fühlt sich komisch an, dass Sachen passiert sind, an die ich mich nicht erinnern kann. Oder die vielleicht auch nicht passiert sind, weil sie nur in einer anderen Realität stattgefunden haben. Ich verstehe, dass Darren verwirrt ist. Ich bin es auch. Und irgendwie macht es mir Angst, dass Gemma dazu in der Lage ist, die Realität auf diese Weise zu verzerren. Wie mächtig ist sie bitte?« Ich nippe an der Limo, um meine Gefühle zu sortieren. Dieses unbändige Chaos aus Angst, Bewunderung und Sorge, das nur Menschen in einem erzeugen können, die einem wirklich etwas bedeuten. »Aber ich bin ihr nicht böse. Menschen tun die unvorstellbarsten Dinge aus Liebe. Sie hat diesen Zauber gewirkt, um uns zu retten. Und ich möchte mir nicht vorstellen, wie es ihr die letzten Wochen gegangen ist. Sich als Einzige zu erinnern. Nicht darüber reden zu können, was sie getan hat. Das schlechte Gewissen. Ich habe gemerkt, dass sie etwas bedrückt, aber ich wäre nie auf die Idee gekommen, dass es mit schwarzer Magie zu tun haben könnte. Vor allem nicht in diesem Ausmaß.«

»Also verzeihst du ihr?«

»Ich denke schon«, murmle ich. »Was sagt dein Gefühl?«

Er lehnt sich in seinem Stuhl zurück und seufzt. »Ich bin unfassbar wütend auf sie; aber fast noch mehr auf mich selbst. Es fühlt sich an, als hätte ich als Bruder total versagt. Wenn sie mir vertrauen würde … Sie hätte mir längst von all dem erzählen können.«

»Wenn du es so sehen willst, haben wir beide versagt«, werfe ich ein. »Mir hat sie auch nichts erzählt. Ich denke, sie brauchte einfach Zeit. Kannst du dir vorstellen, wie es sein muss, wenn du einen Teil deiner Seele opferst?«

»Nein. Und allein der Gedanke macht mich schon wieder wütend auf sie«, brummt er und starrt einen Augenblick lang vor sich hin, bevor er mir ein Lächeln schenkt. »Aber du hast recht. Mir fehlen unsere Momente auch.«

Momente, die mich daran erinnern, dass wir vor diesem ganzen Chaos hauptsächlich eines waren: gute Freunde.

Ich zögere, bevor ich meinen Stuhl dichter an Taros heranrücke. Zum Dank legt er seinen Arm um meine Taille und haucht mir einen Kuss auf die Schläfe.

»Sag mir, wenn du das Gefühl hast, dass meine Nähe dir schadet«, bittet er, nicht zum ersten Mal.

»Das werde ich«, verspreche ich und ignoriere das leichte Schwindelgefühl, das mich überkommt, als ich meinen Kopf an Taros Schulter bette. Ich schiebe es darauf, dass ich ihn mir vorhin bei meinem unsanften Sturz auf den Boden angestoßen habe. Vermutlich belüge ich uns beide, aber das hier – diese Art von Ruhe und Nähe – hat mir wirklich gefehlt, und ich bin noch nicht dazu bereit, mich wieder von ihm zu lösen. Stattdessen beobachten wir gemeinsam die Menschen, die kommen und gehen.

Wenn ich diesen Moment mit einem Wort beschreiben müsste, dann wäre es *friedlich*.

Zumindest bis mir Gemmas Worte wieder in den Sinn kommen; ihre Erzählung darüber, dass Taro in der vergessenen Realität ein Medikament von Animalis zu sich genommen hat und dadurch an Vollmond für kurze Zeit menschlich war. Mich schaudert. Allein die Vorstellung davon, dass er ähnliche Nebenwirkungen wie Cathy hätte haben können, macht mir noch nachträglich Angst. Ich werde nie vergessen, wie ohnmächtig ich mich als Gefangene ihres Geistes gefühlt habe. Niemand sollte ihr Schicksal teilen müssen. Nie wieder.

»Taro?«, murmle ich, in seine Wärme gehüllt. »Wenn dir jemals jemand ein Wundermittel anbietet, um dich deines Wertierdaseins zu entledigen … Nimm es nicht, okay? Du bist perfekt, so wie du bist. Wer das nicht erkennt, hat dich gar nicht verdient.«

Statt mir zu antworten, küsst er mich auf den Scheitel. Das kann ich wohl interpretieren, wie ich möchte, dabei ist mir diese Sache wichtig. Cathy, Aria – dieses komische Zeug der Hexenjäger ist alles – Fluch, Geißel, Lüge –, aber mit Sicherheit kein Wundermittel.

Als ich wenig später aufstehe, um mir noch etwas zu trinken zu holen, wird mir schwarz vor Augen. Mir ist so schwindelig, als hätte ich mich zu lange auf meinem Bürostuhl im Kreis gedreht. Panisch greife ich nach einer Stuhllehne, atme tief ein und versuche, mein rasendes Herz zu beruhigen.

Es ist alles gut, wiederhole ich in Gedanken, bis der Schwindel nachlässt, der Schleier vor meinen Augen verschwindet und mein Puls zur Ruhe kommt. Nur eine unterschwellige Übelkeit bleibt zurück.

Erst als ich die Augen öffne, merke ich, dass Taro an meine Seite geeilt ist. Er streckt eine Hand aus, vielleicht um mir beruhigend über den Rücken zu streichen – doch zieht sie zurück und ballt sie stattdessen zur Faust, als würde er sich nicht trauen, mich zu berühren.

»Alles gut«, versichere ich matt.

So wie Taro die Zähne zusammenbeißt, glaubt er mir kein Wort. »Wie wäre es, wenn du dich setzt, ich dir noch etwas zu trinken hole und Gemma bringt dich anschließend nach Hause?«

Er schlägt vor, dass Gemma es tut, als wüsste er ganz genau, dass wir für heute keine Zeit mehr miteinander verbringen sollten. Also erspare ich mir die Schauspieleinlage und akzeptiere, dass mein Körper vorerst genug hatte, obwohl mein Herz gern noch bleiben würde.

38. KAPITEL
HAZEL

Freitag, 24.2.

Mein Einzelgespräch bei Ms James fällt aus, da sie sich krankgemeldet hat. Aber wenn sie mich gefragt hätte, wie es mir geht, hätte ich aus vollem Herzen »gut« sagen können. Es kommt mir vor, als hätte ich mich in den letzten Wochen unbewusst von mir und meinen Freunden entfernt. Doch jetzt haben wir uns ausgesprochen, und ich fühle mich leichter. Unbeschwerter.

Ich habe die Zeit mit Taro genossen und bin froh, endlich den Grund für Gemmas Nervosität und Anspannung zu kennen. Ich sitze in der Mensa nicht mehr allein, sondern habe Menschen kennengelernt, die zu echten Freundinnen werden könnten. Wenn mir nicht ab und an schwindelig wäre, würde ich sagen, mein Leben wäre perfekt. Vielleicht liegt es daran, dass ich eine Entscheidung für mein Leben getroffen habe. Die Attacke von JJ; das Erlebnis in Cathys Geist. – Diese Momente haben etwas in mir verändert. Bisher war es mir gar nicht richtig bewusst, aber mir geht es gut mit dem Entschluss, meinem Herzen zu folgen. Glücklich zu sein. Das Leben auszukosten, das Dad mir so teuer erkauft hat.

Am Anfang des Jahres, als ich noch an der *Allbright* war, habe ich einige Texte von Mary Shelley gelesen. Und sie schrieb unter anderem: *Die Liebe muss ihrer Natur nach vergänglich sein.* Ich glaube, ich habe das Zitat jetzt erst richtig verstanden.

Denn alles ist vergänglich.

Da Taro noch einiges fürs Studium zu erledigen hat und er meinem Körper eine Pause gönnen will, werden wir uns diese Woche nicht sehen.

Es gibt allerdings eine andere Person, mit der ich ein Gespräch führen sollte. Nicht, weil ich es so möchte, sondern weil ich es jemandem versprochen habe.

• • ✦ • •

»Dieses Café scheint es dir ja echt angetan zu haben«, sagt Aurora abschätzig, als sie sich mir gegenüber auf eine der Sitzbänke im *Hazelcup* gleiten lässt. Sie war so lieb, mich am M.U.S.E. abzuholen und uns herzufahren, für den Rückweg habe ich mir vorsichtshalber schon einmal ein Uber bestellt. Es gibt keinen Grund dafür, dass ich ausgerechnet dieses Café ausgesucht habe, ich wollte das Gespräch nur nicht auf dem Gelände des M.U.S.E. oder während der Fahrt führen.

»Also? Was gibt es so Wichtiges zu besprechen, dass ich dafür extra nach Williamsburg fahren musste? Ich hoffe, kein weiteres Drama. Wobei: Deine Frisur ist katastrophal genug für diese Art der Intervention.«

»Ich soll dir von Cathy ausrichten, dass sie dich liebt«, sage ich, ohne auf ihre Spitze einzugehen, und beobachte ihre Reaktion. Sie wirkt nicht nur überrascht, sondern fast wütend.

»Wie bitte?« Aurora zieht erbost die Augenbrauen zusammen.

»Ich war im Tottenville Sanatorium und habe kurz mit ihr

gesprochen«, gestehe ich. »Quasi in ihrem Geist. Sie hat mir gezeigt, was damals geschehen ist, und ich musste ihr versprechen, dir auszurichten, dass es ihr leidtut.«

»Sie hat dir gezeigt, was geschehen ist?«, wiederholt sie stumpf. »Wie genau soll ich das verstehen?«

»Mit Gemmas Hilfe hat sie einen Teil ihrer Erinnerungen mit mir geteilt. Da Sirenen mit Wertieren besonders kompatibel sind und der Fluch uns schneller schadet, hat Cathy sich bereiterklärt, ein experimentelles Mittel zu testen, das den Wertierteil ihrer DNA ausschalten sollte. Theoretisch hat es funktioniert, nur leider mit üblen Nebenwirkungen.«

Aurora blinzelt, wirkt beinahe reglos, nur ihre Finger graben sich fest in das Leder ihrer schwarzen Clutch. »Warum hätte sie das tun sollen?«

»Weil sie dich geliebt hat und euch eine Zukunft ermöglichen wollte?«

»Das ist doch absurd!«, ereifert sie sich.

Ich kann ihr nicht widersprechen. So charmant, wie sie sich mir gegenüber aufführt, finde ich es auch absurd. Aber Cathy muss eine Seite an meiner Cousine gekannt haben, die sie vor anderen erfolgreich verbirgt.

»Sie hatte ihr ganzes Leben noch vor sich. Ich verstehe nicht, warum sie es einfach hätte wegwerfen sollen.«

»Wie gesagt: Sie hat mich gebeten, dir auszurichten, dass sie dich geliebt hat und dass es ihr leidtut.«

»Liebe ist die bescheuertste Begründung, die ich jemals für irgendetwas gehört habe!«, insistiert sie. »Warum sollte sie das Risiko solch eines Mittels auf sich nehmen? Ich habe ihr deutlich gesagt, dass ich nicht für sie zu sterben bereit bin.«

»Und sie hat alles dafür getan, damit du es nicht musst.«

Aurora öffnet den Mund, doch schließt ihn wieder. Es ist das erste Mal in meinem Leben, dass ich sie sprachlos erlebe.

Kommentarlos zieht sie ihr Portemonnaie hervor, legt fünfzig Dollar auf den Tisch, steht auf und geht. Einfach so.

Irritiert greife ich nach dem Geldschein und wedele damit. »Aber wir haben doch noch nicht einmal etwas bestellt!«

»Das Geld ist für dich. Geh gefälligst zum Frisör! Du siehst unmöglich aus!«

Das dürfte das kürzeste Gespräch gewesen sein, das wir je geführt haben. Es kostet mich einige Selbstbeherrschung, ihr nicht nachzurufen, dass sie sich dieses Mal emotional verhält. Aber im Gegensatz zu ihr kann ich nichts Schlimmes daran finden, sich menschlich zu benehmen. Außerdem ist Schadenfreude nicht die schönste Freude, sondern einfach nur hässlich. Also schweige ich.

39. KAPITEL
HAZEL

Dienstag, 28.2.

Während meines nächsten Kurses bei Ms Wolf fällt es mir erstaunlich leicht, Freude zu kanalisieren. Nur leider habe ich noch immer keine Ahnung davon, wie ich sie mit anderen teilen kann. Auf der Bühne überzeuge ich die Menschen von meinem Spiel, weil ich die Figuren lebe. Weil ich empfinde, was sie fühlen. Aber das ist etwas ganz anderes, als dem Gegenüber eine bestimmte Emotion zu senden. Mein einziger Trost ist es, dass es noch immer keiner von uns wirklich gelingt. Während des Seminars zucken meine Gedanken immer wieder zu dem Sirenen-Grimoire. Warum nutzen wir hier im Unterricht nichts in der Art, wenn es doch existiert?

Am Ende der Stunde kann ich meine Neugierde nicht länger zurückhalten und frage Ms Wolf genau das, kaum dass die anderen den Raum verlassen haben.

»Ms Wolf? Haben Sie eine Minute Zeit?«, bitte ich und fahre erst fort, als sie nickt. »Ich habe davon gehört, dass es für Sirenen eine Art Pendant zum Grimoire der Hexenden gibt. Liedsammlungen mit besonderen Wirkungen, ähnlich Zaubersprüchen.«

»Oh ja, die existierten«, stimmt sie zu. »Aber sie wurden vor einigen Jahrzehnten allesamt vernichtet, da sie den Sirenen zu viel Macht über Menschen gaben. Mach dir deswegen keine Sorgen. Sobald ihr lernt, euch zuverlässig mit euch selbst zu verbinden, werdet ihr auch dazu in der Lage sein, andere Menschen zu beeinflussen. Eine gesangstalentierte Sirene verzaubert mit ihren eigenen Liedern ein ganzes Stadion voller Menschen. Sie kann ihre Emotionen mit ihnen teilen, ihre Herzen erreichen. Sie ist aus sich allein heraus schon einnehmend. Aber die Macht des Liedguts der ersten Zeit geht noch weit darüber hinaus. Mit den überlieferten Texten wäre es möglich, nicht nur Gefühle, sondern auch Gedanken zu lenken und Menschen regelrecht zu manipulieren. Es gibt dunkle Zauber, die mit Sirenenblut arbeiten, um eine ähnliche Wirkung zu erzielen. Auch diese wurden aus gutem Grund verboten. Kein Mitglied der arkanen Gesellschaft darf seine Macht dafür missbrauchen, Allmachtsfantasien auszuleben. Ich hoffe, du verstehst, dass ihr daher nur all das anwenden dürft, was aus euch selbst kommt. Wir können euch dabei helfen, euer wahres Ich zu finden und euer ganzes Potenzial zu entfalten. Aber selbst wenn es die Bücher der Ersten noch gäbe, dürften wir sie euch nicht als Lehrmaterial zur Verfügung stellen.«

»Verstehe.« Das tue ich wirklich und beschließe, das Buch aus der Bibliothek nicht mehr offen auf meinem Nachttisch liegen zu lassen. Wahrscheinlich wäre es das Richtige, es Ms Wolf auszuhändigen, doch irgendwie kann ich mich dazu nicht durchringen. Es gibt hier keine Noten, das Buch verschafft mir also keinen unfairen Vorteil im Studium – und trotzdem klammere ich mich an die naive Vorstellung, dass es seinen Weg nicht einfach so zu mir gefunden hat. Dass es einen Grund dafür gab, dass es ausgerechnet Taro und mir in die Hände fiel.

»Ich habe noch eine weitere Frage«, gestehe ich. »Ich habe letztens mit Myra und den anderen für Ihre Hausarbeit geübt und wir haben uns gefragt, was wohl passieren würde, wenn wir versuchen würden, uns zusammenzutun. Also probieren, alle zeitgleich dasselbe Gefühl zu kanalisieren.«

Ms Wolfs Augenbraue zuckt, während sie mich mustert. Es wirkt, als würde sie ihre Antwort sorgfältig abwägen. »Ich finde es gut, dass du mich offen danach fragst, denn so kann ich dir sagen, dass das keine gute Idee ist. Im Alltag wird sich die Frage eher nicht stellen, da wir Sirenen so selten sind, dass wir einander kaum begegnen. Aber der Ehrenkodex verbietet es uns, Zirkel zu gründen, wie es Hexende tun. Eine Band, die einzig aus unseresgleichen bestehen würde, wäre zu mächtig. Ich bin mir auch ziemlich sicher, dass es in der Hausordnung einen Punkt gibt, der Sirenen gemeinsames Singen auf dem Gelände untersagt. Natürlich geht es dabei nicht nur ums Singen, sondern alle Aktivitäten, die darauf abzielen, andere zu beeinflussen. Ich habe euch nicht umsonst unterschiedliche Gefühle gegeben, die ihr erarbeiten sollt.«

»Verstehe«, wiederhole ich wenig eloquent.

Ms Wolf sieht demonstrativ auf ihre Armbanduhr, und auch für mich wird es Zeit, zu meinem nächsten Kurs aufzubrechen.

»Wissen Sie eigentlich, ob es Ms James mittlerweile besser geht?«, frage ich mit Gedanken an den Malkurs am Nachmittag.

Ms Wolf schenkt mir ein unverbindliches Lächeln. »Nun, ich hörte, dass sie noch eine ganze Weile unpässlich sein wird«, antwortet sie ausweichend und entlässt mich mit einer Geste, während sie die Yoga-Matten wieder wegräumt.

Und ich frage mich, ob Ms James' vermeintliche Krankheit wohl etwas damit zu tun haben könnte, dass sich letztens ein Hexenjäger mit demselben Nachnamen auf unser Gelände verirrt hat. Immerhin hat Ms Campbell versprochen herauszufinden, wie der Kerl den Schutzzauber umgehen konnte. Was ist, wenn Ms James ihm geholfen hat?

• • ✦ • •

Obwohl Ms James verhindert ist, findet unser Malkurs statt. Ich freue mich darauf, Zeit mit Ophelia zu verbringen und die Atmosphäre dieses Ortes zu spüren, den ich zum ersten Mal nicht mit Druck und Zwang verbinde.

Intuitiv wähle und mische ich heute meine Farben – Schwarz wie Taros Fell, Rosé wie Gemmas Haare, Gelb wie der Citrin, den sie mir geschenkt hat, Rotbraun wie Nuts – und lasse den Pinsel über die Leinwand gleiten. Ich fühle mich wohl. Aber mein Enthusiasmus verfliegt, als ich am Ende der Stunden von der Staffelei zurücktrete und das Motiv betrachte. Mein Herz setzt einen Schlag lang aus. Wie konnte aus so schönen Farben etwas dermaßen Unheilvolles entstehen?

»Was hast du gemalt?«, fragt Ophelia gut gelaunt und betrachtet mein Motiv. »Wie schön. Sind wir das beim Verbrennen unserer Bilder auf dem Ostara-Fest?«

»Ja«, antworte ich, obwohl ich weiß, dass es eine Lüge ist. Ophelia sieht die Konturen des M.U.S.E. im Hintergrund, ein Feuer und Silhouetten von Personen, die sich dunkel davon abheben. Sie denkt an den Semesterabschluss, das Ostara-Fest, ein Ritual des Friedens und der Freiheit.

Aber ihr entgehen die Details. Details wie die schweren Mäntel, die die Figuren tragen. Das sind nicht wir. Das sind Studenten aus Butler Manor – auf unserem Gelände.

Offensichtlich hat mir der Vorfall mit JJ doch mehr zugesetzt, als mir bewusst war. Sicher schmerzt die Wunde an meinem Arm noch ab und an, aber ich hätte nicht erwartet, dass ein Teil von mir das M.U.S.E. nun nicht mehr als sicheren Ort wahrnimmt, sondern fürchtet, der Vorfall könnte sich wiederholen.

Vielleicht hat Ophelia recht, und wir lernen in diesem Kurs mehr über unser Unterbewusstsein, als ich geglaubt hätte.

40. KAPITEL
HAZEL

Dienstag, 20.3.

Ostara – das Fest der Tag- und Nachtgleiche ist laut Gemma perfekt, um Stress loszulassen und neue Energie zu tanken. Bisher habe ich nie davon gehört, doch am M.U.S.E. scheint es tatsächlich ein wichtiger Feiertag zu sein. Das rituelle Verbrennen unserer Gemälde ist nur einer von mehreren Programmpunkten, die für heute geplant sind. Schon in den letzten Tagen wurde das Gewächshaus mit Marienkäfern und Hasen dekoriert, die als Begleittiere dieses Festes gelten. Ich helfe ein paar Studentinnen dabei, letzte Pavillons aufzurichten, und bin erfüllt von dem Gefühl, dass das M.U.S.E. sich an diesem Tag das erste Mal von seiner freundlicheren Seite zeigt – weniger altehrwürdig und erhaben, sondern wie ein Ort, an dem echte Freundschaften entstehen können. Wir spannen solarbetriebene Lampiongirlanden und bunte Wimpelketten zwischen den Pavillons auf und legen gemusterte Teppiche und Sitzkissen überall aus, als wären wir bei einem Yoga-Festival. Ich lieb's. Das Mensateam hat gleich mehrere Tische, an denen man sich mit Getränken und Snacks versorgen kann, aufgebaut. Im Sonnenschein des Frühlingstages entdecke ich frische Knospen an einigen Sträuchern, und ständig ertönt irgendwo Gelächter. Spätestens als die offiziellen Feierlichkeiten beginnen, Melody sich mit einer Gitarre in einen der dekorierten Pavillons setzt und ein Lied anstimmt, werden alle von der ausgelassenen Stimmung angesteckt. Selbst die Vögel, die vereinzelt von den Bäumen singen, als wollten sie Melody musikalisch begleiten.

Ich setze mich auf eines der bunten Sitzkissen vor Melodys Zelt, genieße die wärmenden Sonnenstrahlen auf meiner Haut und lasse mich von der Musik verzaubern. Ich freue mich ehrlich, als mir Sofia, Ophelia und Joy Gesellschaft leisten. Erstere ist heute so ausgesprochen gut gelaunt, dass sie mir einen Kaffee mitgebracht hat. Einfach so. Außerdem hat sie ihre schwarzen Samthandschuhe gegen blutrote ausgetauscht. Wenn das kein Statement ist, weiß ich auch nicht.

»Wie ich sehe, bist du noch immer nicht verblutet«, zieht sie mich auf, während sie sich auf das Kissen neben mir fallenlässt.

Instinktiv taste ich mit meiner freien Hand nach meinem Oberarm und muss lächeln. »Die Narbe zickt noch immer, aber Taro hat mich heldenhaft davor bewahrt, daran zu sterben.«

»Freut mich, denke ich.« Sie macht eine abwägende Handbewegung und nippt an ihrem Becher. »Deine Aura sieht ein wenig angeknackst aus. Noch nichts akut Lebensbedrohliches, aber ich würde dir empfehlen, deinem Freund noch ein paar Tage aus dem Weg zu gehen, um dich zu erholen.«

»Siehst du ehrlich bei jeder Person, wie lange sie noch zu leben hat?«, frage ich verblüfft.

»Wenn ich es will. Aber man lernt irgendwann, es auszublenden und mit niemandem darüber zu reden. Die meisten Menschen ziehen es vor, nicht zu wissen, wann ihr Stündlein geschlagen hat. Außerdem kann ich nicht hellsehen. Du könntest am Morgen noch kerngesund sein und am Nachmittag von einem Auto erfasst werden. In dem Fall würde ich deinen nahenden Tod erst spüren, wenn der Moment unweigerlich gekommen ist – um dir beizustehen, falls du es wünschst. Es gibt ja nichts Schlimmeres, als wenn man sich jemandem aufdrängt, der einen nicht in seiner Nähe haben will. Vor allem nicht beim Ableben.«

»Und immer, wenn du jemanden berührst, stirbt er?«, frage ich vorsichtig und hoffe, damit nicht zu indiskret zu sein.

»Nicht immer zwangsläufig, aber es ist schwer zu kontrollieren«, murmelt sie und nippt erneut an ihrem Getränk.

»Es gibt noch weniger Todesfeen als Sirenen, daher ist das mit der Ausbildung schwierig«, erklärt Ophelia hilfsbereit.

»Im Gegensatz zu unserer Mutation wird das Gen der Todesfeen nicht vererbt. Es taucht einfach sporadisch irgendwo auf«, ergänzt Joy und bringt Sofia zum Schnauben.

»Ist auch schwierig, sich fortzupflanzen, wenn du dein Gegenüber bei Berührung tötest«, wirft sie ein.

»Du bringst deine potenziellen Partner um, wir werden von ihnen umgebracht. Ist beides ungünstig«, stimmt Joy ihr bei. »Vielleicht einigen wir uns einfach darauf, dass Liebe meist für'n Arsch ist. – Wobei wir alle eine Todesfee im Freundeskreis haben sollten. Die kann uns warnen, wenn es Zeit wird, zur nächsten Bekanntschaft weiterzuziehen.« Sie prostet Sofia zu, die lediglich die Nase rümpft, als hätte sie an dieser Art von Liaison kein Interesse.

»Wieso denkst du, dass Liebe zum Scheitern verurteilt ist?«, fragt Ophelia leise.

»Wir haben beide unsere Schwestern an sie verloren. Reicht das nicht als Antwort?« Mit einem Schulterzucken wendet sich Joy an Melody, die gerade das nächste Lied anstimmt.

»Ich kann irgendwie nachvollziehen, dass du trotz allem bei dem Kater bleibst«, sagt Sofia schlicht. »Diese ganze Flirtsache ist verwirrend und frustrierend. Missverständnisse und drohende Ablehnung an jeder Ecke. Ich würde mir das auch nicht öfter als unbedingt nötig antun wollen.«

»Es kam mir nie verwirrend und frustrierend vor, bis ich jemanden getroffen habe, bei dem ich das Gefühl hatte, dass er all das Chaos wert ist«, werfe ich ein. Sofort durchströmt mich Wärme, wenn ich daran denke, wie gut es sich angefühlt hat, von Taro einfach nur im Arm gehalten zu werden, während wir die Menschen im Imbiss beobachtet haben.

Eine ähnliche Art von Entspannung verschafft mir Melodys nächster Song. Mag sein, dass sie nicht in der Lage dazu ist, ihr Gegenüber quasi mit purer Willenskraft zu beeinflussen, aber wenn sie musiziert, lässt sich ihre Begabung nicht leugnen.

Ich genieße diesen Tag voller Musik, Sonne und Essen und schaffe es sogar auszublenden, dass mir manche Studentinnen noch immer skeptische Blicke zuwerfen, als Nuts sich uns anschließt und auf meinem Schoß einkuschelt. Auch wenn ich in meinem bisherigen Leben immer sehr bemüht war, von allen gemocht zu werden, perlt das Getuschel der anderen Studentinnen mittlerweile von mir ab. Ich muss nicht mit dem ganzen College befreundet sein, solange ich ein paar Menschen an meiner Seite habe, denen ich vorbehaltlos vertrauen kann. Und obwohl Sofia noch immer sehr darauf bedacht ist, Abstand zu wahren und nicht zu viel von sich preiszugeben, weiß ich spätestens seit dem Vorfall mit dem Hexenjäger, dass sie zu meinen engsten Vertrauten gehört.

Am späten Nachmittag wird auf einer etwas abseits gelegenen Wiese am Rande des Geländes das getrocknete Geäst für das große Lagerfeuer aufgeschichtet, in dem gegen Mitternacht unsere Bilder verbrannt werden sollen. Gibt es eine schönere Möglichkeit, um böse Geister zu vertreiben, als eine, bei der man nebenbei noch Stockbrot und Marshmallows rösten kann? Ich finde nicht.

Als das große Feuer nach Sonnenuntergang entzündet wird und sich kurz darauf glühend rot vom Nachthimmel über dem M.U.S.E. abhebt, zuckt meine Erinnerung zu meinem letzten Gemälde: Die Hexenjäger auf dem Gelände des M.U.S.E. Institute. Beunruhigt sehe ich mich immer wieder um, doch kann in den Schatten der Nacht keine Bewegungen ausmachen, die nicht dorthin gehören. Beinahe komme ich mir albern vor. Es ist ja nicht so, dass ich prophetische Gaben hätte. Warum also lässt sich das mulmige Gefühl nicht unterdrücken? Vielleicht einfach nur deswegen, weil diese Nacht mir zu zauberhaft erscheint, um wahr zu sein. Als hätte ich nach all den Geschehnissen der letzten Zeit verlernt, dem Schönen in meinem Leben zu vertrauen.

»Wir sollten unsere Bilder holen«, schlägt Ophelia kurz vor Mitternacht vor.

Schweren Herzens wende ich mich vom wärmenden Feuer ab und trete mit ihr gemeinsam in die Kälte der Nacht hinaus. Unsere Bilder lagern noch immer im Gewächshaus, also schlendern wir Seite an Seite hinüber.

»Ich war immer ein wenig wütend auf meine Eltern, weil sie mich dazu gezwungen haben, hier zu studieren. Ich glaube, der heutige Tag hat mich ein bisschen mit ihnen versöhnt«, sagt Ophelia und klingt dabei so zufrieden, wie ich mich fühle. Vielleicht sprechen da die Marshmallows aus mir, aber es war definitiv die richtige Entscheidung, hierher zu wechseln.

Beim Betreten des Gewächshauses staune ich, wie anders es hier drinnen bei Nacht wirkt. Ein Teil der Pflanzen hat seine Blüten geschlossen, als würden sie bereits schlafen. Die Luft ist kühler, beinahe feucht, und die Bilder aus den Metallregalen zu holen lässt ein Quietschen und Scheppern ertönen, das unnatürlich laut wirkt. Mich fröstelt, und ich kann es kaum erwarten, wieder zum Feuer zurückzukehren.

Blinzelnd wende ich den Kopf, weil ich glaube, im Augenwinkel eine Bewegung wahrzunehmen. Mehrere Personen huschen geduckt am Gewächshaus vorbei. Sie lassen gespenstische Schatten über die gläserne Wand des Gewächshauses tanzen, als wären es groteske Scherenschnitte. Mir gleitet vor Schreck das Bild aus den Fingern, raschelnd fällt es zu Boden. Mein Herz rutscht mir in die Hose, als ich erkenne, was sie tragen: lange, lederne Mäntel. *Hexenjäger*. Die Narbe an meinem Arm ziept bei der Erinnerung an die letzte Begegnung mit einem von ihnen. Alle Muskeln in meinem Körper spannen sich an – bereit zur Flucht.

»Was ist los?«, fragt Ophelia verwundert und folgt meinem Blick, aber die Typen sind schon fort.

Mein Puls rast, doch ich versuche, Ruhe zu bewahren, um sie nicht zu ängstigen. »Wahrscheinlich nichts, nur bleib hier und versteck dich«, weise ich an, gerade als Nuts wild keckernd ins Gewächshaus sprintet und in die Richtung gestikuliert, in der ich soeben die Gestalten gesehen habe. Also habe ich sie mir nicht eingeredet. Sie sind tatsächlich hier!

Irgendwann hat mir mal jemand erzählt, dass es in Paniksituationen drei instinktive Reaktionen gibt: *Fight, flight, freeze.* Mein Körper entscheidet sich für Ersteres und lässt eine ganze Flutwelle aus Adrenalin durch meinen Körper rauschen. Ich fahre herum, stürze aus dem Gewächshaus und renne in die Nacht hinaus. Ich vertraue darauf, dass Ophelias Kanincheninstinkt ihr dazu rät, sich zu verkriechen, statt mir zu folgen. Nuts springt mit einem Satz auf meine Schulter, bereit, mich zu begleiten.

Ich will gerade die Richtung einschlagen, in der ich die Jäger gesehen habe, als ein Aufschrei aus der Nähe des Feuers erklingt. *Verflucht!* Diese Typen sind verdammt fix. Viel schneller als ich.

Ich ändere die Richtung, halte auf das rotleuchtende Feuer zu, dessen Funken in die Nacht aufsteigen. Mit einem Mal wirkt es nicht mehr gemütlich, sondern bedrohlich.

Wie ein Scheiterhaufen, schießt es mir durch den Kopf. Rasch versuche ich, das Bild zu verdrängen.

Schon von Weitem erkenne ich die Silhouetten der Personen, die nicht hier sein sollte. Groß und dunkel heben sie sich vom Feuer ab.

Diese Szene – sie sieht erschreckend genau wie mein Gemälde aus. Wie kann das sein?

Mit schmerzender Lunge bremse ich ab, sehe mich um und versuche, die Situation zu erfassen.

Ein Teil von mir hofft, dass dies bloß ein dummer Streich unter Studierenden ist. Dass es vielleicht sogar eine Tradition ist, dass sich die Brüder der Rose auf das Gelände schleichen, die Festivitäten stören und für ein wenig Unruhe sorgen. Aber meine naive Hoffnung wird sofort zerschlagen, als ich sehe, dass einige von ihnen Messer zücken und meine Kommilitoninnen angreifen. Die Dunkelheit macht es mir unmöglich zu zählen, wie viele von ihnen es auf das Gelände geschafft haben – ich habe keine Ahnung, wie es ihnen überhaupt gelungen ist –, doch das hier ist definitiv ein Überfall und kein mieser Scherz. Eine Schrecksekunde lang herrscht Stille, dann zerreißen entsetzte Schreie die Nacht. Sie gehen mir durch Mark und Bein. Es fühlt sich an, als würde Eiswasser durch meine Adern schießen.

Wir. Werden. Angegriffen. – Es ist grauenvoll, aber ich kann nicht behaupten, dass es mich überrascht. Ich habe es geahnt – *gemalt* – und habe die Warnung nicht ernst genommen. Ich wusste, dass das hier geschehen könnte und habe mir nicht genug vertraut, um jemandem davon zu erzählen. Und jetzt? Fühle ich mich, als würde ich eine Mitschuld an den Schreckensbildern tragen.

Einer der Jäger hat sich ein brennendes Holzstück genommen, als wäre es eine Fackel. Ein Pavillon wird umgestoßen. Feuer.

Von einer Sekunde zur nächsten wird unser perfekter Abend des Friedens und Einklangs zum Albtraum. Einige meiner Kommilitoninnen versuchen zu fliehen, andere, sich zu verteidigen. Und ich? Stehe ebenso überfordert wie reglos in diesem tosenden Meer aus Schatten und Feuer.

Was nun?

»Sofia?« Mein erster Impuls ist es, nach der Todesfee zu rufen. Seit meiner letzten Begegnung mit einem der Jäger auf unserem Gelände hält es mein Unterbewusstsein offensichtlich für eine gute Idee, sie an meiner Seite zu wissen. »Sofia!«

Ich fahre herum, als jemand nach meinem Oberarm greift und dabei genau die Stelle berührt, die unter Druck noch immer schmerzt.

Ebenso ungläubig wie alarmiert sehe ich in JJs Gesicht. Hass keimt in mir auf.

»Du«, ist alles, was mir über die Lippen kommt, da meine Verachtung für ihn mir die Kehle zuschnürt.

»Komm mit«, drängt er und zerrt mich vom Feuer weg. Mit einer Hand umfasst er ein kleines Jagdmesser, das ich im Blick behalte, während ich ihm eher hinterher stolpere, als zu laufen.

»Was soll das werden?« Und damit meine ich: das alles.

Ich entreiße ihm meinen Arm, folge ihm dennoch in den Schatten der nahen Bäume und sehe trotzig zu ihm auf. Noch immer hält er das Messer in der Hand, macht aber keine Anstalten, mich anzugreifen. Täuscht es, oder trägt er eine der Broschen des M.U.S.E. an seinem Kragen? Eine Brosche, die sich definitiv nicht in seinem Besitz befinden sollte. Ob er sie von Ms James bekommen hat? Hat sie ihm den Spruch zum Öffnen des Tores verraten? War er es, der die Brüder auf das

Gelände gelassen hat? Ist Ms James vielleicht nicht krank, sondern suspendiert, weil Ms Campbell längst geahnt hat, dass sie mit Butler Manor kooperiert? Hat Melody nicht erzählt, dass Ms James bei ihrer Familie in Ungnade gefallen ist? Was ist, wenn das hier ihr Weg ist, um sich mit ihrer Familie zu versöhnen? – Mir schießen unzählige Fragen durch den Kopf, aber ich habe keine Zeit, sie zu stellen.

»Ich verschaffe dir zwei Minuten, um vom Gelände zu verschwinden«, erklärt JJ knapp und deutet mit dem Messer in die Dunkelheit, als wäre es eine Aufforderung loszulaufen.

»Du denkst doch nicht, dass ich dir vertraue?«, frage ich und zweifle an seinem Verstand. »Du bist ein Hex…« Vollkommen perplex starre ich ihn an, als er mir eine Hand auf den Mund presst, als wollte er mich zum Schweigen bringen.

»Sag das Wort nicht schon wieder, sonst kann ich für nichts mehr garantieren. Meine Schwester hätte dich längst von hier fortschicken sollen, aber sie ist … *verhindert.* Diese Warnung ist kein persönliches Ding. Mir liegt nichts an dir. Es gibt nur nicht mehr viele Sirenen, und ich brauche mindestens eine von euch. Also tu der Welt einen Gefallen, schnapp dir ein paar deiner Freundinnen, und verzieht euch, bevor es hier erst richtig unschön wird«, drängt er mich.

Ich sehe zwischen ihm und dem Tumult nahe dem Feuer hin und her. Ist das sein Ernst?

»Ich werde meine Freundinnen nicht im Stich lassen«, sage ich entschieden – und meine es auch so. Ich bringe es nicht übers Herz, von hier zu verschwinden, während Sofia, Ophelia und alle anderen in Gefahr sind. Obwohl ich nicht den Hauch einer Ahnung habe, wie ich ihnen helfen soll.

JJ beißt die Zähne zusammen und stößt die Luft durch die Nase aus. Er wirkt mit meiner Antwort nicht zufrieden. »Wie du meinst. Ich habe dir die Wahl gelassen und hätte dich für klüger gehalten. Mehr als dich zu warnen, kann ich nicht für dich tun.« Damit ist zwischen uns offensichtlich alles gesagt, denn er wendet sich mit wehendem Mantel zum Gehen.

Unsicher sehe ich zwischen dem Chaos vor mir und der Allee entlang, die mir Sicherheit und Freiheit verspricht – aber mein Entschluss steht fest. Ich bleibe. Koste es, was es wolle.

Mit einem leisen Fluchen setze ich die Suche nach Sofia fort.

Mir stockt der Atem, als ich beinahe über einen am Boden liegenden Körper stolpere. Es ist keine unserer Studentinnen, dennoch beruhigt mich der Anblick nicht, denn irgendetwas hat die Kehle des Fremden zerfetzt. Galle steigt in meinem Hals auf. Hat nicht jemand gesagt, sie nehmen hier nur Wertiere auf, die uns nicht gefährlich werden können? Da ich den Geruch von Blut noch immer nicht ertrage, halte ich mir den Ärmel meiner Bluse vor die Nase. Gerade als ich meinen Weg fortsetzen will, fällt mir etwas in der Hand des Fremden auf. Eine kleine Ampulle, die im Mondlicht schimmert und den Aufdruck von *Animalis* trägt. Sie ähnelt denen, die Mom in ihrer Praxis hat.

Erschrocken fahre ich auf, als einer der Brüder der Rose auf mich zuläuft. Ich versuche, mich seelisch auf einen Angriff vorzubereiten, das Blut rauscht laut in meinen Ohren, all meine Muskeln spannen sich an – doch er rennt einfach an mir vorbei. Irritiert sehe ich ihm nach, ebenso erleichtert wie verwirrt. Meine Verwirrung wird komplett, als ihm mehrere seiner Kommilitonen folgen, als wäre ihr Angriff bereits vorüber. Ich verstehe überhaupt nicht, was hier vor sich geht. Warum stürmen sie erst das Gelände und stören unsere Feier, nur um kurz darauf wieder zu verschwinden?

Ich zucke zusammen, als irgendwo ein spitzer Schrei ertönt, verzweifelt und voller Schmerz. Sofort sucht mein Blick die Quelle. Vollkommen überfordert beobachte ich, wie eine

Schneeeule eine andere Studentin des M.U.S.E. angreift, mit ihren Klauen immer wieder ihr Gesicht attackiert und blutige Striemen hinterlässt. Was ist hier nur los?

Bis eben sah es noch aus, als wären die Brüder hier gewesen, um uns anzugreifen, doch so wie es jetzt wirkt, kämpfen gerade Studentinnen des M.U.S.E. gegeneinander.

Ich sollte helfen, aber Nuts macht eine Geste und deutet in Richtung des Feuers. Seinem Fingerzeig folgend entdecke ich Sofia endlich. Sie scheint unverletzt zu sein, trägt jedoch nur noch einen ihrer Handschuhe. Ihre dunklen Haare wirken vollkommen zerzaust, als hätte sie sich mit aller Macht gegen etwas gewehrt. Gerade als ich auf sie zugehen will, hält mich jemand am Arm zurück.

Meine Kommilitonin schüttelt den Kopf und sieht mich mit schreckgeweiteten Augen an. »Wir müssen hier weg. Sie ist wie von Sinnen.«

Alarmiert beobachte ich, wie Sofia sich nähert. Meine Gedanken rasen ebenso wie mein Herz. Die Ampulle mit dem *Animalis*-Aufdruck! Mir kommt der Artikel über Aria wieder in den Sinn. Darüber, wie sie angeblich in Raserei verfiel und ihre gesamte Familie ermordet hat. Was ist, wenn … Erneut sehe ich mich um und fluche leise. Was ist, wenn die Brüder deswegen hier waren? Nicht um uns mit Messern, sondern Spritzen zu attackieren. Das Serum sorgt dafür, dass Menschen sterben, ihren Verstand verlieren, wehrlos werden oder aber ihre Fähigkeiten einbüßen. Egal, welcher Fall auch immer Eintritt, jeder davon spielt ihnen in die Hände.

»Sofia? Es ist alles gut«, versichere ich und hebe abwehrend die Hände, während sie auf mich zukommt. Ihre Körperhaltung gleicht der eines lauernden Tieres, in ihren Augen liegt kein Hauch von Erkenntnis, nur nackter Überlebenswille. *Verflucht!*

Was soll ich jetzt tun?

Bevor ich eine Entscheidung getroffen habe, setzt sie sich in Bewegung und sprintet auf mich zu.

Mein erster Impuls ist es, das zu tun, womit sie JJ letztens aufgezogen hat: Ihr ein Schlaflied zu singen. Nur leider habe ich es nicht einmal geschafft, Freude auf jemanden zu übertragen. Wie soll ich sie dann zum Schlafen bringen, wenn pure Angst durch meine Adern rauscht?

Ich fahre herum, will vor ihr fliehen – doch zu spät.

Sofia springt mich an, bohrt mir ihre behandschuhten Finger in die Schulter und zwingt mich in die Knie. Ich schlage unsanft der Länge nach auf dem Boden auf, schürfe mir Handgelenk, Stirn und Nasenrücken auf. Der Schmerz treibt mir Tränen in die Augen. Ich versuche, mich mit aller Kraft aufzurappeln und sie abzuschütteln, doch scheitere, da Sofia auf meinem Rücken sitzt. Ihr Gewicht presst mir langsam, aber sicher die Luft aus den Lungen. Auch meine Tritte gehen ins Leere.

Mir entweicht ein Schrei, als Sofia mich unsanft am Schopf packt und heftig an den Haaren reißt. Etwas knackt.

Ich versuche, mit zittrigen Fingern nach ihrem Handgelenk zu greifen, doch scheitere. Wenn ich mich nicht befreien kann, ist dies mein Ende. Dann lautet mein letzter Gedanke: umgebracht von einer Todesfee. Wie ironisch.

41. KAPITEL
TARO

Mir läuft ein eiskalter Schauer den Rücken hinunter, den ich mir selbst nicht erklären kann. Nach mehreren Gesprächen mit Hazel verstehe ich, warum Gemma das Gefühl hatte, keine andere Wahl zu haben, als den finsteren Hexenzirkel mit schwarzer Magie aufzuhalten. Dennoch gefällt es mir nicht, dass sie für unsere Rettung Teile ihrer Seele geopfert hat. Das wird sich auch nicht ändern.

Jetzt sitze ich mit ihr auf unserem Sofa, wir schauen eine Serie und knabbern selbst gemachtes Popcorn. Es ist ein entspannter Abend – und mein Friedensangebot. Seit ihrem Geständnis herrschte zwischen uns eine unangenehme Funkstille. Mir war klar, dass Gemma darauf wartet, dass ich auf sie zugehe. Und auch wenn es mich Überwindung gekostet hat, über meinen Schatten zu springen, spüre ich, dass es das Richtige war. Außerdem ist Darren diese Woche auf Geschäftsreise in L.A., was dazu führt, dass sie ungewohnterweise jeden Abend zu Hause ist und es schwer gemacht hätte, ihr weiterhin aus dem Weg zu gehen.

Woher mein plötzliches Unwohlsein kommt, kann ich mir nicht so recht erklären. Es ist eine Mischung aus Sehnsucht und der Vorahnung, dass etwas Schreckliches passieren wird. Warum? Ich weiß es nicht. Auch dann noch nicht, als Gemma auffährt, blinzelt und jemanden anzusehen scheint, der nicht da ist.

»Was soll das heißen?«, fragt sie aus dem Nichts und zieht erbost die Augenbrauen zusammen, während sie nervös an ihrer geschwärzten Hand kratzt. Bis vor Kurzem hat sie nicht zu Selbstgesprächen geneigt, aber ich erinnere mich an ihr Geständnis, neuerdings Schattenwesen zu sehen. Ihr Blick zuckt kurz zu mir. Sie wirkt angespannt. »Ich habe mir eigentlich geschworen, nie wieder auf die Stimme der Schatten zu hören, aber … Sie sagen, wenn wir uns nicht beeilen, können selbst sie nichts mehr für Hazel tun. Was bedeutet, dass sie in Lebensgefahr schwebt, denn nur der Tod ist stärker als jede Form von Magie.«

Bevor ich ihre Worte verarbeitet habe, springt sie vom Sofa auf, sprintet in den Flur und greift sich ihren Mantel. Überfordert folge ich Gemma, die sich per Anruf Darrens Auto klarmacht.

Auch wenn ich noch nicht ganz begreife, was vor sich geht, spüre ich, dass Hazel nach mir ruft. Es ist absurd. Aber nicht absurder als die Tatsache, dass auch sie es ganz genau wusste, als ich ihre Hilfe brauchte.

»Geh schon mal zum Auto, ich hole Darrens Schlüssel von drüben. Ich weiß zwar noch nicht, wie wir auf das Gelände des M.U.S.E. kommen, aber wir finden sicher eine Lösung«, sagt Gemma entschieden und ergänzt kleinlaut: »Ohne den Einsatz schwarzer Magie.«

»Überlass das Klettern der schwarzen Katze«, stimme ich zu und versuche, Hazel anzurufen. Sie nimmt nicht ab.

Während Gemma uns wenig später in Richtung des M.U.S.E. fährt, starre ich angespannt aus dem Fenster, trommle mit den Fingern auf mein Knie und frage mich, was da draußen vor sich gehen mag. Dass Hazel am M.U.S.E. nicht wirklich sicher ist, war mir nicht erst klar, als man sie dort attackiert hat. Es war für mich viel zu leicht, mich auf das Gelände zu schleichen.

Die Stunde bis zum M.U.S.E. erscheint mir ewig.

Noch während Gemma schließlich auf dem Grünstreifen vor der Mauer parkt, springe ich aus dem Auto und streife zusammen mit meiner Kleidung auch die menschliche Hülle ab. Als Katze ist es für mich sehr viel einfacher, erst auf das Autodach und von dort aus auf die Wand zu hüpfen. Mir ist beim letzten Mal schon aufgefallen, dass das Gelände von einer Art magischem Schutzwall umgeben ist, der bei Wertieren nicht wirkt. So als wäre dem Erschaffer zwar durchaus bewusst gewesen, dass ein Teil der Studentinnen Wertiere sind, die in ihrer tierischen Gestalt Schwierigkeiten haben werden, die Brosche irgendwo anzuheften – als wäre er aber zugleich damit überfordert gewesen, einen Zauber zu wirken, der zwischen berechtigten und unerwünschten Wertieren unterscheiden kann. Auch wenn ich jetzt gerade davon profitiere, sollte sich das M.U.S.E. zukünftig überlegen, mit fähigeren Hexenden zu kooperieren.

»Taro!«, schreit Gemma entsetzt, kaum dass sie aus dem Auto gestiegen ist.

Auf der Mauer angekommen, werfe ich ihr einen letzten Blick zu. Wenn sie erwartet hat, dass ich ihr dabei helfen würde, hierüber zu klettern, muss ich sie enttäuschen. Ich kann mir nicht vorstellen, was am M.U.S.E. vor sich geht, und werde sie sicher nicht auch noch in Gefahr bringen. Vor allem nicht, nachdem ich erfahren habe, was sie schon für uns zu opfern bereit war. Wer weiß, was sie beim nächsten Mal anstellt?

»Deine Klamotten!«, ruft sie mir nach, doch ich ignoriere ihre Worte. Für den Moment werde ich diesen Körper behalten, da er mir ermöglicht, schneller zu laufen, mit der Nacht zu verschmelzen und mich beinahe lautlos zu bewegen. Außerdem leisten mir meine Katzenaugen gerade gute Dienste.

Ich mache einen Satz von der Mauer, renne durch das hohe

Gras in Richtung eines Feuers, folge Schreien und dem Gestank von Blut. Für einen Moment habe ich das Gefühl, in eine wahr gewordene Dystopie geraten zu sein: Feuer, Kämpfe, zu Boden gegangene Menschen.

Mir entfährt ein Schmerzlaut, als ich mit einer Pfote in etwas Spitzes trete. Ist das eine Spritze? Innerlich fluchend schüttle ich sie ab und beobachte, wie eine Eule eine Studentin attackiert.

Mit einem Satz hole ich den Vogel aus der Luft, drücke seine Flügel mit meinen Pfoten zu Boden und mustere ihn. Definitiv ein Wertier. Ich würde der Studentin gern sagen, dass sie sich beruhigen soll, aber es scheitert nicht nur an meinen fehlenden Stimmbändern. Wie von Sinnen versucht die Eule, auf mich einzuhacken, als wäre sie ohnehin nicht ansprechbar.

Ich bin dankbar, als mir zwei Dozentinnen zu Hilfe eilen, die die Eule erst fixieren, dann in eine Box sperren.

Eine von ihnen trägt die Eule in Richtung des Gewächshauses, die andere kümmert sich um die verwundete Studentin, die auf dem Boden kauert und die Hände vor das Gesicht presst. Blut quillt durch ihre Finger hindurch. Das ist nicht gut.

Ich sehe mich um und versuche, nach Hazel zu rufen, als ich etwas spüre. Etwas, das mir bisher fremd war oder ich nur nie bewusst wahrgenommen habe. Einen Sog, der mich sacht in eine bestimmte Richtung lotst. Ohne darüber nachzudenken, springe ich herum und folge meiner Intuition.

42. KAPITEL
HAZEL

Luft! Ich brauche Luft, doch das Atmen fällt mir zunehmend schwerer, während Sofia auf mir sitzt und meine Lungen zusammendrückt.

Aber so schnell gebe ich mich dem Tod nicht geschlagen. Ich erinnere mich an das Buch aus der Bibliothek und an die darin übermittelten Gesänge. Auch wenn ich sie nicht beherrsche, weiß ich dank ihnen, wozu Sirenen in der Lage sein könnten. Man hat uns diese Lieder vorenthalten, weil sie uns zu mächtig machen würden. Weil wir mit ihnen die Welt unterjochen könnten, wenn uns danach wäre. Also sollte ich es doch schaffen, eine Todesfee abzuschütteln. Oder nicht?

Ich brauche ein Gefühl, etwas, das sie zum Verharren bringt. Aber bevor ich es gefunden habe, schreit Sofia auf und lässt von mir ab. Mir reicht die Sekunde der Ablenkung, um mich herumzudrehen und sie von mir zu stoßen. Mühsam kämpfe ich mich unter ihr hervor und drehe mich herum. Nuts ist ihr ins Gesicht gesprungen und beißt ihr kräftig in die Nase.

Mein Anflug von Erleichterung schlägt sofort wieder in Panik um.

Ich keuche erschrocken, als Sofia mit ihrer nackten Hand nach Nuts greift, seinen kleinen Körper umfasst und ihn eiskalt zu Boden schleudert.

Es regt sich nicht. Schlaff liegt sein lebloser Körper im hohen Gras.

Sie hat es berührt. Mit ihrer bloßen Hand. Es ist tot.

Nuts ist tot.

Aber ... Nuts darf nicht fort sein. Es war mein Vertrauter, wenn niemand anders bei mir sein konnte. Ich kann sein flauschiges Fell nicht schon zum letzten Mal gestreichelt haben. Seinen Kopf an meiner Halsbeuge gespürt. Ich ... Tränen treten mir in die Augen. All das ist einfach vorbei. Von einer Sekunde zu anderen. Ein unfassbarer seelischer Schmerz des Verlustes kriecht durch meine Adern und lähmt meinen Körper.

»Hazel!« Melodys Ruf reißt mich aus meiner Blase. Sie hält Sofias fehlenden Handschuh hoch, als wäre er eine Trophäe.

Zu spät. Zumindest für Nuts kommt er zu spät.

Das Stück Stoff wird uns auch nicht dabei helfen, Sofia zu bändigen. Aber vielleicht könnte er andere vor tödlichem Schaden bewahren?

Ohne darüber nachzudenken, tue ich das, was Sofia selbst vorgeschlagen hat: Ich stimme ein Schlaflied an. Das einzige, dessen Text ich auswendig kenne. Dads Lied.

Um Ruhe zu übertragen, müsste ich sie nur erst in mir selbst finden. Sie in all dem Chaos meines aufgewühlten Inneren zu greifen bekommen. Doch das Gefühl, das alle anderen überlagert, ist noch immer der Schmerz über Nuts' Verlust.

Melody kommt herbeigeeilt, aber zögert.

Da ich nicht weiß, was wir sonst tun sollen, bedeute ich ihr mitzumachen. In Cathys Notizen stand, dass es einen ganzen Hexenzirkel braucht, um den Fluch der Sirenen zu brechen. Angeblich kann auch die kombinierte Magie von Sirenen ungeahnte Mächte entfalten. Vielleicht können wir es mit vereinten Kräften schaffen, dieses Gemetzel zu beenden und das

M.U.S.E. wieder in einen Ort des Friedens zu verwandeln. – Auch wenn es gegen die Hausordnung verstößt.

Verzweifelt suche ich nach dem Gefühl von Ruhe, bis sich eine schwarze Katze aus den Schatten löst. Ihr Anblick allein reicht, um mich daran zu erinnern, wie gut es sich angefühlt hat, von Taro im Arm gehalten zu werden, während wir im Imbiss gemeinsam die Leute beobachtet haben. Der Moment war vollkommen friedlich. Genau die Art von Emotion, die ich gerade brauche.

Ich rapple mich vom Boden auf und stelle mir vor, das Gelände des M.U.S.E. wäre eine Bühne. Ich bin keine Sängerin, aber ich besitze ausreichend Fantasie, um eine zu verkörpern. Mir auszumalen, das hier wäre mein Auftritt. Die Augen schließend singe ich das Schlaflied, stelle mir vor, wie sich seine Melodie gleich einer seidenen Decke über der Wiese ausbreitet und Frieden bringt. Wie wohlige Schläfrigkeit die Glieder aller Anwesenden durchströmt und sie zu einem Nickerchen auf dem Boden verleitet. Ich höre, dass sich Joy, Melody und Myra anschließen. Obwohl sie das Lied nicht kennen, unterstützen sie mich beim Refrain. Statt die Augen zu öffnen, um mich davon zu überzeugen, ob unser Lied wirkt, zwinge ich mich dazu, die gewünschte Wirkung zu visualisieren.

Ihr werdet müde und legt euch schlafen, lautet mein inneres Mantra, während ich das Lied wiederhole.

Tatsächlich wird alles um uns herum ruhig. Der Tumult verstummt, nur das Knacken des Feuers und unsere Stimmen sind noch zu hören.

Ich spüre, wie eine Katze um meine Beine streicht, sich dann auf meine Füße setzt.

Sich auf meinen Füßen schlafen gelegt hat, muss ich korrigieren, als ich schließlich die Augen öffne.

Während ich mich umsehe, habe ich das Gefühl, in einer

blutigen Version von Dornröschen gelandet zu sein. Rote Funken steigen in die Nacht, im Hintergrund thront das M.U.S.E., und der Rasen ist übersät mit schlafenden Menschen. Nur wir Sirenen stehen noch.

Wir Sirenen – und Nuts, das sich gerade wieder aufrappelt, umsieht und unbeteiligt an einem Öhrchen kratzt, als wäre nichts gewesen.

»Du lebst«, murmle ich ungläubig und könnte aufs Neue anfangen zu heulen. Aber dieses Mal vor Freude und Erleichterung.

»Wenn du mich fragst, tut es das schon seit geraumer Zeit nicht mehr«, wirft Myra ein. »Irgendwie habe ich das dumpfe Gefühl, dass wir hierfür noch ordentlich Ärger bekommen werden.«

»Wahrscheinlich. Allerdings habe ich jetzt sehr viel weniger Angst vor der Abschlussprüfung«, gesteht Melody. »Ich glaube, ein Teil von mir hat bis eben daran gezweifelt, dass so etwas wie das hier wirklich möglich ist. Er wird ab jetzt für immer beeindruckt schweigen.«

»Okay, Mädels.« Joy klatscht in die Hände. »Wenn Sirenenzauber ebenso mächtig wie flüchtig sind, sollten wir uns ranhalten und zumindest diejenigen fesseln, die eben noch versucht haben, uns umzubringen. Nur für den Fall, dass ein Nickerchen ihre Raserei nicht beendet.«

»Guter Plan«, stimme ich zu, kraule Nuts' Köpfchen, kaum dass es wieder auf meine Schulter gesprungen ist, und hebe die Katze zu meinen Füßen auf. Irritiert betrachte ich sie. Das ist nicht einfach nur eine schwarze Katze, die mich an Taro erinnert hat. Das *ist* Taro. Was tut er hier?

»Entschuldigt, ich bin zu spät!«, höre ich Gemma rufen, die mit einem Bündel Klamotten im Arm auf uns zugelaufen kommt.

Ich freue mich, sie hier zu sehen, habe dennoch eine Frage: »Wie bist du auf das Gelände gekommen?«

»Der Schutzzauber ist nicht sehr ausgeklügelt. Ich meine: Taro ist einfach über die Mauer gesprungen. Was er kann, schafft auch jedes andere Wertier.«

Vielleicht liegt der miese Zauber unter anderem daran, dass das M.U.S.E. und Hexen schon seit Generationen bevorzugt getrennte Wege gehen.

»Ich will ja nicht drängeln«, wirft Joy ein. »Aber die Zeit läuft.«

Sie hat recht, also überreiche ich Taro an Gemma und helfe den anderen dabei, die Studentinnen zu sichern, die sich gegen ihre Freundinnen gewandt haben.

Während wir dabei sind, müssen wir über so viele am Boden liegende Menschen steigen, dass unsere Anstrengung eine Erkenntnis vollkommen überschattet: Nicht alle von ihnen schlafen, einige sind tot – oder bis zum Ende ihrer Tage in ihrem eigenen Geist gefangen wie Cathy. Das hier hätte nie geschehen dürfen.

Dieser ganze Abend sollte Beweis genug sein, damit selbst Ms Campbell einsieht, dass der Friedensvertrag zwischen unseren Colleges einseitig gekündigt wurde. Vielleicht ist sie ja jetzt endlich in der Lage, mehr zu unternehmen, als nur die stümperhaften Sicherheitszauber zu erhöhen.

Zauber, die im Übrigen vollkommen wirkungslos sind, solange mindestens einer der Kerle eine der Broschen des M.U.S.E. besitzt.

Was hat JJ damit gemeint, als er sagte, dass seine Schwester *verhindert* wäre?

Wenn er und Ms James tatsächlich verwandt sind: Wo steckt sie? Warum hat JJ mich gewarnt? Als Hexenjäger sollte es seine Pflicht sein, uns alle hinzurichten. Irgendetwas an dieser ganzen Sache stinkt noch mehr zum Himmel als der Rauch des Lagerfeuers.

· · ✦ · ·

Erst als das Morgengrauen einsetzt, sind die meisten Studentinnen und Dozentinnen wieder erwacht. Die fünf, die es nicht sind, tun es vermutlich nie mehr. Mich fröstelt bei der Erinnerung an das Tottenville Sanatorium. Das Zusammentreffen mit Cathy war eine der gruseligsten Erfahrungen in meinem Leben. Und nun? Hat es noch mehr Studentinnen erwischt.

Mich wundert es nicht, dass wir gleich nach dem Beseitigen des Chaos in Ms Campbells Büro zitiert werden.

»Wartet ihr auf mich?«, bitte ich an Gemma und Taro gewandt, die mit mir auf den steinernen Stufen vor dem Hauptportal des M.U.S.E. sitzen. Auch wenn Besuchende normalerweise nicht gestattet sind, hat sie noch niemand des Geländes verwiesen. Wahrscheinlich hatte bisher keiner die Nerven dafür, zumal sie uns bis eben bei den Aufräumarbeiten unterstützt haben.

Gemeinsam mit Myra, Joy und Melody betrete ich Ms Campbells Büro. Als wir uns vor dem Schreibtisch aufstellen, reichen wir einander die Hände, um uns gegenseitig Halt zu geben. Im grauen Licht eines Tages, der nach kaltem Rauch riecht, wirkt das M.U.S.E. wieder so abweisend wie eh und je. Vielleicht liegt der Eindruck aber auch an Ms Campbells nahezu unbewegter Miene, während sie uns der Reihe nach mustert. Sie sitzt hinter ihrem Schreibtisch und sieht uns mit leicht geschürzten Lippen an. Schließlich seufzt sie und schüttelt den Kopf, als wäre es ein stummer Tadel.

»Nun, theoretisch müsste ich euch alle vier des M.U.S.E. verweisen. Ihr habt eure Gaben gegen andere Studentinnen –

und sogar Angestellte – dieser Einrichtung eingesetzt. Das ist nicht zu tolerieren. Die Hausordnung sieht in diesem Fall klare Konsequenzen vor.«

Des M.U.S.E. verweisen? Meine Wangen beginnen zu glühen. Vor Scham, weil ich die anderen dazu überredet habe, mir zu helfen. Und vor Wut, weil ich mir nicht vorstellen mag, was noch alles passiert wäre, wenn wir nichts getan hätten. Die anderen haben es nicht verdient, dass man ihnen dafür die Zukunft verbaut.

Myra drückt leicht meine Hand, als wollte sie mir zu verstehen geben, dass wir zusammenhalten.

»Ms Campbell, es war meine Idee, Sofia in den Schlaf zu singen«, gestehe ich und will mich gerade für die anderen einsetzen, werde jedoch mit einer entschiedenen Geste unterbrochen.

»Ich sagte: *theoretisch*. Aufgrund der besonderen Situation werde ich jedoch davon absehen. Ich bin mir sicher, dass euch eure Kommilitoninnen durchaus dankbar für die Rettung sind. Euer Handeln erscheint mir daher wie das kleinstmögliche Übel in dieser abscheulichen Situation. Tatsächlich wäre es an Ms Wolf gewesen, die Lage schneller zu erfassen und an eurer Stelle zu regeln. – Auf eine Art und Weise, die nicht an den Grundfesten des Kodex rüttelt.«

Jedes Mal, wenn jemand den Ehrenkodex der arkanen Gemeinschaft erwähnt, frage ich mich, wie viel Leid er erzeugt, obwohl er dazu dienen soll, uns zu retten. Wie kann es verboten sein, sich zusammenzutun, um Gutes zu bewirken?

»Apropos Kodex: Einer der Brüder der Rose trug eine Brosche des M.U.S.E. Institute«, sage ich leise. »Wenn mich nicht alles täuscht, heißt er JJ und ist mit Ms James verwandt.«

»Bist du dir sicher?«, fragt Myra überrascht.

Nickend beiße ich mir auf die Unterlippe und halte Ms

Campbells Blick stand, der sich in meine Augen bohrt, als wollte sie direkt in meine Seele schauen.

»Dann steckt Ms James mit Butler Manor unter einer Decke?«, hakt Joy nach und flucht leise. »Ich konnte ihre Kurse eh nie leiden.«

»Ms James Kontakte zu Butler Manor sind nicht euer Business«, ermahnt Ms Campbell. »Ihr könnt sie natürlich danach fragen, sobald sie wieder ansprechbar ist. Dennoch danke für den Hinweis mit der Brosche. Wir werden dem nachgehen.«

Ansprechbar? Dann wurde Ms James doch nicht suspendiert, sondern ist ernsthaft krank? Oder verletzt? So oder so klingt es nicht gut. Was geht hier nur vor sich?

»Noch einmal: Obwohl es gegen die Hausordnung verstößt, sind wir euch für euer beherztes Eingreifen dankbar. Wer weiß, wie diese Nacht ohne euch geendet hätte? Dennoch werdet ihr alle vier verwarnt. In deinem Fall, Ms Birds, ist es die letzte Warnung, bevor ich dich endgültig des M. U. S. E. verweisen muss – was ich nur sehr ungern tun würde. Dass deine Freunde noch immer vor dem Gebäude herumlungern, werde ich geflissentlich ignorieren, da ihr drei gleich gemeinsam das Gelände verlassen werdet. Für den Rest der Woche bist du suspendiert und wirst einen Aufsatz darüber verfassen, warum es Sirenen verboten ist, Menschenmengen dermaßen offensichtlich zu beeinflussen. Haben wir uns verstanden?«

»Ja«, erwidere ich kleinlaut. Ich weiß, dass es außerhalb des M. U. S. E. keine gute Idee ist, Menschenmassen in den Schlaf zu singen, als wäre ich Pummeluff aus Pokémon. Es verstößt gegen den Kodex, der besagt, dass wir uns alle bedeckt zu halten haben – und wahrscheinlich gegen sämtliche moralische Prinzipien. »Ich dachte nur …«

»Ich ahne, was du dachtest. Und genau deswegen bekommst

du eine letzte Chance. – Ich wiederhole: Haben wir uns verstanden?«

Ich nicke und presse die Lippen aufeinander. Die Botschaft kam an.

Als wäre damit zwischen uns alles geklärt, wendet sie sich an Myra. »Richte den anderen Studentinnen aus, dass sie heute frei haben. Sämtliche Kurse entfallen – in allen Jahrgängen.« Sie macht eine herrische Geste, mit der sie uns des Raumes verweist.

»Was werden Sie jetzt wegen Butler Manor unternehmen?«, frage ich, statt mich zu rühren.

»Das werden wir im Kollegium besprechen. Der Angriff war ein Vertrauensbruch, den wir alle erst verarbeiten müssen. Mit übereilten Entscheidungen ist niemandem geholfen.«

Erneut deutet sie auf die Tür – und dieses Mal füge ich mich, um keinen Rausschmiss zu riskieren. Auf dem Flur umarme ich Joy, Myra und Melody und packe danach in meinem Zimmer schnell ein paar Sachen zusammen, bevor ich Nuts, Gemma und Taro vor dem Gebäude abhole.

»Was wollte die Direktorin von dir?«, fragt Taro und sieht zweifelnd zwischen mir und meiner Tasche hin und her.

»Letzte Verwarnung vor dem Rausschmiss. Ich bin für eine Woche suspendiert und habe die Ehre, euch nun zum Tor begleiten zu dürfen«, erkläre ich knapp.

»Verwarnung?«, fragt Gemma erstaunt. »Wofür? Ihr habt hier allen den Hintern gerettet.«

»Auf eine höchst verbotene Weise«, stimme ich zu. »Können wir vielleicht das Thema wechseln?« Ich habe die ganze Nacht nicht geschlafen, hatte keine Minute, um irgendetwas zu verarbeiten und habe gerade nicht die Kraft dafür, um mit Gemma darüber zu diskutieren, dass es hier Leute gibt, die erwarten, dass man sich an Regeln hält.

Schweigend gehen wir in Richtung des Ausgangs. Ich sehe das pittoreske Gelände des M.U.S.E. im Sonnenaufgang vor mir liegen. Silbriger Nebel steigt von den Wiesen auf und hüllt die Rosenbüsche in sanftes Licht. Doch kaum steigt mir der Gestank des heruntergebrannten Lagerfeuers wieder in die Nase, drängen sich die schaurigen Bilder von letzter Nacht in mein Bewusstsein. Vielleicht bin ich gar nicht so traurig darüber, ein paar Tage Abstand vom Schauplatz des Verbrechens zu haben.

»Sollen wir dich zu deiner Mom fahren?«, bietet Gemma an.

Fragend sehe ich zu Taro auf, der mit einer Schulter zuckt. »Meinetwegen kannst du gern mit zu mir. Du musst wissen, ob es für dich okay ist. Ich werde dich nicht gegen deinen Willen abweisen.«

Mir kommen Sofias Worte in den Sinn. Vielleicht sollte ich ihn nicht begleiten und noch ein paar Tage Abstand wahren. Auf der anderen Seite ist Sofia selbst das beste Beispiel dafür, dass sich das Leben von einer Sekunde auf die nächste dramatisch ändern kann. Allein wenn ich an den Ausdruck in ihren Augen denke, läuft es mir eiskalt den Rücken hinab. Der Mensch, der mich gestern attackiert hat, war nicht sie selbst. Auch in den Momenten, in denen sie anfangs versucht hat, distanziert zu wirken, um mich nicht an sich heranzulassen, war ihr Blick niemals dermaßen unbeteiligt, eiskalt und mordlustig. Es war fast so, als hätte man einen Teil ihrer Seele geraubt und nur den Überlebenswillen zurückgelassen. Mich fröstelt. Man hat versprochen, sich um sie zu kümmern, und ich hoffe von ganzem Herzen, dass ihr irgendjemand zu helfen vermag. Aber wer weiß, ob sich ihr Zustand je wieder verbessern wird? Die Vorstellung, dass sie nun wie Cathy für den Rest ihres Lebens so bleibt, schnürt mir die Kehle zu. Nicht nur, weil sie dadurch aufgrund ihrer Gaben unfassbar gefährlich ist, sondern auch deswegen, weil sie es einfach nicht verdient hat. Niemand hat das.

Wäre letzte Nacht nur eine Kleinigkeit anders gelaufen – ich hätte tot sein können. Und ich bin nicht bereit zu sterben, ohne wenigstens einmal mit Taro geschlafen zu haben. Nicht, weil ich es als Bestätigung brauche, sondern da ich es mir schon so lange verbiete, nur um mich an ein Leben zu klammern, dessen Dauer in niemandes Händen liegt.

Ich werde mit zu Taro fahren und dort übernachten. In seinem Bett. Mit ihm gemeinsam.

Statt ihm zu antworten, greife ich nach seiner Hand. Ohne zu zögern verschränkt er seine Finger mit meinen. Es ist uns beiden Aussage genug.

Obwohl es mitten unter der Woche ist, bleiben Gemma und Taro den ganzen Tag zu Hause und leisten mir Gesellschaft. Wir reden nicht über den Vorfall, aber das ist auch unnötig, um zu wissen, dass er uns allen drei noch nachhängt. Sie waren vielleicht nicht die ganze Zeit dabei, doch sie haben gesehen, was passiert ist – und der Anblick allein erzählte genug über die Gräuel.

Gemma verabschiedet sich nach dem Abendessen zu Darren. Vermutlich wäre sie ohnehin zu ihm hinübergegangen, dennoch bin ich ihr dankbar für die Privatsphäre, denn jede von Taros noch so beiläufigen Berührungen hat mich ungeduldiger auf genau diesen Moment hinfiebern lassen.

Kaum ist die Wohnungstür hinter Gemma ins Schloss gefallen, nehme ich meine Tasche und gehe kommentarlos in Taros Zimmer hinüber. Es ist meine unausgesprochene Bitte nach einem Ortswechsel. Auch Nuts versteht und kuschelt sich auf dem Sofa ein, statt uns zu begleiten.

Ich war schon ein paarmal in diesem Raum mit den schwarzen, geradlinigen Möbeln und grauen Wänden. Im Gegensatz zu Gemmas ist Taros Zimmer immer vorbildlich aufgeräumt und fühlt sich an, als wäre es hier drinnen einige Grad kühler als im Rest der Wohnung. Mich stört es nicht, denn als Taro mir folgt, die Tür hinter sich schließt und mit dem Rücken dagegen lehnt, wird mir so heiß, dass es wie elektrisiert auf meiner Haut prickelt.

43. KAPITEL
HAZEL

Mittwoch, 21.3.

»Diese Sache ist für dich wirklich okay?«, fragt Taro. »Ich könnte auch auf dem Sofa oder in Gemmas Bett übernachten. Ich möchte nichts tun, was dich in Gefahr bringt.«

»Du könntest nachher trotzdem noch auf dem Sofa schlafen«, werfe ich ein, da wir beide ganz genau wissen, weswegen wir hier sind. »Ein einziges Mal bringt mich nicht sofort in Lebensgefahr.« Ich schlinge die Arme um den Oberkörper und trete an sein Fenster heran. »Nicht so sehr wie eine Gruppe durchgedrehter Hexenjäger.«

Taro zögert, bevor er sich von der Tür abstößt und zu mir herübergeschlendert kommt.

Ich mustere ihn, wie er neben mir steht und hinaussieht, als wollte er verstehen, was mich an dem Anblick der Straße so fasziniert.

»Mein Leben lang wollte ich immer aus New York weg«, murmelt er. »Reisen. Frei sein. So wie Mom.«

»Du *wolltest*? Hast du deine Meinung geändert?«

Er nickt. »Ich dachte, frei zu sein würde bedeuten, ungebunden zu sein, keine zu tiefen Beziehungen einzugehen, keine Verpflichtungen anzunehmen. Nichts zu tun, was einen an einem Ort hält.«

»Was denkst du jetzt?«

»Dass ich nie frei war. Eher ein Gefangener meiner selbst auferlegten Regeln und Prinzipien.«

»Du warst schon immer zu hart zu dir«, stimme ich zu. »Wofür ein Kampf auf Leben und Tod so alles gut sein kann.«

Als Taro mir den Kopf zuwendet, sehe ich noch für den Bruchteil einer Sekunde ein Feuer in seinen Augen auflodern, bevor er seine Hand in meinen Haaren vergräbt und jeden Abstand zwischen uns überwindet. Er ist mir plötzlich so nahe, dass ich überrascht blinzle. Mein Herz beginnt zu rasen. Damit habe ich nicht gerechnet, doch es wäre gelogen zu behaupten, dass mir seine Nähe nicht gefällt.

»Sag Ja«, wispert er. Sein warmer Atem streift über meine Haut. Seine Lippen sind so dicht an meinen, dass ich sie beinahe spüre. Täuscht es, oder zittert er, als würde es ihn alle Selbstbeherrschung kosten, meine Erlaubnis abzuwarten.

Ich nicke, aber Taro schüttelt den Kopf.

»Sag es«, fordert er. »Ich muss es von dir hören.«

»Ja.«

Als Taro mich küsst und seine Lippen mich endlich – *endlich* – wieder berühren, fühle ich mich wie der glücklichste Mensch auf Erden. Ich schiebe sämtliche Gedanken – Bedenken, Sorgen – beiseite und bestehe nur noch aus den buntesten, kribbelndsten, aufregendsten Gefühlen. Als wäre alles in mir warm und weich und endlich richtig, was so lange falsch war. Ich schlinge meinen zweiten Arm um Taros Hals und versuche, jedes noch so winzige Detail dieses Moments in mir aufzusaugen, um mich auf ewig daran zu erinnern. Taros Geruch. Das Gefühl, in seine Wärme eingehüllt zu sein. Das leise Stöhnen, das ich ihm entlocke, während ich mit meiner Zungenspitze über seine Unterlippe streiche, um nach mehr zu betteln. Als er mir den Wunsch erfüllt, raffe ich ungeduldig den

Saum seines Shirts höher. Es ist viel zu viel Stoff zwischen uns.

Schwer atmend unterbricht er unseren Kuss. »Bist du dir sicher, dass du das willst?«, fragt er erneut, während er es auszieht.

»Sehr sicher. Ich will alles hieran«, bekräftige ich, streife meine eigene Bluse ab und lasse sie achtlos zu Boden fallen. Ich sehe schon im Ansatz, wie Taro über das entstehende Chaos philosophieren will. »Wenn du gerade darüber nachdenkst, deine Kleidung ordentlich zusammenzulegen und in den Schrank zu sortieren, bist du eindeutig nicht genug bei der Sache.« Ich erobere seine Lippen zurück und küsse ihn, bis er nach immer mehr verlangt, nur um mich dann von ihm zurückzuziehen.

Taro sieht mich verwirrt an.

»Weißt du, was mich wundert?«, frage ich, während ich aus Rock und Strumpfhose schlüpfe. »Dass du mich nach dem Bett gefragt hast. Hast du nicht letztens gesagt, dass wir es in keiner deiner Fantasien je dorthin geschafft haben?«

»Wieso habe ich das Gefühl, dass du mit mir spielst?«

»Weil es das ist, was Katzen und Vögel miteinander tun, oder nicht?«

Während ich den Knopf seiner Jeans öffne, greift sich Taro in die Haare, als würde er mit sich ringen. Seinem Gesichtsausdruck nach befindet er sich noch immer irgendwo zwischen »ich will das« und »aber wir sollten das nicht tun«.

»Ich werde nicht sterben, nur weil wir ein einziges Mal miteinander schlafen«, wiederhole ich. »Ich hatte schon öfter Sex und lebe noch.«

»Wie oft?«, fragt Taro, während er aus seiner Hose steigt.

»Oft genug, um zu wissen, was mir gefällt«, entgegne ich ausweichend, weil ich nicht weiß, ob ihm die ehrliche Antwort gefallen würde.

»Mein letztes Mal ist eine Weile her«, gesteht Taro.

»Kein Problem«, versichere ich, trete an ihn heran und streiche ihm vorsichtig über die Wange. »Es wird alles gut. Wir finden gemeinsam heraus, was dir gefällt. Und wenn du an einen Punkt kommst, an dem du diese Sache lieber abbrechen möchtest, sag es einfach.«

»Wieso komme ich mir vor, als wären wir in einem Teeniefilm – mit verdrehten Rollen?« Er schließt die Augen, lehnt sich meiner Berührung entgegen und dreht den Kopf so, dass er an meinem Handgelenk schnuppern kann. »Du riechst viel zu gut.«

»Freut mich. Und nichts hieran ist verdreht«, wispere ich. Ich drehe ihm den Rücken zu und nehme meine Haare beiseite. Ich hoffe, dass er die Einladung versteht, doch statt den Verschluss meines BHs zu öffnen, streicht er zärtlich an meiner Wirbelsäule entlang, bis ich erschaudere.

»Hat dir schon mal jemand gesagt, dass du pure Perfektion bist«, murmelt er andächtig.

»Selbst wenn es so wäre, hätte es mir von keinem außer dir etwas bedeutet«, sage ich entschieden und hoffe, dass er endlich begreift, dass er für mich von Anfang an besonders war.

Er haucht mir einen Kuss auf die Halsbeuge, und mein Körper dankt es ihm mit einer wohligen Gänsehaut. Küsse an dieser Stelle sind meine absolute Hassliebe. Ich liebe es, wie sie das sehnende Pochen in meinem Innersten entfachen – und hasse die eisigen Schauer, die dabei durch meinen Körper fließen.

»Sag mir, was dir gefällt«, drängt er, legt eine seiner Hände an meine Taille und öffnet mit der anderen meinen BH. Langsam streift er einen Träger von meiner Schulter, küsst sich von dort an meinem Arm hinunter, bis zu der Stelle, unter der mein Puls schlägt.

Ungeduldig streife ich den zweiten Träger ab und genieße die kühle Luft auf meiner erhitzten Haut.

Behutsam legt Taro eine Hand um meine Brust. Ich liebe dieses Gefühl, schon bevor er mit seinem Daumen über meine Brustwarze streicht. Vorsichtig kratzt er mit seinen Zähnen über meinen Hals. Mein Körper dankt es ihm mit einem erneuten Schauer.

»Willst du wirklich gebissen werden oder …« Er lässt seine zweite Hand über meine Taille gleiten, schiebt sie in Richtung meines Slips, wo er sie über dem Saum verharren lässt. Er zieht mich an sich, lässt mich spüren, wie sehr ihn meine Nähe erregt. »Soll ich für dich beenden, was wir letztens begonnen haben?«, schnurrt er.

Ich bin in diesem Moment so unfähig, eine Entscheidung zu treffen, dass ich mich gegen seinen Körper sinken lasse. Ich will irgendwas mit meinen Händen tun, lehne mich zurück und greife mit einer Hand in seine Haare.

»Mir ist egal, was wir tun, solange wir es tun«, wispere ich und stöhne leise, als Taro seine Hand in Richtung meines Oberschenkels gleiten lässt und mir bedeutet, die Beine weiter auseinanderzustellen.

Sofort schiebt er seine Hand in meinen Slip und berührt mich dort, wo ich es brauche. Sein Finger gleitet mit perfektem Druck über meine pulsierende Mitte.

»War es in etwa das, was du dir letztens am Telefon von mir gewünscht hast?«, brummt er an meinem Ohr.

Ich schließe die Augen und lehne den Kopf zurück, liebe es, wie er mit der freien Hand über meinen Hals streichelt, als wäre ich in der Tat das Vögelchen zwischen seinen Klauen.

Als er die Intensität und die Art der Bewegungen verändert, entweicht mir ein leises Keuchen. Mit jeder Sekunde nimmt die Hitze in meinem Inneren zu.

»Sag mir, was du brauchst«, schnurrt er, aber mein Kopf ist vollkommen damit ausgelastet, die Kontrolle über meinen Körper zu behalten und mich nicht fordernd seiner Hand entgegenzubewegen. Alles, was bisher zwischen uns passiert ist, erscheint mir mit einem Mal wie ein ewig langes Vorspiel. Aber ich will mehr.

»Dich«, ist das einzige Wort, was mir über die Lippen kommt.

»Wie?«, hakt er nach.

»Mir egal, Hauptsache uns kommt nicht wieder etwas dazwischen«, bringe ich irgendwie hervor. Noch eine Unterbrechung ertrage ich nicht. Ehrlich. Sonst verbrenne ich zu Asche.

Von Ungeduld gepackt, drehe ich mich zu ihm herum und spüre seine Härte so verlockend an meinem Körper, dass ich ihn sanft in Richtung seines Bettes schiebe. »Im Stehen hat auch seine Vorteile, aber ich will, dass du es bequem hast«, erkläre ich, während er sich rücklings auf das Bett fallen lässt.

»Haze, warte«, bittet er, als ich aus meinem Slip steige. »Bevor du weitermachst: Die Kondome sind in meiner Fototasche.«

»Was für ein ungewöhnlicher Aufbewahrungsort«, erwidere ich schmunzelnd und mache mich auf die Suche.

Taro setzt sich auf und reibt sich unangenehm berührt am Hinterkopf. »Ich habe schon seit unserem Kuss im letzten Sommer immer welche dabei, weil ich mir selbst nicht ganz getraut habe. Ich war mir nie sicher, ob ich es noch einmal schaffen würde, dich abzuweisen, falls wir uns erneut küssen sollten.«

»Tatsächlich?« Als ich sie finde, überprüfe ich sicherheitshalber das Ablaufdatum. Alles gut.

»Tatsächlich«, antwortet er vollkommen entspannt. Er erhebt sich vom Bett und ist mit zwei Schritten bei mir. Vorsichtig legt er eine Hand an meinen Oberarm, streicht mit der anderen an meinem Unterkiefer entlang. Jede seiner Berührungen ist wie ein Funkenregen auf meiner Haut. Es wirkt, als wollte er etwas sagen und tut es dann doch nicht. Stattdessen küsst er mich, so innig und hingebungsvoll, dass mir kurz schwindelig vor Glück wird.

Ich kann mich nicht daran erinnern, dass sich die Nähe zu einem anderen Menschen je so intensiv angefühlt hätte – und ich genieße jede Sekunde davon. Die Wärme auf meiner Haut und in meinem Inneren. Das Kribbeln, das durch meinen Körper prickelt. Die sanfte Berührung von Taros Fingerspitzen, die über meinen Arm streichen. Alles in mir und um mich herum fühlt sich perfekt an. Als wäre das Universum für einen winzigen Augenblick in völligem Gleichklang.

Ich schließe die Augen und konzentriere mich auf den Moment, bis meine Seele von einem flüchtigen Schmerz durchzuckt wird. Dieser Moment – er fühlt sich wie gestohlen an. Er ist vergänglich und falsch.

»Ist alles okay?«, fragt Taro, als hätte er meinen Schmerz gespürt.

Entschieden nicke ich und verdränge die Zweifel. Ich lasse mir unsere Zweisamkeit nicht von meinen Zukunftsängsten zerstören.

»Du weißt nicht, wie sehr ich dich mag. Wie lange ich darauf gewartet habe, dir nahe zu sein«, raune ich.

»Ich werde nie verstehen, was du an mir findest«, gesteht er.

»Weißt du, was Gemma immer sagt?«, flüstere ich. »Perfekt ist, was wir mit Liebe betrachten. Und in meinen Augen bist *du* pure Perfektion.« Ich streiche mit der Hand durch seine unfassbar schönen Haare. Schwarz und schimmernd wie das Gefieder eines Raben. Ich beuge mich vor, bis meine Lippen seine erneut berühren. Dieses Mal zögert er nicht. Unser Kuss fühlt sich an wie ein Summen, das durch meinen Körper vibriert. Eine Melodie so wunderschön und alt wie die Schöpfung.

Ich frage lieber nicht, ob Taro auch an Neumond riechen kann, was sein Kuss mit mir anstellt. Dass jedes Gefühl in mir purem Verlangen weicht und ich endlich seine Nähe spüren will. Der dünne Stoff seiner Shorts kann nicht verbergen, dass es ihm ähnlich geht. Es quält und lockt mich gleichermaßen, dass unsere Körpermitten so perfekt auf einer Höhe liegen.

Mit einer Hand greife ich nach den Kondomen, bevor ich Taro erneut in Richtung des Bettes schiebe. Er wehrt sich nicht, lässt mich aber auch nicht los, sondern nimmt mich mit sich. Also setze ich mich rittlings auf ihn und bewundere seinen wunderschönen Körper. Behutsam streiche ich mit den Fingerspitzen an seinem unteren Rippenbogen entlang und fahre über ein Muttermal, das mir vertraut vorkommt, obwohl ich es noch nie gesehen habe. Zum ersten Mal fühlt sich ein Déjà-vu nicht mehr sonderbar an. Im Gegenteil: Ich heiße es willkommen, weil ich nun weiß, dass es Botschaften meines Unterbewusstseins sind. Erinnerungen an eine Realität, die tatsächlich existiert hat.

Nachdenklich betrachte ich das Pigmentmal, bevor ich einen Kuss darauf hauche und ihm in die Augen sehe.

»Du sagst immer, dass du nicht verstehst, warum ich dich mag«, murmle ich. »Ich könnte es dir sagen.«

Vorsichtig stupse ich ihm auf die Nasenspitze, beuge mich zu ihm hinab und streiche mit den Lippen in Richtung seines Ohres. »Es ist nicht nur, weil du der attraktivste Mensch auf Erden bist«, wispere ich und beiße ihm sachte ins Ohrläppchen, bevor ich an seinem Kiefer entlang nach unten wandere und ihn auf die Halsbeuge küsse. So wie er die Luft einsaugt, scheint es ihm zu gefallen. Dann haben wir das wohl gemeinsam. »Es ist auch nicht, weil ich deine Wortwitze liebe.« Ich sauge an seiner Haut und spüre, wie Taro erschaudert. Auch diese Stelle muss ich mir merken. »Es ist nicht, weil du mir seit über einem Jahr bei meinem Blog hilfst und dafür die weltbesten Fotos schießt, ohne je eine Gegenleistung zu verlangen. Nicht, weil du mir Mut machst, wann immer ich zweifle.« Ich fahre mit meinen Lippen an seinen Rippen entlang nach unten bis zum Bauchnabel. Mir gefällt, wie er sich unter mir windet. Sein leises Stöhnen ist Musik in meinen Ohren. »Es ist nicht einmal, weil du mir dein Geheimnis anvertraut hast.« Ich setze meine Spur aus Küssen bis zum Rand seiner Boxershorts fort, die dringend ausgezogen gehört. Ich schiebe meine Zeigefinger unter den Saum und ziehe die Hose sanft herunter, um seiner Erektion Luft zu verschaffen. »Manchmal spüre ich, wenn du dich mir näherst. Und ich glaube, es ist immer dann, wenn du es mich wissen lassen möchtest. Ich habe vorher nie über Dinge wie Seelenverwandtschaft nachgedacht. Auch nicht über Schicksal und Bestimmung. Aber als Gemma dich mir damals im Flur der *Allbright* vorgestellt hat und ich dir zum ersten Mal in die Augen gesehen habe. … Es klingt naiv und lächerlich kitschig, doch ich wusste schon in dem Moment, dass ich möchte, dass du meine Familie wirst.«

Ich umfasse Taros Gesicht mit meinen Händen, weil ich sichergehen will, dass er mir zuhört. »Du bist liebenswert. Mit Haut und Haaren. Und Fell.«

Als Taro seine Hand in meinen Nacken legt und mich an sich zieht, um mich erneut zu küssen, weiß ich, dass wenigstens irgendetwas meiner Worte zu ihm durchgedrungen ist. Alle bisherigen Küsse von ihm waren heiß, aber sie waren nichts im Vergleich zu dieser Berührung. Noch nie zuvor wurde ich so hingebungsvoll geküsst. So innig, als würde Taro mir einen Teil seiner Seele offenbaren. Einen Teil, den er bisher gut geschützt hat.

Ich quieke erschrocken auf, als Taro mich packt und auf die Matratze wirft.

Er zögert, bevor er sich endlich seiner Boxershorts entledigt, als hätten meine Worte den letzten Rest seiner Zweifel beseitigt.

Ich lasse mich in das Meer aus Kissen sinken und kann es kaum erwarten, ihm noch näher zu kommen. Meine Lider flattern, als er seine Lippen auf meine Halsbeuge drückt, eine Spur über meinen Körper küsst und an meinem Hüftknochen verharrt.

»Sag mir, was du willst«, drängt er.

»Noch immer dich«, erwidere ich ehrlich, bis mir bewusstwird, dass er seine Frage ernst meint. Dass es ihm wichtig ist, mir das zu geben, was ich brauche. Also öffne ich meine Beine für ihn. »Du könntest mich erneut berühren, wenn du möchtest.«

Mir entfährt ein leises Summen, als Taro seine Hand an mein Knie legt und langsam meinen Oberschenkel hinaufstreicht. Die Art, wie er einen Kreis auf die Innenseite meiner Schenkel zeichnet, statt mich zu berühren, ist Folter.

»Ist es so okay? Oder wäre dir doch meine Zunge lieber?«, neckt er und lässt seinen Mittelfinger sanft über meine Nässe gleiten. Es ist nur der Hauch einer Berührung, aber mein Körper lechzt sofort nach mehr. So viel mehr. Es wird auch nicht besser, als Taro mit seinem Finger kleine Kreise vollführt. Ich hatte zu lange keinen Sex mehr, um das ewig auszuhalten. Mir auf die Unterlippe beißend drücke ich meinen Hinterkopf in die Matratze. Wenn das so weitergeht, werde ich das erste Mal kommen, bevor wir richtig angefangen haben.

»Soll ich dich lecken?«, provoziert Taro mich.

Verlockende Vorstellung, aber allein die Erinnerung ans letzte Mal führt mich an den Rand meiner Selbstbeherrschung.

»Du könntest mich auch ficken«, korrigiere ich und kippe ihm mein Becken entgegen.

»Wie du wünschst«, erwidert er schmunzelnd.

Hilfsbereit überreiche ich ihm eines der Kondompäckchen und beobachte jeden seiner Handgriffe, während er das Kondom überstreift. Wie kann selbst das würdevoll aussehen?

»Ich meinte natürlich, dass du es nur tun sollst, wenn du es möchtest«, schiebe ich nach, gerade als Taro sein Werk beendet hat.

Statt mir zu antworten, stützt er sich mit einer Hand neben meinem Kopf ab, sein Blick fixiert meinen.

»Sag mir, dass *du* es möchtest«, fordert er und streicht mit seinen Lippen über meine, bevor er den Kuss abbricht, als wollte er mich ärgern.

Um mich zu revanchieren, presse ich meine Hüfte gegen seine Härte, bis er stöhnt.

»Das ist kein Spiel«, bringt er mühsam beherrscht hervor und senkt seine Lippen auf meinen Hals, kratzt mit den Zähnen sanft darüber.

»Ich will dich«, keuche ich, als er seine Härte über mein Zentrum streichen lässt. Oh, Gott. Und wie ich ihn spüren will.

Mir entfährt ein Stöhnen, als Taro mir endlich den Gefallen tut, in mich zu gleiten. Ich komme ihm entgegen und weiß nicht, ob ich mich je vollkommener gefühlt habe als in diesem Augenblick. Vollständig. So ganz und gar im Moment verloren.

Während Taro mich küsst, werden auch seine Bewegungen mutiger, ungestümer, und ich merke, dass diese Runde für uns beide kurz sein wird. Aber das macht diesen Abend nicht weniger einzigartig.

»Sag mir, wenn ich dir wehtue«, drängt er, ohne seine Lippen von meinen zu lösen.

»Tust du nicht«, keuche ich und fühle mich, als würde mein

ganzer Körper nur noch aus kribbelnden Nervenenden bestehen. Alle Synapsen sind auf Taro eingestellt.

Und endlich – *endlich* – vergisst er alle Vorsicht und lässt sich fallen. Als wäre ein Bann gebrochen, befinden wir uns im Einklang. Mit jedem seiner Stöße nimmt die bittersüße Anspannung in meinem Inneren zu.

In Taros Fantasien haben wir es vielleicht nie in einem Bett getan, aber der Ort ist so viel weniger entscheidend als die Person, mit der man ihn teilt.

Ich schlinge meine Beine um Taro, küsse ihn, spanne meinen Beckenboden an – wir tun alles, um einander so nahe wie nur möglich zu sein. Es ist, als würden wir tatsächlich miteinander verschmelzen. Wir haben nur diese eine Nacht. Und sie ist – verdammt noch mal – perfekt.

So perfekt, dass mir zum ersten Mal in meinem Leben ein leiser Schrei entweicht, als wir zeitgleich kommen. Noch während sich alles in mir auf wundervollste Weise zusammenzieht und mein Herz vor Freude rast, sieht mich Taro schwer atmend an und streicht mir Haare von der verschwitzten Stirn.

»Geht es dir gut?«, fragt er besorgt und bringt mich zum Lächeln.

»Ging mir nie besser«, bestätige ich und küsse ihn, bis wir beide erschöpft in die Kissen sinken.

Ich glaube, ich war noch nie auf so viele Arten zugleich glücklich. Es fühlt sich an, als wäre ich nach einer langen Reise endlich am Ziel meiner Träume angekommen.

• • ✦ • •

»Meinst du, dass sich ein Teil unseres Selbst an die andere Realität erinnert?«, frage ich leise. »Daran, dass wir uns schon einmal so nahe waren.«

»Allein daran zu denken, was Gemma getan hat, macht mich noch immer wütend«, murmelt er, sieht zur Zimmerdecke hinauf und streicht vorsichtig durch meine Haare. »Dass sie dachte, sie müsste diese Sache allein lösen – koste es, was es wolle. Das wird mich ewig verfolgen.«

»Sei nicht so hart zu dir.«

»Apropos hart.« Er räuspert sich. »Falls ich eben zu grob war …«

»Warst du nicht«, unterbreche ich ihn schmunzelnd. »Du warst vorbildlich umsichtig.«

»Du hast keine Ahnung, wie sehr ich deine Nähe genieße.«

»Ich auch«, stimme ich zu. Doch wenn ich ganz ehrlich zu mir selbst wäre, müsste ich mir eingestehen, dass es für mich Zeit wird, woanders hinzugehen. Ich spüre mittlerweile eine unterschwellige Übelkeit, die ich unterdrücke, um diesen Moment so lang wie möglich auszukosten. Und ich fühle noch etwas anderes: einen kurzen Anflug von Neid. Neid auf all die Menschen, die jeden Abend in den Armen einer geliebten Person einschlafen und diese besondere Nähe und Verbundenheit spüren dürfen.

»Taro?«, frage ich leise. »Darf ich ein Foto von uns machen? Als Erinnerung an diese Nacht.«

»Sicher.« Er küsst mich auf den Scheitel.

Ich mache mir nicht die Mühe, mich anzukleiden, ziehe lediglich die Decke bis zu meinen Schultern hoch, greife mein Handy vom Nachttisch und schmiege mich an ihn. Ich küsse ihn auf die nackte Brust, während er seine Nase in meinen Haaren vergräbt. Auch wenn das Foto leicht verwackelt ist und mir einige Haarsträhnen vor das Gesicht fallen, ist es das schönste Foto, das ich je von mir gesehen habe. Wir wirken so vertraut und glücklich miteinander, wie ich mich in diesem Moment fühle.

»Wäre es okay für dich, wenn ich noch eines für Instagram mache?« Ich weiß, dass es seltsam klingt, aber zum ersten Mal seit … immer? … bin ich so zufrieden und beseelt, dass ich mein Glück mit der ganzen Welt teilen will.

»Nimm doch einfach das Foto«, sagt Taro leichthin.

»Es ist allerdings schon ziemlich eindeutig«, werfe ich ein. Man sieht im Grunde nichts, was anstößig wäre, nur zwei glückliche Menschen –, aber sie befinden sich zweifellos im Bett.

»Weißt du, was die Kunst beim Fotografieren ist?«, fragt Taro rhetorisch. »Authentizität; beim Auslösen den richtigen Moment zu treffen. Und das hast du. Ich mag keine gestellten Bilder. Aber das da ist perfekt.«

Er küsst mich erneut, während ich das Foto betrachte und dann mit der Welt teile. Für einen kurzen Augenblick – nur einen Wimpernschlag – fühlt sich alles vollkommen an. Zumindest bis mich die unterschwellige Übelkeit verhöhnt, als wollte sie sagen: von wegen authentisch. Das Foto ist die reinste Lüge.

44. KAPITEL
TARO

Donnerstag 22.03.

Ich werde in den frühen Morgenstunden von einem Geräusch geweckt, das klingt, als würde jemand gegen meinen Kleiderschrank stolpern, es folgen das Scheppern eines Klodeckels und ein Würgegeräusch.

Noch im Halbschlaf stehe ich aus dem Bett auf, gehe über den Flur zum Bad hinüber und taste nach dem Lichtschalter. Meine Augen brauchen einen Moment, um sich auf die plötzliche Helligkeit umzustellen, doch was ich dann sehe, überfordert mich. Mein Herz zieht sich so schmerzhaft zusammen, dass es mich nicht wundern würde, wenn es einfach zu schlagen aufhört.

»Haze?«

Ich starre reglos auf ihren nackten Körper. Wie sie in Embryonalstellung zitternd auf dem viel zu kalten Fliesenboden liegt. Blass, mit tiefen Schatten unter den Augen. Zu gern würde ich zu ihr hinübergehen, sie aufheben und ihr die Haare aus der verschwitzten Stirn streichen. Aber ich kann mich nicht rühren, fühle mich wie paralysiert.

Tausend Gedanken schießen mir durch den Kopf, überschlagen sich wie wild:

Ihr Zustand ist deine Schuld. Du hättest ihr nie nahekommen dürfen. Aber es sollte ihr nicht so schlecht gehen. Nicht nach nur einer Nacht.

»Warte hier«, ist alles, was ich herausbringe, dabei sieht sie nicht aus, als könnte sie aufstehen.

Sie braucht Hilfe.

Da ich keine Ahnung habe, was ich für sie tun kann – ihr zugleich zur Seite stehen und aus dem Weg gehen will, um ihre Situation nicht zu verschlimmern – hole ich schnell eine Decke, wickle sie darin ein und trage sie zum Bett.

Vorsichtig lege ich sie darauf ab.

Hazel sieht aus, als würde sie zittern und frieren, gleichzeitig sind ihre Haare vollkommen verschwitzt. Ist ihr warm? Kalt? Ich weiß es nicht und greife mir in die Haare, ziehe daran, bis es schmerzt. Noch immer rast mein Puls.

Scheiße, was habe ich getan?

Ich habe meinen Gefühlen nachgegeben und sie in Lebensgefahr gebracht. Das ist etwas, was ich mir nie verzeihen werde. Ich hätte stärker sein müssen. Ich wusste, diese Nacht ist ein Fehler und habe alle Bedenken aus purem Egoismus über Bord geworfen.

Ich hätte ihr aus dem Weg gehen sollen.

Dieses Mal werde ich es endgültig, wenn sie überlebt.

EPILOG
JEREMIAH

Vorsichtig greife ich nach der Hand meiner Schwester. Sie ist immer noch eiskalt. Ich hasse es, Eve so zu sehen: Hilflos und an Überwachungsgeräte angeschlossen, die auf Monitoren Zahlen und Linien anzeigen. Herzfrequenz, Sauerstoffsättigung, solche Dinge. Dinge, von denen ich nicht allzu viel verstehe, da sie uns an Butler Manor nur lehren, Körper zu zerstören, sie nicht zu retten. Seit Tagen – mittlerweile Wochen – ist Eves Zustand unverändert.

Überall Kabel und Schläuche, um über Tropf und Katheter Flüssigkeiten ein- und auszuleiten, als wäre ihr Körper eine Maschine im Wartungsmodus. Man sorgt im Tottenville Hospital dafür, dass sie am Leben bleibt, obwohl niemand weiß, ob sie noch einmal aufwacht. Ihr Koma macht mir eine Scheißangst. Sie ist nicht nur die Ältere von uns beiden, sondern war schon immer die Zielstrebigere. Die mit dem Plan. Die mit dem Überblick. Die, die stets einen kühlen Kopf bewahrt, selbst dann, wenn uns alles zu entgleiten droht – so wie letztens beim Überfall auf das M.U.S.E. Institute. Ich wollte gar nicht dort sein, hatte aber ihre warnende Stimme im Ohr: *»Spiel mit. Versau es uns nicht, Jeremiah. Tu, was du tun musst.«*

»Hey, große Schwester«, sage ich leise und behalte die Monitore im Auge, doch nichts geschieht. Sie zeigt keine Regung. Immer wieder sagt das Pflegepersonal, dass es Komapatienten guttut, mit ihnen zu sprechen. Dass vertraute Stimmen ihnen helfen können, den Weg zu uns zurückzufinden. Also sitze ich in jeder freien Minute auf dem verflucht unbequemen Holzstuhl vor ihrem Bett und rede mit ihr, aber nichts ändert sich. Manchmal frage ich mich, an welchem Punkt unseres Lebens wir falsch abgebogen sind, um in dieser Scheiße zu landen. Vielleicht war es, als sie mit unserer Familie gebrochen hat, um mit einem Hexer durchzubrennen, nur damit er sie sitzen lässt. Oder war es an dem Tag, an dem sie Dad gestanden hat, selbst eine Verbindung ins Arkane zu spüren? Als er sie zur Schande der Familie erklärt und verstoßen hat? Möglicherweise war es auch in dem Moment, in dem er mich in sein Büro zitiert hat, um mich über die Existenz von Hexenjägern aufzuklären. Als er mir feierlich eröffnet hat, dass er von mir erwartet, unser Familienunternehmen weiterzuführen. Nicht nur den Part, bei dem es darum geht, Geld möglichst gewinnbringend anzulegen. Oh, nein. Er hat mich erst in ein Internat, dann nach Butler Manor verfrachtet – Bildungseinrichtungen, die stolz darauf sind, die besten Hexenjäger der Ostküste der USA auszubilden. Als wäre das Ermorden von Menschen etwas, worauf man stolz sein kann. Zumindest Dad ist es. Immer wieder erzählt er mit einem fiebrigen Glanz in den Augen von seiner Zeit an diesem College, von seinen Jagden und den Menschen, die er auf dem Gewissen hat. Nur dass er sie *Missgeburten* nennt und ihre Morde *eine Reinigung der Welt*. Es hat mich damals jede Selbstbeherrschung gekostet, ihm zum Dank für seine Offenbarung nicht direkt auf den teuren Teppich unter seinem Schreibtisch zu kotzen. Mittlerweile habe ich meinen Körper besser im Griff, dennoch bereiten seine Worte mir noch immer regelmäßig Übelkeit. Genauso wie Moms, die nicht oft genug betonen kann, wie unfassbar stolz sie auf mich ist, weil ich in Dads Fußstapfen trete. Ich werde nie begreifen, wie falsch gepolt man sein muss, um so zu denken. Nicht einmal jetzt, wo ich jeden Tag von zukünftigen Hexenjägern und ihren stumpfen Parolen umgeben bin, kann ich dieser Sache etwas abgewinnen. Das Einzige, was mich dazu gebracht hat, meinen Eltern nicht den Rücken zu kehren, mein Konto zu plündern und dieses Land zu verlassen, ist meine Schwester. *War* meine Schwester. Ihre Vision davon, Butler Manors und Dads Machenschaften offenzulegen, um diesem ganzen Albtraum ein Ende zu bereiten. Und jetzt? Sitze ich hier und muss feststellen, dass unser Irrweg wahrscheinlich schon bei der Geburt begann. Als hätte sich das Universum einen miesen Scherz erlaubt und uns bei der Familie abgesetzt, die am wenigsten zu uns passt.

Mit einem Seufzen betrachte ich Eves blasses Gesicht, die dunkelblauen Schatten unter ihren Augen, die durch den Kontrast zu den roten Haaren noch auffälliger wirken.

»Was soll ich jetzt tun?«, frage ich leise und drücke erneut ihre Hand, als könnte ich dadurch eine Reaktion provozieren. Natürlich vergeblich.

Ich habe keine stichhaltigen Beweise dafür, dass Dads Leute ihre Finger im Spiel haben. *Stichhaltig* im wahrsten Sinne des Wortes, denn als ich Eve bewusstlos in dem winzigen Appartement fand, in dem sie ihre Wochenenden verbringt, war da nur diese Einstichstelle an ihrem Arm. Keine Kampfspuren, keine aufgebrochene Tür, nur meine bewusstlose Schwester. Wahrscheinlich wäre ich weniger besorgt, wenn ich nicht ganz genau wüsste, dass diese Art von Koma eine der häufigsten Nebenwirkungen des *Animalis*-Serums ist.

Animalis. Jedes Mal, wenn ich diesen Namen denke, läuft es mir eiskalt den Rücken runter. *Animalis* ist nicht Dads Firma, aber die Leute, die sie leiten, ticken wie er. Sie haben Arzneimittel entwickelt, die dazu dienen, Wertiere zu enttarnen, indem sie sie kurzfristig in ihre menschliche Gestalt zwingen. Trotz aller angeblichen Prinzipien steht der Vorstand jetzt – in diesem Moment – in Verhandlungen mit einem überaus mächtigen Hexenzirkel, der den Fluch der Sirenen aufheben könnte, damit sie bei Wasserkontakt ihr wahres Wesen offenbaren. *Animalis*-Wissenschaftler testen schon seit Jahren ein Serum, das allen Arkanen den Zugriff auf ihre Magie verwehrt. Das sie menschlich macht, ins Wachkoma verbannt, zur Raserei bringt oder aber tötet – in den Augen der Jäger alles gangbare Optionen.

Während also irgendwo in New York über das Schicksal der Sirenen und Tritonen verhandelt wird, sitze ich hier und weiß nicht, wohin mit meinem Hass auf Dad. Er war es, der den Angriff auf das M.U.S.E. angeordnet hat. Ein weiterer Test, bevor sie das Serum den Investoren vorstellen. Reiche Menschen, die sich auf geheimen Veranstaltungen daran ergötzen, wenn Arkane wie in einem Kuriositätenkabinett vorgeführt werden. Arkane, die Geld brauchen oder durch zwielichtige Verträge dazu verpflichtet sind, sich diese Erniedrigung anzutun. Ich hasse Dad. Ich hasse sein ganzes verdammtes Umfeld. Aber für Eve bin ich geblieben. Für sie und ihren Plan. Einen Plan, der mich dazu gezwungen hat, von Dad ihre Brosche anzunehmen, den anderen Jägern Eintritt auf das M.U.S.E.-Gelände zu verschaffen und mir nicht anmerken zu lassen, wie falsch ich alles an dem Überfall fand.

Ich fahre auf, als sich die Tür zu Eves Zimmer öffnet. Mom.

Meine Hand krampft sich wie von selbst um Eves. Würde Dad uns besuchen, würde er erwarten, dass ich sofort vom Bett abrücke und mich auf jede erdenkliche Weise von meiner Schwester distanziere. Mom belässt ihren Tadel bei einem Blick auf meine Hand – und vorwurfsvoll geschürzten Lippen. Ihre Finger klammern sich um die Clutch in ihrer Hand, als würde sie fürchten, dass jemand vorhaben könnte, sie ihr zu entreißen. Schweigend tritt sie näher und bleibt auf der anderen Seite des Bettes stehen. Statt mich zu grüßen, betrachtet sie die Monitore an Eves Bett. Ich kann unmöglich erraten, was hinter ihrer Stirn vor sich geht. Regelmäßige Botoxinjektionen machen es ohnehin schwierig, irgendetwas aus ihrem Gesicht abzulesen.

»Was machst du hier?«, fragt sie nach einigen Sekunden unangenehmer Stille, umrundet das Bett und verharrt am Fenster. Mit ihrer perfekt manikürten Hand streift sie einen der Vorhänge beiseite. »Parkplatz. Was für eine enttäuschende Aussicht.«

»Ich denke nicht, dass sich Eve für die Aussicht interessiert«, werfe ich ein, lasse die Hand meiner Schwester los und lehne mich auf dem Stuhl zurück. Ich lege einen Arm über die Rückenlehne und schiebe das Kinn vor – eine trotzige Körperhaltung, die man mir in Butler Manor antrainiert hat, obwohl ein Teil von mir eher auf der Hut ist, statt sich wirklich rebellisch zu fühlen. Ich weiß, dass ich Mom körperlich überlegen bin, dennoch ist sie ein mächtiger Mensch. Kontakte und Geld – sie ist wohlhabend in jeder Art von Währung. Zweifelt sie an meiner Loyalität, ist unsere Rebellion gegen die Hexenjäger vorbei, noch bevor sie wirklich begonnen hat.

»Dein Dad wäre nicht sehr begeistert, wenn er wüsste, dass du hier bist«, tadelt Mom.

»Mag sein, aber dasselbe gilt für dich. Es dürften immerhin Dads Leute gewesen sein, die Eve das hier angetan haben.« Ich weiß, dass ich den Mund hätte halten sollen, als Mom sich ruckartig und mit zornfunkelnden Augen zu mir herumdreht.

»Was dein Dad getan hat, dient dem Wohle der Menschheit. Seine Investition wird die Erde zu einem besseren und sichereren Ort machen. Für uns alle.«

»Natürlich«, erwidere ich knapp. »Ich verstehe, dass die Welt vor den Arkanen gerettet werden muss, aber Eve ist noch immer meine Schwester.«

»Und ich bin trotz allem noch immer ihre Mom.«

Trotz allem bedeutet Dad. Er, seine Verblendung und die Tatsache, dass er Eve aus der Familie verbannt hat. Falls er ahnt, dass wir nach wie vor in Kontakt stehen, duldet er es stillschweigend, solange ich sie niemals erwähne.

Da mir nichts an einem Streit mit Mom liegt, erhebe ich mich, greife meinen Ledermantel und beschließe, für heute den Rückzug anzutreten. Ich bin hier, um Eve Gesellschaft zu leisten und ein paar Minuten einfach nur ich selbst zu sein; niemandem etwas vorspielen zu müssen. Meine kurze Auszeit vom Hexenjägerdasein ist dank Moms Auftritt beendet.

»Unschuldig muss niemand sterben«, verabschiede ich mich mit dem Gruß der Jäger und verlasse entschiedenen Schrittes den Raum – nur um im Flur prompt in eine junge Frau zu laufen, die erschrocken zu mir aufsieht. In einer Hand hält sie ein Smartphone, das ihr beinahe aus den Fingern gerutscht wäre, und sieht blinzelnd zu mir auf. Sie wirkt ebenso überfordert wie ich.

»Entschuldigung«, murmeln wir gleichzeitig.

Sie hat sich zuerst gefangen, schenkt mir ein scheues Lächeln und mustert mich aus ihren dunklen Augen. »Geht es dir gut?«

Irritiert nicke ich. Ich bin mir sicher, dass ich zäher bin als sie. Zumindest bis mir bewusst wird, was sie trägt: Die Uniform des M.U.S.E. Institute.

Sie ist eine von denen, lautet mein erster Gedanke.

Der Zweite: *Sie ist ein Mensch wie du, also sei nett zu ihr.*

Mein Blick zuckt wie von selbst zur Tür von Eves Zimmer, als könnte Mom sie urplötzlich aufreißen und uns hier zusammen sehen. Wie paranoid.

»Habe ich dir wehgetan?«, frage ich eilig.

Noch immer lächelnd schüttelt sie den Kopf. »Und selbst wenn, wäre ich hier wohl am bestmöglichen Ort, um mich verarzten zu lassen«, erwidert sie leise.

Frag sie nach ihrem Namen, drängt eine Stimme in meinem Kopf, aber ich ignoriere sie. Ja, wenn Eve nicht aufwacht, brauche ich eine neue Verbündete am M.U.S.E., doch nicht sie. Alles an ihr wirkt allein durch meine Anwesenheit eingeschüchtert. Sie ist nicht die Richtige.

»Pass auf dich auf«, sage ich.

Ich glaube, dass sie etwas antwortet, aber ihr Wispern ist so leise, dass ich kein Wort verstehe. Es steht in völligem Kontrast zu der Stimme, die aus dem Handy dringt.

»Ophelia! Bist du noch da?«

Erschrocken fährt die Studentin vor mir auf und presst sich das Telefon ans Ohr. »Entschuldige, Joy. Ich war kurz abgelenkt. Ich bin noch im Krankenhaus, aber es gibt leider nichts Neues. Hazel ist noch immer nicht aufgewacht.«

Hazel? Ich sollte meinen Weg fortsetzen, doch kann es nicht. Stattdessen stehe ich hier wie ein Vollpfosten und beobachte die junge Frau dabei, wie sie sich mit einem Seufzen gegen eine Flurwand lehnt. Nur weil sie eine Uniform des M.U.S.E. trägt und den Namen Hazel erwähnt, muss es nicht *die* Hazel sein, beruhige ich mich und komme mir sofort darauf unfassbar dämlich vor, weil sich mein Glaube an Zufälle endgültig verflüchtigt.

»Sag das nicht so. Taro macht sich ohnehin schon genug Vorwürfe.«

Taro. Das ist definitiv der Name, der im Blog dieses elendigen Fotografen stand – gleich bei seiner Handynummer für Kontaktanfragen. Es war absurd leicht, ihn zu googeln. *Hazel, M.U.S.E.* waren genug Stichworte, um ihn ausfindig zu machen. Dieser Typ tut wirklich nichts, was ich auch nur irgendwie sympathisch finde. Und ich habe der Sirene gleich gesagt, dass die Sache mit ihrem Haustier kein gutes Ende nehmen wird. Aber was interessiert sie mich überhaupt? Ja, Sirenen sind selten, doch nichts davon geht mich etwas an. Und trotzdem spüre ich eine unterschwellige Wut in meinem Bauch, die mich dazu bringt, endlich das Gebäude zu verlassen. Man bildet mich dazu aus, Sirenen zu töten – und ich kann es nicht. Aber der Kerl hat kein Problem damit, sie seinen Trieben zu opfern?

Sie ist eine Sirene, vielleicht ist er das Opfer, wirft die Stimme in meinem Kopf ein. Erneut versuche ich, sie zu ignorieren, aber manchmal ist es schwer, die Folgen der jahrelangen Gehirnwäsche beiseitezuschieben. Viel zu oft streiten die zwei Seiten meines Seins miteinander.

Als ich den gepflasterten Hauptweg vor dem Krankenhaus betrete, atme ich tief durch und warte darauf, dass sich mein Puls beruhigt. Doch als ich die Augen schließe, kommt mir die Studentin wieder in den Sinn, wie sie erschrocken zu mir aufschaut. Irgendetwas an ihrem Anblick hat sich eingebrannt. Sie gehen mir nicht mehr aus dem Kopf – diese dunklen, dunklen Augen voller Geheimnisse. *Ophelia* hat die Stimme aus ihrem Smartphone sie genannt. In mir regt sich ein Gefühl, das mir so fremd ist, dass ich einen Moment brauche, um es einzuordnen: Ich möchte sie beschützen. Mir entfährt ein abfälliges Schnauben. Ich bin ein Jäger, kein Beschützer. Der Auftrag aller Absolventen von Butler Manor ist es, solche wie sie aus der Welt zu schaffen, nicht, noch mehr mit ihnen zu zeugen.

Wow, JJ, lache ich in Gedanken über mich selbst. *Offensichtlich geht dein Interesse an ihr über Beschützerinstinkt hinaus. Du brauchst dringend mal ein freies Wochenende und etwas Spaß.*

Das und einen Plan, der auch ohne Eve funktioniert. Einen Plan, für den ich jemanden wie Hazel benötigen könnte. Ich habe sie nur wenige Male getroffen, doch sie wirkte tough. Vielleicht sollte ich wieder reingehen und ihre Freundin einfach danach fragen, wie es ihr geht? Wie die Chancen stehen, dass sie sich erholt?

Und dann lädst du diese Ophelia auf einen Kaffee ein, macht sich die Stimme in meinem Kopf über mich lustig. Ich kann keine Studentin des M.U.S.E. daten, egal wie bezaubernd sie wirkt und wie faszinierend ihre Augen sind. Trotzdem beschließe ich, gleich noch einmal reinzugehen, um mich nach Hazel zu erkundigen.

Aber zuerst ziehe ich mein Handy aus der Manteltasche und schreibe dem bescheuerten Katzenmenschen, da er mir aus unerfindlichen Gründen ebenso wenig aus dem Kopf geht wie die Sirene und ihre Freundin.

Ich: *Ich kenne Möglichkeiten, um dir zu helfen.* – Solche und solche. Und zumindest manche davon würden Dad gefallen.

MAGIE DER SIRENEN

LEHRBUCH

Aus dem Lehrbuch der Sirenen I
Geschrieben von Ms Emelina Wolf

Theorie

EINFÜHRUNG IN DIE MAGIE DER SIRENEN*

Sirenenmagie gilt als ebenso mächtig wie flüchtig. Sie basiert auf einer Mischung aus Magie und Pheromonen, die mit ausreichender Übung nahezu jeden Menschen willenlos machen kann. Menschen, die der Beeinflussung durch eine Sirene erlegen sind, werden im folgenden Text »Verzauberte« genannt. In der Vergangenheit zeigten sich die Menschen unterschiedlich empfänglich für die Betörung durch Sirenen. Besonders innerhalb der arkanen Gattungen treten eklatante Unterschiede in Bezug auf den Grad der Einwirkung auf. So gelten Menschen mit dem Wertier-Gen als besonders leicht zu verzaubern, wohingegen eine Beeinflussung von Vampiren als wahre Meisterleistung zählt.

Um den Zauber zu entfalten: Höre auf die Melodien deines Herzens.

Die Magie der Sirenen ist vor allem im Bereich der Gefühlsmanipulation verortet. Sirenen sind in der Lage, dem Gegenüber jede Art von Emotion zu übermitteln. Vertrauen, Freude, Angst – jede dem Menschen bekannte Emotion ist möglich.

* Tritonen immer mitgemeint.

Manchmal führen besonders intensive Gefühlseinwirkungen zu einer Art von Beeinflussung, die an Gedankenmanipulation grenzt. Sie beruht jedoch nicht auf dem Einpflanzen eines konkreten Gedankens, sondern einer instinktiven Interpretation der übermittelten Emotionen. Je besser eine Sirene und ihr Gegenüber gedanklich harmonieren, umso leichter fällt es dem Verzauberten, die übermittelte Gefühlsmischung zu deuten und in konkrete Gedanken (auch Taten) umzusetzen.

Die Magie der Beeinflussung beschränkt sich nicht nur auf ein einzelnes Gegenüber. Sirenen, die ganz bei sich selbst sind, können mehrere Menschen auf einmal beeinflussen. Oft geschieht dies, wenn Sirenen sich in musischen Bereichen ausleben, beispielsweise als Sängerinnen Konzerte geben oder aber als Schauspielerin auf der Bühne stehen. In manchen Quellen werden Sirenen daher als »Kinder der Musen« bezeichnet.

Der Preis der Magie

Es gilt auch für Sirenen der arkane Grundsatz: Jede Magie hat ihren Preis. Während es mit wachsender Erfahrung immer leichter fällt, andere Menschen zu beeinflussen, so beeinträchtigt die wiederholte Beeinflussung ein und desselben Menschen die Gesundheit der Sirene. Ihre Lockstoffe (Pheromone) fallen auf sie zurück und wirken wie Gift auf ihren eigenen Körper. Meist reicht es Abstand zum Verzauberten einzuhalten, um sich von den Vergiftungserscheinungen zu erholen. Bei zu hoher Konzentration der Eigenhormone setzt die Vergiftung jedoch eine Kettenreaktion in Gang, die nicht aufgehalten werden kann und in Ablauf und Auswirkungen einer Autoimmunerkrankung gleicht. Die Vergiftungserscheinungen wirken sich auf den gesamten Organismus aus und können laut bisherigem Kenntnisstand nicht durch Medikamente aufgehalten werden. Der körperliche Verfall erfolgt je nach Dosis und individueller Konstitution der Sirene schleichend, schubweise oder auch unmittelbar. Manche nennen diesen Preis für den übermäßigen Gebrauch der Magie »Den Fluch der Sirenen«. Andere halten es für eine Schutzvorkehrung der Natur, die sicherstellen soll, dass Sirenen ihre Macht nicht ungebührlich überstrapazieren. Nach heutigem Stand von Wissenschaft und Magie gibt es keinen Weg, die Vergiftung zu umgehen.

Über das Element des Wassers

Überlieferungen zufolge war Wasser schon immer das Element der Sirenen. Einige Sirenen spüren bis heute eine tiefe Verbundenheit zu ihm; der Anblick von Wasser beruhigt sie und verleiht ihnen ein Gefühl der Sicherheit und Geborgenheit. Dass Sirenen die Fähigkeit besessen haben sollen, Wassermoleküle zu kontrollieren, fällt wohl eher in den Bereich der Mythen und Legenden. Es existieren allerdings Aufzeichnungen darüber, dass Sirenen früher durchaus in der Lage waren, ihre Erscheinung auf eine Weise zu wandeln, wie es auch Wertiere und Gestaltwandler vermögen. Die klassischen Abbildungen der Meerjungfrauen dürften auf diese Art der Formwandlung zurückzuführen sein. Unklar ist jedoch, ob verwandelte Sirenen unter Wasser atmen konnten.

Praktische Übungen

Sirenenmagie

Man sagt, dass Freundschaften wie Pflanzen sind: Sie benötigen regelmäßige Pflege. Gleiches gilt auch für die Beziehung zur Magie. Der individuelle Draht zu ihr muss erst gefunden, dann sicher aufgebaut und regelmäßig gestärkt werden, um so eines Tages das volle Potenzial entfalten zu können. Das trifft auf alle arkanen Wesen gleichermaßen zu. Es ist für Sirenen außerdem existenziell, auch die Verbindung zu sich selbst auf diese Weise zu trainieren. Nur eine Sirene, die ihr Gefühlsleben beherrscht, kann ihre Gaben zielgerichtet einsetzen. Es folgen Übungen, die dabei helfen sollen, zum einen den Check-In mit sich selbst und zum anderen das sichere Abrufen unterschiedlicher Emotionen zu erlernen, um diese im späteren Verlauf auf andere Menschen zu übertragen.

Vorbereitende Meditation

Um anderen Menschen Gefühle zu vermitteln, ist es notwendig, sich die gewünschten Emotionen zuvor bewusst zu machen und sicher zu kanalisieren. Viele Sirenen schwören auf regelmäßige Meditationen, um sich mit sich selbst zu verbinden, in sich hineinzuspüren und so den Zugriff auf ihre Gefühle zu erleichtern. Eine beliebte Form der Meditation hierfür ist die sogenannte Reise durch den eigenen Körper. Manche empfinden diese Übungseinheit als intensiver, wenn dabei entspannende Musik gespielt wird und der belebende Duft des ätherischen Lieblingsöls durch den Raum schwebt. Je mehr Sinne angesprochen werden, umso tiefgreifender die Wirkung.

Lege dich für deine Meditationseinheit auf eine bequeme Unterlage, Rücken zum Boden, Handflächen in Richtung der Decke. Nimm dir einen Moment Zeit und sei zehn bis fünfzehn Minuten ganz bei dir selbst. Ob du während der Meditation die Augen geöffnet hältst oder aber schließt, bleibt dir überlassen. Mach es so, wie du dich wohler fühlst. Atme tief ein. Erst in die Lunge, dann bis in den Bauch. – Ausatmen. – Einatmen. – Ausatmen. – Erst wenn du das Gefühl hast, dass deine Gedanken zum Erliegen kommen und du dich völlig entspannst, trittst du die Reise durch dein Ich an. Stell dir vor, du bist ein kleines Blutkörperchen, das durch den gesamten Organismus wandert. Begrüße jeden deiner Körperteile, jeden deiner Sinne. Beginne beim Scheitelpunkt deines Kopfes, wandere zu deinen Augen, dann die Nase hinab, bis in den Mund. Versuche jeden einzelnen Muskel deines Körpers zu erspüren, spanne ihn an, lass los. Vergiss auf der Reise weder deine Finger noch deine Zehen. Lass dir die Zeit, die du brauchst. Bleib nach der Reise noch einen Moment liegen und genieße das Gefühl der wohligen Entspannung, das dich nun erfüllt.

Das Reinigungsritual

Das Ritual der emotionalen Reinigung lässt sich gut mit der Meditation verbinden. Leg dich dafür hin und finde eine bequeme Position. Konzentriere dich auf deine Atmung. Sobald du deinen individuellen Rhythmus gefunden hast, stell dir vor, wie du bei jedem nun folgenden Atemzug etwas in die Freiheit entlässt, das dich blockiert hat. So als wäre die belastende Emotion eine dunkle Wolke, die du mit deinem Atem in die Welt entlässt. Angst. Zweifel. Demütigung. Enttäuschung. Neid. Kummer. Hass. All diese Gefühle sind berechtigt, aber sie sind nicht du. Wenn für dich der Moment gekommen ist, lass sie nicht länger ein Teil von dir sein und in dir wohnen. Entlasse sie in die Welt und mach dir eines immer bewusst: Du bist wertvoll.

Kanalisiere das Glück

Diese Übung kann im Anschluss an das Reinigungsritual oder aber davon losgelöst erfolgen. Nachdem du dich von negativen Emotionen befreit hast, gilt es, dich den schönen Dingen zuzuwenden. Kanalisiere das Glück. Versuch dich daran zu erinnern, wann du es zuletzt empfunden hast. Wann warst du zuletzt wirklich glücklich? Wann warst du frei? Wann durftest du dich geliebt fühlen? Egal, ob Glück für dich ein vollzogener Schlussstrich, ein materielles Geschenk oder aber die Erinnerung an ein geliebtes Haustier bedeutet: Es gibt kein falsches Glück. Was dir kostbar erscheint, ist gut für dich. Nimm dir die Zeit, um das Glück nicht nur in deinem Herzen zu fühlen. Lass es deinen Körper durchströmen, als wäre es flüssiges Gold. Glück ist kostbar. Es ist warm. Es ist dein. – Wann immer dir ein Tag düster und grau erscheint, versuch etwas zu finden, das dir einen Sonnenstrahl schenkt. Fang ihn ein und bewahre ihn in deinem inneren Marmeladenglas auf.

Über die negativen Emotionen

Um die Sirenenmagie völlig beherrschen zu können, wirst du weitaus mehr Emotionen als nur das Glück zuverlässig heraufbeschwören lernen müssen. Beginn dein Training dennoch mit den positiven Gefühlen: Geborgenheit. Selbstvertrauen. Liebe.

Sicherheit. … Setze dir für jede Channeling-Übung ein Ziel. Erst wenn du die positiven Gefühle sicher abrufen kannst, wende dich den dunklen zu. Diese Reihenfolge ist wichtig. Solltest du dich beim Beschwören der negativen Emotionen in ein Loch manövrieren, bist du dadurch in der Lage, dich selbst daraus zu retten, indem du dich zunächst reinigst und dann auf ein angenehmeres Gefühl einstimmst.

Im nächsten Kapitel beschäftigen wir uns mit dem **Übertragen der Emotionen und der Einbettung musischer Fähigkeiten.**

NACH- UND DANKESWORTE

Vielleicht habt ihr am Anfang dieses Buches gelesen, dass ich es Lea gewidmet habe.

Falls du also zufällig Lea heißt: Bleib wie du bist, denn so bist du perfekt.

Mein Dank gilt dieses Mal unter anderem Célia und dem LYX Verlag, für die absolut bezaubernde Illustration von Hazel und Taro. Wo wir gerade beim Team-LYX sind, möchte ich Ulli, Sabrina und Andrea meinen Dank aussprechen. Ob Lektorat oder Lesung: Jede von euch hat die Arbeit an der Magic-and-Moonlight-Reihe für mich zu etwas ganz Besonderem gemacht.

Anika, April, Julia, Kim, Mounia, Nicole und Nina – jede von euch hat mir dabei geholfen, die Geschichte von Hazel und Taro zu erzählen. Ob Testleserin, Händchen-Halterin oder Zerstreuerin-der-Selbstzweifel – ich danke euch dafür, dass ich mich schon seit mehreren Jahren auf euch verlassen kann.

Ich danke allen Leser:Innen, die die Magic-and-Moonlight-Reihe nun schon drei Bücher lang begleitet haben. Eure lieben Worte habe ich immer artig an Gemma, Hazel und ihre Freunde weitergegeben, damit sie auch im letzten Band die Kraft dafür finden, ihren eigenen Weg zu gehen.

Eure Yvy